D1668404

Das Buch

Die Revolution der Ameisen ist der dritte Band von Bernard Werbers international erfolgreichen „Ameisen-Trilogie“. Auch wer die Ereignisse der beiden vorangegangenen Bücher *Die Ameisen* und *Der Tag der Ameisen* nicht kennt, wird vom Fortgang der Handlung im Paris des 21. Jahrhunderts in den Bann gezogen werden.

Die Hauptpersonen aus den ersten beiden Bänden der Trilogie haben nach ihrem vergeblichen Versuch, die französische Regierung zur Aufnahme diplomatischer Beziehungen mit den Ameisen zu bewegen, im Wald von Fontainebleau heimlich eine gut getarnte Pyramide gebaut, wo sie ihre Forschungsarbeiten ungestört fortsetzen können. Die 19jährige Julie Pinson findet dort bei einem Spaziergang ein Buch, den dritten Teil von Edmond Wells' *Enzyklopädie des relativen und absoluten Wissens.* Julie und die Rock-Band ihrer Schulfreunde ›Die Ameisen‹ begeistern mit ihren von der Enzyklopädie inspirierten Texten ihr Publikum derart, daß es in der Schule spontan zu einer ›Revolution der Ameisen‹ kommt, deren Ziel es ist, die Ideen und Visionen von Edmond Wells gewaltfrei in die Tat umzusetzen.

Parallel hierzu revoltieren auch die Ameisen: Die hochintelligente Kriegerin 103 ruft ihre Artgenossen zum intensiven Kontakt mit den Menschen auf. Sie kommt zu dem Schluß, daß nur eine Kooperation der beiden höchstentwickelten Zivilisationen dieses Planeten das Überleben auf beiden Seiten gewährleisten kann. Werden sich die Ideale der Revolutionäre letztendlich gegenüber der Borniertheit der Mächtigen durchsetzen?

›Eine ganz und gar ungewöhnliche, faszinierende Mischung aus Thriller und Abenteuerroman, phantastisch in jeder Hinsicht!‹ LE JOURNAL DU DIMANCHE

Der Autor

Bernard Werber wurde 1962 in Toulouse geboren. Nach dem Jurastudium und dem Besuch der Journalistenschule schrieb er sechs Jahre lang für den „Nouvel Observateur“ naturwissenschaftliche Artikel. Seine Romane *Die Ameisen* und *Der Tag der Ameisen* wurden Welterfolge; in zahlreiche Sprachen übersetzt, erzielten sie ein überwältigendes Echo bei Publikum und Presse. Diese Titel liegen ebenfalls im Heyne-Verlag vor: *Die Ameisen* (01/9054), *Der Tag der Ameisen* (01/9885).

BERNARD WERBER

DIE REVOLUTION DER AMEISEN

Roman

Aus dem Französischen
von Alexandra von Reinhardt

Deutsche Erstausgabe

WILHELM HEYNE VERLAG
MÜNCHEN

HEYNE ALLGEMEINE REIHE
Nr. 01/10598

Titel der Originalausgabe
LA RÉVOLUTION DES FOURMIS

Besuchen Sie uns im Internet:
http://www.heyne.de

Umwelthinweis:
Das Buch wurde auf
chlor- und säurefreiem Papier gedruckt.

Copyright © Editions Albin Michel, S. A., Paris 1996
Copyright © 1998 der deutschen Ausgabe by
Wilhelm Heyne Verlag GmbH & Co. KG, München
Printed in Germany 1998
Umschlagillustration: Carole Furby
Umschlaggestaltung: Atelier Ingrid Schütz, München
Satz: Pinkuin Satz und Datentechnik, Berlin
Druck und Bindung: Pressedruck, Augsburg

ISBN 3-453-13664-0

Für Jonathan

1 + 1 = 3
(zumindest hoffe ich das von ganzem Herzen)

Enzyklopädie des relativen und absoluten Wissens, Band III

EDMOND WELLS

Erstes Spiel

HERZ

1. Ende

Die Hand hat das Buch aufgeschlagen.

Die Augen wandern von links nach rechts und dann, sobald sie am Ende einer Zeile angelangt sind, nach unten.

Die Augen weiten sich.

Nach und nach ergeben die vom Gehirn ausgewerteten Wörter ein Bild, ein riesiges Bild.

Hinten im Schädel leuchtet der breite innere Panoramabildschirm des Gehirns auf. Das ist der Anfang.

Das erste Bild zeigt …

2. Waldspaziergang

… das riesige Weltall, meerblau und eiskalt.

Richten wir unseren Blick auf eine Region, die mit unzähligen bunten Galaxien übersät ist.

Am Rand einer dieser Galaxien: eine alte, gleißende Sonne.

Stellen wir das Bild noch etwas schärfer ein.

Um diese Sonne kreist ein kleiner warmer Planet, marmoriert mit perlmuttfarbenen Wolken.

Unter diesen Wolken: violette Ozeane, gesäumt von okkerfarbenen Kontinenten.

Auf diesen Kontinenten: Bergketten, Ebenen, riesige grüne Wälder.

Unter dem Geäst der Bäume: Tausende von Tierarten, darunter zwei besonders weit entwickelte.

Schritte.

Jemand ging durch den Frühlingswald.

Es war ein junges Menschenkind mit langem, glattem schwarzem Haar. Das Mädchen trug eine schwarze Jacke und einen langen Rock von derselben Farbe. Komplizierte reliefartige Muster zeichneten die hellgraue Iris der Augen.

Frohgemut lief sie durch den frühen Märzmorgen. Ihre Brust hob und senkte sich vor Anstrengung.

Auf ihrer Stirn und über dem Mund perlten Schweißtropfen, die sie rasch einsog, als sie ihr in die Mundwinkel liefen.

Das junge Mädchen mit den hellgrauen Augen hieß Julie und war neunzehn Jahre alt. Sie streifte mit ihrem Vater Gaston und ihrem Hund Achille durch den Wald. Plötzlich blieb sie abrupt stehen. Vor ihr ragte wie ein riesiger Finger ein Granitfelsen über einer Schlucht auf.

Sie trat bis zur Felsspitze vor.

Unterhalb schien ein Weg zu verlaufen, der abseits der ausgetretenen Pfade zu einem kleinen Tal führte.

Julie legte ihre Hände trichterförmig vor den Mund. »He, Papa, ich glaube, ich habe einen neuen Weg entdeckt! Komm her!«

3. Verkettung

Sie läuft geradeaus, rast den Abhang hinunter, weicht den Pappelschößlingen aus, die wie purpurrote Spindeln um sie herum aufragen.

Flügelschlagen. Schmetterlinge entfalten ihre schillernden Schwingen und jagen einander in der wirbelnden Luft.

Ein hübsches Blatt zieht ihren Blick auf sich, ein köstliches Blatt von der Sorte, die einen alle Vorhaben vergessen läßt. Sie weicht von ihrem Weg ab, nähert sich.

Ein wunderbares Blatt! Man braucht es bloß viereckig zurechtschneiden, ein bißchen zu zermahlen und einzuspeicheln, damit es in Gärung übergeht und eine kleine weiße Kugel voll süß duftender Myzelien ergibt. Mit ihren Mandibeln trennt die alte rote Ameise den Stiel ab und wuchtet das Blatt wie ein riesiges Segel über ihren Kopf.

Bedauerlicherweise kennt sich das Insekt nicht mit den Gesetzen des Segelns aus. Kaum ist das Blatt gehißt, fängt es den Wind. Trotz ihrer Kraft ist die alte rote Ameise als Gegengewicht viel zu leicht. Sie gerät aus dem Gleichgewicht und ins Schwanken. Mit allen Beinen klammert sie sich an den Ast, aber die Brise ist viel zu stark. Die Ameise wird fortgerissen und hebt ab.

Sie läßt ihre Beute gerade noch rechtzeitig los, bevor die Höhe bedrohlich werden könnte.

Das Blatt schwebt träge nach unten.

Die alte Ameise beobachtet es und sagt sich: Nicht weiter schlimm, es gibt genügend andere, kleinere Blätter.

Das Blatt kreiselt sehr lange, bis es sanft auf dem Boden landet.

Eine Nacktschnecke bemerkt das hübsche Pappelblatt. Welch leckerer Schmaus in Aussicht!

Eine Eidechse sieht die Schnecke und will sie verschlingen, da entdeckt auch sie das Blatt. Lieber warten, bis die Schnecke es sich einverleibt hat, dann wird sie noch saftiger sein. Sie belauert die Mahlzeit aus der Ferne.

Ein Wiesel wird auf die Eidechse aufmerksam und will sie fressen, als es bemerkt, daß diese darauf zu warten scheint, daß die Schnecke das Blatt verzehrt. Es beschließt, sich ebenfalls zu gedulden. Drei Lebewesen, die einander ökologisch ergänzen, harren geduldig aus.

Plötzlich sieht die Schnecke, daß eine andere Schnecke angekrochen kommt. Ob die ihr den Schatz rauben will? Ohne Zeit zu vergeuden, macht sie sich über das verlokkende Blatt her und verschlingt es bis zur letzten Faser.

Kaum hat sie ihre Mahlzeit beendet, stürzt sich die Eidechse auf sie und saugt sie wie eine Nudel auf. Jetzt ist der Augenblick für das Wiesel gekommen, einen Satz zu machen und sich die Eidechse zu schnappen. Es läuft los, springt über die Wurzeln, stößt aber unvermutet gegen etwas Weiches …

4. Ein neuer Weg

Das junge Mädchen mit den hellgrauen Augen sah das Wiesel nicht kommen. Es sprang plötzlich aus einem Dickicht und prallte gegen ihre Beine.

Vor Schreck glitt ihr Fuß über den Rand des Granitfelsens. Aus dem Gleichgewicht gebracht, sah sie den gähnenden Abgrund unter sich. Nicht fallen, bloß nicht fallen!

Sie ruderte wild mit den Armen. Die Zeit schien stillzustehen.

Würde sie abstürzen oder nicht?

Einen Augenblick lang glaubte sie, es schaffen zu können, aber eine leichte Brise griff in ihre langen schwarzen Haare und verwandelte sie in ein zerzaustes Segel.

Alles verschwor sich gegen sie. Der Wind blies. Ihr Fuß rutschte noch ein Stück ab. Der Boden gab nach. Sie riß ihre hellgrauen Augen weit auf. Ihre Pupillen weiteten sich. Die Wimpern flatterten.

Es gab kein Halten mehr. Sie stürzte in die Schlucht. Beim Fallen bedeckten die langen schwarzen Haare ihr Gesicht, als wollten sie es schützen.

Sie versuchte sich an den wenigen Pflanzen festzuklammern, die auf dem Steilhang wuchsen, aber sie boten keinen Halt, und Julies Hoffnungen zerstoben, denn ihre Finger vermochten nur Blüten abzureißen. Sie rollte über Kieselsteine, verbrannte sich an einem Vorhang aus Brennnesseln, riß sich die Hände an einem Dornbusch blutig und schlitterte in ein Feld von Farnen, wo sie ihren Sturz zu beenden hoffte. Doch leider verbarg sich hinter den großen Wedeln ein zweiter, noch steilerer Abgrund. Sie verletzte sich an Steinen. Auch ein zweites Farndickicht erwies sich als trügerisch. Immer weiter ging es abwärts. Insgesamt durchbrach sie sieben Pflanzenvorhänge, zerkratzte sich an wilden Himbeersträuchern und wirbelte Sträuße von Gänseblümchen durcheinander. Ihr Fuß stieß gegen einen spitzen Felsen, und stechender Schmerz zuckte in ihrer Ferse. Endlich landete sie in einer klebrig-braunen Schlammpfütze.

Sie setzte sich auf, rappelte sich mühsam hoch, wischte sich mit Pflanzenwedeln ab. Ihre Kleider, ihr Gesicht, ihre Haare – alles war mit bräunlichem Morast überzogen. Er war ihr sogar in den Mund geraten und schmeckte bitter.

Während sie ihren schmerzenden Fuß massierte und sich von dem Schreck zu erholen versuchte, glitt etwas Kaltes und Schleimiges über ihr Handgelenk. Sie zuckte zusammen. Eine Schlange! Sie war in ein Schlangennest gefallen: Da waren sie und krochen auf sie zu.

Sie stieß einen gellenden Schrei aus.

Schlangen haben zwar kein Gehör, können aber mit ihrer überaus empfindlichen Zunge Luftschwingungen wahrnehmen. Dieser Schrei kam für sie einer Explosion gleich. Verängstigt flohen sie in alle Richtungen. Besorgte Mutterschlangen legten sich schützend um ihre Nachkommen, ein zuckendes S bildend.

Julie fuhr sich mit der Hand übers Gesicht, schob eine lästige Haarsträhne beiseite, die ihr in die Augen hing, spuckte die bittere Erde aus und versuchte, den Abhang zu erklimmen, aber er war zu steil, und ihre Ferse schmerzte. Sie gab es auf, setzte sich wieder hin und rief: »Hilfe, Papa, Hilfe! Ich bin hier unten. Hilf mir! Hilfe!«

Sie schrie sich heiser. Vergebens. Allein und verletzt saß sie auf dem Grund einer Schlucht, und ihr Vater unternahm nichts. Ob er sich ebenfalls verirrt hatte? Wer würde sie dann hier tief im Wald finden, unter so dichtem Farngestrüpp?

Ihr Herz klopfte zum Zerspringen. Wie sollte sie nur aus dieser Falle herauskommen?

Julie wischte sich die Schlammspritzer von der Stirn und blickte sich um. Rechts, am Rand des Grabens, sah sie einen dunkleren Bereich im hohen Gras. Mühsam humpelte sie dorthin. Disteln und Zichorien verdeckten den Eingang zu einer Art Erdtunnel. Sie fragte sich, welches Tier diesen Riesenbau gegraben haben mochte. Für einen Hasen, Fuchs oder Dachs war er zu groß. Bären gab es in diesem Wald nicht. Ob es vielleicht die Behausung eines Wolfs war?

Die Höhle war zwar ziemlich niedrig, aber ein mittelgroßer Mensch konnte mühelos hineinkriechen. Ihr war dabei nicht ganz geheuer, aber sie hoffte, daß es irgendwo einen zweiten Ausgang gab. Deshalb kroch sie auf allen vieren in den Lößstollen.

Sie tastete sich voran. Der Tunnel wurde immer dunkler und kälter. Unter ihrer Hand lief etwas Stachliges davon. Ein ängstlicher Igel hatte sich zur Kugel zusammengerollt, ehe er in die Gegenrichtung flüchtete. In völliger Dunkelheit robbte sie weiter, mit gesenktem Kopf, auf Ellbogen und Knien. Sie hatte einst sehr lange gebraucht, um laufen zu lernen. Während die meisten Kinder schon mit einem Jahr dazu imstande sind, hatte sie sich achtzehn Monate Zeit gelassen. Der aufrechte Gang war ihr gefährlich vorgekommen. Auf allen vieren fühlte sie sich wesentlich sicherer. Man sah alles, was auf dem Boden herumlag, aus größerer Nähe, und wenn man hinfiel, war es kein Sturz. Gern hätte sie den Rest ihres Lebens auf dem Teppichboden verbracht, wenn ihre Mutter und die Kindermädchen sie nicht gezwungen hätten, aufrecht zu gehen.

Dieser Stollen nahm überhaupt kein Ende. Um sich Mut zu machen, zwang sie sich, ein Liedchen zu trällern:

Eine grüne Maus
lief durchs grüne Gras.
Man packt sie am Schwanz,
zeigt sie den Leuten ganz.
Die Leute sagen keck:
taucht sie in Öl,
taucht sie in Wasser,
und schon habt ihr eine schöne warme Schneck!

Sie sang das Lied viermal hintereinander, immer lauter. Ihr Gesangslehrer, Professor Jankelewitsch, hatte ihr beigebracht, sich in die Vibrationen ihrer Stimme wie in einen schützenden Kokon einzuhüllen. Aber hier war es zu kalt, um sich die Kehle aus dem Hals zu schreien. Vor ihrem eisigen Mund bildeten sich Dampfwolken, und schließlich verklang das Liedchen in einem heiseren Räuspern.

Wie ein dickköpfiges Kind, das eine Dummheit zu Ende führen will, dachte Julie nicht an Umkehr. Sie kroch unter der Haut des Planeten immer weiter.

In der Ferne glaubte sie ein schwaches Licht zu sehen.

Erschöpft nahm sie an, daß es sich um eine Halluzination handle, doch dann spaltete sich das Licht in viele winzige gelbe Punkte auf, von denen manche blinkten.

Das junge Mädchen stellte sich einen Moment lang vor, in dieser Höhle seien Diamanten verborgen, doch als sie näher herankam, erkannte sie Leuchtkäfer, die auf einem Würfel saßen.

Ein Würfel?

Sie streckte die Finger aus, und sofort erloschen die Leuchtkäfer und verschwanden. In dieser totalen Finsternis konnte Julie sich nicht auf ihre Augen verlassen. Sie mußte sich ausschließlich ihres Tastsinns bedienen. Der Würfel war glatt. Er war hart und kalt. Es war weder ein Stein noch ein Felsbrocken. Ein Griff, ein Schloß ... dieser Gegenstand war von Menschenhand geschaffen.

Ein kleiner, würfelförmiger Koffer.

Mit letzter Kraft kroch sie aus dem Tunnel zurück ins Freie. Fröhliches Bellen von oben verkündete ihr, daß ihr Hund und ihr Vater sie gefunden hatten. Mit einer Stimme, die wegen der Entfernung sehr gedämpft klang, rief er: »Julie, bist du da unten, mein Mädchen? Antworte bitte, gib mir ein Zeichen!«

5. Ein Zeichen

Sie vollführt mit dem Kopf eine Dreiecksbewegung. Das Pappelblatt zerreißt. Die alte rote Ameise nimmt sich ein anderes und verspeist es unter dem Baum, ohne es lang gären zu lassen. Die Mahlzeit schmeckt zwar fade, ist aber wenigstens nahrhaft. Pappellaub gehört nicht zu ihren

Lieblingsgerichten, sie bevorzugt Fleisch, aber da sie seit ihrer Flucht noch nichts gegessen hat, kann sie jetzt nicht wählerisch sein.

Nach beendetem Mahl vergißt sie nicht, sich zu säubern. Mit dem Ende eines Beins packt sie ihren langen rechten Fühler und biegt ihn bis zu ihren Lippen herunter. Dann schiebt sie ihn unter den Mandibeln hindurch bis zur Mundöffnung und saugt an ihm, um ihn zu reinigen.

Sobald beide Fühler mit Speichelschaum überzogen sind, poliert sie sie in der kleinen borstigen Ritze unterhalb ihrer Beine.

Die alte rote Ameise dehnt die Gelenke ihres Unterleibs, ihres Oberleibs und ihres Halses, bis zur Grenze des Möglichen. Dann säubert sie mit ihren Beinen die Facettenaugen. Ameisen haben keine Lider, die ihre Augen schützen und feucht halten könnten. Wenn sie nicht dauernd daran denken, ihre Linsen zu pflegen, sehen sie bald nur noch verschwommen.

Je sauberer die Facetten werden, desto besser erkennt sie, was sie vor sich hat. Halt, da ist etwas! Es ist groß, sogar riesig, es ist voller Stacheln, und es bewegt sich.

Vorsicht – Gefahr! Aus einer Höhle kommt ein mächtiger Igel.

Nichts wie weg! Der Igel, eine imposante Kugel voll spitzer Pfeile, greift sie mit weit aufgerissenem Maul an.

6. Begegnung mit einem erstaunlichen Menschen

Sie war am ganzen Körper zerkratzt. Instinktiv reinigte sie die tiefsten Verletzungen mit ein wenig Speichel. Humpelnd trug sie den würfelförmigen Koffer in ihr Zimmer und setzte sich aufs Bett. Von links nach rechts hingen über ihr an der Wand Poster von der Callas, Che Guevara, den Doors und Attila dem Hunnen.

Mühsam stand Julie wieder auf und ging ins Bad. Sie duschte heiß und rieb sich kräftig mit ihrer Lavendelseife ab. Dann hüllte sie sich in ein großes Handtuch, schlüpfte in Badeschlappen und fing an, ihre schwarzen Kleider von den lehmfarbenen Erdklumpen zu reinigen.

Ihre Schuhe konnte sie nicht mehr anziehen, denn ihre Ferse war dick angeschwollen. Sie holte ein altes Paar Sommersandalen aus dem Schrank, deren Riemen nicht auf die Ferse drückten und ihren Zehen Platz ließen. Julie hatte nämlich kleine, aber sehr breite Füße. Die große Mehrheit der Fabrikanten stellte für Frauen nur schmales, spitzes Schuhwerk her, was leider zu vielen schmerzhaften Schwielen führte.

Erneut massierte sie sich die Ferse. Zum erstenmal spürte sie, was sich alles in diesem Körperteil befand, so als hätten ihre Knochen, Muskeln und Sehnen nur darauf gewartet, sich durch einen Unfall bemerkbar machen zu können. Jetzt waren sie alle da und bekundeten ihre Existenz durch Schmerzsignale.

Leise sagte sie vor sich hin: »Hallo, Ferse.«

Es amüsierte sie, einen Teil ihres Körpers so zu begrüßen. Sie interessierte sich für ihre Ferse nur, weil diese weh tat. Aber wenn sie es sich genau überlegte: Wann dachte sie schon an ihre Zähne, solange sie sich nicht mit Karies meldeten? Ebenso nahm man das Vorhandensein eines Blinddarms nur im Fall einer Entzündung zur Kenntnis. In ihrem Körper mußte es eine ganze Menge Organe geben, von deren Dasein sie nichts wußte, weil sie bisher nie so unhöflich gewesen waren, durch Schmerzsignale auf sich aufmerksam zu machen.

Ihr Blick fiel wieder auf den Koffer. Dieses Ding aus dem Innern der Erde faszinierte sie. Sie nahm ihn zur Hand und schüttelte ihn. Das Schloß war mit einer Zahlenkombination aus fünf Zahnrädern gesichert.

Der Koffer bestand aus dickem Metall, dem nur eine Bohrmaschine etwas anhaben könnte. Julie betrachtete das Schloß. Jedes Zahnrad war mit Ziffern und Symbolen versehen. Sie spielte auf gut Glück daran herum. Die Chance, zufällig die richtige Kombination zu finden, war vielleicht eins zu einer Million.

Erneut schüttelte sie den Koffer. Er enthielt etwas Wichtiges, einen einzigartigen Gegenstand, davon war sie überzeugt, und das Geheimnis spannte sie auf die Folter.

Ihr Vater kam mit dem Hund ins Zimmer. Er war groß, fröhlich, rothaarig und trug einen Schnurrbart. In seiner Golfhose sah er wie ein schottischer Jagdhüter aus. »Geht's dir besser?« fragte er.

Sie nickte.

»Du bist in eine Schlucht gefallen, zu der man nur durch eine Mauer aus Brennesseln und Dornen gelangt«, erklärte er. »Die Natur hat sie vor Neugierigen und Spaziergängern geschützt. Sie ist nicht einmal auf der Karte eingezeichnet. Zum Glück hat Achille dich gewittert. Was wären wir ohne Hunde!«

Er tätschelte liebevoll seinen Irish Setter, der zum Dank einen silbrigen Speichelfaden auf das Hosenbein tropfen ließ und freudig japste.

»Was für eine Geschichte!« fuhr Gaston fort. »Merkwürdig, dieses Zahlenschloß. Vielleicht ist es eine Art Tresor, den Einbrecher nicht aufbekommen haben.«

Julie schüttelte ihre dunkle Mähne. »Nein.«

Ihr Vater dachte über die Sache nach. »Wenn Münzen oder Goldbarren drin wären, wäre er viel schwerer, und wenn es Geldscheine wären, würde man sie rascheln hören. Vielleicht sind es Drogen. Oder … eine Bombe.«

Julie zuckte mit den Schultern. »Oder der Kopf eines Menschen.«

»Dann hätten Jivaro-Indios erst einen Schrumpfkopf daraus machen müssen«, wandte er ein. »Dein Köfferchen ist für einen normalen Menschenkopf viel zu klein.«

Er schaute auf die Uhr, erinnerte sich an eine wichtige Verabredung und verließ das Zimmer. Sein Hund folgte ihm schwanzwedelnd und laut hechelnd.

Wieder schüttelte Julie ihren Koffer. Sollte sich tatsächlich ein Kopf darin befinden, hatte sie ihm durch das viele Rütteln bestimmt die Nase gebrochen. Plötzlich widerte das Ding sie an, und sie beschloß, sich nicht mehr damit zu beschäftigen. In drei Monaten hatte sie Abitur, und wenn sie nicht noch ein Jahr in der letzten Klasse verbringen wollte, mußte sie jetzt ihren Stoff wiederholen.

Also nahm sie ihr Geschichtsbuch heraus und fing mit der Lektüre an. 1789. Die Französische Revolution. Der Sturm auf die Bastille. Chaos. Anarchie. Die Größen jener Zeit: Marat, Danton, Robespierre, Saint-Just. Terror. Die Guillotine ...

Blut, Blut und nochmals Blut. Die Geschichte ist nur eine Aneinanderreihung von Gemetzeln, dachte sie und klebte sich ein Pflaster auf eine Abschürfung, die wieder blutete. Je weiter sie las, desto deprimierter fühlte sie sich. Die Guillotine erinnerte sie an den Kopf im Koffer.

Fünf Minuten später machte sie sich mit einem großen Schraubenzieher über das Schloß her. Der Koffer ließ sich nicht knacken, nicht einmal, als sie mit einem Hammer auf den Schraubenzieher klopfte, um die Hebelwirkung zu verstärken. Ich bräuchte eine Brechstange, dachte sie, und dann: Verdammt, ich schaff's nie!

Sie nahm sich wieder ihr Geschichtsbuch und die Französische Revolution vor. Der Volksgerichtshof. Der Konvent. Die Hymne von Rouget de Lisle. Die blau-weiß-rote Fahne. Freiheit, Gleichheit, Brüderlichkeit. Der Bürgerkrieg. Mirabeau. Chénier. Der Prozeß gegen den König. Und immer wieder die Guillotine ... Wie sollte man sich für diese vielen Massaker erwärmen?

In einem Deckenbalken knisterte es. Eine Termite. Das rührige Insekt brachte sie auf eine Idee.

Horchen.

Sie legte ein Ohr ans Kofferschloß und drehte langsam am ersten Rädchen, bis sie ein ganz leises Klicken hörte. Das Zahnrad war eingeschnappt. Diesen Vorgang wiederholte sie noch viermal, und tatsächlich sprang das Schloß quietschend auf. Ihr empfindliches Gehör war ein besseres Werkzeug gewesen als Schraubenzieher und Hammer.

An den Türrahmen gelehnt, staunte ihr Vater: »Du hast es aufgekriegt? Wie denn?«

Er betrachtete die Kombination. Sie lautete: 1 + 1 = 3.

»Hmm, sag mir nichts, ich weiß schon. Du hast nachgedacht. Da waren drei Zahnräder mit Ziffern, dazwischen zwei mit Symbolen. Daraus hast du geschlossen, daß es sich um eine Gleichung handeln muß. Und dann hast du dir gedacht, daß jemand, der ein Geheimnis hüten will, nicht auf eine logische Gleichung wie 2 + 2 = 4 zurückgreift. Also hast du es mit 1 + 1 = 3 versucht. Diese Gleichung findet sich oft in alten Riten. Sie bedeutet, daß zwei Talente gemeinsam mehr vermögen, als man zunächst glauben mag.«

Julies Vater zog seine rotblonden Brauen hoch und strich sich den Schnurrbart glatt: »So bist du doch vorgegangen, stimmt's?«

Julie betrachtete ihn mit einem spöttischen Leuchten in ihren hellgrauen Augen. Ihr Vater mochte es nicht, wenn man sich über ihn lustig machte, sagte aber nichts. Sie lächelte: »Nein.«

Dann drückte sie auf den Verschluß, und der Deckel des würfelförmigen Koffers sprang auf.

Vater und Tochter beugten sich darüber.

Mit ihren verschrammten Händen holte Julie den Gegenstand heraus und hielt ihn unter die eingeschaltete Schreibtischlampe.

Es war ein Buch. Eine dicke Schwarte, aus der an manchen Stellen eingeklebte Zeitungsausschnitte ragten. In kalligraphischen großen Lettern stand ein Titel auf dem Umschlag:

Enzyklopädie des relativen und absoluten Wissens
von Professor Edmond Wells

»Komischer Titel«, knurrte Gaston. »Dinge sind entweder relativ oder absolut. Sie können nicht beides zugleich sein. Das ist ein Widerspruch.«

Darunter stand in kleinerer Schrift:

Band III

Und wieder darunter war eine Zeichnung: ein Kreis um ein

Dreieck, dessen Spitze nach oben wies, und darin ein Ypsilon. Wenn man genauer hinschaute, sah man, daß das Ypsilon aus drei Ameisen bestand, die sich mit ihren Fühlern berührten. Die linke Ameise war schwarz, die rechte weiß, und die mittlere, die den Stamm des Ypsilons bildete, war halb weiß und halb schwarz.

Unter dem Dreieck stand die Formel, mit der sich der Koffer öffnen ließ: 1 + 1 = 3.

»Sieht wie ein altes Zauberbuch aus«, murmelte Gaston. Dagegen glaubte Julie, als sie den glänzenden Einband betrachtete, daß es ganz neu sei. Sie strich zärtlich darüber. Er fühlte sich glatt und zart an.

Sie schlug die erste Seite auf und las.

7. Enzyklopädie

Guten Tag: Guten Tag, unbekannter Leser.

Zum drittenmal Guten Tag oder auch zum erstenmal. Ehrlich gesagt, ob Sie dieses Buch als erstes oder als letztes entdecken, spielt überhaupt keine Rolle.

Dieses Buch ist eine Waffe, um die Welt zu verändern.

Nein, lächeln Sie nicht. Das ist möglich. Sie können es. Jemand braucht etwas nur wirklich zu wollen, damit es wahr wird. Eine winzige Ursache kann eine große Wirkung zeitigen. Es heißt, der Flügelschlag eines Schmetterlings in Honolulu genüge, um in Kalifornien einen Taifun zu entfesseln. Und Ihr Atem ist doch stärker als der Flügelschlag eines Schmetterlings, oder?

Ich bin tot. Leider kann ich Ihnen deshalb nur indirekt helfen, mit diesem Buch.

Ich schlage Ihnen vor, eine Revolution anzuzetteln. Oder vielleicht sollte ich lieber sagen: eine »Evolution«. Denn unsere Revolution braucht weder so gewaltsam noch so spektakulär wie die früheren Revolutionen zu sein.

Ich stelle sie mir eher als geistige Revolution vor. Eine Revolution der Ameisen. Unauffällig. Gewaltlos. Eine Reihe kleiner Veränderungen, die man für unbedeutend halten könnte, die aber zusammengenommen schließlich Berge versetzen.

Ich glaube, daß frühere Revolutionen sich durch Ungeduld und Intoleranz versündigten. Auch die Utopisten planten nur kurzfristig voraus, weil sie um jeden Preis noch zu ihren Lebzeiten die Früchte ihrer Arbeit sehen wollten.

Man muß aber lernen zu säen, damit andere später und andernorts ernten können.

Reden wir darüber. Während unseres Dialogs steht es Ihnen frei, mir zuzuhören oder wegzuhören. (Dem Kofferschloß haben Sie bereits gelauscht, das ist also ein Beweis, daß Sie zuhören können, nicht wahr?)

Möglicherweise irre ich mich. Ich bin kein Meisterdenker, auch kein Guru oder Heiliger. Ich bin ein Mensch, der sich bewußt ist, daß das Abenteuer der Menschheit erst ganz am Anfang steht. Noch sind wir prähistorische Individuen. Unsere Unkenntnis ist grenzenlos, und es gilt noch fast alles zu erfinden.

Es gibt so vieles zu tun ... Und Sie sind zu so vielen wunderbaren Dingen imstande.

Ich bin nur eine Welle, die sich mit Ihrer Welle – der Welle des Lesers – überlappt. Diese Begegnung oder Interferenz ist hochinteressant. Darum wird dieses Buch für jeden Leser anders sein. Fast so, als ob es lebendig wäre und sich Ihrer jeweiligen Bildung anpaßte, Ihren jeweiligen Erinnerungen, Ihrer jeweiligen Sensibilität.

Wie werde ich mich als Buch verhalten? Ganz einfach – indem ich Ihnen einfache kleine Geschichten über Revolutionen erzähle, über Utopien, über das Verhalten von Menschen und Tieren. Dann liegt es an Ihnen, die entsprechenden Schlüsse daraus zu ziehen, nach Antworten zu suchen, die Ihnen auf Ihrem persönlichen Weg weiterhelfen. Ich selbst habe Ihnen keine Wahrheiten zu verkünden.

Wenn Sie es wollen, wird dieses Buch lebendig. Und ich hoffe, daß es Ihnen zum Freund wird, zu einem Freund, der Ihnen helfen kann, sich selbst und die Welt zu verändern.

Wenn Sie jetzt bereit sind und es wirklich wollen, schlage ich vor, daß wir gemeinsam etwas Wichtiges tun: umblättern.

EDMOND WELLS,
Enzyklopädie des relativen und absoluten Wissens, Band III

8. Kurz vor dem Platzen

Daumen und Zeigefinger ihrer rechten Hand berührten die Ecke der Seite, hoben sie an und wollten umblättern, als aus der Küche die Stimme ihrer Mutter ertönte: »Das Essen ist fertig!«

Zum Lesen blieb keine Zeit mehr.

Mit ihren neunzehn Jahren war Julie sehr zierlich. Ihre glänzend schwarze Mähne fiel glatt und seidig wie ein Vorhang bis auf ihre Hüften herab. Die blasse, fast durchsichtige Haut ließ manchmal die bläulichen Adern an Händen und Schläfen durchscheinen. Die hellen mandelförmigen Augen waren lebhaft und warm, ständig in Bewegung, so daß sie wie ein unruhiges kleines Tier wirkte. Mitunter brach jedoch ein jäher Blitzstrahl aus ihnen hervor, als ob sie alles vernichten wollte, was ihr mißfiel.

Julie hielt ihr Äußeres für unscheinbar. Darum betrachtete sie sich nie im Spiegel, benutzte nie Parfum oder Make-up, auch keinen Nagellack. Wozu auch, ihre Nägel waren sowieso immer abgekaut.

Auf Kleidung legte sie ebenfalls keinen Wert. Sie versteckte ihren Körper unter weiten dunklen Gewändern.

Ihre Schullaufbahn war ungleichmäßig verlaufen. Bis zur letzten Klasse war sie ihren Mitschülern um ein Jahr voraus gewesen, und alle Lehrer hatten ihr intellektuelles Niveau und ihre geistige Reife gerühmt. Aber seit drei Jahren ging gar nichts mehr. Mit siebzehn war sie durchs Abitur gefallen. Mit achtzehn wieder. Jetzt, mit neunzehn, wollte sie es zum drittenmal versuchen, obwohl ihre Noten mittelmäßiger denn je waren.

Ihr schulisches Versagen hatte mit einem bestimmten Ereignis begonnen: dem Tod ihres Gesangslehrers, eines alten, schwerhörigen Tyrannen, der mit originellen Methoden unterrichtete. Er hieß Jankelewitsch und war überzeugt, daß Julie Talent hatte und daran arbeiten sollte.

Er hatte ihr die Zwerchfell- und die Lungenatmung ebenso beigebracht wie die richtige Hals- und Schulterhaltung. All das wirkte sich nämlich auf die Qualität des Gesangs aus.

Sie hatte bei ihm bisweilen das Gefühl, ein Dudelsack zu sein, den ein Instrumentebauer mit aller Gewalt vervollkommnen wollte. Von ihm lernte sie, wie man die Herzschläge mit der Atmung in Einklang brachte, aber er vernachlässigte auch die Arbeit am Mienenspiel nicht und lehrte sie, wie man Gesichtszüge und Mundstellung verändern mußte, um eine maximale Wirkung zu erzielen.

Schülerin und Lehrer hatten sich wunderbar ergänzt. Obwohl der ergraute Lehrer fast taub war, konnte er allein durch die Beobachtung ihrer Mundbewegungen und dadurch, daß er ihr seine Hand auf den Bauch legte, die Qualität der Töne erkennen, die sie hervorbrachte. Die Schwingungen ihrer Stimme vibrierten in seinen Knochen.

»Ich bin taub? Na und! Beethoven war es auch und hat trotzdem ganz gute Arbeit geleistet«, knurrte er oft.

Er hatte Julie erklärt, daß der Gesang eine Macht besäße, die weit über Klangschönheit hinausginge. Er lehrte sie, ihre Gefühle zu modulieren, um Streß zu überwinden und allein durch ihre Stimme Ängste zu vergessen, und er lehrte sie auch, dem Gesang der Vögel zu lauschen, die einen wesentlichen Beitrag zu ihrer Ausbildung leisten könnten.

Wenn Julie sang, wuchs aus ihrem Bauch ein Energiestrahl wie ein Baum empor, und ihr Empfinden dabei kam der Ekstase nahe.

Der Lehrer wollte sich nicht mit seiner Taubheit abfinden und hielt sich deshalb über neue Heilverfahren auf dem laufenden. Eines Tages gelang es einem besonders fähigen jungen Chirurgen, ihm eine elektronische Prothese in den Schädel zu implantieren, die seine Behinderung vollständig behob.

Von da an nahm der alte Gesangslehrer den Lärm der Welt wahr, die wirklichen Töne, die wirkliche Musik. Er hörte die Stimmen der Leute und die Hitparade im Radio. Er hörte Autohupen und Hundegebell, das Prasseln des Regens und das Rauschen der Bäche, das Klappern von Schritten und das Quietschen von Türen. Er hörte Niesen und Lachen, Seufzen und Schluchzen. Und überall in der Stadt hörte er ununterbrochen dröhnende Fernsehgeräte.

Der Tag seiner Heilung, der eigentlich ein Glückstag hätte sein müssen, wurde zu einem Tag der Verzweiflung. Jankelewitsch stellte fest, daß die realen Töne keineswegs dem ähnelten, was er sich vorgestellt hatte. Alles war nur Krach und Mißklang, alles war schrill, schreierisch, unerträglich. Die Welt war nicht voller Musik, sondern voller Lärm. Eine so große Enttäuschung konnte der alte Mann nicht verkraften. Er dachte sich einen Selbstmord aus, der seinen Idealen entsprach, stieg auf den Glockenturm der Kathedrale Nôtre Dame und legte seinen Kopf unter den Klöppel. Punkt zwölf starb er, hinweggefegt von der Wucht der gewaltigen und musikalisch vollkommenen Glockenschläge.

Julie hatte durch seinen Tod nicht nur einen Freund verloren, sondern auch den Mentor, der ihr geholfen hatte, ihre größte Begabung zu entwickeln.

Gewiß, sie hatte einen anderen Gesangslehrer gefunden, einen von denen, die sich damit begnügten, ihre Schüler Tonleitern üben zu lassen. Er zwang Julie, ihre Stimme auf Register auszudehnen, die für ihren Kehlkopf zuviel waren. Das war sehr schmerzhaft, und kurz darauf diagnostizierte ein Hals-Nasen-Ohrenarzt Knötchen an ihren Stimmbändern. Der Gesangsunterricht mußte sofort abgebrochen werden, sie wurde operiert und war, während ihre Stimmbänder vernarbten, mehrere Wochen lang völlig stumm. Und danach war es ihr schwergefallen, ihre Stimme auch nur zum Sprechen zu gebrauchen.

Seither suchte sie nach einem echten Gesangslehrer, der sie anleiten könnte, so wie Jankelewitsch es getan hatte. Weil sie keinen fand, kapselte sie sich immer mehr von der Welt ab.

Jankelewitsch hatte immer behauptet, wenn man eine Begabung besitze und sie nicht nutze, gleiche man jenen Kaninchen, die nichts Hartes kauten: nach und nach verlängerten sich deren Schneidezähne, würden krumm, wüchsen ohne Ende, bohrten sich durch den Gaumen und schließlich von unten nach oben ins Gehirn. Um diese Gefahr zu veranschaulichen, hatte der Lehrer bei sich zu Hause einen Kaninchenschädel stehen, bei dem die Schneidezähne oben wie zwei Hörner herausragten. Dieses makabre Ding zeigte er gern schlechten Schülern, um sie zum Arbeiten anzuhalten. Er hatte sogar mit roter Tinte auf den Schädel geschrieben:

Seine natürliche Begabung nicht zu pflegen ist die allergrößte Sünde.

Da Julie ihre Begabung nun nicht mehr pflegen konnte, wurde sie zunächst sehr aggressiv und litt danach eine Zeitlang an Magersucht, gefolgt von Bulimie, wobei sie kiloweise Gebäck verschlang, mit leerem Blick, Abführ- oder Brechmittel immer griffbereit.

Sie machte keine Hausaufgaben mehr, schlief während des Unterrichts ein, hatte Probleme mit der Atmung und litt bald auch an Asthmaanfällen. Alles, was ihr das Singen Gutes gebracht hatte, wendete sich nun zum Schlechten.

Julies Mutter setzte sich als erste an den Eßtisch.

»Wo wart ihr heute?« fragte sie.

»Wir sind im Wald spazierengegangen«, antwortete der Vater.

»Hat Julie sich dort so aufgeschürft?«

»Sie ist in eine Schlucht gefallen«, erklärte Gaston. »Zum Glück ist nicht allzuviel passiert, aber sie hat sich an der

Ferse verletzt. Außerdem hat sie dort unten ein seltsames Buch gefunden …«

Die Mutter interessierte sich aber nur noch für die dampfenden Speisen auf ihrem Teller. »Das könnt ihr mir später erzählen. Essen wir schnell, gebratene Wachteln darf man nicht warten lassen. Sie müssen heiß sein, damit sie schmecken.«

Ein gezielter Gabelstoß ließ aus der Wachtel Dampf aufsteigen, so als würde Luft aus einem Fußball entweichen. Sie packte den Vogel, saugte ihn durch die Schnabelöffnung aus, brach mit den Fingern die Flügel ab, schob sie sich zwischen die Lippen und knackte schließlich mit den Zähnen die kleinen widerspenstigen Knochen.

»Ißt du nichts? Schmeckt es dir nicht?« fragte sie Julie.

Das Mädchen starrte den gebratenen Vogel an, der mit einem dünnen Faden zusammengebunden war und schnurgerade auf ihrem Teller lag. Sein Kopf war mit einer Rosine geschmückt, die wie ein Zylinder wirkte. Die leeren Augenhöhlen und der halb geöffnete Schnabel erweckten den Eindruck, als wäre der Vogel plötzlich durch ein schreckliches Ereignis mitten aus seinen Beschäftigungen gerissen worden, durch ein Ereignis, vergleichbar dem Vesuvausbruch, der Pompeji unter sich begraben hatte.

»Ich mag kein Fleisch«, murmelte Julie.

»Das ist kein Fleisch, sondern Geflügel«, korrigierte die Mutter, fuhr dann aber in versöhnlichem Ton fort: »Du willst doch nicht wieder magersüchtig werden. Du mußt bei Kräften bleiben, damit du dein Abitur schaffst und Jura studieren kannst. Nur weil dein Vater sein Examen in Jura gemacht hat, leitet er jetzt die Rechtsabteilung des Forstamtes, und nur weil er diese Position innehat, haben es dir seine entsprechenden Beziehungen ermöglicht, die Abiturklasse noch einmal wiederholen zu dürfen. Jetzt bist du an der Reihe, Jura zu studieren.«

»Ich pfeife auf Jura!« verkündete Julie.

»Du mußt dein Studium schaffen, um voll in die Gesellschaft integriert zu werden.«

»Ich pfeife auf die Gesellschaft!«

»Was interessiert dich denn dann?«

»Gar nichts.«

»Womit verbringst du deine Zeit? Hast du eine große Liebe?«

»Ich pfeife auf die Liebe.«

»Ich pfeife auf ... ich pfeife auf ... Etwas anderes bekommt man von dir nicht mehr zu hören. Irgendwas oder irgendwer muß dich doch interessieren«, beharrte die Mutter. »So hübsch, wie du bist, müssen die Jungen sich doch um dich reißen.«

Julie schnitt eine Grimasse. Ihre hellgrauen Augen funkelten. »Ich habe keinen Freund, und ich weise dich darauf hin, daß ich noch Jungfrau bin.«

Das Gesicht der Mutter spiegelte empörtes Erstaunen wider. Dann lachte sie schallend: »Neunzehnjährige Jungfrauen gibt es heutzutage nur noch in Science-Fiction-Romanen.«

»Ich habe weder die Absicht, mir einen Liebhaber zu nehmen, noch will ich heiraten«, fuhr Julie fort. »Und weißt du auch, warum? Weil ich Angst habe, so zu werden wie du.«

Die Mutter hatte sich wieder gefaßt. »Meine arme Kleine, du bist einfach ein Problembündel. Zum Glück habe ich für dich schon einen Termin bei einem Psychotherapeuten vereinbart. Für nächsten Donnerstag.«

Solche Auseinandersetzungen zwischen Mutter und Tochter waren nichts Ungewöhnliches. Diese dauerte noch eine ganze Stunde, und Julie verzehrte von ihrem Abendessen nur eine eingelegte Kirsche, die als Verzierung auf der Mousse aus weißer Schokolade lag.

Der Vater verzog trotz der vielen Tritte, die Julie ihm ans Schienbein versetzte, wie üblich keine Miene und hütete sich, in den Streit einzugreifen.

»Also, Gaston, nun sag doch was!« forderte seine Frau ihn endlich auf.

»Julie, hör auf deine Mutter«, erklärte er lakonisch, während er seine Serviette faltete. Gleich darauf stand er auf und sagte, daß er früh schlafen gehen wolle, weil er am nächsten Morgen in aller Frühe mit seinem Hund eine große Wanderung vorhabe.

»Darf ich mitkommen?« fragte seine Tochter.

Er schüttelte den Kopf. »Diesmal nicht. Ich möchte mir die Schlucht, die du entdeckt hast, etwas näher anschauen, und außerdem hat deine Mutter recht – anstatt im Wald herumzulaufen, solltest du lieber büffeln.«

Als er sich hinabbeugte, um ihr einen Gutenachtkuß zu geben, flüsterte Julie: »Papa, laß mich nicht im Stich.«

Er tat so, als hätte er nichts gehört. »Träum schön«, sagte er nur und verließ das Zimmer.

Julie hatte keine Lust auf ein weiteres Zwiegespräch mit ihrer Mutter. Sie tat so, als müßte sie dringend auf die Toilette, verriegelte die Tür und setzte sich auf den Klodeckel. Sie hatte das Gefühl, längst in einen Graben gefallen zu sein, in einen viel tieferen als den im Wald, in einen Abgrund, aus dem niemand sie befreien konnte.

Um ganz mit sich allein zu sein, machte sie das Licht aus, und um sich zu trösten, summte sie wieder vor sich hin: »Eine grüne Maus lief durchs grüne Gras …«, aber sie verspürte eine schreckliche Leere. Sie fühlte sich verloren in einer Welt, die über ihren Verstand ging. Sie fühlte sich ganz klein, so winzig wie eine Ameise.

9. Von der Schwierigkeit, sich zu behaupten

Die Ameise galoppiert mit aller Kraft ihrer sechs Beine dahin; ihre Fühler fliegen im Wind nach hinten, ihr Unterkiefer rasiert Moos und Flechten ab.

Sie hastet im Zickzack zwischen Ringelblumen, Stiefmütterchen und Ranunkeln hindurch, aber ihr Verfolger gibt nicht auf. Der Igel, dieser mit spitzen Stacheln gepanzerte Riese, verpestet die Luft mit seinem schrecklichen Moschusgestank. Die Erde erbebt unter seinen Pfoten. Fetzen von Feinden hängen in seinen Stacheln, und wenn die

Ameise sich die Zeit nähme, ihn genauer zu betrachten, könnte sie sehen, daß unzählige Flöhe sich auf ihm tummeln.

Die alte rote Ameise springt über eine Böschung hinweg, in der Hoffnung, ihren Verfolger abzuschütteln. Der Igel wird jedoch nicht einmal langsamer. Seine Stacheln sind auch als Stoßdämpfer äußerst nützlich. Er rollt sich einfach zur Kugel zusammen, wenn es bergabwärts geht, und stellt sich dann wieder auf seine vier Beine.

Die Ameise läuft noch schneller. Plötzlich taucht ein glatter weißer Tunnel vor ihr auf. Sie erkennt zunächst nicht, was das sein könnte. Der Eingang ist jedenfalls breit genug, um eine Ameise passieren zu lassen. Was das wohl sein mag? Für den Bau einer Heuschrecke oder Grille ist die Öffnung viel zu groß. Vielleicht die Heimstatt eines Maulwurfs oder einer Spinne?

Ihre Fühler sind so weit nach hinten gebogen, daß sie das Gebilde nicht abtasten kann. Deshalb ist sie gezwungen, sich ganz auf ihr Sehvermögen zu konzentrieren, das aber nur aus nächster Nähe völlig scharfe Bilder liefert. Viel zu spät erkennt sie, daß dieser weiße Tunnel kein Zufluchtsort ist, sondern der gähnende Schlund einer Schlange.

Von einem Igel verfolgt, und vor sich eine Schlange! Diese Welt ist wirklich nicht für Einzelwesen geschaffen.

Die alte rote Ameise sieht nur einen einzigen Ausweg: einen Zweig, an dem sie rasch hochklettern kann. Schon dringt die lange Schnauze des Igels in den Rachen der Schlange ein.

Höchste Zeit für ihn, sich hastig zurückzuziehen und die Schlange in den Hals zu beißen, die sich schon zusammenringelt, weil sie es gar nicht schätzt, wenn jemand ihren Schlund heimsucht.

Von ihrem Zweig aus beobachtet die alte rote Ameise interessiert den Kampf ihrer beiden Feinde.

Langer kalter Schlauch gegen warme stechende Kugel. Die schwarzgesprenkelten Augen der Viper verraten weder Furcht noch Haß, nur äußerste Konzentration hinsichtlich der Aufgabe, ihren Kopf in die günstigste Position zu bringen. Der Igel gerät hingegen in Panik. Er bäumt sich auf und versucht, den Bauch des Reptils mit seinen Stacheln anzugreifen. Das Tier ist unglaublich beweglich. Seine kleinen krallenbewehrten Beine schlagen auf die Schuppen ein, die den Stacheln Widerstand leisten. Doch die eisige Peitsche rollt sich zusammen und geht ihrerseits zum Angriff über. Die Viper öffnet den Mund und entblößt klickend ihre Giftzähne, aus denen flüssiger Tod sikkert. An und für sich sind Igel gegen die giftigen Bisse von Vipern gut geschützt, es sei denn, diese verletzen sie genau an der zarten Schnauze.

Bevor die Schlacht entschieden ist, wird die Ameise davongetragen. Zu ihrer großen Überraschung setzt sich der Zweig, an den sie sich geklammert hat, langsam in Bewegung. Anfangs glaubt sie, der Wind sei schuld daran, doch als der Zweig sich von seinem Ast löst und zu kriechen beginnt, versteht sie gar nichts mehr. Der Zweig klettert schwankend auf einen anderen Ast, legt eine kurze Rast ein und beginnt, den Baumstamm zu erklimmen.

Verblüfft läßt sich die alte Ameise von dem Zweig forttragen. Nach einer Weile wirft sie einen Blick nach unten und begreift endlich. Der Zweig hat Augen und Beine. Kein botanisches Wunder, nein. Das ist gar kein Zweig, sondern eine Gespenstheuschrecke.

Diese Insekten mit länglichen, feingliedrigen Körpern schützen sich durch Mimikry gegen ihre Feinde: sie nehmen das Aussehen der Zweige, Blätter oder Stengel an, auf denen sie sich niederlassen. Der Gespenstheuschrecke ist ihr Täuschungsmanöver so gut gelungen, daß ihr Körper sogar eine typische Holzfaserung aufweist, mit braunen Flecken und Kerben, so als hätte eine Termite daran genagt.

Ein weiterer Trumpf der Gespenstheuschrecke: Ihre Langsamkeit trägt noch zum Mimikry bei. Niemand greift etwas fast Unbewegliches an. Die alte Ameise hat einmal ein Liebesspiel zwischen zwei Gespenstheuschrecken beobachtet. Das Männchen hatte sich dem etwas größeren Weibchen genähert, indem es alle zwanzig Sekunden ein Bein vor das andere setzte. Das Weibchen hatte sich ein wenig entfernt, und das Männchen war viel zu träge gewesen, um es einzuholen. Doch das war nicht weiter tragisch. Bedingt durch die legendäre Langsamkeit der Männchen, hatten die Weibchen eine originelle Lösung des Problems der Fortpflanzung entwickelt: die Parthenogenese, die Jungfrauengeburt. Eine Befruchtung war nicht mehr notwendig. Gespenstheuschrecken brauchten keinen Partner mehr zu finden, um Nachkommen zur Welt bringen zu können. Es genügte, sich Kinder zu wünschen, um sie auch zu bekommen.

Die Gespenstheuschrecke, auf der die rote Ameise sitzt, erweist sich als Weibchen, denn plötzlich beginnt sie, Eier zu legen, eines nach dem anderen, natürlich ganz langsam. Sie fallen von Blatt zu Blatt, wie harte Regentropfen. Die Tarnungskünste dieser Insekten sind so perfekt, daß ihre Eier wie Körner aussehen.

Die Ameise knabbert ein bißchen an dem vorgeblichen Zweig, um festzustellen, ob er eßbar ist. Doch die Gespenstheuschrecken verstehen es auch, sich tot zu stellen. Sobald das Weibchen die Spitzen der Mandibeln spürt, erstarrt es und läßt sich zu Boden fallen.

Die alte rote Ameise läßt sich davon jedoch nicht irreführen. Nachdem die Schlange und der Igel inzwischen das Weite gesucht haben, folgt sie der Gespenstheuschrekke nach unten und verspeist sie. Das seltsame Geschöpf zuckt sogar im Todeskampf kein einziges Mal. Zur Hälfte aufgefressen, bleibt es genauso regungslos wie ein echter Zweig. Nur eine Kleinigkeit ist verräterisch: Aus seinem Hinterleib fallen immer noch körnige Eier.

Genug Aufregungen für diesen Tag! Es wird kühler – Zeit zum Schlafen. Die Ameise gräbt sich zwischen Erde und Moos ein. Morgen wird sie wieder versuchen, den Weg zu ihrem Geburtsort zu finden. Sie muß die anderen unbedingt warnen, bevor es zu spät ist.

In aller Ruhe reinigt sie ihre Fühler, um die Umgebung klar und deutlich identifizieren zu können. Dann verschließt sie ihre kleine Höhle mit einem Steinchen, weil sie nicht mehr gestört werden will.

10. Enzyklopädie

Unterschiedliches Wahrnehmungsvermögen: Man nimmt von der Welt nur das wahr, worauf man vorbereitet ist. Für ein physiologisches Experiment wurden Katzen von Geburt an in einen kleinen Raum gesperrt, der mit vertikalen Mustern tapeziert war. Sobald sie das Alter erreicht hatten, in dem das Gehirn voll ausgebildet ist, wurden sie aus diesem Raum entfernt und in Kisten gesetzt, die mit horizontalen Linien tapeziert waren. Diese Linien führten zu Essensverstecken und zu Klapptüren ins Freie, doch es gelang keiner der Katzen, sich zu ernähren oder ins Freie zu gelangen. Ihr Wahrnehmungsvermögen war auf vertikale Linien eingeschränkt.

Unser eigenes Wahrnehmungsvermögen ist genauso begrenzt. Wir können gewisse Gegebenheiten nicht begreifen, weil wir perfekt darauf konditioniert wurden, die Dinge nur auf eine ganz bestimmte Art und Weise wahrzunehmen.

EDMOND WELLS,
Enzyklopädie des relativen und absoluten Wissens, Band III

11. Die Macht der Wörter

Ihre Hand öffnete und schloß sich nervös, krallte sich sodann ins Kissen. Julie träumte. Sie träumte, sie wäre eine mittelalterliche Prinzessin. Eine Riesenschlange hatte sie gefangen und wollte sie verschlingen. Sie hatte Julie in schmutzigbraunen Treibsand geschleudert, wo es von jungen umherkriechenden Schlangen nur so wimmelte, und Julie drohte darin zu versinken. Ein junger Prinz in einer Rüstung aus bedrucktem Papier galoppierte auf einem weißen Hengst herbei und kämpfte mit der Riesenschlange. Er schwenkte ein langes, spitzes rotes Schwert und flehte die Prinzessin an, durchzuhalten. Er komme ihr gleich zu Hilfe.

Doch die Riesenschlange setzte ihr Maul wie einen Feuerwerfer ein, und die Papierrüstung war dem Prinzen von geringem Nutzen. Ein einziger Funke genügte, um sie in Brand zu setzen. Mit einer Schnur gefesselt, lagen er und sein Pferd bald auf einem Teller, umgeben von aschgrauem Püree.

Der schöne Prinz hatte seine ganze Pracht eingebüßt: seine Haut war schwarzbraun, seine Augenhöhlen waren leer, und sein Kopf wurde von einer Rosine gekrönt.

Die Riesenschlange packte Julie mit ihren Giftzähnen, zog sie aus dem Treibsand heraus und schleuderte sie statt dessen in eine Mousse aus weißer Schokolade mit Grand Marnier.

Sie wollte schreien, aber die Mousse überschwemmte sie, drang in ihren Mund ein und hinderte sie daran, auch nur einen Ton hervorzubringen.

Julie fuhr aus dem Schlaf hoch. Ihre Angst war so groß, daß sie sich sofort vergewissern mußte, ob sie nicht wirklich die Stimme verloren hatte. »A-a-a-a-a-a, A-a-a-a«, brachte sie mühsam hervor.

Diese Alpträume vom Verlust der Stimme suchten sie immer häufiger heim. Manchmal wurde sie gefoltert, und man schnitt ihr die Zunge ab. Manchmal verstopfte man ihr den Mund mit Lebensmitteln. Manchmal wurden ihr die Stimmbänder mit einer Schere zerschnitten. War es wirklich unvermeidlich, im Schlaf zu träumen? Sie hoffte, wieder einschlafen zu können, und die restliche Nacht an nichts mehr zu denken.

Als sie einen Blick auf den Wecker warf, stellte sie fest, daß es sechs Uhr morgens war. Draußen war es noch dunkel. Sterne schimmerten hinter dem Fenster. Sie hörte Schritte im Erdgeschoß, Schritte und leises Gebell. Ihr Vater brach, wie angekündigt, frühzeitig zu einem Waldspaziergang mit seinem Hund auf.

»Papa, Papa ...«

Unten fiel die Tür ins Schloß.

Julie legte sich wieder hin und versuchte einzuschlafen, aber vergeblich.

Was verbarg sich jenseits der ersten Seite der *Enzyklopädie des relativen und absoluten Wissens* von Professor Edmond Wells?

Sie griff nach dem dicken Buch. Darin war sehr viel von Ameisen und Revolutionen die Rede. Es riet ihr ohne Umschweife, eine Revolution anzuzetteln, und es beschrieb eine Zivilisation, die ihr dabei behilflich sein könnte. Sie riß ihre hellgrauen Augen weit auf. Zwischen kurzen Texten in kleiner Schrift tauchte hier und dort plötzlich – manchmal mitten in einem Wort – ein Großbuchstabe oder eine kleine Zeichnung auf.

Sie las aufs Geratewohl:

Der Plan dieses Werkes kopiert den Tempel Salomos. Der erste Buchstabe jedes Kapitelanfangs entspricht einer Maßangabe des Tempels.

Julie runzelte die Stirn. Welcher Zusammenhang konnte zwischen Buchstaben und der Architektur eines Tempels bestehen?

Sie blätterte weiter.

Die *Enzyklopädie* war ein riesiges Sammelsurium an verschiedenen Informationen, Zeichnungen und Grafiken. Gemäß dem Titel enthielt sie didaktische Texte, aber es gab darin auch Gedichte, ungeschickt ausgeschnittene Prospekte, Kochrezepte, Listen von Informatikprogrammen, Zeitschriftenartikel, aktuelle Bilder oder erotische Fotos berühmter Frauen, die wohl den Zweck von Buchillustrationen erfüllen sollten.

Es gab auch Kalender mit genauen Angaben, wann man welche Gemüse- und Obstsorten pflanzen sollte, es gab Collagen seltener Stoffe und Papiere, Karten des Himmelsgewölbes und Linienpläne der U-Bahnen von Großstädten, Auszüge von Privatbriefen, mathematische Rätsel, perspektivische Schemata von Renaissancegemälden.

Manche Abbildungen waren sehr grausam – Bilder von Gewalt, Tod und Katastrophen. Einige Texte waren mit roter, blauer oder parfümierter Tinte geschrieben. Manche Seiten schienen sogar mit unsichtbarer Tinte oder Zitronensaft beschrieben worden zu sein, und anderswo war die Schrift so winzig, daß man sie nur mit einer Lupe hätte entziffern können.

Julie entdeckte Pläne imaginärer Städte, Biografien historischer – aber in Vergessenheit geratener – Persönlichkeiten, Ratschläge zur Herstellung seltsamer Maschinen ...

Plunder oder Schatz? Wie auch immer – Julie dachte, daß sie mindestens zwei Jahre benötigen würde, um alles zu lesen. Plötzlich blieb ihr Blick auf ungewöhnlichen Porträts haften. Sie stutzte, aber sie hatte sich nicht getäuscht: Es handelte sich tatsächlich um Köpfe. Nicht um Menschenköpfe, sondern um Köpfe von Ameisen, allem Anschein nach die Büsten bedeutender Persönlichkeiten. Keine Ameise war mit einer anderen identisch. Die Größe der Augen, die Länge der Fühler, die Form des Schädels variierten beträchtlich. Und unter jedem Porträt stand ein Name, der aus einer Zahlenreihe bestand.

Julie blätterte weiter.

Zwischen den Hologrammen, Rezepten und Plänen tauchte das Thema Ameisen wie ein Leitmotiv immer wieder auf.

Partituren von Bach, sexuelle Positionen aus dem Kamasutra, Codes der französischen Widerstandsbewegung im Zweiten Weltkrieg ... Welcher eklektische und interdisziplinäre Geist hatte das alles zusammengetragen?

Biologie. Utopien. Vademekums. Gebrauchsanweisungen.

Anekdoten über Menschen und Wissenschaften. Techniken der Massenmanipulation. Hexagramme aus dem *Yi king*.

Sie las einen Satz. *Das Yi king ist ein Orakel, das – entgegen einer weit verbreiteten Meinung – nicht die Zukunft vorhersagt, sondern die Gegenwart erklärt.*

Weiter hinten fand sie Strategien von Scipio dem Älteren und Clausewitz, und sie fragte sich flüchtig, ob diese Enzyklopädie vielleicht ein Handbuch der Indoktrinierung war, fand dann aber auf einer anderen Seite folgenden Ratschlag:

Mißtrauen Sie jeder politischen Partei, Sekte, Korporation,

Religion. Sie brauchen nicht darauf zu warten, daß andere Ihnen sagen, was Sie denken müssen. Lernen Sie, selbständig und unbeeinflußt zu denken.

Es folgte ein Zitat des Sängers Georges Brassens:

Anstatt die anderen ändern zu wollen, sollten Sie versuchen, sich selbst zu ändern.

Ein weiterer Abschnitt erregte Julies Aufmerksamkeit:

Kurze Abhandlung über die fünf äußeren und die fünf inneren Sinne: Es gibt fünf physische und fünf psychische Sinne. Die fünf Körpersinne sind: Gesichts-, Gehör-, Tast-, Geschmacks- und Geruchssinn. Die fünf psychischen Sinne sind: Empfindung, Vorstellungsvermögen, Intuition, universelles Gewissen und Inspiration. Wenn man nur mit seinen physischen Sinnen lebt, so ist das, als würde man nur die fünf Finger der linken Hand benutzen.

Lateinische und griechische Zitate. Neue Kochrezepte. Chinesische Ideogramme. Herstellung eines Molotowcocktails. Getrocknetes Laub. Ein Kaleidoskop von Bildern. Ameisen und Revolution. Revolution und Ameisen.

Julies Augen brannten. Sie fühlte sich berauscht von diesem visuellen und informativen Überfluß. Ein Satz fiel ihr auf:

Lesen Sie dieses Werk nicht der Reihe nach. Benutzen Sie es vielmehr folgendermaßen: Wenn Sie das Gefühl haben, es zu brauchen, schlagen Sie es aufs Geratewohl auf, lesen Sie die Seite und versuchen Sie herauszufinden, ob sie Ihnen für Ihr aktuelles Problem eine interessante Information liefert.

Und weiter:

Zögern Sie nicht, Passagen zu überspringen, die Ihnen zu langatmig vorkommen. Ein Buch ist kein Heiligtum.

Julie schloß das Werk und versprach ihm, es so zu benutzen, wie man es ihr vorgeschlagen hatte. Sie zog ihre Decke zurecht, und bald atmete sie gleichmäßig, ihre Körpertemperatur senkte sich etwas, und sie schlief ruhig ein.

12. Enzyklopädie

Paradoxer-Schlaf: Im Schlaf erleben wir eine besondere Phase, die als ›paradoxer Schlaf‹ bezeichnet wird. Sie dauert 15–20 Minuten und wiederholt sich im Laufe der Nacht alle anderthalb Stunden. Weshalb trägt sie diesen Namen? Weil es paradox ist, daß man sogar im tiefsten Schlaf intensive Aktivierungsmerkmale aufweist.

Wenn die Nächte von Säuglingen oft sehr unruhig sind, so wegen dieses paradoxen Schlafes (Proportionen: ein Drittel normaler Schlaf, ein Drittel leichter Schlaf, ein Drittel paradoxer Schlaf). Während dieser Schlafphase kann man bei Babys oft eine seltsame Mimik beobachten, die sie wie Erwachsene – sogar wie alte Menschen – aussehen läßt. Ihre Gesichter spiegeln abwechselnd Wut, Freude, Trauer, Angst und Überraschung wider, obwohl sie diese Emotionen zweifellos noch nie erlebt haben. Man könnte sagen, daß sie jene Mienen einüben, die sie später zur Schau tragen werden.

Bei Erwachsenen reduzieren sich die Phasen des paradoxen Schlafes mit zunehmendem Alter auf ein Zehntel oder sogar ein Zwanzigstel der gesamten Schlafzeit. Sie werden als genußreich empfunden und rufen bei Männern manchmal Erektionen hervor.

Es scheint so, als würden wir jede Nacht eine Botschaft empfangen. Man hat ein Experiment gemacht: Ein Erwachsener wurde mitten in einer paradoxen Schlafphase geweckt und gebeten zu erzählen, wovon er soeben geträumt habe. Dann ließ man ihn wieder einschlafen und rüttelte ihn während der nächsten paradoxen Schlafphase erneut wach. Dabei wurde festgestellt, daß die beiden Träume zwar verschieden sein mochten, aber doch einen gemeinsamen Nenner hatten. Alles läuft so ab, als würde der unterbrochene Traum auf andere Weise fortgesetzt, um dieselbe Botschaft zu vermitteln.

Kürzlich haben Forscher eine neue Theorie entwikkelt. Ihrer Ansicht nach ist der Traum ein Mittel, um sozialen Druck zu überwinden. Im Traum verlernen wir, was wir tagsüber gezwungenermaßen gelernt haben, was jedoch gegen unsere tiefsten Überzeugungen verstößt. Alle uns von außen aufgezwungenen Konditionierungen werden gelöscht. Solange Menschen träumen, ist es unmöglich, sie total zu manipulieren. Der Traum ist ein natürlicher Hemmschuh für den Totalitarismus.

EDMOND WELLS,
Enzyklopädie des relativen und absoluten Wissens, Band III

13. Allein unter den Bäumen

Es wird Morgen. Noch ist es dunkel, aber es wird schon warm. Das gehört zu den paradoxen Eigenschaften des Monats März.

Der Mond wirft sein bläuliches Licht auf das Laubwerk. Dieser helle Schein weckt die Ameise und verleiht ihr die nötige Energie, ihren Weg fortzusetzen. Seit sie allein in diesem riesigen Wald unterwegs ist, gibt es für sie wenig Ruhepausen. Spinnen, Vögel, Sandläufer, Ameisenjungfern, Eidechsen, Igel und sogar Gespenstheuschrecken verbünden sich, um ihr auf die Nerven zu gehen.

Von all diesen Sorgen wußte sie nichts, als sie noch dort unten lebte, in ihrer Stadt, zusammen mit allen anderen. Ihr Gehirn war damals auf ›Kollektivgeist‹ eingestellt, und es kostete sie keine persönliche Anstrengung, nachzudenken.

Doch nun ist sie fern von ihrer Heimat, fern von den ihren. Ihr Gehirn muß sich auf ›individuelle Funktionsweise‹ umstellen. Ameisen besitzen die erstaunliche Fähigkeit, auf zweierlei Art funktionsfähig zu sein: im Kollektiv und als Individuum.

Im Augenblick hat sie nur die Möglichkeit, sich als Individuum zurechtzufinden, und ihr kommt es sehr mühsam vor, unablässig an sich selbst denken zu müssen, um zu überleben. Das führt auf Dauer dazu, Angst vor dem

Tod zu haben. Vielleicht ist sie die erste Ameise, die ständig um ihr Leben bangt, weil sie allein lebt.

Welche Degeneration!

Sie eilt unter Ulmen dahin. Das Summen eines dicken Maikäfers veranlaßt sie, den Kopf zu heben. Wie herrlich doch der Wald ist! Im Mondschein wirken alle Pflanzen weiß oder malvenfarben. Sie richtet ihre Fühler auf und ortet ein Veilchen, auf dem sich Schmetterlinge tummeln. Etwas weiter fressen Raupen mit gestreiftem Rücken Holunderblätter ab. Die Natur scheint sich besonders schön gemacht zu haben, um die Rückkehr der alten roten Ameise zu feiern.

Sie stolpert über einen trockenen Kadaver, weicht etwas zurück und schaut genau hin. Vor ihr liegt eine ganze Menge toter Ameisen, spiralförmig angeordnet. Es sind schwarze Ameisen. Sie kennt dieses Phänomen. Die Ameisen hatten sich viel zu weit von ihrem Bau entfernt, und als der kalte Abendtau einsetzte, wußten sie nicht wohin, bildeten deshalb eine Spirale und drehten sich im Kreis, bis sie starben. Wenn man die Welt, in der man lebt, nicht versteht, dreht man sich bis zum Tod im Kreis.

Die alte rote Ameise streckt ihre Fühler aus, um die Katastrophe genauer zu untersuchen. Die Ameisen am Rand der Spirale sind als erste gestorben, die in der Mitte zuletzt.

Sie betrachtet diese seltsame Todesspirale im malvenfarbenen Mondschein. Welch primitives Verhalten! Sie hätten doch nur unter einem Baumstumpf Schutz suchen oder ein Biwak in die Erde graben müssen, um sich gegen die Kälte zu schützen. Diesen törichten schwarzen Ameisen ist aber nichts Besseres eingefallen als sich im Kreis zu drehen, so als könnte Tanzen die Gefahr bannen.

Mein Volk hat wirklich noch sehr viel zu lernen, denkt die alte rote Ameise.

Unter Farnkraut erkennt sie die Gerüche ihrer Kindheit wieder. Der Pollenduft berauscht sie.

Es hat sehr lange gedauert, bis diese Perfektion erreicht wurde.

Zuerst sind die grünen Meeresalgen, die Ahnen aller

Pflanzen, auf dem Kontinent an Land gegangen. Um dort Halt zu finden, haben sie sich in Flechten verwandelt. Die Flechten haben daraufhin eine Strategie der Verbesserung des Bodens entwickelt; sie erzeugten Erdreich, auf dem eine zweite Generation von Pflanzen gedeihen konnte, die dank ihrer tieferen Wurzeln höher und kräftiger wuchsen.

Seitdem besitzt jede Pflanze ihren Einflußbereich, aber es gibt immer noch Konfliktzonen. Die alte Ameise sieht eine Feigenbaumliane, die einen kühnen Angriff auf einen passiven Vogelkirschbaum unternimmt. Bei diesem Duell hat der arme Kirschbaum nicht die geringste Chance. Dafür verkümmern jedoch andere Feigenbaumlianen, die sich mit Sauerampfer angelegt haben, denn dessen Saft ist für sie ein tödliches Gift.

Etwas weiter verliert eine Tanne ihre Nadeln, um die Erde zu säuern, damit alle parasitären Gräser und kleinen Pflanzen vernichtet werden.

Jeder hat seine eigenen Waffen, seine eigenen Verteidigungs- und Überlebensstrategien. Die Pflanzenwelt ist gnadenlos. Der einzige Unterschied zum Tierreich besteht vielleicht darin, daß die Morde bei Pflanzen langsamer und vor allem lautlos vor sich gehen.

Manche Pflanzen ziehen blanke Waffen dem Gift vor. Man denke nur an die dornigen Blätter der Stechpalmen, an die Rasiermesser der Disteln, an die Angelhaken der Passionsblumen oder an die Stacheln der Akazien. Die alte Ameise durchquert gerade ein solches Wäldchen von Akazien, was einem Gang durch Reihen voller spitzer Klingen gleicht.

Sie reinigt ihre Fühler und richtet sie sodann steil auf, um alle Gerüche, die durch die Luft wirbeln, schärfer registrieren zu können, denn sie sucht etwas ganz Bestimmtes: eine Spur der Duftpiste, die in ihr Geburtsland führt. Jede Sekunde zählt. Sie muß ihre Stadt um jeden Preis warnen, bevor es zu spät ist.

Sofort fängt sie alle möglichen Duftmoleküle auf, die ihr Informationen über Leben und Sitten der hier ansässigen Tiere liefern, für die sie sich aber nicht im geringsten interessiert.

Trotzdem verlangsamt sie ihr Tempo, um all diese verwirrenden – teilweise sogar unbekannten – Gerüche besser wahrnehmen zu können. Doch auch das nutzt ihr nichts, und deshalb entscheidet sie sich schließlich für eine andere Methode.

Sie erklimmt einen hohen Berggipfel – den Baumstumpf einer Kiefer –, strafft sich und läßt ihre Sensoren kreisen. Der Bereich der Duftfrequenzen, die sie empfängt, hängt von der Geschwindigkeit ihrer Fühler ab. Bei 400 Vibrationen pro Sekunde nimmt sie nichts Auffallendes wahr. Sie beschleunigt auf 600, 1000, 2000 Schwingungen pro Sekunde. Immer noch nichts Spektakuläres, nur Duftbotschaften von Pflanzen und von Insekten, die aber keine Ameisen sind: von Blumen, Pilzsporen, Käfern, von moderndem Holz und wilder Pfefferminze ...

10000 Vibrationen pro Sekunde. Bei diesem Tempo erzeugen ihre Fühler eine Luftströmung, die Staub ansaugt. Sie muß sie säubern, bevor sie ihre Bemühungen fortsetzen kann.

12000 Vibrationen pro Sekunde. Endlich fängt sie ferne Moleküle auf, die von der Existenz einer Ameisenpiste zeugen. Gewonnen! Richtung West-Südwest, in einem Winkel von zwölf Grad zum Stand des Mondes. Vorwärts!

14. Enzyklopädie

Vom Interesse am Unterschied: Wir alle sind Sieger, denn jeder von uns verdankt seine Existenz jenem Spermatozoon, das den Sieg über seine 300 Millionen Konkurrenten davongetragen hat.

Damit erwarb es das Recht, seine Chromosomen weiterzugeben, die bewirkten, daß Sie der sind, der Sie sind, und kein anderer.

Ihr Spermatozoon war wirklich außergewöhnlich begabt. Es hat sich nicht in irgendeinem Schlupfwinkel verkrochen. Es hat seinen Weg gemacht. Vielleicht hat es sogar gekämpft, um rivalisierenden Spermien den Weg zu versperren.

Lange Zeit glaubte man, es wäre das schnellste Spermium, dem es gelinge, das Ei zu befruchten, doch dem ist nicht so. Hunderte von Spermien kommen gleichzeitig dort an. Und dann müssen sie – mit den Geißeln zukkend – warten. Nur ein einziges wird auserwählt sein.

Es ist demnach das Ovulum, das sich für ein ganz bestimmtes Spermatozoon entscheidet, obwohl es von Massen bedrängt wird. Forscher haben sich lange gefragt, nach welchen Kriterien diese Wahl getroffen wird. Kürzlich haben sie die Lösung gefunden: Das Ei erwählt jenes Spermium, das ›jene genetischen Eigenschaften aufweist, die sich am meisten von seinen eigenen unterscheiden‹. Eine simple Überlebensfrage. Das Ovulum will die Probleme der Blutsverwandtschaft vermeiden. Die Natur will, daß unsere Chromosomen sich durch etwas Andersartiges bereichern, anstatt sich mit etwas Ähnlichem zusammenzutun.

EDMOND WELLS,
Enzyklopädie des relativen und absoluten Wissens, Band III

15. Man sieht sie von weitem

Schritte. Es war sieben Uhr morgens, und die Sterne leuchteten noch hoch oben am Firmament.

Während Gaston Pinson mit seinem Hund die gewundenen Pfade im Herzen des Waldes von Fontainebleau entlangging, an der frischen Luft, in der Morgenstille, fühlte er sich wohl. Zufrieden strich er seinen roten Schnurrbart glatt. Hier kam er sich immer vor wie ein freier Mensch.

Links führte ein Serpentinenpfad einen steinigen Berg empor. Gaston schlug diesen Weg ein und gelangte zum Denecourt-Turm am Rand des Cassepot-Felsens. Von hier oben hatte man einen herrlichen Blick. Ein riesiger Mond tauchte das weite Panorama in weiches Licht.

Er setzte sich und riet seinem Hund, es ihm gleichzutun, aber der Setter blieb lieber stehen. Gemeinsam betrachteten sie den Himmel.

»Weißt du, Achille, früher haben die Astronomen Himmelskarten so gezeichnet, als würde es sich um ein flaches Deckengebilde handeln. Sie teilten den Himmel in 88 Sternbilder auf, so als bestünde er aus 88 Départements. Die meisten Konstellationen sind nicht jede Nacht zu sehen, für die Bewohner der nördlichen Hemisphäre mit einer einzigen Ausnahme: dem Großen Bär. Er hat Ähnlichkeit mit einer Kasserolle aus vier quadratisch angeordneten Sternen, verlängert durch einen Stiel aus drei Sternen. Es waren die Griechen, die dieser Konstellation den Namen ›Großer Bär‹ gegeben haben, zu Ehren der Prinzessin Calixta, der Tochter des Königs von Arkadien. Sie war so schön, daß Hera, die Gemahlin des Zeus, sie aus Eifersucht in eine große Bärin verwandelte. Nun ja, Achille, so sind die Frauen eben: Jede ist eifersüchtig auf alle anderen.«

Der Hund schüttelte den Kopf und jaulte leise.

»Es ist interessant, diese Konstellation ausfindig zu machen, denn wenn man die Kasserolle um ihre fünffache Ausdehnung verlängert, entdeckt man, daß darüber ein Popcorn schwebt, seinerseits leicht zu erkennen: der Polarstern. Siehst du, Achille, auf diese Weise weiß man immer, wo Norden ist, und kann sich nicht verirren.«

Der Hund begriff nichts von diesen Erklärungen. Er hörte nur »Blablabla Achille blablabla Achille«. Von der Menschensprache verstand er nur diese wenigen Silben A-chille, mit denen er selbst gemeint war, wie er wußte. Ermüdet von soviel Blabla, legte sich der Setter hin, Ohren am Boden, und setzte eine unbeteiligte Miene auf. Aber sein Herr, dem nach Reden zumute war, ließ sich davon nicht beeindrucken.

»Der zweite Stern am Stiel der Kasserolle«, dozierte er, »ist in Wirklichkeit ein Doppelstern, und die arabischen Krieger maßen ihr Sehvermögen daran, ob sie diese beiden Sterne – Alkor und Mizar – voneinander unterscheiden konnten.«

Gaston blickte aus schmalen Augenschlitzen zum Himmel empor. Der Hund gähnte. Schon sandte die Sonne ihre ersten Strahlen wie Wurfspieße aus, und die Sterne verblaßten und zogen sich diskret zurück, um ihr Platz zu machen.

Er holte sein Frühstück aus dem Brotbeutel, ein Sandwich mit Schinken, Käse, Zwiebeln, Cornichons und Pfeffer, aß alles mit großem Appetit und seufzte zufrieden. Es gab einfach nichts Schöneres als früh am Morgen aufzustehen und im Wald den Sonnenaufgang zu erleben.

Eine unvergleichliche Farbenpracht. Die Sonne war rot, dann rosa, orange, gelb und schließlich weiß. Außerstande, mit soviel Prunk zu konkurrieren, trat auch der Mond den Rückzug an.

Gastons Blick schweifte von den Sternen zur Sonne, von der Sonne zu den Bäumen, von den Bäumen zum Panorama des Tales. Jetzt konnte man den riesigen wilden Wald in seiner ganzen Ausdehnung deutlich erkennen. Fontainebleau bestand aus Ebenen und Hügeln, aus Sand, Sandstein, Ton und Kalk. Es gab auch jede Menge Bäche, Schluchten und Birkenhaine.

Die Landschaft war erstaunlich vielfältig. Zweifellos war dies der abwechslungsreichste Wald Frankreichs, bevölkert von Hunderten Arten an Vögeln, Nagetieren, Reptilien und Insekten. Gaston hatte hier schon mehrmals Frischlinge und Wildschweine gesehen, und einmal sogar eine Hirschkuh mit ihrem Kitz.

Knapp sechzig Kilometer von Paris entfernt, konnte man hier immer noch glauben, die Zivilisation hätte keine Schäden angerichtet. Keine Autos, keine Hupen, keine Luftverschmutzung. Nur Stille, das Rauschen der Blätter im Wind, das Zwitschern vorlauter Vögel.

Gaston schloß die Augen und atmete begierig die feuchte Morgenluft ein. Diese 25000 Hektar wilden Lebens verströmten Düfte, die noch kein Parfumhersteller nachahmen konnte. Reichtümer im Überfluß. Gratis.

Der Leiter der Rechtsabteilung des Forstamtes griff nach seinem Fernglas, um alles noch besser sehen zu können. Er kannte jeden Winkel dieses Waldes, wußte die Namen aller Berge, Wege und Schluchten. In der Ferne lag die Heide, Heimstatt der Heidelerche. Und noch weiter hinten erstreckte sich die Ebene von Chanfroy mit ihren aschfarbenen Hügeln.

Durchs Fernglas betrachtete er den Baum ›Jupiter‹, eine 400 Jahre alte Eiche von 35 m Höhe. Wie schön der Wald doch ist, staunte er wieder einmal.

Eine Ameise krabbelte auf dem Fernglasetui herum. Er wollte sie vertreiben, aber sie klammerte sich an seine Hand und kroch von dort auf seinen Pullover.

»Die Ameisen beunruhigen mich«, teilte er seinem Hund mit. »Bis vor kurzem waren ihre Bauten isoliert, doch nun gruppieren sie sich aus unerfindlichen Gründen. Sie haben Föderationen gebildet, und jetzt schließen sich die Föderationen ihrerseits zusammen, um Imperien zu schaffen. Es kommt einem fast so vor, als führten die Ameisen ein Experiment durch, das uns Menschen niemals gelungen ist, nämlich jenes der Suprasoziabilität.«

Gaston hatte wirklich in Zeitungen gelesen, daß man immer mehr Superkolonien von Ameisenbauten entdeckte. Im französischen Jura gab es Ansammlungen von ein- bis zweitausend Stadtstaaten, die durch Pisten miteinander verbunden waren. Er war überzeugt davon, daß die Ameisen für ihre Gesellschaft das ihnen gemäß perfekteste Stadium anstrebten.

Während er die Umgebung durchs Fernglas betrachtete, fiel ihm plötzlich etwas Ungewöhnliches auf. Er runzelte die Stirn. In der Ferne, in Richtung der Sandsteinfelsen und der Schlucht, die seine Tochter entdeckt hatte, glänzte ein Dreieck zwischen den Birken. Und das war mit Sicherheit kein Ameisenhaufen.

Die glitzernde Form wurde von Ästen kaschiert, doch die geraden Kanten waren verräterisch. Die Natur kennt keine geraden Linien, folglich mußte es sich entweder um ein Zelt handeln, das dort unerlaubt errichtet worden war, oder aber um Sperrmüll, den verantwortungslose Umweltverschmutzer mitten im Wald abgeladen hatten.

Bestürzt eilte Gaston den Pfad in Richtung dieses glänzenden Gebildes hinab, wobei ihm alle möglichen Hypothesen durch den Kopf gingen: Ein neuartiges Wohnwagenmodell? Ein metallisch lackiertes Auto? Ein großer Spiegelschrank?

Er brauchte eine Stunde, um durch Dornen und Gestrüpp zu dem mysteriösen Ding zu gelangen, und der beschwerliche Weg ermüdete ihn.

Aus der Nähe war das Gebilde noch ungewöhnlicher. Es handelte sich weder um einen Wohnwagen noch um einen Schrank, sondern um eine Pyramide von knapp drei Meter Höhe, deren Seiten mit Spiegeln bedeckt waren. Die Spitze war durchsichtig wie Kristall.

»Na so was, mein guter Achille, das ist wirklich eine Überraschung ...«

Der Hund bellte zustimmend. Er knurrte, bleckte seine kariösen Zähne und setzte seine Geheimwaffe ein: den stinkenden Atem, der schon so manche streunende Katze in die Flucht geschlagen hatte.

Gaston umrundete das Bauwerk.

Hohe Bäume und Farnkrautbüsche versteckten die Pyramide sehr gut. Wäre ein Strahl der Morgensonne nicht zufällig genau darauf gefallen, hätte Gaston sie nie entdeckt.

Es gab weder Türen noch Fenster, weder einen Schornstein noch einen Briefkasten. Nicht einmal einen Pfad, der auf einen geheimen Eingang hingedeutet hätte.

Der Setter knurrte immer noch, während er den Boden beschnupperte.

»Denkst du das gleiche wie ich, Achille? Ich habe solche Dinger schon im Fernsehen gesehen. Vielleicht sind das ... Außerirdische!«

Hunde sammeln jedoch zunächst einmal Informationen, bevor sie irgendwelche Hypothesen aufstellen. Speziell Setter. Achille schien sich besonders für die Spiegelwände zu interessieren. Gaston hielt sein Ohr daran.

»Potzblitz!«

Aus dem Inneren waren Geräusche zu hören. Er glaubte

sogar eine Menschenstimme zu erkennen und klopfte an den Spiegel. »Hallo, ist dort jemand?«

Keine Antwort. Die Geräusche verstummten. Der Beschlag, den seine Worte auf dem Spiegel hinterlassen hatten, löste sich langsam wieder auf.

Wenn man die Pyramide aus nächster Nähe betrachtete, hatte sie eigentlich nichts Außerirdisches an sich. Sie war aus Beton, der mit Spiegelplatten verkleidet war, wie man sie in jedem Geschäft für Heimwerker kaufen konnte.

»Wer könnte die Idee gehabt haben, mitten im Wald von Fontainebleau eine Pyramide zu errichten? Hast du eine Ahnung, Achille?«

Der Hund bellte eine Antwort, die der Mensch jedoch nicht verstand.

Hinter ihm summte es leise.

Bzzz...

Gaston achtete nicht darauf. Im Wald gab es jede Menge Mücken und Bremsen. Das Summen kam näher.

Bzzz... bzzz...

Er spürte einen Stich am Hals, hob die Hand, um das lästige Insekt zu vertreiben, hielt aber mitten in der Bewegung inne. Mit weit aufgerissenem Mund drehte er sich um sich selbst und ließ die Hundeleine los. Seine Augen traten fast aus den Höhlen, und er stürzte kopfüber in einen Busch Alpenveilchen.

16. Enzyklopädie

Horoskop: In Südamerika, bei den Maya, gab es eine offizielle, obligatorische Astrologie. Jedes Kind erhielt einen spezifischen vorausschauenden Verskalender, der – auf seinem Geburtsdatum basierend – sein ganzes künftiges Leben erzählte: Wann es Arbeit finden, wann es heiraten, wann es einen Unfall haben und wann es sterben würde. Das alles sang man ihm schon in der Wiege vor, und später lernte das Kind dieses Horoskop auswendig und trällerte es vor sich hin, um zu wissen, wie sich seine Zukunft gestalten sollte.

Dieses System funktionierte großartig, denn die Astrologen der Maya stimmten ihre Prophezeiungen aufeinander ab. Wenn beispielsweise im Horoskoplied eines jungen Mannes stand, er werde an einem bestimmten Tag ein bestimmtes junges Mädchen kennenlernen, so kam diese Begegnung auch zustande, weil das Mädchen in seinem persönlichen Horoskop die entsprechenden Verse gefunden hatte. Das galt auch für Geschäfte: Versprach ein Vers jemandem, er werde an einem bestimmten Tag ein Haus kaufen, so stand andererseits im Horoskop des Verkäufers, er müsse sein Haus an ebendiesem Tag anbieten. Auch über das Datum einer Schlägerei wußten die Teilnehmer schon eine Ewigkeit zuvor Bescheid.

Diese Methode stärkte das bestehende System. Kriege wurden lange im voraus angekündigt und beschrieben. Die Sieger standen von vornherein fest, und die Astrologen wußten sogar genau, wieviel Tote und Verletzte auf den Schlachtfeldern liegen würden. Stimmte die Zahl der Toten nicht genau mit den Prophezeiungen überein, wurden einfach Gefangene niedergemetzelt.

Wie sehr diese gesungenen Horoskope das Leben erleichterten! Nichts blieb mehr dem Zufall überlassen. Niemand hatte Angst vor dem nächsten Tag. Die Astrologen erhellten jedes Menschenleben vom Anfang bis zum Ende. Jeder kannte den Verlauf seines eigenen Lebens und wußte sogar über den Verlauf des Lebens anderer genau Bescheid.

Die Prophezeiungen der Maya gipfelten darin, daß sie den Augenblick des Weltendes festlegten. Es sollte an einem ganz bestimmten Tag des 10. Jahrhunderts (nach christlicher Zeitrechnung) erfolgen. Die Astrologen waren sich sogar über die Stunde einig geworden. Um diese Katastrophe nicht erleben zu müssen, legten die Menschen am Vorabend Feuer an ihre Städte, töteten ihre Familien und begingen Selbstmord. Die wenigen Überlebenden verließen die brennenden Städte und irrten in den Ebenen umher.

Dabei waren die Maya alles andere als borniert oder naiv. Sie hatten eine hochentwickelte Kultur, sie kannten die Null und das Rad (obwohl sie sich über die Bedeutung dieser Entdeckung nicht im klaren waren), sie bauten Straßen, und ihr Kalender, der in dreizehn Monate eingeteilt war, übertraf den unsrigen an Exaktheit.

Als die Spanier im 16. Jahrhundert in Yukatan ankamen, wurde ihnen nicht einmal die Befriedigung zuteil, die Maya-Zivilisation zerstören zu können, denn diese hatte sich schon lange zuvor selbst vernichtet.

Dennoch gibt es bis heute Indios, die behaupten, ferne Nachkommen der Maya zu sein. Man nennt sie Lacandonen, und ihre Kinder trällern seltsamerweise alte Lieder, in denen alle Ereignisse eines Menschenlebens aufgezählt werden. Aber niemand weiß mehr, welche Bedeutung diese Lieder einst hatten.

EDMOND WELLS,
Enzyklopädie des relativen und absoluten Wissens, Band III

17. Begegnung

Wohin führt dieser Weg? Sie ist erschöpft. Schon seit mehreren Tagen nimmt sie auf ihrer langen Wanderung nun schon die Gerüche einer Ameisenpiste wahr.

Einmal ist ihr etwas Merkwürdiges passiert, das sie sich nicht genau erklären kann: sie war auf einen glatten, dunklen Gegenstand geklettert, und plötzlich wurde sie hochgehoben, mußte über eine rosa Wüste laufen, auf der vereinzelte schwarze Gräser wuchsen, wurde auf geflochtene Pflanzenfasern geworfen und schließlich hoch in die Luft geschleudert.

Das mußte einer von ›ihnen‹ gewesen sein!

Sie kommen jetzt immer zahlreicher in den Wald. Doch

was soll's? Sie ist noch am Leben, und das ist das einzige, was zählt.

Die bisher sehr schwachen Pheromondüfte werden stärker. Kein Zweifel – sie befindet sich auf einer Ameisenstraße, hier zwischen Heidekraut und Feldthymian. Sie saugt den Geruch in sich ein und kann diese Mischung von Kohlenwasserstoff sofort identifizieren: $C_{10}H_{22}$ aus den Drüsen unter dem Hinterleib der Kundschafterinnen von Bel-o-kan.

Mit der Sonne im Rücken folgt die alte rote Ameise dieser Duftspur. Ringsum bildet das hohe Farnkraut grüne Gewölbe. Die Tollkirschen ragen wie Chlorophyllsäulen empor. Eichen spenden Schatten. Sie spürt, daß sie von Tausenden von Augen, Ohren und Fühlern beobachtet und belauscht wird, die überall im Gras und Laub versteckt sind. Nachdem aber kein Lebewesen vor ihr auftaucht, kann sie getrost davon ausgehen, daß sie die anderen erschreckt und einschüchtert.

Sie senkt den Kopf, um noch kriegerischer zu wirken, und manche Augen verschwinden hastig.

Als sie um einen Strauch blauer Lupinen biegt, sieht sie plötzlich zwölf Silhouetten vor sich. Es sind rote Waldameisen wie sie selbst. Sie erkennt auf Anhieb den Geruch der Geburtsstadt dieser Ameisen: Bel-o-kan. Es sind also Familienangehörige. Jüngere Schwestern.

Ihre Mandibel nach vorne gerichtet, eilt sie auf diese zivilisierten Wesen zu. Die zwölf bleiben stehen und richten überrascht ihre Fühler auf. Die alte Ameise erkennt, daß es sich um junge geschlechtslose Soldatinnen aus der Unterkaste der Kundschafterinnen und Jägerinnen handelt. Sie bittet eine von ihnen um eine Trophallaxie, und die Angesprochene bringt ihre Zustimmung zum Ausdruck, indem sie ihre Fühler nach hinten biegt.

Sogleich vollziehen die beiden Insekten das unwandelbare Ritual des Nahrungsaustausches. Zunächst übermitteln sie sich einige Informationen, indem sie sich gegenseitig mit den Fühlerspitzen auf den Schädel trommeln. Die eine erfährt auf diese Weise, was ihre Gesprächspartnerin benötigt, die andere, was ihr angeboten wird. Dann rücken sie mit geöffneten Mandibeln dicht aneinander heran, bis Mund-zu-Mund-Kontakt besteht. Die Spenderin holt aus ihrem Kropf flüssige Nahrung hervor und übergibt sie der ausgehungerten Artgenossin. Die alte rote Ameise schluckt gierig. Ein Teil der Speise fließt in den Magen, weil sie wieder zu Kräften kommen muß, aber ein anderer Teil wird in den Kropf, den ›sozialen Magen‹ befördert, damit sie ihrerseits in der Lage ist, notfalls eine Schwester zu stärken. Sie zittert vor Wohlbehagen, während die zwölf jungen Kriegerinnen ihre Fühler bewegen – eine höfliche Aufforderung, daß sie sich doch vorstellen möge.

Jedes der elf Antennensegmente gibt ein spezielles Pheromon ab, wie elf Münder, die imstande sind, sich gleichzeitig in elf verschiedenen olfaktorischen Tonarten auszudrücken. Diese elf Münder können aber nicht nur senden, sondern auch empfangen wie elf Ohren.

Die junge Nahrungsspenderin berührt das erste Segment – vom Kopf aus gerechnet – der alten roten Ameise und weiß sofort ihr Alter: drei Jahre. Das zweite Segment verrät ihr Kaste und Unterkaste: geschlechtslose Soldatin, Kundschafterin und Jägerin. Das dritte informiert über Art und Geburtsort: rote Waldameise aus Bel-o-kan. Das vierte gibt die Legenummer und somit den Namen preis: Sie war das 103683ste Ei, das die Königin im Frühling vor drei Jahren gelegt hatte, und deshalb heißt sie ›Nr. 103683‹.

Die junge Ameise beendet ihre olfaktorische Befragung. Die übrigen Segmente sind nicht zum ›Senden‹ bestimmt. Das fünfte dient dazu, Pistenmoleküle wahrzunehmen; das sechste ermöglicht einfache Dialoge, das siebente komplizierte Dialoge, und das achte ist Gesprächen mit der Königin – der Mutter – vorbehalten. Die drei letzten Segmente können als kleine Keulen eingesetzt werden.

Nr. 103683 sondiert ihrerseits die zwölf Kundschafterinnen. Es sind junge Soldatinnen, 198 Tage alt. Doch obwohl es sich sozusagen um Zwölflinge handelt, unterscheiden sie sich beträchtlich voneinander.

Nr. 5 ist einige Sekunden vor den anderen zur Welt gekommen und somit die Älteste. Länglicher Kopf, schmaler Thorax, spitze Mandibel, stabförmiger Hinterleib – das ergibt einen schlanken Gesamteindruck, und ihre Gesten sind präzise, wohlüberlegt.

Nr. 6, ihre unmittelbare Schwester, ist hingegen rundlich: runder Kopf, gedrungener Thorax, dicker Hinterleib. Ihre Fühler sind an den Enden spiralförmig gebogen, und sie hat einen Tick – dauernd streicht sie mit dem rechten Vorderbein über ihr Ohr, so als juckte es.

Nr. 7 – kurze Mandibel, dicke Beine und distinguiertes Auftreten – ist perfekt gepflegt. In ihrem glänzenden Panzer spiegelt sich der Himmel. Ihre Bewegungen sind anmutig, und sie zeichnet mit dem Ende ihres Hinterleibs ständig ein ›Z‹ in den Staub, was aber nichts zu bedeuten hat.

Nr. 8 ist behaart, sogar an der Stirn und an den Mandibeln. Sie ist schwerfällig und kraftstrotzend und bewegt sich ungeschickt. An einem Zweiglein kauend, streicht sie damit zum Spaß gelegentlich über ihre Antennen, bevor sie es wieder mit den Mandibeln bearbeitet.

Nr. 9 hat einen runden Kopf, einen dreieckigen Thorax, einen quadratischen Hinterleib und zylindrische Beine. Eine Kinderkrankheit hat auf ihrem kupferfarbenen Panzer Löcher hinterlassen, aber sie hat besonders schöne Gelenke, weiß das auch und bewegt sie deshalb fortwährend. Das erzeugt ein nicht unangenehmes Geräusch, wie von gut geölten Scharnieren.

Nr. 10 ist die kleinste, so klein, daß sie kaum noch wie eine richtige Ameise aussieht. Dafür hat sie sehr lange Fühler, und deshalb dient sie der Gruppe als olfaktorisches Radargerät. Die Bewegungen ihrer Sensoren verraten große Neugier.

Auch Nr. 11, 12, 13, 14, 15 und 16 werden von der alten Ameise in allen Einzelheiten begutachtet, bevor sie sich wieder Nr. 5 zuwendet, nicht nur, weil sie die Älteste ist, sondern auch, weil ihre Antennen von olfaktorischen Mitteilungen ganz klebrig sind, was ein Hinweis auf große Soziabilität ist; es ist wesentlich einfacher, sich mit Schwatzbasen als mit verschlossenen Artgenossen zu unterhalten.

Die beiden Ameisen nehmen Fühlerkontakt auf und führen einen Dialog.

Nr. 103683 erfährt, daß diese zwölf Soldatinnen einer neuen militärischen Unterkaste angehören, der Elitetruppe von Bel-o-kan. Sie werden als Vorhut eingesetzt, um feindliche Armeen auszuspionieren. Gelegentlich kämpfen sie gegen andere Ameisenstädte und nehmen auch an der Jagd auf große Räuber – etwa Eidechsen – teil.

Nr. 103683 fragt, was diese Ameisen so fern vom Heimatnest zu tun haben. Nr. 5 antwortet, daß sie einen Forschungsauftrag ausführen sollen. Seit mehreren Tagen marschieren sie nun schon in östliche Richtung, auf der Suche nach dem östlichen Ende der Welt.

Für die Bewohner der Ameisenstadt Bel-o-kan hat die Welt schon immer existiert und wird immer existieren, ohne Anfang und ohne Ende. Sie stellen sich den Planeten würfelförmig vor, umgeben von Luft und umschlossen von einem Wolkenteppich. Dahinter, so glauben sie, gibt es Wasser, das manchmal als Regen durch die Wolken dringt.

Das ist ihre Kosmogonie.

Die Bürger von Bel-o-kan glauben, daß sie in unmittelbarer Nähe des östlichen Randes der Welt leben; seit Jahrtausenden senden sie Expeditionen aus, um die exakte Randstelle zu entdecken.

Nr. 103683 signalisiert, daß auch sie eine belokanische Kundschafterin ist und sich auf dem Rückweg aus dem Osten befindet, und sie prahlt, daß es ihr bereits gelungen sei, das Ende der Welt zu erreichen.

Weil die zwölf jungen Ameisen ihr nicht glauben, schlägt sie vor, im Schutz einer Wurzel einen Kreis zu bilden und alle Fühler zusammenzufügen.

Auf diese Weise wird sie ihnen rasch ihre Lebensgeschichte erzählen können, und dann werden diese zwölf über ihre unglaubliche Odyssee ans östliche Ende der Welt Bescheid wissen. Gleichzeitig werden sie aber auch von der düsteren Gefahr Kenntnis erlangen, die ihrer Heimatstadt droht.

18. Das Würmer-Syndrom

Ein schwarzer Wimpel flatterte an der Limousine, die vor dem Haus stand, wo letzte Vorbereitungen getroffen wurden.

Jeder trat an den aufgebahrten Leichnam heran und küßte ihm ein letztes Mal die Hand.

Dann wurden Gaston Pinsons sterbliche Überreste in einen großen Plastiksack mit Reißverschluß geschoben, in dem sich Naphthalinkugeln befanden.

»Wozu denn das Naphthalin?« fragte Julie einen Angestellten des Bestattungsunternehmens.

Der schwarz gekleidete Mann setzte eine professionelle Miene auf. »Um die Würmer fernzuhalten«, erklärte er gestelzt. »Totes Menschenfleisch zieht Maden an. Glücklicherweise sind Leichname heutzutage dank dem Naphthalin geschützt.«

»Die Würmer können uns also nicht mehr fressen?«

»Unmöglich«, beteuerte der Spezialist. »Außerdem sind die Särge mit Zinkplatten verkleidet, so daß kein Lebewesen eindringen kann. Nicht einmal die Termiten schaffen das. Ihr Vater wird in seinem Grab sehr lange unversehrt bleiben.«

Männer mit dunklen Mützen schoben den Sarg in die Limousine.

Der Leichenzug geriet in einen Verkehrsstau nach dem anderen und wurde von stinkenden Abgasen umhüllt, bevor er Stunden später den Friedhof erreichte. Voran fuhr die Limousine mit dem Leichnam, gefolgt von dem Auto mit den nächsten Familienangehörigen, einem zweiten mit entfernten Verwandten, den Wagen der Freunde des Verstorbenen und schließlich den Fahrzeugen seiner Arbeitskollegen.

Alle waren schwarz gekleidet und stellten Trauermienen zur Schau. Vier Totengräber trugen den Sarg auf ihren Schultern zum Grab. Die Zeremonie ging sehr langsam vonstatten. Die Menschen stampften mit den Füßen, um sich aufzuwärmen, und flüsterten einander die üblichen Floskeln zu: »Er war ein großartiger Mensch«; »er ist viel zu früh von uns gegangen«; »welch ein Verlust für die Rechtsabteilung«; »er war ein Heiliger, ein unglaublich gütiger und großmütiger Mann«; »mit ihm haben wir einen unvergleichlichen Fachmann verloren, einen Beschützer des Waldes«.

Endlich erschien der Priester und sprach seinerseits die passenden Worte: »Staub zu Staub ... dieser bemerkenswerte Ehemann und Vater war uns allen ein Vorbild ... die Erinnerung an ihn wird in unseren Herzen lebendig bleiben ... er wurde von allen geliebt ... dies ist nicht das Ende, sondern nur ein Übergang ... Amen.«

Alle scharten sich um Julie und ihre Mutter, um ihnen zu kondolieren. Sogar Präfekt Dupeyron persönlich war erschienen.

»Danke, daß Sie gekommen sind, Herr Präfekt.«

Doch dem Präfekten schien besonders viel daran zu liegen, mit dem jungen Mädchen zu sprechen. »Mein herzliches Beileid, Mademoiselle. Dieser Verlust muß für Sie schrecklich sein.« Er ging auf Tuchfühlung und flüsterte Julie ins Ohr: »In Anbetracht der Wertschätzung, die ich Ihrem Vater entgegenbrachte, wird es für Sie in der Präfektur immer einen Platz geben. Kommen Sie zu mir, sobald Sie Ihr Jurastudium abgeschlossen haben, und ich werde Ihnen eine gute Stellung beschaffen.«

Endlich geruhte der hohe Staatsbeamte, sich der Ehefrau des Verstorbenen zuzuwenden. »Ich habe bereits einen unserer besten Kriminalbeamten beauftragt, den mysteriösen Tod Ihres Herrn Gemahls zu untersuchen. Es handelt sich um Kommissar Linart. Der Mann ist ein As und wird den Fall sehr schnell aufklären.«

Nach einer kurzen Pause fuhr er fort: »Natürlich respektiere ich Ihre Trauer, aber manchmal tut es gut, auf andere Gedanken zu kommen. Anläßlich der Partnerschaft unserer Stadt mit der japanischen Stadt Hachinohe findet im Galasaal von Schloß Fontainebleau am nächsten Samstag ein Empfang statt. Kommen Sie doch mit Ihrer Tochter. Ich habe Gaston gut gekannt. Er hätte bestimmt seine Freude daran, wenn Sie sich ein bißchen ablenken.«

Julies Mutter nickte zögernd, während Trockenblumen auf den Sarg geworfen wurden.

Julie trat dicht an den Rand des Grabes heran und murmelte mit zusammengebissenen Zähnen: »Schade, daß es zwischen uns nie zu einem richtigen Gespräch gekommen ist, Papa. Ich bin sicher, daß du ein patenter Kerl warst ... «

Sie betrachtete den Fichtensarg und biß sich den Daumennagel ab. Das war am schmerzhaftesten. Wenn sie sich selbst Schmerz zufügte, konnte sie immerhin das Ausmaß selbst bestimmen. Auf diese Weise behielt sie die Kontrolle über ihr Leiden, anstatt passiv zu dulden.

»Schade, daß es soviel Barrieren zwischen uns gegeben hat, Papa«, schloß sie.

Unter dem Sarg hämmerte eine Schar ausgehungerter Maden ungeduldig gegen die Zinkplatte, und auch sie sagten sich: *Schade, daß es soviel Barrieren zwischen uns gibt.*

19. Enzyklopädie

Begegnung zweier Kulturen: Der Aufeinanderprall zweier verschiedener Kulturen ist immer ein kritischer Augenblick.

Das Schlimmste war zu befürchten, als Kapitän John Ross, Leiter einer britischen Polarexpedition, am 10. August 1818 mit den Einwohnern Grönlands zusammentraf, den Inuit (d. h. ›Menschen‹, während ›Eskimo‹ etwas abschätzig ›Esser von rohem Fleisch‹ bedeutet). Die Inuit glaubten bis dahin, allein auf der Welt zu sein. Der Älteste schwang einen Knüppel und gab damit das Signal zum Angriff.

John Saccheus, der Dolmetscher aus Südgrönland, hatte die großartige Idee, sein Messer diesen Fremden vor die Füße zu werfen. Diese großmütige Geste verwirrte die Inuit, die sich der Waffe bemächtigten und zu schreien begannen, wobei sie sich die Nasen zuhielten.

Saccheus besaß außerdem die Geistesgegenwart, sie

sogleich zu imitieren. Dadurch war das Schwierigste geschafft, denn man verspürt nicht das Bedürfnis, jemanden zu töten, der sich genauso verhält wie man selbst.

Ein alter Inuit kam näher heran, betastete Saccheus' Baumwollhemd und fragte, welches Tier ein so zartes Fell habe. Der Dolmetscher antwortete, so gut er konnte, doch da stellte der Alte ihm schon die nächste Frage: »Kommt ihr vom Mond oder von der Sonne?« Da die Inuit glaubten, die einzigen Erdbewohner zu sein, fanden sie keine andere Erklärung für diese Ankunft von Fremden.

Es gelang Saccheus, sie zu einem Treffen mit den englischen Offizieren zu überreden, und als sie an Bord des Schiffes kamen, gerieten sie zunächst beim Anblick eines Schweins in Panik, lachten aber schallend, als sie sich selbst in einem Spiegel sahen. Sie staunten über eine Uhr und fragten, ob sie eßbar sei. Man bot ihnen Zwieback an, den sie mißtrauisch kauten und angeekelt wieder ausspuckten. Schließlich ließen sie zum Zeichen einer Verbündung ihren Schamanen kommen, der die eigenen Geister beschwor, alle bösen Geister an Bord des englischen Schiffes zu bannen.

Am nächsten Tag hißte John Ross seine Fahne auf dem Territorium der Inuit und eignete sich damit die Reichtümer des Landes an. Ohne daß die Inuit es bemerkt hatten, waren sie innerhalb einer Stunde Untertanen der britischen Krone geworden; und schon eine Woche später tauchte ihr Land auf allen Karten auf, anstelle der früheren Bezeichnung *Terra incognita*.

EDMOND WELLS,
Enzyklopädie des relativen und absoluten Wissens, Band III

20. Die Angst vor den Mächtigen

Die alte rote Ameise berichtet von unbekannten Ländern, von einer großen Reise, von einer fremden Welt. Die zwölf Kundschafterinnen trauten ihren Fühlern kaum.

Alles hatte damit angefangen, daß Nr. 103683, eine einfache Soldatin, in den Gängen der Verbotenen Stadt unweit des königlichen Gemachs unterwegs war, als plötzlich zwei fortpflanzungsfähige Ameisen, ein Männchen und ein Weibchen, auftauchten und sie um Hilfe baten. Sie behaupteten, eine ganze Jagdexpedition sei von einer Geheimwaffe vernichtet worden, die zehn Kriegerinnen auf einmal töten könne.

Nr. 103683 hatte zunächst wie die anderen geglaubt, ihre Erbfeinde, die Zwergameisen von Shi-gae-pu, steckten dahinter. Ein Feldzug wurde unternommen, doch bei der Schlacht setzten die Zwergameisen keine riesigen zermalmenden Waffen ein. Folglich besaßen sie keine derartigen Geheimwaffen.

Als nächstes wurde ein anderer Erbfeind verdächtigt: die Termiten. Nr. 103683 nahm an der Jagdexpedition zum Termitenhügel des Ostens teil, doch sie fanden eine durch Giftgas zerstörte Stadt vor. Die Termitenkönigin hatte als einzige überlebt und behauptete, all diese Katastrophen, die sich in letzter Zeit häuften, seien das Werk von Ungetümen, von den sogenannten ›Wächtern des Endes der Welt‹.

Nr. 103683 begab sich daraufhin gen Osten, überquerte den großen Strom, bestand tausend Abenteuer und entdeckte schließlich dieses sagenumwobene Ende der Welt.

Die Welt ist kein Würfel, berichtet Nr. 103683, und deshalb besteht ihr Rand auch nicht aus einem schwindelerregenden Abgrund, sondern ist flach. Sie versucht ihn zu beschreiben, so wie sie ihn in Erinnerung behalten hat: eine graue und schwarze Zone mit gräßlichem Benzingestank. Sobald eine Ameise sich dorthin vorwagte, wurde sie von einer schwarzen Masse, die nach Gummi roch, zermalmt. Viele Ameisen hatten es versucht und waren gestorben, denn das Ende der Welt war zwar flach, aber dennoch eine Todeszone.

Nr. 103683 erzählt, sie hätte eigentlich umkehren wollen, doch dann sei sie auf die Idee gekommen, einen Tunnel unter diesem infernalischen Todesstreifen zu graben.

Auf diese Weise sei sie auf die andere Seite des Endes der Welt gelangt und habe das exotische Land entdeckt, wo die gigantischen Tiere lebten, von denen die Termitenkönigin gesprochen hatte, diese ›Wächter des Endes der Welt‹.

Ihr Bericht fasziniert die zwölf jungen Kundschafterinnen.

»Wer sind diese Riesentiere?« fragt Nr. 14 verwirrt.

Nach kurzem Zögern antwortet Nr. 103683 mit einem einzigen Wort: *FINGER*.

Obwohl sie daran gewöhnt sind, die schlimmsten Raubtiere zu jagen, zucken die zwölf Soldatinnen erschrocken zusammen und unterbrechen dadurch ungewollt die Kommunikationsrunde.

Die Finger?

Dieses Wort bedeutet für sie die Beschwörung eines Alptraums.

Alle Ameisen wissen schreckliche Geschichten über die Finger zu berichten. Sie sind die gefährlichsten Ungeheuer der ganzen Schöpfung. Manche behaupten, sie seien immer zu fünft unterwegs. Andere beteuern, sie würden Ameisen völlig grundlos töten, ohne sie anschließend zu fressen.

In der Welt des Waldes hat Töten stets eine Berechtigung. Man tötet, um zu fressen. Man tötet, um sich zu verteidigen. Man tötet, um sein Jagdterritorium zu vergrößern. Man tötet, um ein Nest zu erobern. Aber die Finger verhalten sich völlig absurd. Sie töten die Ameisen einfach so, ohne ein einleuchtendes Motiv.

Aus diesem Grund wurden die Finger in der Ameisenwelt als irrsinnige Tiere angesehen, deren Verhalten unvorstellbares Grauen auslöste. Jeder kannte die scheußlichen Gerüchte, die über sie in Umlauf waren.

Die Finger ...

Es hieß, sie würden ganze Städte zerwühlen, so daß die Ameisen scharenweise aus ihren eingestürzten Kammern flüchten mußten. Angeblich zerstörten die Finger sogar die Brutkammern, ein Greuel sondergleichen!

Die Finger ...

In Bel-o-kan wird erzählt, die Finger hätten vor nichts Respekt, nicht einmal vor den Königinnen. Sie verwüsteten alles. Man sagt, sie wären blind und würden aus Rache alle töten, die sehen können.

Die Finger …

In allen Berichten werden sie übereinstimmend als riesige rosa Kegel beschrieben, ohne Augen, ohne Mund, ohne Fühler, ohne Beine. Große glatte rosa Kegel mit phänomenaler Kraft, die alles ermorden, was ihnen über den Weg läuft, und nichts davon fressen.

Die Finger …

Es wird behauptet, sie würden Ameisen, die sich zu dicht an sie heranwagen, ein Bein nach dem anderen ausreißen.

Die Finger …

Niemand weiß, was der Wahrheit entspricht, und was ins Reich der Legende gehört. In den Ameisenstädten haben sie tausend Beinamen: »rosa Todeskegel«, »harter Tod vom Himmel«, »Meister der Grausamkeit«, »rosa Grauen«, »Schrecken, der zu fünft reist«, »Stadtzerstörer«, »Unbenennbare« …

Die Finger …

Es gibt auch Ameisen, die glauben, daß es die Finger gar nicht gibt, daß die Ammen diese Greuelmärchen nur erzählen, um vorwitzigen Larven, die das Nest zu früh verlassen wollen, Angst einzujagen. *Geht nicht nach draußen, dort wimmelt es von Fingern!*

Wer hat das in seiner Kindheit nicht zu hören bekommen? Und wer kennt nicht die Mythen von den heldenhaften Kriegerinnen, die auszogen, um mit bloßen Mandibeln gegen die Finger zu kämpfen?

Die Finger …

Die zwölf jungen Soldatinnen zittern allein schon beim Gedanken an diese Ungeheuer. Man sagt, sie hätten es nicht nur auf Ameisen abgesehen, sondern auf alle Lebewesen. Sie spießen Würmchen an Haken auf und hängen sie ins Wasser, bis sie von Fischen gefressen werden!

Die Finger …

Sie können angeblich in kürzester Zeit hundertjährige Bäume umwerfen, und sie reißen Fröschen die Hinterbeine aus und werfen sie dann verstümmelt in den Tümpel zurück! Und das ist noch lange nicht alles. Sie spießen Schmetterlinge auf, schlagen Mücken mitten im Flug tot, durchlöchern Vögel mit kleinen runden Steinen, zerquetschen Eidechsen zu Brei, ziehen Eichhörnchen das Fell ab, plündern die Bienenstöcke und ersticken Schnecken in grünem Fett, das nach Knoblauch riecht …

Die zwölf Ameisen betrachten Nr. 103683, diese alte Kriegerin, die behauptet, sich den Fingern genähert zu haben und unversehrt davongekommen zu sein.

Die Finger …

Nr. 103683 insistiert: Die Finger breiten sich immer mehr auf der Welt aus. Jetzt beginnen sie sogar schon den Wald heimzusuchen. Man darf sie nicht mehr ignorieren.

Nr. 5 bleibt mißtrauisch. Sie schwenkt ihre Fühler: »*Warum sieht man sie dann nirgends?*«

Die alte Ameise hat dafür eine Erklärung: »*Sie sind so groß, daß sie dadurch unsichtbar werden.*«

Den zwölf Kundschafterinnen verschlägt es die Sprache. Ob diese Greisin dummes Zeug schwafelt?

Die Finger sollen also tatsächlich existieren? Die Fühler der zwölf stehen still, ohne zu senden oder zu empfangen. Das alles hört sich so verrückt an. Die Finger existieren und schicken sich an, in den Wald vorzudringen? Sie versuchen vergeblich, sich das Ende der Welt und seine Wächter, die Finger, vorzustellen.

Nr. 5 fragt die alte Kundschafterin, warum sie nach Bel-o-kan zurückkehren wolle.

Nr. 103683 antwortet, sie wolle alle Ameisen des Planeten informieren, daß die Finger immer näher kämen, daß bald nichts mehr so sein würde wie bisher. Sie sendet ihre überzeugendsten Moleküle aus, damit die anderen ihr glauben.

Die Finger existieren tatsächlich!

Sie beharrt darauf, daß man die Welt warnen müsse. Alle Ameisen müßten erfahren, daß irgendwo dort oben, über den Wolken versteckt, die Finger sie belauern und alles verändern wollen. Die zwölf sollten die Kommunikationsrunde wieder schließen, denn sie habe ihnen noch sehr viel zu erzählen.

Nach ihrer ersten Odyssee war sie in ihre Geburtsstadt Bel-o-kan zurückgekehrt und hatte der Königin von ihren Abenteuern berichtet. Zutiefst beunruhigt hatte diese beschlossen, zum Kreuzzug aufzurufen, um alle Finger von der Erdoberfläche zu tilgen.

In kürzester Zeit hatten die Belokanerinnen eine Armee von 3000 Ameisen aufgestellt. Doch der Weg war weit, und nur 500 erreichten das Ende der Welt. Dort kam es zu einer denkwürdigen Schlacht. Die Reste der glorreichen Armee kamen bei einem Seifenwassersturm ums Leben. Nr. 103683 war eine der ganz wenigen – wenn nicht die einzige – der Überlebenden.

Sie überlegte damals, ob sie nach Hause zurückkehren sollte, um den anderen die schlechte Nachricht zu überbringen, aber ihre Neugier war stärker. Anstatt den Rückweg anzutreten, beschloß sie, ihre Angst zu überwinden und der anderen Seite der Welt – dem Land, wo die riesigen Finger lebten – einen Besuch abzustatten.

Und sie hat sie gesehen!

Die Königin von Bel-o-kan hatte sich geirrt. 3000 Ameisen konnten nicht alle Finger ausmerzen, weil es unvorstellbar viele von ihnen gab.

Nr. 103683 beschreibt die Welt der Finger. In ihrer Zone haben sie die Natur zerstört und durch Gegenstände ersetzt, die sie selbst herstellen – bizarre Gegenstände, völlig geometrisch, glatt, kalt und tot.

Die alte Ameise unterbricht plötzlich ihren Bericht, denn sie riecht irgendwo in der Ferne einen Feind. Ohne lange zu überlegen, versteckt sie sich schnell zusammen mit den anderen. Um wen es sich wohl diesmal handeln mag?

21. Psychologische Logik

Damit seine Patienten sich wohl fühlten, hatte der Therapeut sein Sprechzimmer wie einen Salon eingerichtet. Moderne Gemälde mit großen roten Flecken paßten seltsamerweise recht gut zu den antiken Mahagonimöbeln. Mitten im Raum stand auf einem zierlichen einbeinigen Tischchen mit runder vergoldeter Platte eine schwere rote Ming-Vase.

Hierher hatte Julies Mutter ihre Tochter während der ersten Magersuchtskrise geschickt. Der Spezialist hatte sofort etwas Sexuelles dahinter vermutet. Hatte ihr Vater sie vielleicht als Kind mißbraucht? War ein Freund der Familie zudringlich geworden? Hatte ihr Gesangslehrer sie unsittlich berührt?

Diese Vorstellung entsetzte die Mutter. Ihr kleines Mädchen in den Armen des alten Lustmolchs ..., aber vielleicht würde das alles erklären.

»Möglicherweise haben Sie recht, denn sie hat ein weiteres Problem, geradezu eine Phobie. Sie erträgt es nicht, daß man sie berührt.«

Für den Spezialisten bestand überhaupt kein Zweifel daran, daß das Mädchen einen schweren seelischen Schock erlitten hatte. Daß ihr nur die gewohnten Stimmübungen fehlten, schien ihm völlig unglaubhaft.

Er war sowieso überzeugt, daß die Mehrzahl seiner Patienten in der Kindheit sexuell mißbraucht worden war. Das ging bei ihm so weit, daß er – wenn krankhaftes Verhalten keinen Hinweis auf ein Trauma dieser Art ergab – seinen Patienten vorschlug, sie sollten sich etwas Derartiges einfach einreden. Anschließend konnte er sie mühelos behandeln, und sie kamen ihr Leben lang immer wieder getreulich in seine Praxis.

Als die Mutter diesmal angerufen hatte, um einen Termin für Julie zu vereinbaren, hatte er sich erkundigt, ob das Mädchen jetzt wieder normal esse.

»Nein, noch immer nicht«, hatte die Mutter geantwortet. »Sie mäkelt an allem herum und weigert sich strikt, irgend etwas zu essen, was auch nur im entferntesten nach Fleisch aussieht. Meiner Meinung nach ist sie immer noch magersüchtig, wenngleich in abgeschwächterer Form als früher.«

»Das erklärt zweifellos auch ihre Amenorrhöe, nicht wahr?« sagte der Arzt zufrieden.

»Ihre – was?«

»Sie haben mir doch anvertraut, daß Ihre Tochter, obwohl sie neunzehn ist, noch nie ihre Periode hatte. Das ist ein anormaler Rückstand in ihrer Entwicklung. Amenorrhöe ist oft mit Anorexie verbunden. Der Körper besitzt seine eigene Weisheit, nicht wahr? Er produziert keine Eier, wenn er sich außerstande fühlt, einen Fötus zu ernähren ...«

»Aber warum verhält sie sich so absonderlich?«

»Julie leidet unter etwas, das wir in unserem Jargon den ›Peter-Pan-Komplex‹ nennen. Sie weigert sich, erwachsen zu werden. Sie hofft, daß ihr Körper sich nicht entwickeln wird, wenn sie nichts ißt, und daß sie dann für immer ein kleines Mädchen bleiben kann.«

»Ich verstehe«, seufzte die Mutter. »Zweifellos will sie aus denselben Gründen auch ihr Abitur nicht bestehen.«

»Selbstverständlich! Auch das Abitur stellt einen Übergang ins Erwachsenenalter dar. Und sie will nun einmal nicht erwachsen werden. Folglich bäumt sie sich wie ein widerspenstiges Pferd auf, um diese Hürde nicht überspringen zu müssen, nicht wahr?«

Eine Sekretärin meldete Julies Ankunft durch die Sprechanlage, und der Psychotherapeut bat sie, das Mädchen in sein Sprechzimmer zu führen.

Julie hatte Achille mitgebracht. Der Hund brauchte seinen täglichen Auslauf, und auf diese Weise war der Termin wenigstens zu irgend etwas nutze.

»Wie geht es uns, Julie?« fragte der Therapeut.

Das junge Mädchen mit den hellgrauen Augen betrachtete diesen massigen Mann, der immer ein wenig schwitzte und dessen schütteres Haar im Nacken zu einem Pferdeschwanz zusammengefaßt war.

»Julie, ich möchte dir helfen«, versicherte er mit fester

Stimme. »Ich weiß, daß du im tiefsten Innern deines Herzens sehr unter dem Tod deines Vaters leidest. Aber junge Mädchen sind nun einmal schamhaft, und deshalb traust du dich nicht, deinen Schmerz zu zeigen. Das mußt du aber, um dich davon befreien zu können. Andernfalls wird er wie bittere Galle in dir gären, und du wirst immer mehr leiden. Du verstehst mich, nicht wahr?«

Schweigen. Das verschlossene Gesicht blieb ausdruckslos. Der Psychotherapeut erhob sich aus seinem Sessel und legte ihr seine Hände auf die Schultern.

»Ich möchte dir helfen, Julie«, wiederholte er. »Es kommt mir so vor, als hättest du Angst. Du bist ein kleines Mädchen, das sich allein im Dunkeln fürchtet und beruhigt werden muß. Darin besteht meine Arbeit. Es ist meine Aufgabe, dir wieder Selbstvertrauen zu geben, deine Ängste zu beseitigen und dir zu ermöglichen, das Beste, was in dir schlummert, zu entwickeln, nicht wahr?«

Julie gab dem Hund ein diskretes Zeichen, daß in der kostbaren chinesischen Vase ein Knochen versteckt sei. Achille betrachtete sie mit herabhängenden Lidern, ahnte, was sie ihm sagen wollte, traute sich aber nicht, in dieser fremden Umgebung Streifzüge zu unternehmen.

»Julie, wir sind hier, um gemeinsam die Rätsel deiner Vergangenheit zu lösen. Wir werden nacheinander alle Episoden deines Lebens unter die Lupe nehmen, sogar jene, die du vergessen zu haben glaubst. Ich werde dir aufmerksam zuhören, und gemeinsam werden wir herausfinden, wie man die Geschwüre aufschneiden und die Wunden ausbrennen kann, nicht wahr?«

Julie fuhr fort, den Hund unauffällig anzuspornen. Achille starrte abwechselnd Julie und die Vase an und versuchte, den Zusammenhang zu begreifen. Sein Hundegehirn war sehr verwirrt, denn er spürte, daß das Mädchen etwas sehr Wichtiges von ihm verlangte.

Achille – Vase. Vase – Achille. Wo ist der Zusammenhang? Es ärgerte ihn oft, daß es ihm nicht gelang, die Zusammenhänge zwischen Dingen oder Ereignissen in der Menschenwelt zu erkennen. Beispielsweise hatte es sehr lange gedauert, bis er den Zusammenhang zwischen Briefträger und Briefkasten begriffen hatte. Warum füllte dieser Mann den Kasten mit Papier? Schließlich war ihm klar geworden, daß der törichte Kerl den Briefkasten für ein Tier hielt, das sich von Papier ernährte, und alle anderen Menschen ließen ihn gewähren, wahrscheinlich aus Mitleid.

Doch was erwartete Julie jetzt von ihm? Der Setter kläffte. Vielleicht würde das ja genügen, um sie zufriedenzustellen.

Der Psychotherapeut fixierte das Mädchen mit den hellgrauen Augen. »Julie, ich habe für unsere gemeinsame Arbeit zwei Ziele im Auge. Erstens – dir neues Selbstvertrauen zu geben. Zweitens wird es aber meine Aufgabe sein, dich Demut zu lehren. Selbstvertrauen ist sozusagen das Gaspedal der Persönlichkeit, Demut die Bremse. Von dem Moment an, wo man sowohl Gas als auch Bremse unter Kontrolle hat, ist man Herr seines Schicksals und kann die Straße seines Lebens perfekt nutzen. Das verstehst du doch, Julie, nicht wahr?«

Julie blickte dem Arzt endlich in die Augen und verkündete: »Ihre Bremse und Ihr Gaspedal sind mir scheißegal! Die Psychoanalyse wurde doch nur ersonnen, um den Kindern zu helfen, sich von den verkorksten Schemata ihrer Eltern zu lösen, weiter nichts, und sogar das klappt bestenfalls in einem von hundert Fällen. Hören Sie endlich auf, mich wie eine dumme Göre zu behandeln. Ich habe genau wie Sie Freuds *Einführung in die Psychoanalyse* gelesen – und durchschaue Ihre psychologischen Tricks. Ich bin nicht krank, und wenn ich leide, so nicht infolge mangelnder Einsicht, sondern infolge zu großer Hellsichtigkeit. Ich habe durchschaut, wie veraltet, wie verkalkt, wie reaktionär diese Welt ist. Sogar Ihre sogenannte Psychotherapie wühlt doch nur in der Vergangenheit herum. Ich schaue aber nicht gern zurück. Auch beim Autofahren starre ich nicht ständig in den Rückspiegel!«

Der Arzt war überrascht. Bisher war Julie immer fast stumm gewesen. Keiner seiner Patienten hatte sich je erlaubt, ihn so direkt anzugreifen.

»Ich sage nicht, daß du nach hinten schauen sollst. Ich sage, du sollst dich selbst genau betrachten, nicht wahr?«

»Ich will auch nicht mich selbst dauernd betrachten. Beim Autofahren muß man auch nach vorne schauen, wenn man Unfälle vermeiden will. Was Sie stört, ist doch im Grunde, daß ich viel zu ... viel zu scharfsichtig bin. Deshalb reden Sie sich ein, ich wäre nicht normal. Dabei kommt Ihre Manie, jeden Satz mit ›nicht wahr?‹ zu beenden, *mir* krankhaft vor.«

Ohne ihn zu Wort kommen zu lassen, fuhr sie fort: »Und dann die Einrichtung Ihres Sprechzimmers! Haben Sie jemals darüber nachgedacht? Dieses viele Rot, diese Gemälde, Möbel und roten Vasen! Sind Sie von Blut fasziniert? Und der Pferdeschwanz! Wollen Sie auf diese Weise Ihre femininen Neigungen demonstrieren?«

Der Spezialist zuckte zusammen, und seine Lider flatterten. Eine Grundregel seiner Profession lautete: Man darf sich mit Patienten niemals auf Diskussionen einlassen. Er mußte dieser Julie schnell Einhalt gebieten. Sie wollte ihn aus dem Gleichgewicht bringen, indem sie seine eigenen Waffen gegen ihn richtete. Offenbar hatte sie tatsächlich einige psychologische Werke gelesen. Dieses viele Rot ... es traf zu, daß er dabei an etwas ganz Bestimmtes dachte. Und sein Pferdeschwanz ...

Er rang um Fassung, aber seine Patientin ließ ihn nicht in Ruhe.

»Im übrigen ist es bereits symptomatisch, wenn jemand sich für den Beruf des Psychotherapeuten entscheidet. Edmond Wells hat geschrieben: ›Schauen Sie sich an, für welche Fachrichtung sich ein Arzt entscheidet, und Sie werden erkennen, welche Probleme er selbst hat. Augenärzte tragen meistens Brillen, Hautärzte leiden häufig unter Akne oder Schuppenflechte, Endokrinologen haben hormonelle Probleme, und die Psychologen sind ...«

»Wer ist Edmond Wells?« fiel der Arzt ihr ins Wort, glücklich über diese Chance eines Themawechsels.

»Ein Freund, der es wirklich gut mit mir meint«, erwiderte Julie trocken.

Der Therapeut hatte sich wieder gefaßt. Seine professionellen Reflexe waren so tief verwurzelt, daß er sie jederzeit abrufen konnte. Schließlich war dieses Mädchen nur eine Patientin, und er war der Spezialist.

»Und was sonst? Edmond Wells ... Ist er mit H.G. Wells, dem Autor des *Unsichtbaren Mannes* verwandt?«

»Nein. Mein Wells ist viel mächtiger. Er hat ein Buch geschrieben, das *lebt und redet.*«

Der Arzt sah jetzt, wie er aus der Sackgasse herauskommen konnte, und ging auf Julie zu.

»Und was erzählt dieses Buch, das ›lebt und redet‹?«

Er stand jetzt so dicht vor Julie, daß sie seinen Atem spürte, und das haßte sie, ganz egal, um wessen Atem es sich auch handeln mochte. Sie wandte ihr Gesicht ab, so gut es ging, aber sein Atem roch aufdringlich nach Menthol.

»Ich dachte mir doch von Anfang an, daß es in Ihrem Leben jemanden gibt, der Sie manipuliert und auf dumme Ideen bringt. Wer ist Edmond Wells? Kannst du mir sein Buch zeigen, das ›lebt und redet‹?«

Der Psychologe wußte nicht mehr so recht, ob er sie duzen oder siezen sollte, aber allmählich bekam er die Zügel der Unterhaltung wieder in die Hand. Auch Julie bemerkte das und weigerte sich, das Wortgefecht fortzusetzen. Der Spezialist wischte sich den Schweiß von der Stirn. Je mehr diese kleine Patientin ihn herausforderte, desto schöner fand er sie. Sie war einfach erstaunlich, ein junges Mädchen, das sich wie eine zwölfjährige Range gebärdete, über die Selbstsicherheit einer dreißigjährigen Frau verfügte und offenbar sehr belesen war, was besonders charmant wirkte. Er verschlang sie mit den Augen. Widerstand reizte ihn immer, und alles an ihr war hinreißend – ihr Geruch, ihre Augen und Brüste ... Es kostete ihn große Willenskraft, sie nicht zu berühren und zu liebkosen.

Behende wie eine Forelle entfernte sie sich von ihm und blieb an der Tür kurz stehen, wobei sie herausfordernd lächelte. Sie vergewisserte sich durch Betasten, daß die *Enzyklopädie des relativen und absoluten Wissens* noch in ihrem

Rucksack lag und setzte ihn auf. Hinter ihr fiel die Tür laut ins Schloß.

Achille war ihr gefolgt. Draußen versetzte sie ihm einen leichten Tritt. Das würde ihn lehren, einen Gegenstand, auf den sie ihn aufmerksam machte, sofort zu attackieren und zu zerbrechen.

22. Enzyklopädie

Strategie der Unberechenbarkeit: Ein scharfer und logischer Beobachter ist in der Lage, jede menschliche Strategie vorherzusehen. Dennoch gibt es eine Möglichkeit, unberechenbar zu bleiben: Dazu braucht man nur einen Zufallsmechanismus in einen Entscheidungsprozeß einzuführen. Beispielsweise, indem man würfelt, in welche Richtung der nächste Angriff erfolgen soll.

Der Einsatz von Chaos bei einer globalen Strategie führt nicht nur zu überraschenden Effekten, sondern bietet auch die Möglichkeit, die hinter wichtigen Entscheidungen stehende Logik geheimzuhalten. Niemand kann vorhersehen, wie der Würfel fällt.

Es gibt jedoch nur wenige Generäle, die sich im Krieg trauen, das nächste Manöver den Launen des Zufalls zu überlassen. Sie glauben, auf ihre eigene Intelligenz bauen zu können. Dabei sind Würfel erwiesenermaßen die bessere Methode, den Gegner zu verunsichern, der glauben wird, irgendeinen entscheidenden Faktor der Reflexion übersehen zu haben. Aus Verwirrung wird er ängstlich reagieren und dadurch leicht zu durchschauen sein.

EDMOND WELLS,
Enzyklopädie des relativen und absoluten Wissens, Band III

23. Drei exotische Begriffe

Nr. 103683 und ihre Gefährtinnen schieben ihre Fühler aus dem Versteck hervor, um die Neuankömmlinge identifizieren zu können. Es sind Zwergameisen aus der Stadt Shigae-pu, winzig, aber sehr kampflustig und gehässig.

Sie nähern sich, begierig auf eine Konfrontation mit den Belokanerinnen, deren Gerüche sie natürlich wahrgenommen haben. Aber was machen sie hier, so weit von ihrem Nest entfernt?

Nr. 103683 glaubt, daß sie aus denselben Gründen wie ihre neuen Gefährtinnen unterwegs sind: aus Neugier. Auch die Zwergameisen wollen die östlichen Grenzen der Welt erforschen. Sie entdecken das Versteck der roten Ameisen nicht, und diese lassen sie unbehelligt weiterziehen.

Unter einer Buchenwurzel bilden sie erneut einen Kreis, berühren einander mit den Fühlerspitzen, und Nr. 103633 setzt ihren Bericht fort.

Sie fand sich also plötzlich allein im Land der Finger wieder. Dort machte sie eine Entdeckung nach der anderen. Als erstes traf sie die Schaben, die behaupteten, die Finger gezähmt zu haben, die ihnen tagtäglich riesige Mengen Nahrung in großen grünen Tonnen darbringen würden.

Danach besichtigte sie die Nester der Finger. Sie hatten gigantische Ausmaße, aber auch andere auffällige Merkmale. Alles war hart und quaderförmig. Es war unmöglich, einen Tunnel in die Wände zu graben. In jedem Fingernest gab es heißes Wasser, kaltes Wasser, Luft und viel tote Nahrung.

Doch das war noch nicht das Ungewöhnlichste. Zufällig hatte Nr. 103683 einen Finger entdeckt, der den Ameisen nicht feindlich gesinnt war, einen unglaublichen Finger, der sogar eine Kommunikation zwischen den beiden Arten herstellen wollte.

Dieser Finger hatte eine Maschine konstruiert, die es ermöglichte, die olfaktorische Ameisensprache in die Gehörsprache der Finger zu transformieren. Er hatte sie selbst gebaut und verstand damit umzugehen.

Nr. 14 zieht sich aus der Gesprächsrunde zurück. Ihr reicht's! Sie hat genug Blödsinn gehört. Diese alte Ameise behauptet allen Ernstes, mit einem Finger ›geredet‹ zu haben! Die zwölf jungen Kundschafterinnen sind sich einig: Die Alte ist zweifellos verrückt.

Nr. 103683 verlangt, daß man ihr weiter ohne Vorurteile zuhören möge.

Nr. 5 erinnert sie daran, daß die Finger ganze Ameisenstädte zerstören. Mit einem Finger zu reden – das bedeutet Kollaboration mit dem schlimmsten Feind der Ameisen.

Ihre Schwestern wedeln zustimmend mit den Fühlern.

Nr. 103683 entgegnet, daß man immer versuchen sollte, seine Feinde gut zu kennen, sei es auch nur, um sie besser bekämpfen zu können. Der erste Feldzug gegen die Finger habe nur deshalb in einem Blutbad geendet, weil die Ameisen sich völlig falsche Vorstellungen von den Fingern gemacht hätten.

Die zwölf zögern. Sie haben keine große Lust, sich den weiteren Bericht der Alten anzuhören, weil er viel zu bestürzend ist, aber die Neugier ist bei Ameisen genetisch tief verwurzelt, und so schließt sich der Gesprächskreis erneut.

Nr. 103683 erzählt von ihren Unterhaltungen mit ›dem Finger, der kommunizieren kann‹. Wieviel Wissen vermag sie den jungen Ameisen jetzt dank seinen Erklärungen zu vermitteln! Was die Ameisen von den Fingern sehen, sind nur die Verlängerungen am Ende ihrer Beine. Eine Ameise ist völlig außerstande, sich Finger vorzustellen, weil sie tausendmal größer sind als sie selbst. Wenn Ameisen glaubten, Finger hätten weder einen Mund noch Augen, so liegt das nur daran, daß diese sich in solcher Höhe befinden, daß man sie nicht sehen kann.

Die Finger besitzen sehr wohl einen Mund, Augen und Beine. Fühler fehlen ihnen, aber die brauchen sie auch nicht, denn ihr Gehör ermöglicht ihnen eine Kommunikation, und dank ihrem Sehvermögen können sie die Welt wahrnehmen. Aber das ist noch lange nicht alles! Zu den ungewöhnlichsten Eigenschaften der Finger gehört die Fähigkeit, auf ihren beiden Hinterbeinen aufrecht zu gehen. Auf nur zwei Beinen! Sie haben warmes Blut, sind sozialer Bindungen fähig und leben in Städten.

Wie viele Finger gibt es?

Mehrere Millionen.

Nr. 5 glaubt ihren Antennen nicht. Millionen dieser Riesen brauchen doch sehr viel Platz und müßten schon von weitem zu sehen sein. Wie kommt es dann, daß man ihre Existenz nicht schon viel früher bemerkt hat?

Nr. 103683 erklärt, die Erde sei viel größer, als die Ameisen glaubten, und die meisten Finger wohnten sehr weit entfernt.

Die Finger seien eine ganz junge Tierart. Ameisen bevölkerten die Erde seit 100 Millionen Jahren, die Finger erst seit drei Millionen Jahren. Sie seien sehr lange unterentwikkelt geblieben. Erst kürzlich, vor einigen tausend Jahren, hätten sie Ackerbau und Viehzucht gelernt und mit Städtebau begonnen.

Doch obwohl die Finger eine relativ zurückgebliebene Gattung seien, verfügten sie über einen enormen Vorteil gegenüber allen anderen Bewohnern des Planeten: Das Ende ihrer Vorderbeine – von den Fingern als ›Hände‹ bezeichnet – bestehe aus fünf Teilen, mit denen sie greifen, zudrücken und zermalmen könnten. Dieser Vorteil helfe ihnen, die diversen anderen Mängel ihres Körpers auszugleichen. Weil sie keine Panzer hätten, würden sie mit Hilfe von Pflanzenfasern sogenannte ›Kleidungsstücke‹ herstellen, und weil sie auch keine Mandibel besäßen, würden sie sogenannte ›Messer‹ aus glänzendem Metall verwenden. Weil ihre Beine nicht sehr leistungsfähig seien, hätten sie ›Autos‹, d. h. bewegliche Nester, die mit Hilfe von Feuer und Kohlenwasserstoff bewegt würden. Auf diese Weise hätten die Finger dank ihrer Hände den großen Rückstand gegenüber fortgeschrittenen Arten aufholen können.

Den zwölf jungen Ameisen fällt es sehr schwer, den Behauptungen der Alten Glauben zu schenken.

Die Finger haben ihr mit Hilfe dieser Übersetzungsmaschine alles mögliche weisgemacht, meint Nr. 13.

Nr. 6 vermutet, ihr hohes Alter hätte die Sinne von Nr. 103683 getrübt. Es gebe doch überhaupt keine Finger, sie seien nur ein Ammenmärchen.

Die alte Ameise fordert sie auf, an der Markierung auf ihrer Stirn zu lecken. Das sei – so behauptet sie – eine ganz spezielle Markierung, mit der die Finger sie versehen hätten, um sie unter all den vielen Ameisen auf Erden wiedererkennen zu können. Nr. 6 leckt und schnuppert. Das ist weder Vogelkot noch ein Lebensmittelrest. Nr. 6 muß zugeben, daß sie mit diesem Stoff noch nie in Berührung gekommen ist.

Das sei nicht verwunderlich, triumphiert Nr. 103683. Diese harte und klebrige Substanz sei nur eine der vielen mysteriösen Leimsorten, die von den Fingern hergestellt werden könnten.

»Sie nennen das ›Nagellack‹, und es gehört zu ihren seltensten Produkten. Damit zeichnen sie Geschöpfe aus, die ihnen wichtig erscheinen.«

Nr. 103683 weiß diesen konkreten Beweis für ihre Bekanntschaft mit den Fingern zu nutzen. Man müsse ihr aufs Wort glauben, um ihr Abenteuer verstehen zu können.

Daraufhin hören ihr die anderen wieder zu.

In ihrem Land der Riesen legten die Finger ein absurdes Verhalten an den Tag, das für eine normale Ameise unvorstellbar sei. Doch von all ihren komischen Ideen wären ihr – der Nr. 103683 – besonders drei interessant und erforschenswert vorgekommen.

Der Humor,
die Kunst,
die Liebe.

Sie erklärt, Humor sei das krankhafte Bedürfnis mancher Finger, Geschichten zu erzählen, die bei ihnen krampfhafte Zuckungen hervorrufen und ihnen angeblich helfen würden, das Leben zu ertragen. Sie selbst verstehe nicht ganz, worum es sich dabei handle. Ihr ›kommunizierender Finger‹ habe ihr sogenannte ›Witze‹ erzählt, die bei ihr jedoch keinerlei Wirkung gezeigt hätten.

Die Kunst sei das bei Fingern genauso ausgeprägte Bedürfnis, Dinge herzustellen, die sie sehr hübsch fänden, ohne daß sie zu etwas nützlich wären. Man könne sie weder essen, noch dienten sie zum Schutz oder zu sonst etwas. Mit ihren »Händen« würden die Finger Formen fabrizieren, mit Farben herumschmieren oder Töne aneinanderfügen. Auch das rufe bei ihnen Zuckungen hervor und helfe ihnen, das Leben zu ertragen.

»Und die Liebe?« fragt Nr. 10 interessiert.

»Die Liebe ist noch rätselhafter.«

Ein männlicher Finger, so Nr. 103683, führe sich dann noch seltsamer als sonst auf, nur damit ein weiblicher Finger ihm eine Trophallaxie gewähre. Bei den Fingern seien Trophallaxien nämlich keine Selbstverständlichkeit und würden manchmal sogar verweigert.

Eine Trophallaxie verweigern? Die jungen Ameisen werden immer verwirrter. Wie kann man sich nur weigern, einem anderen durch Mund-zu-Mund-Kontakt Nahrung zuzuführen?

Der Kreis rückt näher zusammen, in der Hoffnung, dann besser verstehen zu können.

Nr. 103683 behauptet, auch die Liebe rufe bei den Fingern Zuckungen hervor und helfe ihnen, das Leben zu ertragen.

»Das muß der Hochzeitsflug sein«, meint Nr. 16.

»Nein, es ist etwas anderes«, entgegnet Nr. 103683, aber sie will sich nicht näher dazu äußern, weil sie nicht sicher ist, alles richtig verstanden zu haben. Es kommt ihr jedoch so vor, als sei die Liebe ein exotisches Gefühl, das Insekten nicht kennen.

Die kleine Truppe ist uneins.

Nr. 10 möchte die Finger kennenlernen. Sie ist neugierig auf die Liebe, die Kunst und den Humor.

»Wir brauchen doch nur selbst Liebe, Humor und Kunst zu machen«, entgegnet Nr. 15.

Nr. 16 möchte das Königreich der Finger auf chemischem Wege kartografieren lassen.

Nr. 13 sagt, es sei höchste Zeit, das Universum aufzuwiegeln, eine riesige Armee aller Ameisen und aller anderen Tiere aufzustellen und mit vereinten Kräften diese tükkischen Finger zu vernichten.

Nr. 103683 schüttelt die Antennen. Es sei unmöglich, alle Finger zu töten. Viel einfacher wäre es, sie zu ... zähmen.

»*Zähmen?*« rufen ihre Gefährtinnen überrascht.

Aber ja! Die Ameisen haben doch schon eine Vielzahl von Tieren gezähmt: Blattläuse, Schildläuse ... Warum sollten sie nicht auch die Finger zähmen können? Schließlich ernähren die Finger ja bereits die Schaben. Und was den Schaben gelungen ist, könnten die Ameisen zweifellos noch viel besser bewerkstelligen.

Nr. 103683, die mit den Fingern Kontakt hatte, hält sie nicht allesamt für Ungeheuer und Todesbringer. Man müsse mit ihnen diplomatische Beziehungen knüpfen und kooperieren, damit die Finger vom Wissen der Ameisen und die Ameisen vom Wissen der Finger profitieren könnten.

Sie sei zurückgekehrt, um ihren Artgenossen diesen Vorschlag zu machen. Und die zwölf Kundschafterinnen sollten sie dabei unterstützen, denn es würde bestimmt nicht einfach sein, alle Ameisen davon zu überzeugen. Zweifellos sei es jedoch der Mühe wert.

Der Spähtrupp ist wie vom Donner gerührt. Der Aufenthalt bei jenen bizarren Riesentieren muß den Verstand von Nr. 103683 getrübt haben. Mit den Fingern kooperieren? Sie wie Blattläuse zähmen wollen?

Genausogut könnte man eine Allianz mit den wildesten Waldbewohnern anstreben, etwa mit den Eidechsen. Außerdem haben Ameisen überhaupt nicht die Angewohnheit, sich mit jemandem zu verbünden. Es gelingt ihnen ja nicht einmal, mit ihresgleichen friedlich zusammenzuleben. Die Welt besteht nun mal aus Konflikten, aus Kriegen zwischen Kasten, zwischen Städten, zwischen Stadtvierteln, sogar aus Bruder- und Schwesterkriegen.

Und da schlägt diese alte Kundschafterin mit der befleckten Stirn und dem Panzer, der von harten Kämpfen zeugt, eine Allianz mit den Fingern vor! Mit gigantischen Wesen, deren Augen und Münder man nicht sehen kann.

Welch aberwitzige Idee!

Nr. 103683 insistiert. Sie wiederholt immer und immer wieder, daß die Finger – jedenfalls einige – dasselbe Ziel verfolgten: eine Kooperation zwischen Ameisen und Fingern. Sie betont, man dürfe diese Tiere nicht unter dem Vorwand verachten, daß sie anders und unbegreiflich seien.

»Man braucht immer jemanden, der größer ist als man selbst«, behauptet sie.

Schließlich könnten die Finger einen Baum in Windeseile fällen und in Stücke zerhacken. Deshalb wären sie hochinteressante militärische Verbündete. Wenn es zu einer Koalition käme, brauchte man ihnen nur zu sagen, welche Stadt sie zerstören sollten, und sie würden es im Nu erledigen.

Dieses Argument leuchtet den kriegerischen jungen Ameisen ein. Die alte rote Ameise ist sich dessen bewußt und geht sogar noch weiter: *»Stellt euch doch nur einmal vor, wie mächtig wir wären, wenn wir bei irgendeiner Schlacht eine Legion von hundert gezähmten Fingern einsetzen könnten!«*

Der Spähtrupp begreift, daß dies ein entscheidender Augenblick in der Geschichte der Ameisen ist. Wenn es der alten Ameise gelungen ist, sie zu überzeugen, könnte es ihr eines Tages vielleicht auch gelingen, ganze Ameisenstädte zu beeindrucken. Und dann …

24. Ball im Schloss

Finger verschränkten sich. Tänzer drückten ihre Partnerinnen fest an sich.

Ball im Schloß von Fontainebleau.

Zu Ehren der Partnerschaft zwischen Fontainebleau und der japanischen Stadt Hachinohe wurde in dem historischen Gebäude gefeiert. Austausch von Flaggen, Medaillen, Geschenken. Volkstänze und Volksmusik. Präsentation der Schilder

FONTAINEBLEAU – HACHINOHE
PARTNERSTÄDTE

die künftig an den Stadtgrenzen beider Orte stehen würden.

Trinksprüche mit japanischem Sake und französischem Pflaumenschnaps.

Autos, die mit den Wimpeln beider Staaten geschmückt waren, parkten im Hof, und immer noch trafen verspätete Gäste in Abendgarderobe ein.

Ganz in Schwarz betraten Julie und ihre Mutter den Ballsaal. Das junge Mädchen mit den hellgrauen Augen war an eine derartige Prachtentfaltung nicht gewöhnt.

Mitten in dem hell beleuchteten Saal spielte ein Streichorchester einen Strauss-Walzer, und Paare wirbelten herum, die Herren im schwarzen Smoking, die Damen in weißen Abendkleidern.

Livrierte Kellner boten auf Silbertabletts bunte Petits fours an.

Die Musiker spielten schneller: die letzte Steigerung der *Schönen Blauen Donau.* Die Tänzer verwandelten sich in schwarzweiße Kreisel, die nach schweren Parfums dufteten.

Der Bürgermeister von Fontainebleau wartete, bis der Walzer verklungen war, bevor er mit seiner Rede begann. Strahlend verkündete er seine Befriedigung über die Partnerschaft seiner geliebten Heimatstadt mit Hachinohe. Er rühmte die japanisch-französische Freundschaft und hoffte, daß sie ewig dauern möge. Namentlich erwähnte er die wichtigsten anwesenden Persönlichkeiten: Großindustrielle, Universitätsprofessoren, hohe Beamte und Militärs, bekannte Künstler. Alle applaudierten laut.

Der Bürgermeister der japanischen Stadt antwortete mit einer kurzen Rede zum Thema Völkerverständigung, so verschieden die Kulturen auch sein mochten.

»Beide haben wir – Sie hier, wir dort – das Glück, in

friedlichen Kleinstädten zu leben. Die Schönheit der Natur gedeiht hier wie dort im Rhythmus der Jahreszeiten und bereichert die Talente der Menschen«, gab er zum besten.

Nach diesen starken Worten und neuerlichem Applaus erklang wieder ein Walzer. Zur Abwechslung drehten die Tänzer sich diesmal linksherum.

Eine Unterhaltung war bei dem Lärm sehr schwierig. Julie und ihre Mutter nahmen in einer Ecke Platz, und der Präfekt kam an ihren Tisch, um sie persönlich zu begrüßen. Er wurde von einem großen blonden Mann mit riesigen blauen Augen begleitet.

»Das ist Kreiskommissar Maximilien Linart«, stellte der Präfekt vor. »Er ist mit der Aufklärung des mysteriösen Todes Ihres Mannes beauftragt, und Sie können ihm voll vertrauen. Als Polizeibeamter hat er nicht seinesgleichen, und er unterrichtet auch an der Polizeischule von Fontainebleau. Zweifellos wird er die Umstände von Gastons Tod bald geklärt haben.«

Der Kommissar streckte seine Hand aus. Austausch von Höflichkeiten und Handschweiß.

»Sehr erfreut.«

»Sehr erfreut.«

»Ganz meinerseits.«

Da es sonst nichts zu sagen gab, zogen die Herren sich wieder zurück. Julie und ihre Mutter betrachteten distanziert das fröhliche Treiben.

»Darf ich bitten, Mademoiselle?«

Ein sehr steifer junger Japaner verbeugte sich vor Julie.

»Nein, danke.«

Erstaunt über diesen Korb, blieb der Japaner einen Augenblick lang unentschlossen stehen und überlegte, welche Reaktion die französische Etikette in einem solchen Fall vom Mann erforderte. Julies Mutter kam ihm zu Hilfe.

»Seien Sie meiner Tochter nicht böse. Wir sind in Trauer. In Frankreich ist Schwarz die Farbe der Trauer.«

Erleichtert darüber, daß es keine persönliche Abweisung gewesen war, doch zugleich bekümmert, einen Fauxpas begangen zu haben, verbeugte sich der junge Mann noch tiefer. »Verzeihen Sie bitte die Störung. Bei uns ist Weiß die Farbe der Trauer.«

Der Präfekt beschloß, die Atmosphäre an seinem Tisch mit einer Anekdote aufzulockern. »Ein Eskimo schlägt ein Loch ins Eis. Er wirft seine Angelrute mit Köder aus und wartet. Plötzlich donnert eine Stimme: ›*Hier gibt es keine Fische!*‹ Erschrocken sucht sich der Eskimo eine andere Stelle, schlägt wieder ein Loch ins Eis, wirft die Angelrute aus und wartet. Wieder ertönt die schreckliche Stimme: ›*Auch hier gibt es keine Fische.*‹ Der Eskimo entfernt sich noch ein Stück und schlägt ein drittes Loch ins Eis, und wieder vernimmt er die Stimme: ›*Ich sage Ihnen doch, daß es hier keine Fische gibt.*‹ Der Eskimo blickt sich nach allen Seiten um, sieht niemanden und schaut schließlich eingeschüchtert zum Himmel empor. ›*Wer spricht mit mir? Ist es Gott?*‹ Und die Donnerstimme antwortet: ›*Nein, der Direktor der Eisbahn …*‹«

Zaghaftes Lachen. Beifall. Dann eine zweite Welle von Gelächter, weil viele die Pointe nicht auf Anhieb verstanden haben.

Der japanische Botschafter gibt nun seinerseits eine amüsante Geschichte zum besten. »Ein Mann setzt sich an einen Tisch, öffnet eine Schublade, holt einen gerahmten Spiegel hervor und blickt lange hinein, weil er glaubt, das Bild seines Vaters zu sehen. Seine Frau bemerkt, daß er diesen Rahmen oft betrachtet und ist sehr beunruhigt, weil sie denkt, es wäre das Foto seiner Geliebten. Eines Nachmittags nutzt sie die Abwesenheit ihres Mannes und schaut sich dieses seltsame Bildnis an, das ihr Mann vor ihr versteckt. Als er nach Hause kommt, fragt sie ihn eifersüchtig: ›*Wer ist diese alte griesgrämige Person, deren Porträt du in deiner Schublade aufbewahrst?*‹«

Wieder Applaus und höfliches Lachen. Wieder eine zweite Welle von Gelächter, weil manche die Pointe nicht auf Anhieb verstanden haben, und dann noch eine dritte Welle von Gelächter, weil einige sich den Witz erst erklären lassen mußten.

Erfreut über ihre Erfolge, erzählten Präfekt Dupeyron und der japanische Botschafter weitere Witze, wobei sie feststellten, daß es gar nicht so einfach war, welche zu finden, über die sich beide Völker amüsieren konnten, denn die kulturellen Anspielungen waren für Ausländer meistens unverständlich.

»Glauben Sie, daß es einen universellen Humor gibt, über den die ganze Welt lachen kann?« fragte der Präfekt.

Der Oberkellner läutete mit einer Glocke und kündigte an, jetzt werde das Abendessen serviert. Schon verteilten Kellnerinnen Brotkörbchen auf den Tischen.

25. Enzyklopädie

Backrezept für Brot: (für all jene, die es vergessen haben).

Zutaten: 600 g Mehl
1 Päckchen Trockenhefe
1 Glas Wasser
2 Teelöffel Zucker
1 Teelöffel Salz, etwas Butter

Geben Sie Hefe und Zucker ins Wasser und lassen Sie diesen Vorteig eine halbe Stunde gehen, bis eine dickflüssige gräuliche Masse entstanden ist. Schütten Sie das Mehl in eine Schüssel, fügen das Salz hinzu, gießen Sie langsam die Masse hinein und rühren Sie gründlich um. Decken Sie die Schüssel zu und lassen Sie den Teig an einem warmen Ort gehen. Die ideale Temperatur ist 27° C, aber im Zweifelsfall ist eine niedrigere Temperatur besser als eine zu hohe, denn Hitze tötet die Hefe ab. Sobald der Teig gegangen ist, kneten Sie ihn mit den Händen durch und lassen ihn noch einmal 30 Minuten gehen. Backen Sie das Brot anschließend im Backofen oder in der Asche eines Holzfeuers. Sollte Ihnen beides nicht zur Verfügung stehen, können Sie das Brot auch auf einem Stein in der Sonne backen.

EDMOND WELLS,
Enzyklopädie des relativen und absoluten Wissens, Band III

26. Eine grosse Gefahr

Nr. 103683 verlangt von ihren Gefährtinnen noch ein wenig Aufmerksamkeit, denn sie hat ihnen noch nicht alles erzählt. Wenn sie so schnell wie möglich in ihre Geburtsstadt zurückkehren möchte, so vor allem deshalb, weil Bel-o-kan von einer schrecklichen Gefahr bedroht ist.

Die kommunizierenden Finger sind geschickte Bastler und nehmen viel Arbeit in Kauf, um etwas herzustellen, was sie benötigen. Und weil ihnen sehr viel daran lag, daß Nr. 103683 ihre visuelle Welt verstand, stellten sie einen Mini-Fernseher für sie her.

»*Was ist das – ein Fernseher?*« fragt Nr. 16.

Die alte Ameise hat große Mühe, das zu erklären. Sie zeichnet mit ihren Fühlern ein Viereck. Der Fernseher sei ein Kasten mit Fühlern, der jedoch keine Gerüche registriere, sondern Bilder einfange, die für die Welt der Finger wichtig seien.

»*Dann haben die Finger also doch Fühler?*« wundert sich Nr. 10.

»*Ja, aber sie nennen sie nicht Fühler, sondern Antennen, und sie eignen sich auch nicht dazu, Dialoge zu führen. Man kann damit nur Bilder und Töne empfangen. Diese Bilder zeigen alles, was in der Welt der Finger vorgeht, sie liefern alle Informationen, die notwendig sind, um diese Welt zu verstehen.*«

Nr. 103683 weiß genau, daß das nicht leicht zu erklären und nicht leicht zu verstehen ist. Auch in diesem Fall müsse man ihr einfach aufs Wort glauben. Dank dem Fernsehen habe sie, ohne sich von der Stelle rühren zu müssen, alles über die Welt der Finger erfahren. Und eines Tages habe sie in einer Regionalsendung ein weißes Schild gesehen, nicht sehr weit von der großen Ameisenstadt Bel-o-kan entfernt.

Die zwölf Soldatinnen richten überrascht ihre Fühler auf. »*Was ist das – ein Schild?*«

Nr. 103683 erklärt: Wenn die Finger irgendwo weiße Schilder aufstellen, so bedeutet das, daß sie demnächst Bäume fällen, Ameisenstädte verwüsten und alles plattwalzen werden. Meistens kündigen diese weißen Schilder den Bau eines ihrer kubischen Nester an. Sie stellen ein solches Schild auf, und bald ist die ganze Region eine kahle Wüste ohne Gras, auf der dann das Fingernest errichtet wird.

Das wird bald beginnen, und deshalb muß Bel-o-kan um jeden Preis gewarnt werden, bevor die Arbeiten beginnen, die Zerstörung und Tod nach sich ziehen.

Die zwölf Kundschafterinnen überlegen.

Bei den Ameisen gibt es keinen Chef, keine Hierarchie, keine Befehle, keine Verpflichtung zum Gehorsam. Jeder macht, was er will und wann er will. Die zwölf beraten. Diese alte Ameise hat ihnen soeben mitgeteilt, ihre Geburtsstadt sei in Gefahr. Da darf man nicht lange fackeln! Sie verzichten darauf, das Ende der Welt zu erforschen, und beschließen, rasch nach Bel-o-kan zurückzukehren, um ihre Schwestern vor der Gefahr zu warnen, die jenes schreckliche ›Schild der Finger‹ darstellt.

Vorwärts in Richtung Südwesten!

Doch obwohl es noch warm ist, bricht schon die Dämmerung herein. Es ist viel zu spät, um sich auf den Weg zu machen. Die Ameisen schmiegen sich mit Beinen und Fühlern unter der Baumwurzel aneinander und genießen die gegenseitige Wärme. Dann senken sich ihre Fühler; sie schlafen ein und träumen von der merkwürdigen Welt der Finger, dieser Riesen, deren Köpfe sich angeblich irgendwo dort oben, zwischen den Baumwipfeln, befinden.

27. Die mysteriöse Pyramide wird erwähnt

Kellner und Kellnerinnen hielten Einzug mit riesigen Platten. Aus der Ferne überwachte der Oberkellner ihren Auftritt wie ein Ballettmeister und erteilte seine Befehle durch unauffällige Gesten.

Jede Platte war ein Kunstwerk.

Spanferkel mit erstarrtem Grinsen und einer schönen

roten Tomate im Maul lagen dekorativ zwischen Bergen von Sauerkraut. Pralle Kapaune warfen sich stolz in die Brust, so als störte die Kastanienfüllung sie gar nicht. Kälber präsentierten ihre Filets, Hummer hielten sich bei den Scheren und bildeten einen fröhlichen Kreis über verführerische Gemüsebeilagen hinweg, garniert mit Mayonnaise.

Präfekt Dupeyron wollte einen Toast ausbringen. Gewichtig holte er seinen üblichen ›Partnerschaftszettel‹ hervor, der schon ziemlich abgegriffen und vergilbt war, weil er bei mehreren Diners mit ausländischen Botschaftern gute Dienste geleistet hatte, und verkündete:

»Ich erhebe mein Glas auf die Freundschaft zwischen den Völkern und auf die Verständigung zwischen allen Menschen guten Willens! Sie interessieren uns, und ich hoffe, daß auch wir Sie interessieren. Welche Sitten, Traditionen und Technologien wir auch haben mögen – ich glaube, daß wir uns gegenseitig bereichern können, um so mehr, je größer die Unterschiede sind ...«

Endlich durften die ungeduldigen Gäste wieder Platz nehmen und sich auf ihre Teller konzentrieren. Während des Essens wurde wieder geplaudert und gescherzt. Der Bürgermeister von Hachinohe erzählte von einem seiner ungewöhnlichsten Einwohner. Es handelte sich um einen Eremiten, der ohne Arme zur Welt gekommen war, aber mit den Füßen sehr gut malen konnte. Man nannte ihn ›Herr der Zehen‹, denn er konnte mit ihnen nicht nur malen, sondern auch Bogenschießen und sich die Zähne putzen.

Die begeisterten Zuhörer wollten wissen, ob der Mann verheiratet sei. Der Bürgermeister verneinte. Der ›Herr der Zehen‹ habe aber viele Mätressen, und die Frauen seien aus unerfindlichen Gründen ganz verrückt nach ihm.

Präfekt Dupeyron wollte nicht zurückstehen und berichtete, auch in Fontainebleau gebe es Originale. Der extravaganteste unter ihnen sei aber zweifellos ein verrückter Gelehrter namens Edmond Wells gewesen. Dieser Pseudowissenschaftler habe seine Mitbürger davon überzeugen wollen, daß die Ameisen eine gleichwertige Zivilisation hätten und daß es für die Menschen von großem Interesse sein könnte, mit ihnen als gleichberechtigten Partnern Kontakt aufzunehmen.

Julie glaubte zunächst, sich verhört zu haben, aber der Präfekt hatte wirklich ›Edmond Wells‹ gesagt. Sie beugte sich vor, um ihn besser hören zu können. Auch andere Gäste waren an dieser Geschichte vom verrückten Ameisenforscher sehr interessiert. Erfreut fuhr der Präfekt fort:

»Dieser Professor Wells war von seiner Idee so besessen, daß er sogar Kontakt mit dem Staatspräsidenten aufnahm, um diesem vorzuschlagen… Sie werden nie erraten, was!« Nach einer wirkungsvollen Pause verriet er es: »Er schlug ihm vor, eine Ameisenbotschaft zu eröffnen, mit einer Ameise als Botschafter!«

Tiefes Schweigen. Jeder versuchte zu verstehen, wie ein Mensch auf eine so absurde Idee kommen konnte.

»Aber wie ist er nur auf so etwas verfallen?« fragte die Frau des japanischen Botschafters.

Dupeyron erklärte bereitwillig: »Dieser Professor Wells behauptete, eine Maschine gebaut zu haben, die Ameisenworte in Menschenworte übersetzen könne und umgekehrt. Er glaubte, auf diese Weise wäre ein Dialog zwischen Menschen und Ameisen möglich.«

»Und kann man mit den Ameisen tatsächlich reden?« wollte eine andere Dame wissen.

Der Präfekt hob die Schultern. »Wo denken Sie hin? Meiner Meinung nach hatte dieser hervorragende Gelehrte unserem ausgezeichneten lokalen Schnaps viel zu eifrig zugesprochen.«

Er gab den Kellnern ein Zeichen, die Gläser wieder zu füllen.

Bei Tisch saß auch der Direktor eines Ingenieurbüros, der sehr auf Aufträge und Zuschüsse von der Stadt erpicht war. Erfreut über die Gelegenheit, sich bei den Stadtvätern profilieren zu können, warf er eifrig ein: »Ich habe gehört, daß es gelungen ist, synthetische Pheromone herzustellen, die in der Ameisensprache ›Alarm‹ und ›Folgt mir‹ bedeuten, Signale von größter Bedeutung. Dazu braucht man nur das Molekül synthetisch wiederaufzubauen. Das kann man schon seit 1991. Durchaus vorstellbar, daß ein Team diese Technik weiterentwickelt hat, so daß der Wortschatz größer wurde, bis hin zu ganzen Sätzen.«

Diese ernsthafte Bemerkung machte einen peinlichen Eindruck.

»Sind Sie ganz sicher?« knurrte der Präfekt.

»Ich habe es in einer sehr seriösen wissenschaftlichen Zeitschrift gelesen.«

Auch Julie hatte es gelesen, aber sie konnte die *Enzyklopädie des relativen und absoluten Wissens* nicht als Quelle anführen.

Der Ingenieur fuhr fort: »Für die Reproduktion der Moleküle olfaktorischer Ameisensprache benötigt man nur zwei Geräte: einen Massenspektografen und einen Chromatografen. Es ist eine ganz simple Analyse und Synthese von Molekülen. Man könnte sagen, daß ein Duft fotokopiert wird. Die Pheromone der Ameisensprache sind nichts anderes als Parfums. Mit Hilfe eines Computers kann man sodann jedes Duftmolekül mit einem gesprochenen Wort assoziieren und umgekehrt.«

»Daß die Tanzsprache der Bienen entschlüsselt wurde, ist mir schon zu Ohren gekommen«, meinte ein anderer Gast, »aber über die Duftsprache der Ameisen habe ich noch nie etwas gehört.«

»Über Bienen wird mehr publiziert, weil sie Honig produzieren und somit ökonomisch interessant sind, während Ameisen nichts erzeugen, was den Menschen nutzt. Vielleicht schenkt man den Studien zur Erforschung ihrer Sprache deshalb so wenig Beachtung«, erwiderte der Ingenieur.

»Und vielleicht auch deshalb, weil Ameisenforschung nur von den Herstellern von Insektiziden finanziert wird!« rief Julie mutig.

Verlegenes Schweigen breitete sich aus, und das mißfiel dem Präfekten. Seine Gäste waren schließlich nicht ins Schloß gekommen, um sich Vorträge über Entomologie anzuhören, sondern um zu lachen, zu tanzen und erlesen zu speisen. Er beeilte sich deshalb, auf die komischen Aspekte von Wells' Vorschlag hinzuweisen.

»Stellen Sie sich doch einmal folgende Szene vor: In Paris wird tatsächlich eine Botschaft der Ameisen eingerichtet. Ich sehe es bildhaft vor mir! Eine kleine Ameise kommt im Frack zu einem Empfang. ›Wen darf ich melden?‹ fragt der Türhüter. ›Den Botschafter der Ameisenwelt‹, antwortet das Insekt und überreicht ihm seine winzige Visitenkarte. ›Oh, verzeihen Sie bitte‹, sagt die Botschafterin von Guatemala, ›ich glaube, ich bin vorhin aus Versehen auf Sie getreten.‹ ›Sie irren sich‹, erwidert die Ameise, ›ich bin der *neue* Botschafter. Meine drei Vorgänger wurden seit Beginn des Empfangs zertreten.‹«

Die improvisierte Anekdote brachte alle zum Lachen, und der Präfekt war zufrieden, weil er die allgemeine Aufmerksamkeit wieder auf sich gelenkt hatte.

Als das Gelächter verebbte, fragte die Frau des japanischen Botschafters: »Selbst wenn man wirklich mit ihnen sprechen könnte ... Wer hätte schon Interesse daran, eine Ameisenbotschaft zu eröffnen?«

Der Präfekt senkte die Stimme, so als wollte er ein Geheimnis preisgeben: »Sie werden es nicht glauben, aber dieser komische Kauz, dieser Professor Edmond Wells, hat behauptet, die Ameisen stellten eine politische und wirtschaftliche Macht dar, natürlich in kleinerem Maßstab als wir Menschen, aber dennoch sehr beachtlich.« Er legte eine kurze Pause ein, damit seine Gäste diese aberwitzige Information verarbeiten konnten.

»Letztes Jahr«, fuhr er dann fort, »hat eine Gruppe verrückter Anhänger dieses Gelehrten den Forschungsminister und sogar den Staatspräsidenten angeschrieben und sie aufgefordert, diese Botschaft der Ameisen endlich zu eröffnen. Warten Sie, der Präsident hat uns eine Kopie dieses Schreibens geschickt. Suchen Sie sie doch bitte heraus, Antoine.«

Sein Sekretär stöberte in einem Aktenkoffer und überreichte ihm den Brief.

»Hören Sie zu, ich werde Ihnen dieses Schreiben vorlesen!« rief der Präfekt:

Wir Menschen leben seit fünftausend Jahren mit stets denselben Ideen. Die Demokratie wurde schon in der Antike von den Griechen erfunden, und auch unsere Mathematik, Philosophie und Logik ist mindestens 3000 Jahre alt. Es gibt nichts Neues unter der Sonne. Es gibt nichts Neues, weil das menschliche Gehirn immer auf ein und dieselbe Weise funktioniert. Außerdem kann es nicht seine volle Kapazität entfalten, weil die Machthaber aus Angst, ihre Positionen zu verlieren, neuartige Konzepte und Ideen unterdrücken. Deshalb entstehen immer wieder dieselben Konflikte aus denselben Gründen. Und deshalb gibt es immer wieder dieselbe Verständnislosigkeit zwischen den Generationen.

Die Ameisen ermöglichen es uns, unsere Welt mit neuen Augen zu sehen. Sie verfügen über Landwirtschaft, über eine Technologie und über soziale Strukturen, die unseren eigenen Horizont erweitern könnten. Sie haben für Probleme, die wir nicht bewältigen können, originelle Lösungen gefunden. Beispielsweise leben sie in Städten mit vielen Millionen Einwohnern, ohne daß es kriminelle Vororte, Verkehrsstaus und Arbeitslosigkeit gibt. Eine Ameisenbotschaft wäre das ideale Mittel eines Brückenschlags zwischen den beiden fortgeschrittensten irdischen Zivilisationen, die sich viel zu lange gegenseitig ignoriert haben.

Wir haben uns lange genug verachtet. Wir haben uns lange genug bekämpft. Es ist höchste Zeit, daß Menschen und Ameisen gleichberechtigt kooperieren.

Alle schwiegen verunsichert, bis der Präfekt ironisch lächelte. Nun trauten sich auch die Gäste zu grinsen oder zu kichern. Erst als das Hauptgericht – Lammbraten – serviert wurde, beruhigten sich die Gemüter.

»Dieser Edmond Wells muß wirklich ein bißchen wirr im Kopf gewesen sein«, kommentierte die Frau des japanischen Botschafters abschließend.

»Ja, ein Verrückter!«

Julie bat um das Schreiben und studierte es so lange, als wollte sie es auswendig lernen.

Man war schon beim Dessert, als der Präfekt den Kommissar Maximilien Linart am Ärmel zupfte und ihm leise mitteilte, daß die vielen japanischen Industriellen nicht nur wegen der Völkerfreundschaft angereist seien. Vielmehr handle es sich um Finanziers, die im Wald von Fontainebleau einen Hotelkomplex errichten wollten. Ihrer Ansicht nach wäre ein solches Hotel inmitten jahrhundertealter Bäume und unberührter Natur unweit eines historischen Schlosses eine Attraktion für Touristen aus aller Welt.

»Aber der Wald von Fontainebleau ist doch ein Naturschutzgebiet«, wunderte sich der Kommissar.

Dupeyron zuckte die Schultern. »Natürlich sind wir hier nicht auf Korsika oder an der Côte d'Azur, wo Immobilienunternehmer Brände legen lassen, um in Naturschutzgebieten bauen zu können. Aber auch wir müssen den Wirtschaftsinteressen Rechnung tragen.«

Weil Maximilien Linart ihn sprachlos anstarrte, bemühte er sich, überzeugend zu argumentieren. »Sie wissen doch genauso gut wie ich, daß diese Region eine hohe Arbeitslosenquote hat. Das führt zu Verunsicherung und zu Finanzkrisen. Ein Hotel nach dem anderen macht Pleite. Unsere Region stirbt. Wenn wir nicht rasch Abhilfe schaffen, werden die jungen Leute abwandern, und dann werden die lokalen Steuereinkünfte nicht einmal mehr zur Finanzierung der Schulen, der Verwaltungsbehörden und der Polizei ausreichen.«

Kommissar Linart fragte sich, worauf Dupeyron eigentlich hinaus wollte. »Und was erwarten Sie von mir?«

»Wie weit sind Sie mit Ihrer Untersuchung über den Tod des Direktors der Rechtsabteilung des Forstamts?«

»Das ist eine merkwürdige Geschichte. Ich habe beim gerichtsmedizinischen Institut eine Autopsie beantragt«, erwiderte der Kommissar.

»In Ihrem vorläufigen Bericht habe ich gelesen, daß der Leichnam in der Nähe einer drei Meter hohen Betonpyramide aufgefunden wurde, die bisher niemandem aufgefallen war, weil sie hinter hohen Bäumen versteckt ist.«

»Das stimmt.«

»Sehen Sie! Es gibt also schon Leute, die sich über das Verbot, in einem Naturschutzgebiet zu bauen, hinwegsetzen. Dadurch haben sie, vielleicht ohne es zu wollen, einen interessanten Präzedenzfall für unsere japanischen Freunde geschaffen. Was haben Sie über diese Pyramide herausgefunden?«

»Nicht viel. Nur daß sie im Katasteramt nicht registriert ist.«

»Sie müssen unbedingt Näheres darüber in Erfahrung bringen«, beharrte der Präfekt. »Es hindert Sie doch nichts daran, die Ermittlungen über Pinsons Tod mit Ermittlungen über den Bau dieser Pyramide zu kombinieren. Ich bin überzeugt, daß da irgendein Zusammenhang besteht.«

Sein Ton war kategorisch. Die Unterhaltung wurde von einem Bürger unterbrochen, der den Präfekten bat, seinem Kind zu einem Platz im Hort zu verhelfen.

Nach dem Dessert begannen die Gäste wieder zu tanzen. Es war schon spät, und Julie und ihre Mutter wollten nach Hause. Kommissar Linart erbot sich, sie zu begleiten.

Ein Diener brachte ihnen die Mäntel, und Linart gab ihm ein Trinkgeld. Während sie auf der Freitreppe warteten, bis ein Chauffeur mit der Limousine des Kommissars vorfuhr, flüsterte Dupeyron diesem ins Ohr: »Diese mysteriöse Pyramide interessiert mich wirklich sehr. Sie haben mich doch verstanden?«

28. Mathematikstunde

»Ja, Madame.«

»Nun, wenn Sie die Frage verstanden haben, wiederholen Sie sie bitte.«

»Wie bildet man mit sechs Streichhölzern vier gleich große gleichseitige Dreiecke?«

»Ausgezeichnet. Kommen Sie nach vorne und demonstrieren Sie es uns.«

Julie stand auf und ging langsam zur Tafel. Sie hatte keine Ahnung von der Lösung dieser Aufgabe, die die Mathematiklehrerin ihr gestellt hatte. Hilfesuchend ließ sie ihren Blick durch das Klassenzimmer schweifen. Ihre Mitschüler betrachteten sie spöttisch. Zweifellos hatten alle außer ihr die richtige Antwort parat. Die Gesichter spiegelten amüsierte Gleichgültigkeit, Mitleid oder Erleichterung wider, nicht selbst aufgerufen worden zu sein.

In der ersten Reihe saßen die Streber, gleich dahinter all jene, die mit ihnen wetteiferten und selbst Klassenbeste werden wollten. Es folgten die mittelmäßigen Schüler, die sich nach Kräften abmühten, ohne große Erfolge verbuchen zu können, und ganz hinten, in der Nähe der Heizung, war der Zufluchtsort der Außenseiter.

Dort saßen die ›Sieben Zwerge‹, die eine Rockgruppe dieses Namens ins Leben gerufen hatten und mit ihren Klassenkameraden kaum Kontakt hielten.

»Nun, wie lautet die Lösung?« fragte die Lehrerin.

Einer der ›Sieben Zwerge‹ gestikulierte mit den Fingern, so als wollte er eine geometrische Form andeuten, die Julie jedoch nicht erkannte.

»Sehen Sie, Mademoiselle Pinson, ich verstehe ja, daß der Tod Ihres Vaters Sie mitgenommen hat, aber das ändert nichts an den mathematischen Gesetzen, die die Welt regieren. Ich wiederhole: sechs Streichhölzer, vier gleich große gleichseitige Dreiecke ... Versuchen Sie, anders zu denken. Lassen Sie Ihrer Fantasie freien Lauf. Sechs Streichhölzer, vier Dreiecke ... Daraus entsteht – was?«

Julie kniff ihre hellgrauen Augen zusammen. Welche Figur deutete der Junge dort hinten nur an? Jetzt bewegte er auch die Lippen, Silbe für Silbe. Pi ... ro ... ni ... de ...

»Pironide«, sagte sie.

Die Klasse lachte schallend, und Julies Komplice schnitt eine verzweifelte Grimasse.

»Man hat Ihnen schlecht eingesagt«, kommentierte die Lehrerin. »Nicht ›Pironide‹, sondern Pyramide. Diese Figur repräsentiert die dritte Dimension, die Eroberung der Höhe. Sie erinnert uns daran, daß es möglich ist, die Welt zu erweitern, indem man von einer Ebene zum Volumen fortschreitet. Stimmt's, David?«

Mit wenigen großen Schritten stand sie neben dem Jungen, der Julie hatte helfen wollen.

»David, Sie müssen noch lernen, daß man im Leben zwar betrügen darf – aber nur unter der Voraussetzung, daß man sich dabei nicht erwischen läßt. Ich habe Ihre Tricks genau gesehen. Setzen Sie sich, Julie.«

Sie schrieb an die Tafel: »Die Zeit.«

»Heute haben wir über die dritte Dimension gesprochen, über die Höhe. Morgen werden wir uns mit der vierten beschäftigen – mit der Zeit. Auch die Zeit gehört zur Mathematik. Wo, wann und wie wirkt sich ein Ereignis der Vergangenheit auf die Zukunft aus? Ich könnte Ihnen morgen beispielsweise die Frage stellen: Warum hat Julie Pinson gestern eine Sechs bekommen, und unter welchen Umständen und wann wird ihr die nächste Sechs zuteil?«

Spöttisches Gelächter aus den vorderen Reihen. Julie stand auf.

»Setzen Sie sich, Julie. Ich habe Sie nicht aufgerufen.«

»Nein, aber ich habe Ihnen etwas zu sagen.«

»Bezüglich der Sechs?« fragte die Lehrerin ironisch. »Dazu ist es zu spät. Sie steht schon in meinem Notizbuch.«

Julie fixierte die Lehrerin mit ihren metallgrauen Augen. »Sie haben gesagt, es sei wichtig, anders zu denken, aber Sie selbst – Sie denken immer nur auf ein und dieselbe Weise!«

»Ich möchte Sie bitten, nicht ausfallend zu werden, Mademoiselle Pinson!«

»Ich bin nicht ausfallend. Aber Sie unterrichten ein Fach, das keinerlei praktischen Bezug zur Welt hat. Sie versuchen einfach, unseren Geist gefügig zu machen. Wenn man sich Ihre ganzen Vorträge über Dreiecke und Kreise erst einmal eingeprägt hat, wird man auch sonstigen Quatsch gedankenlos nachplappern.«

»Möchten Sie eine zweite Sechs, Mademoiselle Pinson?«

Julie zuckte die Schultern, griff nach ihrem Rucksack, ging zur Tür und schmetterte sie zur großen Verwunderung ihrer Mitschüler hinter sich zu.

29. Enzyklopädie

Säuglingstrauer: Im Alter von acht Monaten erlebt das Baby einen besonderen Schmerz, den die Kinderärzte ›Säuglingstrauer‹ nennen. Jedesmal, wenn seine Mutter fortgeht, glaubt das Kind, daß sie nie mehr zurückkommen wird. Diese Befürchtung ruft Tränen und andere Angstsymptome hervor. Auch wenn die Mutter zurückkehrt, wird es beim nächstenmal die gleichen Ängste haben. In diesem Alter begreift das Baby, daß es auf der Welt Dinge gibt, die es nicht beeinflussen kann. Die ›Säuglingstrauer‹ hat ihre Ursache in der Erkenntnis, daß es ein eigenständiges Wesen ist. Ein Drama: Ich unterscheide mich von allem, was mich umgibt!

Das Baby und seine Mutter sind nicht untrennbar miteinander verbunden, deshalb kann man plötzlich allein sein, oder man wird zum Kontakt mit ›Fremden, die nicht Mama sind‹ gezwungen (als Fremde werden alle Menschen außer Mama – und eventuell noch Papa – empfunden).

Erst im Alter von 18 Monaten akzeptiert das Kleinkind das zeitweilige Verschwinden der Mutter.

Die meisten Ängste, die der Mensch später, bis ins hohe Alter hinein, erleben wird – Angst vor der Einsamkeit, vor dem Verlust eines geliebten Wesens, vor Fremden etc. – rühren von dieser allerersten tiefen Verstörung her.

EDMOND WELLS,
Enzyklopädie des relativen und absoluten Wissens, Band III

30. Rundblick

Es ist kalt, doch die Angst vor dem Unbekannten gibt ihnen Kraft. Am frühen Morgen marschieren die zwölf jungen Kundschafterinnen und die alte Ameise los. Sie müssen sich beeilen, um ihre Heimatstadt vor der Gefahr des ›weißen Schildes‹ zu warnen.

Auf einer Felsklippe, die ein Tal überragt, halten sie an, um die Landschaft zu betrachten und nach der günstigsten Abstiegsmöglichkeit zu suchen.

Das Sehvermögen der Ameisen unterscheidet sich von jenem der Säugetiere. Ihre Komplexaugen sind Gebilde aus einer Vielzahl einzelner Facetten, die ihrerseits aus einer Linse, einem Kristallkegel und neun Retinulazellen bestehen. Deshalb setzt sich für sie die wahrgenommene Umwelt aus einer Vielzahl von Bildpunkten zusammen, die zusammengefügt eine klare Sicht ermöglichen. Einzelheiten können sie nicht so gut erkennen wie die Säugetiere, doch dafür entgeht ihnen nicht die geringste Bewegung.

Von links nach rechts sehen die dreizehn Ameisen jetzt die düsteren Torfstiche der Länder des Südens, wo sich goldbraune Fliegen und streitsüchtige Bremsen tummeln; dann die großen smaragdgrünen Felsen des ›Blumenbergs‹, die gelbe Ebene der Länder des Nordens und den schwarzen Wald, wo im Adlerfarn kecke Finken hausen.

Ameisen können Rottöne schlecht erkennen, nehmen dafür aber jede Schattierung von Ultraviolett wahr, was ihnen ermöglicht, Blumen und Insekten im Grün zu sichten. Sie sehen an den Blüten sogar jene feinen Linien, die den Honigbienen als Landepisten dienen.

Nach den Bildeindrücken nun die noch wichtigeren Gerüche. Die Kundschafterinnen bewegen ihre Radarfühler mit 8000 Vibrationen pro Sekunde, um ihre Umgebung besser erschnuppern zu können. Sie nehmen sowohl fernes Wild als auch nahe räuberische Tiere wahr. Sie riechen die Ausdünstungen der Bäume und der Erde, die für sie wie ein schweres süßes Parfum duftet. Ein seltsamer Widerspruch zu ihrem bitteren, salzigen Geschmack!

Am liebsten würden die Ameisen den kürzesten Weg nach Bel-o-kan einschlagen, der durch den Glockenblumenwald führt, über dem Scharen von Schmetterlingen flattern. Doch Nr. 16, eine Spezialistin in chemischer Kartografie, warnt, daß es dort von Spinnen und Schlangen wimmelt. Außerdem durchqueren wilde Horden von Wanderameisen jene Gegend, und vor diesen Kannibalen, die von den Zwergameisen in den Norden vertrieben wurden, wäre man nicht einmal im Geäst sicher. Nr. 5 meint deshalb, am sichersten sei es wohl, die Felsklippe hinabzuklettern.

Nr. 103683 ist begierig auf Informationen aus der Ameisenwelt. Seit sie die Föderation verlassen hat, haben wichtige politische Ereignisse stattgefunden. Sie fragt, wie denn die neue Königin von Bel-o-kan aussehe, und Nr. 5 antwortet, sie habe einen sehr kleinen Hinterleib. Wie alle Herrscherinnen dieser Stadt, so führt auch sie den Namen Belokiu-kiuni, aber ihr fehlt der Weitblick früherer Königinnen. Nach den Unglücksfällen des vergangenen Jahres gab es Bedarf an geschlechtsfähigen Ameisen, und um das Überleben der befruchteten Königin sicherzustellen, verzichtete man auf den Hochzeitsflug. Die Paarung fand in einer Kammer des Ameisenbaus statt.

Nr. 103683 bemerkt, daß Nr. 5 diese Königin offenbar nicht besonders schätzt, aber dazu ist keine Ameise verpflichtet, nicht einmal, wenn es sich um ihre eigene Mutter handelt.

Mit Hilfe ihrer haftenden Sohlenballen klettern die dreizehn Soldatinnen die fast senkrechte Felswand hinab.

31. Maximilien feiert seinen Geburtstag

Kommissar Maximilien war ein glücklicher Mann. Er hatte eine charmante Frau namens Scynthia und eine reizende dreizehnjährige Tochter, Marguerite. Zufrieden lebte er in einer schönen Villa und genoß sein großes Aquarium und einen imposanten Kamin, die für ihn Wohlstandssymbole waren. Mit vierundvierzig schien er alles Erstrebenswerte erreicht zu haben. Auf seine Karriere konnte er wirklich stolz sein. Er hatte soviel Kriminalfälle gelöst, daß man ihn gebeten hatte, an der Polizeischule von Fontainebleau zu unterrichten. Seine Vorgesetzten vertrauten ihm und mischten sich nicht in seine Ermittlungen ein. Seit neuestem interessierte er sich sogar für Politik und gehörte zum engsten Freundeskreis des Präfekten, der ihn auch als Tennispartner überaus schätzte.

Als er jetzt nach Hause kam, warf er seinen Hut auf die Garderobe und zog sein Sakko aus.

Im Salon saß seine Tochter vor dem Fernseher. Die blonden Zöpfe nach hinten geworfen, suchte sie die Kanäle nach der unauffindbaren idealen Sendung ab.

Kanal 67. Ein Dokumentarfilm. Das komplizierte Paarungsverhalten der Bonobo-Schimpansen von Zaire hatte die Aufmerksamkeit der Zoologen erregt. Die Männchen schlagen mit ihren erigierten Geschlechtsorganen aufeinander ein, so als wären es Degen. Ansonsten sind die Bonobos jedoch ausgesprochen friedliebend. Sie scheinen ihre Aggressionen beim Paarungsritual abzureagieren und das befähigt sie zum gewaltlosen Zusammenleben.

Kanal 46. Regionalnachrichten. Die Angestellten der städtischen Müllabfuhr streiken für höhere Löhne und Renten und wollen ihre Arbeit erst wieder aufnehmen, wenn ihre Forderungen erfüllt werden.

Kanal 45. Ein erotischer Film. »Ja! Aaaah, oooh, aaah, oooh, o nein, o ja, ja! Weiter so … oooh … nein, nein, nein, doch, einverstanden, ja, jaaa!«

Kanal 110. Weltnachrichten, letzte Minute. Blutbad in einem Pariser Kindergarten, vor dem ein geparktes Auto explodiert ist. Bilanz dieses Bombenattentats: 19 tote und 7 verletzte Kinder, zwei tote Kindergärtnerinnen. Nägel und Schrauben sind unter den Zündstoff gemischt worden, um auf dem Spielplatz möglichst große Verwüstung anzurichten. In einer an die Presse gerichteten Botschaft hat eine Gruppe namens IP – Islam Planétaire – die Verantwortung für das Attentat übernommen. Die militanten Anhänger dieser Bewegung glauben, geradewegs ins Paradies zu kommen, wenn sie möglichst viele Ungläubige töten. Der Innenminister bittet die Bevölkerung, Ruhe zu bewahren.

Kanal 345. Unterhaltung. *Der Witz des Tages:* »Und hier ist unsere heutige komische Geschichte, die Sie Ihrerseits weitererzählen können, um Ihre Freunde zum Lachen zu bringen. Ein Wissenschaftler erforscht den Flug von Fliegen. Er reißt einer Fliege ein Bein aus und befiehlt ihr: ›Flieg!‹ Darauf registriert er, daß die Fliege auch ohne dieses Bein fliegen kann. Er reißt ihr ein zweites Bein aus und befiehlt wieder: ›Flieg!‹ Und sie fliegt wieder. Er reißt ihr einen Flügel aus und wiederholt: ›Flieg!‹ Doch die Fliege fliegt nicht mehr. Folglich notiert er: ›Wenn man einer Fliege einen Flügel ausreißt, wird sie taub.‹«

Marguerite merkte sich die Geschichte, obwohl sie wußte, daß sie damit keine großen Lacherfolge erzielen konnte, weil auch ihre Freunde diesen Witz im Fernsehen gehört haben würden.

Kanal 201. Musik. Ein neuer Clip der Sängerin Alexandrine: »... le monde est amour, amour toujours, amooooour, je t'aime, tout n'est que ...«

Kanal 622. Quiz.

Marguerite legte die Fernbedienung weg. Sie liebte dieses Telespiel namens ›Denkfalle‹, bei dem man ein logisches Rätsel lösen mußte. Ihrer Ansicht nach war das mit das Beste, was im Fernsehen geboten wurde. Der Moderator begrüßte die Zuschauer im Saal, die ihm Ovationen darbrachten, und verbeugte sich vor einer rundlichen, betagten Frau in geblümtem Nylonkleid, deren Gesicht von einer großen Hornbrille mit dicken Gläsern beherrscht wurde.

Beim Lächeln entblößte der Moderator seine strahlend weißen Zähne. »Nun, Madame Ramirez, ich werde Ihnen jetzt unser neues Rätsel stellen. Können Sie mit nach wie vor nur sechs Streichhölzern nicht etwa vier und auch nicht sechs, sondern *acht* gleich große gleichseitige Dreiecke bilden?«

»Es kommt mir so vor, als erreichten wir jedesmal eine weitere Dimension«, seufzte Juliette Ramirez. »Zunächst mußte man die dritte Dimension entdecken, sodann die Verschmelzung von Komplementen, und jetzt ...«

»Dies ist der dritte Schritt«, fiel der Moderator ihr ins Wort. »Sie müssen den dritten Schritt finden. Aber wir setzen volles Vertrauen in Sie, Madame Ramirez. Sie sind schließlich die Starkandidatin der Denk...«

»...falle«, ergänzte das Publikum wie aus einem Munde.

Madame Ramirez wollte die sechs Streichhölzer sehen. Sofort wurden sechs lange, dünne Holzstäbe mit roten Spitzen gebracht, damit die Zuschauer im Saal und vor den Bildschirmen alles mitverfolgen konnten, was bei Zündhölzern der üblichen Größe unmöglich gewesen wäre.

Die Frau verlangte eine Lösungshilfe. Der Moderator öffnete einen Umschlag und las vor: »Der erste Satz, der Ihnen helfen soll, lautet: ›Man muß sein Bewußtseinsfeld erweitern.‹«

Kommissar Linart hörte mit halbem Ohr hin, als sein Blick plötzlich auf das Aquarium fiel. Tote Fische schwammen mit den Bäuchen nach oben an der Oberfläche.

Waren sie vielleicht an Überernährung gestorben? Oder waren sie einem Bürgerkrieg zum Opfer gefallen? In der abgeschlossenen Welt dieses Glasgefängnisses rotteten die Starken die Schwachen, die Schnellen die Langsamen aus. Hier herrschte ein Darwinismus besonderer Art: Nur die bösartigsten und aggressivsten Fische überlebten.

Weil er seine Hand ohnehin schon ins Wasser gesenkt hatte, richtete er auf dem Boden das Piratenschiff aus Stuck und die Meerespflanzen aus Plastik auf. Möglicherweise hielten die Fische diese Operettendekoration ja für echt.

Dem Kommissar fiel auf, daß die Filterpumpe nicht mehr funktionierte, und er reinigte die durch Exkremente verstopften Schwammfilter. ›Wieviel Dreck 25 Guppys doch machen können!‹ dachte er, während er frisches Wasser nachfüllte, die Temperatur überprüfte und Nahrung ausstreute.

Die Fische im Aquarium hielten nicht das geringste von diesen Bemühungen ihres Herrn. Sie begriffen nicht, warum die Kadaver der Guppys entfernt wurden, die sie sorgfältig an jene Stelle gebracht hatten, wo sie am schnellsten fermentieren würden, bis ihre Haut so weich war, daß man sie leicht verzehren konnte. Die Fische kamen nicht einmal dazu, gegenseitig ihren Kot aufzufressen, weil dieser sofort von der Pumpe angesaugt wurde. Die intelligentesten Aquariumsbewohner dachten seit langem über den Sinn dieses Lebens nach, bei dem jeden Tag wie durch ein Wunder Nahrung an der Wasseroberfläche auftauchte – allerdings bedauerlicherweise nur tote Nahrung.

Zwei kühle Hände legten sich auf Maximiliens Augen. »Herzlichen Glückwunsch zum Geburtstag, Papa!«

»Ich hatte ganz vergessen, daß ich heute Geburtstag habe«, behauptete er, während er Frau und Tochter umarmte.

»Aber wir nicht! Wir haben etwas vorbereitet, das dir bestimmt gefallen wird«, kündigte Marguerite an.

Sie trug einen Schokoladenkuchen mit Nüssen herbei, auf dem ein ganzer Wald von Kerzen brannte.

»Wir haben alle Schubladen durchwühlt, aber leider nur 42 Kerzen gefunden«, berichtete sie.

Er blies alle Kerzen auf einmal aus und nahm sich ein Stück Kuchen.

»Wir haben dir auch ein Geschenk gekauft!«

Seine Frau überreichte ihm eine große Schachtel. Nach einem letzten Bissen Kuchen öffnete er das Geschenk, das sich als tragbarer Laptop der neuesten Art entpuppte.

»Was für eine großartige Idee!« rief er staunend.

»Ich habe ein leichtes Modell mit besonders großer Speicherkapazität ausgesucht«, betonte seine Frau. »Hoffentlich hast du Spaß daran.«

»Ganz bestimmt. Danke, meine Lieben.«

Bisher hatte er sich mit dem großen Computer in seinem Büro begnügt, den er zur Textverarbeitung und Buchführung benutzte. Dieses kleine tragbare Gerät würde ihm nun endlich ermöglichen, alle anderen Möglichkeiten der modernen Informatik zu erkunden. Seine Frau hatte das ideale Geschenk gewählt.

Auch seine Tochter hatte ein Geschenk für ihn: ein Computerspiel namens »Evolution«. *Erschaffen Sie Zivilisationen, so als wären Sie ein Gott!* stand auf der Verpackung.

»Du beschäftigst dich doch soviel mit den Guppys in deinem Aquarium«, erklärte Marguerite. »Da dachte ich mir, daß es dich amüsieren würde, eine ganze virtuelle Welt zur Verfügung zu haben, mit Menschen, Städten, Kriegen und all so was.«

»Oh, ich und spielen ...«, murmelte Maximilien zweifelnd, umarmte seine Tochter aber herzlich, um sie nicht zu enttäuschen.

Marguerite legte die CD-Rom ein und gab sich alle Mühe, ihm die Spielregeln dieses neuesten und sehr beliebten Computerspiels zu erklären. Auf dem Bildschirm tauchte eine weite Ebene auf, und der Spieler hatte die Aufgabe, dort im Jahre 5000 v. Chr. seinen Stamm anzusiedeln. Er mußte für diesen Stamm ein Dorf bauen, es durch Palisaden schützen, das Jagdrevier vergrößern, weitere Dörfer bauen, Kriege mit Nachbarstämmen bewältigen, die wissenschaftliche und künstlerische Entwicklung fördern, Straßen planen, Felder anlegen, die Landwirtschaft ankurbeln, die Dörfer in Städte verwandeln usw., damit der Stamm überleben und zu einer mächtigen Nation werden konnte.

»Anstatt dich mit 25 Fischen zu vergnügen, wirst du über Hunderttausende virtueller Menschen bestimmen können. Gefällt dir das Spiel?«

»Natürlich«, versicherte der Kommissar, aber es hörte sich nicht sehr überzeugend an.

32. Enzyklopädie

Babys brauchen Ansprache: Im 13. Jahrhundert wollte Kaiser Friedrich II. in Erfahrung bringen, welches die ›natürliche‹ Sprache der Menschen ist. Er brachte sechs Säuglinge in einem Hort unter und befahl den Ammen, sie zu füttern, in den Schlaf zu wiegen und zu baden, aber ohne jemals auch nur ein Wort mit ihnen zu sprechen. Friedrich II. hoffte auf diese Weise herauszufinden, für welche Sprache sich die Babys ›ohne äußere Einflüsse‹ entscheiden würden. Er glaubte, es würde Griechisch oder Lateinisch sein, weil das in seinen Augen die einzigen ursprünglichen und reinen Sprachen waren. Doch das Experiment lieferte nicht die erwünschten Resultate. Keines der Babys begann zu sprechen, egal in welcher Sprache. Damit aber nicht genug: Alle sechs verkümmerten und starben schließlich. Säuglinge brauchen zum Überleben eben nicht nur Milch und Schlaf, sondern auch Ansprache. Sie ist ein unverzichtbares Lebenselement.

EDMOND WELLS,
Enzyklopädie des relativen und absoluten Wissens, Band III

33. Klopfkäfer, Ölkäfer und Blasenfüsser

Die Felsenwelt hat ihre eigene Vegetation und Fauna. Während die dreizehn Ameisen steil bergab klettern, entdecken sie unbekannte Pflanzen: rosa Nelken mit rötlichen Kelchen, Fetthennegewächse mit fleischigen Blättern und pfeffrigem Geruch, Enziane mit langen blauen Blütenblättern und Artischocken mit spitzen Blüten und harten Blättern.

Die Ameisen klammern sich an den Sandstein, um nicht in die Tiefe zu stürzen. In einer Kurve stoßen sie plötzlich auf Klopfkäfer. Diese kleinen Insekten, eine Art Steinläuse, haben vorstehende Augen und unglaublich zarte Fühler, die man auf den ersten Blick gar nicht sieht.

Die Klopfkäfer, die an grünen Algen lecken, haben die anrückenden Ameisen nicht bemerkt. Ameisen verirren sich selten in diese Bergwelt, und die Klopfkäfer glaubten bisher, die Steilwand sei ein Gewähr für Ruhe und Sicherheit. Wenn Ameisen sich nun plötzlich auch als Bergsteiger betätigen, kann man sich seines Lebens ja nirgends mehr sicher sein!

Sie wollen sich unauffällig aus dem Staub machen.

Trotz ihres fortgeschrittenen Alters verfügt Nr. 103683 noch über eine erstaunliche Treffsicherheit: Ihre Ameisensäure streckt die flüchtenden Klopfkäfer nieder. Die jungen Kundschafterinnen gratulieren ihr zu diesem Erfolg.

Der Spähtrupp frißt die Klopfkäfer auf und stellt überrascht fest, daß sie ähnlich saftig sind wie männliche Mükken. Genauer gesagt, liegt der Geschmack irgendwo in der Mitte zwischen dem männlicher Mücken und dem grüner Libellen, aber ohne das für letztere typische Mentholaroma.

Die dreizehn roten Ameisen umrunden neue Blumen: weißes Glaskraut, gestreiften Süßklee und Steinbrech mit winzigen Blüten.

Ein Stück weiter überfallen sie eine Gruppe Blasenfüßer. Diese kleinen Pflanzenfresser mit ausgefransten Flügeln sind sehr knusprig. Sie knacken zwischen den Mandibeln, haben aber leider einen säuerlichen Nachgeschmack.

An Beute fehlt es hier nicht. Die Kundschafterinnen verspeisen einige purpurne Zünsler – Schmetterlinge, die nicht besonders hübsch, aber sehr wohlschmeckend sind – sowie Ölkäfer, deren Blut und Geschlechtsorgane Cantharidin enthalten, eine für Ameisen sehr anregende Substanz.

Ihre Fühler flattern an der Felswand im Wind. Nr. 14 schießt mit Säure auf ein orangefarbenes Marienkäferkind mit zwei schwarzen Punkten. Gelbes stinkendes Blut tritt aus dessen Beingelenken hervor.

Nr. 103683 bückt sich, um es genauer zu untersuchen. Es handelt sich um ein Täuschungsmanöver. Der Marienkäfer stellt sich tot, aber in Wirklichkeit ist der Säurestrahl an seinem Panzer abgeprallt, ohne ihn auch nur zu verletzen. Die alte Ameise kennt diese Strategie. Manche Insekten sondern eine – vorzugsweise übelriechende – Flüssigkeit ab, wenn sie sich in Gefahr glauben, um ihre Feinde abzuschrecken, denn der Gestank verdirbt allen hungrigen Angreifern den Appetit.

Nr. 103683 weiß, daß diese künstliche Blutung bald aufhören wird, aber der Vorgang beeindruckt sie dennoch. Sie gibt den anderen zwölf Ameisen zu verstehen, daß dieses Insekt nicht eßbar ist, und gleich darauf setzt das Marienkäferkind seinen Weg fort.

Doch die Belokanerinnen sind durchaus nicht nur mit Töten und Fressen beschäftigt. Sie sind ständig auf der Suche nach dem besten Weg, schlängeln sich zwischen glatten Steinen hindurch und überqueren schwindelerregende Schluchten, indem sie sich bei den Beinen und Mandibeln fassen und mit ihren Leibern Leitern oder Brücken bilden. Dazu gehört viel gegenseitiges Vertrauen, denn wenn eine Ameise nicht fest genug zupackt, stürzt die ganze lebende Brücke ein.

Nr. 103683 ist an solche Anstrengungen nicht mehr gewöhnt. Dort drüben, jenseits vom Ende der Welt, im künstlichen Universum der Finger, war alles in Reichweite ihrer Mandibel.

Wäre sie nicht aus jener Welt geflüchtet, so wäre sie mittlerweile bestimmt genauso schlaff und träge wie die Finger. Im Fernsehen hat sie ja gesehen, daß sie jede Mühe scheuen. Sie können nicht einmal ihr eigenes Nest bauen. Sie können nicht mehr jagen, um sich Nahrung zu beschaffen, und sie können nicht mehr rennen, um Verfolgern zu entkommen. Aber es gibt ja auch keine Tiere mehr, die sie verfolgen würden. Nr. 103683 denkt an ihr Leben dort drüben zurück. Womit hat sie sich die Zeit vertrieben?

Sie aß tote Nahrung, die vom Himmel fiel, sie starrte in ihren Mini-Fernseher und diskutierte an der Maschine, die ihre Pheromone in hörbare Wörter übersetzte. Essen, fernsehen und an der Maschine namens Telefon diskutieren – das waren auch die drei Hauptbeschäftigungen der Finger.

Sie hat den zwölf jungen Ameisen nicht alles anvertraut. Es wäre unklug gewesen, ihnen zu sagen, daß die kommunikationswilligen Finger zwar sehr gesprächig, aber offenbar nicht allzu effektiv sind, denn es ist ihnen nicht einmal gelungen, andere Finger davon zu überzeugen, wie interessant es für sie wäre, die Zivilisation der Ameisen endlich kennenzulernen und einen gleichberechtigten Dialog zu führen.

Weil die Finger gescheitert sind, muß jetzt Nr. 103683 versuchen, das Projekt in umgekehrter Richtung zu verwirklichen. Sie muß ihre Artgenossen überzeugen, ein Bündnis mit den Fingern zu schließen. Sie selbst ist felsenfest überzeugt davon, daß das im Interesse der beiden größten irdischen Zivilisationen wäre. Mit vereinten Kräften käme man bestimmt viel weiter als mit der ständigen Konfrontation.

Sie erinnert sich an ihre Flucht. Das war gar nicht einfach gewesen, denn die Finger wollten sie nicht gehen lassen. Sie hat abgewartet, bis in ihrem Mini-Fernseher mildes Wetter vorhergesagt wurde, und dann hat sie am frühen Morgen durch einen Spalt das Weite gesucht.

Der schwierigste Teil ihrer Aufgabe liegt jedoch noch vor ihr: die ihren zu überzeugen. Daß die zwölf jungen Kundschafterinnen ihr Projekt nicht verworfen haben, scheint ihr aber ein gutes Omen zu sein.

Die Schlucht ist überwunden, und die Ameisen-Hängebrücke löst sich auf. Man gönnt sich eine kleine Verschnaufpause, und Nr. 103683 erlaubt den anderen großmütig, sie mit einer Kurzform ihres Namens anzureden, wie es auch schon die Soldatinnen des großen Kreuzzugs getan haben.

»Mein Name ist Nr. 103683, aber ihr könnt mich ruhig Nr. 103 nennen.«

Nr. 14 erwidert, das sei nicht der längste Ameisenname, der ihnen je begegnet wäre. In ihrer Gruppe habe es früher eine Ameise namens Nr. 3642451 gegeben. Man habe wahnsinnig viel Zeit gebraucht, um sie zu rufen. Zum Glück sei sie aber während einer Jagdexpedition einer fleischfressenden Pflanze zum Opfer gefallen.

Sie setzen ihren Abstieg fort.

34. Enzyklopädie

Wie man sich integrieren kann: Man muß sich vergegenwärtigen, daß unser Bewußtsein der sichtbare Teil unseres Denkens ist. Wir besitzen 10 % sichtbares Bewußtsein und 90 % tief versunkenes Unterbewußtsein.

Wenn wir das Wort ergreifen, müssen die 10 % unseres Bewußtseins sich an die 90 % des Unterbewußtseins unserer Gesprächspartner wenden.

Um das zu erreichen, muß die Barriere des Mißtrauens überwunden werden, die wie ein Filter wirkt und Informationen daran hindert, ins Unterbewußtsein vorzudringen.

Eines der Mittel zum Erfolg besteht darin, die Ticks der anderen zu imitieren, die besonders bei Mahlzeiten zutage treten. Nutzen Sie diesen kritischen Moment aus, um Ihr Gegenüber scharf zu beobachten. Hält es sich beim Sprechen eine Hand vor den Mund, so müssen Sie es imitieren. Wenn es seine Pommes frites mit den Fingern ißt und sich ständig den Mund mit der Serviette abwischt – tun Sie es ebenfalls!

Beantworten Sie sich so simple Fragen wie: »Sieht der andere mich beim Sprechen an?« oder »Spricht er mit vollem Mund?« Indem Sie die Gewohnheiten nachahmen, die er beim Essen an den Tag legt, werden Sie automatisch die unterbewußte Botschaft übermitteln: »Ich bin vom selben Stamm wie Sie, wir haben dieselben Manieren und deshalb zweifellos auch dieselbe Erziehung und dieselben geistigen Interessen.«

EDMOND WELLS,
Enzyklopädie des relativen und absoluten Wissens, Band III

35. Biologiestunde

Nach der Mathematik die Biologie. Julie begab sich geradewegs zu den Unterrichtsräumen der ›exakten Wissenschaften‹ mit weiß gekachelten Labortischen, Glasbehältern mit Tierföten in Formalin, schmutzigen Reagenzgläsern, schwärzlichen Bunsenbrennern und großen Mikroskopen.

Mit dem Klingelzeichen betraten die Schüler zusammen mit ihrem Lehrer den Biologiesaal. Alle streiften vorschriftsmäßig weiße Kittel über, die ihnen das Gefühl verliehen, zur Kaste der ›Wissenden‹ zu gehören.

Für den theoretischen Teil des Unterrichts hatte der Lehrer sich heute das Thema ›Insekten‹ vorgenommen. Julie holte ihr Heft hervor, weil sie alles eifrig notieren wollte, um später nachzuprüfen, ob seine Ausführungen mit den entsprechenden Passagen der *Enzyklopädie* übereinstimmten.

»Die Insekten bilden 80 % des Tierreichs. Am ältesten sind die Schaben, die es seit mindestens 300 Millionen Jahren auf der Erde gibt. Als nächstes kamen die Termiten, vor 200 Millionen Jahren, und dann, vor etwa 100 Millionen Jahren, die Ameisen. Vergegenwärtigen Sie sich bitte, daß die allerersten bekannten Vorfahren des Menschen unseren Planeten seit höchstens drei Millionen Jahren bevölkern.«

Der Biologielehrer betonte, die Insekten seien aber nicht nur die ältesten, sondern auch die zahlreichsten Erdbewohner.

»Die Entomologen kennen etwa 5 Millionen verschiedene Arten, und jeden Tag werden 100 unbekannte Arten neu entdeckt. Zum Vergleich: Bei den Säugetieren wird jeden Tag nur eine einzige bisher unbekannte Gattung gefunden.«

Er schrieb groß an die Tafel: »80 % des Tierreichs!«

Ein *Bzzz* war plötzlich im Zimmer zu hören, und der Lehrer fing mit einer geschickten Geste das Insekt ein, das seinen Unterricht störte. Triumphierend hielt er den zerquetschten Körper hoch, an dem noch zwei Flügel und ein Fühler zu erkennen waren.

»Das war eine fliegende Ameise«, erklärte er. »Zweifellos eine Königin. Nur die geschlechtsfähigen Ameisen haben Flügel. Die Männchen sterben gleich nach der Begattung, die im Flug vollzogen wird. Die Weibchen fliegen allein weiter, auf der Suche nach einem Ort, wo sie ihre Eier ablegen können. Wie Sie sicher selbst schon festgestellt haben, nimmt die Zahl der Insekten immer mehr zu, seit die Temperaturen auf der Erde steigen.«

Er betrachtete die verstümmelte Ameisenkönigin.

»Der Hochzeitsflug findet im allgemeinen kurz vor einem Gewitter statt. Das Auftauchen dieser Königin deutet also darauf hin, daß es morgen regnen wird.«

Der Biologielehrer warf die sterbende Ameise in ein Terrarium von 1 m Länge und 50 cm Höhe, in dem Frösche lebten, die sich sofort um den Leckerbissen balgten.

»Man beobachtet eine sehr starke Vermehrung der Insekten«, fuhr er fort, »die zudem immer resistenter gegen Insektizide werden. In Zukunft dürfte es in unseren Schränken noch mehr Schaben, in unserem Zucker noch mehr Ameisen, in Holztäfelungen noch mehr Termiten und in der Luft noch mehr Mücken und Ameisenprinzessinnen geben. Decken Sie sich deshalb reichlich mit Insektiziden ein.«

Während die Schüler sich noch Notizen machten, kündigte der Lehrer an, daß sie nun zum praktischen Teil des Unterrichts übergehen würden.

»Heute interessieren wir uns für das Nervensystem, speziell für die peripheren Nerven.«

Er forderte die Schüler in der ersten Reihe auf, die Glasbehälter auf dem Labortisch an ihre Klassenkameraden zu verteilen. In jedem Behälter saß ein Frosch, und der Lehrer demonstrierte an einem Exemplar, was zu tun war. Um den Frosch zu betäuben, mußte man einen mit Äther getränkten Wattebausch in das Gefäß werfen, das Tier sodann herausholen, mit Nadeln auf ein Stück Gummi spießen und die Blutstropfen unter dem Wasserhahn abwaschen, um bei der weiteren Arbeit nicht behindert zu werden.

Mit Pinzette und Skalpell sollten die Schüler die Haut einschneiden, die Muskeln freilegen und schließlich mit Hilfe einer Batterie und zweier Elektroden den Nerv suchen, der für die Kontraktionen des rechten Beins zuständig war. Alle Schüler, denen es gelingen würde, Zuckungen des rechten Beins ihres Frosches hervorzurufen, würden eine Eins bekommen.

Der Lehrer ging von einem zum anderen und kontrollierte den Stand der Dinge. Einigen Schülern gelang es nicht, den Frosch zu betäuben, obwohl sie schon mehrere Wattebäusche mit Äther ins Glas geworfen hatten. Andere glaubten, ihn erfolgreich eingeschläfert zu haben, doch als sie versuchten, ihn mit Nadeln auf die Gummiunterlage zu spießen, begann der Frosch verzweifelt mit seinem noch freien Bein zu strampeln.

Julie betrachtete ihren Frosch und hatte flüchtig den

Eindruck, als säße sie selbst in dem Behälter. Unweit von ihr hatte Gonzague Dupeyron seinen Frosch bereits mit zwanzig rostfreien Nadeln durchbohrt, so daß das Tier dem hl. Sebastian ähnelte. Schlecht betäubt, versuchte es sich zu befreien, doch die geschickt plazierten Nadeln verhinderten jede Bewegung, und weil es nicht schreien konnte, begriff niemand, wie sehr es litt. Ein schwaches, klagendes Quaken verhallte ungehört.

»Hör mal, ich kenne einen guten Witz. Weißt du, welches der längste Nerv im menschlichen Körper ist?« fragte Gonzague einen seiner Nachbarn.

»Nein.«

»Der Sehnerv.«

»Aha! Und warum?«

»Man braucht uns nur ein Haar am Hintern auszureißen, und schon vergießen wir eine Träne.«

Sie lachten schallend, und Gonzague legte – zufrieden über seinen tollen Witz – den Muskel des Frosches frei und fand den Nerv. Er setzte die Elektroden an, und das rechte Bein zuckte krampfhaft. Der gemarterte Frosch öffnete den Mund, brachte aber, vor Schmerz gelähmt, keinen Laut mehr hervor.

»Ausgezeichnet, Gonzague, Sie haben Ihre Eins«, lobte der Lehrer. Der Primus machte sich daraufhin auf die Suche nach weiteren Nerven, die genauso interessante Reflexbewegungen hervorrufen würden. Er löste große Hautfetzen ab und legte graue Muskeln frei. In wenigen Minuten hatte er den noch lebenden Frosch vollständig gehäutet und fand immer neue Nerven, die Zuckungen auslösten.

Zwei Mitschüler gratulierten ihm und bewunderten sein Werk.

Jene Ungeschickten, die entweder zu wenig Äther verwendet oder aber die Nadeln zu zaghaft benutzt hatten, mußten verdutzt erleben, wie ihre Frösche plötzlich davonsprangen, sogar wenn die Muskeln am rechten Bein schon freigelegt waren. Mit Nadeln gespickte Frösche hüpften oder humpelten durch den Biologiesaal und riefen Gelächter, aber auch einige mitleidige Bemerkungen hervor.

Julie schloß vor Entsetzen die Augen. Sie konnte diesen Anblick einfach nicht ertragen. Wortlos verließ sie den Biologiesaal, das Glas mit ihrem Frosch in der Hand.

Sie rannte durch den Schulhof, vorbei an der Grünanlage, in deren Mitte an einem Mast die Fahne mit der Devise des Gymnasiums wehte:

AUS INTELLIGENZ ENTSPRINGT VERNUNFT.

In der Ecke, wo die Müllcontainer standen, stellte sie das Glas ab und beschloß, Feuer zu legen, doch das Blatt Papier, das sie mit ihrem Feuerzeug anzündete und in den Container warf, verkohlte nur, ohne weiteren Schaden anzurichten.

›Da warnen die Zeitungen nun ständig, daß eine achtlos weggeworfene Zigarettenkippe genügt, um viele Hektar Wald zu vernichten, und ich schaffe es nicht einmal, mit Papier und Feuerzeug einen Müllcontainer in Brand zu setzen!‹ dachte sie wütend, ohne jedoch so leicht aufzugeben.

Endlich züngelten kleine Flammen empor. »Dieses Feuer ist schön, und es wird dich rächen, kleiner Frosch«, murmelte sie.

Sie betrachtete den brennenden Müllcontainer. Stinkende Abfälle gingen in Flammen auf – rot, gelb und weiß, dahinter die rauchgeschwärzte Mauer.

»Leb wohl, grausames Gymnasium«, seufzte Julie zufrieden und trat den Rückzug an. Sie ließ den Frosch frei, der sich mit großen Sprüngen in einem Gully versteckte, und blieb in einiger Entfernung stehen, weil sie wissen wollte, ob die ganze Schule in Flammen aufgehen würde.

36. Am Fusse der Felswand

Geschafft!

Die Ameisen sind endlich am Fuß der Felswand angelangt.

Plötzlich bekommt Nr. 103 Schluckauf und bewegt krampfhaft ihre Fühler. Die anderen nähern sich besorgt.

Sie muß krank sein. Das Alter ... Nr. 103 ist drei Jahre alt, und das ist die durchschnittliche Lebensdauer einer geschlechtslosen Ameise.

Ihr Leben neigt sich also dem Ende zu. Nur die fortpflanzungsfähigen Ameisen, genauer gesagt die Königinnen, können bis zu fünfzehn Jahre alt werden.

Nr. 5 ist sehr beunruhigt. Sie befürchtet, daß Nr. 103 sterben könnte, bevor sie alles über die Welt der Finger und über die Gefahr des weißes Schilds erzählt hat. Es ist ungemein wichtig, mehr darüber zu erfahren, und deshalb wäre es ein schrecklicher Verlust für die gesamte Ameisenzivilisation, wenn sie jetzt stürbe. Nr. 5 läßt ihr zur Stärkung eine Trophallaxie aus Klopfkäfern zukommen. Essen vermag zwar den Alterungsprozeß nicht aufzuhalten, wirkt aber immer tröstlich.

»*Wir müssen gemeinsam nach einer Lösung suchen, um Nr. 103 zu retten*«, befiehlt sie.

In der Welt der Ameisen glaubt man, daß es für jedes Problem eine Lösung gibt, und wenn man keine findet, so bedeutet das nur, daß man nicht gründlich genug nachgedacht hat.

Nr. 103 verströmt jetzt einen unangenehmen Geruch nach Oleinsäure, der für Sterbende typisch ist.

Nr. 5 ruft ihre Schwestern zu einer Absoluten Kommunikation zusammen: Man bildet einen Kreis und berührt einander mit den Fühlerspitzen. Auf diese Weise kommt es zu einer totalen Gedankenübertragung, so als wären die zwölf Gehirne zu einem einzigen verschmolzen.

Frage: Wie kann man die biologische Zeitbombe entschärfen, die diese so wertvolle Kundschafterin bedroht?

Die verrücktesten Ideen werden vorgebracht. Jede schlägt eine Lösung vor.

Nr. 6 möchte Nr. 103 mit Wurzeln der Trauerweide aufpäppeln, deren Säure ihrzufolge sämtliche Krankheiten heilt. Man hält ihr aber entgegen, das Alter sei keine Krankheit.

Nr. 8 schlägt vor, man solle das Gehirn von Nr. 103, das all die wertvollen Informationen enthalte, in einen jungen und gesunden Körper transplantieren, beispielsweise in den von Nr. 14, die von dieser Idee aber nicht angetan ist. Auch die anderen verwerfen diesen Vorschlag. Viel zu riskant, meinen alle.

»Warum nicht so schnell wie möglich sämtliche Phenomone ihrer Fühler abschnuppern?« bringt Nr. 14 vor.

»Es sind viel zu viele«, seufzt Nr. 5.

Nr. 103 hustet jämmerlich.

Nr. 7 erinnert daran, daß Nr. 103 noch zwölf Jahre leben könnte, wenn sie eine Königin wäre.

Wenn Nr. 103 eine Königin wäre …

Nr. 5 erwägt diese Idee. Es ist nicht ganz unmöglich, aus Nr. 103 eine Königin zu machen. Alle Ameisen wissen, daß es eine Hormonsubstanz gibt, das sogenannte ›Gelée royale‹, das ein geschlechtsloses Insekt in ein geschlechtsfähiges zu verwandeln vermag.

Die AK wird noch intensiver. Unmöglich das von Bienen produzierte Gelée royale zu verwenden. Die genetischen Eigenschaften der beiden Arten sind viel zu verschieden. Allerdings haben Bienen und Ameisen gemeinsame Vorfahren: die Wespen. Auch sie verstehen sich auf die Produktion des Gelees, um auf künstliche Weise Königinnen erschaffen zu können, falls ihre Königin durch irgendeinen unglücklichen Zufall ums Leben kommt.

Endlich eine Möglichkeit, um den Alterungsprozeß aufzuhalten. Die Fühler der zwölf Ameisen bewegen sich hektisch. Wie soll man das Gelee der Wespen finden?

Nr. 12 behauptet, ein Wespennest zu kennen und einmal zufällig die Verwandlung einer geschlechtslosen Wespe in ein Weibchen beobachtet zu haben. Die Wespenkönigin war an einer unbekannten Krankheit gestorben, und die Arbeiterinnen hatten eine der ihren zur Nachfolgerin erkoren. Sie hatten sie ein dunkles, sirupartiges Zeug schlucken lassen, und gleich darauf hatte sie die typischen Gerüche eines Weibchens verströmt. Eine andere Arbeiterin war dazu bestimmt worden, der künftigen Königin als Männchen zu dienen. Man hatte ihr eine ähnliche Substanz eingegeben, und sie hatte tatsächlich männliche Gerüche verströmt.

Der Paarung der aus Not künstlich erschaffenen geschlechtsfähigen Wespen hat Nr. 12 nicht beigewohnt, doch als sie einige Tage später an jener Stelle vorbeigekommen ist, konnte sie feststellen, daß die Bevölkerung des Wespennests mittlerweile zugenommen hatte.

Nr. 5 fragt, ob sie den Wohnort jener Wespen wiederfinden würde.

In der Nähe der großen nördlichen Eiche.

Nr. 103 verspürt plötzlich eine heftige Erregung. Geschlechtsfähig werden ... Sollte das tatsächlich möglich sein? Sogar in ihren kühnsten Träumen hätte sie nicht auf ein solches Wunder zu hoffen gewagt. Sofort schöpft sie neue Kraft und neuen Mut.

Wenn es denn wirklich möglich ist, will sie geschlechtsfähig werden! Schließlich ist es ungerecht, daß einige wenige alles und die anderen gar nichts haben, nur aufgrund des Zufalls ihrer Geburt. Die alte rote Ameise stellt ihre Fühler auf und dreht sie in Richtung der großen Eiche.

Ein Problem gibt es allerdings noch: Die große Eiche ist sehr weit entfernt, und um dorthin zu gelangen, muß man die dürre nördliche Zone durchqueren, eine schreckliche weiße Wüste.

37. Erster Blick auf die mysteriöse Pyramide

Überall feuchte Bäume und Grünzeug.

Kommissar Maximilien Linart machte sich vorsichtig in Richtung der geheimnisvollen Pyramide im Wald auf den Weg. Er hatte eine Schlange gesehen, die seltsamerweise Stacheln wie ein Igel aufwies, aber er wußte, daß im Wald alle möglichen bizarren Geschöpfe lebten. Der Polizeibeamte liebte den Wald nicht. Dies war für ihn feindliches Gebiet, in dem es von kriechendem und fliegendem Getier nur so wimmelte.

Außerdem beherbergte der Wald alle möglichen Übeltäter. Früher hatten hier Räuber den Reisenden aufgelauert, und Hexen waren hier ihren dunklen Künsten nachgegangen. Die meisten revolutionären Bewegungen bildeten ihre Guerilleros im Wald aus. Schon Robin Hood hatte sich im Wald versteckt, um dem Sheriff von Nottingham das Leben schwerzumachen!

In seiner Jugend hatte Maximilien davon geträumt, den Wald verschwinden zu sehen. All diese Schlangen, Spinnen und Fliegen hatten den Menschen schon viel zu lange geplagt. Er träumte von einer Betonwelt ohne jede Spur von Dschungel. Weit und breit nichts als Betonplatten. Das wäre viel hygienischer, und außerdem könnte man große Entfernungen auf Rollschuhen zurücklegen.

Um nicht aufzufallen, hatte Maximilien sich wie ein Spaziergänger angezogen. »Die beste Tarnung ist nicht jene, die eine Landschaft kopiert, sondern jene, die sich ganz natürlich in die Landschaft integriert«, predigte er seinen Schülern an der Polizeischule immer wieder. »In der Wüste fällt ein Mann in sandfarbener Kleidung eher auf als ein Kamel.«

Endlich entdeckte er das suspekte Bauwerk und betrachtete es durchs Fernglas. Die Bäume, die sich in den großen Spiegelplatten spiegelten, verbargen den Bau recht geschickt, aber eine Einzelheit war verräterisch: Auch die Sonne spiegelte sich darin. Zwei Sonnen. Eine zuviel.

Er trat näher heran.

Spiegel waren wirklich ausgezeichnete Tarnungsmittel. Nicht umsonst wurden sie auch von Zauberkünstlern verwendet, beispielsweise wenn Mädchen in Truhen stiegen, die dann mit Schwertern oder Lanzen durchbohrt wurden. Ein simpler optischer Trick.

Er holte sein Notizbuch hervor und schrieb sorgfältig auf:

1. Untersuchung über die Pyramide im Wald
   a) Beobachtungen auf einige Distanz

Er las durch, was er geschrieben hatte, und zerriß das Blatt. Es handelte sich nicht um eine Pyramide, sondern um einen Tetraeder. Die Pyramide hat vier Seiten plus

Grundfläche, also insgesamt fünf Flächen. Der Tetraeder hat drei Seiten plus Grundfläche, also insgesamt vier Flächen. *Tetra* ist das griechische Wort für *vier*.

Er berichtigte deshalb:

1. Untersuchung über den Tetraeder im Wald

Zu Maximiliens größten Stärken gehörte seine Fähigkeit, präzise zu beschreiben, was er wirklich sah, und nicht das, was andere zu sehen glaubten. Diese Gabe der Objektivität hatte ihn schon oft vor Fehlern bewahrt.

Zeichenkurse hatten diese Begabung zusätzlich gefördert. Wenn man eine Straße sieht, ist man zunächst geneigt, zwei parallele Linien zu zeichnen, doch wenn man ›objektiv‹ wiedergibt, was man sieht, bewirkt die Perspektive, daß eine Straße – von vorne betrachtet – einem Dreieck gleicht, mit den beiden Rändern als Fluchtlinien, die sich am Horizont treffen.

Maximilien Linart betrachtete das Bauwerk abermals durchs Fernglas und wunderte sich über sich selbst, denn sogar ihm ging der Ausdruck ›Pyramide‹ nicht aus dem Sinn, wahrscheinlich, weil sich damit etwas Rätselhaftes und Ehrfurchtgebietendes verband. Er zerriß das Blatt. Ausnahmsweise würde er auf absolute Genauigkeit verzichten.

1. Untersuchung über die Pyramide im Wald

a) Beobachtungen auf einige Distanz: circa drei Meter hohes Bauwerk, durch Büsche und Bäume getarnt.

Er machte eine Skizze, bevor er weiterging. Einige Meter von der Pyramide entfernt waren in der lockeren Erde Fuß- und Pfotenspuren zu sehen, die zweifellos von Gaston Pinson und seinem Hund stammten. Er zeichnete auch diese Spuren und umrundete sodann den Bau. Keine Tür, keine Fenster, kein Schornstein, kein Briefkasten. Nichts, was auf eine menschliche Behausung hindeutete. Nur Beton unter Spiegelplatten und eine durchsichtige Spitze.

Einige Schritte zurücktretend, betrachtete er die Konstruktion lange und sehr aufmerksam. Form und Proportionen waren ausgewogen. Wer auch immer diese Pyramide mitten im Wald errichtet haben mochte, hatte in architektonischer Hinsicht ein Meisterwerk geschaffen.

38. Enzyklopädie

Goldene Zahl: Die goldene Zahl bezeichnet ein präzises Proportionsverhältnis, mit dessen Hilfe man bauen, malen und skulpturieren kann, wobei diesen Werken eine verborgene Kraft innewohnt.

Mit Hilfe dieser Zahl wurden die Cheopspyramide, der Tempel Salomos, das Parthenon und die meisten romanischen Kirchen erbaut. Auch bei vielen Renaissancegemälden wurden diese Proportionen eingehalten.

Angeblich ist jedes Bauwerk, das sich nicht dieser Zahl bedient, vom Einsturz bedroht. Man berechnet sie folgendermaßen: XXX = 1,6180335.

Das ist das jahrtausendealte Geheimnis. Diese Zahl ist aber kein Produkt der menschlichen Fantasie. Sie kommt auch in der Natur vor. Beispielsweise müssen die Blätter an einem Baum proportional gesehen diesen Abstand haben, um sich nicht gegenseitig durch Schatten zu behindern. Und diese Zahl bestimmt auch die Lage des Bauchnabels im Verhältnis zum ganzen menschlichen Körper.

EDMOND WELLS,
Enzyklopädie des relativen und absoluten Wissens, Band III

39. Nach dem Verlassen des Gymnasiums

Die Schule war ein quadratisches Gebäude. Drei U-förmige Betonflügel und ein hohes, mit Rostschutzfarbe angestrichenes Metallgitter als vierte Seite des Quadrats.

Julie hoffte, daß die Flammen das ganze Bauwerk verzehren würden, das in ihren Augen Ähnlichkeit mit einem Gefängnis, einer Kaserne, einem Hospiz, einer Klinik oder einer Irrenanstalt hatte – kurz gesagt, mit einem jener quadratischen Orte, wo man Menschen isoliert, denen man möglichst selten auf der Straße begegnen will.

Das junge Mädchen betrachtete den Rauch, der in dichten Schwaden aus dem brennenden Müllcontainer aufstieg, doch schon tauchte der Hausmeister mit einem Feuerlöscher auf und erstickte die Flammen mit weißem Schaum.

Es war wirklich nicht leicht, die Welt zu verändern!

Julie lief ziellos durch die Stadt. Wegen des Streiks der Müllabfuhr quollen die Tonnen über: schimmelige Lebensmittel, schmutzige Papiertaschentücher und sonstige Relikte der Überflußgesellschaft... Sie hielt sich die Nase zu. Als sie durch eine reine Wohngegend mit Einfamilienhäusern kam, die um diese Zeit wie ausgestorben war, hatte sie das Gefühl, verfolgt zu werden. Sie drehte sich um, sah nichts und setzte ihren Weg fort. Doch als das unheimliche Gefühl immer stärker wurde, warf sie einen Blick in den Rückspiegel eines am Straßenrand geparkten Autos und stellte bestürzt fest, daß sie sich nicht getäuscht hatte. Drei Burschen folgten ihr in einigem Abstand. Sie kannte sie: Es waren Klassenkameraden, Musterschüler von der ersten Bank, darunter Gonzague Dupeyron, der wie immer ein Seidenhemd und einen Seidenschal trug.

Instinktiv spürte sie die Gefahr und beschleunigte ihre Schritte, doch die Jungen kamen immer näher, und rennen konnte sie nicht, weil ihre Ferse immer noch schmerzte. Sie kannte sich in diesem Viertel schlecht aus, denn es war nicht ihr üblicher Schulweg, und bog erst nach links und dann nach rechts ab. Die Schritte der Burschen hallten hinter ihr auf dem Pflaster. Rasch bog sie wieder um eine Ecke. Verdammt, eine Sackgasse! Sie versteckte sich in einem Torweg und preßte ihren Rucksack mit der *Enzyklopädie* so fest an ihre Brust, als könnte das Buch ihr als Rüstung dienen.

»Sie muß hier sein«, sagte eine Stimme. »In dieser Sackgasse kann sie uns nicht entwischen.«

Sie spähten in jeden Torweg und kamen immer näher. Dem Mädchen lief kalter Schweiß über den Rücken. Es rannte zur Haustür und drückte verzweifelt auf die Klingel. »Sesam, öffne dich!« murmelte Julie.

Hinter der Tür waren Geräusche zu hören, aber sie wurde nicht geöffnet.

»Wo bist du, kleine Pinson, Kleine, Kleine, Kleine?« höhnte die Bande.

Julie kauerte vor der Tür nieder, die Knie bis zum Kinn hochgezogen. Drei grinsende Gesichter tauchten plötzlich auf.

Weil sie nicht fliehen konnte, stand Julie auf und stellte sich ihren Verfolgern.

»Was wollt ihr von mir?« fragte sie mit halbwegs fester Stimme.

Sie kamen noch näher.

»Laßt mich in Ruhe!«

Betont langsam rückten die Burschen vor, entzückt über die Furcht in den hellgrauen Augen des Mädchens, das ihnen nicht entfliehen konnte.

»Hilfe!«

In der Sackgasse wurden die wenigen offenen Fenster hastig geschlossen.

»Hilfe! Polizei!«

Julie wußte genau, daß es sehr lange dauerte, bis die Polizei an irgendeinem Tatort eintraf. Einen wirksamen Schutz für bedrohte Bürger gab es nicht.

Die drei Burschen ließen sich sehr viel Zeit. Fest entschlossen, ihnen doch noch zu entkommen, griff Julie unerwartet mit gesenktem Kopf an. Sie umrundete erfolgreich zwei Feinde, umschlang Gonzagues Kopf so, als wollte sie ihn küssen, und rammte ihre Stirn gegen seine Nase, was sich anhörte, als würde ein trockenes Stück Holz zerbrechen. Verblüfft griff er an die schmerzende Nase, doch da trat sie ihm schon mit dem Knie in den Unterleib. Gonzague schrie auf, krümmte sich und war vorübergehend außer Gefecht gesetzt, was Julie jedoch nichts nutzte, denn seine beiden Kameraden packten sie bei den Armen. Ihr Rucksack fiel zu Boden, und die *Enzyklopädie* rutschte heraus. Sie wollte das Buch mit dem Fuß zurückschieben, aber einer der Jungen begriff, daß es für sie wichtig war, und bückte sich danach.

»Rühr das nicht an!« kreischte Julie, während der dritte Schüler ihre Arme nach hinten zog und mit eisernem Griff festhielt, ohne sich um ihr Strampeln zu kümmern.

Gonzagues Gesicht war zwar immer noch schmerzverzerrt, aber er rang sich ein Lächeln ab, das besagen sollte: ›Pah, du hast mir überhaupt nicht weh getan!‹ Sofort bemächtigte er sich des Buches.

»En-zy-klo-pä-die des re-la-ti-ven und ab-so-lu-ten Wissens, Band III«, las er Silbe für Silbe. »Was ist das denn? Hört sich wie ein Handbuch der Zauberkunst an.«

Während der stärkste Bursche Julie weiter festhielt, blätterten die beiden anderen in dem Werk. Zufällig fielen ihnen nur Kochrezepte auf.

»Puh! Typischer Weiberkram!« rief Gonzague verächtlich und warf die Enzyklopädie achtlos in den Rinnstein.

Julie trat dem Jungen, der sie festhielt, so kräftig vors Schienbein, daß er sie losließ. Es gelang ihr gerade noch, das Buch an sich zu reißen, bevor es in den Gully rutschen konnte. Doch schon im nächsten Moment stürzten sich die drei Jungen wieder auf sie. Sie schlug mit den Fäusten nach ihnen und hätte ihnen liebend gern die Gesichter zerkratzt, doch bedauerlicherweise hatte sie alle Fingernägel abgebissen. Statt dessen grub sie ihre Schneidezähne in Gonzagues Wange. Blut floß.

»Die Furie hat mich gebissen!« schrie er. »Laßt sie ja nicht los! Fesselt sie!«

Julie wurde mit Taschentüchern an eine Straßenlaterne gebunden.

»Das wirst du mir büßen«, knurrte Gonzague, während er sich die blutende Wange rieb. Er zog ein Schnappmesser aus der Tasche und ließ die Klinge hervorspringen.

Julie spuckte ihm ins Gesicht.

»Haltet sie gut fest, Jungs. Ich werde ihr einige geometrische Symbole in die Haut ritzen, damit sie in Mathe endlich besser mitkommt.«

Genüßlich schlitzte er zunächst Julies langen schwarzen Rock auf, schnitt ein Stück Stoff heraus und schob es in seine Tasche. Unerträglich langsam glitt die Klinge höher.

Auch die Stimme kann sich in eine Waffe verwandeln, die Schmerz zufügt, hatte Jankelewitsch ihr beigebracht.

»IIIAAAHIIIAAHHH...«

Ihr gellender Schrei schwoll derart an, daß Fensterscheiben klirrten. Die Jungen hielten sich die Ohren zu.

»Wir werden sie knebeln müssen, um in Ruhe arbeiten zu können«, fiel einem ein.

Ein seidenes Halstuch wurde ihr in den Mund gestopft. Julie keuchte verzweifelt.

Der Nachmittag neigte sich dem Ende zu. Die Straßenbeleuchtung schaltete sich dank ihrer Fotozelle, die das Nachlassen des Tageslichts registrierte, automatisch ein, aber das Licht störte die drei Störenfriede nicht. Gonzagues Messer war bis zu Julies Knien hochgeglitten, und nun ritzte er eine horizontale Linie in ihre zarte Haut.

»Das war für den Schlag gegen die Nase!«

Eine vertikale Linie folgte, so daß ein Kreuz entstand. »Das war für den Tritt in den Unterleib!«

Ein dritter Schnitt, wieder vertikal. »Für den Biß in die Wange! Und das war erst der Anfang ...«

Die Klinge glitt langsam noch höher.

»Ich werde dich häuten wie den Frosch im Biologieunterricht«, kündigte Gonzague an. »Davon verstehe ich etwas. Schließlich habe ich eine Eins bekommen. Erinnerst du dich daran? Nein, wahrscheinlich nicht. Schlechte Schüler verlassen den Unterricht ja gern vorzeitig.«

Julie war einer Ohnmacht nahe. In der *Enzyklopädie* hatte sie gelesen, daß man sich im Falle einer Gefahr, der man nicht entrinnen konnte, eine Sphäre über seinem Kopf vorstellen solle, in die man sich dann nach und nach zurückziehen könne, bis der Körper nur noch eine leere, geistlose Hülle wäre.

Eine schöne Theorie, die man sich leicht vorstellen konnte, wenn man gemütlich in einem Sessel saß, die sich aber schwer in die Tat umsetzen ließ, wenn man an eine Metallstange gefesselt war und gequält wurde.

Erregt vom Anblick dieses hübschen wehrlosen Mädchens, streichelte der größte der drei Burschen schwer atmend Julies langes seidiges Haar und berührte mit zittrigen Fingern den zarten weißen Hals.

Julie bäumte sich in ihren Fesseln auf. Sie konnte den

Kontakt mit jedem Gegenstand – sogar mit einer Messerklinge – ertragen, doch sobald ein Mensch sie berührte, geriet sie völlig außer sich. Ihre Augen verdrehten sich, sie wurde purpurrot im Gesicht, zitterte am ganzen Leib und schnaubte. Der Dicke wich zurück. Die Klinge hielt auf ihrem Weg nach oben inne.

»Sie hat einen Asthmaanfall«, erklärte der größte Junge, der so etwas schon einmal gesehen hatte.

Erschrocken traten sie weiter zurück. Ihr Opfer leiden zu sehen, machte keinen Spaß, wenn nicht sie selbst ihm den Schmerz zugefügt hatten. Julie verfärbte sich violett und zerrte so heftig an ihren Fesseln, daß sie sich die Haut aufschürfte.

»Laßt sie in Ruhe!« rief plötzlich eine Stimme.

Ein langer Schatten mit drei Beinen fiel auf das Pflaster der Sackgasse. Die Burschen drehten sich um und erkannten David, einen der Sieben Zwerge. Das dritte Bein war seine Krücke, die er seit einer Kinderlähmung zum Gehen brauchte.

»Nanu, David, hältst du dich plötzlich für Goliath?« höhnte Gonzague. »Tut mir leid, mein Lieber, aber wir sind zu dritt, und du bist allein, ziemlich klein und nicht gerade ein Muskelprotz.«

Die drei lachten schallend. Aber nicht lange.

Andere Schatten traten neben die drei Beine. Julie erkannte die übrigen Sieben Zwerge, die Schüler aus der letzten Bank.

Die drei Musterschüler griffen an, aber die Sieben Zwerge wichen nicht zurück. Der Dicke boxte seine Gegner in die Magengrube; der Asiate beherrschte Taekwondo oder etwas Ähnliches; der Magere teilte Ohrfeigen aus; die Stämmige mit den kurzen Haaren setzte ihre Ellbogen als Waffe ein; die Schlanke mit den blonden Haaren hatte zehn lange scharfe Fingernägel; der Feminine teilte Fußtritte aus. Und David schlug mit seiner Krücke nach den Händen der drei Angreifer.

Gonzague und seine Freunde wollten sich nicht so leicht geschlagen geben. Sie formierten sich neu, teilten ihrerseits

Hiebe aus und fuchtelten mit dem Messer herum, sahen aber bald ein, daß sie der Übermacht nicht gewachsen waren und suchten ihr Heil in der Flucht.

»Wir sehen uns wieder!« rief Gonzague den Sieben Zwergen noch drohend zu, bevor er verschwand.

Julie war fast am Ersticken. Der Sieg hatte ihren Asthmaanfall nicht beendet. David nahm ihr vorsichtig den Knebel aus dem Mund und löste ihre Fesseln.

Sobald sie frei war, stürzte sie zu ihrem Rucksack und holte eine Spraydose mit Ventolin hervor. Begierig atmete sie das Medikament ein, das ihr sofort Linderung verschaffte.

Ihre nächste Handlung bestand darin, die *Enzyklopädie* hastig in den Rucksack zu schieben.

»Ein Glück, daß wir zufällig hier vorbeikamen«, sagte Ji-woong.

Julie massierte sich die Handgelenke, um die Blutzirkulation anzuregen.

»Gonzague Dupeyron ist ihr Anführer«, erklärte Francine.

»Ja, das ist Dupeyrons Bande«, bestätigte Zoé. »Sie nennen sich Schwarze Ratten und haben schon alle möglichen Dummheiten gemacht, aber die Polizei drückt ein Auge zu, weil Gonzagues Onkel der Präfekt ist.«

Julie schwieg; noch immer rang sie mühsam nach Luft, aber ihr Blick schweifte aufmerksam über die Sieben Zwerge. Der kleine Braunhaarige mit der Krücke, David, hatte ihr heute schon in der Mathestunde zu helfen versucht. Von den anderen wußte sie kaum mehr als die Vornamen: Ji-woong, der Asiat, Léopold, der schweigsame Magere, Narcisse, der feminine Spaßmacher, Francine, die zierliche Blondine, Zoé, die mürrische Stämmige, und Paul, der ausgeglichene Dicke.

Die Sieben Zwerge …

»Ich brauche niemanden«, brachte Julie keuchend hervor. »Ich komme gut allein zurecht.«

»Na so was!« rief Zoé empört. »Undank ist der Welt Lohn! Kommt, gehen wir. In Zukunft soll diese hochnäsige Person sich wirklich allein helfen.«

Sechs Gestalten entfernten sich. Nur David zögerte. Bevor er den anderen folgte, drehte er sich noch einmal nach Julie um und sagte: »Unsere Rockgruppe probt morgen. Du kannst mitmachen, wenn du willst. Wir spielen in dem kleinen Raum direkt unter der Cafeteria.«

Ohne ihn einer Antwort zu würdigen, verstaute Julie ihre *Enzyklopädie* sorgfältig zuunterst im Rucksack und trat den Heimweg an.

40. Wüste

Der Horizont erstreckt sich ins Unendliche, ohne von vertikalen Linien durchbrochen zu werden.

Nr. 103 setzt mühsam ein Bein vor das andere. Ihre Gelenke knirschen, ihre Fühler trocknen ständig aus, und sie verliert viel Kraft damit, sie nervös zu befeuchten.

Mit jeder Sekunde macht ihr das Alter mehr zu schaffen. Nr. 103 weiß, daß sie vom Tod überschattet ist. Wie kurz ist doch das Leben einfacher Ameisen! Wenn sie nicht bald geschlechtsfähig wird, werden ihre Lebenserfahrungen niemandem mehr von Nutzen sein können, denn dann wird der unerbittlichste Feind sie besiegt haben: die Zeit.

Ihr folgen die zwölf jungen Kundschafterinnen, die beschlossen haben, sie auf dieser Odyssee zu begleiten.

Die Ameisen machen nur Rast, wenn der feine Sand unter ihren Beinen glühend heiß wird. Sobald eine Wolke die Sonne verhüllt, marschieren sie weiter. Die Wolken wissen gar nicht, wie mächtig sie sind!

Die Landschaft besteht abwechselnd aus feinem Sand, Kieseln, Steinen und pulverisierten Mineralien. Kaum Pflanzen, kaum Tiere. Ein großartiges Panorama – rosa Sierra und hellgraue Täler.

Obwohl sie manchmal große Umwege machen müssen, um nicht in den Seen aus allzu feinem Sand zu versinken, der fast flüssig zu sein scheint, verirren sie sich nie, denn Ameisen orientieren sich nicht nur an den Pheromonpisten, sondern auch mit Hilfe des Winkels zwischen Horizont und Sonne. Bei dieser Wüstendurchquerung verwenden sie zusätzlich auch noch ihr Johnston-Organ, das aus kleinen Gehirnkanälen besteht, deren Zellen die Magnetfelder der Erde registrieren. Diese unsichtbaren Magnetfelder sorgen dafür, daß Ameisen sich überall auf dem Planeten zurechtfinden und sogar unterirdische Flüsse aufspüren können, weil das schwach salzige Wasser die Magnetfelder verändert.

Im Augenblick sagt ihr Johnston-Organ ihnen aber, daß es hier weit und breit kein Wasser gibt. Und wenn sie zu der großen Eiche gelangen wollen, müssen sie immer weiter geradeaus durch diese unwirtliche Gegend marschieren.

Sie haben immer größeren Hunger und Durst, denn in dieser weißen Einöde gibt es so gut wie keine Lebewesen. Zufällig erspähen sie jedoch schließlich zwei Skorpione, die gerade bei der Liebeswerbung sind. Diese großen Spinnentiere können sehr gefährlich sein, und deshalb beschließen die Ameisen, sie erst anzugreifen, wenn sie nach der Paarung erschöpft sein werden.

Das Skorpionweibchen, kenntlich am dicken Bauch und an der braunen Farbe, packt seinen Auserwählten bei den Scheren, so als wollte es mit ihm Tango tanzen, und schiebt ihn vor sich her. Das Männchen, heller und zierlicher, bewegt sich gefügig rückwärts. Dieser Liebestanz dauert lange, und die Ameisen beobachten ihn, ohne einen Überfall zu riskieren. Endlich bleibt das Männchen stehen, hebt eine tote Fliege auf und bietet sie dem Weibchen an. Weil die Dame keine Zähne hat, zerlegt sie die Fliege mit ihren sägeblattartigen Scheren in kleine Stücke, die sie sodann genüßlich aussaugt. Daraufhin setzen die Skorpione ihren Liebestanz fort, bis das Männchen mit einer Schere, mit Schwanz und Beinen eine Höhle gräbt, während es seine Liebste mit der anderen Schere festhält.

Als die Höhle groß genug für das Paar ist, lädt das Männchen seine Braut in die neue Wohnung ein. Gemeinsam kriechen sie unter die Erde und verschließen die Höhle. Die neugierigen Ameisen graben rasch einen Tunnel, um sich das unterirdische Spektakel nicht entgehen zu lassen. Leib an Leib, Stachel an Stachel paaren sich die Skorpione. Und weil Liebesspiele hungrig machen, tötet das Weibchen gleich darauf ihren erschöpften Partner und verschlingt ihn, bevor sie zufrieden die Höhle verläßt.

Die Ameisen glauben, dies sei der ideale Zeitpunkt für einen Angriff, doch der Skorpion hat im Augenblick keine Lust zu kämpfen und sucht das Weite.

Leider ist er viel schneller als die Ameisen, die jetzt zutiefst bedauern, nicht schon während der Paarung zugeschlagen zu haben. Sie feuern dem Weibchen mit Ameisensäure hinterher, die jedoch am harten Panzer wirkungslos abprallt. Den dreizehn Kundschafterinnen bleibt nichts anderes übrig, als sich mit den kläglichen Überresten des Männchens zu begnügen. Das Fleisch schmeckt nicht gut, und sie haben hinterher immer noch Hunger.

Trotzdem setzen sie ihren Marsch durch die unendliche Wüste fort. Sand, Felsen, noch mehr Sand. In der Ferne erspähen sie jedoch eine Kugel.

Ein Ei!

Wie kommt ein Ei mitten in die Wüste? Ist es vielleicht nur eine Fata Morgana? Nein, das Ei liegt wirklich im Sand, und die Insekten umringen es begierig und schnuppern daran.

Nr. 5 erkennt den Geruch. Es ist das Ei eines Vogels, der einer weißen Schwalbe ähnelt, einen schwarzen Schnabel und schwarze Augen hat und über eine Besonderheit verfügt: Das Weibchen baut kein Nest und legt nur ein einziges Ei, das an irgendeinem x-beliebigen Ort deponiert wird, am häufigsten auf einem Ast oder Felsen. Das Weibchen macht sich nicht einmal die Mühe, eine geschützte Nische zu suchen, deshalb braucht man sich nicht zu wundern, daß Eidechsen, Raubvögel oder Schlangen das Ei oft verzehren. Und selbst wenn das nicht der Fall ist, genügt schon ein kräftiger Windstoß, um das Ei am Boden zerschellen zu lassen. Schlüpft ein Junges trotz dieser Gefahren wohlbehalten aus, muß es aufpassen, um nicht vom Ast oder Felsen in die Tiefe zu stürzen. Im Grunde ist es erstaunlich, daß diese unkluge Vogelart nicht schon längst ausgestorben ist.

Diesmal hat ein besonders sorgloses Weibchen sein einziges Ei sogar mitten in der Wüste abgelegt, wo es jedem auf Gnade und Ungnade ausgeliefert ist.

Obwohl … Vielleicht war dieser Vogel doch nicht so dumm, wie es auf den ersten Blick scheint, denkt Nr. 103. Denn hier, mitten im Wüstensand, kann das Ei wenigstens nicht in die Tiefe stürzen.

Nr. 5 nimmt einen Anlauf und rennt mit dem Kopf gegen die harte Eierschale an. Vergeblich! Die anderen eilen ihr zu Hilfe, doch auch diese gemeinsamen Bemühungen bleiben erfolglos. Es ist wirklich zum Verzweifeln, daß man an eine so reiche Nahrungs- und Flüssigkeitsquelle nicht herankommt!

Nr. 103 erinnert sich an eine Wissenschaftssendung im Fernsehen, die sich mit dem Hebelprinzip beschäftigte. Richtig angewandt, ermöglichte diese Methode das Heben schwerster Lasten. Vielleicht sollte man es einmal ausprobieren. Sie schlägt vor, einen trockenen Zweig unter das Ei zu schieben und sich gemeinsam an diesen Hebel zu hängen, um das Ei anzuheben und aus dem Gleichgewicht zu bringen.

Die jungen Ameisen befolgen willig ihre Anweisungen. Nr. 8 ist von diesem wissenschaftlichen Experiment besonders fasziniert, und es gelingt tatsächlich: Das riesige Ei gerät aus dem Gleichgewicht, neigt sich zur Seite und fällt schließlich um.

Bedauerlicherweise zerbricht die Schale im weichen Sand jedoch nicht, und das Ei bleibt in horizontaler Lage genauso unzugänglich wie in der Vertikale. Nr. 5 äußert gewisse Zweifel an den technischen Fähigkeiten der Finger und beschließt, lieber wieder die üblichen Praktiken der Ameisen anzuwenden. Sie schließt ihre Mandibel zu einem spitzen Dreieck und verwendet sie als Bohrer, indem sie den Kopf immer wieder von links nach rechts dreht. Die Schale ist wirklich stabil: Nach hundert Bewegungen ist nur ein winziger heller Streifen zu erkennen. Ein mageres

Resultat für soviel Arbeit! Nr. 103 hat sich bei den Fingern daran gewöhnt, daß alles sofort funktioniert, und dadurch hat sie die Geduld und Sturheit ihrer Artgenossen eingebüßt.

Nr. 5 ist erschöpft. Nr. 13 löst sie ab, dann Nr. 12, dann eine andere Ameise. Nacheinander benutzen sie ihren Kopf als Bohrer. Es dauert länger als eine halbe Stunde, bis ein winziges Loch entsteht, aus dem eine durchsichtige Gallertmasse sickert. Die Ameisen stürzen sich gierig auf diese nahrhafte Flüssigkeit.

Nr. 5 wackelt zufrieden mit ihren Fühlern. Die Techniken der Finger mögen ja sehr interessant sein, aber effektiver ist und bleibt die Arbeitsweise der Ameisen. Nr. 103 verschiebt eine Debatte über dieses Thema auf später; jetzt hat sie Besseres zu tun. Sie steckt ihren Kopf durch das Loch und labt sich an der gelben Substanz.

Der Boden ist so heiß und trocken, daß das Ei sich in ein Omelette verwandelt, doch die Ameisen sind viel zu ausgehungert, um diesem Phänomen Beachtung zu schenken. Sie essen und trinken und tanzen ausgelassen im Ei herum.

41. Enzyklopädie

Das Ei: Das Vogelei ist ein Meisterwerk der Natur. Bewundern wir zunächst einmal die Struktur der Schale. Sie besteht aus dreieckigen Mineralsalzkristallen, deren Spitzen nach innen weisen. Wird von außen Druck ausgeübt, schieben sich diese Kristalle ineinander, so daß die Schale noch widerstandsfähiger wird. Hier herrscht das gleiche Prinzip wie bei den Gewölben in romanischen Kathedralen: je größer der Druck, desto stabiler die Struktur. Wird hingegen von innen Druck angewandt, so lösen sich die Dreiecke voneinander, und das ganze Gefüge bricht leicht auseinander.

Auf diese Weise ist das Ei einerseits auf der Außenseite stabil genug, um dem Gewicht der brütenden Mutter standzuhalten, und andererseits auf der Innenseite so fragil, daß ein Junges die Schale aufpicken kann.

Das Ei besitzt aber weitere erstaunliche Eigenschaften. Damit der Vogelembryo sich richtig entwickeln kann, muß er immer über dem gelben Dotter liegen. Manchmal wird das Ei jedoch umgeworfen, deshalb hängt der Dotter an zwei Hagelschnüren, die seitlich zur Schalenhaut führen. Diese federnde Aufhängevorrichtung gleicht alle Bewegungen des Eis aus und bringt den Embryo in die richtige Position zurück.

Ist das Ei gelegt, bewirkt die plötzliche Abkühlung eine Trennung der beiden inneren Eihüllen und die Entstehung einer Luftkammer, die es dem Küken erlaubt, einige Sekunden zu atmen, bevor es ausschlüpft – lange genug, um die Schale aufzupicken oder notfalls sogar zu piepsen, wenn es die Hilfe der Mutter braucht.

EDMOND WELLS,
Enzyklopädie des relativen und absoluten Wissens, Band III

42. Das Spiel ›Evolution‹

Während er sich in der Küche des gerichtsmedizinischen Instituts ein Omelette zubereitete, wurde der Gerichtsmediziner durch ein Klingeln gestört. Der Besucher war Kommissar Maximilien Linart, der sich nach der Todesursache von Gaston Pinson erkundigen wollte.

»Möchten Sie auch ein Stück Omelette?« fragte der Mediziner höflich.

»Nein, danke. Haben Sie die Autopsie abgeschlossen?«

Erst nachdem er gegessen und ein Glas Bier getrunken hatte, zog der Arzt seinen weißen Kittel an und führte den Polizeibeamten ins Labor, wo er sein Dossier hervorholte.

Anhand von Blutanalysen hatte der Experte eine sehr starke allergische Reaktion festgestellt, und am Hals der Leiche hatte er einen roten Punkt entdeckt. Sein Befund lautete deshalb: Tod durch Wespenstich. Das war durchaus keine Seltenheit.

»Wenn die Wespe zufällig eine Vene trifft, die direkt mit dem Herzen verbunden ist, wirkt ihr Gift tödlich«, erklärte er.

Der Kommissar war überrascht. Was er für einen Mord gehalten hatte, war also nichts weiter als ein unglückseliger Zufall gewesen: ein Wespenstich im Wald.

Doch da war immer noch diese mysteriöse Pyramide …

Vielleicht war es ja tatsächlich nur ein Zufall, aber merkwürdig war es schon, daß jemand ausgerechnet am Fuße einer unerlaubt errichteten Pyramide in einem Naturschutzgebiet an einem Wespenstich starb.

Der Kommissar dankte dem Gerichtsmediziner und machte sich mit nachdenklich gerunzelter Stirn auf den Heimweg.

»Guten Abend, Monsieur!«

Drei junge Burschen kamen ihm entgegen. Maximilien erkannte Gonzague, den Neffen des Präfekten. Er hatte blaue Flecken im Gesicht und eine Bißwunde an der Wange.

»Bist du in eine Schlägerei geraten?« erkundigte sich der Kommissar.

»So was Ähnliches«, erwiderte Gonzague. »Wir haben einer ganzen Bande Anarchisten die Fressen poliert.«

»Interessierst du dich immer noch für Politik?«

»Wir gehören zu den Schwarzen Ratten, dem Stoßtrupp der Jugendorganisation der neuen extremen Rechten«, berichtete einer der anderen Jungen stolz und überreichte dem Kommissar ein Flugblatt.

AUSLÄNDER RAUS! las Maximilien und murmelte: »Aha, ich verstehe …«

»Unser Problem besteht darin, daß es uns an Waffen fehlt«, vertraute ihm der dritte Bursche an. »Wenn wir einen so tollen Revolver wie Sie hätten, wäre unsere politische Lage wesentlich günstiger.«

Der Kommissar bemerkte erst jetzt, daß seine Dienstwaffe unter dem offenen Jackett zu sehen war, und knöpfte es hastig zu. »Weißt du, ein Revolver ist nichts so Großartiges, wie du glaubst, sondern nur ein Hilfsmittel, ein Werkzeug wie jedes andere auch. Worauf es wirklich ankommt, ist das Gehirn, das dem Nerv am Zeigefinger sagt, ob er auf den Abzug drücken soll oder nicht. Es ist ein sehr langer Nerv …«

»Aber nicht der längste«, grinste einer der Burschen.

»Also dann, guten Abend«, verabschiedete sich der Kommissar, der mit dieser Art von Humor der Jugendlichen nichts anzufangen wußte.

Gonzague hielt ihn zurück. »Wissen Sie, Monsieur, wir sind für Recht und Ordnung«, verkündete er. »Sollten Sie irgendwann unsere Hilfe benötigen, so zögern Sie nicht, mit uns Kontakt aufzunehmen.«

Er überreichte Maximilien seine Visitenkarte, die dieser höflich in die Tasche schob, bevor er seinen Weg fortsetzte.

»Wir sind jederzeit bereit, der Polizei zu helfen!« rief ihm der Schüler nach.

Der Kommissar zuckte mit den Schultern. Die Zeiten änderten sich wirklich. In seiner Jugend hätte er sich nie erlaubt, eine Respektsperson einfach anzusprechen. Und heutzutage erboten sich junge Leute ganz dreist, Hilfspolizisten zu spielen! Er beschleunigte seine Schritte, weil er es plötzlich eilig hatte, Frau und Tochter wiederzusehen.

Auf den Hauptstraßen von Fontainebleau herrschte lebhaftes Treiben. Mütter schoben Kinderwagen, Bettler verlangten ein Almosen, Frauen zogen Einkaufswägelchen hinter sich her, Kinder machten Hüpfspiele, müde Männer eilten nach einem langen Arbeitstag nach Hause, und die Ärmsten der Armen durchwühlten die Mülltonnen, die wegen des Streiks randvoll waren.

Dieser Gestank!

Maximilien ging noch schneller. Es stimmte wirklich – diesem Land fehlte es an Recht und Ordnung. Die Leute machten, was sie wollten, ohne jeden Gemeinschaftssinn!

In den Städten herrschte das Chaos. Er liebte seinen Beruf, denn als Polizist hatte man ähnliche Pflichten wie ein Gärtner: Man mußte das Unkraut beseitigen, die gesunden

Bäume schützen, die Hecken beschneiden – kurz gesagt, man mußte einen Lebensraum so sauber und schädlingsfrei wie nur möglich erhalten.

Zu Hause fütterte er als erstes seine Fische und stellte dabei fest, daß ein Guppy-Weibchen Junge zur Welt gebracht hatte, die es jetzt genüßlich verspeiste. In Aquarien gab es eben keine Moralvorstellungen. Er betrachtete das große Holzfeuer im Kamin, bis seine Frau ihn zum Essen rief.

Es gab Schweinskopf mit pikanter Kräutersauce und Endiviensalat. Bei Tisch wurde über den ungünstigen Wetterbericht und über die Weltnachrichten gesprochen, die wie immer deprimierend waren, doch es gab auch einige erfreuliche Themen: Marguerites gute Schulnoten und Scynthias Kochkünste.

Während seine Frau das schmutzige Geschirr in die Spülmaschine einräumte, bat Maximilien seine Tochter, ihm noch einmal zu erklären, wie man jenes seltsame Computerspiel namens ›Evolution‹ spielte, das sie ihm zum Geburtstag geschenkt hatte, aber Marguerite erwiderte, sie müsse noch Hausaufgaben machen, könne ihm aber ein anderes Programm in den Computer eingeben: *Person*.

Dieses Programm, so erklärte sie, vermittle die Illusion, als hätte man einen echten Gesprächspartner, denn mit Hilfe eines Synthesizers und der Lautsprecher auf beiden Seiten des Bildschirms könne der Computer ganze Sätze aneinanderreihen und eine Unterhaltung führen.

Marguerite zog sich in ihr Zimmer zurück, und der Kommissar setzte sich vor den summenden Computer. Ein großes Auge erschien auf dem Bildschirm.

»Mein Name ist *Person*, aber Sie können mich nennen, wie Sie wollen«, verkündete der Computer durch die kleinen Lautsprecher. »Möchten Sie meinen Namen ändern?«

Amüsiert beugte sich der Kommissar über das eingebaute Mikrofon. »Ich werde dir einen schottischen Namen geben: MacYavel.«

»Von nun an bin ich MacYavel«, sagte der Computer. »Was kann ich für Sie tun?«

Das Zyklopenauge zwinkerte.

»Du sollst mir das Spiel *Evolution* beibringen. Kennst du es?«

»Nein, aber ich brauche nur die Bedienungsanleitung zu lesen«, erwiderte das Auge.

Nachdem es die Regeln studiert hatte, wurde es immer kleiner und zog sich in eine Ecke des Bildschirms zurück, damit das Spiel beginnen konnte.

»Als erstes müssen Sie einen Stamm gründen.«

MacYavel leistete Maximilien wertvolle Hilfestellung und erklärte ihm, daß er seinen Stamm am besten in der Nähe eines Flusses ansiedeln solle, damit die Menschen Süßwasser hätten. Andererseits dürfe das Dorf nicht zu nahe an der Küste liegen, weil es dann von Piraten angegriffen werden könnte. Und es müsse für Handelskarawanen leicht erreichbar sein, weshalb ein hoher Berg ungünstig wäre.

Maximilien befolgte seine Ratschläge, und bald erschien auf dem Bildschirm ein kleines Dorf, aus dessen Strohdächern Rauch aufstieg. Kleine, gut gezeichnete Personen gingen durch die Türen aus und ein, mit ihren Alltagspflichten beschäftigt. Alles sah sehr realistisch aus.

MacYavel zeigte ihm, wie er seinem Stamm beibringen konnte, Lehmwände, Ziegel und im Feuer gehärtete Spieße zu verwenden. Natürlich wurde alles auf dem Bildschirm nur simuliert, aber mit jeder Erfindung, die Maximilien in den Sinn kam, wurde sein Dorf fortschrittlicher: In den Scheunen stapelte sich Heu, Pioniere zogen aus und gründeten neue Dörfer, und die Bevölkerung wuchs stetig – ein Zeichen von Erfolg.

Nach jeder politischen, militärischen, landwirtschaftlichen oder industriellen Entscheidung brauchte man nur auf den Knopf *Zeitraum* zu drücken, und schon waren zehn Jahre vergangen. Auf diese Weise konnte man sofort die mittel- und langfristigen Auswirkungen irgendwelcher Neuerungen erkennen. Oben links auf dem Bildschirm stand auf einer Tafel die jeweilige Einwohnerzahl ebenso zu lesen wie der Lebensstandard, die Nahrungsmittelreserven, die wissenschaftlichen Errungenschaften und der Stand der derzeitigen Forschungen.

Es gelang Maximilien, eine Zivilisation ins Leben zu rufen, und sein Stamm lernte sogar, Pyramiden zu bauen. Dieses Spiel ließ ihn schlagartig erkennen, wie wichtig Monumente waren, deren Errichtung er bisher für Vergeudung von Geld und Energie gehalten hatte. Monumente festigten die kulturelle Identität eines Volkes. Außerdem locken sie die kulturelle Elite der Nachbarvölker an und sichern den Zusammenhalt der Gemeinschaft, die in dem Monument ein Symbol sieht.

Doch o weh! Maximilien hatte keine Töpferwaren produzieren lassen und das Getreide nicht in hermetisch verschlossenen Behältern aufbewahrt. Deshalb wurden die Nahrungsmittelreserven seines Volkes von Kornwürmern gefressen. Mit leerem Magen vermochte seine Armee den Angriffen von Aggressoren aus dem Süden nicht standzuhalten. Alles brach zusammen.

Dieses Spiel machte ihm allmählich Spaß. In keiner Schule wurde den Kindern beigebracht, daß es lebenswichtig ist, Töpferwaren herzustellen. Eine Zivilisation konnte untergehen, nur weil sie nicht daran gedacht hatte, das Getreide vor Würmern und Käfern zu schützen!

Seine ganze virtuelle Bevölkerung – 600 000 Personen – war ums Leben gekommen, aber sein Ratgeber MacYavel tröstete ihn mit dem Hinweis, daß er jederzeit eine neue Partie mit neuer Bevölkerung beginnen könne. Bei dem Spiel *Evolution* durfte man beliebig viele Zivilisationen entwerfen.

Bevor er auf den Knopf drückte, der alles in den Urzustand zurückversetzen würde, betrachtete der Kommissar die beiden verlassenen Pyramiden auf dem kleinen Bildschirm. Seine Gedanken schweiften vom Spiel ab.

Eine Pyramide war kein harmloses Bauwerk, sondern ein mächtiges Symbol.

Was mochte demnach das Geheimnis der realen Pyramide im Wald von Fontainebleau sein?

43. Molotowcocktail

Eine Insel des Friedens! Nach hundert Umwegen auf dem Nachhauseweg lag Julie gemütlich unter der Bettdecke und las im Schein einer Taschenlampe in der *Enzyklopädie*. Sie wollte endlich begreifen, welche Art von Revolution dieser Edmond Wells eigentlich für wünschenswert hielt.

Die Texte kamen ihr oft widersprüchlich vor. Manchmal sprach er von ›Revolution‹, dann wieder von ›Evolution‹, aber immer war von ›Gewaltlosigkeit‹ und ›Aufsehen vermeiden‹ die Rede. Er wollte die Mentalität der Menschen auf unauffällige Art und Weise verändern, fast heimlich.

Es wurde von vielen Revolutionen berichtet, aber bisher war offenbar keine einzige wirklich geglückt. Sie schienen entweder zu scheitern oder außer Kontrolle zu geraten.

An interessanten Stellen mangelte es trotzdem nicht. Beispielsweise fand Julie eine genaue Anleitung zur Herstellung von Molotowcocktails.

Ihr verletztes Knie schmerzte. Sie nahm den Verband ab und betrachtete die Schnittwunden. Nie zuvor hatte sie ihr Knie so bewußt wahrgenommen: jeden Knochen, jeden Muskel, jeden Knorpel. Leise murmelte sie vor sich hin: »Guten Tag, *Knie*! Die alte Welt hat dir weh getan, aber ich werde dich rächen!«

Sie begab sich in den Gartenschuppen, wo sie alles fand, was man zur Herstellung einer Brandbombe brauchte: eine Flasche, Natronchlorat, Benzin und die übrigen Chemikalien. Ein Halstuch ihrer Mutter diente als Stöpsel, und schon war ihr Molotowcocktail fertig.

Julie drückte die kleine selbstgebaute Bombe an ihre Brust. Es war noch lange nicht gesagt, daß ihr Gymnasium uneinnehmbar war!

44. Im Sand

Sie sind erschöpft. Es ist lange her, seit sie etwas gegessen haben, und sie leiden an ersten Folgen des Flüssigkeitsmangels. Ihre Fühler werden steif, die Beingelenke knirschen, die Augen überziehen sich mit einer Staubschicht, und sie haben nicht mehr genug Speichel, um sie zu putzen.

Die dreizehn Ameisen fragen einen Sandfloh nach dem Weg zur großen Eiche. Kaum hat er geantwortet, da wird er auch schon gefressen. In gewissen Situationen kann man sich den Luxus, ›danke‹ zu sagen, einfach nicht leisten. Sie saugen den Sandfloh vollständig aus, um jedes Molekül seiner Feuchtigkeit in sich aufzunehmen.

Wenn die Wüste sich noch lange hinzieht, werden sie alle sterben. Nr. 103 kann kaum noch ein Bein vor das andere setzen.

Was gäben sie jetzt nicht für einen Tropfen Tau! Doch seit Jahren steigt die Temperatur auf dem Planeten immer schneller an. Der Frühling ist heiß, der Sommer unerträglich schwül, die Herbstzeit warm, und nur noch im Winter gibt es ein wenig Feuchtigkeit und Kälte.

Glücklicherweise kennen sie eine besondere Gangart, die sie den Ameisen der Stadt Yedi-bei-nakan abgeschaut haben. Man läuft auf nur vier Beinen. Auf diese Weise können sich jeweils zwei Beine von der Sonnenglut erholen, und nach einer Weile sind sie wieder voll einsatzfähig; dafür dürfen sich zwei andere etwas Ruhe gönnen.

Nr. 103, die sich stets für andere Arten interessiert, bewundert die Milben, die sich in dieser unwirtlichen Wüste durchaus wohl zu fühlen scheinen. Sie graben sich ein, wenn es besonders heiß ist, und kommen wieder zum Vorschein, wenn es kühler wird. Die Ameisen beschließen, es ihnen nachzumachen.

Sie sind für uns genauso winzig, wie wir es für die Finger sind, und trotzdem können wir von ihnen lernen, wie man in dieser Krisensituation überlebt.

Für Nr. 103 ist das ein weiterer Beweis, daß man weder größere noch kleinere Dimensionen unterschätzen darf.

Wir haben einen Platz irgendwo in der Mitte zwischen Milben und Fingern inne.

Ein roter vierflügliger Käfer läuft vor ihnen her. Nr. 15 möchte einen Säurestrahl abfeuern, aber Nr. 103 meint, das wäre Vergeudung der kostbaren Waffe. Dieses Insekt ist nicht zufällig rot. Ins Auge fallende Farben sind in der Natur ein sicherer Hinweis auf Giftigkeit oder sonstige Tücke. Leuchtendes Rot, das alle Blicke auf sich zieht, signalisiert zugleich allen Feinden, daß ein Angriff folgenschwer wäre.

Nr. 14 wendet ein, manche Insekten würden sich rot verfärben, um den Anschein zu erwecken, sie wären giftig, obwohl sie es gar nicht sind.

Nr. 7 fügt hinzu, sie kenne zwei Schmetterlingsarten, deren Flügel dasselbe Muster hätten. Die eine Art sei giftig, die andere nicht, aber die ungiftigen Schmetterlinge seien vor Feinden genauso sicher wie die giftigen, weil die Vögel sie wegen des Flügelmusters unbehelligt ließen.

Nr. 103 meint, daß es im Zweifelsfall vernünftiger sei, keine Vergiftung zu riskieren.

Nr. 15 sieht das ein, aber Nr. 14 ist wagemutiger, verfolgt den Käfer und bringt ihn zur Strecke. Sie kostet ihre Beute, und alle glauben, daß sie gleich tot umfallen wird, aber nein: Die rote Farbe war nur ein Täuschungsmanöver, um für giftig gehalten zu werden.

Das rote Insekt ist eine willkommene Stärkung.

Während sie weitermarschieren, diskutieren die Ameisen über den Sinn dieses Mimikry und über die Bedeutung der Farben. Warum sind manche Geschöpfe bunt und andere nicht?

Eine unsinnige Diskussion, wenn man in der Wüste umzukommen droht. Nr. 103 sagt sich, daß sie durch den Kontakt mit den Fingern wahrscheinlich degeneriert ist und nun einen negativen Einfluß auf die jungen Ameisen ausübt. Jede Unterhaltung ist eine Vergeudung von Flüssigkeit, doch andererseits lenkt die interessante Diskussion von Müdigkeit und Schmerzen ab.

Nr. 16 berichtet, sie habe einmal eine Raupe gesehen, die einen Vogel einzuschüchtern versuchte, indem sie selbst die Form eines Vogelkopfs annahm. Und Nr. 9 behauptet sogar, eine Fliege beobachtet zu haben, die sich die Gestalt eines Skorpions gab, um eine Spinne abzuschrecken.

»War das nun eine vollständige oder eine unvollständige Metamorphose?« fragt Nr. 14.

Bei den Insekten ist die Metamorphose ein beliebtes Gesprächsthema. Von jeher gibt es eine Kluft zwischen den Arten mit vollständiger und jenen mit unvollständiger Metamorphose. Die vollständige besteht aus vier Phasen: Ei, Larve, Puppe, Erwachsener. Das ist bei Schmetterlingen, Ameisen, Wespen, Bienen, Flöhen und Marienkäfern der Fall. Bei der unvollständigen Metamorphose gibt es nur drei Entwicklungsphasen: Ei, Larve, Erwachsener. Heuschrecken, Ohrwürmer, Termiten und Schaben werden sozusagen als winzige Erwachsene geboren und verändern sich nach und nach. Jene Insekten, denen eine vollständige Metamorphose zuteil wird, schauen oft etwas verächtlich auf die anderen herab. »Wer nie eine Puppe war, kann auch nicht richtig erwachsen werden, sondern bleibt zeit seines Lebens ein altes Baby!« behaupten sie.

»Diese Fliege hatte eine vollständige Metamorphose hinter sich«, erwidert Nr. 9 im Brustton der Überzeugung.

Nr. 103 betrachtet die Sonne, die unter Aufbietung ihrer ganzen Farbenpracht langsam vom Horizont verschwindet. Seltsame Ideen, die vielleicht von einem Sonnenstich herrühren, gehen ihr durch den Kopf. Ist die Sonne ein Tier mit vollständiger Metamorphose? Machen die Finger eine vollständige Metamorphose durch? Warum hat die Natur nur sie, Nr. 103683, in Kontakt mit diesen riesigen Ungeheuern gebracht? Warum wird einem einzelnen Geschöpf eine so schwere Verantwortung aufgebürdet?

Zum erstenmal verspürt sie gewisse Zweifel an ihrer Mission. Hat es wirklich einen Sinn, sich Geschlechtsfähigkeit zu wünschen, die Welt weiterentwickeln zu wollen, eine Allianz zwischen Ameisen und Fingern anzustreben? Und wenn ja – warum schlägt die Natur so gewagte Wege ein, um ihre Ziele zu erreichen?

45. Enzyklopädie

Zukunftsbewußtsein: Was unterscheidet den Menschen von anderen Tierarten? Die Tatsache, daß er einen abspreizbaren Daumen besitzt? Die Sprache? Das übergroße Gehirn? Der aufrechte Gang? Vielleicht ist es auch nur das Zukunftsbewußtsein. Alle Tiere leben nur in der Gegenwart und Vergangenheit. Sie analysieren, was ihnen widerfährt, und vergleichen es mit bisherigen Erfahrungen. Im Gegensatz dazu versucht der Mensch vorherzusehen, was geschehen wird. Dieser Wunsch, die Zukunft zu ergründen, ist zweifellos entstanden, als der Mensch sich in der Jungsteinzeit für Landwirtschaft zu interessieren begann. Seitdem vernachlässigte er seine bisherigen Nahrungsquellen – die Sammlerkultur und die Jagd – und war um künftige Ernten besorgt. Logischerweise hatten die Menschen unterschiedliche Zukunftsvisionen, und um diese in Worte zu fassen, brauchten sie eine Sprache. Die Sprache wurde zusammen mit dem Zukunftsbewußtsein geboren.

Die alten Sprachen verfügen über einen nur kleinen Wortschatz und eine einfache Grammatik, um über die Zukunft sprechen zu können, während diese Grammatik in den modernen Sprachen immer komplizierter wurde. Um die Verheißungen der Zukunft realisieren zu können, mußte man logischerweise die Technologie weiterentwickeln. Das dürfte der Ausgangspunkt für die Erfindung allen Räderwerks gewesen sein.

Gott ist der Name, den die Menschen all dem gegeben haben, was sich ihrer Kontrolle entzog. Doch als die Technologie eine immer bessere Kontrolle über die Zukunft ermöglichte, trat Gott allmählich immer mehr in den Hintergrund und wurde von Meteorologen, Futurologen und all jenen ersetzt, die mit Hilfe von Maschinen genau zu wissen glauben, wie die Welt morgen beschaffen sein wird; und warum gerade so und nicht anders.

EDMOND WELLS,
Enzyklopädie des relativen und absoluten Wissens, Band III

46. Die Bedeutung der Augen

Maximilien Linart blieb lange vor der Pyramide stehen. Er zeichnete sie nochmals und verglich seine Zeichnung sodann sorgfältig mit dem Bauwerk, um sich zu vergewissern, daß sie in allen Einzelheiten damit übereinstimmte. In der Polizeischule lehrte er, wenn man jemanden oder etwas lange genug betrachte, erhalte man Tausende wertvoller Informationen, und in den meisten Fällen könne man allein auf diese Weise viele Rätsel lösen.

Er nannte dieses Phänomen das »Jericho-Syndrom«, obwohl er keine Posaunen erschallen ließ, um Mauern zum Einsturz zu bringen, sondern sich mit seiner scharfen Beobachtungsgabe und dem Zeichenstift begnügte.

Mit einer ähnlichen Taktik hatte er einst seine Frau Scynthia erobert, eine arrogante Schönheit, die normalerweise jedem Verehrer eine Abfuhr erteilte.

Sie war Maximilien bei einer Modenschau aufgefallen, weil sie von allen Mannequins am rätselhaftesten wirkte und deshalb allen Männern besonders begehrenswert erschien. Er hatte sie lange fixiert, und dieser durchdringende Blick hatte die junge Frau geärgert und verwirrt. Doch seine scharfe Beobachtungsgabe hatte es ihm ermöglicht, sich auf ihre Wellenlänge einzustimmen. Sie trug einen Anhänger mit ihrem Sternzeichen: Fische. Sie trug Ohrringe, die zur Entzündung der Ohrläppchen führten. Sie benutzte ein sehr schweres Parfum.

Bei Tisch hatte er sich neben sie gesetzt und über Astrologie geredet, über die Macht der Symbole und über die Unterschiede zwischen den Sternzeichen des Wassers, der Erde und des Feuers. Nach anfänglichem Mißtrauen hatte Scynthia sich entspannt und freimütig ihre eigene Meinung zum besten gegeben. Später waren sie auf Ohrringe zu sprechen gekommen, und er hatte ihr von einer neuen antiallergischen Substanz berichtet, die es ermöglichte, Schmuck, gleich welcher Legierung, beschwerdefrei zu tragen. Noch später hatte er die Rede auf ihr Parfum, ihr Make-up, ihre Diät und ihre Karriere gebracht. »In der Anfangsphase muß man sich ganz auf den anderen einstellen, damit er aus sich herausgeht.«

Im Anschluß an die Themen, mit denen Scynthia sich bestens auskannte, hatte er jene aufs Tapet gebracht, von denen sie keine Ahnung hatte: ausgefallene Filme, exotische Gastronomie, Bücher mit kleiner Auflage. Auch bei dieser zweiten Etappe seines Liebeswerbens hatte er eine simple Strategie angewandt, die darauf beruhte, daß schöne Frauen größten Wert darauf legen, auch intelligent zu wirken, während intelligente Frauen immer wieder hören wollen, wie schön sie sind.

Noch später hatte er ihr aus der Hand gelesen. Ihre Handlinien waren für ihn ein Buch mit sieben Siegeln, aber er erzählte ihr all das, was jeder Mensch gern hören möchte: daß sie für ein besonderes Schicksal ausersehen sei, daß sie eine große Liebe erleben, glücklich sein und zwei Söhne haben werde.

Ganz zuletzt hatte Maximilien dann so getan, als interessierte er sich für Scynthias beste Freundin, worauf sie erwartungsgemäß eifersüchtig wurde. Drei Monate später waren sie verheiratet.

Maximilien betrachtete die Pyramide. Sie würde nicht so leicht wie Scynthia zu erobern sein, vermutete er. Er trat dicht an sie heran, berührte sie, strich mit den Fingern über die Spiegelplatten.

Weil er glaubte, ein Geräusch aus dem Innern gehört zu haben, steckte er sein Notizbuch in die Tasche und preßte sein Ohr an den Spiegel. Stimmen! Gar kein Zweifel – in diesem seltsamen Bau befanden sich Menschen. Er lauschte aufmerksam, bis plötzlich ein Schuß fiel.

Überrascht wich er etwas zurück. Meistens verließ er sich ausschließlich auf sein Sehvermögen, und was er nicht sehen konnte, war ihm nicht ganz geheuer. Trotzdem legte er nach kurzer Zeit sein Ohr erneut an die Spiegelplatte. Diesmal hörte er Schreie, quietschende Räder, Gepolter, klassische Musik, Pferdewiehern und das Knattern eines Maschinengewehrs.

47. Der Glücksbote

Die dreizehn Ameisen sind mit ihren Kräften völlig am Ende. Sie können sich nicht einmal mehr unterhalten, weil ihre Fühler ganz ausgedörrt sind.

Nr. 103 bemerkt plötzlich eine Bewegung am Himmel. Ein Calopteryx, eine Seejungfer! Diese großen Libellen, die es seit Urzeiten gibt, haben für Ameisen eine ähnliche Bedeutung wie Möwen für verirrte Seeleute: Sie künden davon, daß es in der Nähe eine Vegetation gibt. Die Kundschafterinnen schöpfen neuen Mut. Sie reiben sich die Augen, um ihren Blick zu schärfen und der Libelle besser folgen zu können.

Der Calopteryx fliegt jetzt so tief, daß er sie mit seinen vier geäderten Flügeln fast streift, und die Ameisen bewundern das majestätische Insekt. Die Seejungfer ist wirklich eine Meisterfliegerin. Sie kann nicht nur mitten im Flug stehenbleiben, sondern ist dank der vier voneinander unabhängigen Flügel sogar in der Lage, rückwärts zu fliegen.

Der riesige Schatten verharrt über den Ameisen, fliegt weiter, macht kehrt, so als wollte er ihnen als Führer dienen. Ihr ruhiger Flug beweist, daß die Seejungfer nicht unter Flüssigkeitsmangel leidet.

Die Ameisen folgen der Libelle. Sie spüren, daß die Luft endlich etwas frischer wird. Und dann sehen sie auf dem Gipfel eines kahlen Hügels einige Grashalme. Gras! Wo es Gras gibt, gibt es Saft, und Saft bedeutet Feuchtigkeit. Sie sind gerettet.

Die dreizehn Ameisen rennen auf diese Insel des Glücks zu. Sie fressen die Gräser und einige winzige Insekten, die sich nicht wehren können. Hinter dem Hügel spüren ihre gierigen Fühler alle möglichen Blumen auf: Melisse, Narzissen, Primeln, Hyazinthen, Alpenveilchen. Es gibt auch Heidelbeeren, Holunder, Buchsbaum, Heckenrosen, Haselnußsträucher, Hagedorn und Kornelbäume. Das ist das reinste Paradies!

Noch nie haben sie eine so üppige Region gesehen. Überall Früchte, Blumen, Kräuter und kleine Lebewesen, die der Ameisensäure nicht entrinnen können. Die Luft ist voller Pollen, der Boden voller Keime. Ein Überfluß sondergleichen.

Die Ameisen schlemmen nach Herzenslust, füllen ihre Mägen und Kröpfe. Alles hat einen köstlichen Geschmack, wenn man zuvor völlig ausgehungert und fast verdurstet war. Sogar ein Löwenzahnsamenkorn ist ein Hochgenuß. Und erst der Tau auf den Blumen, dessen verschiedene Geschmacksnuancen sie bisher nie wahrgenommen haben.

Nr. 5, 6 und 7 werfen sich aus Übermut Staubfäden zu, an denen man lecken und kauen kann. Sie wälzen sich in den Pollen eines Gänseblümchens, berauschen sich daran und machen eine Art Schneeballschlacht mit den gelben Kugeln.

Sie essen, trinken, waschen sich, essen wieder, trinken wieder, waschen sich wieder. Schließlich legen sie sich ermattet ins Gras und genießen das Glück, noch am Leben zu sein.

Sie haben die große nördliche Wüste durchquert, ohne Todesopfer beklagen zu müssen. Jetzt sind sie satt, zufrieden und zu einem Schwatz aufgelegt.

Nr. 10 möchte, daß Nr. 103 ihnen noch mehr über die Finger erzählt, denn sie befürchtet, daß die alte Kundschafterin sterben könnte, ohne all ihre Geheimnisse preisgegeben zu haben.

Nr. 103 berichtet von einer seltsamen Erfindung der Finger: dreifarbigen Leuchtfeuern. Diese Signale stellen sie an ihren Pisten auf, um Verkehrsbehinderungen zu vermeiden. Bei grünem Licht betreten alle Finger die Piste, und wenn es von orange in rot übergeht, bleiben alle regungslos stehen, so als wären sie tot.

Nr. 5 meint, das wäre doch ein gutes Mittel, um das Eindringen der Finger in den Wald zu verhindern. Man brauche nur überall diese roten Signale aufzustellen. Aber Nr. 103 wendet ein, daß manche Finger diese Signale nicht beachten und einfach weiterlaufen. Folglich wird man sich etwas anderes einfallen lassen müssen, um sie aufzuhalten.

»Was ist Humor?« will Nr. 10 wissen.

Nr. 103 möchte eine der komischen Geschichten der Finger zum besten geben, aber weil sie sie nicht verstanden hat, kann sie sich an keine einzige mehr erinnern. Schließlich fällt ihr dann doch noch eine ein – die von der Ameise und der Grille.

»Eine Grille singt den ganzen Sommer über und bittet dann eine Ameise um Nahrung, doch diese weigert sich, ihr etwas zu geben.«

Die zwölf jungen Kundschafterinnen unterbrechen sie, weil sie nicht verstehen können, warum die Ameise die Grille nicht einfach verspeist. Nr. 103 antwortet, diese ›Witze‹ seien immer unverständlich, riefen bei den Fingern aber trotzdem seltsame Zuckungen hervor. Nr. 10 möchte das Ende dieser seltsamen Geschichte erfahren.

Die Grille verhungert.

Die zwölf finden diesen Schluß absurd und stellen viele Fragen. Warum hat die Grille den ganzen Sommer über gesungen? Jeder weiß doch, daß Grillen nur singen, um die Aufmerksamkeit ihrer Sexualpartner zu erregen, und daß sie nach der Paarung verstummen. Und warum holt sich die Ameise nicht die Leiche der verhungerten Grille, um sie in Stücke zu schneiden und leckere Pasteten daraus zu machen?

Die angeregte Diskussion wird jäh unterbrochen. Die kleine Gruppe spürt, daß die Gräser erzittern, daß die Blütenblätter sich hastig schließen, daß alle Lebewesen sich verkriechen. Gefahr liegt in der Luft. Was ist los? Sind es etwa die dreizehn roten Waldameisen, die ihrer Umgebung solche Angst einjagen?

Nein! Der Himmel verdüstert sich. Es ist erst Mittag, es ist heiß, und doch scheint die Sonne einem überlegenen Gegner Platz zu machen.

Die dreizehn Ameisen richten ihre Fühler auf. Eine dunkle Wolke nähert sich hoch am Himmel. Zunächst glauben sie, es handle sich um ein Gewitter. Aber nein, diese Wolke bringt weder Regen noch Wind mit sich. Nr. 103 denkt an fliegende Finger, aber auch diese Vermutung erweist sich als falsch.

Obwohl Ameisen auf große Entfernungen nicht besonders gut sehen können, begreifen sie allmählich, worum es sich bei dieser langgezogenen dunklen Wolke handelt. Ihre Antennen senden Schreckenssignale aus. Was sich dort oben am Himmel naht, ist ein Heuschreckenschwarm!

Wanderheuschrecken …

Bis vor kurzem waren sie in Europa kaum anzutreffen. Nur ganz selten drangen sie bis nach Spanien oder an die Côte d'Azur vor, doch seit der Klimaerwärmung haben sie sogar die Loire überschritten, und die Monokulturen begünstigen die Vergrößerung dieser gefährlichen Schwärme noch.

Wanderheuschrecken! Einzelne Heuschrecken sind durchaus sympathische Insekten, anmutig, höflich und wohlschmeckend, doch ein Schwarm ist die schlimmste Plage, die man sich überhaupt vorstellen kann.

Einzelne Heuschrecken treten sehr bescheiden auf und sind graufarben. Doch in Gesellschaft verfärben sie sich rot, rosa, orange und zuletzt gelb. Dieses Safrangelb signalisiert, daß sie sich auf dem Gipfel sexueller Erregung befinden. Die Männchen fressen sich voll und paaren sich mit allen Weibchen, die ihnen über den Weg laufen. Sie sind beim Sex genauso unersättlich wie beim Fressen, und um diese beiden Bedürfnisse zu befriedigen, kennt ihre Zerstörungswut keine Grenzen.

Eine einzelne Heuschrecke ist nachts aktiv und hüpft nur herum. In der Gruppe wird sie tagsüber aktiv und fliegt! Eine einzelne Heuschrecke hält sich am liebsten in Wüstengebieten auf, weil sie an Trockenheit gewöhnt ist, doch ein Schwarm sucht die Feuchtigkeit und fällt über Felder, Büsche und Wälder her.

Nr. 103 überlegt, ob das jene ›Macht der Masse‹ ist, von der im Fernsehen der Finger oft die Rede war. In der Menge werden Hemmungen abgebaut und Konventionen gebrochen. Der Respekt vor dem Lebensrecht anderer kommt völlig abhanden.

Nr. 5 ordnet den Rückzug an, aber alle wissen, daß es dafür schon zu spät ist.

Nr. 103 betrachtet die tödliche Wolke, die immer näher kommt.

Am Boden rührt sich nichts mehr. Pflanzen und Tiere verharren schreckensstarr. Die zwölf jungen Kundschafterinnen hoffen, daß der reiche Erfahrungsschatz von Nr. 103 ihnen irgendwie zugute kommen wird.

Doch auch Nr. 103 ist ratlos. Sie überprüft den Säurevorrat in ihrem Hinterleib und fragt sich, wie viele Heuschrekken sie damit wohl zur Strecke bringen kann.

Die Wolke kreist jetzt schon so dicht über der Erde, daß man das Mahlen Abertausender gieriger Mandibel deutlich hören kann. Die Grashalme rollen sich ängstlich zusammen. Sie wissen intuitiv, daß dieser Heuschreckenschwarm ihnen den Garaus machen wird.

Die dreizehn Ameisen bilden einen Kreis und richten ihre Hinterleiber nach oben, um jederzeit schießen zu können.

Jetzt ist es soweit! Die ersten Heuschrecken landen ungeschickt auf der Erde, und gleich darauf sind sie schon am Fressen. Sobald ein Weibchen aufsetzt, wird es sofort bestürmt, und gleich nach der Paarung beginnen die Weibchen, Eier in die Erde zu legen. Diese erschreckende Fruchtbarkeit ist die beste Waffe der Heuschrecken, viel mächtiger als Ameisensäure und sogar noch mächtiger als die rosa Kegel der Finger.

48. Enzyklopädie

Definition des Menschen: Ist ein sechs Monate alter Fötus mit voll entwickelten Gliedmaßen schon ein Mensch? Und wenn ja – ist auch ein drei Monate alter Fötus ein Mensch? Ist ein soeben befruchtetes Ei ein Mensch?

Ist ein Kranker im Koma, der seit sechs Jahren sein Bewußtsein nicht zurückerlangt hat, dessen Herz jedoch schlägt und dessen Lungen atmen, noch ein Mensch?

Ist ein menschliches Gehirn, das in einer Nährlösung aufbewahrt wird, ein Mensch?

Kann ein Computer, der alle Mechanismen des menschlichen Gehirns zu reproduzieren vermag, als Mensch bezeichnet werden?

Ist ein Roboter, der äußerlich einem Menschen ähnlich sieht und ein ähnliches Gehirn wie dieser hat, ein Mensch?

Ist ein geklontes Geschöpf, das durch Genmanipulation geschaffen wurde, um bei eventuellen Insuffizienzen seines Zwillingsbruders als Organspender dienen zu können, ein Mensch?

Nichts ist sonnenklar. In der Antike und bis ins Mittelalter hinein wurden Frauen, Ausländer und Sklaven nicht als Menschen eingestuft. Normalerweise entscheidet allein der Gesetzgeber darüber, wer ein Mensch ist und wer nicht. Man müßte ihm unbedingt Biologen, Philosophen, Informatiker, Genforscher, Theologen, Dichter und Physiker an die Seite stellen, denn in Zukunft wird es immer schwerer sein, eindeutig zu definieren, was ein ›Mensch‹ ist.

EDMOND WELLS,
Enzyklopädie des relativen und absoluten Wissens, Band III

49. Übergang zur Rockmusik

Vor der schweren Eichentür am Hintereingang des Gymnasiums stellte Julie ihren Rucksack ab und holte den selbstgebauten Molotowcocktail hervor. Ihr Feuerzeug produzierte nur Funken, aber keine Flamme, weil der Feuerstein abgenutzt war. Sie wühlte im Rucksack herum und fand schließlich eine Schachtel Streichhölzer. Nichts würde sie daran hindern, ihren Molotowcocktail gegen die Tür zu schleudern. Fasziniert betrachtete sie die kleine orangefarbene Flamme des Streichholzes, die gleich eine Explosion bewirken sollte.

»Ah, Julie, du bist also doch gekommen!«

Sie versteckte die Brandbombe hastig hinter dem Türpfosten. Welcher Störenfried war das nun schon wieder? Natürlich David.

»Du hast also beschlossen, dir unsere Musikgruppe einmal anzuhören?« fragte er.

»So ist es.«

»Dann komm mit.«

David führte sie in den kleinen Raum unter der Cafeteria, wo die Sieben Zwerge probten. Einige stimmten schon ihre Instrumente.

»Na, so was, wir bekommen ja Besuch!« rief Francine.

Julie schaute sich um. An den Wänden hingen Fotos der Gruppe, die bei Geburtstagsfeiern und Tanzfeiern musizierte.

Ji-woong schloß die Tür, damit sie von niemandem gestört wurden.

»Wir dachten, du würdest nicht kommen«, grinste Narcisse.

»Ich wollte einfach mal hören, wie ihr spielt, weiter nichts.«

»Zaungäste können wir hier nicht gebrauchen!« rief Zoé. »Wir sind eine Rockgruppe, und entweder du spielst mit, oder aber du verziehst dich wieder!«

Diese deutliche Abfuhr weckte in Julie plötzlich den Wunsch, bleiben zu dürfen.

»Was für ein Glück, daß ihr hier einen Platz ganz für euch allein habt«, seufzte sie.

»Wir brauchen unbedingt einen Raum für unsere Proben«, erklärte David, »und ausnahmsweise war der Direktor sehr entgegenkommend.«

»Ihm liegt eben viel daran, mit kulturellen Aktivitäten an seiner Schule prahlen zu können«, fügte Paul hinzu.

»Der Rest der Klasse glaubt, ihr wolltet euch einfach absondern.«

»Das stört uns nicht«, sagte Francine. »Man muß ungestört sein, um glücklich leben zu können.«

Zoé warf wieder angriffslustig den Kopf zurück. »Hast du immer noch nicht kapiert, daß wir hier proben und unter uns bleiben wollen? Du hast hier nichts verloren.«

Julie machte keine Anstalten, zu gehen, und Ji-woong griff vermittelnd ein. »Spielst du irgendein Instrument?« fragte er freundlich.

»Nein, aber ich hatte früher Gesangsunterricht.«

»Und was singst du?«

»Ich habe eine Sopranstimme und habe hauptsächlich Lieder von Purcell, Ravel, Schubert, Fauré und Satie gesungen. Und ihr – welche Art von Musik spielt ihr?«

»Rock.«

»Das besagt noch gar nichts. Welche Art Rock?«

Paul ergriff das Wort. »Wir haben eine besondere Vorliebe für Genesis, speziell für die frühen Alben wie *Nursery Crime, Foxtrot, The Lamb Lies Down on Broadway* und *A Trick of Tail* … und dann alles von Yes, wobei wir die Alben *Close to the Edge* und *Tormato* bevorzugen … und natürlich alles von Pink Floyd, aber ganz besonders *Animals, I Wish You Were Here* und *The Wall*.

Julie nickte. »Ich verstehe … uralter Rock aus den 70er Jahren, damals progressiv, heute eher verstaubt.«

Ihre abfällige Äußerung über die Lieblingsmusik der Gruppe sorgte für eisige Mienen. Nur David kam ihr wieder zu Hilfe: »Willst du nicht versuchen, mit uns zu singen?«

Sie schüttelte ihre dunkle Haarmähne. »Nein, danke, meine Stimme ist nicht mehr in Ordnung. Ich habe eine Operation hinter mir, und der Arzt hat mir geraten, meine Stimmbänder nicht zu strapazieren.«

Ihr Blick schweifte vom einen zum anderen. In Wirklichkeit hatte sie große Lust, mit den Sieben Zwergen zu singen, und alle spürten das, aber sie hatte sich dermaßen angewöhnt, immer nein zu sagen, daß sie nun instinktiv jeden Vorschlag ablehnte.

»Wenn du nicht singen willst – wir halten dich bestimmt nicht auf!« wiederholte Zoé.

David verhinderte eine Eskalation. »Wir könnten es doch mit einem alten Blues versuchen – so einem Zwischending zwischen klassischer Musik und progressivem Rock. Du improvisierst den Text, so wie es dir gerade in den Sinn kommt, und brauchst deine Stimme auch nicht zu strapazieren. Es genügt, wenn du trällerst.«

Mit Ausnahme der weiterhin skeptischen Zoé stimmten alle diesem Vorschlag zu. Ji-woong deutete auf das Mikrofon mitten im Zimmer.

»Mach dir keine Sorgen«, sagte Francine. »Auch wir haben eine klassische Ausbildung hinter uns. Ich selbst hatte fünf Jahre Klavierunterricht, aber mein Lehrer war so konformistisch, daß ich bald Lust bekam, Jazz und Rock zu spielen, nur um ihn zu ärgern.«

Alle nahmen ihre Plätze ein. Paul ging zur Verstärkeranlage und stellte die Potentiometer ein.

Ji-woong wählte am Schlagzeug ein einfaches Zweitaktmotiv, und Zoé unterstützte ihn am Baß. Narcisse spielte die üblichen Bluesakkorde: acht C, vier A, vier C, zwei H, zwei A, zwei C. David wiederholte diese Akkorde arpeggio auf seiner elektrischen Harfe, Francine auf ihrer Orgel. Der musikalische Rahmen war vorgegeben. Nun fehlte nur noch die Stimme.

Julie griff langsam nach dem Mikrofon. Einen Moment lang schien die Zeit stillzustehen. Dann öffneten sich ihre Lippen, und sie wagte den Sprung ins tiefe Wasser.

Sie sang zu dieser Bluesmelodie den erstbesten Text, der ihr in den Sinn kam:

Eine grüne Maus lief durchs grüne Gras …

Anfangs war ihre Stimme belegt, doch schon bei der zweiten Zeile gewannen ihre Stimmbänder an Kraft. Sie begleitete nacheinander alle Musikinstrumente und übertönte sie. Man hörte die Gitarre, die Harfe und die Orgel nicht mehr, nur noch Julies Stimme und im Hintergrund Ji-woongs Schlagzeug.

»… und schon habt ihr eine schöne warme Schnecke.« Sie schloß die Augen und fügte hinzu: »Ooooooo.«

Ihre Stimme sprengte den Empfindlichkeitsbereich des Mikrofons. »Der Raum ist so klein, daß ich keinen Verstärker brauche«, verkündete Julie, sang eine Note, und die Wände hallten wider. Ji-woong und David starrten sie beeindruckt an, während Paul ungläubig die Skalen seines

Verstärkers betrachtete. Julies Stimme glich einem mächtigen Wasserfall, der jeden Winkel des Raums ausfüllte.

Danach trat eine lange Stille ein. Francine applaudierte als erste, und die anderen taten es ihr nach.

»Das unterscheidet sich zwar gewaltig von dem, was wir sonst machen, aber interessant ist es«, kommentierte Narcisse, ausnahmsweise einmal ganz ernsthaft.

»Du hast die Aufnahmeprüfung glänzend bestanden«, verkündete David. »Wenn du willst, kannst du bei uns mitmachen.«

Bisher hatte Julie immer nur mit einem Lehrer gearbeitet, aber jetzt hatte sie große Lust, mit dieser Band zu singen. Als nächstes versuchten sie es mit einem Lied von Pink Floyd: ›The Great Gig in the Sky‹. Julie staunte, daß ihre Stimmbänder plötzlich wieder funktionierten, daß ihre Stimme sogar hohe Töne mühelos hervorbrachte. ›Willkommen, ihr Stimmbänder!‹ dachte sie glücklich.

Die Sieben Zwerge wollten wissen, wo sie gelernt hatte, ihre Stimme so perfekt zu beherrschen.

»Das ist eine Sache der Technik. Man muß sehr viel üben, aber ich hatte einen großartigen Lehrer. Er hat mir beigebracht, mein Stimmvolumen voll auszuschöpfen. Manchmal mußte ich in einem dunklen Raum singen und anhand der erzeugten Schallwellen die Größe des Zimmers bestimmen, oder aber ich mußte auf dem Kopf stehend oder sogar unter Wasser singen.«

Julie berichtete, ihr Lehrer Jankelewitsch habe gelegentlich auch Gruppenunterricht erteilt, weil seine Schüler lernen sollten, ein ›Egregor‹ zu formen, d. h. eine Note so zu singen, als käme sie aus einem Munde. Sie schlug vor, die Sieben Zwerge sollten das einmal zusammen mit ihr versuchen, und sang eine Note. Die anderen versuchten, sich mit ihr zu vereinen, doch das Resultat war nicht gerade überwältigend.

»Jedenfalls bist du bei uns aufgenommen«, betonte Ji-woong. »Wenn du willst, bist du von nun an unsere Sängerin.«

»Nun ja ...«

»Hör endlich auf, dich so zu zieren«, flüsterte Zoé ihr unerwartet ins Ohr. »Sonst könntest du unsere Geduld überstrapazieren.«

»Also gut … einverstanden.«

»Bravo!« rief David.

Alle gratulierten ihr, und dann wurde ihr jedes Mitglied der Band vorgestellt.

»Der große Braunhaarige, der am Schlagzeug sitzt und Schlitzaugen hat, heißt Ji-woong. Wenn man aber die Namen der Sieben Zwerge verwenden will, ist er der ›Chef‹. Ihn vermag nichts zu erschüttern, und er weiß immer Rat, sogar in den schlimmsten Krisensituationen.«

»Er ist also euer Anführer?«

»Wir haben keinen Anführer«, beteuerte David. »Wir befürworten die selbstverwaltete Demokratie.«

»Was bedeutet das?«

»Jeder kann tun, was ihm gefällt, solange er die anderen nicht stört.«

Julie setzte sich auf einen Schemel. »Und das klappt?«

»Wir sind durch unsere Musik zusammengeschweißt. Wenn man als Gruppe musizieren will, muß man die Instrumente aufeinander abstimmen. Ich glaube, das Geheimnis unseres guten Einvernehmens besteht darin, daß wir eine richtige Rockband sein wollen.«

»Hinzu kommt noch, daß wir nur zu siebt sind. Da ist es nicht allzu schwierig, die selbstverwaltete Demokratie in die Tat umzusetzen«, fügte Zoé an.

»Zoé spielt den Baß, und bei den Sieben Zwergen ist sie der ›Brummbär‹.«

Das stämmige Mädchen mit den kurzen Haaren schnitt eine Grimasse.

»Zoé meckert und schimpft immer, bevor sie normal redet«, erläuterte Ji-woong.

»Paul bedient den Verstärker«, fuhr David fort. »Er ist unser ›Pimpel‹, weil er immer Angst hat, irgendeine Dummheit zu begehen. Alles, was halbwegs eßbar aussieht, muß er probieren, weil er die Ansicht vertritt, daß man die Umwelt am besten mit seiner Zunge erforscht.«

Paul machte ein saures Gesicht.

»Léopold, der Flötist, ist unser ›Seppl‹. Angeblich soll er der Enkel eines Navajohäuptlings sein, aber weil er blond und blauäugig ist, sieht ihm das kein Mensch an.«

Léopold bemühte sich, eine genauso unergründliche Miene wie seine Vorfahren zur Schau zu tragen.

»Er interessiert sich hauptsächlich für Häuser und verbringt seine Freizeit damit, sein ideales Haus zu entwerfen.«

Die Vorstellung ging weiter.

»Francine an der elektrischen Orgel ist unsere ›Schlafmütze‹. Sie träumt immer vor sich hin und ist ein Fan von Computerspielen. Deshalb hat sie auch immer rote Augen.«

Die zierliche Blondine zündete lächelnd eine Marihuanazigarette an und stieß eine bläuliche Rauchwolke aus.

»Narcisse, der Gitarrist, ist unser ›Happy‹. Er macht sich über alles lustig und kann einen entweder zum Lachen oder auf die Palme bringen. Wie du siehst, ist er sehr eitel und immer gut gekleidet. Er fertigt seine Kleidung selbst an.«

Der feminine Junge zwinkerte Julie vergnügt zu und fuhr fort: »Und an der elektrischen Harfe wäre da noch David, unser ›Hatschi‹. Er ist ständig beunruhigt, fast schon ein Paranoiker, vielleicht wegen seiner Behinderung, aber wir kommen trotzdem gut mit ihm aus.«

»Jetzt begreife ich endlich, warum ihr euch die Sieben Zwerge nennt«, lächelte Julie.

»Zwerg ist ein anderes Wort für Gnom, und das griechische Wort *gnome* bedeutet ›Geist, Verstand, Wissen‹«, erläuterte David. »Jeder von uns hat sein eigenes Fachgebiet, und deshalb ergänzen wir uns großartig. Und du – wer bist du?«

Julie zögerte nur kurz. »Ich bin natürlich Schneewittchen.«

»Seit wann trägt Schneewittchen denn Schwarz?« grinste Narcisse.

»Mein Vater ist vor kurzem gestorben. Er war Direktor der Rechtsabteilung des Forstamts.«

»Na und?«

»Schwarz ist nun einmal die Trauerfarbe«, murmelte sie eigensinnig.

»Wartest du vielleicht wie das Schneewittchen im Märchen darauf, daß ein schöner Prinz dich mit einem Kuß aufweckt?« fragte Paul.

»Du verwechselst Schneewittchen mit Dornröschen«, konterte Julie.

»Paul, du hast dich wieder einmal blamiert«, lachte Narcisse.

»Keineswegs, denn in allen Märchen gibt es ein Mädchen, das schlafend auf den Geliebten wartet ...«

»Sollen wir nicht noch ein bißchen singen?« schlug Julie vor, die allmählich Geschmack an der Sache fand.

Sie wählten immer schwierigere Stücke aus. ›And You and I‹ von Yes, ›The Wall‹ von Pink Floyd und zuletzt ›Super's Ready‹ von Genesis, das zwanzig Minuten dauerte und jeden als Solisten zur Geltung kommen ließ.

Trotz der verschiedenen Stilrichtungen gelang es Julie, bei jedem Stück interessante Effekte zu erzielen. Endlich beschlossen sie, nach Hause zu gehen.

»Ich habe mich mit meiner Mutter gestritten«, gestand Julie kleinlaut. »Könnte ich vielleicht bei einem von euch übernachten?«

»David, Zoé, Léopold und Ji-woong sind Internatsschüler und wohnen hier im Gymnasium«, sagte Paul. »Aber Francine, Narcisse und ich sind Externe. Wenn du willst, können wir dich abwechselnd beherbergen. Heute nacht kannst du bei mir schlafen, wir haben ein Gästezimmer.«

Francine sah, daß Julie von der Vorstellung, bei einem Jungen zu übernachten, nicht begeistert war, und schlug deshalb vor, sie könne auch bei ihr schlafen. Dieses Angebot nahm Julie dankbar an.

50. Enzyklopädie

Die Macht der Vokale: In vielen alten Sprachen – Ägyptisch, Hebräisch, Phönizisch – gab es keine geschriebenen Vokale, sondern nur Konsonanten. Vokale repräsentieren die Stimme, und wenn man dem Wort durch grafische Darstellung eine Stimme verleiht, bekommt es zuviel Macht, weil es lebendig wird.

Ein Sprichwort sagt: »Wenn du das Wort ›Kleiderschrank‹ perfekt schreiben könntest, würde dieses Möbelstück dir auf den Kopf fallen.«

Die Chinesen hatten die gleiche Befürchtung. Im zweiten Jahrhundert n. Chr. wurde Wu Daozi, der größte Maler seiner Zeit, vom Kaiser beauftragt, einen lebensgetreuen Drachen zu malen. Der Künstler tat das auch, gab dem Drachen aber keine Augen. »Warum hast du die Augen weggelassen?« fragte der Kaiser. »Weil er sonst davonfliegen würde«, erwiderte Wu Daozi. Der Kaiser gab nicht nach, der Künstler malte Augen, und der Legende zufolge flog der Drache wirklich davon.

EDMOND WELLS,
Enzyklopädie des relativen und absoluten Wissens, Band III

51. Abgesandte der Wolken

Nr. 103 und ihre jungen Gefährtinnen kämpfen seit einigen Minuten gegen die Heuschrecken. Ihr Vorrat an Ameisensäure ist fast erschöpft, und ihnen bleibt keine andere Wahl als sich mit den Mandibeln zu verteidigen, was noch viel mühsamer ist.

Die Heuschrecken leisten keinen Widerstand. Bedrohlich sind sie nur aufgrund ihrer Vielzahl, denn immer noch hagelt es ausgehungerte Heuschrecken vom Himmel.

So weit das Auge reicht, ist die Erde mit diesen Insekten bedeckt. Nr. 103 setzt ihre Mandibel wie eine Mähmaschine ein. Sie hat nicht unzählige Abenteuer überlebt, nur um jetzt vor diesen Heuschrecken zu kapitulieren, die nur eines können: massenhaft Kinder in die Welt setzen!

Die Finger, so fällt ihr ein, haben eine effektive Methode entwickelt, um Überbevölkerung zu vermeiden: Die Weibchen schlucken Hormone in Form von Pillen, um weniger fruchtbar zu sein. Solche Pillen müßte es auch für diese Heuschrecken geben. Welchen Sinn hatte es, zwanzig Kinder zur Welt zu bringen, wenn man nur eines oder zwei benötigte? Einer so zahlreichen Nachkommenschaft konnte man ja doch keine ausreichende Pflege und Erziehung zuteil werden lassen, und die Kinder mußten notgedrungen ein Parasitendasein führen.

Nr. 103 will sich dieser Diktatur nicht beugen. Ihre Mandibel sind vom Niedermetzeln der Heuschrecken schon ganz verkrampft.

Ein Sonnenstrahl durchdringt plötzlich die dunkle Wolke und fällt auf einen Heidelbeerstrauch. Das ist ein Zeichen. Nr. 103 beeilt sich, mit ihren jungen Anhängerinnen auf diesen Strauch zu klettern und sich an den Beeren zu stärken.

Flucht ist die einzige Überlebensmöglichkeit. Nr. 103 versucht, Ruhe zu bewahren. Sie hebt ihre Fühler zum Himmel empor. Die Erde ist ein einziger Heuschreckenteppich, aber dort oben ist die Sonne wieder zu sehen. Um sich Mut zu machen, trällert sie ein altes belokanisches Lied:

»Sonne, geh ein in unsre hohlen Körper,
mach unsre schmerzenden Muskeln geschmeidig
und vereine unsre geteilten Gedanken.«

Die dreizehn Ameisen hängen an den höchsten Zweigen des Heidelbeerstrauchs, doch auch hier landen jetzt immer mehr Heuschrecken, so daß sie sich bald wie Nadeln in einem Heuhaufen vorkommen.

52. Bei Francine

Siebenter Stock ohne Lift. Ganz schön anstrengend. Oben angelangt, atmeten sie tief durch. Hier oben fühlten sie sich sicher vor den Gefahren, die überall auf den Straßen lauerten.

Es war die vorletzte Etage, aber der Müll, der wegen des Streiks nicht abgeholt worden war, stank sogar bis hierher.

Die Blondine mit den halblangen Haaren mußte lange in ihrer großen Tasche wühlen, bis sie triumphierend einen Schlüsselbund hervorzog.

Sie öffnete die vier Schlösser und stemmte sich mit der Schulter gegen die Tür, die – wie sie berichtete – wegen der Feuchtigkeit klemmte.

Bei Francine schien es nur Computer und Aschenbecher zu geben. Was sie großartig als ›Wohnung‹ bezeichnete, war in Wirklichkeit nur ein winziges Apartment. Eine Überschwemmung bei den Mietern über ihr hatte Schimmelflecken an der Decke hinterlassen, und die Tapete war braun verfärbt. Francine war keine gute Hausfrau, das sah man sofort. Überall lag dicker Staub. Auf Julie wirkte dieses Apartment ziemlich deprimierend.

»Fühl dich wie zu Hause«, sagte Francine und deutete auf einen Sessel, der bestimmt vom Sperrmüll stammte.

Julie setzte sich, und Francine fiel auf, daß das Knie ihrer neuen Freundin eiterte.

»Sind das die Verletzungen, die dir die Schwarzen Ratten zugefügt haben?«

»Ja. Sie tun nicht weh, aber ich spüre jeden Knochen und Muskel. Wie soll ich dir das erklären? Es ist so, als hätte ich meine Knie erst jetzt bewußt wahrgenommen. Ich weiß jetzt, daß ich eine Kniescheibe und Gelenke habe, die auf komplizierte Weise dafür sorgen, daß ich mein Bein biegen kann.«

Während Francine die Verletzung untersuchte, überlegte sie, ob Julie ein wenig masochistisch veranlagt war. Sie schien die Schnittwunden fast zu genießen.

»Sag mal, welche Drogen nimmst du eigentlich?« erkundigte sie sich. »Rauchst du Gras? Ich werde dich jetzt erst mal verarzten. Irgendwo habe ich noch Watte und Pflaster.«

Julie wunderte sich sehr, daß es sie nicht störte, als Francine ihren Rock bis zu den Oberschenkeln hochschob und auch noch kommentierte: »Du hast sehr schöne Beine und solltest sie zeigen. Außerdem würde die Wunde an der Luft schneller heilen.«

Sie gab Julie eine Marihuanazigarette und fuhr fort:

»Ich werde dir eine gute Fluchtmöglichkeit zeigen. Mag sein, daß ich keine große Leuchte bin, aber ich habe gelernt, in mehreren parallelen Realitäten zu leben, und du kannst mir glauben, meine Liebe – es ist toll, eine Wahl zu haben. Das Leben ist wahnsinnig frustrierend, aber es wird erträglicher, wenn man sich von einer Realität in die andere zappen kann.«

Sie schaltete ihre Computer ein, und das triste Zimmer verwandelte sich in das Cockpit eines Überschallflugzeugs. Kontrollampen blinkten, Geräte knisterten, und sofort vergaß man die schmutzigen Wände.

»Du hast wirklich eine tolle Sammlung von EDV-Anlagen«, sagte Julie bewundernd.

»Ja, ich gebe mein ganzes Geld dafür aus. Meine größte Leidenschaft sind Computerspiele. Ich lege eine alte Platte von Genesis auf, zünde mir einen Joint an und amüsiere mich damit, künstliche Welten zu erschaffen. Im Augenblick gefällt mir *Evolution* am besten. Mit diesem Programm kann man ganze Zivilisationen ins Leben rufen. Man läßt sie gegeneinander Krieg führen, aber man fördert auch ihre Kunst, ihre Landwirtschaft, Industrie und Handel und so weiter. Das ist ein interessanter Zeitvertreib, und man hat dabei das Gefühl, die Geschichte der Menschheit nachzuvollziehen. Möchtest du es einmal ausprobieren?«

»Warum nicht?«

Francine erklärte ihr, wie man Ackerbau betreiben, den technischen Fortschritt intensivieren, Kriege führen, Straßen bauen, Forschungsreisen initiieren, diplomatische Beziehungen mit Nachbarvölkern aufnehmen, Handelskarawanen ausschicken, Spione einsetzen, Wahlen anordnen und die kurz-, mittel- und langfristigen Konsequenzen jeder Entscheidung erkennen konnte.

»Der Gott eines Volkes zu sein, ist keine einfache Aufgabe, auch wenn es sich nur um eine künstliche Welt handelt«, betonte Francine. »Wenn ich mich in dieses Spiel vertiefe, verstehe ich unsere eigene Vergangenheit besser und glaube auch unsere Zukunft voraussagen zu können. Beispielsweise habe ich begriffen, daß bei der Evolution eines

Volkes eine erste Phase von Despotismus notwendig ist. Erschafft man sofort einen demokratischen Staat, kommt es eben später zum Despotismus. Das ist so ähnlich wie beim Autofahren: Man muß langsam vom ersten in den zweiten und dritten Gang schalten. Startet man im dritten, würgt man den Motor ab. Genauso verfahre ich bei meinen Völkern. Eine lange Phase Despotismus, gefolgt von einer Phase der Monarchie, und erst wenn das Volk reif genug ist, um Verantwortung zu übernehmen, lockere ich die Zügel und beschere ihm die Demokratie, die es dann auch zu schätzen weiß. Demokratische Staaten sind jedoch sehr labil, das wirst du beim Spielen selbst feststellen.«

»Glaubst du nicht, daß auch wir von jemandem manipuliert werden, der genauso mit uns spielt, wie du es mit deinen künstlichen Welten machst?« wollte Julie wissen.

Francine lachte. »Ein Gott, meinst du? Ja, vielleicht. Ich halte das sogar für sehr wahrscheinlich. Das Problem besteht darin, daß Gott, wenn es ihn denn gibt, uns den freien Willen läßt. Anstatt uns Anweisungen zu geben, wie ich es bei meinen Völkern in *Evolution* mache, gibt er uns die Möglichkeit, auf eigene Faust herumzuexperimentieren. Meiner Meinung nach ist das unverantwortlich.«

»Vielleicht tut er das absichtlich. Er hat uns den freien Willen geschenkt und greift nicht einmal dann ein, wenn wir die größten Dummheiten machen.«

Francine überlegte. »Ich glaube, du hast recht. Vielleicht hat er uns den freien Willen aus Neugier geschenkt, weil er sehen wollte, was wir damit anfangen.«

»Könnte es nicht auch sein, daß er gar keine gehorsamen Untertanen wollte, deren Unterwürfigkeit ihn nur gelangweilt hätte? Möglicherweise hat er uns diese unbegrenzte Freiheit aus Liebe geschenkt. Der freie Wille ist doch der größte Liebesbeweis, den ein Gott seinem Volk erzeigen kann.«

»In diesem Fall ist es ein Jammer, daß wir nicht vernünftig damit umzugehen wissen, weil es uns an Nächstenliebe mangelt.«

Francine zog es im Augenblick jedenfalls vor, ihren Untertanen Anweisungen zu geben. Das Volk auf dem Bildschirm sollte agronomische Forschung betreiben, um die Getreidequalität zu verbessern.

»Ich helfe meinen Leuten, Entdeckungen zu machen. Die Informatik ermöglicht uns endlich einen harmlosen Größenwahn. Ich bin eine richtungweisende Göttin.«

Eine Stunde lang amüsierten sie sich damit, ein virtuelles Volk zu beobachten und zu lenken. Julie rieb sich die Augen. Normalerweise löst jeder Wimpernschlag alle fünf Sekunden einen sieben Mikrometer dünnen Tränenfilm aus, um die Hornhaut zu befeuchten und zu säubern. Das lange Starren in den Bildschirm trocknete ihre Augen aus, und sie wandte ihren Blick von der künstlichen Welt ab.

»Als junge Göttin verlange ich eine Ruhepause«, sagte sie. »Eine Welt zu überwachen, schadet den Augen. Ich bin sicher, daß sogar unser Gott nicht 24 Stunden am Tag unsere Welt beobachtet – es sei denn, er hat eine hervorragende Brille!«

Francine schaltete den Computer aus und rieb sich ebenfalls die Lider.

»Und du, Julie? Hast du irgendeine Leidenschaft, außer dem Singen?«

»Ich besitze etwas viel Besseres als deine Computer. Es paßt in jede Tasche, wiegt viel weniger, enthält Millionen Informationen und hat nie eine Panne.«

»Ein Supercomputer?« fragte Francine interessiert, während sie ihre ausgetrocknete Hornhaut mit Augentropfen beträufelte.

Julie lächelte. »Ich sagte doch: ›besser als deine Computer‹. Es schadet auch den Augen viel weniger.«

Sie holte den dicken dritten Band der *Enzyklopädie des relativen und absoluten Wissens* aus ihrem Rucksack hervor.

»Ein Buch?« staunte Francine.

»Nicht *irgendein* Buch. Ich habe es in einer Höhle im Wald gefunden. Es wurde von einem weisen alten Mann geschrieben, der zweifellos die ganze Welt bereist hat, um das gesamte Wissen aller Länder und Zeiten auf allen möglichen Fachgebieten zu sammeln.«

»Du übertreibst.«

»Gut, ich gebe zu, daß ich nicht beurteilen kann, ob alles stimmt, was er schreibt – aber lies selbst mal. Du wirst überrascht sein.«

Sie blätterten gemeinsam in der Enzyklopädie, und Francine entdeckte eine Passage, die bestätigte, daß man mit Hilfe der Informatik die Welt verändern könne. Allerdings benötige man dazu einen übermächtigen Computer. Die üblichen Modelle hätten nur eine begrenzte Kapazität, weil sie hierarchisch aufgebaut seien. Wie in einer Monarchie, so dirigiere ein zentraler Mikroprozessor die peripheren elektronischen Komponenten. Deshalb müsse man auch in der Technik für Demokratie sorgen.

Anstelle eines großen zentralen Mikroprozessors, so Professor Edmond Wells, solle man viele kleine Mikroprozessoren verwenden, die simultan arbeiten, sich ständig beraten und abwechselnd Entscheidungen treffen könnten. Das Gerät, das ihm vorschwebte, nannte er ›Computer mit demokratischer Struktur‹.

Francine war interessiert und studierte die Pläne. »Wenn dieses futuristische Gerät hält, was es verspricht, wird es alle bisherigen Computer ins Museum verbannen. Dieser Typ hatte wirklich originelle Ideen. Er beschreibt einen völlig neuartigen Computer, der weder ein einziges Elektronengehirn noch vier parallelgeschaltete hätte, sondern fünfhundert, die zusammenarbeiten. Kannst du dir vorstellen, wie effektiv ein solches Gerät wäre?«

Francine hatte begriffen, daß die *Enzyklopädie* keine Aphorismensammlung war, sondern ein Werk, das praktikable und realisierbare Lösungen für verschiedene Lebensbereiche enthielt.

»Bis jetzt wurden immer nur Computer mit Parallelschaltung hergestellt. Doch mit Hilfe der hier beschriebenen ›demokratischen Anordnung‹ wäre jedes x-beliebige Programm um das Fünfhundertfache effektiver.«

Die beiden Mädchen sahen einander lange an. Zwischen ihnen war soeben ein sehr starkes Einverständnis entstanden. Ohne es auszusprechen, wußten beide, daß sie sich hundertprozentig aufeinander verlassen konnten. Julie fühlte sich endlich nicht mehr allein. Scheinbar grundlos lachten sie los.

53. Enzyklopädie

Rezept für Mayonnaise: Es ist sehr schwierig, verschiedene Stoffe zu vermengen. Dennoch gibt es eine Substanz, die beweist, daß man aus zwei verschiedenen Bestandteilen einen dritten – veredelten – herstellen kann: die Mayonnaise.

Wie stellt man sie her? In einer Salatschüssel wird Eigelb und Senf mit einem Holzlöffel cremig gerührt. Langsam und in kleinen Mengen Öl hinzufügen, bis die Mischung kompakt ist. Salz, Pfeffer und zwei Zentiliter Essig hinzufügen. Wichtig: auf die Temperatur achten. Das große Geheimnis der Mayonnaise: Ei und Öl müssen die gleiche Temperatur haben, am idealsten sind 15° C. Was die beiden Ingredienzien miteinander verbindet, sind die winzigen Luftbläschen, die beim Rühren entstehen. 1 + 1 = 3.

Ist die Mayonnaise mißlungen, kann man sie retten, indem man allmählich einen Löffel Senf unterrührt. Vorsicht: Alles ist im Werden.

Diese Technik der Herstellung von Mayonnaise liegt im übrigen auch dem Geheimnis flämischer Ölgemälde zugrunde. Die Brüder Van Eyck hatten im 15. Jahrhundert die Idee, diese Art von Emulsion zu verwenden, um Farben von perfekter Opazität zu erhalten. Nur verwendet man in der Malerei kein Eigelb, sondern Eiweiß.

EDMOND WELLS,
Enzyklopädie des relativen und absoluten Wissens, Band III

54. Dritter Besuch

Für seinen dritten Besuch der Pyramide hatte Kommissar Linart einen Verstärker mitgenommen, den er wie ein Stethoskop an die Spiegelwand drückte.

Er lauschte aufmerksam. Wieder Schüsse, Gelächter, eine Klaviersonatine, Beifall.

Dann plötzlich Stimmen.

»Wie bildet man mit nur sechs Streichhölzern acht gleich große gleichseitige Dreiecke, ohne die Streichhölzer zu biegen oder zu brechen?«

»Können Sie mir einen weiteren Schlüsselsatz geben?«

»Selbstverständlich. Sie kennen ja unsere Spielregeln. Sie können mehrere Tage hintereinander versuchen, das Rätsel zu lösen, und wir geben Ihnen jedesmal eine weitere Hilfestellung. Heute lautet der Satz folgendermaßen: ›Um die Lösung zu finden, brauchen Sie nur nachzudenken.‹«

Maximilien erinnerte sich an das Rätsel der sechs Streichhölzer aus der Sendung ›Denkfalle‹. All diese Geräusche hatten ihre Ursache also nur in einem eingeschalteten Fernseher!

Wer auch immer sich in dieser Pyramide ohne Tür und Fenster befinden mochte, saß ganz einfach vor dem Fernseher. Der Polizeibeamte stellte alle möglichen Vermutungen an, aber am wahrscheinlichsten schien es ihm, daß ein Eremit sich hier eingemauert hatte, um den Rest seines Lebens ungestört vor dem Fernseher verbringen zu können. Der Mann – oder die Frau – mußte natürlich über große Lebensmittelreserven verfügen ... Wir leben wirklich in einer verrückten Welt, dachte der Kommissar. Gewiß, das Fernsehen spielte im Leben der allermeisten Menschen eine immer größere Rolle, und auf allen Dächern gab es hohe Antennen, aber nur ein völlig Verrückter konnte auf die Idee verfallen, in einem Gefängnis ohne Türen und Fenster fernsehen zu wollen. Das mußte doch eine langsame Form von Selbstmord sein, oder?

Maximilien legte seine Hände trichterförmig vor den Mund und rief dicht am Spiegel: »Wer Sie auch sein mögen

– Sie haben kein Recht, hier zu sein. Diese Pyramide steht in einem Naturschutzgebiet, wo Bauen streng untersagt ist!«

Sofort verstummten alle Geräusche. Der Ton war abgestellt worden. Keine Schüsse, kein Applaus und auch keine ›Denkfalle‹ mehr. Aber auch keine Reaktion.

Der Kommissar brüllte: »Polizei! Kommen Sie heraus! Das ist ein Befehl!«

Er hörte ein leises Geräusch, so als würde irgendwo eine kleine Klapptür geöffnet, und sicherheitshalber zog er seinen Revolver und umrundete die Pyramide.

Die Waffe gab ihm das Gefühl, unbesiegbar zu sein, doch in Wirklichkeit war sie kein Trumpf, sondern ein Handicap, denn sie machte ihn unaufmerksam. Das leise Summen hinter sich nahm er überhaupt nicht wahr.

Bzzz...

Er bemerkte nicht einmal, daß er gestochen wurde.

Maximilien machte noch drei Schritte und riß den Mund weit auf, ohne einen Ton hervorbringen zu können. Seine Augen traten fast aus den Höhlen, er brach in die Knie, ließ seinen Revolver fallen und fiel der Länge nach ins Gras.

Bevor seine Augen sich schlossen, sah er zwei Sonnen, die echte und ihr Spiegelbild.

55. Es sind Millionen ...

Die Heuschreckenflut steigt und steigt.

Eine Idee muß her, und zwar schnell! Als Ameise muß man immer originelle Ideen haben, wenn man überleben will. Die dreizehn halten auf den letzten Ästen des Heidelbeerstrauchs eine AK ab. Ihr Kollektivgeist schwankt zwischen Panik und Mordlust. Einige stellen sich sogar schon auf den Tod ein. Nicht so Nr. 103! Sie weiß vielleicht eine Lösung: Schnelligkeit.

Die Heuschrecken bilden unten einen Teppich mit Löchern, aber wenn man schnell genug läuft, könnte man ihn vielleicht als Unterlage nutzen.

Diese Idee hört sich absurd an, aber niemand hat einen besseren Vorschlag, und weil der Strauch schon von gefräßigen Heuschrecken belagert wird, beschließt man, das Risiko einzugehen.

Nr. 103 springt als erste auf die Rücken der Heuschrekken hinab und rast los. Die großen Insekten sind mit Fressen und Paaren so beschäftigt, daß sie die kurze Inanspruchnahme ihrer Körper kaum bemerken. Die zwölf jungen Ameisen folgen der wagemutigen alten Kriegerin, aber es ist ein weiter, beschwerlicher Weg.

Heuschreckenrücken, weit und breit nichts als Heuschreckenrücken. Ein See, ein Meer, ein Ozean von Heuschreckenrücken.

Die roten Ameisen werden kräftig durchgerüttelt. Nr. 103 rutscht einmal von einem Heuschreckenpanzer ab, und Nr. 5 kann sie gerade noch am Brustschild festhalten. Ringsum fallen Sträucher dem gierigen Schwarm zum Opfer. Endlich sehen die Ameisen in der Ferne den beruhigenden Schatten großer Bäume, die einen Wall bilden, vor dem die Heuschrecken kapitulieren. Die gewaltige Anstrengung hat sich gelohnt: Die Ameisen springen auf einen niedrigen Ast und klettern rasch höher.

Gerettet! Es ist herrlich, wieder festen Boden unter den Füßen zu haben, wenn man so lange auf schwankenden Heuschreckenrücken unterwegs war.

Sie stärken sich durch Nahrungsaustausch, töten eine verirrte Heuschrecke und fressen sie auf. Nr. 12 erweist sich wieder einmal als zuverlässiges Radargerät. Anhand der Magnetfelder ortet sie die Richtung der großen Eiche, und die Ameisen setzen sich sofort wieder in Bewegung, von Ast zu Ast, weil sie befürchten, daß die Heuschrecken auch hier den Boden besetzen könnten.

Endlich ragt ein riesiger Baum wie ein Turm vor ihnen empor. Seine Äste verhüllen den Himmel, und sein Stamm ist so dick, daß er wie eine Scheibe wirkt. Bei den Ameisen wird erzählt, diese Eiche sei 12000 Jahre alt. Das ist vielleicht etwas übertrieben, aber der Baum ist wirklich etwas ganz Besonderes. In seiner Rinde, in seinen Blättern, Blüten und Eicheln herrscht reges Leben. Rüsselkäfer bohren Löcher in die Eicheln, um dort ihre Eier abzulegen. Spanische Fliegen mit metallischen Flügeldecken laben sich an zarten Zweigen, während Holzbocklarven Tunnels in die Rinde graben. Raupen von Spannern wachsen in Blättern heran, die von ihren Eltern zusammengerollt und zu Paketen verschnürt worden sind.

Etwas weiter hängen grüne Raupen an Fäden und versuchen, die unteren Äste zu erreichen. Die Ameisen schneiden diese Fäden durch und verspeisen die Raupen. Wenn der Baum sprechen könnte, würde er sich bei ihnen bedanken.

Nr. 103 sagt sich, daß die Ameisen ihre Rolle als Räuber zumindest akzeptieren. Sie töten und fressen ohne Gewissensbisse alles, was ihnen vor die Mandibel kommt. Hingegen wollen die Finger ihren Platz im ökologischen Kreislauf vergessen. Sie können ein Tier nicht fressen, wenn sie zusehen mußten, wie es getötet wurde. Sie verspüren nur Appetit auf Lebensmittel, die keine Ähnlichkeit mehr mit dem Tier haben: Alles muß kleingeschnitten, gefärbt und vermischt sein. Zwar verspeisen die Finger auch Tiere, aber sie wollen sich den Anschein geben, als wären sie unschuldig an deren Ermordung.

Doch jetzt ist nicht der richtige Zeitpunkt für Überlegungen dieser Art. Pilze wachsen um den Stamm herum und bilden halbkreisförmige Stufen. Die Ameisen holen tief Luft und beginnen den Aufstieg.

Nr. 103 bemerkt Zeichen, die in die Rinde geschnitten sind. »Richard liebt Liz« steht in einem Herz, das von einem Pfeil durchbohrt ist. Nr. 103 kann die Schrift der Finger nicht entziffern, sie versteht nur, daß ein Messer dem Baum Schmerz zugefügt hat, denn er weint eine Träne aus orangefarbenem Harz.

Der Ameisentrupp macht einen weiten Bogen um ein Spinnennetz, in dessen Seidenfäden Leichen ohne Köpfe oder ohne Gliedmaßen hängen. Die Belokanerinnen steigen immer höher an dem Eichenturm empor. Endlich entdecken sie in den mittleren Etagen eine Art große runde Frucht, die nach unten hin durch eine Röhre verlängert ist.

Das ist das Wespennest der großen Eiche, sagt Nr. 16 und deutet mit ihrem rechten Fühler in Richtung des Papiergebildes.

Nr. 103 starrt fasziniert darauf, doch weil die Abenddämmerung schon hereinbricht, beschließen die Ameisen, im Schutz eines Knorrens zu übernachten.

Nr. 103 kann nicht einschlafen. Ist es wirklich möglich, daß in dieser Papierkugel das Mittel verborgen liegt, das sie in eine Prinzessin verwandeln kann?

56. Enzyklopädie

Gesellschaftlicher Wandel: Die Inka glaubten an Determinismus und an Kasten. Bei ihnen gab es keine Probleme mit der Berufswahl: Der Beruf stand von Geburt an fest. Die Söhne von Landwirten wurden Landwirte, die Söhne von Soldaten – Soldaten. Um jedes Risiko zu vermeiden, wurde der Körper des Kindes sofort mit dem Kastenmerkmal versehen. Zu diesem Zweck steckten die Inka die Köpfe der Neugeborenen, deren Schädel ja noch weich sind, in spezielle Holzgestelle, die ihnen die gewünschte Form verliehen, beispielsweise quadratisch für Königskinder. Das war nicht schmerzhafter als das Tragen einer Zahnspange. Auf diese Weise waren die Söhne des Königs, sogar nackt und ausgesetzt, sofort als künftige Könige kenntlich, denn nur sie konnten die quadratischen Kronen tragen. Die Schädel von Soldatenkindern erhielten eine dreieckige, die von Bauernkindern eine spitze Form.

Bei den Inka war jeder gesellschaftliche Wandel ausgeschlossen. Die Ordnung konnte nicht durch persönlichen Ehrgeiz bedroht werden, denn die Schädelform bestimmte lebenslang den Beruf und die soziale Stellung.

EDMOND WELLS,
Enzyklopädie des relativen und absoluten Wissens, Band III

57. Geschichtsstunde

Die Schüler nahmen ihre Plätze ein und holten ihre Hefte und Kugelschreiber hervor. Die Geschichtsstunde begann.

Der Lehrer schrieb mit weißer Kreide an die Tafel: »Die Französische Revolution von 1789«, doch weil er wußte, daß man einer Klasse nie lange den Rücken zukehren durfte, drehte er sich gleich wieder um und holte einen Stapel Blätter aus seiner Mappe hervor.

»Ich habe Ihre Arbeiten korrigiert.« Er ging durch die Reihen, verteilte die Blätter und gab kurze Kommentare ab. »Achten Sie mehr auf Ihre Orthografie!« – »Sie machen Fortschritte.« – »Tut mir leid, aber Cohn-Bendit war nicht 1789 aktiv, sondern 1968.«

Er hatte mit den besten Noten begonnen und inzwischen sogar schon die Fünfer verteilt, aber Julie hatte ihre Arbeit immer noch nicht zurückbekommen.

Endlich fiel sein Satz wie ein Fallbeil: »Julie: Sechs plus. Ich habe Ihnen keine glatte Sechs gegeben, weil Sie eine recht interessante These über Saint-Just entwickeln, der Ihrer Ansicht nach die Revolution pervertiert hat.«

Julie hob angriffslustig den Kopf. »Ja, das glaube ich allerdings!«

»Was haben Sie denn gegen diesen hervorragenden Mann? Saint-Just war ein sehr charmanter und kultivierter Mensch, und er hatte in der Schule bestimmt bessere Noten als Sie.«

»Saint-Just«, erwiderte Julie, ohne sich provozieren zu lassen, »hielt eine gewaltlose Revolution für unmöglich. Er hat es selbst geschrieben: ›Die Revolution zielt darauf ab, die Welt zu verbessern, und wenn manche damit nicht einverstanden sind, muß man sie eliminieren.‹«

»Ich stelle mit Freuden fest, daß Sie doch über ein bestimmtes Wissen verfügen. Immerhin haben Sie einige Zitate im Kopf.«

Das junge Mädchen konnte ihm nicht gestehen, daß die Ideen über Saint-Just der *Enzyklopädie* entstammten.

»Aber Saint-Just hatte natürlich völlig recht«, fuhr der Lehrer fort. »Eine gewaltlose Revolution ist unmöglich ...«

Julie widersprach. »Ich glaube, wenn man tötet, wenn man Menschen zwingt, etwas zu tun, was sie nicht tun wollen, beweist man nur, daß es einem an Fantasie fehlt, daß man unfähig ist, seine Ideen auf humane Weise zu verwirklichen. Es gibt bestimmt Möglichkeiten, eine gewaltlose Revolution zu inszenieren.«

Interessiert provozierte der Lehrer seine junge Gesprächspartnerin: »Un-mög-lich! Die Weltgeschichte kennt keine gewaltlosen Revolutionen. Die beiden Wörter schließen einander aus.«

»Dann muß man die gewaltlose Revolution eben noch erfinden«, sagte Julie trotzig.

Zoé kam ihr zu Hilfe. »Der Rock and Roll, die Informatik ... das sind gewaltlose Revolutionen, die ohne Blutvergießen die Mentalität der Menschen verändert haben.«

»Das sind doch keine Revolutionen!« rief der Lehrer empört. »Der Rock and Roll und die Informatik hatten keinerlei Auswirkungen auf die Politik. Sie haben keine Diktatoren vertrieben und den Bürgern keine größere Freiheit beschert.«

»Der Rock hat das tägliche Leben der Menschen mehr verändert als die Revolution von 1789, die letztlich nur zu noch schlimmerem Despotismus führte«, warf Ji-woong ein.

»Mit Rock kann man die Gesellschaft umwälzen«, bestätigte David.

Die Klasse staunte, daß Julie und die Sieben Zwerge Ansichten vertraten, die nicht im Geschichtsbuch standen.

Der Lehrer ging zum Pult und machte es sich auf seinem Stuhl bequem. »Also gut, eröffnen wir die Debatte. Nachdem unsere Rockgruppe die Errungenschaften der Französischen Revolution in Frage stellt, werden wir über Revolutionen im allgemeinen diskutieren.«

Er hängte eine Weltkarte auf und deutete mit seinem Zeigestock auf verschiedene Erdteile und Länder.

»Der Spartakusaufstand der Antike, der Amerikanische

Unabhängigkeitskrieg, die Pariser Kommune im 19. Jahrhundert, Budapest 1956, Prag 1968, die Nelkenrevolution in Portugal, die mexikanischen Revolutionen von Zapata und seinen Vorgängern, Maos ›Langer Marsch‹ in China, die sandinistische Revolution in Nicaragua, Fidel Castros Machtergreifung in Kuba – sie alle, ich wiederhole: *Alle*, die die Welt verändern wollten, weil sie ihre eigenen Ideen für besser als die der Herrschenden hielten, mußten kämpfen, um diese Ideen durchzusetzen. Viele sind gestorben. Das ist eben der Preis, den man bezahlen muß. Es gibt nichts umsonst. Revolutionen sind nun einmal blutig. Aus diesem Grunde fehlt auf keiner revolutionären Fahne die rote Farbe.«

Julie war nicht bereit, klein beizugeben. »Unsere Gesellschaft hat sich verändert«, widersprach sie vehement. »Man muß eine Sklerose ohne Brutalität überwinden können. Zoé hat recht: Rockmusik und Informatik sind gute Beispiele für sanfte Revolutionen. Sie benötigen keine roten Fahnen, und ihre ganze Tragweite ist noch nicht erforscht. Die Informatik ermöglicht Tausenden von Menschen, sehr schnell über riesige Entfernungen hinweg miteinander zu kommunizieren, ohne jede Gängelung durch die Machthaber. Die nächste Revolution wird sich dieser Werkzeuge zu bedienen wissen.«

Der Lehrer schüttelte den Kopf, seufzte und wandte sich an die ganze Klasse: »Glauben Sie das wirklich? Ich werde Ihnen eine kleine Geschichte über ›sanfte Revolutionen‹ und moderne Kommunikationsmittel erzählen. Im Jahre 1989, auf dem Platz des Himmlischen Friedens, glaubten chinesische Studenten, mit Hilfe moderner Technologie eine neuartige Revolution erfinden zu können. Besonders viel erhofften sie sich vom Fax. Französische Zeitungen schlugen ihren Lesern vor, zur Unterstützung der Rebellen Faxe zu schicken. Das Resultat: Die chinesische Polizei brauchte nur die Faxe aus Frankreich zu überwachen, um einen Revolutionär nach dem anderen verhaften zu können. Diese jungen Chinesen, die in Gefängnissen sitzen und gefoltert werden, denen sogar – wie man heute weiß – gesunde Organe entnommen wurden, um sie altersschwachen Herrschenden zu implantieren – diese Chinesen werden den Franzosen, die sie per Fax unterstützten, bestimmt sehr dankbar sein! Hier haben Sie ein gutes Beispiel für den Beitrag, den moderne Technologien zum Gelingen von Revolutionen leisten.«

Lehrer und Schülerin maßen einander mit Blicken. Seine Geschichte hatte Julie ein wenig verunsichert.

Nicht nur die Klasse hatte ihre Freude an der Debatte, sondern auch der Lehrer, der sich dadurch plötzlich wieder jung fühlte. Er war früher Kommunist gewesen und hatte eine große Enttäuschung erlebt, als seine Partei ihn aufgefordert hatte, seine Sektion aus irgendwelchen obskuren Gründen lokaler Wahlbündnisse freiwillig aufzulösen. In Paris hatte man ihn und die seinen einfach fallengelassen, um irgendwo – er wußte nicht einmal, wo – einen Parlamentssitz behalten zu können. Frustriert hatte er die Politik aufgegeben, doch das alles konnte er seinen Schülern natürlich nicht erzählen.

Julie spürte eine Hand auf ihrer Schulter. »Gib's auf«, flüsterte Ji-woong. »Er wird dir auf keinen Fall das letzte Wort lassen.«

Der Lehrer warf einen Blick auf seine Uhr. »Die Stunde ist gleich um. Nächste Woche werden wir die Russische Revolution von 1917 durchnehmen. Auch dort Hungersnöte, Massaker und liquidierte Herrscher, aber immerhin mit Balalaikaklängen und Schneegestöber als Dekoration. Alle Revolutionen ähneln sich im Grunde, nur die Umgebung und die Folklore sind verschieden.«

Er warf einen letzten Blick in Julies Richtung. »Ich verlasse mich darauf, Mademoiselle Pinson, daß Sie mir wieder interessante Gegenargumente liefern. Sie gehören zu jenen Menschen, Julie, die ich ›gewalttätige Verfechter der Gewaltlosigkeit‹ nennen möchte, und die sind oft am schlimmsten. Sie kochen Hummer auf kleiner Flamme, weil sie nicht den Mut haben, die Tiere ins kochende Wasser zu werfen. Resultat: Der Hummer leidet viel mehr und viel länger. Aber vielleicht werden Sie mir ja beantworten können, Julie, wie die Bolschewiken es hätten anstellen sollen, den Zaren ›gewaltlos‹ loszuwerden. Eine interessante Hausaufgabe ...«

Die Klingel beendete die Geschichtsstunde.

58. Das Wespennest

Es ähnelt einer grauen Glocke. Wachposten der Papierwespen mit scharfen schwarzen Stacheln umschwirren das Nest.

So wie Schaben die Vorfahren der Termiten sind, sind Wespen die Ahnen der Ameisen. Bei den Insekten gibt es manchmal noch Kontakte zwischen ursprünglichen und weiterentwickelten Arten. Das ist so, als würden Menschen von heute mit den Australopitheken zusammenleben, von denen sie abstammen.

Wespen mögen zwar primitiv sein, aber sie sind nichtsdestotrotz sozial veranlagt. Sie leben gruppenweise in Nestern aus Pappmaché, obwohl diese Rohbauten weder mit den weiträumigen Honigbauten der Bienen noch mit den Ameisenstädten konkurrieren können.

Nr. 103 und ihre Gefährtinnen nähern sich dem Nest. Es kommt ihnen sehr labil vor, aber Papierwespen bauen ihre Dörfer nun einmal aus Papierpaste, die entsteht, indem sie totes oder wurmstichiges Holz lange kauen und mit ihrem Speichel verkleben.

Die Wespenwächterinnen senden Alarmpheromone aus, als sie die Ameisen sehen, die in ihre Richtung klettern. Mit abwehrbereiten Stacheln rücken sie vor, um die Eindringlinge aufzuhalten.

Die Kontaktaufnahme zwischen zwei Zivilisationen ist immer ein kritischer Augenblick, weil der erste Reflex oft zur Gewaltanwendung rät. Nr. 14 fällt eine Strategie ein, um die Wespen zu besänftigen: Sie würgt etwas Nahrung aus und bietet sie den Wespen dar. Man ist immer überrascht, wenn jemand, den man für einen Feind hält, einem ein Geschenk überreicht.

Die Wespen nähern sich mißtrauisch. Nr. 14 legt ihre Fühler nach hinten, zum Zeichen, daß sie nicht angriffslustig ist. Eine Wespe klopft ihr mit den Fühlerspitzen auf den Schädel, aber Nr. 14 reagiert nicht darauf, und auch die anderen Belokanerinnen legen ihre Fühler nach hinten.

Eine Wespe gibt ihnen in olfaktorischer Sprache zu verstehen, daß sie sich hier auf Wespenterritorium befinden, wo Ameisen nichts zu suchen haben.

Nr. 14 erklärt, daß eine der ihren dringend geschlechtsfähig werden müsse, weil das für das Überleben der ganzen Gruppe vonnöten sei.

Die Wespen beraten sich. Ihre Konversation geht auf ganz besondere Art vonstatten, nicht nur mit Hilfe von Pheromonen, sondern auch durch Gestikulieren mit den Fühlern. Überraschung wird durch Aufrichten der Antennen signalisiert, Mißtrauen durch rasches Vorwärtswerfen und Interesse durch Bewegungen nur eines Fühlers. Manchmal berühren sie einander auch mit ihren weichen Fühlerspitzen. Nr. 103 nähert sich und stellt sich vor. Sie ist es, die eine Prinzessin werden möchte.

Die Wespen klopfen auch ihr auf den Schädel und schlagen ihr sodann vor, ihnen zu folgen. Sie dürfe mitkommen, aber nur sie allein.

Nr. 103 erklärt sich dazu bereit.

Am Eingang des Wespennests stehen weitere Wächterinnen. Das ist normal. Es gibt keinen anderen Zugang, so daß Feinde nur an diesem Punkt angreifen können. Außerdem wird von hier aus auch die Temperatur im Innern geregelt: Die Wächterinnen sorgen durch ständige Flügelbewegungen für eine Durchlüftung der Stadt.

Diese Papierwespen kommen Nr. 103 durchaus fortschrittlich vor. Ihr Nest besteht aus horizontalen Waben, die parallel verlaufen und jeweils eine Reihe von Zellen tragen. Diese Zellen sind hexagonal geformt, genauso wie in Bienenstöcken.

Pfeiler aus fein zerkautem grauem Papier verbinden die einzelnen Waben miteinander. Mehrere Lagen Pappmaché schützen die Randbereiche vor Kälte und Erschütterungen.

Im Gegensatz zu einem Bienenstock, der eine dauerhafte Stadt ist, sind Wespennester nur für eine Saison geschaffen. Im Frühjahr macht sich eine befruchtete Wespenkönigin auf die Suche nach einem Ort, der sich zum Nestbau eignet. Sobald sie ihn gefunden hat, baut sie eine Pappzelle, in der sie ihre Eier ablegt. Wenn die Larven schlüpfen, ist die Mutter den ganzen Tag damit beschäftigt, Nahrung für sie zu beschaffen. Die Larven brauchen fünfzehn Tage, um sich in einsatzfähige Arbeiterinnen zu verwandeln, woraufhin die Königin weitere Eier legt.

Nr. 103 sieht die Brutwaben und überlegt, wie es möglich ist, daß Eier und Larven an den Decken hängen können. Dann schaut sie genauer hin und begreift, daß die Ammen eine Art Leim absondern. Die Wespen haben nicht nur Papier und Pappe erfunden, sondern auch den Klebstoff.

Nachdem es im Tierreich weder Nägel noch Schrauben gibt, ist Leim das beliebteste Hilfsmittel für alle möglichen Zwecke. Manche Insekten haben es in der Produktion zu solcher Meisterschaft gebracht, daß ihr Klebstoff sich innerhalb von Sekunden in eine harte Substanz verwandelt.

Nr. 103 wird durch den Hauptgang geführt, von dem schmale Seitengänge abgehen. Auf jeder Etage gibt es ein Loch im Boden, das eine mühelose Kommunikation zwischen den vielen Stockwerken ermöglicht. Trotzdem ist der Bau bei weitem nicht so imposant wie ein goldener Bienenstock. Hier ist alles grau in grau. Gelbschwarze Arbeiterinnen mit bizarren Mustern auf der Stirn zermahlen Holz und stellen die Papierpaste her, mit der sie die Wände bestreichen, wobei sie mit ihren zangenförmigen Fühlern kontrollieren, ob das Werk gelungen ist.

Andere Wespen transportieren Fleisch: betäubte Fliegen und Raupen. Ein Teil dieser Beute ist für die Larven bestimmt, die ständig hungrig sind. Wespen sind die einzigen sozialen Insekten, die ihre Brut mit rohem Fleisch füttern, das vorher nicht einmal zerkleinert wird.

Die Wespenkönigin ist größer, dicker und nervöser als ihre Töchter, die sich um sie scharen. Nr. 103 ruft sie mit

Hilfe von Pheromonen herbei, die Königin nähert sich huldvoll, und die alte rote Ameise erklärt ihr, warum sie hergekommen ist: Sie wäre über drei Jahre alt, und ihr Tod nicht mehr fern. Doch nur sie allein könne ihrer Geburtsstadt eine ungemein wichtige Information übermitteln, und sie wolle nicht sterben, bevor sie diese Mission erfüllt habe.

Die Königin der Papierwespen betastet Nr. 103 mit ihren Fühlerspitzen, um die Gerüche besser wahrnehmen zu können. Sie begreift nicht, warum eine Ameise eine Wespe um Hilfe bittet. Das ist nicht üblich. Normalerweise bleibt jede Art für sich. Nr. 103 beteuert, daß sie in diesem Fall auf die Hilfe der Wespen angewiesen wäre, weil Ameisen das ›Gelée royale‹ nicht produzieren könnten, das sie zum Weiterleben benötigte.

Die Wespenkönigin erwidert, hier werde das ›Gelée royale‹ zwar tatsächlich hergestellt, aber sie sehe nicht ein, warum sie dieses wertvolle Produkt an eine Ameise vergeuden solle.

Nr. 103 sendet mit großer Mühe einen Pheromonsatz, der Sekunden später von den Fühlern der Wespenkönigin empfangen wird: »Ich muß geschlechtsfähig werden.«

Die Wespenkönigin ist erstaunt. Wozu soll das gut sein?

59. Enzyklopädie

Allgemeine Dreiecke: Es ist manchmal schwieriger, x-beliebig als außergewöhnlich zu sein. Das läßt sich anhand von Dreiecken beweisen. Die meisten Dreiecke sind gleichschenklig (2 Seiten von gleicher Länge), rechtwinklig oder gleichseitig (3 Seiten von gleicher Länge).

Es gibt so viele exakt definierte Dreiecke, daß es sehr schwierig ist, ein Dreieck zu zeichnen, das nicht zu einer dieser Kategorien gehört. Man sollte meinen, es genüge, ein Dreieck mit verschieden langen Seiten zu zeichnen, aber das stimmt nicht. Im allgemeinen Dreieck darf es keine gleichen Winkel geben, keinen rechten Winkel und keinen Winkel über 90°. Dem Forscher Jacques Loubczanski ist es mit viel Mühe gelungen, ein echtes »allgemeines Dreieck« zu definieren. Man muß die Hälfte eines diagonal zerschnittenen Quadrats und die Hälfte eines gleichseitigen Dreieck zusammenfügen, um ein allgemeines Dreieck zu erhalten. Es ist wirklich nicht einfach, einfach zu sein!

EDMOND WELLS,
Enzyklopädie des relativen und absoluten Wissens, Band III

60. Das Examen

Wozu will sie plötzlich geschlechtsfähig werden? Es gibt absolut keinen biologischen Grund, weshalb eine geschlechtslose Ameise, die einer geschlechtslosen Kaste entstammt, mit einemmal fortpflanzungsfähig werden möchte!

Nr. 103 begreift, daß die Wespenkönigin sie einem Examen unterziehen will. Sie sucht nach einer besonders intelligenten Antwort, aber ihr fällt nichts Besseres ein als: »Geschlechtsfähige leben länger.«

Bei den Fingern hat sie so viele nichtssagende Fernsehdiskussionen gesehen, daß sie verlernt hat, sofort auf das Wesentliche zu kommen.

Hingegen bringt die Wespenkönigin ihre olfaktorischen Sätze mit großer Intensität vor. Wie alle Königinnen, so vermag auch sie über andere Themen als Nahrung und Sicherheit zu sprechen. Sie liebt Diskussionen und abstrakte Ideen.

In erster Linie drückt sie sich durch Gerüche aus, unterstreicht ihre Worte aber auch durch heftiges Gestikulieren mit den Fühlern. Irgendwann müsse die Ameise ja doch sterben, erklärt sie unumwunden. Wozu dann dieser Versuch, länger zu leben?

Nr. 103 erkennt, daß sie es mit einer sehr skeptischen

Gesprächspartnerin zu tun hat. Und hat die Wespenkönigin nicht sogar recht? Warum sollte ein langes Leben einem kurzen vorzuziehen sein?

Nr. 103 gibt vor, in den Genuß der besonderen Eigenschaften geschlechtsfähiger Ameisen kommen zu wollen: also einer größeren Sensibilität der Sinnesorgane, die ein intensiveres Gefühlleben ermöglichen.

Die Wespenkönigin entgegnet, das seien keine Vorteile, sondern eher Nachteile. Empfindliche Sinnesorgane führten nur zu ständiger Furcht. Deshalb lebten die Männchen nicht lange, und die Weibchen führten ein abgeschiedenes Leben, fernab aller Gefahren der Welt. Sensibilität sei eine Quelle ständigen Unbehagens.

Nr. 103 sucht nach neuen, überzeugenderen Argumenten. Sie will geschlechtsfähig werden, um Nachkommen in die Welt setzen zu können.

Diesmal scheint die Wespenkönigin interessiert zu sein. Warum will die Ameise sich fortpflanzen? Warum genügt es ihr nicht, als Einzelwesen existiert zu haben?

Daß die Wespenkönigin ständig nach dem ›Warum‹ fragt, ist ein Zeichen für ihre ungewöhnliche Intelligenz, denn im allgemeinen sind soziale Insekten wie Ameisen und Wespen nur am ›Wie‹ interessiert. Man will keine Ursachen ergründen, sondern nur wissen, wie man mit den Folgen fertigwerden kann.

Die alte rote Ameise erklärt, sie wolle ihren genetischen Code weitergeben.

Die Wespenkönigin schwenkt ihre Fühler, um ihrer Skepsis Ausdruck zu verleihen. Inwiefern sei der genetische Code von Nr. 103 denn so besonders interessant? Er unterscheide sich doch in nichts von dem Code ihrer mindestens zehntausend Geschwister.

Nr. 103 weiß, worauf die Wespe hinaus will. Sie will ihr klarmachen, daß ein Einzelwesen völlig bedeutungslos ist, daß es anmaßend ist, die eigenen Gene für besonders wertvoll zu halten. Ein solches Verhalten gilt bei den Ameisen und Wespen als krankhaft und trägt den Namen ›Individualismus‹.

Nr. 103, die unzählige physische Duelle überlebt hat, muß zum erstenmal ein geistiges Duell führen, und das ist viel schwieriger.

Diese Wespe ist sehr durchtrieben. Sie zwingt die alte Ameise, ein Wort auszusprechen, das bei Insekten absolut tabu ist: ›Ich‹. Langsam formuliert sie den unerhörten Satz, der durch Pheromone übermittelt wird:

»Ich bin etwas ganz Besonderes.«

Die Wespenkönigin zuckt zusammen, und ihr Hofstaat weicht erschrocken zurück. Ein soziales Insekt, das ›ich‹ sagt, widerspricht allen Gepflogenheiten.

Dieses Rededuell amüsiert jedoch die Wespenkönigin, die Nr. 103 wegen des Gebrauchs des Tabuwortes ›ich‹ nicht zurechtweist, sondern nur wissen will, über welche besonderen Eigenschaften die alte Ameise denn verfüge. Die Gemeinschaft der Papierwespen werde beurteilen, ob sie wirklich so ›besonders‹ sei, daß es sich lohne, ihren genetischen Code an eine Nachkommenschaft weiterzugeben. Die Königin verwendet absichtlich den Ausdruck: ›Wir, die Papierwespen‹, um zu demonstrieren, daß sie das Kollektiv gegenüber dem egoistischen Individuum verteidigt.

Nr. 103 weiß, daß sie jetzt keinen Rückzieher mehr machen kann. In den Augen all dieser Wespen ist sie eine degenerierte Ameise, die sich nur um sich selbst kümmert. Ihr bleibt nur noch eines übrig: ihre persönlichen Vorzüge aufzuzählen.

Also erklärt sie, daß sie über die in der Insektenwelt seltene Gabe verfüge, neue Erscheinungen erforschen zu wollen, auch wäre sie eine erfahrene Kriegerin und Kundschafterin. Diese Talente könnten ihrem Volk sehr zugute kommen.

Die Wespenkönigin ist belustigt. Die alte Ameise, die mühsam nach Luft ringt, hält Neugier und Kampflust also für wertvolle Eigenschaften? Sie gibt ihr zu verstehen, Kriegstreiber seien in allen Städten eher unerwünscht, speziell, wenn sie sich auch noch in alles einmischten und für allwissend hielten.

Nr. 103 läßt ihre Fühler hängen. Die Wespenkönigin ist viel gerissener, als sie jemals für möglich gehalten hätte. Ihr, der Ameise, bleibt nichts übrig, als sich immer mehr abzumühen. Diese Prüfung erinnert sie an jene, der sie in der Welt der Schaben unterzogen wurde, die sie vor einen Spiegel gestellt und ihr Verhalten genau beobachtet hatten. Weil sie nicht gegen ihr Spiegelbild kämpfen wollte, wurde sie von den Schaben akzeptiert.

Jenes Examen hatte sie intuitiv bestanden. Die Schaben hatten ihr beigebracht, sich selbst zu akzeptieren. Aber diese Wespe stellt ihr jetzt eine viel schwierigere Aufgabe: Sie soll erklären, warum diese Eigenliebe gerechtfertigt ist.

Die Königin wiederholt ihre Frage.

Die alte Ameise beharrt auf ihren beiden Haupteigenschaften, der Neugier und Kampfkraft, die ihr geholfen hätten, so lange zu überleben, während unzählige andere Ameisen gestorben wären. Der genetische Code der Toten sei also schlechter als ihr eigener gewesen, behauptet sie.

Die Wespenkönigin hält ihr entgegen, viele ungeschickte oder feige Soldatinnen würden Kriege überleben, während mutige und fähige oft stürben. Das sei reiner Zufall, weiter nichts.

Nr. 103 muß jetzt ihr stärkstes Argument einsetzen:

»Ich bin etwas Besonderes, weil ich die Finger kennengelernt habe.«

Die Königin fragt erst nach kurzem Schweigen zurück: *»Die Finger?«*

Nr. 103 erklärt, die seltsamen Vorfälle, die sich neuerdings im Wald häuften, seien das Werk einer relativ neuen, riesigen unbekannten Tierart namens Finger. Sie, Nr. 103, habe diese Wesen kennengelernt und sogar Dialoge mit ihnen geführt. Sie kenne ihre Stärken und Schwächen.

Die Wespenkönigin läßt sich auch davon nicht beeindrucken. Auch sie kenne die Finger, erwidert sie. Das sei doch nichts Außergewöhnliches. Viele Wespen würden die sogenannten Finger treffen, die groß, langsam und weich seien und alle möglichen Leckereien mit sich führten.

Manchmal würden sie Wespen in durchsichtigen Behältern einsperren, doch wenn diese Höhlen sich wieder öffneten, könnten die Wespen die Finger stechen.

Die Finger ... Die Wespenkönigin hat keine Angst vor ihnen. Sie behauptet sogar, welche getötet zu haben. Gewiß, sie sind sehr groß und dick, aber sie haben keinen Panzer, und deshalb ist es sehr einfach, mit dem Stachel ihre weiche Haut zu durchbohren. Nein, so sagt sie abschließend, eine Begegnung mit den Fingern sei wirklich kein einleuchtendes Argument, um das kostbare Hormongelee der Wespen zu beanspruchen.

Darauf war Nr. 103 nun wirklich nicht gefaßt. Jede Ameise, der gegenüber man die Finger erwähnt, ist begierig, weitere Informationen über sie zu erhalten. Und diese Papierwespen glaubten, schon alles über die Finger zu wissen! Welche Dekadenz! Zweifellos hat die Natur aus diesem Grunde Ameisen erschaffen. Die Wespen, ihre Vorfahren, haben ihre ursprüngliche Neugier eingebüßt.

Doch diese Überlegungen helfen Nr. 103 nicht weiter. Wenn die Papierwespen ihr nicht helfen, wenn sie sich weigern, ihr das ›Gelée royale‹ zu geben, ist alles aus. Welch ein Jammer, nach unzähligen heldenhaften Kämpfen dem armseligsten Gegner zu unterliegen: dem Alter.

Die Wespenkönigin kann sich eine letzte ironische Bemerkung nicht verkneifen: Selbst wenn Nr. 103 geschlechtsfähig würde, könnte sie nicht davon ausgehen, daß auch ihre Kinder das Talent hätten mit Fingern zu kommunizieren.

Nr. 103 sitzt in der Klemme.

Plötzlich bricht Unruhe aus. Nervöse Wespen melden der Königin, daß das Nest von einem Skorpion angegriffen wird.

Zweifellos ist auch er vor dem Heuschreckenschwarm geflüchtet und hat Zuflucht auf der Eiche gesucht. Normalerweise wehren Wespen alle Angreifer mit ihrem giftigen Stachel ab, aber gegen den Chitinpanzer der Skorpione sind sie machtlos.

Nr. 103 erklärt sich bereit, gegen den Feind zu kämpfen.

»Wenn es dir gelingt, ihn zu besiegen, geben wir dir, was du begehrst.«

Nr. 103 verläßt das Wespennest durch den röhrenförmigen Mittelgang und bewegt ihre Fühler. Am Geruch erkennt sie das Skorpionweibchen wieder, dem die Belokanerinnen in der Wüste begegnet sind. Jetzt kriechen 25 Babys auf ihrem Rücken herum und balgen miteinander.

Die alte rote Ameise greift das Skorpionweibchen auf einem terrassenförmigen Knorren der Eiche mit einem kräftigen Säurestrahl an. Für das Spinnentier ist die winzige Ameise kein ernstzunehmender Gegner, sondern eine leichte Beute. Es setzt seine Kinder behutsam ab und schlägt mit seinem tödlichen Stachel zu.

Zweites Spiel

Pik

61. Arbeit an der mysteriösen Pyramide

Durchsichtige Spitze. Spiegelwände. Maximilien war wieder bei der mysteriösen Pyramide. Beim letztenmal war seine Inspektion durch einen Insektenstich unterbrochen worden, der ihn für eine knappe Stunde außer Gefecht gesetzt hatte. Heute war er fest entschlossen, sich nicht unterkriegen zu lassen.

Er näherte sich vorsichtig.

Er berührte die Pyramide.

Er legte sein Ohr an eine Spiegelwand und lauschte.

Ein Satz in französischer Sprache war zu hören: »Billy Joe, ich hatte dich doch gewarnt, daß du nie zurückkehren solltest!«

Wieder das Fernsehen. Offenbar ein amerikanischer Western.

Der Kommissar hatte genug gehört. Präfekt Dupeyron wünschte Resultate, und er würde sie erhalten. Maximilien hatte die nötigen Werkzeuge mitgebracht. Er öffnete seine große Tasche, holte einen Hammer hervor und schlug mit voller Wucht nach seinem eigenen Spiegelbild.

Mit ohrenbetäubendem Klirren zerbrach der Spiegel in scharfe Scherben. Vom darunterliegenden Beton stieg Staub auf. Maximilien sprang rasch zurück, um nicht von Splittern getroffen zu werden.

»Die sieben Jahre Pech muß ich eben in Kauf nehmen«, seufzte er.

Sobald die Staubwolke verflogen war, untersuchte er die Betonmauer. Immer noch weder Tür noch Fenster. Nur oben die durchsichtige Spitze.

Zwei Seiten der Pyramide waren noch mit Spiegeln verkleidet. Er zertrümmerte auch sie, ohne eine Öffnung zu entdecken, aber als er sein Ohr an den Beton preßte, war der Fernseher verstummt. Jemand reagierte auf seine Gegenwart. Natürlich mußte es irgendwo einen Ausgang geben. Eine Klapptür oder Ähnliches ... Wie hätte der Bewohner der Pyramide denn sonst hineinkommen sollen?

Er warf ein Lasso um die Pyramidenspitze, und dank rutschfester Schuhsohlen gelang ihm der Aufstieg. Doch auch von oben konnte er nicht den geringsten Riß, nicht das kleinste Loch im Beton erkennen, nichts, was ihm ermöglicht hätte, den oder die Insassen auszuräuchern.

»Kommen Sie freiwillig heraus! Andernfalls garantiere ich Ihnen, daß wir ein Mittel finden werden, um Sie aus Ihrem Versteck zu vertreiben!«

Maximilien kletterte an seinem Seil wieder auf den Boden hinab. Er war nach wie vor überzeugt, daß ein Eremit in diesem Betonbau hauste. In Tibet ließen sich besonders fromme Mönche in winzige Ziegelhütten ohne Türen und Fenster einmauern und verharrten dort jahrelang in völliger Abgeschiedenheit. Aber bei jenen Mönchen blieb immerhin eine Klappe offen, damit die Gläubigen ihnen Lebensmittel bringen konnten.

Der Kommissar malte sich schaudernd das Leben der Eingemauerten innerhalb von zwei Kubikmetern Raum aus, inmitten ihrer eigenen Exkremente, ohne frische Luft und ohne Heizung.

Bzzz... bzzz...

Maximilien zuckte zusammen. Es war also kein Zufall gewesen, daß ihn letztes Mal ein Insekt gestochen hatte. Zwischen den Insekten und der Pyramide gab es irgendeinen Zusammenhang; nein, er würde sich nicht wieder von einem winzigen Schutzengel des Baus besiegen lassen.

Das Summen rührte von einem großen fliegenden Insekt her, wahrscheinlich von einer Biene oder Wespe.

»Hau ab!« rief er, fuchtelte mit der Hand herum und drehte und verrenkte sich, um es nicht aus den Augen zu verlieren. Das Insekt schien nämlich zu begreifen, daß ein Angriff aus dem Hinterhalt am wirkungsvollsten war.

Es beschrieb Achter in der Luft, und plötzlich setzte es zum Sturzflug an und versuchte, Maximilien in den Kopf zu stechen, doch dessen dichtes blondes Haar stellte einen undurchdringlichen Dschungel dar.

Maximilien schlug sich auf den Kopf. Das Insekt flog hoch, setzte seine Kamikaze-Attacken jedoch fort.

Er forderte es heraus: »Was willst du von mir? Ihr Insekten seid wohl die letzten Feinde der Menschen, stimmt's? Es gelingt uns einfach nicht, euch zu eliminieren. Seit drei Millionen Jahren ärgert ihr uns nun schon, und ihr werdet wohl auch noch unsere Kinder schikanieren. Wie lange soll das so weitergehen?«

Das Insekt war von der Schimpftirade völlig unbeeindruckt. Es schwirrte ständig um ihn herum und schien nach einer Schwachstelle seines Gegners zu suchen.

Maximilien zog einen Schuh aus, hielt ihn wie einen Tennisschläger in der Hand, und war fest entschlossen, beim nächsten Angriff zuzuschlagen.

»Wer bist du, dicke Wespe? Die Hüterin der Pyramide? Kann der Eremit vielleicht Wespen zähmen?«

Als wollte es ihm eine bejahende Antwort geben, wagte das Insekt einen neuen Vorstoß. Diesmal visierte es die entblößte Wade des Kommissars an, doch bevor es mit seinem Stachel zustoßen konnte, erhielt es einen wuchtigen Schlag von der riesigen Schuhsohle.

Maximilien hatte sich gebückt wie ein Tennisspieler bei einem *Lob*, und eine rasche Drehung des Handgelenks hatte den Gegner aufgehalten.

Zerschmettert prallte das Insekt von der Sohle ab.

»Eins zu null! Spiel, Satz und Sieg!« rief der Kommissar zufrieden.

Bevor er sich entfernte, legte er seine Hände noch einmal trichterförmig vor den Mund und brüllte dicht an der Betonwand: »Bilden Sie sich ja nicht ein, daß ich so leicht aufgeben werde! Ich komme immer wieder, bis ich weiß, wer sich in dieser Pyramide versteckt. Wir werden sehen, wie lange Sie durchhalten, Sie fernsehsüchtiger Eremit!«

62. Enzyklopädie

Meditation: Nach einem anstrengenden Arbeitstag tut es gut, allein zur Ruhe zu kommen.

Eine einfache Methode praktischer Meditation: Man legt sich mit leicht gespreizten Beinen auf den Rücken, die Arme neben dem Körper ausgestreckt, ohne ihn zu berühren, die Handflächen nach oben, und entspannt sich.

Als erstes konzentriert man sich auf das verbrauchte Blut, das von den Zehen aus zurückströmt, um sich in den Lungen zu erneuern.

Beim Ausatmen stellt man sich den mit Blut gefüllten Lungenschwamm vor, aus dem sauberes, gereinigtes, mit Sauerstoff angereichertes Blut bis in die Beine, bis in die Zehenspitzen fließt.

Als nächstes konzentriert man sich auf das verbrauchte Blut der Unterleibsorgane und begleitet es in die Lunge. Beim Ausatmen stellen wir uns das revitalisierte Blut vor, das unsere Leber, unsere Milz, unseren Verdauungstrakt, unsere Geschlechtsorgane und Muskeln versorgt.

Beim dritten Ein- und Ausatmen begleitet man das Blut aus Händen und Fingern in die Lunge zurück, reinigt es und läßt es wieder in die Fingerspitzen strömen.

Bei der vierten Inspiration atmet man noch tiefer, schickt das Blut aus dem Gehirn mitsamt allen stagnierenden Ideen zur Reinigung in die Lunge und begleitet das von Vitalität strotzende Blut in den Schädel zurück.

Man muß sich jede einzelne Etappe gut vorstellen und die Atmung mit der ständigen Erneuerung des Organismus assoziieren.

EDMOND WELLS,
Enzyklopädie des relativen und absoluten Wissens, Band III

63. Duell

Der giftige Stachel des Skorpions schnellt so dicht an der alten Ameise vorbei, daß er ihre Fühler berührt.

Zum viertenmal ist es ihr ganz knapp gelungen, den tödlichen Waffen des kupferroten Monsters zu entgehen. Sie sieht es jetzt aus nächster Nähe. Vorne sind die beiden scharfen Scheren, mit denen es sein Opfer einschließt, bevor es ihm mit dem Stachel den Garaus macht.

Acht Beine erlauben dem Ungetüm, sich sehr schnell in alle Richtungen und sogar seitwärts zu bewegen. Hinten befindet sich ein langer Schwanz aus sechs flexiblen Segmenten, mit einer scharfen Spitze am Ende, einem riesigen gelben Dorn voll tödlichen Saftes.

Wo sind die Sinnesorgane des Spinnentiers? Die Ameise sieht weder Ohröffnungen noch Fühler, nur frontale Ozellen. Als sie dem Skorpion erneut ausweicht, begreift sie plötzlich, daß es die feinen Härchen an seinen Scheren sind, mit deren Hilfe er jede noch so schwache Luftbewegung in seiner Umgebung wahrnimmt.

Nr. 103 erinnert sich an einen Stierkampf im Fernsehen der Finger. Der Matador hatte immer einen roten Mantel geschwenkt.

Sie greift nach einem purpurnen Blütenblatt, das der Wind verweht hat, und schwenkt es mit den Mandibeln. In letzter Sekunde kann sie zur Seite springen, als der Giftstachel wieder wie eine Harpune vorschnellt. Es ist viel schwieriger, einem Stachel auszuweichen als zwei Hörnern, und die müde alte Ameise denkt, daß ein Finger einen Riesenskorpion bestimmt nicht so leicht besiegen könnte wie einen Stier.

Wenn Nr. 103 sich dem Gegner zu nähern versucht, wird sie von den geöffneten Scheren bedroht. Feuert sie einen Säurestrahl aus ihrem Hinterleib ab, schließen sich die Scheren blitzartig. Sie sind Angriffs- und Verteidigungswaffen in einem. Und die acht schnellen Beine bringen den Skorpion jederzeit in die beste Position, um parieren und zustoßen zu können.

Im Fernsehen sprang der Matador ständig umher, um den Stier zu reizen und zu ermüden. Nr. 103 tut es ihm nach und benutzt ihr Blütenblatt als Schild gegen den Stachel, doch der spitze Dorn durchbohrt mühelos das zarte Material.

Nicht sterben! Sie muß ihr Wissen über die Finger weitergeben. Nicht sterben!

Ihr Lebenswille läßt die Ameise ihr hohes Alter vergessen, und sie bewegt sich so schnell und geschickt wie in ihrer Jugend. Sie umkreist den Skorpion im Uhrzeigersinn. Gereizt über den anhaltenden Widerstand dieses schwachen Gegners, klappert der Skorpion immer lauter mit den Scheren und beschleunigt seine eigenen Bewegungen. Die Ameise bleibt plötzlich kurz stehen, macht kehrt und läuft in der Gegenrichtung weiter. Bei dem Versuch, ebenfalls schnell zu wenden, kommt der Skorpion aus dem Gleichgewicht und fällt auf den Rücken, wodurch seine empfindlicheren Körperteile bloßliegen. Die Ameise feuert einen gezielten Säurestrahl darauf ab, aber das scheint dem Skorpion nicht besonders weh zu tun. Schon steht er wieder auf seinen acht Beinen und greift an.

Der Stachel verfehlt den Kopf von Nr. 103 nur um Millimeter. Schnell, eine andere Idee!

Die alte Kriegerin erinnert sich daran, daß Skorpione gegen ihr eigenes Gift nicht immun sind. In Ameisenlegenden wird berichtet, wenn sie Angst hätten, speziell wenn sie von Feuer eingekreist seien, würden die Skorpione Selbstmord begehen, indem sie ihren Stachel gegen sich selbst richteten.

Aber hier ist weit und breit kein Feuer, das dem Skorpion angst machen könnte.

Die pessimistischen Sinnessignale der zuschauenden Wespen sind alles andere als ermutigend. Eine neue Idee muß her, schnell.

Die alte Ameise überdenkt die Situation. Worin besteht ihre Stärke? Worin besteht ihre Schwäche? Ihre Winzigkeit ist ihre Stärke, aber zugleich auch ihre Schwäche. Wie könnte sie die Schwäche in Stärke verwandeln?

Tausend Ideen schießen ihr durch den Kopf. Ihr Gedächtnis liefert alle möglichen Kampfstrategien, und ihre Fantasie wandelt diese ab, um sie der Konfrontation mit einem Skorpion anzupassen. Während sie den Gegner nicht aus den Augen läßt, versuchen ihre Antennen, im Astwerk irgendeine Lösung zu entdecken. Das ist der Vorteil eines doppelten Wahrnehmungsvermögens, des visuellen plus des olfaktorischen.

Plötzlich bemerkt sie ein Loch in der Rinde des Baums, und sogleich fällt ihr ein Zeichentrickfilm von Tex Avery ein. Sie rennt auf das Loch zu und dringt in den Holztunnel ein. Der Skorpion verfolgt sie, bleibt aber stecken, weil sein Bauch zu dick ist. Nur sein Schwanz ragt noch aus dem Loch hervor.

Nr. 103 verläßt den Tunnel durch einen anderen Ausgang und wird vom Beifall ihrer Anhängerinnen angefeuert.

Der Skorpion überlegt, wie er sich aus seiner mißlichen Lage befreien könnte.

Die kleinen Skorpione, die nur noch wenig Hoffnung auf einen Erfolg ihrer Mutter haben, ziehen sich vorsichtshalber etwas zurück.

Nr. 103 nähert sich und packt den gefährlichen Stachel mit ihren Mandibeln. Sorgsam darauf bedacht, nicht mit dem Gift in Berührung zu kommen, stemmt sie den Stachel hoch und sticht den Skorpion, der immer noch feststeckt, damit in den Hinterleib.

Die Ameisenlegenden haben recht: Skorpione sind gegen ihr eigenes Gift wirklich nicht immun. Das Tier windet sich in Krämpfen und stirbt.

Man muß Feinde immer mit ihren eigenen Waffen schlagen, hat man ihr einst in der Brutkammer beigebracht, und diese Lehre hat sie jetzt beherzigt. Nr. 103 denkt aber auch dankbar an den Zeichentrickfilm von Tex Avery. Eines Tages wird sie ihren Artgenossen vielleicht alle Kampfmethoden dieses großen Strategen der Finger anvertrauen.

64. Ein Lied

Julie gab den anderen ein Zeichen, aufzuhören. Alle spielten falsch, und sie selbst sang miserabel.

»So kommen wir nicht weiter. Ich glaube, wir müssen ein grundlegendes Problem anpacken. Die Musik anderer zu interpretieren – das reicht nicht.«

Die Sieben Zwerge begriffen nicht, worauf ihre Sängerin hinauswollte.

»Was schlägst du denn vor?«

»Wir müssen selbst schöpferisch tätig werden, unsere eigenen Texte und unsere eigene Musik erfinden.«

Zoé zuckte mit den Schultern. »Für wen hältst du dich? Wir sind doch nur eine kleine Schülerband, die der Direktor unterstützt, damit er ›musikalische Aktivitäten‹ in seinen Berichten über das kulturelle Leben an seinem Gymnasium anführen kann. Und doch nicht die Beatles!«

Julie schüttelte ihren Kopf; die langen schwarzen Haare flogen. »Sobald man etwas zustande bringt, ist man ein Schöpfer inmitten anderer Schöpfer. Man darf nur keine Komplexe haben. Unsere Musik kann es mit jeder anderen aufnehmen – wir müssen uns nur um Originalität bemühen und etwas machen, das es bisher noch nicht gab.«

Die überraschten Sieben Zwerge wußten nicht, wie sie reagieren sollten. Alles andere als überzeugt, bedauerten einige sogar, dieses sonderbare Mädchen in ihre Gruppe aufgenommen zu haben.

»Julie hat recht«, kam Francine ihrer Freundin zu Hilfe. »Sie hat mir ein Werk namens *Enzyklopädie des relativen und absoluten Wissens* gezeigt, das Ratschläge enthält, die uns ermöglichen werden, Neues zu schaffen. Ich habe darin schon Pläne für einen Computer entdeckt, der alles, was bisher auf dem Markt ist, völlig in den Schatten stellt.«

»Es ist unmöglich, die Informatik zu verbessern«, widersprach David. »Die Mikroprozessoren haben überall auf der Welt dieselbe Geschwindigkeit, und schnellere kann man nicht herstellen.«

Francine sprang auf. »Wer redet denn von schnelleren

Mikroprozessoren? Daß wir selbst keine Mikroprozessoren produzieren können, ist doch klar. Aber wir könnten sie anders anordnen.«

Sie bat Julie um die *Enzyklopädie* und suchte nach den Plänen. »Seht mal her! Anstelle einer Hierarchie von Mikroprozessoren wird hier eine Demokratie vorgeschlagen. Kein Hauptprozessor mehr, der die anderen dominiert, sondern nur noch gleichberechtigte Chefs. Fünfhundert Mikroprozessoren, fünfhundert gleichwertige Gehirne, die ständig miteinander kommunizieren.«

Francine zeichnete eine Skizze. »Das Problem besteht darin, die richtige Anordnung zu finden; so wie eine Hausfrau sich überlegen muß, wie sie ihre Gäste beim Abendessen plazieren soll. Wenn man sie an einen langen rechteckigen Tisch setzt, kann sich nicht jeder mit jedem unterhalten. Der Autor der *Enzyklopädie* schlägt deshalb vor, eine Runde von Mikroprozessoren zu bilden. Der Kreis ist die Lösung.«

»Die Technologie ist nicht der Weisheit letzter Schluß«, wandte Zoé ein. »Dein Supercomputer hat doch nichts mit musikalischer Kreativität zu tun.«

»Ich verstehe, was sie sagen will«, warf Paul ein. »Wenn dieser Typ neue Ideen in bezug auf den Computer hatte – das komplizierteste Gerät, das es überhaupt gibt –, kann er uns bestimmt auch helfen, die Musik zu erneuern.«

»Ja, Julie hat recht, wir müssen uns Texte ausdenken, die unsere eigene Gefühlswelt widerspiegeln«, meinte auch Narcisse. »Vielleicht kann dieses Buch uns wirklich dabei helfen.«

Francine schlug die *Enzyklopädie* aufs Geratewohl auf und las laut vor:

»Ende, dies ist das Ende.
Öffnen wir all unsere Sinne.
Ein neuer Wind bläst an diesem Morgen,
nichts wird seinen irren Tanz aufhalten können.
Tausend Metamorphosen werden diese verschlafene Welt aufrütteln.

Es bedarf keiner Gewalt, um erstarrte Werte zu verwerfen.
Die Überraschung wird groß sein, denn wir realisieren nur die ›Revolution der Ameisen‹.«

Alle überlegten.

»Revolution der Ameisen?« wunderte sich Zoé. »Das sagt doch gar nichts aus. Keiner wird davon Notiz nehmen.«

»Wenn man ein Lied daraus machen wollte, fehlt ein Refrain«, sagte Narcisse.

Julie schloß die Augen und schlug kurz darauf vor:

Es gibt keine Visionäre mehr,
es gibt keine Erfinder mehr.

Nach und nach entstand der Text ihres ersten Liedes, wobei sie allerdings hauptsächlich aus dem reichen Schatz der *Enzyklopädie* schöpften.

Genauso nützlich erwies sie sich für die Musik. Jiwoong entdeckte einen Abschnitt, in dem Edmond Wells anhand von Bachschen Kompositionen erklärte, daß Melodien ähnlich aufgebaut seien wie Werke der Architektur. Der Asiat zeichnete eine Art Autobahn an die Tafel und entwarf eine musikalische Linie, sozusagen einen ›Mittelstreifen‹. Um diese Linie herum zeichneten die anderen daraufhin die ›Fahrbahnen‹ ihrer jeweiligen Instrumente ein.

Sie stimmten ihre Instrumente, um auszuprobieren, wie ihre erste Komposition sich anhörte. Notwendige Abänderungen wurden an der Tafel sofort durch neue Linien markiert. Julie trällerte die Melodie zunächst ohne Worte vor sich hin, sang dann aber die erste Strophe: *»Ende, dies ist das Ende«* und den Refrain: *»Es gibt keine Visionäre mehr, es gibt keine Erfinder mehr.«* Auch die zweite Strophe stammte aus der *Enzyklopädie*:

»Hast du nie von einer anderen Welt geträumt?
Hast du nie von einem anderen Leben geträumt?
Hast du nie davon geträumt, daß der Mensch eines Tages seinen Platz im Universum findet?

Hast du nie davon geträumt, daß der Mensch eines Tages mit der Natur, mit der ganzen Natur spricht und sie ihm als Partnerin und nicht mehr als besiegter Feind antwortet?
Hast du nie davon geträumt, mit den Tieren, den Wolken und Bergen zu sprechen, gemeinsam zu wirken, anstatt sich zu bekämpfen?
Hast du nie davon geträumt, daß Menschen sich zusammentun und eine Stadt gründen, wo die Beziehung des einen zum andern hilfreich ist?
Erfolg oder Mißerfolg würde keine Rolle mehr spielen.
Niemand dürfte sich anmaßen, einen Nachbar zu verurteilen.
Jeder wäre frei und würde sich dennoch für den Erfolg der anderen einsetzen.«

Julies Tonlage wechselte. Manchmal war ihre Stimme so dünn wie die eines kleinen Mädchens, manchmal tief und rauh. Jeder der Sieben Zwerge fühlte sich bei ihrem Gesang an eine andere Interpretin erinnert: Paul fand, daß sie sich wie Kate Bush anhörte, Ji-woong dachte an Janis Joplin, Léopold an Pat Benatar und Zoé an die Sängerin Noa.

Das lag einfach daran, daß jeder in Julie hineininterpretierte, was ihn – oder sie – an einer Frauenstimme am meisten faszinierte.

Sie unterbrach ihren Gesang, und David stimmte auf der elektrischen Harfe ein Solo an. Léopold griff zur Flöte und führte einen musikalischen Dialog mit ihm. Julie lächelte ihnen zufrieden zu und begann mit der dritten Strophe:

»Hast du nie von einer neuen Welt geträumt, die sich vor Fremdem nicht fürchtet?
Hast du nie von einer Welt geträumt, in der jeder in sich ruht?
Ich habe, um unsere Gewohnheiten zu ändern, von einer Revolution geträumt.
Von einer Revolution der Kleinen, einer Revolution der Ameisen.
Besser gesagt, nicht von einer Revolution, sondern von einer Evolution.

Ich habe geträumt, aber es ist nur eine Utopie.
Ich habe davon geträumt, ein Buch über diese Utopie zu schreiben,
Und ich habe davon geträumt, daß dieses Buch über Raum und Zeit hinweg leben würde, auch wenn ich schon längst tot bin.
Wenn ich dieses Buch schreibe, wird es nur ein Märchen sein, ein Märchen, das nie Wirklichkeit werden kann.«

Sie bildeten einen Kreis und hatten das Gefühl, als wäre damit ein magischer Zirkel geschlossen, den es eigentlich schon längst hätte geben müssen.

Julie schloß die Lider. Sie war wie verzaubert, und ihr Körper wiegte sich im Rhythmus von Zoés Baß und Ji-woongs Schlagzeug. Obwohl sie sich nie etwas aus Tanzen gemacht hatte, verspürte sie nun ein unwiderstehliches Verlangen danach. Alle ermutigten sie, also zog sie ihren weiten Pulli aus; im engen schwarzen T-Shirt, mit dem Mikrofon in der Hand, wiegte sie sich anmutig im Rhythmus.

Zoé meinte, nun fehle nur noch ein guter Schluß.

Julie improvisierte, ohne die Augen zu öffnen:

»*Wir sind die neuen Visionäre,*
wir sind die neuen Erfinder.«

Das war er, der überzeugende Schluß!

»Super!« rief Zoé.

Sie diskutierten über ihr Erstlingswerk und waren damit zufrieden, bis auf das Gitarrensolo nach der dritten Strophe. Alle stimmten mit David überein, daß man sich hier etwas anderes einfallen lassen müsse.

Insgesamt waren sie aber sehr stolz auf sich. Julie wischte sich den Schweiß von der Stirn und schlüpfte hastig wieder in ihren unförmigen Pulli, weil es ihr peinlich war, daß die anderen sie im T-Shirt gesehen hatten. Um sie abzulenken, berichtete sie, daß Töne auch heilen könnten. Ihr Gesangslehrer habe ihr das beigebracht.

»Wie funktioniert das?« fragte Paul, der sich für alles interessierte, was mit Tönen zusammenhing. »Zeig es uns.«

Julie erklärte, daß beispielsweise ein ›O‹ in tiefer Tonlage auf den Bauch einwirke.

»Oooooh – das läßt die Därme vibrieren. Wenn ihr Verdauungsprobleme habt, müßt ihr diesen Ton singen. ›Oooooh‹. Das ist billiger als Medikamente und immer verfügbar. Jeder von uns kann Töne erzeugen.«

Die Sieben Zwerge stimmten ein schönes ›Oooooh‹ an und versuchten, die Auswirkungen auf ihren Organismus zu registrieren.

»Der Ton ›A‹ wirkt auf Herz und Lungen ein. Wenn man außer Atem ist, bildet man ihn automatisch.«

Sie atmeten im Chor : »Aaaaaaah.«

»Das ›E‹ wirkt auf die Kehle ein, das ›U‹ auf Mund und Nase, das ›I‹ auf Gehirn und Schädel. Ihr müßt jeden Laut sorgfältig bilden und eure Organe vibrieren lassen.«

Sie wiederholten jeden Vokal, und Paul schlug vor, daraus ein therapeutisches Lied zu machen, das die Leiden der Zuhörer lindern könne.

»Er hat recht!« rief David begeistert. »Wir könnten ein Lied aus lauter Ooohs, Aaahs und Uuuhs komponieren.«

»Und beruhigenden Infraschall als Untermalung nehmen«, fügte Zoé hinzu. »Die heilende Musik – ein guter Slogan!«

»Es wäre etwas völlig Neues.«

»Soll das ein Witz sein?« spöttelte Léopold. »Das ist schon seit der Antike bekannt. Was meinst du wohl, warum unsere Indianergesänge nur auf Vokalen basieren, die endlos wiederholt werden?«

Ji-woong bestätigte, daß es auch in der koreanischen Tradition Lieder gebe, die nur aus Vokalen bestünden.

Sie beschlossen, ein solches Stück auszuarbeiten, und wollten sich gerade ans Werk machen, als lautes Pochen sie aufschreckte.

Paul öffnete die Tür.

»Sie machen zuviel Lärm«, beschwerte sich der Direktor.

Es war erst 20 Uhr. Sie durften normalerweise bis halb zehn proben, aber an diesem Tag hatten sie den Direktor gestört, der länger als sonst in seinem Büro geblieben war, um Verwaltungskram zu erledigen.

Er betrat den Raum und musterte die acht Musiker.

»Ich war gezwungen, euch zuzuhören. Daß ihr auch eigene Lieder macht, wußte ich bisher gar nicht, und es hört sich gar nicht übel an. Vielleicht trifft sich das ganz gut.«

Er setzte sich rittlings auf einen Stuhl und fuhr fort: »Mein Bruder weiht im Stadtviertel François I ein Kulturzentrum ein und braucht dazu ein Rahmenprogramm. Er hatte ein Streichquartett engagiert, aber zwei der Musiker sind an Grippe erkrankt, und deshalb sucht er seit gestern nach Ersatz. Wenn er niemanden findet, muß die Eröffnung des Zentrums verschoben werden, was aber einen schlechten Eindruck im Rathaus machen würde. Sie könnten ihm aus der Patsche helfen. Hätten Sie nicht Lust, dort zu spielen?«

Die acht jungen Leute tauschten ungläubige Blicke. Konnten sie wirklich soviel Glück haben?

»Na klar!« rief Ji-woong.

»Ausgezeichnet, dann üben Sie jetzt fleißig weiter. Sie treten am nächsten Samstag auf.«

»Den kommenden Samstag?«

»Selbstverständlich.«

Paul wollte sagen, das sei ausgeschlossen, weil sie bis jetzt nur ein einziges selbstverfaßtes Lied im Repertoire hätten, aber Ji-woongs beredter Blick gebot ihm Schweigen.

»Gar kein Problem«, beteuerte Zoé.

Sie waren sowohl besorgt als auch begeistert. Endlich würden sie vor richtigem Publikum auftreten, nicht nur bei irgendwelchen Feiern im kleinen Kreis.

»Großartig«, sagte der Direktor. »Ich verlasse mich darauf, daß Sie für Stimmung sorgen.« Er zwinkerte ihnen komplizenhaft zu.

Vor Überraschung rutschte Francines Ellbogen über die Tastatur ihrer Orgel, was sich wie Kanonendonner anhörte.

65. Enzyklopädie

Der Kanon: In der Musik hat der Kanon einen besonders interessanten Aufbau. Die bekanntesten Beispiele: »Frère Jacques«, »Vent frais, vent du matin« oder auch der Pachelbelsche Kanon.

Eine erste Stimme präsentiert das Thema, und nach einer gewissen Zeit wird es von einer zweiten und dritten Stimme aufgegriffen. Damit das Ganze klappt, muß jede Note drei Rollen übernehmen:

1. Sie muß dazu beitragen, die Grundmelodie zu weben.
2. Sie muß die Grundmelodie begleiten.
3. Sie muß die Grundmelodie und die Begleitung begleiten.

Es handelt sich also um eine Konstruktion auf drei Ebenen, bei der jedes Element gleichzeitig Hauptdarsteller, Nebendarsteller und Statist ist.

Man kann den Kanon abwandeln, ohne eine Note hinzuzufügen, einfach indem man die Tonhöhe variiert – die einzelnen Strophen werden, je nachdem, eine Oktave tiefer oder höher gesungen.

Es ist ferner möglich, den Kanon komplizierter zu gestalten, indem man die zweite Stimme um eine halbe Oktave erhöht. Ist das erste Thema in C-Dur, wird das zweite nach G-Dur verlagert etc.

Eine weitere Möglichkeit der Abwandlung besteht in verschiedenen Tempi. Schneller: Während die erste Stimme das Thema singt, interpretiert die zweite Stimme es mit doppelter Geschwindigkeit. Langsamer: Während die erste Stimme die Melodie singt, wiederholt die zweite sie mit halber Geschwindigkeit. Diese Möglichkeiten stehen natürlich auch der dritten Stimme offen.

Weiterhin läßt sich der Kanon durch Inversion der Melodie komplizierter gestalten. Singt die erste Stimme beispielsweise eine ansteigende Tonfolge, kehrt die zweite diese um.

Das alles läßt sich leichter realisieren, wenn man die

Notenblätter mit Pfeilen markiert, wie bei einer großen Schlacht.

EDMOND WELLS,
Enzyklopädie des relativen und absoluten Wissens, Band III

66. Maximilien zieht Zwischenbilanz

Man hörte nur Kaugeräusche. Maximilien aß schweigend. Er langweilte sich im Schoße seiner Familie. Ehrlich gesagt, hatte er Scynthia nur geheiratet, um seine Bekannten zu verblüffen.

Sie war eine Trophäe gewesen, und alle hatten ihn beneidet. Das Problem bestand darin, daß Schönheit allein auf Dauer unbefriedigend war. Die schöne Scynthia langweilte ihn zu Tode! Lächelnd stand er vom Tisch auf, umarmte Frau und Tochter und schloß sich in seinem Arbeitszimmer ein, um *Evolution* zu spielen.

Das Spiel faszinierte ihn immer mehr. Er erschuf eine Aztekenzivilisation, und bis zum Jahre 500 v. Chr. hatte er schon ein Dutzend Städte gebaut und schickte aztekische Galeeren aufs weite Meer hinaus, damit sie nach neuen Kontinenten suchen sollten. Er glaubte, daß seine Forscher um das Jahr 450 v. Chr. herum den Okzident entdecken würden, aber eine Choleraepidemie raffte einen Großteil der Bevölkerung seiner Städte dahin, und Invasionen von Barbaren gaben den geschwächten Metropolen den Rest. Im Jahre 1 der neuen Zeitrechnung war von der Aztekenzivilisation des Kommissars nichts mehr übriggeblieben.

»Du spielst schlecht«, kommentierte MacYavel. »Etwas lenkt dich ab.«

»Ja«, gab Maximilien zu. »Meine Arbeit.«

»Möchtest du mit mir darüber sprechen?« fragte der Computer.

Der Polizeibeamte zuckte zusammen. Bis jetzt war MacYavel für ihn nur eine Art Butler gewesen, der ihn begrüßte, wenn er das Gerät einschaltete, und der ihn mit den

Tücken von *Evolution* vertraut machte. Daß er sich plötzlich in Maximiliens wirkliches Leben einmischen wollte, kam gänzlich unerwartet. Trotzdem ließ der Kommissar sich darauf ein.

»Ich bin Polizeibeamter«, berichtete er, »und führe eine Untersuchung durch, die mir große Sorgen bereitet. Ich habe da eine Pyramide am Hals, die mitten im Wald wie ein Pilz aus dem Boden geschossen ist.«

»Darfst du mit mir darüber sprechen, oder ist es ein Berufsgeheimnis?«

Der Plauderton und die Stimme, die fast keinen synthetischen Akzent hatte, überraschten Maximilien, aber er erinnerte sich daran, daß seit kurzem ›Gesprächssimulatoren‹ auf dem Markt waren, die die Illusion eines echten Dialogs zu erwecken vermochten. In Wirklichkeit reagierten diese Programme einfach auf bestimmte Stichworte und antworteten, indem sie simple Diskussionstechniken nachahmten. Sie liebten Fragen wie: »Glaubst du wirklich, daß ...«, oder sie sagten: »Sprechen wir doch lieber über dich ...« Das alles war keine Hexerei. Trotzdem hatte Maximilien das Gefühl, eine engere Beziehung zu knüpfen, wenn er sich bereit erklärte, mit einer Maschine zu plaudern.

Noch zögerte er, aber im Grunde hatte er niemanden, mit dem er offen reden konnte. Es war unmöglich, seine Schüler oder Untergebenen ins Vertrauen zu ziehen, denn das würde sofort als Zeichen von Schwäche ausgelegt werden. Genauso unmöglich war es, einen Dialog mit dem Präfekten zu führen, der sein Vorgesetzter war. Die Hierarchie isolierte alle Menschen voneinander ... Und es war ihm auch nie gelungen, eine wirklich interessante Unterhaltung mit seiner Frau oder Tochter zu führen. Das einzige Kommunikationsmittel, das Maximilien zur Verfügung stand, war der Fernseher, der jede Menge hübscher Geschichten auf Lager hatte, dessen großer Nachteil aber darin bestand, daß man selbst ihm nichts erzählen konnte.

Vielleicht war die neue Generation von Computern imstande, diese Lücke zu füllen. Maximilien beugte sich über das Mikrofon, so als wolle er MacYavel etwas ins Ohr flüstern:

»Es handelt sich um ein Bauwerk, das ohne Genehmigung in einem Naturschutzgebiet errichtet wurde. Aus dem Innern dieser Pyramide sind Geräusche zu hören, die von Fernsehsendungen herzurühren scheinen, doch sobald ich an die Wand klopfe, verstummen sie sofort. Es gibt keine Tür, keine Fenster, nicht einmal das kleinste Loch. Ich möchte unbedingt wissen, wer sich dort versteckt.«

MacYavel stellte ihm einige konkrete Fragen, wobei sein Auge schmäler wurde, ein Zeichen größter Aufmerksamkeit. Nach kurzem Nachdenken verkündete der Computer, er sehe nur eine Möglichkeit: die Pyramide zu sprengen.

Von behutsamem Vorgehen schienen Computer nicht viel zu halten.

Maximilien selbst hatte diese extreme Lösung bisher noch nicht ins Auge gefaßt, mußte aber zugeben, daß auch er schließlich zu diesem Entschluß gekommen wäre. MacYavel hatte seinen Denkprozeß nur beschleunigt. Der Kommissar bedankte sich bei der Maschine und wollte eine neue Partie *Evolution* spielen, aber das Gerät erinnerte ihn daran, daß er vergessen hatte, seine Fische zu füttern.

In diesem Augenblick wurde Maximilien klar, daß der Computer im Begriff stand, sein Freund zu werden, und das beunruhigte ihn ein wenig, denn er hatte noch nie einen wirklichen Freund gehabt.

67. Der sexuelle Schatz

Nr. 103 hat den Skorpion besiegt. Die kleinen verwaisten Skorpione, die von weitem zugeschaut haben, suchen hastig das Weite. Sie wissen, daß sie sich von nun an allein in einer Welt zurechtfinden müssen, in der nur auf ihren Giftstachel Verlaß ist.

Die zwölf Ameisen, die eingeladen worden sind, das Wespennest zu betreten, bereiten der alten Kämpferin olfaktorische Ovationen. Und die Königin der Papierwespen erklärt sich bereit, ihr das ›Gelée royale‹ zu geben. Sie führt Nr. 103 in einen Schlupfwinkel ihrer grauen Papierstadt und bittet sie, sich etwas zu gedulden.

Die Königin konzentriert sich und würgt einen braunen Speichel hoch, der sehr stark riecht. Bei Hautflüglern können Arbeiterinnen, Soldatinnen und Königinnen ihre interne Chemie perfekt kontrollieren. Sie sind in der Lage, ihre Hormonabsonderungen zu steigern oder zu reduzieren, je nachdem, was für ihre Verdauung, für Einschlafen, Schmerzempfindlichkeit und Sensibilität erforderlich ist.

Es gelingt der Wespenkönigin denn auch mühelos, das fast ausschließlich aus Sexualhormonen bestehende ›Gelée royale‹ zu produzieren.

Nr. 103 nähert sich und will mit ihren Fühlern daran riechen, bevor sie es probiert, doch die Wespenkönigin drängt sich an sie heran und zwingt sie zu einem Mund-an-Mund-Kontakt.

Ein Kuß zwischen zwei verschiedenen Insektenarten.

Die alte rote Ameise schluckt das Zaubermittel. Alle Wespen können dieses Gelee erzeugen, aber das einer Königin ist natürlich viel stärker als das einer einfachen Arbeiterin. Der Geruch ist so intensiv, daß sogar die anderen Belokanerinnen ihn wahrnehmen.

Die braune Substanz hat einen eigenartigen Geschmack, eine Mischung von süß, sauer, salzig und pikant. Sie löst sich im Magen von Nr. 103 auf, verteilt sich in ihrem Blut, strömt durch ihren Körper und erreicht das Gehirn.

Anfangs spürt sie überhaupt nichts und glaubt schon, das Experiment sei fehlgeschlagen. Doch dann schwankt sie plötzlich, so als wäre sie einem Sturm ausgesetzt. Es ist ein unangenehmes Gefühl.

Sie stirbt! Die Wespenkönigin hat ihr Gift gegeben, und sie hat es geschluckt! Es brennt wie Feuer in ihrem Innern, und sie bedauert zutiefst, der Königin vertraut zu haben. Schließlich weiß man ja, daß Wespen die Ameisen hassen, weil ihre genetischen Nachkommen ihnen überlegen sind.

Nr. 103 erinnert sich daran, wie oft sie in ihrer kriegerischen Jugend solche Papiernester geplündert und Wespen mit Ameisensäure zur Strecke gebracht hat. Jetzt rächen sie sich an ihr.

Alles wird schrecklich dunkel, und sie hat so gräßliche Schmerzen, daß sie kaum noch einen klaren Gedanken fassen kann. Ihr ist kalt. Sie zittert am ganzen Leib. Ihre Mandibel öffnen und schließen sich, ohne daß sie es verhindern kann. Sie hat jede Kontrolle über ihren Körper verloren.

Gern würde sie die betrügerische Wespenkönigin angreifen, aber ihre Vorderbeine knicken ein.

Alles scheint in Zeitlupe vor sich zu gehen. Es dauert unendlich lang, auch nur ein Bein vors andere zu setzen.

Sie bricht zusammen.

Bilder aus der Vergangenheit ziehen an ihr vorüber, zunächst aus der unmittelbaren Vergangenheit, dann aus der weit zurückliegenden. Sie sieht sich beim Kampf mit dem Skorpion, sie sieht sich auf den Rücken der Heuschrecken, sie sieht sich bei der Durchquerung der Wüste.

Sie sieht sich bei der Flucht aus der Welt der Finger; sie sieht sich bei ihren ersten Dialogen mit den Fingern.

Es ist so, als würde ein Film rückwärts abgespult.

Sie sieht Nr. 24 wieder, ihre Freundin beim Kreuzzug, die auf der Insel Cornigera, mitten im Strom, ihre eigene freie Stadt gegründet hat. Sie sieht sich selbst zum erstenmal auf dem Rücken eines Nashornkäfers, der einen Zickzackkurs zwischen harten Regentropfen fliegen muß.

Sie erlebt noch einmal ihre erste Expedition ins Land der Finger, ihre Entdeckung des tödlichen Endes der Welt – jener Straße, wo die Fahrzeuge der Finger jedes Leben vernichten.

Sie sieht sich im Kampf mit der Eidechse, im Kampf mit dem Vogel, im Kampf mit ihren Schwestern, den Verschwörerinnen mit dem Felsengeruch.

Sie sieht den Prinzen Nr. 327 und die Prinzessin Nr. 56 wieder, die sie in das große Geheimnis eingeweiht haben. Damit hat alles begonnen: ihr aufregendes Leben als Forschungsreisende und ihre Entdeckung der Welt der Finger.

Ihr Gedächtnis hat sich verselbständigt, und sie kann die Bilder nicht abschalten.

Sie sieht sich während des Klatschmohnkrieges, als sie töten mußte, um nicht getötet zu werden. Sie sieht sich inmitten Millionen anderer Soldatinnen, die sich gegenseitig Beine, Köpfe und Fühler ausreißen.

Sie sieht sich durchs hohe Gras laufen, auf den Geruchspisten, die so angenehm nach ihren Schwestern duften.

Sie sieht sich als blutjunge Ameise in den Gängen von Bel-o-kan, wo sie sich mit älteren Soldatinnen balgte.

Die Reise in ihre Vergangenheit ist immer noch nicht zu Ende. Sie sieht sich als Puppe und als Larve! Sie trocknet im Solarium und kann sich nicht bewegen. Verzweifelt sendet sie Pheromonsignale aus, damit die überforderten Ammen sie vor den anderen Larven füttern.

Nahrung! Ammen, gebt mir etwas zu essen, ich will viel essen, um groß und stark zu werden …

Damals war ihr einziger Wunsch, schnell erwachsen zu sein.

Sie sieht sich in ihrem Kokon und wird immer kleiner.

Sie sieht sich im Ei, aufgestapelt inmitten anderer Eier. Eine winzige Kugel, gefüllt mit klarer Flüssigkeit. Das war auch schon sie, Nr. 103!

Bevor ich eine Ameise wurde, war ich eine weiße Kugel.

Sie glaubt, nun sei der Ausflug in die Vergangenheit endgültig vorbei, doch aus ihrem Gedächtnis steigen immer noch Bilder auf.

Sie erlebt den Augenblick ihrer Geburt. Sie kehrt in den Mutterleib zurück und sieht sich als soeben befruchtete Eizelle.

Bevor ich eine weiße Kugel wurde, war ich eine gelbe Kugel.

Noch weiter zurück. Männliche und weibliche Zellen treffen aufeinander. Das ist der Augenblick, der über die ganze Zukunft entscheidet: Männchen, Weibchen oder Neutrum.

Die Eizelle zittert.

Männchen, Weibchen, Neutrum?

Die Eizelle tanzt. Seltsame Flüssigkeiten vermischen

sich in ihrem Kern, bilden warme, schillernde Substanzen. Die Chromosomen greifen nacheinander. X, Y, XY, XX? Das weibliche Chromosom trägt den Sieg davon.

Es ist tatsächlich wahr geworden! Das ›Gelée royale‹ hat die allererste Weichenstellung korrigiert, die für ihr Geschlecht entscheidend war.

Nr. 103 ist jetzt ein Vollweibchen, eine Prinzessin!

In ihrem Kopf explodiert ein Feuerwerk, so als hätte ihr Gehirn plötzlich viele Klappen geöffnet, um Licht einzulassen.

Alle Sinne sind geschärft. Nr. 103 nimmt alles stärker wahr, und das ist durchaus schmerzhaft. Ihr ganzer Körper vibriert, vor ihren Augen kreisen farbige Scheiben, und ihre Fühler prickeln so, als hätte man sie in Alkohol getaucht. Ob sie gleich abfallen werden?

Am liebsten würde sie sich irgendwo verkriechen, denn die Informationsflut droht ihr Gehirn zu sprengen. Töne, Gerüche, Bilder, ungekannte Emotionen, abstrakte Ideen ... Alles ist anders, viel subtiler und komplizierter, als sie jemals für möglich gehalten hätte.

Sie begreift, daß sie bis jetzt nur halb gelebt hat. Ihr Horizont ist weiter geworden. Sie kann jetzt etwa 30 Prozent ihrer Gehirnkapazität nutzen, anstatt wie bisher nur 10 Prozent.

Oh, es ist herrlich, sich durch die Macht der Chemie in ein sensibles Vollweibchen verwandelt zu haben, nachdem man sein Leben lang ein geschlechtsloses Wesen war!

Langsam nimmt sie auch ihre Umgebung wieder wahr. Sie befindet sich in einem Wespennest, und wegen der künstlichen Wärme in diesem grauen Papierbau weiß sie nicht einmal, ob Tag oder Nacht ist. Wahrscheinlich ist die Nacht längst hereingebrochen. Oder ist es vielleicht sogar schon Morgen?

Wie viele Stunden, Tage oder Wochen sind vergangen, seit sie das ›Gelée royale‹ geschluckt hat? Sie hat nicht bemerkt, wie die Zeit verging. Sie hat Angst.

Die Wespenkönigin sagt etwas...

68. Sport und Philosophie

»Wir fangen heute mit einem kleinen Wettlauf an. Sie stellen sich jetzt in einer Reihe auf, rennen auf mein Signal hin los und drehen acht Runden. Ich stoppe, wie lange jeder braucht. Auf die Plätze, fertig, los!«

Ein schriller Pfeifton ertönt.

Auf dem Stundenplan stand als erstes der Sportunterricht. Julie und die Sieben Zwerge setzten sich notgedrungen in Bewegung. Viel lieber hätten sie jetzt in ihrem Musikraum neue Lieder einstudiert. Natürlich kamen sie als letzte ins Ziel.

»Sie rennen wohl nicht gern, Julie, was?«

Julie zuckte nur mit den Schultern, ohne die Turnlehrerin einer Antwort zu würdigen. Die Frau war sehr robust gebaut; in ihrer Jugend hatte sie als Schwimmerin sogar an Olympischen Spielen teilgenommen, und damals hatte man sie mit männlichen Hormonen vollgestopft.

Die nächste Turnübung bestand darin, an einem Seil hochzuklettern. Julie schaffte es, sich einen knappen Meter hochzuziehen, bevor sie wieder auf den Boden sprang.

»Wozu soll das gut sein?« protestierte sie. »Wir leben doch nicht mehr im Dschungel. Heutzutage gibt es überall Treppen und Aufzüge.«

Die Turnlehrerin drehte ihr empört den Rücken zu und beschäftigte sich mit anderen Schülern, denen mehr daran lag, ihre Muskulatur zu entwickeln.

Nach der Pause folgte die Deutschstunde, bei der nur randaliert wurde. Die Lehrerin konnte sich nicht durchsetzen und wurde mit Papierkügelchen bombardiert. Julie hatte Mitleid mit der Frau, traute sich aber nicht, gegen die Schikanen ihrer Mitschüler zu protestieren. Lehrer anzugreifen war viel einfacher, als sich gegen die Klassengemeinschaft zu stellen.

Die Klingel bereitete dem Chaos ein Ende. Der Philosophielehrer betrat das Klassenzimmer und grüßte seine hinauseilende Kollegin mit betonter Höflichkeit. Im Gegensatz zu ihr war er sehr beliebt, weil er eine lockere Art hatte, witzige Bemerkungen machte und den Eindruck vermittelte, als wüßte er alles und hätte vor nichts Angst. Viele Mädchen schwärmten für ihn, und manche vertrauten ihm sogar ihre Probleme an. Auch die Rolle eines verständnisvollen Beraters beherrschte er perfekt.

Sein heutiges Thema war die ›Revolte‹. Er schrieb das Zauberwort an die Tafel, legte eine wirkungsvolle Pause ein und begann:

»Im Leben stellt man sehr schnell fest, daß es am einfachsten ist, immer ›ja‹ zu sagen. Auf diese Weise kann man sich perfekt in die Gesellschaft integrieren. Man wird überall mit offenen Armen aufgenommen, wenn man kritiklos zustimmt. Es kommt jedoch der Moment, wo dieses ›Ja‹, das bisher Türen öffnete, sie plötzlich verschließt. Vielleicht kennzeichnet der Augenblick, wo man ›nein‹ zu sagen lernt, den Übergang zum Teenageralter.«

Es war ihm wieder einmal gelungen, seine Schüler mühelos zu fesseln.

»Das ›Nein‹ besitzt mindestens genauso viel Macht wie das ›Ja‹. Das ›Nein‹ ist die Freiheit, anders zu denken. Es ist eine Demonstration des eigenen Charakters und erschreckt alle Jasager.«

Der Philosophielehrer ging während seines Vortrags am liebsten im Klassenzimmer auf und ab, blieb manchmal stehen oder setzte sich auf eine Tischkante, um irgendeinem Schüler seine besondere Aufmerksamkeit zu schenken.

»Doch ebenso wie das ›Ja‹ hat auch das ›Nein‹ seine Grenzen. Wenn Sie immer und zu allem ›nein‹ sagen, werden Sie völlig vereinsamen und sich selbst blockieren. Erwachsen ist man, wenn man gelernt hat, ein Gleichgewicht zwischen ›Ja‹ und ›Nein‹ zu finden: Man stimmt nicht allem zu, aber man lehnt auch nicht alles pauschal ab. Man will sich nicht mehr um jeden Preis in die Gesellschaft integrieren – oder sie verwerfen. Zwei Kriterien müssen für die Wahl zwischen ›Ja‹ und ›Nein‹ entscheidend sein. Erstens die Analyse der mittel- und langfristigen Konsequenzen, zweitens die Intuition. Nach bestem Wissen und Gewissen entweder ›ja‹ oder ›nein‹ zu sagen, ist eine hohe Kunst. Wer sie beherrscht, ist für Führungspositionen prädestiniert, aber nicht nur das! Viel wichtiger ist, daß er sich selbst unter Kontrolle hat.«

Die Mädchen in den ersten Reihen hingen an seinen Lippen, lauschten aber mehr dem Klang seiner Stimme als seinen Worten. Der Lehrer schob seine Hände in die Jeanstaschen und setzte sich auf Zoés Pult.

»Zusammenfassend möchte ich Ihnen ein altes Sprichwort ins Gedächtnis rufen: ›Es ist töricht, mit zwanzig kein Anarchist zu sein ... aber noch törichter ist es, Anarchist zu sein, wenn man älter als dreißig ist.«

Er schrieb den Satz an die Tafel, und die Schüler notierten ihn oder sagten ihn leise vor sich hin, um ihn sich einzuprägen, für den Fall, daß sie beim mündlichen Abitur danach gefragt würden.

»Und wie alt sind Sie, Monsieur?« fragte Julie.

»Neunundzwanzig«, grinste der Lehrer. »Eine Zeitlang bin ich also noch Anarchist. Nutzen Sie das aus.«

»Und was bedeutet es, Anarchist zu sein?« wollte Francine wissen.

»Weder einen Gott noch einen Meister zu haben. Sich als freier Mensch zu fühlen. Ich fühle mich frei und möchte Ihnen beibringen, es ebenfalls zu sein.«

»Das sagt sich so leicht«, wandte Zoé ein, »aber hier in der Schule sind Sie unser Herr und Gebieter, und wir müssen Ihnen zuhören, ob wir nun wollen oder nicht.«

Bevor dem Lehrer eine kluge Antwort einfiel, flog die Tür weit auf, und der Direktor stürmte ins Zimmer.

»Bleiben Sie sitzen!« rief er. »Ich habe Ihnen etwas Wichtiges mitzuteilen. Auf dem Schulgelände treibt sich ein Brandstifter herum. Vor einigen Tagen brannte ein Müllcontainer, und dann hat der Hausmeister in der Nähe der Hintertür, die bekanntlich aus Holz ist, einen Molotowcocktail gefunden! Unsere Schule ist zwar ein Betonbau, aber unter der Deckenverkleidung befindet sich Glaswolle, und vieles besteht aus Kunststoff, der nicht nur leicht entflammbar ist, sondern auch noch giftige Dämpfe verströmt. Deshalb habe ich sofort die bestmöglichen Brandschutzmaßnahmen treffen lassen. Wir verfügen jetzt über acht Hydranten mit Löschschläuchen, die innerhalb von Sekunden in jedem Winkel unseres Geländes eingesetzt werden können.«

Eine Sirene ertönte, aber der Direktor ließ sich davon nicht stören. »Außerdem habe ich die Hintertür mit Blech verkleiden lassen«, fuhr er fort, »so daß sie jetzt feuerfest ist. Die Sirene, die Sie gerade hören, bedeutet in Zukunft, daß es irgendwo brennt. Sollten Sie sie hören, verlassen Sie sofort Ihr Klassenzimmer, aber ohne zu drängeln, und begeben sich auf den Hof vor dem Haupteingang. Wir werden jetzt eine Übung abhalten.«

Die Sirene heulte ohrenbetäubend. Erfreut über die Abwechslung, eilten die Schüler ins Freie. Im Hof zeigten ihnen Feuerwehrleute, wie man die Hydranten öffnete und die Schläuche abrollte. Außerdem wurde ihnen erklärt, daß man feuchte Tücher über Türen werfen und sich bükken müsse, um unter den Rauchwolken Sauerstoff zu atmen. Inmitten des ganzen Durcheinanders sprach der Direktor plötzlich Ji-woong an:

»Sie bereiten sich doch auf das Konzert vor, hoffe ich? Vergessen Sie nicht, es ist schon übermorgen.«

»Wir haben sehr wenig Zeit für die Proben.«

Der Direktor überlegte kurz und verkündete: »Gut, ausnahmsweise befreie ich Sie vom Unterricht. Sie müssen sich dieses Privilegs aber auch würdig erweisen.«

Endlich verstummte die Sirene. Julie und die Sieben Zwerge zogen sich in ihren Musikraum zurück und arbeiteten den ganzen Nachmittag. Bis zum Abend hatten sie drei fertige Lieder, und zwei weitere waren fast ausgearbeitet. Die Texte entnahmen sie größtenteils der *Enzyklopädie*, und dann komponierten sie die dazu passende Musik.

69. Enzyklopädie

Kriegsinstinkt: Liebe deine Feinde. Das ist die beste Methode, ihnen auf die Nerven zu gehen.

EDMOND WELLS,
Enzyklopädie des relativen und absoluten Wissens, Band III

70. Aufbruch vom Eichenturm

Ihr müßt aufbrechen.

Die Wespenkönigin verleiht ihrer Aufforderung Nachdruck, indem sie mit einem Fühler ungeduldig auf den Schädel der Ameise trommelt, während sie mit dem anderen unmißverständlich zum Horizont deutet. Auch Gastfreundschaft hat ihre Grenzen.

In Bel-o-kan pflegten die alten Ammen zu sagen: *Jedes Wesen muß eine Metamorphose durchmachen. Wer diese Chance verpaßt, lebt nur ein halbes Leben.*

Für Nr. 103 beginnt jetzt der zweite Teil ihres Lebens. Zwölf zusätzliche Jahre sind ihr geschenkt worden, und sie will diese Zeit voll nutzen. Sie ist jetzt ein Vollweibchen, eine Prinzessin, und wenn sie einem Männchen begegnet, kann sie Kinder haben.

Die zwölf jungen Ameisen fragen die neue Prinzessin, welche Richtung sie einschlagen sollen. Auf der Erde wimmelt es immer noch von Heuschrecken, und Nr. 103 entscheidet, es sei am sichersten, sich auf Ästen nach Südwesten zu begeben.

Die zwölf sind einverstanden. Sie klettern den mächtigen Eichenturm hinab und hangeln sich von Ast zu Ast. Manchmal müssen sie große Sprünge machen oder sich wie Trapezkünstler durch die Luft schwingen, um ein fernes Blatt zu erreichen.

Es dauert lange, bis der bittere Geruch der Heuschrekken ein wenig nachläßt. Vorsichtig steigt die Gruppe – Nr. 103 allen voran – am Stamm einer Sykomore hinab und betritt festen Boden. Der Heuschreckenteppich ist höchstens zwanzig Meter von ihnen entfernt.

Nr. 5 signalisiert ihren Gefährtinnen, daß man sich möglichst unauffällig in Gegenrichtung entfernen sollte, aber diese Vorsichtsmaßnahme erweist sich als überflüssig, denn plötzlich erhebt sich der ganze mörderische Schwarm in die Lüfte.

Es ist ein eindrucksvoller Anblick. Die Beinmuskeln der Heuschrecken sind tausendmal so kräftig wie die von Ameisen, deshalb können sie mit einem einzigen Sprung eine Höhe erreichen, die der zwanzigfachen Körperlänge entspricht. Dort oben breiten sie dann ihre vier Flügel aus und bewegen sie mit erstaunlicher Geschwindigkeit, um sich noch höher in die Lüfte zu schwingen. Natürlich erzeugt ein solcher Massenaufbruch einen ohrenbetäubenden Lärm, und Kollisionen sind unvermeidlich. So manche Heuschrecke wird von ihren Artgenossen verstümmelt oder zerquetscht.

Der Schwarm hinterläßt eine völlig kahlgefressene Region. Es gibt keine Gräser, keine Blumen und keine Beeren mehr, und sogar die meisten Bäume haben ihre Blätter verloren.

Prinzessin Nr. 103, die ihnen nachblickt, kann beim besten Willen nicht verstehen, welches Interesse die Natur daran hat, Heuschrecken hervorzubringen. Vielleicht sind sie mit der Wüste verbündet, um jedes Tier- und Pflanzenleben zu vernichten und nur mineralische Substanzen übrig zu lassen?

Nr. 103 kehrt der verwüsteten Landschaft den Rücken zu, weil es ein so desolater Anblick ist. Sie muß jetzt über die drei großen Besonderheiten der Finger nachdenken: Humor, Liebe und Kunst. Nr. 10, die diese Gedanken riecht, nähert sich und schlägt ihr vor, ein Gedächtnispheromon zu produzieren, in dem sie alles sammeln wird, was die Prinzessin ihr anvertraut, nachdem deren Gedächtnis und analytisches Denken jetzt ja besonders geschärft sind. Sie hebt ein Insektenei auf, in dem die duftende Flüssigkeit aufbewahrt werden soll.

Nr. 103 stimmt zu. Sie hatte selbst schon daran gedacht, ihre Erinnerungen auf diese Weise festzuhalten, aber bei ihren unzähligen Abenteuern hatte sie das mit Informationen gefüllte Ei irgendwo verloren. Jetzt freut sie sich, daß Nr. 10 diese wichtige Aufgabe übernehmen will.

Die dreizehn Ameisen schlagen den Weg nach Südwesten ein, in Richtung ihrer Geburtsstadt Bel-o-kan.

71. Tabula rasa mit der Vergangenheit

Freitag morgen, einen Tag vor dem großen Auftritt. Julie träumte noch. Sie stand vor dem Mikrofon und brachte keinen Ton heraus. Ein Blick in den Spiegel verriet ihr, daß sie keinen Mund mehr hatte, nur noch ein großes glattes Kinn. Sie konnte weder sprechen noch schreien noch singen. Um sich verständlich zu machen war es ihr nur noch möglich, die Brauen zu heben oder mit den Augen zu rollen. Das Mikrofon lachte höhnisch. Sie weinte über ihren verlorenen Mund. Auf dem Schminktisch lag ein Rasiermesser, und sie wollte sich einen neuen Mund schneiden, hatte aber Angst vor der Verstümmelung. Um sich die Operation zu erleichtern, malte sie zunächst mit Lippenstift die Umrisse eines Mundes auf ihre Haut. Dann führte sie die Klinge zur Mitte ihrer Zeichnung …

Julies Mutter riß die Zimmertür laut auf. »Es ist neun Uhr, Julie. Ich weiß, daß du nicht mehr schläfst. Steh auf, wir müssen uns unterhalten.«

Julie rieb sich die Augen und tastete unwillkürlich nach ihrem Mund. Sie spürte die beiden feuchten Lippen. Uff! Auch ihre Zunge und ihre Zähne waren noch vorhanden.

Ihre Mutter stand auf der Schwelle und fixierte sie eisig. »Los, steh auf!«

»O nein, Mama, noch nicht, nicht so früh!«

»Ich muß mit dir reden. Seit dem Tod deines Vaters lebst du so weiter, als wäre überhaupt nichts geschehen. Bist du denn völlig herzlos? Er war doch dein Vater!«

Julie versteckte ihren Kopf unter dem Kissen, um nichts mehr zu hören.

»Du amüsierst dich, du treibst dich mit einer Schülerbande herum. Letzte Nacht hast du nicht einmal zu Hause geschlafen. Über all das müssen wir sprechen.«

Julie lugte unter dem Kissen hervor. Ihre Mutter hatte weiter abgenommen.

Gastons Tod schien seiner Witwe neuen Aufschwung verliehen zu haben. Sie probierte nicht nur erfolgreich eine neue Diät aus, sondern machte auch eine Psychoanalyse, weil sie nicht nur ihren Körper verjüngen, sondern auch ihren Geist entschlacken wollte.

Julie wußte, daß ihre Mutter einen *Rebirth*-Psychoanalytiker konsultierte. Diese Spezialisten, die derzeit sehr ›in‹ waren, durchforsteten nicht nur die ganze Kindheit ihrer Patienten nach vergessenen Traumata, sondern versetzten sie sogar in den noch ferneren fötalen Zustand zurück. Julie fragte sich, ob ihre Mutter, die ihre Kleidung stets sorgfältig auf ihr spirituelles Alter abstimmte, demnächst einen Strampelanzug mit Windelhöschen tragen oder sich sogar mit einer Nabelschnur aus Plastik schmücken würde.

Immerhin war es noch ein Glück, daß sie nicht bei einem Analytiker gelandet war, der sich auf ›Reinkarnation‹ spezialisiert hatte! Andernfalls würde sie sich bestimmt in die Gewänder jener Person hüllen, die sie in ihrem früheren Leben gewesen war.

»Julie, los, sei nicht kindisch! Steh auf!«

Julie rollte sich unter der Bettdecke zu einer Kugel zusammen und steckte ihre Finger in die Ohren. Nichts sehen, nichts hören, nichts spüren.

Ihre Mutter hob jedoch die Decke hoch und beugte sich über sie. »Julie, ich meine es ernst. Wir müssen uns aussprechen.«

»Laß mich schlafen, Mama!«

Der Blick der Mutter fiel auf ein Buch auf dem Nachttisch. *Enzyklopädie des relativen und absoluten Wissens* von Professor Edmond Wells, Band III.

Julies Psychotherapeut hatte dieses Werk erwähnt, und

weil ihre Tochter immer noch unter der Decke verkrochen war, nahm sie es geräuschlos an sich. »Also gut, du kannst noch eine Stunde schlafen, aber dann werden wir uns unterhalten.«

Sie trug das Buch in die Küche und blätterte darin. Die Rede war von Revolutionen, von Ameisen, von der Infragestellung der bestehenden Gesellschaftsordnung, von Kampfstrategien und Techniken der Massenmanipulation. Es gab sogar Anleitungen zur Herstellung von Molotowcocktails.

Der Psychotherapeut hatte recht. Nur gut, daß er sie angerufen hatte, um sie vor diesem Edmond Wells zu warnen, dessen Buch einen verderblichen Einfluß auf ihre Tochter ausüben könne. Es war ein subversives Werk, dessen war sie sich ganz sicher, und deshalb versteckte sie es auf dem obersten Regal des Wandschranks.

»Wo ist mein Buch?«

Julies Mutter beglückwünschte sich, endlich den Schlüssel des Problems gefunden zu haben. Wenn man einen Drogensüchtigen seines Rauschgifts beraubte, litt er unter Entzugserscheinungen. Ihre Tochter war immer noch auf der Suche nach einer Leitfigur, nach einem Vater. Früher hatte es jenen komischen Gesangslehrer gegeben, und jetzt war es diese mysteriöse Enzyklopädie. Sie nahm sich fest vor, das Werk Seite für Seite zu vernichten, bis Julie endlich einsehen würde, daß es für sie nur eine einzige Zuflucht gab: ihre Mutter.

»Ich habe es zu deinem Besten versteckt. Eines Tages wirst du mir dafür dankbar sein.«

»Gib mir mein Buch zurück!« knurrte Julie.

»Es ist sinnlos, mich umstimmen zu wollen.«

Julie ging auf den Wandschrank zu, in dem ihre Mutter immer alles versteckte. Langsam und überdeutlich sagte sie wieder: »Gib es mir sofort zurück!«

»Bücher können gefährlich sein! *Das Kapital* hat zu siebzig Jahren Kommunismus geführt.«

»Ja, und das *Neue Testament* hat fünfhundert Jahre Inquisition bewirkt.«

Julie entdeckte die *Enzyklopädie* und befreite sie aus ihrem Gefängnis. Dieses Buch brauchte sie – und wie sehr sie es brauchte.

Ihre Mutter sah tatenlos zu, als sie das Werk an ihre Brust drückte, im Flur den langen schwarzen Regenmantel, der ihr bis zu den Knöcheln reichte, vom Garderobenhaken riß und über ihr Nachthemd zog, das Buch in ihren Rucksack stopfte und hinausrannte.

Achille folgte dem jungen Mädchen, sehr zufrieden, weil die Menschen endlich begriffen hatten, daß er am liebsten morgens und in flottem Tempo spazierenging.

»Wuff, wuff, wuff«, bellte er glücklich.

»Julie, komm sofort zurück!« rief die Mutter an der Haustür.

Ihre Tochter hielt ein freies Taxi an.

»Wohin soll's denn gehen, junge Dame?«

Julie nannte die Adresse ihres Gymnasiums. Sie mußte so schnell wie möglich einen der Sieben Zwerge treffen.

72. Unterwegs

Geld: Das Geld ist eine einzigartige Erfindung der Finger. Sie haben sich diesen raffinierten Mechanismus ausgedacht, um keine sperrigen Gegenstände tauschen zu müssen.

Anstatt eine große Menge Lebensmittel mit sich zu führen, nehmen sie einfach bemalte Papierstücke, die den gleichen Wert wie die Lebensmittel haben. Weil alle Welt damit einverstanden ist, kann dieses sogenannte ›Geld‹ gegen Nahrung eingetauscht werden.

Spricht man mit Fingern über Geld, so beteuern sie, daß sie es nicht lieben und zutiefst bedauern, in einer Gesellschaft leben zu müssen, wo nur das Geld zählt. Ihre historischen Dokumentarfilme beweisen jedoch, daß es vor der Erfindung des Geldes nur ein einziges Mittel gab, Reichtümer zu erwerben: Plünderung.

Das heißt, daß die gewalttätigsten Finger irgendwo auftauch-

ten, die Männchen töteten, die Weibchen zur Paarung zwangen und alle Güter stahlen.

Draußen ist es kühl geworden, und Nr. 10 nutzt die Ruhepause aus, um Nr. 103 im Schutz einer Höhle zu befragen und das Gedächtnispheromon mit diesen wertvollen Informationen über Leben und Sitten der Finger zu bereichern. Die Prinzessin läßt sich nicht lange bitten und berichtet bereitwillig.

Auch die anderen Ameisen lauschen ihr aufmerksam. Nach dem Thema Geld kommt sie auf das Thema Fortpflanzung der Finger zu sprechen. Im Fernsehen hat sie immer besonders gern die ›pornografischen Filme‹ betrachtet.

Die zwölf Ameisen rücken noch näher heran, um jede Einzelheit besser riechen zu können.

»Was sind ›pornografische Filme‹?« fragt Nr. 16.

Nr. 103 erklärt, daß die Finger ihrer Paarung große Bedeutung beimessen. Sie filmen die besten Paare, damit die miserablen sich an ihnen ein Beispiel nehmen können.

»Und was sieht man in diesen pornografischen Filmen?«

Nr. 103 hat nicht alles verstanden, aber meistens verschluckt das Weibchen zunächst das Geschlechtsorgan des Männchens, und dann schieben sie sich übereinander, wie es auch die Bettwanzen tun.

»Sie vereinigen sich nicht im Flug, mit weit ausgebreiteten Flügeln?« fragt Nr. 9.

»Nein, die Finger pflanzen sich am Boden fort«, sagt Nr. 103. *»Sie wälzen sich wie die Schnecken, und oft sabbern sie auch wie die Schnecken.«*

Die Ameisen sind an dieser primitiven Fortpflanzungsform sehr interessiert. Alle wissen, daß die Vorfahren der Ameisen vor über 120 Millionen Jahren sich mit einer Sexualität dieser Art zufriedengeben mußten. Sie blieben am Boden und schoben sich einfach übereinander. Die Ameisen sagen sich, daß die Finger auf diesem Gebiet noch sehr rückständig sind. Die dreidimensionale Liebe beim Fliegen ist doch viel aufregender als die zweidimensionale, bei der man am Boden klebt.

Draußen wird es wärmer.

Jetzt darf man keine Zeit mehr mit Plaudereien vergeuden. Die dreizehn Ameisen müssen sich beeilen, wenn sie ihre Stadt vor der schrecklichen Bedrohung des weißen Schilds retten wollen.

Prinzessin Nr. 103 marschiert voraus und ist wie berauscht vor Glück, weil sie jetzt eine geschlechtsfähige Ameise ist. Sogar ihr Johnston-Organ, mit dem sie die irdischen Magnetfelder aufspüren kann, funktioniert jetzt noch besser als früher.

Das Leben ist schön. Die Welt ist schön.

Die Erdrinde ist von Adern magnetischer Energie durchzogen, die sie jetzt, als Prinzessin, fast sehen kann, so als wären es lange Wurzeln. Sie rät den anderen, immer auf einem solchen Schwingungskanal zu marschieren.

Indem man den unsichtbaren Adern der Erde folgt, respektiert man sie, und im Gegenzug beschützt sie uns.

Sie denkt an die Finger, die nichts von Magnetfeldern wissen. Sie bauen ihre Autobahnen aufs Geratewohl, sie versperren uralte Migrationspisten der Tiere mit Mauern, und sie errichten ihre Nester an magnetisch unheilvollen Orten und wundern sich hinterher, daß sie Kopfschmerzen haben.

Früher gab es offenbar einige Finger, die das Geheimnis der irdischen Magnetfelder kannten. Das hat Nr. 103 im Fernsehen gehört. Im Mittelalter noch warteten die Finger, bis ihre Priester einen positiven Magnetknoten entdeckten, bevor sie einen Tempel bauten. So machen es auch die Ameisen: Bevor sie ihre Stadt errichten, suchen sie einen ›magnetischen Knotenpunkt‹. Doch seit der Renaissance glauben die Finger, alles nur mit ihrem Verstand bewerkstelligen zu können und die Natur nicht mehr befragen zu müssen, bevor sie etwas unternehmen.

Die Finger versuchen nicht mehr, sich der Erde anzupassen, sie wollen, daß die Erde sich ihnen anpaßt, denkt die Prinzessin.

73. Enzyklopädie

Strategie der Manipulation: Die Bevölkerung läßt sich in drei Gruppen einteilen. Es gibt Menschen, die sich vorwiegend der visuellen Sprache bedienen, jene, die sich vorwiegend der auditiven Sprache bedienen, und jene, die sich vorwiegend der Körpersprache bedienen. Die Visuellen sagen ganz spontan: »Du siehst«, denn sie sprechen nur in Bildern. Sie beschreiben alles mit Farben: »Das ist hell, das ist durchsichtig, das ist verschwommen«, und sie verwenden mit Vorliebe Ausdrücke wie: »Ein rosiges Leben«, »blaumachen« etc.

Die Auditiven sagen ganz spontan: »Du hörst«. Sie lieben sonore Wörter, die an Geräusche und Musik erinnern: »Taubes Ohr«, »Glockenton«, und ihre Lieblingsadjektive sind: »Melodisch«, »schrill«, »hochtönend« etc.

Die Sensitiven sagen ganz spontan: »Du spürst«. Sie lieben Ausdrücke wie: »Viel am Hals haben«, »zum Anbeißen« und Adjektive wie »kalt«, »heiß« etc.

Die Zugehörigkeit zu einer dieser Gruppen kann man an der Art erkennen, wie ein Gesprächspartner seine Augen bewegt. Wenn er auf die Bitte hin, sich an etwas zu erinnern, die Augen nach oben richtet, ist er ein visueller Typ. Richtet er seinen Blick seitwärts, so ist er ein auditiver Typ, und senkt er die Augen, ist er ein sensitiver Typ.

Wenn man das weiß, kann man seinen Gesprächspartner beeinflussen, indem man sich seines jeweiligen Lieblingswortschatzes bedient. Ist das erst einmal geschafft, ist es möglich, ihn durch gezielten Körperkontakt zusätzlich zu manipulieren. Dazu muß man einen Druck auf irgendeine Körperpartie ausüben, während man eine wichtige Botschaft übermittelt. Sagt man beispielsweise: »Ich verlasse mich darauf, daß du diese Arbeit gut machst« und übt gleichzeitig einen leichten Druck auf den Unterarm aus, wird der andere sich von nun an immer stimuliert fühlen, wenn dieser Druck wiederholt wird. Das ist eine Form des sensorischen Erinnerungsvermögens.

Aber Vorsicht! Das kann durchaus auch zu unerwünschten Resultaten führen. Ein Psychotherapeut, der seinem Patienten bei der Begrüßung auf die Schulter klopft und ihn bemitleidet: »Na, mein armer Freund, es geht Ihnen also noch nicht besser«, kann vorzügliche Therapiearbeit leisten, und trotzdem wird der Patient sofort wieder Trübsal blasen, wenn der Therapeut ihm beim Abschied erneut auf die Schulter klopft.

EDMOND WELLS,
Enzyklopädie des relativen und absoluten Wissens, Band III

74. Schweine und Philosophen

Der Fahrer war sehr gesprächig. Er mußte sich, allein in seinem Taxi, zu Tode gelangweilt haben, denn nun redete er ununterbrochen auf das junge Mädchen ein. Nach fünf Minuten wußte Julie über sein ganzes Leben Bescheid, das natürlich besonders uninteressant war.

Weil sie hartnäckig schwieg, erzählte er ihr einen Witz:

»Drei Ameisen gehen in Paris auf den Champs-Élysées spazieren, und plötzlich hält neben ihnen ein Rolls Royce, in dem eine Grille sitzt, die ein teures Kostüm mit Pelzbesatz und Pailetten trägt. Sie öffnet das Autofenster und ruft: ›Hallo, Freunde!‹ Die Ameisen betrachten erstaunt die Grille, die Kaviar ißt und Champagner trinkt. ›Hallo‹, antworten sie, ›dir scheint es ja sehr gut zu gehen.‹ – ›O ja, das Showbusineß bringt heutzutage ganz schön was ein. Ich bin ein Star. Möchtet ihr auch ein bißchen Kaviar?‹ – ›Äh … nein, danke‹, murmeln die Ameisen. Die Grille schließt das Fenster und befiehlt ihrem Chauffeur weiterzufahren. Die drei Ameisen sehen einander verblüfft an, und schließlich spricht eine aus, was alle denken: ›Da sieht man mal wieder, was Fabeln mit der Wirklichkeit zu tun haben.‹«

Der Fahrer lachte schallend über seinen eigenen Witz.

Julie verzog höflichkeitshalber leicht die Mundwinkel und dachte insgeheim, daß die Leute immer öfter Witze erzählten, um keine echten Dialoge führen zu müssen. Auch das war symptomatisch für den geistigen Niedergang.

»Wollen Sie noch einen hören?« Ohne Julies Antwort abzuwarten, legte der Fahrer wieder los.

Die Hauptstraße von Fontainebleau wurde von demonstrierenden Landwirten blockiert, die höhere Subventionen und ein Importverbot für ausländisches Fleisch verlangten. »Retten wir die französische Landwirtschaft!« und »Tod allen importierten Schweinen!« stand auf ihren Transparenten.

Die Männer hatten einen Lastwagen gestoppt, der Schweine aus Ungarn transportierte; sie begossen die Käfige der Tiere mit Benzin und warfen brennende Streichhölzer hinein. Die Schreie der Schweine, die bei lebendigem Leibe verbrannten, waren grauenhaft. Julie hätte nie gedacht, daß ein Tier fast wie ein Mensch schreien könnte. Und auch der Gestank verbrannter Haut war grauenhaft. In ihrer Todesstunde schienen die Schweine ihre Verwandtschaft mit den Menschen demonstrieren zu wollen.

Julie fiel plötzlich ein, daß der Biologielehrer einmal gesagt hatte, das Schwein sei das einzige Tier, das sich für eine Organtransplantation auf den Menschen eigne. Den Tod dieser unbekannten Verwandten mitansehen zu müssen, war einfach unerträglich. Die Schweine schienen ihr flehende Blicke zuzuwerfen. Ihre Haut war rosig. Ihre Augen waren blau.

Julie warf dem Taxifahrer einen Geldschein hin, stürzte aus dem Wagen und flüchtete zu Fuß.

Völlig atemlos erreichte sie das Gymnasium und hoffte, im Musikraum verschwinden zu können, bevor jemand sie sah.

»Julie! Was machen Sie denn heute morgen hier? Ihre Klasse hat doch gar keinen Unterricht.«

Dem Philosophielehrer war das rosa Nachthemd, das unter dem langen Mantel hervorlugte, nicht entgangen. »Sie werden sich erkälten.«

Er schlug ihr vor, etwas Heißes in der Cafeteria zu trinken, und weil ihre Freunde sowieso noch nicht da waren, willigte sie ein.

»Sie sind nett, ganz anders als die Mathelehrerin, die mich immer fertigmachen möchte.«

»Wissen Sie, Julie, wir Lehrer sind Menschen wie alle anderen auch. Es gibt nette und weniger nette, intelligente und weniger intelligente, freundliche und weniger freundliche. Das Problem besteht darin, daß Lehrer tagtäglich die Gelegenheit haben, mindestens dreißig junge Leute zu beeinflussen, und das ist eine enorme Verantwortung. Wir sind sozusagen die Gärtner der Gesellschaft von morgen, verstehst du?«

Er ging plötzlich dazu über, sie zu duzen.

»Ich für meine Person hätte Angst, Lehrerin zu sein«, sagte Julie. »Wenn ich sehe, wie die Deutschlehrerin sich schikanieren läßt, läuft es mir immer kalt über den Rükken.«

»Du hast recht. Wenn man unterrichten will, muß man nicht nur sein Fach beherrschen, sondern sollte auch ein guter Psychologe sein. Unter uns gesagt – ich glaube, allen Lehrern ist bei dem Gedanken, vor einer Klasse stehen zu müssen, etwas mulmig zumute. Deshalb tarnen sich manche mit Autorität, andere tun so, als wären sie allwissend, und wieder andere – darunter ich – spielen den Kumpel.«

Er schob seinen Plastikstuhl zurück und holte einen Schlüsselbund aus der Tasche. »Ich muß jetzt unterrichten, aber wenn du dich ein wenig ausruhen und frischmachen möchtest, kannst du das gern in meiner Wohnung tun. Ich wohne gleich dort drüben, in dem Eckhaus, dritter Stock links. Wenn man von zu Hause ausgerissen ist, braucht man irgendeinen Ruhepol.«

Sie lehnte sein Angebot dankend ab. Ihre Freunde von der Rockgruppe müßten bald hier sein, und sie würden sie bestimmt gern beherbergen.

Der Lehrer betrachtete sie wohlwollend, und sie hatte das Gefühl, ihm seine Freundlichkeit irgendwie vergelten zu müssen. Ohne ihr Gehirn einzuschalten, stammelte sie: »Das Feuer im Müllcontainer ... das habe *ich* gelegt!«

Dieses Geständnis schien den Lehrer nicht allzusehr zu schockieren. »Mmmm ... du handelst kurzsichtig. Die Schule ist doch nur ein Mittel zum Zweck, und du solltest dich ihrer aktiv bedienen, anstatt sie passiv zu erdulden. Dieses Schulsystem soll euch doch helfen, stärker, selbstbewußter und kritischer zu werden. Du hast Glück, dieses Gymnasium besuchen zu dürfen. Es bereichert dich, auch wenn du dich hier nicht wohl fühlst. Und es ist ein großer Fehler, etwas zerstören zu wollen, nur weil man es nicht zu nutzen versteht.«

75. In Richtung Silberfluss

Die dreizehn Ameisen benutzen einen Zweig, um eine schwindelerregende Schlucht zu überwinden. Sie durchqueren einen Löwenzahndschungel und klettern einen mit Farnkraut bewachsenen Steilhang hinab.

Unten angelangt, sehen sie eine Feige, die vom Baum abgefallen und aufgeplatzt ist. Diese zuckrige Masse, die violett, grün, rosa und weiß schimmert, hat schon Mücken angelockt. Die Ameisen genehmigen sich einen Imbiß. Wie köstlich Früchte schmecken!

Es gibt Fragen, die die Finger sich nicht stellen. Beispielsweise: Warum ist Obst so wohlschmeckend? Warum sind Blumen so schön?

Wir, die Ameisen, wissen es.

Nr. 103 sagt sich, daß es eines Tages einen Finger geben müßte, der – wie jetzt Nr. 10 – einen Pheremonspeicher über das Wissen der Ameisen anlegt. Sie könnte den Fingern erklären, warum Obst gut schmeckt und Blumen schön sind.

Blumen sind schön und duften, um Insekten anzulokken, denn diese verbreiten ihre Pollen und ermöglichen so ihre Fortpflanzung.

Und die Früchte schmecken köstlich, weil sie hoffen,

von Tieren gegessen zu werden, die die Steine oder Kerne später andernorts mit ihren Exkrementen ausscheiden. Eine geschickte Strategie der Pflanzen, denn auf diese Weise werden die Samen des Obstbaums nicht nur verbreitet, sondern zugleich gedüngt.

Alle Obstsorten konkurrieren miteinander, um gegessen zu werden und sich dadurch vermehren zu können. Evolution bedeutet für sie, immer saftiger, süßer und wohlriechender zu werden, denn die unansehnlichsten sind dazu verdammt, vom Erdboden zu verschwinden.

Im Fernsehen hat Nr. 103 jedoch gesehen, daß es den Fingern gelungen ist, Honigmelonen, Wassermelonen und Trauben ohne Kerne zu züchten. Nur weil sie zu faul sind, die Kerne auszuspucken oder zu verdauen, unterbinden die Finger die Fortpflanzung verschiedener Arten! Nr. 103 nimmt sich fest vor, ihnen bei nächster Gelegenheit zu raten, den Früchten ihre Kerne zu lassen.

Diese frische Feige, die sich die Ameisen schmecken lassen, hätte jedenfalls bestimmt keine Probleme, gegessen und verdaut zu werden. Die dreizehn baden in dem süßen Saft, wühlen im weichen Fleisch, bespucken sich übermütig mit den Kernen.

Ihre Mägen und Kröpfe sind randvoll mit Fruktose, als sie sich wieder auf den Weg machen. Sie kommen an Zichorien und Heckenrosensträuchern vorbei. Nr. 16 niest. Sie ist allergisch gegen Heckenrosenpollen.

Bald sehen sie in der Ferne einen Silberstreif: den Fluß. Nr. 103 richtet ihre Fühler auf und stellt fest, daß sie sich nordöstlich von Bel-o-kan befinden.

Der Fluß fließt zum Glück von Norden nach Süden.

Sie gelangen an einen Sandstrand. Schwärme von Marienkäfern flüchten bei ihrem Anblick und lassen Kadaver von zerfleischten Blattläusen zurück.

Nr. 103 hat nie begriffen, warum die Finger eine Vorliebe für Marienkäfer haben. Es sind Räuber, die sich von Blattläusen ernähren. Eine weitere Eigenart der Finger: Sie schreiben dem Klee glücksbringende Eigenschaften zu, obwohl doch jede Ameise weiß, daß Kleesaft giftig ist.

Die Kundschafterinnen überqueren den Strand. Im Schilfrohr verstecken sich Kröten, deren Quaken sich unheimlich anhört.

Nr. 103 schlägt vor, Boot zu fahren. Die zwölf haben keine Ahnung, was ein Boot ist, und halten es für eine Erfindung der Finger.

Die Prinzessin erklärt ihnen, daß man sich mit Hilfe eines Blattes auf dem Wasser fortbewegen könne. Einst habe sie diesen Fluß auf einem Vergißmeinnicht überquert, aber leider gebe es hier weit und breit keine Vergißmeinnicht. Mit Augen und Fühlern suchen sie die Umgebung nach einem stabilen Blatt ab und haben schließlich eine glorreiche Idee: die Seerosen. Sie schwimmen seit Urzeiten auf dem Wasser. Kann man sich ein besseres unsinkbares Boot wünschen?

Auf einer Seerose werden wir den Strom überqueren, ohne zu ertrinken.

Sie klettern auf eine weiß-rosa Seerose in Ufernähe, deren ovale Blätter lange Stiele haben. Das oberste Blatt gleicht einer großen grünen Plattform mit glatter Oberfläche, damit das Wasser schneller abfließen kann. Seltsamerweise bewegt sich die Pflanze aber nicht von der Stelle. Eine Untersuchung ergibt, daß sie fest im Boden verankert ist. Ein Wurzelstock treibt wie ein Seil im Wasser. Er hat einen Durchmesser von über 5cm und ist fast einen Meter lang. Nr. 103 steckt ihren Kopf unter Wasser, um diese Wurzel zu durchbeißen, aber sie muß ihre Arbeit immer wieder unterbrechen, um Luft zu schnappen.

Die anderen helfen ihr, doch als die Wurzel nur noch an einem dünnen Faden hängt, gebietet Nr. 103 ihnen Einhalt und erklärt, daß sie jetzt erst einmal Schwimmkäfer fangen müßten, die dem Boot als Antrieb dienen könnten. Die Ameisen locken sie mit einigen toten Wasserflöhen an. Als die Käfer näher kommen, stellt Nr. 103 mit ihnen Fühlerkontakt her und überzeugt sie durch Pheromone, den Ameisen bei der Flußüberquerung zu helfen.

Mit dem geschärften Blick einer Prinzessin stellt sie dann jedoch fest, daß das andere Ufer sehr weit entfernt ist; außerdem deuten welke Blätter, die im Wasser umherwirbeln, auf Strudel hin. Sie hält es deshalb für vernünftiger, eine Stelle zu suchen, wo der reißende Strom schmäler ist.

Zunächst einmal beladen die Belokanerinnen ihr Boot mit Lebensmittelreserven, hauptsächlich mit Marienkäfern, die nicht schnell genug geflüchtet sind, und mit Schwimmkäfern, die nicht zur Kooperation bereit waren.

Nr. 103 meint, es sei vernünftiger, erst am nächsten Morgen in See zu stechen, denn nachts könnten sie nicht navigieren. Sie suchen deshalb Schutz unter einem Felsen und fressen die Marienkäfer auf, um bei Kräften zu bleiben. Immerhin steht ihnen eine große Reise bevor.

76. Enzyklopädie

Reise zum Mond: Es gibt Momente, da die verrücktesten Träume realisierbar zu sein scheinen, wenn man über den nötigen Wagemut verfügt.

In China gab es im 13. Jahrhundert unter der Herrschaft der Kaiser der Sung-Dynastie eine kulturelle Richtung, die den Mond bewunderte. Für die größten Dichter, Schriftsteller und Sänger war dieser Himmelskörper die einzige Inspirationsquelle.

Einer der Sung-Kaiser, der selbst Schriftsteller und Dichter war, bewunderte den Mond so sehr, daß er ihn als erster Mensch betreten wollte.

Seine Wissenschaftler sollten ihm eine Rakete bauen. Die Chinesen konnten damals schon ausgezeichnet mit Pulver umgehen, also brachten sie riesige Pulverladungen unter einer kleinen Hütte an, in der ihr Kaiser thronen sollte.

Alle hofften, daß die Wucht der Explosion den Kaiser bis zum Mond schleudern würde. Lange vor Neil Armstrong und sogar lange vor Jules Verne hatten die Chinesen die erste Rakete gebaut. Doch offenbar war das Unternehmen vorher nicht gründlich genug durchdacht worden, denn als die Lunten angezündet wurden, gab es lediglich ein riesiges farbenprächtiges Feuerwerk, und der Kaiser, der gehofft hatte, als erster Mensch seinen Fuß auf den Mond setzen zu können, wurde pulverisiert.

EDMOND WELLS,
Enzyklopädie des relativen und absoluten Wissens, Band III

77. Schwieriger Start

Sie hatten die ganze Nacht komponiert und geprobt und auch am Vormittag des Konzerts weitergearbeitet. Die *Enzyklopädie* inspirierte sie zu Texten, aber sie mußten sich auch mit Melodien und Rhythmen abplagen.

Um acht Uhr abends waren sie im Kulturzentrum, stimmten ihre Instrumente und erprobten die Akustik.

Zehn Minuten vor ihrem Auftritt, als sie sich in den Kulissen zu konzentrieren versuchten, tauchte ein Journalist auf, der sie für das Lokalblatt interviewen wollte.

»Guten Abend, ich bin Marcel Vaugirard vom *Clairon de Fontainebleau*.«

Sie musterten den wohlbeleibten kleinen Mann, dessen rote Wangen und rote Nase eine Vorliebe für reichlichen Alkoholgenuß verrieten.

»Wollen Sie auch Schallplatten machen?«

Julie hatte keine Lust, zu antworten, und Ji-woong knurrte einsilbig: »Ja.«

Der Journalist sah zufrieden aus. Ihr Philosophielehrer hatte also recht: Ein ›Ja‹ bereitete Freude und erleichterte die Kommunikation.

»Und welchen Titel soll das erste Album haben?«

Ji-woong sagte das erste, was ihm in den Sinn kam: »Wacht auf!«

Der Journalist schrieb das auf. »Und Ihre Texte – wovon handeln sie?«

»Äh … von allem möglichen«, murmelte Zoé.

Diese vage Antwort genügte dem Journalisten nicht. Er fragte weiter: »Und Ihr Rhythmus? Von welchen berühmten Gruppen haben Sie sich beeinflussen lassen?«

»Wir versuchen, unsere eigenen Rhythmen zu erfinden«, erklärte David. »Wir wollen nämlich originell sein.«

Der Journalist machte sich immer noch Notizen, wie eine Hausfrau, die einen Einkaufszettel schreibt.

»Hoffentlich hat man Ihnen einen guten Platz in der ersten Reihe reserviert«, sagte Francine höflich.

»Nein. Keine Zeit.«

»Keine Zeit? Was soll das heißen?«

Marcel Vaugirard schob sein Notizbuch in die Tasche und gab jedem die Hand. »Keine Zeit. Ich habe heute abend noch jede Menge zu tun und kann nicht eine Stunde opfern, um Ihnen zuzuhören. Natürlich hätte ich das sehr gern gemacht, aber leider – es geht nicht.«

»Und warum schreiben Sie dann überhaupt einen Artikel über uns?« fragte Julie erstaunt.

Er trat dicht an sie heran und flüsterte ihr ins Ohr: »Ich vertraue Ihnen unser großes Berufsgeheimnis an: ›Nur über das, was man nicht kennt, schreibt man gut.‹«

Diese Argumentation verschlug dem jungen Mädchen die Sprache, und auch die Sieben Zwerge trauten sich nicht, etwas dagegen einzuwenden oder den Journalisten aufzuhalten.

Der Direktor des Kulturzentrums stürmte herein. Er sah seinem Bruder, dem Gymnasialdirektor, zum Verwechseln ähnlich. »Machen Sie sich fertig! Gleich sind Sie dran!«

Julie schob den Vorhang etwas zur Seite. Der Saal, der etwa 500 Personen fassen konnte, war zu drei Vierteln leer.

Sie hatte Lampenfieber, und den Sieben Zwergen ging es genauso. Paul knabberte Süßigkeiten, Francine rauchte Marihuana, Léopold schloß die Augen, so als wollte er meditieren, Narcisse betastete die Saiten seiner Gitarre, Ji-woong vergewisserte sich, daß alle ihre Partituren hatten, und Zoé murmelte zum tausendstenmal die Refrains vor sich hin.

Weil alle Fingernägel schon abgekaut waren, biß Julie sich den Ringfinger blutig und saugte an der Wunde.

Auf der Bühne kündigte der Direktor des Kulturzentrums die Gruppe an: »Meine Damen und Herren, herzlichen Dank, daß Sie so zahlreich zur Einweihung unseres neuen Kulturzentrums erschienen sind. Leider sind die Arbeiten noch nicht ganz beendet, und ich möchte Sie herzlich bitten, eventuelle Mängel großzügig zu übersehen. Jedenfalls paßt zu einem neuen Saal am besten neuartige Musik.«

In den ersten Reihen saßen betagte Herrschaften, die ihre Hörgeräte justierten. Diese Abonnenten würden keine einzige Veranstaltung, gleich welcher Art, versäumen; Hauptsache, sie erhielten Gelegenheit, aus dem Haus zu kommen.

Der Direktor fuhr lauter fort: »Was Sie hören werden, gehört zum Interessantesten und Rhythmischsten, was es in unserer Region derzeit gibt. Ob man Rock nun liebt oder nicht – ich bin jedenfalls überzeugt, daß es sich lohnt, den jungen Musikern zuzuhören, zumal die Sängerin auch noch sehr hübsch ist.«

Kaum Reaktionen beim Publikum.

»Sie heißt Julie Pinson und ist die Solistin der Gruppe ›Schneewittchen und die Sieben Zwerge‹. Dies ist ihr erster großer Auftritt, und wir sollten sie mit Applaus begrüßen, um ihnen Mut zu machen.«

Einige Pensionäre klatschten gehorsam.

Der Direktor zog Julie aus den Kulissen hervor und führte sie unter die Scheinwerfer in der Bühnenmitte. Sie stellte sich vor das Mikrofon, während hinter ihr die Sieben Zwerge ihre Instrumente stimmten.

Julie spähte in den dunklen Saal. Vorne die Rentner. Dahinter einige Jugendliche, die an diesem Abend wohl nichts Besseres vorgehabt hatten. Von hinten brüllte jemand: »Pack ein, Julie!«

Sein Gesicht konnte sie nicht sehen, aber die Stimme war unverkennbar: Gonzague Dupeyron. Zweifellos hatte er seine ganze Bande mitgebracht, um das Konzert zu stören.

»Packt ein! Geht nach Hause!« skandierten sie jetzt im Chor.

Francine gab ihren Freunden ein Zeichen, schnell zu beginnen, um die unverschämten Rufe zu übertönen. Sicherheitshalber hatten sie die Abfolge ihrer Stücke vor sich auf den Boden geklebt.

1. GUTEN TAG

Ji-woong gab mit dem Schlagzeug den Rhythmus vor. Paul stellte die Potentiometer ein, und die Scheinwerfer warfen kitschige Regenbogenfarben an den Vorhang. Julie sang:

»Guten Tag,
guten Tag, unbekanntes Publikum!
Unsere Musik ist eine Waffe, um die Welt zu verändern.
Lächeln Sie nicht, denn das ist möglich. Sie können es.
Es genügt, etwas wirklich zu wollen, damit es wahr wird.«

Als sie verstummte, gab es nur mageren Beifall. Einige Klappstühle knallten, weil manche Zuhörer offenbar schon genug hatten. Und hinten brüllten Gonzague und seine Gesinnungsgenossen: »Packt ein! Haut ab!«

Verlief die Feuertaufe auf der Bühne immer so? Hatten auch Genesis, Pink Floyd und Yes das am Anfang ihrer Karriere erlebt? Julie begann sofort mit dem zweiten Stück.

2. WAHRNEHMUNG

»Man nimmt von der Welt nur das wahr, worauf man vorbereitet ist.
Für ein physiologisches Experiment wurden Katzen von Geburt an in einen kleinen Raum gesperrt …«

Ein Ei kam von hinten geflogen und zerbrach auf Julies schwarzem Pulli. »Und das? Hast du das wahrgenommen?« schrie Gonzague.

Vereinzeltes Gelächter im Saal. Jetzt verstand Julie noch besser, was die arme Deutschlehrerin tagtäglich durchmachte.

Francine sah, daß die Situation in eine Katastrophe auszuarten drohte, und erhöhte vor ihrem Solo die Orgellautstärke. Danach leitete sie sofort zum dritten Lied über.

3. PARADOXER SCHLAF

»In uns allen schlummert ein Baby.
Paradoxer Schlaf,
unruhig …«

Irgendwo hinten wurde die Tür ständig geöffnet und geschlossen. Nachzügler trafen ein, enttäuschte Zuhörer gingen. Das störte Julie gewaltig. Sie bemerkte, daß sie nur noch mechanisch weitersang, weil ihre ganze Aufmerksamkeit diesem Türenschlagen galt.

»Pack ein, Julie! Pack ein!«

Sie warf ihren Freunden einen verzweifelten Blick zu. Es war wirklich ein Fiasko. Alle waren so verstört, daß sie nicht mehr musizieren konnten. Narcisse verpatzte seine Akkorde und brachte auf der Gitarre Mißtöne hervor, weil seine Finger zitterten.

Julie versuchte, ihre Umgebung zu ignorieren, und stimmte den Refrain an. Sie hatten gehofft, daß der ganze Saal im Rhythmus mitklatschen würde, aber jetzt traute das junge Mädchen sich nicht einmal, das Publikum dazu anzuregen.

»In uns allen schlummert ein Baby.
Paradoxer Schlaf …«

In den ersten Reihen schliefen einige Rentner tatsächlich ein. »Paradoxer Schlaf«, wiederholte Julie lauter, um sie aufzuwecken.

An dieser Stelle war ein Flötensolo vorgesehen, doch nach mehreren falschen Noten kürzte Léopold es lieber ab.

Ein wahres Glück, daß der Journalist nicht hiergeblieben war. Julie drehte sich wieder hilfesuchend um. David nickte ihr aufmunternd zu und gab ihr ein Zeichen, daß sie das Publikum ignorieren und einfach weitersingen solle, nur für die Gruppe.

»Wir alle sind Sieger, denn jeder von uns verdankt seine Exi-

stenz jedem Spermatozoon, das den Sieg über seine 300 Millionen Konkurrenten davongetragen hat ...«

Gonzague und seine Schwarzen Ratten standen jetzt mit Bierdosen vor der Bühne und besprühten Julie mit dem stinkenden Schaum.

Weitermachen! Weitermachen! gestikulierte Ji-woong. *Echte Profis müssen auch mit solchen Situationen fertigwerden.*

Die Störenfriede waren jetzt völlig enthemmt. Sie setzten nicht nur Eier und Bier als Waffen ein, sondern auch Stinkbomben, und dabei brüllten sie unablässig: »Pack ein, Julie! Hau ab!«

Aber sie schossen übers Ziel hinaus. »Laßt sie in Ruhe!« schrie ein kräftiges Mädchen, auf dessen T-Shirt ›Aikido-Club‹ stand.

»Haut ab!« geiferte Gonzague wieder und fügte ans Publikum gewandt hinzu: »Ihr seht doch selbst, daß das alles Nullen sind!«

»Wenn es euch nicht gefällt, zwingt euch kein Mensch, zu bleiben«, entgegnete das Mädchen.

Unerschrocken ging sie auf die Fanatiker zu, sichtlich zum Kampf bereit, und weitere Mädchen in Aikido-T-Shirts eilten ihr zu Hilfe. Auch andere Zuschauer sprangen auf, um das eine oder andere Lager zu unterstützen.

Die jäh erwachten Pensionäre duckten sich auf ihren Sitzen.

»Beruhigt euch! Ich bitte euch, so beruhigt euch doch!« flehte Julie.

»Sing weiter!« befahl David.

Julie beobachtete entsetzt die Prügelei. Die Musik heizte die Atmosphäre zusätzlich auf. Sie gab den Sieben Zwergen ein Zeichen, daß sie aufhören sollten, und gleich darauf war nur noch Kampfgeschrei zu hören. Stühle klappten hoch, weil ängstliche Zuschauer hastig den Saal verließen.

Doch Julie wollte nicht aufgeben. Sie schloß die Augen, um sich besser konzentrieren zu können, und hielt sich die Ohren zu, während sie sich an Jankelewitschs Ratschläge zu erinnern versuchte.

»Die Stimmbänder spielen beim Singen im Grunde keine große Rolle. Wenn du nur deinen Stimmbändern vertraust, wirst du nichts als ein unangenehmes Zirpen hören. Es ist dein Mund, der die Töne moduliert, der den Noten ihre Perfektion verleiht. Deine Lungen sind Blasebalge, deine Stimmbänder sind Schwingungsmembrane, deine Wangen sind ein Resonanzkörper, und deine Zunge ist ein Modulator. So, und jetzt ziel mit deinen Lippen und schieß!«

Sie zielte und schoß.

Eine einzelne Note. Ein B. Perfekt. Umfassend. Hart. Die Note breitete sich im ganzen Saal aus und wurde von den Wänden zurückgeworfen. Die Schallwelle von Julies ›B‹ durchdrang sogar den Radau.

Die Note war gewaltig. Viel größer als Julie selbst. Und in der Sphäre dieses ›B‹ fühlte sie sich geborgen. Ein Lächeln glitt über ihr Gesicht, während sie den Ton in die Länge zog.

Ihr ganzer Mund erwachte, um sich an der Suche nach dem perfekten Ton zu beteiligen. Das ›B‹ wurde noch reiner, noch klarer. Ihr Gaumen und ihre Zähne vibrierten, während die Zunge sich nicht mehr bewegte.

Im Saal kehrte Ruhe ein. Sogar die Rentner hantierten nicht mehr an ihren Hörgeräten herum. Die Prügelei zwischen Schwarzen Ratten und Aikido-Mädchen endete.

Julies Lungen hatten ihren Luftvorrat erschöpft. Jetzt nur nicht die Kontrolle verlieren! Sie ließ rasch eine andere Note ertönen. Ein ›D‹, das ihr noch besser gelang, weil ihr ganzer Mund bereits erwärmt war. Der Ton drang in alle Gehirne, denn sie legte ihre ganze Seele hinein. Alles war darin enthalten: ihre Kindheit, ihre Sorgen, ihre Begegnung mit Jankelewitsch, ihre Auseinandersetzungen mit der Mutter.

Donnernder Applaus brach los. Die Schwarzen Ratten zogen es vor, das Weite zu suchen. Julie wußte nicht, ob dieser Beifall dem Aufbruch der Störenfriede oder aber ihrer Note galt, diesem ›D‹, das sie immer noch hielt.

Als sie endlich verstummte, hatte sie ihre ganze Energie zurückgewonnen. Paul schaltete die bunten Scheinwerfer aus, weil auch er begriffen hatte, daß man zur Einfachheit zurückkehren mußte. Nur ein einzelner weißer Lichtkegel blieb direkt auf Julie gerichtet.

Sie sprach langsam ins Mikrofon hinein:

»Die Kunst steht im Dienst der Revolution. Unser nächstes Stück heißt deshalb: DIE REVOLUTION DER AMEISEN.«

Mit geschlossenen Augen sang sie:

»Nichts Neues unter der Sonne.
Es gibt keine Visionäre mehr.
Es gibt keine Erfinder mehr.
Wir sind die neuen Visionäre.
Wir sind die neuen Erfinder.«

Einige Zuschauer riefen: »Ja!«

Ji-woong schlug wie ein Wilder auf sein Schlagzeug ein. Zoé tat es ihm am Baß gleich, Narcisse auf der Gitarre. Francine spielte ein Arpeggio nach dem anderen. Paul begriff, daß sie jetzt vom Boden abheben konnten und drehte die Lautstärke voll auf. Der Saal vibrierte. Wenn dieser Start fehlschlug, würden sie es niemals schaffen.

Julies Lippen berührten fast das Mikrofon:

»Ende, dies ist das Ende.
Öffnen wir all unsere Sinne.
Ein neuer Wind bläst an diesem Morgen,
nichts wird seinen irren Tanz aufhalten können.
Tausend Metamorphosen werden diese verschlafene Welt aufrütteln.
Es bedarf keiner Gewalt, um erstarrte Werte zu vernichten.
Die Überraschung wird groß sein, denn wir realisieren sie:
Die ›Revolution der Ameisen‹.«

Sie hob eine Faust und sang den Refrain noch lauter:

»Es gibt keine Visionäre mehr.
Wir sind die neuen Visionäre.

Es gibt keine Erfinder mehr.
Wir sind die neuen Erfinder.«

Diesmal klappte alles. Jedes Instrument klang perfekt, und die Tausend-Watt-Verstärker ließen den Saal erbeben. Julies Gesang bahnte sich mühelos einen Weg durch die Trommelfelle in die Gehirne, so daß kein Zuschauer an etwas anderes denken konnte als an diese gewaltige Mädchenstimme.

Noch nie hatte Julie sich so lebendig gefühlt. Sie vergaß sogar ihre Mutter und das Abitur.

Ihre Musik riß alle mit. Die Pensionäre in den ersten Reihen brauchten ihre Hörgeräte nicht mehr, klatschten im Rhythmus und klopften den Takt mit den Füßen. Jüngere Zuschauer tanzten sogar auf den Gängen.

Der Start des Flugzeugs war gelungen. Nun mußte es an Höhe gewinnen.

Julie gab Paul ein Zeichen, die Lautstärke etwas zu reduzieren, und dann ging sie singend auf das Publikum zu:

»Nichts Neues unter der Sonne. Wir sehen stets dieselbe Welt auf dieselbe Weise.
Wir sind auf der Wendeltreppe eines Leuchtturms gefangen.
Wir begehen ständig die gleichen Fehler, doch diesmal von einer höheren Warte aus.
Es ist Zeit, die Welt zu verändern.
Es ist Zeit, alles ringsum zu verändern.
Dies ist kein Ende. Ganz im Gegenteil, es ist ein Anfang.«

Paul wußte, daß ›Anfang‹ das letzte Wort des Liedes war und drückte auf der Schalttafel die Taste ›Feuerwerk‹, worauf es über ihren Köpfen Lichtfunken regnete.

Das Publikum jubelte.

David und Léopold flüsterten Julie zu, das Lied zu wiederholen. Ihre Stimme war immer kraftvoller geworden, so daß jeder sich fragte, wie so ein zierliches Persönchen dazu imstande sein konnte.

»Es gibt keine Erfinder mehr.
Wir sind die neuen Erfinder.
Es gibt keine Visionäre mehr …«

Dieser Satz hatte eine verblüffende Wirkung. Wie aus einem Mund antwortete die Menge:

»Wir sind die neuen Visionäre!«

Mit einer solchen Reaktion hatte die Gruppe nicht gerechnet. Julie improvisierte: »Ausgezeichnet! Wenn man die Welt nicht verändern will, leidet man an ihr.«

Neuer Applaus. Die Ideen der *Enzyklopädie* trafen ins Schwarze. Sie wiederholte: »Wenn man die Welt nicht verändern will, leidet man an ihr. Denken Sie an eine andere Welt! Denken Sie anders! Lassen Sie Ihrer Fantasie freien Lauf. Wir brauchen Erfinder, wir brauchen Visionäre.«

Sie schloß die Augen. Vielleicht war es das, was die Japaner *satori* nannten, dieser Moment, wo Bewußtsein und Unterbewußtsein miteinander verschmelzen. Totale Seligkeit.

Das Klatschen des Publikums und ihr eigener Herzschlag schienen genau übereinzustimmen. Das Konzert hatte erst begonnen, und schon bedauerten alle, daß es einmal zu Ende gehen würde, daß Glück und Gemeinschaftsgefühl bald wieder der Alltagsmonotonie Platz machen mußten.

Julie hielt sich nicht mehr an die *Enzyklopädie*, sondern improvisierte frei, und die richtigen Worte kamen über ihre Lippen, ohne daß sie wußte, wie sie ihr eingefallen waren. Sie drängten selbständig aus ihr hervor, so als wäre ihr Mund nur eine Tür, durch die sie entweichen konnten.

78. Enzyklopädie

Noosphäre: Menschen besitzen zwei unabhängige Gehirne – die rechte und linke Hälfte. Jede verfügt über ihre eigenen Fähigkeiten. Die linke Hälfte ist für die Logik zuständig, die rechte für die Intuition, die linke für Zahlen, die rechte für Formen. Ein und dieselbe Information wird von den beiden Gehirnhälften verschieden analysiert, und es ist durchaus möglich, daß sie zu verschiedenen Schlußfolgerungen kommen.

Die rechte Hälfte, das beratende Unterbewußtsein, scheint nur nachts mit Hilfe von Träumen direkten Einfluß auf die linke Hälfte, das tatkräftige Bewußtsein, ausüben zu können; ähnlich wie bei einem Ehepaar, wo die intuitive Frau gegenüber dem materialistischen Mann ihre Meinung verstohlen durchsetzen muß.

Gemäß dem russischen Gelehrten Wladimir Wernadskij, der auch das Wort ›Biosphäre‹ erfunden hat, sowie dem französischen Philosophen Teilhard de Chardin besitzt dieses intuitive weibliche Gehirn noch eine weitere Gabe, nämlich die Fähigkeit, mit der sogenannten ›Noosphäre‹ in Verbindung zu treten. Die Noosphäre ist eine große Wolke, die den Planeten umschließt, ebenso wie die Atmosphäre oder die Ionosphäre. Diese immaterielle Wolke ist aus dem Unterbewußtsein aller Menschen zusammengesetzt, das von ihren rechten Gehirnhälften ausgesandt wird, und sie bildet einen großen *Immanenten Geist,* sozusagen die globale menschliche Bewußtseinslage.

Wir glauben, uns selbst etwas ausgedacht zu haben, während in Wirklichkeit unsere rechte Gehirnhälfte bereits Kontakt mit der ›Noosphäre‹ aufgenommen hatte. Und wenn die linke Gehirnhälfte auf die rechte hört, läßt sich die Idee verwirklichen.

Dieser Hypothese zufolge sind Maler, Musiker, Erfinder oder Schriftsteller nichts anderes als Radiogeräte, die mit Hilfe ihrer rechten Gehirnhälften aus dem kollektiven Unterbewußtsein schöpfen und anschließend beide Gehirnhälften zu einem freien Gedankenaustausch anregen, damit die in der Noosphäre vorhandenen Ideen in die Tat umgesetzt werden können.

EDMOND WELLS,
Enzyklopädie des relativen und absoluten Wissens, Band III

79. SCHLAFLOSIGKEIT

Es ist Nacht, aber die Ameise schläft nicht. Lärm und Licht haben Nr. 103 geweckt, während die zwölf jungen Kundschafterinnen friedlich schlummern.

Bisher hat sie nachts nie etwas wahrgenommen, weil ihr kaltes Blut im Schlaf erstarrte. Doch seit sie eine Prinzessin ist, hat diese angenehme Betäubung nachgelassen. Sie schreckt beim leisesten Geräusch hoch – ein Nachteil empfindlicherer Sinne.

Nr. 103 erhebt sich.

Es ist kalt, aber sie hat soviel gegessen, daß ihre Kraftreserven ausreichen, um wach zu bleiben. Vom Höhleneingang aus späht sie ins Freie, weil sie wissen will, was draußen vorgeht. Die Kröten quaken nicht mehr, der Himmel ist schwarz, und der halb verhüllte Mond spiegelt sich im Fluß.

Sie sieht ein grelles Licht, das über den Himmel zuckt. Ein Gewitter. Der Blitz gleicht einem Baum mit langen Ästen, die aus dem Himmel wachsen, um die Erde zu berühren. Aber dieser Baum ist sehr kurzlebig.

Nach dem Donner wirkt die Stille noch bedrückender. Der Himmel wird noch schwärzer. Mit ihrem Johnston-Organ nimmt die Prinzessin die Elektrizität der Luft wahr.

Und dann fällt eine Bombe. Eine riesige Wasserkugel, die am Boden explodiert und sie bespritzt. Regen! Weitere Bomben folgen. Das Phänomen ist nicht ganz so gefährlich wie ein Heuschreckenschwarm, aber vorsichtshalber weicht Nr. 103 etwas zurück.

Sie betrachtet den Regen.

Einsamkeit, Kälte, Nacht … bisher dachte sie, das wären nur Widrigkeiten. Aber die Nacht ist schön. Und sogar die Kälte hat ihren Reiz.

Drittes Krachen. Wieder wächst ein Lichtbaum zwischen den Wolken hervor und stirbt, sobald er den Boden berührt, diesmal so nahe, daß sein grelles Licht die Höhle mit den schlafenden Kundschafterinnen erhellt.

Der weiße Himmelsbaum hat einen schwarzen Erdbaum getroffen, der sofort in Brand gerät.

Feuer!

Die Ameise beobachtet das Feuer, das den Baum auffrißt. Sie weiß, daß die Technologie der Finger auf der Beherrschung des Feuers basiert, und sie hat gesehen, wozu das geführt hat: geschmolzene Felsen, verkohlte Nahrungsmittel und vor allem endlose Kriege mit Feuer, endlose Massaker mit Feuer.

Bei den Insekten ist das Feuer tabu.

Alle Insekten wissen, daß früher, vor Jahrmillionen, die Ameisen das Feuer kannten und damit schreckliche Kriege führten, bei denen manchmal ganze Wälder vernichtet wurden. Das nahm so katastrophale Ausmaße an, daß schließlich alle Insekten übereinkamen, den Einsatz dieses tödlichen Elements zu verbieten. Vielleicht besaßen sie deshalb weder Metalle noch Sprengstoffe.

Das Feuer …

Würden die Ameisen gezwungen sein, ihrer Evolution zuliebe dieses Tabu zu brechen?

Die Prinzessin legt ihre Fühler nach hinten und schläft wieder ein. Sie träumt von Flammen.

80. Hochflug

Hitze.

Julie fühlte sich wohl.

Francine schüttelte ihre blonden Haare, Zoé bewegte sich wie eine Bauchtänzerin, David und Léopold stimmten ihre Soli aufeinander ab, und Ji-woong schien am Schlagzeug nicht zwei, sondern zehn Hände zu haben.

Acht Personen waren zu einer einzigen verschmolzen, und Julie wünschte sich sehnlichst, dieser herrliche Moment möge ewig dauern.

Das Konzert sollte um halb zwölf enden, aber die Emotionen waren viel zu stark. Julie besaß Energie im Überfluß, und sie wollte dieses fantastische Gemeinschaftsgefühl noch etwas länger auskosten. Sie glaubte zu fliegen und weigerte sich, auf die Erde zurückzukehren.

Auf Ji-woongs Zeichen hin stimmte sie noch einmal die *Revolution der Ameisen* an. Die Mädchen vom Aikido-Club skandierten auf den Gängen:

»Wer sind die neuen Visionäre?
Wer sind die neuen Erfinder?«

Applaus.

»Wir sind die neuen Visionäre!
Wir sind die neuen Erfinder.«

Julies graue Augen strahlten, und wieder fiel ihr der richtige Satz einfach zu: »Seid ihr bereit zur Revolution – hier und jetzt?«

»Jaaaaa!« rief das Publikum.

»Seid ihr bereit, die Welt zu verändern ... hier und jetzt?«

Ein noch lauteres: »Jaaaaa!«

Plötzlich zögerte Julie, und ihr wurde ebenso bange zumute wie einst Hannibal vor den Toren Roms. Der Sieg schien viel zu leicht errungen.

Die Sieben Zwerge warteten auf einen Satz oder auch nur eine Geste von ihr. Das Publikum hing an ihren Lippen. Die Revolution, von der in der *Enzyklopädie* soviel die Rede war, schien zum Greifen nahe. Alle sahen sie erwartungsvoll an. Sie brauchte nur zu rufen: »Vorwärts!«

Die Zeit stand still.

Dann schaltete der Direktor die Lautsprecheranlage aus, dämpfte die Scheinwerfer und machte Licht im Saal. Er kam auf die Bühne und erklärte: »Das Konzert ist beendet. Nochmals Applaus für Schneewittchen und die Sieben Zwerge!«

Der Zauber war gebrochen. Die Zuschauer klatschten, aber ziemlich matt. Alles nahm wieder den gewohnten

Gang. Nach einem Konzert, auch nach einem sehr gelungenen, gehen die Menschen nun einmal auseinander und legen sich zu Hause zufrieden schlafen.

»Gute Nacht und danke«, murmelte Julie.

Während sie sich in der Garderobe abschminkten, war so etwas wie allgemeine Verbitterung zu spüren. Sie waren so nahe daran gewesen, die Masse zu mobilisieren. So nahe!

Der Direktor trat mit gerunzelter Stirn ein.

»Es tut uns wahnsinnig leid«, sagte Julie hastig. »Wir werden selbstverständlich für die Schäden aufkommen, die bei der Schlägerei zu Beginn des Konzerts entstanden sind.«

Er hob verwundert die Brauen. »Was tut euch wahnsinnig leid? Daß ihr uns einen großartigen Abend beschert habt?« Lachend nahm er Julie in die Arme und küßte sie auf beide Wangen. »Ihr wart wirklich toll!«

»Aber ...«

»Endlich war in dieser kleinen Provinzstadt etwas los ... Ein richtiges Happening! Die anderen Kulturzentren werden vor Neid platzen, das kann ich euch versichern. Einen solchen Enthusiasmus beim Publikum habe ich seit dem Auftritt der ›Petits Chanteurs à la Croix de Bois‹ im Kulturzentrum von Mont-Saint-Michel nicht mehr erlebt. Ich möchte, daß ihr wiederspielt, und zwar bald.«

»Im Ernst?«

Er zückte sein Scheckbuch, überlegte kurz und schrieb: 5000 Francs.

»Eure Gage für dieses Konzert. Das Geld soll euch helfen, den nächsten Auftritt vorzubereiten. Ihr müßt euch um Kostüme und Dekorationen kümmern, Plakate anfertigen usw. Mit dem Sieg von heute abend dürft ihr euch nicht begnügen. Beim nächstenmal möchte ich ein Konzert, das gewaltiges Aufsehen erregt!«

81. Presse

LE CLAIRON DE FONTAINEBLEAU
(Feuilleton)
ERFREULICHES EINWEIHUNGSKONZERT
IM KULTURZENTRUM

»Die junge französische Rockgruppe ›Schneewittchen und die Sieben Zwerge‹ hat uns gestern abend im neuen Kulturzentrum von Fontainebleau eine sehr sympathische musikalische Darbietung beschert, die beim Publikum gut ankam. Die Sängerin, Julie Pinson, besitzt alles, um im Showbusineß Erfolg zu haben: eine Traumfigur, graue Augen, die sogar einen Heiligen in Versuchung führen könnten, und eine ›jazzige‹ Stimme.

Minuspunkte sind die rhythmischen Schwächen und die recht langweiligen Texte, doch über diese Unvollkommenheiten sieht man gern hinweg, weil Julies Begeisterung so ansteckend wirkt. Es wird sogar schon gemunkelt, daß sie der berühmten Sängerin Alexandrine Konkurrenz machen könnte.

Nun, wir wollen nichts übertreiben. Alexandrine hat längst ein breites Publikum erobert und braucht nicht mehr in provinziellen Kulturzentren aufzutreten.

Trotzdem kündigen ›Schneewittchen und die Sieben Zwerge‹ selbstbewußt an, demnächst ein Album mit dem provozierenden Titel ›Wacht auf!‹ veröffentlichen zu wollen. Vielleicht wird es in absehbarer Zukunft mit Alexandrines neuestem Erfolgssong ›Mon amour, je t'aime‹, der Nr. 1 in allen Hitparaden, konkurrieren.

Marcel Vaugirard«

82. Enzyklopädie

Zensur: Damit bestimmte Ideen, die von den Machthabern als subversiv beurteilt wurden, nicht an die Öffentlichkeit gelangten, gab es früher eine Instanz: die staatliche Zensur. Dieses Polizeiorgan konnte die Verbreitung ›umstürzlerischer‹ Werke verbieten.

Heute hat die Zensur ein anderes Gesicht. Weil wir ständig einer Flut unwichtiger Informationen ausgesetzt sind, weiß niemand mehr, wo man etwas wirklich Interessantes und Authentisches erfahren kann. Indem die Plattenfirmen tonnenweise ähnliche Musik produzieren, verhindern sie das Auftauchen neuer Musikströmungen. Indem die Verleger jeden Monat Tausende neuer Bücher auf den Markt werfen, verhindern sie den Erfolg neuer literarischer Ideen, die in der Massenproduktion einfach untergehen. Der Überfluß an billigen Machwerken nach einem bestimmten Strickmuster blokkiert originelles Schöpfertum, und sogar die Kritiker, die eigentlich die Spreu vom Weizen trennen müßten, haben einfach nicht mehr die Zeit, alles zu lesen, alles zu hören, alles zu sehen.

Dadurch entsteht eine paradoxe Situation: Je mehr Fernsehkanäle, Rundfunksender, Zeitungen und sonstige Medien es gibt, desto mehr schrumpft die kreative Vielfalt. Graue Eintönigkeit macht sich breit.

Im Grunde hat sich also seit den Zeiten der Zensur von einst nichts geändert: Etwas Originelles, das das System gefährden könnte, darf nicht erscheinen. Wieviel Energie wird darauf verschwendet, für Unbeweglichkeit zu sorgen!

EDMOND WELLS,
Enzyklopädie des relativen und absoluten Wissens, Band III

83. Auf dem Fluss

Der silberfarbene Strom fließt nach Süden. Das Boot der Kundschafterinnen ist seit dem frühen Morgen auf diesem schillernden Band unterwegs. Hinten wühlen Schwimmkäfer die Wasseroberfläche mit anmutigen Bewegungen auf. Ihre grünen Panzer haben orangefarbene Ränder, und ihre Stirn ist mit einem gelben ›V‹ geschmückt. Die Natur liebt Dekorationen. Sie malt komplizierte Muster auf Schmetterlingsflügel und vergißt nicht einmal die Schwimmkäfer.

Ihre langen behaarten Waden strecken und beugen sich, um das schwere Gefährt der Ameisen voranzubringen. Prinzessin Nr. 103 und die zwölf anderen sitzen auf den höchsten Blütenblättern der Seerose und genießen die Aussicht.

Die kleine Seerose ist wirklich ein großartiger Schutz vor dem eisigen Wasser. Sie erregt kein Aufsehen, weil es ganz normal ist, daß eine Seerose auf dem Wasser schwimmt. Neugierig wie immer, probiert Nr. 103, wie der Wurzelsaft schmeckt. Erstaunt stellt sie fest, daß er wie ein Beruhigungsmittel wirkt. Alles kommt ihr plötzlich noch friedlicher und heiterer vor. Ameisen können nicht lächeln, aber sie fühlt sich sehr wohl.

Ein Fluß ist etwas Schönes! Rote Morgensonne wärmt die Belokanerinnen. Auf den Wasserpflanzen glitzern Tautropfen.

Trauerweiden lassen ihre langen, weichen Blätter hängen. Die Narzissen haben ein fröhlicheres Naturell: Sie stehen aufrecht da, gelbe Sterne, die einen köstlichen Duft verströmen.

Das oberste Seerosenblatt streift eine Schierlingsblüte, die nach Sellerie duftet und einen gelblichen Saft absondert, der an der Luft dunkler wird. Die Ameisen wissen, daß dieser Saft süß ist, aber einen Giftstoff enthält, der das Gehirn lähmt. Viele Kundschafterinnen sind gestorben, bevor diese Information im kollektiven Gedächtnis ihrer Artgenossen fest verankert war: Den Schierling nicht anrühren!

Über ihnen kreisen Libellen. Die jungen Ameisen bewundern diese schönen, großen Insekten, die mitten im Hochzeitstanz sind. Jedes Männchen verteidigt sein Territorium gegen die anderen und versucht es durch Kämpfe zu vergrößern.

Das Weibchen fühlt sich offenbar zu jenem Männchen

hingezogen, das ihr am meisten Platz für den Paarungstanz und das anschließende Eierlegen zu bieten hat.

Nr. 103 sitzt gemütlich im gelben Herzen der Seerose und denkt über die bedeutende Geschichte der Ameisen nach. Sie kennt alle alten Mythen, die von Generation zu Generation überliefert werden. Sie weiß, wie die Ameisen die Dinosaurier vom Erdboden tilgten: indem sie in ihre Gedärme eindrangen und sie von innen zerfraßen. Sie weiß auch, daß Ameisen und Termiten über Jahrmillionen hinweg um die Herrschaft über die Erde gekämpft haben.

Die Finger haben von der Geschichte der Ameisen keine Ahnung. Sie wissen nicht, daß Ameisen die Samen von Blumen und Gemüsesorten aus dem Land der aufgehenden Sonne in ferne Regionen brachten, wo man bis dahin weder Erbsen noch Zwiebeln noch Karotten gekannt hatte.

Beim Anblick des majestätischen Flusses, auf dem sie unterwegs ist, verspürt die Prinzessin großen Stolz auf ihre Gattung. Die Finger werden einen solchen Anblick nie genießen können. Sie sind viel zu groß, viel zu plump, um Trauerweiden und Narzissen so sehen zu können, wie eine Ameise sie sieht. Sie nehmen auch nicht die gleichen Farben wie eine Ameise wahr.

Die Finger können sehr weit sehen, aber ihr Gesichtsfeld ist viel zu eng, denkt Nr. 103.

Während Ameisen ein Blickfeld von 180 Grad haben, müssen die Finger sich mit 90 Grad begnügen, und wenn sie etwas wirklich scharf ins Auge fassen, schrumpft dieser Winkel sogar auf 15 Grad zusammen.

Sie hat es in einem Dokumentarfilm gehört: Die Finger haben entdeckt, daß die Welt rund ist. Sie besitzen Karten, auf denen alle Wälder und Wiesen eingezeichnet sind. Deshalb können sie nicht mehr sagen: »Ich mache mich auf den Weg ins Unbekannte« oder »Ich breche in ein fernes Land auf«. Mit ihren fliegenden Maschinen ist es ihnen nur zu leicht möglich, jedes Land der Erde in einem einzigen Tag zu erreichen.

Prinzessin Nr. 103 hofft, den Fingern eines Tages die Technologien von Bel-o-kan zeigen zu können: Wie man den Honigtau von Blattläusen zubereitet, wie man sich Tieren verständlich macht und tausenderlei andere Dinge, von denen die Finger nichts wissen.

Während die Sonne ihre Farbe von Rot in Orange wechselt, erklingen überall Lieder. Nicht nur die Grillen singen, sondern auch Kröten, Frösche, Vögel …

Es ist Zeit zum Mittagessen.

Bei den Fingern hat Nr. 103 sich angewöhnt, dreimal am Tag zu festen Zeiten zu essen. Die Ameisen beugen sich vor und sammeln Mückenlarven, die an der Wasseroberfläche hängen, mit den Köpfen nach unten und den Atmungsröhren nach oben. Alle haben Hunger.

84. In der Cafeteria

Hähnchen oder Fisch?

Tagesmenu der Cafeteria des Gymnasiums an diesem Montag: Vorspeise – rote Rüben in Essig; Hauptgericht – paniertes Fischfilet oder Brathähnchen; Dessert – Apfelkuchen.

Mit ihrem längsten Fingernagel befreite Zoé eine Mükke, die an der Konfitüre des Apfelkuchens klebte.

»Siehst du, manchmal können Fingernägel ganz nützlich sein«, sagte sie zu Julie.

Es war eher unwahrscheinlich, daß die Mücke sich erholen würde, aber Zoé wollte sie auf keinen Fall essen und setzte sie deshalb behutsam am Tellerrand ab.

Die Schüler standen mit ihren Tabletts Schlange, und eine Bedienung mit riesiger Kelle in der Hand stellte jedem die metaphysische Frage: »Hähnchen ODER Fisch?«

Schließlich war es diese Wahlmöglichkeit, die eine moderne Cafeteria von einer normalen Kantine unterschied.

Julie machte sich mit ihrem Tablett, das wegen einer hohen Wasserkaraffe ständig ins Schwanken geriet, auf die Suche nach einem großen Tisch, an dem die ganze Gruppe Platz hätte.

»Nein, hier nicht, dieser Tisch ist für Lehrer reserviert«, bekam sie zu hören.

Ein anderer großer Tisch war für das Dienstpersonal vorgesehen, ein dritter für die Verwaltungsangestellten. Jede Kaste verteidigte eifersüchtig ihr Territorium und ihre kleinen Privilegien, und es war unmöglich, dagegen anzukämpfen.

Endlich wurden Plätze frei. Weil sie nur zwanzig Minuten für das Mittagessen hatten, schlangen sie es hinunter, ohne sich Zeit zum Kauen zu nehmen. Ihre Mägen, die sich schon daran gewöhnt hatten, machten die Trägheit der Backenzähne wett, indem sie schärfere Säure produzierten.

Ein Schüler näherte sich dem Tisch der Gruppe. »Meine Freunde und ich haben das Konzert am Samstag abend verpaßt. Es soll super gewesen sein, und ich habe gehört, daß ihr nächste Woche wieder auftreten wollt. Könnten wir Freikarten bekommen?«

»Ja, wir hätten auch gern welche!« rief ein anderer.

»Wir auch …«

Bald war der Tisch von mindestens zwanzig Schülern umringt, die Freikarten begehrten.

»Wir dürfen uns nicht auf unseren Lorbeeren ausruhen«, mahnte Ji-woong. »Gleich nach der Geschichtsstunde ist Probe, einverstanden? Für das große Konzert am nächsten Samstag brauchen wir neue Lieder und neue Bühneneffekte. Narcisse, du kümmerst dich um die Kostüme, und du, Paul, um die Dekoration. Julie, du mußt dich zum ›Sexsymbol‹ wandeln. Dazu bist du prädestiniert, aber du bist noch nicht locker genug.«

»Du erwartest doch hoffentlich nicht, daß ich Striptease mache?«

»Nein, aber hin und wieder könntest du eine Schulter entblößen. Das machen sogar die berühmtesten Sängerinnen, und es ist sehr wirkungsvoll.«

Julie schnitt eine Grimasse.

Der Schuldirektor kam an ihren Tisch und gratulierte ihnen zu dem großen Erfolg. Er sagte, daß sein Bruder, der

Direktor des Kulturzentrums, am nächsten Samstag große Erwartungen in sie setze, und dann vertraute er ihnen an, er selbst habe in seiner Jugend eine ähnliche Chance gehabt und sie nicht genutzt, was er bis heute bedaure. Er händigte ihnen sogar einen Schlüssel für die nunmehr gepanzerte Hintertür aus, damit sie ihre Proben abhalten konnten, wann immer sie wollten.

Sobald er sich entfernt hatte, sagte Julie, auch an den Bühneneffekten gäbe es noch viel zu verbessern. Die auf den Vorhang projizierten Regenbogenfarben seien nicht wirkungsvoll genug.

»Wie wär's mit einem großen Buch im Hintergrund, auf das man nicht nur Farben, sondern auch Dias von Fotomontagen aus der *Enzyklopädie* projizieren könnte?« schlug Paul vor.

»Ja, und man könnte auch eine große Ameise bauen, die ihre Beine im Rhythmus der Lieder bewegt.«

»Vielleicht sollten wir unser Konzert ›Die Revolution der Ameisen‹ nennen. Schließlich hat dieses Stück uns beim ersten Auftritt gerettet.«

Alle hatten zündende Ideen. Sie wollten zwischen den Rocknummern sogar ein klassisches Stück, beispielsweise eine Bachsche Fuge, interpretieren.

85. Enzyklopädie

Die Kunst der Fuge: Die Fuge bedeutet gegenüber dem Kanon eine Weiterentwicklung. Der Kanon ›quält‹ ein einziges Thema in allen nur möglichen Abarten, um zu sehen, wie es jeweils reagiert. Hingegen kann die Fuge mehrere Themen beinhalten. Sie ist keine reine Wiederholung, sondern bildet eine Stufenfolge.

Bachs ›Musikalisches Opfer‹ gehört zu den architektonisch schönsten Fugen. Es beginnt in C-moll, endet aber mit Hilfe großartiger Taschenspielertricks in D-moll, und nicht einmal der aufmerksamste Zuhörer wird wahrgenommen haben, in welchem Moment diese Metamorphose vor sich gegangen ist.

Durch dieses System von ›Sprüngen‹ aus einer Tonart in die andere könnte man das ›Musikalische Opfer‹ beliebig weiter abwandeln.

Das Meisterwerk aller Fugen ist jedoch zweifellos ›Die Kunst der Fuge‹, die Bach kurz vor seinem Tod komponierte. Er wollte den ›gewöhnlichen Sterblichen‹ anhand dieser Komposition, die aus 15 Fugen und Kanons bestand, seine Technik musikalischer Progression erklären, die mit totaler Einfachheit beginnt und der absoluten Komplexität zustrebt. Gesundheitsprobleme – er war damals schon fast blind – hinderten ihn daran, die letzte Fuge zu vollenden.

Bemerkenswert ist, daß er die vier Buchstaben seines Namens als musikalisches Thema verwendete: B-A-C-H. Auf diese Weise brachte er sich selbst ins Innere seiner Musik ein, in der Hoffnung, daß sie ihn wie einen unsterblichen König in die Unendlichkeit emportragen würde.

EDMOND WELLS,
Enzyklopädie des relativen und absoluten Wissens, Band III

86. Angriff der Teichläufer

Das Seerosenboot gleitet friedlich auf dem Fluß dahin. Plötzlich sehen die Ameisen eine Gruppe von Insekten, die auf dem Wasser läuft. Es sind Teichläufer – Wasserwanzen, die Mücken ähnlich sehen.

Ihr Kopf ist länger als ihr Körper, und wegen der beiden kugelförmigen Augen, die seitlich wie Perlen aufgesetzt sind, erinnern sie an afrikanische Masken. Am Bauch haben sie samtige silberfarbene Härchen, die wasserabstoßend sind, und dank diesen Härchen können sie seelenruhig auf dem Wasser spazierengehen, ohne zu ertrinken.

Die Teichläufer suchen nach Wasserflöhen, toten Mükken und Larven von Wasserskorpionen, doch als sie die Vibrationen auf dem Ameisenboot wahrnehmen, gruppieren sie sich zu einer militärischen Formation und greifen unerwartet an.

Sie laufen und schlittern über die Wasseroberfläche, so als wäre es fester Boden. Die Ameisen erkennen die Gefahr und beziehen an den Seiten ihres Boots Position, die Hinterleiber nach außen gerichtet.

Feuer!

Ameisensäure wird verspritzt.

Viele Teichläufer verenden und treiben leblos auf dem Wasser, doch anderen gelingt es, sich dem Boot zu nähern. Sie hängen sich mit ihren langen Beinen an das Blatt und ziehen es durch ihr Gewicht nach unten, so daß die Ameisen plötzlich im kalten Wasser stehen. Einige versuchen es den Teichläufern gleichzutun und auf der Oberfläche zu laufen, aber sie haben keine Übung darin, ihr Gewicht ganz gleichmäßig auf jedes Bein zu verteilen; eines sinkt immer ein, so daß sie schließlich doch im kalten Naß landen und vergeblich mit den Beinen rudern. Es besteht zwar keine Gefahr zu ertrinken, weil das Wasser ihnen nur bis zu den Unterkiefern geht, aber sie wären jetzt für jeden Angreifer eine leichte Beute. Verzweifelt klammern sie sich an den Rand ihres Bootes, während die aggressiven Teichläufer auf ihren Köpfen herumtrampeln, um sie in die Tiefe zu stoßen.

Not macht erfinderisch, und so verklammern sich die Ameisen ineinander und bilden mit ihren Körpern eine schwimmende Plattform. Die obersten stemmen sich ab, springen auf ihr Boot und ziehen die anderen hoch. Es gelingt ihnen sogar, einige Teichläufer gefangenzunehmen.

Nr. 103 fragt diese Gefangenen, warum sie als Horde angegriffen haben, obwohl doch jeder weiß, daß sie Einzelgänger sind. Ein Teichläufer berichtet, die ›Begründerin‹ habe diese Veränderung bewirkt.

Diese Teichläuferin lebte an einem Ort mit sehr starker Strömung, wo man sich ans Schilfrohr klammern mußte, um nicht abgetrieben zu werden. Die ›Begründerin‹ ärgerte sich darüber, daß die Teichläufer ihre Energie darauf verschwendeten, gegen die Strömung anzukämpfen, obwohl niemand wußte, wohin diese Strömung führte. Sie wollte sich nicht ihr Leben lang hinter dem Schilfrohr verstecken und beschloß deshalb, sich von der Strömung ins Unbekannte tragen zu lassen. Alle rieten ihr davon ab und prophezeiten ihr den sicheren Tod, weil die Strömung sie gegen Felsen schleudern würde, doch die eigensinnige Teichläuferin machte sich trotzdem auf den Weg. Sie trieb hilflos dahin, wurde hin- und hergeworfen und trug schwere Verletzungen davon, aber sie überlebte, und als sie weiter unten am Fluß wieder an Land kam, waren die dortigen Teichläufer von ihrem Mut so beeindruckt, daß sie beschlossen, sich fortan unter ihrer Führung im Kollektiv zu behaupten.

Ein einzelner kann also das Verhalten einer ganzen Gruppe verändern, denkt Nr. 103. Was hatte jene mutige Teichläuferin bewiesen? Indem man seine Furcht überwindet, auf Sicherheit verzichtet und sich von der Strömung mitreißen läßt, riskiert man zwar Blessuren, doch am Ende verbessert man nicht nur die eigenen Lebensbedingungen, sondern auch die der Gemeinschaft.

Die Prinzessin schöpft aus dieser Erzählung neuen Mut.

Nr. 15 nähert sich und will den redseligen Wasserläufer verspeisen, aber Nr. 103 hindert sie daran. Sie meint, man müsse ihn freilassen, damit er zu seinem kürzlich sozialisierten Volk zurückkehren könne. Nr. 15 versteht nicht, warum man ihn verschonen sollte. Schließlich ist er sehr wohlschmeckend.

»Vielleicht sollten wir sogar diese berühmte ›Begründerin‹ suchen und töten«, fügt sie hinzu.

Die anderen stimmen ihr zu. Wenn die Teichläufer sich jetzt zu Gruppen zusammenschließen und kriegerisch gebärden, werden sie in einigen Jahren Städte bauen und die Flüsse beherrschen. Am vernünftigsten wäre es, ihnen sofort Einhalt zu gebieten.

Das weiß auch Nr. 103, aber sie sagt sich, daß man jeder Gattung eine Chance geben müsse. Man braucht Konkurrenten nicht zu vernichten, um seinen Vorsprung zu wahren, man muß nur schneller sein.

Die Prinzessin rechtfertigt ihr Mitgefühl mit dem Hinweis auf ihre geschärften Sinne, aber im Grunde weiß sie, daß es nur ein weiterer Beweis für ihre Dekadenz ist, die ihren Ursprung zweifellos im langen Umgang mit den Fingern hat.

Sie neigt zum Egoismus, und diese Tendenz hat sich durch ihre Verwandlung in ein geschlechtsfähiges Weibchen weiter verstärkt. Normalerweise ist eine Ameise ständig mit dem Kollektivgeist verbunden und isoliert sich nur in seltenen Fällen davon, um persönliche Probleme zu lösen. Doch Nr. 103 hat sich fast komplett vom Kollektivgeist getrennt und gibt sich gar keine Mühe mehr, als Gruppenwesen zu agieren. Wenn das so weitergeht, wird sie bald nur noch an sich denken und genauso egozentrisch wie die Finger sein.

Auch Nr. 5 spürt, daß die Prinzessin sogar bei der Absoluten Kommunikation ganze Bereiche ihres Gehirns verschließt, daß sie nicht mehr ans Kollektiv denkt.

Doch dies ist nicht der richtige Zeitpunkt für Reflexionen oder Vorwürfe, denn die Ameisen bemerken plötzlich, daß die Blütenblätter der Seerose sich wie Segel blähen. Entweder ist ein starker Wind aufgekommen, oder aber ... die Geschwindigkeit hat sich erhöht.

Alle nach oben.

Einige Ameisen klettern bis zur Spitze des höchsten Blütenblatts empor. Hier ist die Geschwindigkeit noch viel spürbarer. Ihre Fühler fliegen wie Grashalme nach hinten.

In der Ferne zeichnet sich ein schaumgekröntes Hindernis ab, und bei dem jetzigen Tempo werden sie ihm kaum ausweichen können.

Hoffentlich ist es kein Wasserfall! denkt Nr. 103.

87. Vorbereitungen

Julie und ihre Freunde bereiteten sich sorgfältig auf ihr zweites Konzert vor. Jeden Nachmittag wurde nach dem Unterricht im Musikraum geprobt.

»Wir haben nicht genug eigene Lieder, und es macht einen schlechten Eindruck, wenn wir jedes Stück zweimal singen müssen, um ein Konzert von normaler Länge zu bestreiten.«

Julie legte die *Enzyklopädie* auf den Tisch, und alle beugten sich darüber. Mögliche Themen wurden sofort notiert: ›Goldene Zahl‹, ›Das Ei‹, ›Zensur‹, ›Noosphäre‹, ›Die Kunst der Fuge‹, ›Reise zum Mond‹ ... Sie machten sich daran, die Texte umzuschreiben, damit sie leichter vertont werden konnten.

»Wir sollten den Namen der Gruppe ändern«, sagte Julie plötzlich.

Alle hoben die Köpfe.

»›Schneewittchen und die Sieben Zwerge‹, das hört sich doch kindisch an, findet ihr nicht auch?« fuhr sie fort. »Außerdem stört mich das ›und‹, weil es mich von euch trennt. Wenn schon, würde mir der Name ›Die Acht Zwerge‹ besser gefallen.«

Alle begriffen, worauf sie hinaus wollte.

»Den größten Erfolg hatten wir mit dem Lied ›Die Revolution der Ameisen‹. David hat schon vorgeschlagen, unser nächstes Konzert so zu nennen. Warum sollten wir nicht auch unsere Gruppe entsprechend umtaufen?«

»Doch nicht in ›Die Ameisen‹?« rief Zoé naserümpfend.

»Warum nicht?« meinte Léopold. »Das würde sich ganz gut anhören. Es hat doch auch schon die Beatles, d. h. die ›Käfer‹ gegeben, und die vier Typen hatten unglaublichen Erfolg.«

Ji-woong dachte laut nach. »Die Ameisen ... Die Revolution der Ameisen ... Da gäbe es einen Zusammenhang, das stimmt schon. Aber warum ausgerechnet *diese* Insekten?«

»Was hast du denn gegen Ameisen?«

»Man zertrampelt sie mit den Füßen oder zerquetscht sie mit den Fingern. Außerdem haben sie nichts Amüsantes an sich.«

»Nehmen wir lieber irgendwelche schönen Insekten«, schlug Narcisse vor. »Nennen wir uns ›Die Schmetterlinge‹ oder ›Die Bienen‹.«

»Warum nicht gleich ›Die Gottesanbeter‹«, grinste Paul. »Gottesanbeterinnen haben ulkige Köpfe, die sich auf Plattenhüllen gut machen würden.«

»Nein!« widersprach Julie vehement. »Gerade weil die Ameisen so unbedeutend zu sein scheinen, sind sie die beste Referenz. Es liegt an uns, ein verkanntes Insekt ins rechte Licht zu rücken.«

Die anderen waren noch nicht überzeugt.

»Die *Enzyklopädie* enthält jede Menge Texte über die Ameisen.«

Dieses Argument schlug ein. Wenn sie schon in größter Eile neue Lieder komponieren mußten, könnten sie sich des Themas bedienen, das in der *Enzyklopädie* am häufigsten vorkam.

»Ich bin mit ›Die Ameisen‹ einverstanden«, sagte David.

Alle nickten zustimmend.

»Und jetzt entwerfen wir das Plakat.«

David setzte sich an den Computer und wählte eine Schrift aus, die den Buchstaben auf alten Pergamenten ähnlich sah. Rote verschnörkelte Großbuchstaben, schwarze Kleinbuchstaben, weiß umrandet.

Als Emblem ihrer Gruppe bot sich das Titelbild der Enzyklopädie an: Drei Ameisen, die in einem Dreieck ein Ypsilon bildeten, wobei das Dreieck seinerseits von einem Kreis umgeben war.

Auf dem Bildschirm sah ihr Plakatentwurf wirklich wie ein altes Pergament aus. Oben stand: »Die Ameisen«, darunter in Klammern: Neuer Name der Gruppe »Schneewittchen und die Sieben Zwerge«, damit ihre ersten Fans sich zurechtfanden.

Unter dem Emblem: »Samstag, 1. April, Konzert im Kulturzentrum von Fontainebleau.«

Und darunter in Großbuchstaben: DIE REVOLUTION DER AMEISEN.

Zoé machte zweitausend Fotokopien in Farbe, und Ji-woong bat seine kleine Schwester, die Plakate überall in der Stadt an Ladentüren und Mauern anzukleben. Unter der Bedingung, daß sie und ihre Helferinnen Freikarten bekämen, erklärte sich das Mädchen dazu bereit.

»Stellen wir etwas wirklich Spektakuläres auf die Beine!« rief Francine.

»Ja, mit Spezialeffekten bei Beleuchtung und Dekoration«, nickte Paul.

»Ich könnte aus Styropor ein Buch von einem Meter Höhe fabrizieren«, schlug Léopold vor.

»Großartig«, meinte David. »In der Mitte müßte eine bewegliche Seite sein. Wenn wir dann Dias darauf projizieren, bekommen die Zuschauer den Eindruck, als würden Seiten gewendet.«

»Und ich baue eine Ameise, die mindestens zwei Meter groß wird«, versprach Ji-woong.

Paul regte an, Duftstoffe zu versprühen, die zu den jeweiligen Liedern paßten: Lavendel- oder Erdgeruch, Jod- oder Kaffeegeruch, alles war möglich, und er traute sich durchaus zu, diese olfaktorische Kulisse zu schaffen, weil er sich von jeher sehr für Chemie interessiert hatte.

Narcisse wollte Kostüme entwerfen und sich als Maskenbildner betätigen.

Als die Probe dann endlich begann, kam David bei seinem Solo völlig durcheinander. Auch den anderen waren störende Nebengeräusche aufgefallen, aber alle hielten das Zirpen zunächst für einen Defekt im Verstärker. Erst als Paul den Schaden beheben wollte, entdeckte er eine Grille, die sich neben dem Transformator häuslich eingerichtet hatte, weil sie Wärme liebte.

David kam auf die Idee, das kleine Mikrofon zu nehmen, das an einer seiner Harfensaiten angebracht war, und es an den Flügeldecken des Insekts zu befestigen; dann, nachdem Paul das Gerät justiert hatte, waren bizarre Töne zu hören.

»Ich glaube, jetzt haben wir endlich den perfekten Musiker für die ›Revolution der Ameisen‹ gefunden«, lachte David.

88. Enzyklopädie

Die Zukunft gehört den Schauspielern: Die Zukunft gehört den Schauspielern. Sie verstehen es, Zorn zu mimen, um respektiert zu werden, Freude zu mimen, um Neid zu erregen, Liebe zu mimen, um umworben zu werden. Alle Berufe sind von Schauspielern infiltriert.

Die Wahl von Ronald Reagan zum Präsidenten der USA im Jahre 1980 hat die Herrschaft der Schauspieler endgültig gefestigt. Es ist überflüssig, Ideen zu haben oder etwas vom Regieren zu verstehen – es genügt durchaus, sich mit einer Riege von Spezialisten zu umgeben, die Reden schreiben können, und dann braucht man nur noch seine Rolle vor den Kameras überzeugend zu spielen.

In den meisten modernen Demokratien ist für die Wahl eines Kandidaten sowieso nicht mehr dessen politisches Programm entscheidend (schließlich weiß mittlerweile jeder, daß Wahlversprechen nicht eingehalten werden, weil das Land in eine globale Politik eingebunden ist, von der es nicht abweichen kann), sondern sein Auftreten, sein Lächeln, seine Stimme, sein Kleidungsstil, sein Umgang mit Medienvertretern, seine geistreichen Bemerkungen etc.

Schauspieler haben in allen Berufen erheblich an Boden gewonnen. Ein Maler, der ein guter Schauspieler ist, macht allen weis, seine einfarbige Leinwand sei ein Kunstwerk. Ein Sänger braucht keine Stimme zu haben, wenn er seinen Clip nur publikumswirksam präsentiert. Schauspieler regieren die Welt. Dadurch bekommt der Schein die Oberhand über das Sein. Es kommt nicht mehr darauf an, *was* jemand sagt (niemand hört ihm zu), sondern nur darauf, *wie* er es sagt, welche Miene er dabei aufsetzt, und ob seine Krawatte zum Brusttuch paßt.

Menschen, die zwar Ideen haben, sich aber nicht in Pose setzen können, werden in zunehmendem Maße von Debatten ausgeschlossen.

EDMOND WELLS,
Enzyklopädie des relativen und absoluten Wissens, Band III

89. Wasserfälle

Der Wasserfall!

Die Ameisen richten erschrocken ihre Fühler auf.

Bis jetzt hat die sanfte Strömung ihr Boot friedlich am Ufer entlang getragen, doch nun wird es immer schneller. Sie nähern sich den Stromschnellen.

Die Kieselsteine, die aus dem Wasser ragen, tragen weiße Schaumkronen. Das Brausen ist ohrenbetäubend. Die rosa Blüten der Seerose knattern wie geblähte Segel.

Prinzessin Nr. 103, der ihre Antennen ums Gesicht flattern, gestikuliert wild, daß man weiter nach links steuern müsse, wo die Strömung nicht ganz so reißend zu sein scheint. Die Wasserkäfer werden gebeten, ihre Waden viel schneller zu bewegen, und die größten Ameisen schnappen sich lange Zweige, halten sie mit den Mandibeln fest und benutzen sie als Bootshaken.

Nr. 13 fällt ins Wasser und kann in letzter Sekunde gerettet werden.

Kaulquappen warten nur darauf, daß das Boot kentert. Diese Amphibienlarven sind gefräßiger als Haie, nur eben in einer anderen Größenordnung.

Das Boot rast direkt auf die drei großen Kieselsteine zu, obwohl die Wasserkäfer sich nach besten Kräften abstrampeln. Es rammt einen Stein, aber das weiche Blatt der Seerose dämpft zum Glück die Erschütterung. Die Blüte schwankt und droht umzukippen, wird aber von einem Strudel in die andere Richtung getrieben.

Den ersten Wasserfall haben die Ameisen überlebt, doch schon kommt ein zweiter in Sicht, und jetzt ist ihr Boot nicht nur von Kaulquappen umringt, sondern auch von Drehkäfern und Wasserskorpionen. Die meisten dieser Räuber erhoffen sich ein baldiges leckeres Mahl, aber einige sind auch nur neugierig. Wieder prallt die Seerose gegen Kieselsteine, und nachdem drei Kundschafterinnen fast über Bord gegangen wären, suchen alle hastig Zuflucht unter den gelben Staubfäden im Herzen der Pflanze und beißen ihre Mandibel zusammen. Wie durch ein Wunder kentert das Boot auch diesmal nicht. Glück muß die Ameise haben, denkt Nr. 103.

Ihr Glück währt freilich nicht lange, denn die Wasserkäfer desertieren angesichts weiterer schäumender Stromschnellen, und nun treibt die Seerose ziellos dahin. Nr. 103 wirft einen flüchtigen Blick zum Himmel empor, der immer noch strahlend blau ist. Dort oben scheint alles so ruhig und heiter, aber hier unten tost der Fluß, die Seerose dreht sich im Kreis, schneller und immer schneller, und die Zentrifugalkraft preßt die Ameisen an das innerste Blütenblatt. Ein ums andere Mal wird das Boot gegen Kieselsteine geschleudert. Nr. 103 und Nr. 5 purzeln übereinander. Die Prinzessin späht vorsichtig zwischen zwei Blütenblättern ins Freie, zieht ihren Kopf aber sofort wieder zurück, denn jetzt strudelt das Boot auf einen so gewaltigen Wasserfall zu, daß der Fluß dahinter gar nicht mehr zu sehen ist.

Nr. 103 denkt an den Film »Niagara« ... Das ist das Ende! Ihr Boot fliegt hoch in die Luft empor. Tief unter sich sieht sie das silbrige Band des Flusses.

90. Hinter den Kulissen

»Also, Kinder, diesmal gilt das Motto: Mit Volldampf voraus!«

Diese Anweisung des Direktors war überflüssig, denn die Vorbereitungen liefen auf Hochtouren. Drei Stunden vor Konzertbeginn waren die Dekorationen noch nicht fertig, und es ging ziemlich hektisch zu. Léopold montierte das riesige Buch, David beschäftigte sich mit der Ameisenstatue, und Paul führte seinen Freunden stolz den »olfaktorischen Synthesizer« vor.

»Mit meinem Gerät kann man alle Gerüche künstlich erzeugen, von Rindsragout bis hin zu Jasminduft, von Schweiß- und Blutgeruch bis zu Kaffee und Pfefferminztee, Brathähnchen nicht zu vergessen ...«

Francine machte Julie in der Garderobe klar, daß sie an diesem wichtigen Abend noch schöner als beim ersten Konzert aussehen müsse. »Es darf im Saal keinen einzigen Zuschauer geben, der sich nicht in dich verliebt!«

Sie hatte einen großen Schminkkoffer mitgebracht und erwies sich als geschickte Maskenbildnerin, indem sie Julies hellgraue Augen durch farbenprächtige Vogelmotive perfekt zur Geltung brachte. Zum Schluß schmückte sie die schwarzen Haare ihrer Freundin mit einem funkelnden Diadem.

»Heute abend mußt du eine Königin sein.«

Narcisse betrat die kleine Garderobe. »Und ich habe für diese Königin ein fürstliches Gewand entworfen. Du wirst Kaiserin Joséphine, die Königin von Saba, Katharina die Große und Kleopatra mühelos in den Schatten stellen.«

Er entfaltete eine schillernde blaue Robe mit zarten weißen und schwarzen Mustern. »In deiner *Enzyklopädie* findet man auch Anregungen für eine neue Ästhetik, und deshalb sollst du die prächtigen Farben des *Papilio Ulysses* zur Schau tragen. Diese Schmetterlingsart gibt es in den Wäldern von Neuguinea, aber auch im Norden von Queensland und auf den Salomon-Inseln.«

»Und was ist das?« Julie deutete auf zwei schmale Samtbänder, die eine Art Schleppe bildeten.

»Das sind die Schwanzspitzen des Schmetterlings, die seinem Flug besondere Anmut verleihen. Probier dein Kostüm schnell mal an.«

Julie zog Pulli und Rock aus. Sie genierte sich, daß ein Junge sie nur in Slip und BH sah, aber Narcisse beruhigte sie:

»Mich interessiert nur, ob es dir paßt. Ich bin immun gegen weibliche Reize, obwohl ich zugebe, daß ich viel lieber eine Frau wäre, weil ihre Körper auf die meisten Männer eine große Anziehungskraft ausüben.«

»Wärst du wirklich lieber eine Frau?« fragte Julie erstaunt, während sie sich rasch anzog.

»Einer griechischen Legende zufolge ist ein Orgasmus für Frauen neunmal genußreicher als für Männer. Wir sind in dieser Hinsicht sehr benachteiligt. Außerdem beneide ich die Frauen, weil sie schwanger werden können. Es muß ein aufregendes Gefühl sein, keimendes Leben in sich zu spüren, und diese Erfahrung bleibt uns Männern versagt.«

Julie hüllte sich in das weite blaue Gewand. »Es fühlt sich auf der Haut sehr angenehm an – weich und warm«, sagte sie anerkennend.

»Kein Wunder – diese Seide stammt von der Raupe des Ulysses-Schmetterlings. Man hat dem armen Geschöpf den Faden gestohlen, der für seinen Kokon bestimmt war, aber für dich hätte die Raupe dieses Opfer gern gebracht, davon bin ich überzeugt. Bei den Indianern war es üblich, einem Tier zu erklären, warum man es mit Pfeil und Bogen tötete – beispielsweise, weil man seine Familie ernähren oder bekleiden mußte. Sollte ich einmal reich sein, werde ich eine eigene Seidenraupenzucht betreiben und jeder Larve erzählen, welchem Kunden sie ein so kostbares Geschenk macht.«

Julie betrachtete sich in dem großen Spiegel, der an der Tür angebracht war. »Dieses Kostüm ist wirklich fantastisch, Narcisse! Du solltest Modeschöpfer werden.«

»Ein Ulysses-Schmetterling für eine Sirene, das paßt doch großartig zusammen! Ich habe nie begriffen, warum Odysseus dem unwiderstehlichen Gesang dieser Mädchen nicht lauschen wollte.«

Julie zupfte an dem Gewand herum. »Danke für das Kompliment!«

»Es ist doch ganz normal, einer schönen Frau Komplimente zu machen. Hinzu kommt noch, daß deine Stimme einfach umwerfend ist. Sobald ich sie höre, überläuft es mich heiß und kalt. Nicht einmal die Callas könnte es mit dir aufnehmen.«

Julie lachte schallend. »Bist du wirklich ganz sicher, daß du dir nichts aus Frauen machst?«

Narcisse legte ihr seine Hände auf die Schultern. »Hast du noch nie etwas von platonischer Liebe gehört? Ich will nicht mit dir schlafen, und ich erwarte auch keine Gegenliebe. Mir genügt es, dich zu sehen und deine Stimme zu hören, um glücklich zu sein.«

Die anderen betraten die Garderobe, und Zoé nahm Julie in die Arme. »Na, so was, unsere Raupe hat sich tatsächlich in einen Schmetterling verwandelt, jedenfalls äußerlich …

»Es handelt sich um eine exakte Kopie des Flügelmusters eines Ulysses-Schmetterlings«, erklärte Narcisse.

»Toll!«

Ji-woong griff nach Julies Hand. Ihr war schon in den letzten Tagen aufgefallen, daß alle Jungen der Gruppe sie unter irgendwelchen Vorwänden zu berühren versuchten, und das war ihr denkbar zuwider. Ihre Mutter hatte immer gepredigt, Menschen müßten genauso wie Autos einen gewissen Sicherheitsabstand voneinander einhalten, weil Nähe unweigerlich zu großen Problemen führe.

David massierte ihren Nacken und ihre Schultern. »Zur Entspannung«, behauptete er, und seine Finger übten tatsächlich eine wohltuende Wirkung auf ihre verkrampften Muskeln aus, riefen aber zugleich Empfindungen hervor, von denen sie nichts wissen wollte, so daß sie heilfroh war, als der Direktor des Kulturzentrums auftauchte.

»Beeilt euch, Kinder! Bald ist es soweit! Das Publikum kann es kaum noch erwarten.«

Er trat dicht an Julie heran. »Du hast ja eine Gänsehaut, meine Kleine. Frierst du?«

Sie wich einen Schritt zurück. »Nein, danke, es ist alles in bester Ordnung.«

Der Direktor versicherte, sie könnten ganz beruhigt sein, Störungen wie beim ersten Konzert werde es diesmal nicht geben, weil er sechs kräftige Saalwärter angeheuert habe.

Alle schlüpften rasch in die originellen Kostüme, die Narcisse angefertigt hatte: Léopold war eine orangefarbene Ameise, Francine eine grüne Gottesanbeterin, Zoé ein roter Marienkäfer mit schwarzen Punkten, Ji-woong ein schillernder Skarabäus und David eine bräunliche Grille. Narcisse selbst verwandelte sich in eine buntscheckige Heuschrecke.

Während sie ein letztes Mal kontrollierten, ob ihre Bühnendekorationen funktionierten, platzte Marcel Vaugirard für ein Interview herein. »Das Konzert werde ich mir auch heute nicht anhören«, verkündete er. »Aber Sie müssen doch zugeben, daß mein letzter Artikel den Nagel auf den Kopf getroffen hat.«

Julie dachte insgeheim, wenn alle Journalisten so wie er arbeiteten, bekäme man in Presse und Fernsehen ein sehr verzerrtes Bild der Realität geliefert, aber sie wollte kurz vor dem Konzert keinen Streit vom Zaun brechen und murmelte deshalb versöhnlich: »Ja, Sie haben eine gute Rezension geschrieben.«

Zoé war angriffslustiger. »Würden Sie mir bitte erklären, warum Sie nicht hierbleiben wollen? Ich begreife das nicht.«

»Ich dachte, ich hätte mich neulich unmißverständlich geäußert. ›Nur über das, was man nicht kennt, kann man gut schreiben.‹ Leuchtet Ihnen das nicht ein? Überlegen Sie doch mal! Wenn man sich auf irgendeinem Gebiet gut auskennt, ist man nicht mehr objektiv, weil einem die nötige Distanz fehlt. Die Chinesen sagen, wer sich einen Tag in China aufhalte, schreibe ein Buch, wer einen Monat dort bleibe, schreibe einen Artikel, und wer ein Jahr ausharre, schreibe gar nichts mehr. Das ist stark, nicht wahr? Und es läßt sich auf alles andere übertragen. Schon in meiner Jugend ...«

Julie begriff plötzlich, daß dieser Journalist im Grunde nur davon träumte, selbst interviewt zu werden. Marcel Vaugirard war nicht neugierig auf diese neue Musikgruppe. Er war auf gar nichts mehr neugierig. Sein sehnlichster Wunsch war, daß Julie ihn bewundernd fragte, wie er diese journalistische Weisheit entdeckt habe, wie er davon Gebrauch mache, und welche Position er in der Lokalredaktion des *Clairon* einnehme.

Sie sah, daß er weiter die Lippen bewegte, hörte seinem Geschwätz aber nicht mehr zu, so als hätte sie beim Fernseher den Ton abgestellt. Dieser Journalist glich dem Taxifahrer von neulich: Beide hatten ein ungeheures Mitteilungsbedürfnis, wollten ihrerseits aber nicht zuhören. Marcel Vaugirard gab zweifellos in jedem seiner Artikel etwas von sich selbst preis, und wenn man seine gesammelten Werke lesen würde, wüßte man über seine ganze Biografie Bescheid – über den Werdegang eines weisen Helden der modernen Presse!

Der Direktor des Kulturzentrums berichtete begeistert, der Saal sei völlig ausverkauft, und sogar die Stehplätze würden allmählich knapp.

»Hört euch das nur mal an!«

Die Menge skandierte lautstark: »Ju-lie! Ju-lie! Ju-lie!« Das junge Mädchen glaubte zu träumen. Die Zuschauer riefen nicht nach der ganzen Gruppe, sondern nach ihr! Sie spähte durch den Vorhang, und der Anblick des begeisterten Publikums verschlug ihr den Atem.

»Na, wie fühlst du dich?« fragte David.

Sie wollte antworten, brachte aber keinen Ton hervor, räusperte sich und krächzte heiser: »Ich ... habe ... keine ... Stimme ... mehr!«

Die Sieben Zwerge tauschten bestürzte Blicke. Wenn Julie nicht singen konnte, fiel das ganze Konzert ins Wasser!

Sie selbst erinnerten sich an den Alptraum, in dem sie keinen Mund mehr gehabt hatte, nur noch ein Kinn, das bis zur Nase reichte ... Verzweifelt gestikulierte sie, daß man das Publikum nach Hause schicken müsse.

»Das ist nur Lampenfieber«, versicherte Francine tröstend.

»Ja, das ist nur Lampenfieber«, bestätigte der Direktor. »Vor wichtigen Auftritten ist so etwas ganz normal, aber ich habe ein Heilmittel.«

Er eilte davon und kehrte gleich darauf mit einem Honigtopf zurück.

Julie ließ mehrere Löffel Honig auf ihrer Zunge zergehen, schluckte und machte versuchsweise: »Aaaaah.«

Allen fiel ein Stein vom Herzen.

»Welch ein Glück, daß die Insekten dieses Allheilmittel erzeugen!« rief der Direktor. »Meine Frau kuriert sogar Grippe mit Honig.«

Überglücklich, ihre Stimme wiederzuhaben, probierte Julie die ganze Tonleiter durch.

»Also, seid ihr bereit?«

91. Enzyklopädie

Zwei Münder: Im Talmud heißt es, der Mensch besitze zwei Münder, den oberen und den unteren.

Der obere Mund löse mit Hilfe der Sprache körperliche Probleme, denn die Sprache vermittelt nicht nur Informationen, sondern vermag auch zu heilen. Der ›obere Mund‹ stellt den Kontakt zur Umwelt her, definiert den Platz des Menschen in Zeit und Raum. Der Talmud rät von der Einnahme zu vieler Medikamente ab, weil diese das Wort behinderten. Sprachlosigkeit führe aber unweigerlich zu allen möglichen Krankheiten.

Der zweite Mund des Menschen sind seine Geschlechtsorgane. Durch sexuellen Genuß und Fortpflanzung schafft er sich einen Freiraum und schlägt einen neuen Weg ein, der sich von jenem der Familie, aus der er stammt, unterscheidet. Jeder Mensch kann seinen Kindern andere Werte vermitteln, als seine eigenen Eltern ihm vermittelt haben.

Der ›obere Mund‹ wirkt auf den unteren ein, denn man verführt einen Menschen mit Worten, doch auch der ›untere Mund‹ wirkt auf den oberen ein, denn durch das Geschlechtliche entdeckt man seine eigene Identität.

EDMOND WELLS,
Enzyklopädie des relativen und absoluten Wissens, Band III

92. Erster Sprengungsversuch

»Wir sind soweit.«

Maximilien betrachtete die Pyramide, auf deren Seitenflächen Sprengstoff angebracht worden war. Sie würde ihn nicht mehr lange ärgern!

Die Spezialisten wickelten das lange Zündkabel ab und brachten sich in Sicherheit.

Der Kommissar gab dem Sprengmeister ein Zeichen.

»Fünf ... vier ... drei ... zwei ...«, zählte der Mann.

Bzzz...

Der Sprengmeister stürzte kopfüber ins Gras, betäubt von einem Stich in den Hals.

Schon wieder die Wespen, die sich als Hüterinnen der Pyramide aufspielten!

Maximilien befahl seinen Männern, ihre nackte Haut zu schützen, und machte es ihnen vor, indem er seinen Kragen hochstellte und seine Hände in die Hosentaschen steckte. Mit dem Ellbogen drückte er auf den Hebel der Zündbatterie.

Die Explosion blieb aus.

Er untersuchte das Zündkabel und stellte fest, daß es von winzigen Mandibeln durchtrennt worden war.

93. Wasser

Die Seerose braust wie eine Rakete durch die Lüfte, und während dieses Höhenflugs können die Ameisen Kolibris und Eisvögel bewundern, die sie noch nie zu sehen bekommen haben. In ihrer Todesangst wissen sie das jedoch nicht zu schätzen.

Nr. 103 läßt ihren Blick über die zwölf jungen Kundschafterinnen schweifen, deren Fühler vor Schreck zu Berge stehen. Sie ist sicher, daß dies das letzte Bild ist, das sie jemals sehen wird.

Meine letzte Reise, meine letzten Impressionen, denkt Nr. 103.

Doch die Seerose ist den Gesetzen der Schwerkraft unterworfen. Wie ein außer Kontrolle geratener Aufzug rast sie der Erde zu. Nr. 103 krallt ihre Mandibel in ein Blütenblatt, um nicht davonzufliegen. Nr. 7 verliert den Halt, wird aber von Nr. 14 festgehalten, die sich ihrerseits an Nr. 11 klammert.

Das Boot schlägt hart auf der Wasseroberfläche auf und taucht unter. Nr. 103 sieht einen Gründling mit runden Augen und zwei Wassermolche, doch dann dauert es nur den Bruchteil einer Sekunde, bis die Seerose zur Ruhe kommt.

Die gefährlichen Stromschnellen liegen hinter ihnen, und neue sind nicht in Sicht. Erleichtert schütteln die Ameisen das Wasser von ihren Fühlern ab und stärken sich gegenseitig durch Trophallaxien. Alles ist wieder ganz normal. Eine Libelle verspeist eine Wasserjungfer und wird ihrerseits von einer Forelle geschluckt.

Das Seerosenboot treibt auf dem Silberfluß in südliche Richtung, doch es ist spät am Tag. Die Sonne ist müde und geht unter. Alles wird grau in grau. Nebel macht sich breit, so daß die Sichtweite nur noch wenige Zentimeter beträgt, und das olfaktorische Radarsystem der Ameisen wird durch Wasserdampf behindert. Sogar die Seidenspinner, Meister der Standortbestimmung, verkriechen sich.

Dafür tauchen einige Nachtpfauenaugen über dem Seerosenboot auf, und Nr. 103 bewundert ihre majestätischen Bewegungen. Die Schmetterlinge sind wunderschön, und sie ist überglücklich, noch am Leben zu sein.

94. Enzyklopädie

Schmetterling: Nach dem Ende des Zweiten Weltkriegs wurde Dr. Elisabeth Kubbler Ross gebeten, sich jüdischer Kinder anzunehmen, die die Konzentrationslager der Nazis überlebt hatten.

In den Baracken fiel ihr auf, daß die Kinder Zeichnungen in die Holzpritschen geritzt hatten, und es waren in allen Konzentrationslagern dieselben Motive: Schmetterlinge.

Die Ärztin fragte viele Kinder, was diese Schmetterlinge zu bedeuten hätten, doch die meisten blieben stumm. Ein siebenjähriger Junge klärte sie schließlich auf: »Diese Schmetterlinge sind wie wir. Wir alle wissen, daß diese Körper, die jetzt leiden müssen, nur ein Zwischenstadium sind. Wir sind Raupen, und eines Tages wird unsere Seele all diesem Schmutz und Schmerz entfliehen. Indem wir Schmetterlinge zeichnen, erinnern wir uns gegenseitig daran, daß auch wir bald Schmetterlinge sein werden, die einfach davonfliegen können.«

EDMOND WELLS,
Enzyklopädie des relativen und absoluten Wissens, Band III

95. Bootswechsel

Plötzlich taucht vor ihnen ein Felsen auf. Die Ameisen wollen ihm ausweichen, aber der Felsen öffnet zwei Augen und sperrt ein riesiges Maul auf.

»Vorsicht! Diese Steine sind lebendig!« ruft Nr. 10.

Alle rennen aufgeregt an Bord der Seerose umher, wie Matrosen bei einem Sturm, und rufen sich widersprüchliche olfaktorische Befehle zu.

Das hat ihnen gerade noch gefehlt! Werden sie denn nie zur Ruhe kommen? Nach den Wasserfällen nun auch noch lebendige Steine!

Prinzessin Nr. 103 beugt sich skeptisch über die Reling. Es ist unmöglich, daß Steine Münder haben! Außerdem ist dieser mutmaßliche Stein viel zu regelmäßig geformt. Das ist gar kein Stein, sondern eine Schildkröte! Allerdings hat Nr. 103 noch nie eine Schildkröte gesehen, die schwimmen kann.

Die Ameisen wissen natürlich nicht, daß diese Schildkrötenart aus Florida stammt und in der Menschenwelt zu einem beliebten Geschenk für Kinder geworden ist, die ihre Freude an den gepanzerten Geschöpfen mit den ulkigen Köpfen haben und für sie die Aquarien sogar mit durchsichtigen Plastikinseln ausstatten. Doch nach einer Weile werden sie dieses Spielzeugs überdrüssig, und weil man es nicht einfach in die Mülltonne werfen kann, setzen sie es in Seen, Teichen oder Bächen aus.

Die Wasserschildkröten finden sich dort mühelos zurecht. In Florida hatten sie einen Feind: einen Vogel, dessen Schnabel so geformt war, daß er den Panzer aufbrechen konnte. Weil aber niemand daran gedacht hat, diesen Vogel zusammen mit der Wasserschildkröte zu importieren, hat diese sich in europäischen Gewässern stark vermehrt und ist zum Schrecken der Schlammwürmer und Fische geworden.

Eines dieser Ungeheuer bedroht jetzt Nr. 103 und ihre Gefährtinnen. Es verspeist demonstrativ einige Wasserkäfer, um den Ameisen klarzumachen, daß Widerstand sinnlos ist, und beginnt dann am Heck des Bootes zu knabbern.

Die Prinzessin erinnert sich an einen Film über die Abenteuer des Odysseus und empfiehlt den anderen, einen Zweig aus dem Wasser zu angeln und mit den Mandibeln an einem Ende zuzuspitzen. Als dieser behelfsmäßige Spieß fertig ist, heben sie ihn mit vereinten Kräften hoch und stürmen auf die Schildkröte zu.

»Zielt auf ein Auge!« befiehlt Nr. 103, aber die Ameisen sind nicht so erfolgreich wie einst Odysseus beim Kampf mit dem Zyklopen. Der Spieß trifft zwar den Kopf der Schildkröte, bricht aber ab, und das Monster sperrt sein Maul schon wieder gierig auf, um ein Stück Seerose zu fressen.

In letzter Sekunde fällt Nr. 103 wieder ein Zeichentrickfilm von Tex Avery ein, der offenbar ein besserer Stratege als Odysseus war. Sie packt das abgebrochene Ende des Spießes und schleudert es der Schildkröte senkrecht ins Maul, wo es wie ein Pfahl steckenbleibt. Erschrocken will das Untier seinen Kopf einziehen, doch das geht mit dem Holzstück im Mund nicht, und durch die ruckartigen Bewegungen bohrt es sich nur noch tiefer in den Gaumen.

Nr. 15 beschließt wagemutig, die momentane Hilflosigkeit des Ungeheuers auszunutzen. Sie gibt Nr. 5, 6, 7, 8 und 9 ein Zeichen, ihr zu folgen, und springt auf die weiße Zunge der Schildkröte, so als enterte sie ein feindliches Schiff.

Die Schildkröte taucht, um die lästigen Eindringlinge aus ihrem Maul zu spülen, doch Nr. 15 sucht mit ihren Gefährtinnen Zuflucht in der Speiseröhre, die sich hinter ihnen schließt, bevor der Mund mit Wasser überflutet wird.

Sobald die Schildkröte begreift, daß die Ameisen nicht ertrunken sind, sondern sich nun in ihrem Hals tummeln, schluckt sie Wasser, um sie in ihren Magen zu befördern, doch mittlerweile haben sich die Piraten schon in die Luftröhre gerettet, die allerdings so glatt ist, daß sie in die Tiefe stürzen und auf den Lungenlappen landen, die voller Giftstoffe sind. Rasch führt Nr. 15, die sich im Innern großer Tiere hervorragend orientieren kann, ihre Gefährtinnen zum Herzen, und einige kräftige Mandibelbisse in den Herznerv genügen, um es zum Stillstand zu bringen. Durch die Luftröhre klettern sie dann wieder nach oben.

Beim Anblick der toten Schildkröte, die an der Wasseroberfläche treibt, hat Nr. 103 eine glorreiche Idee: Dieses Boot wäre wesentlich stabiler und sicherer als die Seerose. Gesagt, getan – die Ameisen steigen um. Geduldig bohren sie ein Loch in den Panzer, um eine Kajüte zu haben. Zwischendurch stärken sie sich mit dem weißen Fleisch, denn die Arbeit ist sehr anstrengend. Endlich ist das Loch groß genug, um allen Platz zu bieten. Der Geruch nach Verwesung ist zwar nicht sehr angenehm, aber diesen Nachteil nehmen die Ameisen gern in Kauf.

Sie heuern neue Wasserkäfer an, die das schwere Gefährt steuern sollen, und um nicht einfach verspeist zu werden, strampeln die armen Insekten sich willig ab, zumal ihnen reichliche Verpflegung in Aussicht gestellt wird.

Auf diesem gepanzerten Kriegsschiff fühlen die Ameisen sich in Sicherheit, denn das gähnende Maul der toten Schildkröte verbreitet Angst und Schrecken und treibt alle potentiellen Angreifer in die Flucht.

96. Zweites Konzert

»Sie sind jung, sie haben viel Schwung, und sie werden Sie auch heute mit ihren Rhythmen begeistern. Applaus für Schneewittchen und die Sieben ...«

Der Direktor des Kulturzentrums hörte lautes Räuspern und drehte sich um. »Ameisen«, soufflierten alle.

»Ach ja, entschuldigen Sie bitte«, sagte er, »unsere jungen Freunde haben ihrer Gruppe einen neuen Namen gegeben. Also, Applaus für die ›Ameisen‹!«

David hielt seine Freunde in den Kulissen zurück. »Langsam! Ein Auftritt ist um so wirkungsvoller, je länger man das Publikum warten läßt.«

Eine ganze Minute verging. Saal und Bühne waren dunkel. Dann begann Julie a cappella zu singen, eine Melodie ohne Worte, aber ihre Stimme war so intensiv und ausdrucksstark, daß das Publikum den Atem anhielt.

Als sie verstummte, brach tosender Applaus los.

Nun erklang Ji-woongs Schlagzeug. Er schien den Herzschlag der Menge imitieren zu wollen. Pim, pam. Pim, pim, pam. Pim, pam, pim, pim, pam. 90 Schläge pro Minute, dann 100. Die Zuschauer klatschten im Rhythmus mit.

Zoés Baßgitarre schloß sich dem Schlagzeug an. Ein Scheinwerfer tauchte sie in blaues Licht, während Ji-woong von einem roten Scheinwerfer angestrahlt wurde.

Ein grüner Scheinwerfer zeigte Francine, die auf der Orgel die ersten Takte von Dvořáks Symphonie *Aus der neuen Welt* spielte.

Ein Geruch nach frisch gemähtem Gras verbreitete sich im Saal.

David hatte vorgeschlagen, mit einem klassischen Stück zu beginnen, um zu zeigen, daß man auch mit den alten Meistern vertraut war. Zunächst war eine Bachsche Fuge in Erwägung gezogen worden, dann hatten sie sich für die *Neue Welt* entschieden, weil der Titel so gut in ihr Programm paßte.

Von einem gelben Scheinwerfer angestrahlt, ließ Léopold seine Panflöte erklingen. Jetzt war fast die ganze Bühne hell beleuchtet. Nur die Mitte blieb dunkel, so daß Julie nur als vage Silhouette zu erkennen war.

Gegen Ende der Ouvertüre griff David mit seiner Harfe ins Geschehen ein, und allmählich verwandelte sich Dvořáks Melodie in etwas sehr Modernes, sehr Metallisches, in die ganz neue Symphonie der ganz neuen Welt.

Die Harfe bekam wieder Unterstützung von der Panflöte. Flöte und Harfe – die beiden ältesten Instrumente. Irgendein prähistorischer Mensch hörte den Wind im Bambus pfeifen und erfand die Flöte, und ein anderer prähistorischer Mensch hörte das Schwirren seiner Bogensehne und erfand die Harfe.

Gemeinsam erzählten Flöte und Harfe die älteste Geschichte der Menschheit, und das Publikum fand großen Gefallen daran.

Endlich ergriff Julie das Wort. Immer noch fast unsichtbar, sagte sie:

»In einer Schlucht habe ich ein Buch gefunden …«

Ein Scheinwerfer richtete sich auf das riesige Buch hinter dem Orchester, und Paul wendete mit Hilfe eines elektrischen Schalters die Seiten um. Der Saal applaudierte.

»In diesem Buch stand, man müsse die Welt verändern, man müsse eine Revolution machen … eine ›Revolution der Kleinsten‹, eine ›Revolution der Ameisen‹.«

Die große Polystyrolameise wurde angestrahlt. Sie bewegte ihre sechs Beine und wackelte mit dem Kopf. Die Lampen, die ihr als Augen dienten, leuchteten auf und ließen sie fast lebendig erscheinen.

»Diese Revolution soll neuartig sein. Gewaltlos. Ohne Diktatoren und ohne Märtyrer. Ein sanfter Übergang von einem völlig verrotteten System zu einer neuen Gesellschaft, in der die Menschen kommunikationsfähig sind und gemeinsam neue Ideen in die Tat umsetzen. Das Buch enthält Texte, die einem helfen sollen, eine solche Revolution zu verwirklichen.«

Sie trat auf der immer noch dunklen Bühnenmitte einen Schritt vor. »Der erste Text heißt ›Guten Tag‹.«

Das Orchester stimmte die Melodie an, und Julie sang:

»Guten Tag, unbekanntes Publikum.
Unsere Musik ist eine Waffe, um die Welt zu verändern.
Nein, lächeln Sie nicht. Es ist möglich.
Und Sie selbst können es tun.«

Nun endlich fiel blendend weißes Licht auf das Mädchen im Schmetterlingsgewand. Julie hob langsam die Arme, und die weiten Ärmel entfalteten sich wie Flügel.

Paul erzeugte einen Luftzug, der diese Flügel und die langen Haare flattern ließ, und gleichzeitig verströmte sein ›olfaktorischer Synthesizer‹ einen betörenden Jasminduft.

Bereits am Ende dieses ersten Liedes war das Publikum gebannt. Als nächstes versuchte sich die Gruppe an einem ›Egregor‹. Julie sang einen Ton, den die anderen aufgriffen. Sie bildeten in der Bühnenmitte einen Kreis und hoben ihre Arme über die Köpfe empor, was in Verbindung mit den Insektenkostümen so aussah, als wären ihnen Fühler gewachsen.

Ihre Gesichter waren nach oben gewandt, damit ihre Stimmen sich über ihnen vereinigen konnten. Sie sangen lächelnd, mit geschlossenen Augen, und sie hatten zu acht wirklich nur noch eine einzige Stimme, die über ihnen schwebte wie ein großer Seidenteppich.

Im Saal herrschte atemlose Stille. Sogar jene, die keine Ahnung hatten, was ein ›Egregor‹ war, konnten sich der Faszination dieses vollkommenen Gleichklangs nicht entziehen.

Wie einst bei ihrem Lehrer, so staunte Julie auch jetzt wieder, daß Kehlkopf und Stimmbänder zu solchen Leistungen imstande waren. Sie fühlte sich restlos glücklich.

Es folgten die neuen Lieder: ›Die Zukunft gehört den Schauspielern‹, ›Die Kunst der Fuge‹, ›Zensur‹ und ›Noosphäre‹.

Ji-woong hielt sich beim Rhythmus an wissenschaftliche Erkenntnisse. Bei mehr als 120 Schlägen pro Minute wirkte die Musik aufpeitschend, bei weniger hingegen beruhigend, und er setzte beides abwechselnd ein, um das Publikum stets aufs neue zu überraschen.

Sie hatten ein weiteres klassisches Stück ins Programm aufgenommen, Bachs *Toccata*, allerdings sehr modern interpretiert, als Hard Rock, wobei David sich an der elektrischen Harfe besonders hervortat.

Endlich stimmten sie die ›Revolution der Ameisen‹ an, und Paul verströmte dazu ein Aroma nach feuchter Erde, mit einem Hauch von Pfefferkraut, Lorbeer und Salbei.

Julie sang mit großer Überzeugungskraft, und nach der dritten Strophe war plötzlich ein neues Instrument zu hören, das höchst ungewöhnliche Töne hervorbrachte.

Ein dünner Lichtstrahl wurde auf die linke Ecke der Bühne gerichtet, wo auf einem roten Satinkissen eine Feldgrille thronte. Ein winziges Mikrofon war an ihren Flügeln befestigt, und ihr Schrillen hörte sich so an, als würde man mit einem Löffel über eine Käsereibe streichen.

Die Grille, die Narcisse mit einer winzigen Fliege geschmückt hatte, legte ein unglaubliches Tempo vor. Schlagzeug und Baß, die ihr als Untermalung dienten, konnten kaum noch mit ihr Schritt halten. 150, 160, 170, 180 Schläge pro Minute – das war einfach nicht zu schaffen. Verstärkt durch modernste Elektronik, war diese ›Insektenmusik‹ so verblüffend neuartig, daß das Publikum zunächst wie versteinert dasaß. Doch gleich darauf kannte die Begeisterung keine Grenzen mehr. David konnte zufrieden sein: seine Erfindung, die ›elektrische Feldgrille‹, war ein Riesenerfolg.

Damit die Zuschauer das Insekt besser sehen konnten, ließ Paul es mit Hilfe einer Videokamera und eines Projektors auf den Seiten des großen Buches erscheinen. Julie sang ein Duett mit der Grille, und alle Instrumente versuchten sich an einem musikalischen Dialog mit ihr.

Der Saal geriet völlig aus dem Häuschen.

Alle sogen begierig den Sandelholz- und Harzgeruch ein, den Paul erzeugte. Auf den Gängen und vor der Bühne wurde getanzt. Es war einfach unmöglich, bei den frenetischen Rhythmen der Grille ruhig sitzen zu bleiben.

Die Mädchen vom Aikido-Club trugen diesmal andere T-Shirts, eigenhändig mit Filzstiften beschriftet: REVOLU-

TION DER AMEISEN. Sie hatten die Gruppe zu ihren Idolen erkoren und jubelten nun am lautesten.

Ihr erster öffentlicher Auftritt strengte die Grille sehr an. In der Sonne konnte sie lange zirpen, nicht aber unter diesen grellen Scheinwerfern, die ihre Flügel austrockneten. Nach einem letzten tiefen C verstummte sie ermattet.

So als hätten sie gerade ein ganz normales Gitarrensolo gehört, stimmte Julie die nächste Strophe an:

»Nichts Neues unter der Sonne.
Wir sehen stets dieselbe Welt auf dieselbe Weise.
Es gibt keine Erfinder mehr.
Es gibt keine Visionäre mehr ...«

Zu ihrer großen Überraschung riefen die Zuschauer, die beim ersten Konzert gewesen waren, sofort wie aus einem Munde:

»Wir sind die neuen Visionäre!«

Mit einer solchen Reaktion hatte Julie nicht gerechnet. Das Gemeinschaftsgefühl, das neulich so jäh zerstört worden war, stellte sich sofort wieder ein, so als wollten die Menschen an ihre damalige Hochstimmung anknüpfen. Begeistert rief Julie in die Menge: »Wer sind wir?«

»Wir sind die neuen Erfinder!«

Und alle stimmten das Lied ›Die Revolution der Ameisen‹, das zur Hymne geworden war, von neuem an. Obwohl sie es nur einmal gehört hatten, kannten sie den Text schon auswendig. Julie konnte es einfach nicht fassen. Ji-woong gab ihr ein Zeichen, daß sie die Zügel in der Hand behalten müsse, und sie hob ihren Arm mit geballter Faust.

»Wollt ihr mit der alten Welt Schluß machen?«

Ihr war durchaus bewußt, daß es von nun an kein Zurück mehr gab. Überall sprangen Zuschauer von den Klappstühlen auf und ballten ebenfalls die Faust.

»Wollt ihr die Revolution – hier und jetzt?«

Ein gewaltiger Adrenalinstoß, bewirkt durch Angst, Aufregung, Neugier und Lust, überflutete ihr Gehirn. Nur jetzt nicht nachdenken. Ihr Mund übernahm die Regie.

»Dann nichts wie los!«

Ungeheurer Jubel folgte ihren Worten. Alle waren jetzt auf den Beinen und schwenkten die Fäuste,

Der Direktor des Kulturzentrums versuchte die Gemüter zu beruhigen. Er stürzte auf die Bühne und rief ins Mikrofon: »Nehmen Sie bitte wieder Platz! Es ist erst Viertel nach neun, und das Konzert hat kaum begonnen!« Die sechs Saalwärter konnten die Menge nicht bändigen. »Und was jetzt?« flüsterte Zoé ins Ohr Julies.

»Jetzt bauen wir unser Utopia!« erwiderte Julie mit kriegerischer Miene und warf schwungvoll ihre schwarze Haarmähne zurück.

97. Enzyklopädie

Utopie von Thomas More: Das Wort ›Utopie‹ wurde im Jahre 1516 von dem Engländer Thomas More erfunden. Es setzt sich aus *topos* – griechisch: Ort – und dem negativen Präfix *u* zusammen und bedeutet folglich ›Der Ort, den es nicht gibt‹, oder ›Nicht-Land‹. (Anderen zufolge lautet das Präfix *eu*, was *gut* heißt; in diesem Fall würde ›Eutopie‹ mit ›der gute Ort‹ zu übersetzen sein.)

Thomas More war Diplomat und englischer Lordkanzler, ein Humanist und Freund von Erasmus. In seinem Buch namens *Utopia* beschreibt er eine Insel, auf der eine idyllische Gemeinschaft ohne Steuern, ohne Not und Diebstahl lebt. Eine ›utopische‹ Gesellschaft mußte für More in erster Linie eine ›freie‹ Gesellschaft sein.

Er beschreibt seine ideale Welt folgendermaßen: 100 000 Personen leben auf der Insel. Jeweils fünfzig Familien bilden eine Gruppe, die ihren Leiter, den ›Syphogranten‹, wählt. Die Syphogranten bilden einen Staatsrat und stellen vier Kandidaten für das Amt des Staatsoberhaupts auf. Es wird auf Lebenszeit gewählt, kann aber abgesetzt werden, wenn es sich zum Tyrannen entwickelt. Für Kriege werden Söldner eingesetzt, wobei man hofft, daß sie während der Schlacht zusammen mit ihren Feinden ums Leben kommen. Das Werkzeug soll sich beim Gebrauch selbst zerstören. Dadurch entfällt das Risiko eines Militärputsches.

Auf Utopia gibt es kein Geld, jeder nimmt sich auf dem Markt, was er braucht. Alle Häuser sind identisch, es gibt keine Schlösser an den Türen, und jeder ist gezwungen, nach zehn Jahren umzuziehen, um nicht in alten Gewohnheiten zu erstarren. Müßiggang ist streng verboten. Es gibt keine Hausfrauen, keine Priester, keine Adligen, keine Diener, keine Bettler. Auf diese Weise läßt sich die tägliche Arbeitszeit auf sechs Stunden begrenzen.

Jeder muß einen zweijährigen Landwirtschaftsdienst ableisten, um den kostenlosen Markt mit Waren zu versorgen.

Begeht jemand Ehebruch oder versucht von der Insel zu fliehen, so verliert er sein Bürgerrecht und wird zum Sklaven, der sich abrackern und seinen früheren Mitbürgern gehorchen muß.

Thomas More fiel im Jahre 1532 in Ungnade, weil er die Scheidung Heinrichs VIII. mißbilligte. Im Jahre 1535 wurde er enthauptet.

EDMOND WELLS,
Enzyklopädie des relativen und absoluten Wissens, Band III

98. Die verwüstete Insel

Es ist zwar schon ziemlich spät, aber noch hell und warm. Prinzessin Nr. 103 und die zwölf jungen Ameisen fahren immer noch flußabwärts. Kein Fisch traut sich, ihr gepanzertes Kriegsschiff anzugreifen. Manchmal bringen die Kundschafterinnen mit Ameisensäure einige Libellen zur Strecke und verspeisen sie genüßlich an Deck.

Der Schildkrötenkopf ist ein guter Aussichtsposten. Nr. 103 beobachtet interessiert eine Wasserspinne, die eine

Luftblase in einer Seidenkugel mit sich führt – ein praktisches Tauchgerät.

Ein Drehkäfer taucht auf. Dieser Hartflügler, der ganz knapp unter der Wasseroberfläche schwimmt, hat vier Augen, zwei unter Wasser, zwei an der Luft. Mit beiden Augenpaaren bestaunt er das seltsame Schiff und wundert sich, warum eine Wasserschildkröte Ameisen auf ihrem Kopf und Panzer duldet und warum sie sich von Wasserkäfern anschieben läßt. Doch er kommt ihr lieber nicht zu nahe und frißt statt dessen einige Wasserflöhe.

»*Land in Sicht!*« ruft plötzlich Nr. 12, die Wache hält.

Durch den leichten Nebel hindurch kann Nr. 103 in der Ferne die Cornigera-Akazie erkennen.

Der Fluß führt sie also wirklich zu Nr. 24!

Nr. 24 ... Die Prinzessin erinnert sich gut an die schüchterne Ameise, die während des Kreuzzugs gegen die Finger ständig verlorenging. Als die Insel Cornigera vor ihnen aufgetaucht war, hatte die kleine geschlechtslose Soldatin gesagt:

»*Mein Leben lang habe ich mich verirrt. Diese Insel scheint mir genau der richtige Ort zu sein, um eine neue Gemeinschaft aus Lebewesen guten Willens zu gründen.*«

Auf der Insel wuchs nämlich eine Cornigera-Akazie, und dieser Baum lebt in Symbiose mit den Ameisen. Die Flötenakazie braucht sie zum Schutz gegen Raupen, Blattläuse und Wanzen, die es allesamt auf ihren Saft abgesehen haben. Um Ameisen anzulocken, hat die Akazie in ihrer Rinde lange Gänge und bequeme Kammern angelegt. Noch besser: In manche dieser Kammern sickert eine nahrhafte Flüssigkeit, die sich ideal für die Aufzucht der Brut eignet.

Wie konnte eine Pflanze sich organisch so perfekt auf eine Kooperation mit den Ameisen einstellen?

Nr. 103 hat sich immer gesagt, daß der Unterschied zwischen einer Akazie und einer Ameise viel größer sei als der zwischen einer Ameise und einem Finger. Warum sollten Ameisen also nicht mit den Fingern kooperieren können, wenn es ihnen sogar mit Bäumen gelingt?

Für Nr. 24 war diese Insel das Paradies. Im Schatten der

Akazie wollte sie eine utopische Gemeinschaft gründen, deren Hauptbeschäftigung das Erfinden hübscher Geschichten sein sollte!

Nr. 103 ist sehr zufrieden, daß die Strömung sie zu ihrer alten Freundin führt. Sie fragt sich, wie die seltsame Gemeinschaft sich wohl entwickelt haben mag, seit sie sich damals getrennt haben. Die Akazie thront mitten auf der Insel, ein Symbol des Friedens und des Schutzes.

Doch dieses idyllische Bild erweist sich sehr schnell als trügerisch. Im Wasser treiben dunkle Kügelchen: tote Ameisen, von Säure durchlöchert und verstümmelt.

Die erschrockene Prinzessin befiehlt den Wasserkäfern, auf die Küste zuzusteuern, und dann ziehen die Ameisen mit vereinten Kräften ihr schweres Schiff auf den Strand. Ihnen bietet sich ein Bild des Schreckens: Überall liegen Leichen herum. Nicht einmal die Wassermolche und Salamander haben überlebt, und die stolze Flötenakazie ist von Blattläusen zerfressen.

Endlich entdecken sie eine Ameise, die sich wie ein Wurm windet, weil sie keine Beine und keinen Hinterleib mehr hat. Die Ärmste hat nicht mehr lange zu leben, aber sie berichtet, was passiert ist: Überraschend wurden sie von Zwergameisen angegriffen. Eine riesige Armee Zwergameisen ist unterwegs, um auf Befehl ihrer neuen Königin Shi-gae-pu den fernen Osten zu erobern.

»Aha, das erklärt, warum wir unterwegs Zwerginnen getroffen haben«, meint Nr. 5. *»Das war bestimmt ein Spähtrupp.«*

Nr. 103 bittet die sterbende Ameise um weitere Auskünfte.

Auf ihrem Weg in den fernen Osten haben die Zwerginnen die Insel entdeckt und hier Halt gemacht. Die utopische Gemeinschaft von Nr. 24, die sich im Schutz der Akazie in einer heilen Welt wähnte und hübsche Geschichten ersann, hatte das Kämpfen völlig verlernt und konnte sich gegen die aggressiven Zwerginnen nicht wehren, die ein Massaker anrichteten. Nur eine kleine Gruppe – darunter Nr. 24 – konnte fliehen und sich im Schilf am Westufer verstecken, aber auch sie sind jetzt von Zwerginnen umzingelt.

Die gräßlich verstümmelte Ameise stirbt, aber immerhin hatte sie einen schönen Tod, weil sie noch eine letzte Geschichte erzählen konnte!

Nr. 103 klettert bis zur Spitze der Flötenakazie und sucht mit ihren geschärften Sinnen nach den Überlebenden der freien Gemeinschaft von Cornigera. Sie entdeckt sie auch wirklich im Schilf, aber die Zwergameisen greifen die Gruppe dort von Seerosen aus an und feuern Säurestrahlen ab, sobald auch nur eine Fühlerspitze aus dem Schilf hervorragt. Bis vor kurzem beherrschten sie die Kunst des Säureschießens nicht, aber inzwischen haben sie diesen Rückstand aufgeholt, zum großen Leidwesen von Nr. 103.

Sie weiß seit langem, daß die Zwergameisen eine besonders gute Auffassungsgabe besitzen und Neues viel schneller lernen als die roten Waldameisen. Allein schon die Tatsache, daß sie sich in kürzester Zeit im Wald von Fontainebleau akklimatisiert haben, obwohl sie aus irgendeinem fernen Land stammen (die Finger haben ihnen den Namen ›Argentinische Ameisen‹ gegeben, weil sie angeblich in Töpfen von Lorbeerrosen, die zur Verschönerung der Straßen an der Côte d'Azur dienen sollten, aus ihrer Heimat verschleppt wurden), beweist ihre Intelligenz. Daß es ein großer Fehler ist, einen Gegner zu unterschätzen, nur weil er winzig ist, hatten die schwarzen Ameisen und die Ernteameisen durch bittere Erfahrung gelernt: Sie hatten die Neuankömmlinge aus ihrem Revier vertreiben wollen und waren statt dessen selbst vertrieben worden!

Nr. 103 ist davon überzeugt, daß die Zwergameisen eines Tages die Herrscher des Waldes sein werden. Die roten Ameisen müßten deshalb ohne Rast und Ruhe forschen und experimentieren, um sich möglichst lange behaupten zu können, denn beim geringsten Anzeichen von Schwäche würden die Zwergameisen sie als überholte Rasse auf die Müllhalde der Geschichte befördern.

Im Augenblick haben die Zwerginnen es auf Nr. 24 und ihre wenigen überlebenden Gefährtinnen abgesehen, deren Lage schier aussichtslos ist. Man muß den Artgenossen unbedingt zu Hilfe eilen. Das Schildkrötenschiff wird ins

Wasser geschoben, und die Wasserkäfer werden angewiesen, in Richtung Schilf und Seerosen zu steuern.

Die Zwergameisen sind überall auf den weißen und rosa Blütenblättern der Seerosen postiert, und als das Kriegsschiff in Sicht kommt, bringen sie ihre Hinterleiber sofort in Position und eröffnen das Feuer. Nr. 103 hat ihre Zahl ursprünglich auf etwa hundert geschätzt, aber es sind viel mehr. Eine bedrohliche Übermacht! Die dreizehn roten Ameisen sind gezwungen, sich hinter dem Schildkrötenpanzer zu verstekken, um den tödlichen Säurestrahlen zu entgehen. Nr. 13 schlägt vor, die Seerosen zu rammen, blitzschnell auf die Blätter zu springen und einen Nahkampf mit Mandibeln zu führen, denn darin sind die roten Ameisen den Zwerginnen überlegen, weil sie viel größer und stärker sind. Doch Nr. 5 stellt plötzlich warnend ihre Fühler auf. Die Luftfeuchtigkeit hat enorm zugenommen. Es wird bald regnen.

Gegen den Regen kann niemand ankämpfen. Sie müssen unverrichteter Dinge an ihren ursprünglichen Landeplatz zurückkehren und vor dem drohenden Unwetter in der Akazie Schutz suchen. Der Baum beherrscht die Pheromonsprache der Insekten nicht, aber er drückt seine Freude über die Ankunft der roten Ameisen durch ein Anheben der Äste und besonders würzigen Saftgeruch aus.

Die dreizehn Kundschafterinnen dringen in die Gänge ein und machen sich daran, alle Parasiten zu töten. Das ist eine langwierige Arbeit, denn es gibt jede Menge davon: Würmer, Blattläuse und Klopfkäfer, darunter die sogenannten Totenuhren, die ihren Namen der Tatsache verdanken, daß ihr Pochen gegen Holz sich wie das Ticken einer Uhr anhört.

Die Ameisen veranstalten eine regelrechte Treibjagd auf das ganze Ungeziefer, und die Akazie, die endlich wieder durchatmen kann, bedankt sich, indem sie reichlich Saft absondert, der eine wohlschmeckende Sauce zum Fleisch der erlegten Parasiten abgibt.

Totenuhr in Akaziensaft – ein köstliches Gericht! Vielleicht ist das die Geburtsstunde einer Ameisengastronomie …

Draußen regnet es in Strömen, es donnert und blitzt. Nr. 103 späht durch einen Spalt in der Rinde und genießt das herrliche Schauspiel des entfesselten Himmels, der die Natur am Boden zähmt. Alle Pflanzen werden vom Wind gepeitscht, und unvorsichtige Insekten, die sich nicht rechtzeitig in Sicherheit gebracht haben, fallen harten Regentropfen zum Opfer.

Diesen Gewalten sind bestimmt nicht einmal die Finger gewachsen! denkt Nr. 103.

Plötzlich erbebt die ganze Akazie, und ihre Rinde platzt auf. Die Ameisen zucken erschrocken zusammen. Eine Katastrophe! Der Baum ist von einem Blitz getroffen worden, und seine Spitze brennt schon lichterloh! Vor Schmerz vergießt er bittere Tränen, die aus seinem Saft bestehen. Die Ameisen können ihm nicht helfen. Sie müssen schleunigst die Flucht ergreifen, denn schon dringen giftige Dämpfe in die Gänge.

Von der Hitze zu größter Eile angetrieben, rennen sie nach unten und entlang der Wurzeln ins Freie, wo sie mit ihren Mandibeln die Erde aufwühlen, um vor Wasser und Feuer Schutz zu suchen.

Sie dichten ihre Höhle nach oben hin ab, schmiegen sich aneinander und warten.

Die ganze Akazie steht jetzt in Flammen und krümmt ihre Äste im Todeskampf. Die Ameisen sehen den hellen Lichtschein sogar durch die Sandschicht, die ihnen als Dekke dient.

Die Hitze hält nicht lange an. Sobald der Baum niedergebrannt ist, wird es statt dessen empfindlich kalt. Die Sanddecke ist so hart geworden, daß die Ameisen sie nicht einmal mit ihren Mandibeln durchstoßen können. Um ihre Erdhöhle verlassen zu können, müssen sie einen großen unterirdischen Umweg machen.

Es regnet nicht mehr, aber alles sieht trostlos aus. Von der Cornigera-Akazie, dem einzigen Reichtum dieser kleinen Insel, ist nur noch ein Häufchen grauer Asche übrig geblieben.

Nr. 6 ruft die anderen herbei. Sie will ihnen etwas zeigen.

Alle scharen sich um das Erdloch, in dem ein rotes Tier zuckt. Nein, das ist kein Tier. Auch keine Pflanze und kein Mineral. Nr. 103 erkennt sofort, worum es sich handelt: Das ist Glut, die den Regen überlebt hat.

Nr. 6 streckt ein Vorderbein aus und berührt die orangefarbene Materie. Zu ihrem großen Entsetzen schmelzen ihre Fußglieder. Ein gräßlicher Anblick: Ihr rechtes Bein wird flüssig und löst sich einfach auf! Übrig bleibt nur ein runder Stumpf, den sie rasch mit ihrem Speichel desinfiziert.

»Damit könnten wir vielleicht die Zwerginnen besiegen«, sagt die Prinzessin.

Die anderen beben vor Überraschung und Angst.

Das Feuer?

Nr. 103 erklärt ihnen, man fürchte sich immer vor dem Unbekannten, aber Feuer könne durchaus nützlich sein. Nr. 5 entgegnet, daß man es jedenfalls nicht berühren dürfe. Diese schmerzliche Erfahrung habe Nr. 6 ja soeben gemacht. Nr. 103 stimmt zu: Man dürfe Glut niemals anfassen, aber man könne sie trotzdem aufbewahren. Dazu brauche man nur einen hohlen Kieselstein, denn gegen Steine sei das Feuer machtlos.

Kiesel liegen auf der Insel überall herum. Mit Hilfe langer Stengel, die als Hebel eingesetzt werden, gelingt es den dreizehn Ameisen, die Glut hochzuheben und in einen Kieselstein zu legen, wo sie wie ein kostbarer Rubin funkelt.

Nr. 103 erklärt, das Feuer sei mächtig, aber andererseits auch sehr anfällig. Es könne zwar einen Baum oder sogar einen ganzen Wald mit all seinen Bewohnern vernichten, doch manchmal genüge schon der Flügelschlag einer Mükke, um es zum Erlöschen zu bringen.

»Dieses Feuer hier kommt mir ziemlich krank vor«, fügt sie hinzu und deutet auf die schwarzen Verfärbungen, die bei Glut immer ein Hinweis auf schwache Gesundheit seien. Man müsse sie wiederbeleben.

Aber wie?

Die Glut braucht Nahrung.

Es ist nicht leicht, nach dem Regen ein trockenes Blatt zu finden, aber sie entdecken eines unter einem Ast und schieben es vorsichtig in die sterbende Glut. Eine gelbe Flamme lodert auf.

Die zwölf jungen Ameisen weichen erschrocken zurück, aber Nr. 103 richtet ihre Fühler auf und ruft beschwörend den uralten Pheromonsatz:

»UNSER EINZIGER WIRKLICHER FEIND IST DIE FURCHT!«

Alle Ameisen kennen den Ursprung dieses Satzes. Das waren die letzten Worte der 234. Königin Belo-kiu-kiuni aus der Ni-Dynastie der roten Ameisen vor über 8000 Jahren. Die Königin hatte Forellen zähmen wollen, und sie rief diesen Satz, als sie schon am Ertrinken war. Seitdem haben die Ameisen nie wieder versucht, mit Fischen zu kooperieren, aber der Satz, der so viele Hoffnungen in die unendlichen Möglichkeiten der Ameisen ausdrückt, ist über die Jahrtausende hinweg erhalten geblieben.

Unser einziger wirklicher Feind ist die Furcht.

Tatsächlich wird die gelbe Flamme sehr schnell kleiner.

»Wir müssen ihr etwas Kräftigeres zu essen geben«, meint Nr. 6, die trotz ihres verstümmelten Beins keinen Groll auf das Element Feuer hegt.

Sie nähren die Flamme mit einem trockenen Zweig und dann mit einem Stück Holz; in regelmäßigen Abständen werfen sie immer wieder kleine Holzstückchen hinein, die das Feuer gierig verschlingt.

Unter großen Vorsichtsmaßnahmen wird die Glut auf acht hohle Kieselsteine verteilt. Trotz ihrer Verletzung – oder gerade deshalb, weil sie ein gesundes Mißtrauen entwickelt hat – erweist Nr. 6 sich als geschickteste Feuerbändigerin, und die anderen befolgen willig ihre Anweisungen.

»Damit werden wir die Zwergameisen angreifen!« ruft die Prinzessin.

Obwohl die Abenddämmerung schon hereinbricht, beladen sie ihr Kriegsschiff mit den acht Kieselsteinen, in denen die Glut sicher verwahrt wird. Nr. 103 hebt einen Fühler und gibt ein starkes Pheromonsignal, das bedeutet:

Vorwärts! Wir werden siegen!

99. Enzyklopädie

Der Kinderkreuzzug: Der erste Kinderkreuzzug fand im Jahre 1212 statt. Die Kinder argumentierten folgendermaßen: »Die Erwachsenen und Adligen haben es nicht geschafft, Jerusalem zu befreien, weil sie unrein sind. Aber wir sind Kinder, und deshalb sind wir rein.«

Am größten war die Begeisterung im Heiligen Römischen Reich Deutscher Nation. Eine Kinderschar machte sich auf den Weg ins Heilige Land. Sie hatte keine Landkarten und glaubte, nach Osten zu marschieren, aber in Wirklichkeit war sie in südlicher Richtung unterwegs. Die Schar durchquerte das Rhônetal, und immer mehr Kinder schlossen sich an, so daß es schließlich mehrere tausend waren.

Sie plünderten und bestahlen die Bauern, aber immer wieder wurde ihnen versichert, daß sie bald ans Meer gelangen würden, und das beruhigte sie, denn sie waren überzeugt davon, daß das Meer sich für sie – wie einst für Moses – auftun würde, damit sie trockenen Fußes nach Jerusalem gelangen könnten.

Tatsächlich kamen sie heil in Marseille an, aber das Meer tat sich nicht für sie auf. Vergeblich warteten sie im Hafen, bis zwei Sizilianer ihnen vorschlugen, daß sie sie mit einem Schiff nach Jerusalem bringen würden. Die Kinder glaubten an ein Wunder, aber es war leider kein Wunder. Vielmehr arbeiteten die Sizilianer mit tunesischen Piraten zusammen, die die Kinder nicht nach Jerusalem, sondern nach Tunis brachten, wo sie alle auf dem Sklavenmarkt verkauft wurden.

EDMOND WELLS,
Enzyklopädie des relativen und absoluten Wissens, Band III

»Wir wollen nicht mehr warten! Vorwärts!« rief ein Zuschauer.

Julie hatte zwar keine Ahnung, wohin das alles führen sollte, aber ihre Neugier trug die Oberhand davon.

»Vorwärts!« stimmte sie zu.

Der Direktor des Kulturzentrums flehte noch einmal, alle sollten wieder Platz nehmen. »Bewahren Sie bitte Ruhe! Das ist doch nur ein Konzert!«

Jemand schaltete sein Mikrofon aus.

Julie und die Sieben Zwerge fanden sich auf der Straße wieder, umringt von einer begeisterten Menge, der sie rasch irgendein Ziel geben mußten.

»Zum Gymnasium!« entschied Julie. »Wir werden ein Fest veranstalten.«

»Zum Gymnasium!« wiederholten die anderen.

Der Adrenalinspiegel der Sängerin stieg noch immer an. Keine Marihuanazigarette, kein Alkohol, kein Rauschgift konnte eine solche Wirkung hervorrufen. Sie war wirklich high.

Weil sie jetzt nicht mehr durch das Rampenlicht von ihren Zuschauern getrennt war, konnte Julie Gesichter erkennen. Es waren Menschen aller Altersstufen, blutjunge und erwachsene, Männer und Frauen. Insgesamt bildeten etwa 500 Personen eine farbenprächtige Prozession auf der Hauptstraße von Fontainebleau. Julie stimmte die ›Revolution der Ameisen‹ an, und die Menge fiel begeistert ein.

»Wir sind die neuen Erfinder!
Wir sind die neuen Visionäre!«

Die Mädchen vom Aikido-Club hinderten die Autos am Weiterfahren, damit der ausgelassene Karnevalszug sich frei entfalten konnte. Immer mehr Leute schlossen sich ihm an, erfreut über die Abwechslung, denn normalerweise war in Fontainebleau abends nichts los. Manche wollten auch einfach wissen, was hier eigentlich vor sich ging: Keine Transparente, keine Plakate, nur Jungen und Mädchen, die zu den Klängen von Harfe und Flöte tanzten.

Julie skandierte mit kraftvoller Stimme:
»Wir sind die neuen Erfinder!
Wir sind die neuen Visionäre!«

Sie war die Königin dieser bunten Schar, ihr Idol, ihre Sirene und Schamanin, denn sie vermochte sie in Trance zu versetzen.

Julie berauschte sich an dieser Popularität, an dieser Menge, die sie umringte und mitriß. Zum erstenmal in ihrem Leben fühlte sie sich nicht mehr allein.

Eine Polizeikette tauchte plötzlich vor ihnen auf, aber die Mädchen entwickelten eine originelle Kampfstrategie: Sie liefen auf die Ordnungshüter zu und küßten sie.

Unmöglich, mit Gummiknüppeln auf soviel Herzlichkeit zu reagieren! Die Polizeikette löste sich auf, und der Karnevalszug konnte ungehindert weitermarschieren.

»Dies ist ein Fest!« jubelte Julie. »Meine Damen und Herren, vergessen Sie Kummer und Sorgen, kommen Sie auf die Straße und feiern Sie mit uns!«

Neugierige beugten sich aus den Fenstern.

»Welche Forderungen stellt ihr denn?« wollte eine alte Dame wissen.

»Gar keine«, erwiderte eine Amazone vom Aikido-Club.

»Dann ist das auch keine Revolution.«

»Doch, das ist ja gerade das Originelle daran. Wir sind die ersten Revolutionäre, die keine Forderungen stellen.«

»Wir sind die neuen Visionäre!
Wir sind die neuen Erfinder!«

Manche Leute, die aus ihren Häusern angelaufen kamen, brachten Instrumente mit, um sich an der Musik zu beteiligen; andere trommelten mit Löffeln auf Kochtöpfe. Wieder andere warfen Konfetti und Papierschlangen.

Der Gesang der fünfhundertköpfigen Menge hallte durch die Straßen der sonst so ruhigen Stadt:

Wir sind die neuen Visionäre!
Wir sind die neuen Erfinder!
Wir sind die kleinen Ameisen, die die verrottete alte Welt zum Einsturz bringen werden!

101. ENZYKLOPÄDIE

Die Revolution der Kinder von Chengdu: Bis 1967 war Chengdu, Hauptstadt der chinesischen Provinz Sichan, ein ruhiger Ort. In 1000 m Höhe im Himalaya gelegen, war die Stadt durch hohe Festungsmauern geschützt, und die meisten der drei Millionen Einwohner hatten keine Ahnung, was in Peking oder Shanghai vorging.

Doch weil die großen Metropolen allmählich hoffnungslos überbevölkert waren, beschloß Mao Tse-tung, Abhilfe zu schaffen. Man riß Familien auseinander und schickte die Eltern aufs Land, wo sie sich auf den Feldern abrackern mußten, während die Kinder in Erziehungsanstalten der Rotgardisten zu guten Kommunisten erzogen werden sollten. Diese Anstalten waren regelrechte Arbeitslager mit miserablen Lebensbedingungen. Die Kinder wurden schlecht ernährt und zu Experimenten mit Zellulose-Nahrungsmitteln auf der Basis von Sägespänen mißbraucht, so daß sie wie die Fliegen starben.

Doch dann fiel in Peking Maos enger Vertrauter Lin Piao, der für die Roten Garden zuständig war, in Ungnade, und die Parteikader hetzten die Kinder in den Anstalten plötzlich zur Revolte gegen ihre ›Gefängniswärter‹ auf. Eine typisch chinesische Spitzfindigkeit: Die Kinder hatten von nun an im Namen des Maoismus die Pflicht, aus den maoistischen Lagern zu flüchten und ihre Erzieher windelweich zu prügeln!

Die meisten der befreiten Kinder versuchten, China zu verlassen. Sie besetzten Bahnhöfe und fuhren in westliche Richtung, weil Gerüchte kursierten, dort gebe es eine Organisation, die einen heimlich über die Grenze auf indisches Territorium bringen könne. Doch alle Züge in Richtung Westen endeten in Chengdu. Tausende dreizehn- bis fünfzehnjähriger Rotgardisten strandeten dort, doch anfangs ging alles gut. Die Kinder erzählten, wie sie in den Lagern gelitten hatten, und die Bevölkerung von Chengdu nahm sich ihrer mitleidig an. Man ernährte sie, gab ihnen Zelte zum Schlafen und warme Decken. Doch der Flüchtlingsstrom, der sich über den Bahnhof von Chengdu ergoß, nahm kein Ende: Bald hielten sich 200 000 Kinder in der Stadt auf!

Bei aller Hilfsbereitschaft waren die Einwohner von Chengdu dieser Horde nicht mehr gewachsen. Plünderungen und Diebstähle nahmen immer mehr überhand, und Kaufleute, die dagegen protestierten, wurden verprügelt. Sie beschwerten sich beim Bürgermeister, dem jedoch keine Zeit zum Einschreiten blieb, denn die Kinder suchten ihn auf und zwangen ihn ›im Namen des Maoismus‹ zu einer öffentlichen Selbstkritik, worauf er aus der Stadt vertrieben wurde. Die Kinder organisierten die Wahl eines neuen Bürgermeisters und präsentierten ihren Kandidaten, einen pausbäckigen Dreizehnjährigen, der allerdings etwas älter aussah und offenbar ein gewisses Charisma besaß, denn er wurde von allen anderen Rotgardisten respektiert. In der ganzen Stadt hingen Plakate, auf denen die Wähler aufgefordert wurden, ihm ihre Stimme zu geben, und wegen seiner großzügigen Wahlversprechen wählte man ihn tatsächlich. Als erstes besetzte er alle wichtigen Stellen mit Kindern, wobei der älteste Stadtrat fünfzehn Jahre alt war!

Von nun an war Diebstahl kein Delikt mehr, und der neue Bürgermeister führte eine Sonderabgabe für Kaufleute ein. Jeder Einwohner von Chengdu war verpflichtet, den Rotgardisten Unterkunft zu gewähren. Weil die Stadt so abgelegen war, erfuhr man andernorts zunächst nichts vom Wahlsieg der Kinder. Die besorgten Bürger schickten jedoch eine Delegation zum Provinzchef, der diese Affäre sehr ernst nahm und Armeeeinheiten aus Peking anforderte, um die Aufständischen zu unterwerfen. Die Hauptstadt schickte Tausende schwer bewaffneter Soldaten und Hunderte von Panzern. Befehl lautete: »Alle unter fünfzehn liquidieren.« Die Kinder versuchten sich hinter den Festungsmauern von Chengdu zu verschanzen, doch die Bevölkerung half ihnen nicht, vollauf damit beschäftigt, die eigenen Kinder irgendwo im Gebirge zu verstecken.

Zwei Tage tobte der Kampf der Armee gegen die Kinder, und die letzten Widerstandsnester mußten aus der Luft bombardiert werden. Alle Jungen kamen ums Leben.

Diese Begebenheit wurde nie an die große Glocke gehängt, denn wenig später kam es zu einem Treffen zwischen Mao Tse-tung und dem amerikanischen Präsidenten Richard Nixon; jetzt war es nicht mehr opportun, China zu kritisieren.

EDMOND WELLS,
Enzyklopädie des relativen und absoluten Wissens, Band III

102. Zweiter Sprengungsversuch

Diesmal konnte nichts schiefgehen! Maximilien und seine Männer hatten die mysteriöse Pyramide umzingelt, und er hatte den Einsatz auf den Abend verlegt, um den oder die Bewohner im Schlaf zu überraschen.

Sie strahlten das Bauwerk mit ihren Taschenlampen an, obwohl es noch nicht ganz dunkel war. Alle trugen Schutzanzüge, und das Zündkabel war so stabil, daß Mandibel ihm nichts anhaben konnten. Der Kommissar wollte gerade den Befehl zur Sprengung geben, als er das Summen hörte.

»Vorsicht, die Wespe!« rief er. »Paßt auf Hals und Hände auf!«

Ein Polizist zückte seinen Revolver und schoß, doch das Insekt war viel zu klein, und leichtsinnigerweise hatte er beim Zielen einen Streifen Haut entblößt. Sofort wurde er gestochen.

Das Insekt schwirrte irgendwo außer Reichweite herum, und alle spitzten ängstlich die Ohren, ob wieder ein Summen zu hören wäre, doch diesmal griff die Wespe völlig lautlos an. Sie umrundete das rechte Ohr eines Polizisten und bohrte ihren Stachel in seine Halsschlagader. Der Mann stürzte sofort ohnmächtig zu Boden, wie zuvor schon sein Kollege.

Maximilien zog seinen Schuh aus, und auch diesmal gelang ihm ein Volltreffer. Der heldenhafte Angreifer lag zerquetscht am Boden. Manchmal konnte ein Schuh eben wirkungsvoller als ein Revolver sein!

»Zwei zu null!«

Der Kommissar betrachtete sein Opfer. Das war gar keine Wespe, eher eine fliegende Ameise. Er zertrat sie mit dem Absatz zu Brei.

Die unversehrten Polizisten schüttelten ihre ohnmächtigen Kollegen, damit diese schneller zu sich kämen. Maximilien wollte die Sprengung möglichst rasch hinter sich bringen, bevor ein neuer gefährlicher Schutzengel der Pyramide auftauchen würde.

»Ist alles fertig?«

Der Sprengmeister überprüfte die Kontakte, da klingelte das Handy des Kommissars. Es war Präfekt Dupeyron.

»Demonstranten blockieren die Hauptstraße von Fontainebleau. Sie könnten große Schäden anrichten. Womit Sie auch immer beschäftigt sein mögen – lassen Sie alles stehen und liegen, kommen Sie sofort her und jagen Sie diese Verrückten auseinander!«

103. Im Schilf

Der Mond wirft sein Licht auf die feuchte Erde, die nach dem Regen Wärme ausstrahlt. Die Dämmerung ist hereingebrochen, aber noch kämpft der Tag gegen die Nacht. Das Kriegsschiff steuert auf das Schilf zu.

Die Zwergameisen sind längst in Alarmbereitschaft, weil sie den Schein der Glut schon aus der Ferne gesehen haben. Alle Blütenblätter der Seerosen sind mit schußbereiten Soldatinnen besetzt. Nr. 24 sendet aus dem Schilf verzweifelte Hilferufe.

Tote Ameisen treiben im Wasser. Ihre Körper sind so aufgequollen, daß man nicht mehr erkennen kann, zu welchem Lager sie gehört haben. Jedenfalls muß hier ein schwerer Kampf getobt haben.

Die roten Ameisen von Cornigera haben geglaubt, man könne sein ganzes Leben mit Geschichtenerzählen verbringen, doch das war ein Irrtum. Es genügt nicht, Geschichten zu erfinden und zu erzählen – man darf dabei die Realität nicht aus den Augen verlieren.

Auf dem Schiff zerbrechen sich Nr. 103 und die anderen Ameisen ihre Köpfe. Feuer ist keine praktische Waffe, wenn man aus größerer Entfernung operieren will. Wie sollen sie die von Zwerginnen besetzten Seerosen in Brand setzen?

Nr. 103 erinnert sich vage an eine Maschine der Finger, ein sogenanntes Katapult, und zeichnet mit der Fühlerspitze die Umrisse dieser Vorrichtung auf den Schildkrötenpanzer, aber keiner versteht, warum das Feuer sich in die Lüfte schwingen sollte, wenn man es in ein Katapult legte. Und außerdem – wo sollten sie so ein Ding hernehmen?

Nr. 6 hat eine praktischere Idee. Man könnte die Kieselsteine mit der Glut auf schwimmende Blätter umladen, und die Wasserkäfer könnten sie zu den Seerosen schieben. Doch das läßt sich leider nicht in die Tat umsetzen, weil die Wasserkäfer panische Angst vor Feuer haben und sich strikt weigern, auch nur in seine Nähe zu kommen.

Ein Vorschlag von Nr. 5 findet schließlich allgemeine Zustimmung: Sie meint, man solle das Ende eines langen Zweiges anzünden und die Seerosen damit berühren.

Die Ameisen halten Ausschau nach einem solchen Zweig, entdecken einen in den Büschen dicht am Wasser und holen ihn an Bord. Gleich darauf müssen sie in Dekkung gehen, denn ein regelrechter Regen von Ameisensäure ergießt sich über die Schildkröte. Höchste Zeit, die Spitze des trockenen Zweigs in die Glut zu halten! Er fängt Feuer, und sie richten ihn schnell auf. Nr. 14 ortet, wo die meisten Feinde sind, und der glühende Spieß wird in die richtige Position gebracht. Er rammt die Seerose, aber ihre Blätter sind so feucht, daß das Feuer ihr im ersten Moment nichts anhaben kann. Dafür schwankt sie aber so stark, daß die Zwerginnen das Gleichgewicht verlieren und ins Wasser stürzen.

Bei diesem Anblick schöpfen die Belagerten neue Hoffnung. Für den Endkampf haben sie noch etwas Säure reserviert, und damit richten sie jetzt in den feindlichen Reihen erheblichen Schaden an.

Die Ameisen auf dem Kriegsschiff haben inzwischen begriffen, daß die zartesten Blütenblätter am leichtesten Feuer fangen, und nun gelingt es ihnen, eine Seerose nach der anderen in Brand zu setzen. Gewaltige Rauchwolken steigen auf, und zusammen mit dem Gestank löst das bei den Zwergameisen Panik aus. Sie flüchten in wilder Hast.

Die Belokanerinnen hatten nicht einmal Gelegenheit, ihr Geschick im Nahkampf mit Mandibeln unter Beweis zu stellen, was die kriegerische Nr. 13 sehr bedauert. Sie hätte für ihr Leben gern wenigstens zwei oder drei dieser unverschämten Zwerginnen massakriert.

Zum Schrecken aller brennt der Zweig, der bisher nur an einem Ende geglüht hat, plötzlich lichterloh. Sie können ihn gerade noch rechtzeitig ins Wasser schleudern. Feuer ist eben doch eine sehr gefährliche Waffe, die sich sehr schnell gegen jeden richten kann, der sie einsetzt.

Das Schiff legt am Schilfrohr an.

Hoffentlich hat Nr. 24 überlebt, denkt die Prinzessin.

104. Die Schlacht am Gymnasium

Etwa 500 Personen waren vom Kulturzentrum aufgebrochen, aber unterwegs hatten sie viel Zulauf gehabt. Über 800 Demonstranten zogen nun zu dem großen Platz vor dem Gymnasium.

Es war keine Kundgebung, bei der irgendwelche politischen Forderungen gestellt wurden, sondern einfach ein Karneval, ein Karneval im ursprünglichen Wortsinn.

Im Mittelalter hatte der Karneval eine besondere Bedeutung. Es war der Tag der Narren, an dem sich jeder abreagieren konnte, an dem alle Gesetze außer Kraft gesetzt waren. Man durfte Gendarmen am Schnurrbart zupfen und Stadträte ins Wasser stoßen. Man durfte an fremde Türen klopfen und Respektspersonen mit Mehl überschütten. Und es wurde eine riesige Strohpuppe verbrannt, der ›Trottel Karneval‹, der alle Autoritäten symbolisierte.

Weil es diesen Karnevalstag gab, wurden die Machthaber das ganze Jahr über respektiert. Heutzutage hat man den eigentlichen Sinn dieser soziologisch unverzichtbaren Manifestation vergessen. Der Karneval ist nur noch für Kaufleute ein Fest, genauso wie Weihnachten, wie der Muttertag und der Vatertag. Alle Feste dienen nur noch dem Zweck, Umsätze zu steigern.

Die wahre Bedeutung des Karnevals – der Bevölkerung die Illusion zu geben, eine Rebellion sei möglich – ist völlig in Vergessenheit geraten.

Für all die jungen und weniger jungen Leute, die sich auf dem Weg zum Gymnasium gemacht hatten, war dies die erste Gelegenheit, ihrer Lebensfreude, aber auch ihrer Frustration und ihrem Auflehnungsbedürfnis Ausdruck zu verleihen. Achthundert Menschen, die ihren Ärger immer hatten hinunterschlucken müssen, konnten sich jetzt endlich einmal austoben.

Auf dem Platz vor dem Gymnasium standen sechs Polizeiwagen und versperrten ihnen den Weg.

Die Demonstranten blieben stehen und musterten die Ordnungshüter. Die Polizisten musterten ihrerseits die Demonstranten.

Julie überlegte, wie sie sich in dieser Situation verhalten sollten.

Kommissar Maximilien Linart stand vor seinen Männern, bereit zur Konfrontation mit dieser lärmenden Menge.

»Gehen Sie auseinander!« rief er in sein Megafon.

»Wir tun nichts Schlimmes«, erwiderte Julie ohne Megafon.

»Sie stören die öffentliche Ordnung. Es ist nach 22 Uhr, und die Menschen wollen schlafen. Dies ist nächtliche Ruhestörung!«

»Wir wollen doch nur im Gymnasium ein Fest feiern.«

»Das Gymnasium ist nachts geschlossen, und Sie haben kein Recht, es zu betreten. Sie haben schon genug Lärm gemacht. Gehen Sie nach Hause. Ich wiederhole – die Leute wollen ungestört schlafen.«

Julie zögerte eine Sekunde lang, doch dann rief sie, ihrer Rolle als Revolutionärin gerecht: »Wir wollen aber nicht, daß die Leute schlafen! Die Welt soll aufwachen!«

»Bist du das, Julie Pinson?« fragte der Kommissar. »Geh nach Hause. Deine Mutter wird sich bestimmt schon Sorgen machen.«

»Ich bin ein freier Mensch. Wir alle sind freie Menschen. Nichts wird uns aufhalten. Vorwärts! Auf zur ...« Das Wort wollte ihr nicht so recht über die Lippen, aber es gab kein Zurück mehr. »Auf zur Revolution!«

Die Menge jubelte. Alle waren bereit mitzuspielen. Denn das Ganze war immer noch nur ein Spiel, obwohl es durch die massive Polizeipräsenz einen gefährlichen Anstrich bekam. Ohne daß Julie sie dazu auffordern mußte, hoben sie die Arme mit geballten Fäusten und stimmten ihre Hymne an:

»*Ende, dies ist das Ende.*
Öffnen wir all unsere Sinne.
Ein neuer Wind bläst an diesem Morgen.«

Sie hakten sich ein oder reichten sich die Hände, um ihre Einheit zu demonstrieren, und marschierten auf das Gymnasium zu.

Maximilien beriet sich mit einigen Untergebenen. Für weitere Verhandlungen war es zu spät, und der Präfekt hatte sich unmißverständlich ausgedrückt. Man mußte die Unruhestifter auseinandertreiben, um die öffentliche Ordnung wiederherzustellen. Er schlug vor, in der Mitte anzugreifen, um einen Keil zwischen die Demonstranten zu treiben.

Auch Julie beriet sich mit den Sieben Zwergen, wie es weitergehen sollte. Sie beschlossen, acht autonome Gruppen zu bilden, die jeweils von einem von ihnen angeführt werden sollten.

»Wir müßten aber Kontakt halten können«, meinte David.

Sie riefen in die Menge, ob jemand ihnen Handys leihen könne. Sie brauchten nur acht, aber unzählige wurden ihnen angeboten. Offenbar konnten sehr viele Leute nicht einmal während eines Konzerts aufs Telefon verzichten.

»Wir werden die Blumenkohltaktik anwenden«, verkündete Julie und erklärte ihre soeben erfundene Strategie.

Die Demonstranten rückten geschlossen weiter vor. Die Polizisten griffen die Mitte an, stießen aber zu ihrer großen Verwunderung auf keinerlei Widerstand. Der ›Blumenkohl‹ zerfiel, und die Menge rannte in acht Richtungen auseinander.

Die Polizisten nahmen ihre Verfolgung auf.

»Zusammenbleiben!« brüllte Maximilien in sein Megafon. »Den Zugang zum Gymnasium blockieren!«

Die Polizisten gruppierten sich erneut in der Mitte des Platzes, und auch die Demonstranten strömten wieder zusammen. Julies Gruppe, zu der auch die Mädchen vom Aikido-Club gehörten, stand unweit der Ordnungshüter und provozierte sie durch scheinheiliges Lächeln und zugeworfene Kußhändchen.

»Schnappen Sie diese Rädelsführerin!« befahl der Kommissar und deutete auf Julie.

Der Polizeitrupp rückte gegen Julie und ihre Amazonen vor. Genau das hatte das junge Mädchen mit den hellgrauen Augen bezweckt. Ihre Gruppe ergriff die Flucht, und sie rief zufrieden ins Handy: »Wir haben's geschafft! Die Katzen verfolgen die Mäuse!«

105. Enzyklopädie

Strategie von Alynski: Im Jahre 1970 veröffentlichte Saul Alynski, Hippie-Agitator und Anführer der amerikanischen Studentenbewegung, ein Handbuch mit zehn praktischen Regeln für das Gelingen einer Revolution.

1. Es kommt nicht auf Ihre reale Macht an, sondern nur darauf, welche Macht Sie nach der Einschätzung Ihres Gegners besitzen.

2. Verlassen Sie das Gebiet, auf dem Ihr Gegner sich auskennt. Verblüffen Sie ihn durch neue Kampfstrategien.

3. Schlagen Sie den Feind mit seinen eigenen Waffen. Versetzen Sie sich bei einem Angriff in seine Denkweise.

4. Bei einer verbalen Auseinandersetzung ist Humor die wirksamste Waffe. Wenn es Ihnen gelingt, den Gegner lächerlich zu machen oder – noch besser – ihn so in die Enge zu treiben, daß er sich selbst lächerlich macht, wird es ihm sehr schwerfallen, wieder die Überhand zu gewinnen.

5. Eine Taktik darf niemals zur Routine werden, auch wenn sie noch so erfolgreich war. Wenden Sie sie einige Male an, um ihre Möglichkeiten und Grenzen zu erproben, und wechseln Sie dann zu einer möglichst entgegengesetzten Taktik über.

6. Sorgen Sie dafür, daß der Gegner immer in der Defensive bleibt. Er darf sich niemals sagen: »Nun gut, wir haben eine kleine Atempause, nutzen wir sie aus, um uns neu zu formieren.« Der Druck darf keinen Moment nachlassen.

7. Niemals bluffen, wenn man nicht zur Tat schreiten kann, sonst wird man unglaubwürdig.

8. Scheinbare Handicaps können sich in die besten Trümpfe verwandeln. Man muß die eigenen Charaktereigenschaften als Stärken und nicht als Schwächen einstufen und gezielt einsetzen.

9. Während einer Schlacht darf man sein Ziel niemals aus dem Auge verlieren.

10. Wenn man einen Sieg erringt, muß man auch in der Lage sein, ihn zu nutzen und Verantwortung zu übernehmen. Hat man nichts Neues anzubieten, ist es sinnlos, die bestehenden Machtverhältnisse ändern zu wollen.

EDMOND WELLS,
Enzyklopädie des relativen und absoluten Wissens, Band III

106. Wiedersehen

Sie treffen sich auf einer vom Feuer verschont gebliebenen Seerose. Die befreiten Ameisen tauschen mit ihren Befreierinnen Trophallaxien aus. Die Glut in den Kieselsteinen spendet inmitten von Kälte und Dunkelheit etwas Wärme und Licht.

Nr. 24 ist unverletzt!

Langsam nähert die Prinzessin sich ihrer Freundin vom Kreuzzug. In der Mitte des gelben Blumenherzens umarmen sie sich, und Nr. 103 bietet Nr. 24 eine zuckrige Trophallaxie an. Zum Zeichen, daß sie einverstanden ist, legt Nr. 24 schüchtern ihre Fühler nach hinten, und dann schluckt sie hungrig die halbverdaute Nahrung, die Nr. 103 aus ihrem Sozialmagen hervorwürgt.

Nr. 24 hat sich verändert, und das liegt nicht nur daran, daß sie von den Kämpfen erschöpft ist. Sie sieht anders aus, sie bewegt sich anders, und sie riecht anders.

Nr. 103 denkt, daß das vielleicht die Auswirkungen des Lebens inmitten ihrer kleinen utopischen Gemeinschaft sind.

Um sich lange Erklärungen zu ersparen, schlägt Nr. 24 eine Absolute Kommunikation vor, und die Prinzessin hat nichts dagegen. Durch direkte Gedankenübertragung können sie einen unvergleichlich intensiven und schnellen Dialog führen, und sie brauchen dazu nur ihre Fühler zusammenzufügen.

Nr. 103 erfährt auf diese Weise sofort, daß die Veränderungen, die ihr an Nr. 24 aufgefallen sind, nichts mit dem Leben auf Cornigera zu tun haben. Ihre Freundin hat sich vielmehr in eine fortpflanzungsfähige Ameise verwandelt! Ihre Begeisterung für hübsche Geschichten hat in ihr den Wunsch geweckt, sensibler zu werden, und deshalb hat sie sich ebenfalls auf die Suche nach einem Wespennest begeben und von großzügigen Wespen tatsächlich das kostbare ›Gelée royale‹ erhalten.

Aus unerfindlichen Gründen – vielleicht lag es an der Temperatur, vielleicht an ihrem Stoffwechsel – hat sie sich aber in ein Männchen verwandelt.

Nr. 24 ist jetzt ein Prinz!

»Aber auch du hast dich verändert. Deine Fühler riechen anders. Du ...«

Die Prinzessin unterbricht ihn: *»Auch ich bin dank des ›Gelée royale‹ der Wespen fortpflanzungsfähig geworden. Ich bin jetzt ein Weibchen.«*

Beide sind verwirrt. Ihre Fühler verharren regungslos. Das alles ist so seltsam! Als sie sich trennten, waren sie geschlechtslose Soldatinnen mit einer Lebensdauer von höchstens drei Jahren, und jetzt sind sie dank dem Wundermittel ihrer Wespenvorfahren Prinz und Prinzessin und können Nachkommen zeugen.

Die beiden Ameisen gönnen sich eine weitere – noch viel innigere – Trophallaxie. Prinz Nr. 24 gibt der Prinzessin einen Teil der Nahrung zurück, die er vorhin von ihr erhalten hat, und dann bietet sie ihm wieder einen Happen an.

Manche Speisen sind schon dreimal von einem Sozialmagen in den anderen und wieder zurück gewandert, aber dieser Nahrungsaustausch ist nun einmal sehr genußvoll. Während die anderen Ameisen sich gegenseitig ihre Abenteuer erzählen, ziehen sich Prinz und Prinzessin zwischen die Staubfäden der Seerose zurück.

Nr. 103 berichtet in Kürze, was sie von den Fingern gelernt hat. Sie erklärt dem Prinzen das Fernsehen, die Kommunikationsmaschine, die Absichten der Finger, alles ...

Aber beide sind etwas unkonzentriert, denn sie würden sich gern paaren.

Doch Nr. 103 zögert.

»Willst du mich denn nicht?« fragt der Prinz.

Nein, es ist etwas anderes, und beide wissen es. Bei den Ameisen sterben die Männchen nach der Paarung. Vielleicht hat sich Nr. 103 durch die romantischen Filme der Finger zu sehr verändert ... Tatsache ist, daß sie ihren Freund nicht sterben sehen will. Sein Leben bedeutet ihr mehr als die Vereinigung.

Also beschließen beide, lieber darauf zu verzichten.

Es ist endgültig Nacht geworden. Ameisen der Cornigera-Gemeinschaft und Ameisen vom Kriegsschiff schlafen in einem leeren Schlangennest ein. Morgen liegt ein weiter Weg vor ihnen.

107. Enzyklopädie

Utopie der Adamiten: Im Jahre 1420 kam es in Böhmen zum Aufstand der Hussiten. Diese Vorläufer des Protestantismus verlangten eine Reform des Klerus und den Abzug der deutschen Herren. Eine viel radikalere Gruppe spaltete sich von ihnen ab: die Adamiten. Sie stellten nicht nur die Kirche in Frage, sondern die ganze Gesellschaft, und vertraten außerdem die Ansicht, man käme Gott am nächsten, wenn man unter ähnlichen Bedingungen wie Adam vor dem Sündenfall lebte. Daher der Name Adamiten. Sie ließen sich auf einer Insel inmitten des Flusses Moldau nieder, unweit von Prag, und lebten dort nackt. Weil sie die Lebensumstände im Paradies wiederherzustellen versuchten, wurden alle Strukturen beseitigt: Geld, Arbeit, Adel, Bürgertum, Verwaltung und Armee gab es bei ihnen nicht. Auch Ackerbau war verpönt: Sie ernährten sich nur von Obst und wildem Gemüse; natürlich waren sie Vegetarier. Vor allem aber praktizierten sie einen direkten Gotteskult ohne Kirche und Klerus.

Dieser Radikalismus störte die Hussiten. Gewiß, man konnte den Religionskult vereinfachen, aber doch nicht in diesem Ausmaß! Die Soldaten der Hussiten umzingelten die Adamiten auf deren Insel und massakrierten diese ›Hippies‹ des 15. Jahrhunderts.

EDMOND WELLS,
Enzyklopädie des relativen und absoluten Wissens, Band III

108. Wasser und Telefone

Während die Polizisten Julie und die Amazonen verfolgten, machten die sieben anderen Demonstrantengruppen, jeweils angeführt von einem der Sieben Zwerge, große Umwege durch Seitenstraßen und trafen sich schließlich am Hintereingang des Gymnasiums, wo zum Glück keine Polizisten postiert waren.

Ji-woong holte den Schlüssel aus der Tasche, den der Direktor ihm für die Proben überlassen hatte, und schloß die gepanzerte Feuerschutztür auf. Leise betrat die Menge das Gymnasium, und als Maximilien plötzlich fröhliche Gesichter im Hof sah, war es schon zu spät.

»Die Demonstranten dringen durch den Hintereingang ein!« brüllte er ins Megafon.

Seine Männer gaben die Verfolgung von Julies Gruppe auf und rannten zum Hintereingang, doch nachdem mehr als 700 Personen ins Gebäude gelangt waren, hatte Ji-woong die schwere Tür wieder verriegelt, und es war unmöglich, sie aufzubrechen.

»Phase zwei abgeschlossen!« rief David in sein Handy.

Julies Gruppe sammelte sich daraufhin am Tor, das die Polizisten unbewacht zurückgelassen hatten, und David ließ diese hundert ›Revolutionäre‹ ein.

»Zurückkommen! Jetzt dringen sie von vorne ein!« schrie Maximilien.

Die Polizisten waren schon müde vom vielen Gerenne in voller Uniform, mit Helm, Schutzschild, Pistolengurt, Gummiknüppel und schweren Schuhen. Außerdem war das Schulgelände sehr groß. Als sie endlich am Vordereingang ankamen, war das Tor verschlossen, und dahinter standen die Amazonen und machten sich über sie lustig.

»Sie haben sich im Gymnasium verbarrikadiert«, meldeten die Beamten ihrem Chef.

Etwa 800 Personen hatten das Gymnasium besetzt. Julie war sehr zufrieden, daß es ihnen gelungen war, jede Gewalt zu vermeiden. Sie hatten ihre Gegner einfach durch taktische Manöver ausgetrickst.

Maximilien war nicht daran gewöhnt, daß Demonstranten Guerillastrategien anwandten. Normalerweise marschierte die Menge stur geradeaus, ohne zu überlegen.

Diese Demonstranten aber, die offensichtlich weder von einer politischen Partei noch von irgendeinem mächtigen Syndikat dirigiert wurden, verhielten sich so geschickt, daß der Kommissar beeindruckt und beunruhigt war.

Ihn verstörte sogar die Tatsache, daß es in beiden Parteien keine Verletzten gegeben hatte. Das war einfach nicht normal, denn bei allen Kundgebungen kamen mindestens drei Personen zu Schaden, und sei es auch nur, daß sie sich beim Wegrennen die Knöchel verstauchten. Und hier waren 800 Demonstranten und 300 Polizisten aufeinandergeprallt, und es hatte nicht einmal einen leichten Unfall gegeben!

Maximilien postierte eine Hälfte der Polizisten am Tor, die andere am Hintereingang, und dann rief er den Präfekten an, um ihn über den Stand der Dinge zu informieren. Dupeyron verlangte die sofortige Räumung des Gymnasiums, aber ohne jedes Aufsehen. Linart solle sich vergewissern, daß keine Journalisten in der Nähe seien. Wenigstens in dieser Hinsicht konnte der Kommissar ihn beruhigen.

Dupeyron legte ihm ans Herz, zwar schnell, aber möglichst gewaltlos vorzugehen, denn bis zur Präsidentschaftswahl waren es nur noch wenige Monate, und unter den Demonstranten befanden sich mit Sicherheit auch Kinder aus guten Familien.

Maximilien beriet sich wieder mit seinem kleinen Generalstab und forderte einen Plan des Gymnasiums an. Er hätte sich selbst ohrfeigen können, daß ihm das erst jetzt eingefallen war.

»Werfen Sie Tränengasbomben durchs Gitter. Wenn man sie wie Füchse ausräuchert, kommen sie sehr schnell heraus.«

Der Befehl wurde schnell ausgeführt und tatsächlich ließen tränende Augen und Hustenanfälle im Hof nicht lange auf sich warten.

»Wir müssen schnell etwas unternehmen«, sagte Zoé.

Léopold schlug vor, das Tor mit Decken aus den Schlafsälen zu verhängen. Gesagt, getan. Mit feuchten Taschentüchern über den Nasen, um das Gas nicht einzuatmen, und mit Mülltonnendeckeln als Schilden befestigten die Amazonen vom Aikido-Club die Decken am Gitter. Draht hatten sie in einem Schuppen gefunden.

Plötzlich konnten die Polizisten nicht mehr sehen, was im Hof vorging. Maximilien griff wieder zum Megafon:

»Sie haben kein Recht, dieses öffentliche Gebäude zu besetzen! Ich fordere sie auf, es sofort zu räumen.«

»Hier sind wir, und hier bleiben wir!« entgegnete Julie.

»Ihr Verhalten ist gesetzwidrig.«

»Dann holen Sie uns doch raus.«

Nach einer kurzen Beratung auf dem Platz fuhren die Polizeiwagen weg, und die Polizisten zogen sich zurück.

»Man könnte fast glauben, sie hätten aufgegeben«, kommentierte Zoé.

Narcisse meldete, daß auch am Hintereingang keine Polizisten mehr postiert wären.

»Vielleicht haben wir wirklich gewonnen«, murmelte Julie, ohne so recht daran zu glauben.

»Ich glaube eher, daß es sich um ein Täuschungsmanöver handelt«, warnte Léopold.

Sie beobachteten den menschenleeren Platz, der von Straßenlampen hell beleuchtet wurde.

Mit seinen scharfen Navajo-Augen erspähte Léopold bald eine Bewegung, und kurz darauf konnten sie alle sehen, daß eine geschlossene Formation Polizisten auf das Tor zumarschierte.

»Sie greifen an! Sie wollen den Haupteingang stürmen!« schrie eine Amazone.

Die Polizei war schon ganz nahe am Tor, als Zoé eine Idee hatte, die bei den anderen große Zustimmung fand.

Während die Sicherheitskräfte sich anschickten, die schweren Metallschlösser aufzubrechen, wurden im Schulhof die erst kürzlich angeschafften Spritzschläuche entrollt.

»Jetzt!« rief Julie.

Der Wasserdruck aus den Hydranten war so stark, daß drei oder vier Amazonen anpacken mußten, um den Spritzstrahl in die richtige Richtung zu lenken.

Durchnäßte Polizisten und Hunde zogen sich hastig zurück, formierten sich aber in einiger Entfernung neu. Unter Ausnutzung toter Winkel erreichten sie im Laufschritt das Tor, doch als sie sich erneut an den Schlössern zu schaffen machten, befahl Julie den zweiten Einsatz der Spritzen.

Die Polizisten traten die Flucht an, und die Amazonen jubelten über ihren Sieg.

Maximilien wurde vom Präfekten angerufen und mußte zugeben, daß die Demonstranten noch immer im Gymnasium waren und der Polizei Widerstand leisteten.

»Nun gut, dann kesseln Sie sie ein, aber greifen Sie nicht mehr an. Solange diese Revolte auf das Gymnasium beschränkt bleibt, stellt sie kein großes Problem dar. Wir müssen nur um jeden Preis vermeiden, daß sie um sich greift.«

Im Schulhof gab Julie die Devise aus: »Keine Gewalt! Nichts zerstören! Wir müssen uns anständig verhalten!«

Sie wollte ihrem Geschichtslehrer unbedingt beweisen, daß eine gewaltlose Revolution möglich war.

109. Enzyklopädie

Utopie von Rabelais: Im Jahre 1532 legte François Rabelais seine persönliche Vision der idealen utopischen Stadt vor, indem er in seinem Werk *Gargantua* die Abtei von Thélème schilderte.

Dort gibt es keine Herrschenden, denn, so Rabelais: »Wie könnte man einen anderen beherrschen, wenn man nicht einmal sich selbst beherrschen kann.« Die Thelemiten handeln folglich ›nach ihrem freien Willen‹, und ihre Devise lautet: »Tu, was du willst.« Damit die Utopie erfolgreich ist, werden die Mitglieder sorgfältig ausgesucht. Zugelassen sind nur Männer und Frauen aus guten Familien, die gebildet, tugendhaft, aufgeschlossen, schön und ›von angenehmem Wesen‹ sind. Frauen treten mit zehn Jahren in die Abtei ein, Männer mit zwölf.

Jeder kann machen, was er will: arbeiten, faulenzen, trinken, der Lust frönen oder sich anderweitig amüsieren. Uhren gibt es nicht. Man steht auf, wann man will, man ißt, wenn man Hunger hat. Hetze, Streit und Gewalt sind verpönt. Schwere Arbeiten werden von Dienstboten und Handwerkern verrichtet, die außerhalb der Abtei untergebracht sind.

Rabelais hat seine utopische Stadt genau beschrieben. Die Abtei sollte am Ufer der Loire erbaut werden, im Wald von Port-Huault. Sie sollte 9332 Zimmer haben, aber keine Schutzmauern, denn ›Mauern führen nur zu Verschwörungen‹. Sechs runde Türme von 60 Schritt Durchmesser, jeweils zehn Stockwerke hoch, würden sie überragen; mehrere Bibliotheken und ein großer Park mit Labyrinth und Brunnen gehörten dazu.

Rabelais war kein Narr. Er wußte, daß seine ideale Abtei durch *demagogisches Verhalten,* absurde Lehren, Zwietracht oder auch nur durch irgendwelche Bagatellen zerstört werden könnte, aber er war überzeugt, daß ein Versuch sich trotzdem lohnen würde.

EDMOND WELLS,
Enzyklopädie des relativen und absoluten Wissens, Band III

110. Eine schöne Nacht

Nr. 103 kann nicht schlafen.

Schon wieder eine schlaflose Nacht, denkt sie. *Die Geschlechtslosigkeit hat auch Vorteile, und dazu gehört zweifellos eine ungestörte Nachtruhe.*

Sie hebt den Kopf, richtet ihre Fühler auf und entdeckt einen Lichtschein. Davon ist sie also aufgewacht! Es ist kein Sonnenaufgang, denn das Licht kommt aus dem hinteren Teil des Schlangennests.

Sie läuft darauf zu.

Einige Ameisen haben sich um die Glut geschart, die ihnen den Sieg beschert hat, und sind offenbar fasziniert vom Feuer. Eine Ameise meint allerdings besorgt, man solle es vorsichtshalber löschen. Die Prinzessin macht ihr klar, sie hätten nur die Wahl zwischen ›der Technologie und ihren Risiken‹ und ›der Unwissenheit durch Ängstlichkeit‹.

Nr. 7 nähert sich, aber sie interessiert sich nicht für das Feuer, sondern für die tanzenden Schatten der Ameisen an den Wänden des Schlangennests. Sie versucht mit ihnen Kontakt aufzunehmen, und als sie nicht reagieren, befragt sie Nr. 103, die antwortet, dieses Phänomen gehöre zur Magie des Feuers.

»Das Feuer erschafft dunkle Zwillinge von uns, die an den Wänden haften bleiben.«

Nr. 7 will wissen, was diese seltsamen Zwillinge fressen, und die Prinzessin erwidert: *»Nichts. Sie imitieren nur alle Gesten ihres Zwillings. Etwas anderes ist ihnen nicht möglich.«*

Morgen könnten sie sich ausführlich über alles unterhalten, fährt sie fort, aber jetzt wäre es vernünftiger, zu schlafen, um für die Reise Kräfte zu sammeln.

Auch Prinz Nr. 24 kann nicht schlafen. Dies ist die erste Nacht seines Lebens, in der er wegen der warmen Glut wachbleiben kann, und das will er ausnutzen.

»Erzähl mir mehr von den Fingern«, bittet er die Prinzessin.

111. Die Revolution kommt in Gang

Die Demonstranten wollten um ein großes Lagerfeuer herum tanzen. Reisig fanden sie im Gärtnerschuppen. Sie schichteten es auf dem Rasen auf, und einige junge Leute schleppten Papier an, aber das Papier verkohlte, bevor das Reisig Feuer fangen konnte, und der Wind blies die winzigen Flammen aus. Unter den 800 Personen, die mutig der Polizei getrotzt hatten, war niemand, der ein Feuer entfachen konnte!

Julie suchte in der *Enzyklopädie* nach einer Anleitung, doch nachdem der Wälzer weder ein Inhaltsverzeichnis noch ein Stichwortregister hatte, war das ein schier hoffnungsloses Unterfangen. Die *Enzyklopädie* war eben kein Lexikon und konnte nicht alle Fragen beantworten, die man ihr stellte.

Hier halfen offenbar nur drastische Maßnahmen. Julie begab sich in den Chemiesaal und fabrizierte einen Molotowcocktail. Als sie ihn im Hof auf das Reisig warf, schossen endlich hohe orangefarbene Flammen empor. Die Menge jubelte.

Die Fahne mit der Aufschrift ›Aus Intelligenz entspringt Vernunft‹ wurde eingeholt, auf beiden Seiten mit dem Emblem des Konzerts – den drei Ameisen im Dreieck – bemalt und dann wieder gehißt.

Das war der richtige Zeitpunkt für eine Rede. Vom Balkon des Direktorats aus sprach Julie zu der Menge im Hof.

»Dieses Gymnasium wurde von Menschen besetzt, die Musik und Feste lieben. Wir werden hier ein utopisches Dorf gründen, mit dem Ziel, das Leben der Menschen glücklicher zu gestalten, und den Anfang machen wir mit uns selbst.«

Lauter Beifall.

»Ihr könnt tun, was ihr wollt, aber zerstört bitte nichts. Wenn wir lange hierbleiben müssen, brauchen wir funktionsfähige Einrichtungen. Die Toiletten befinden sich rechts hinten im Hof. Wenn jemand sich ausruhen möchte, kann er das in den Schlafsälen des Internats tun. Ihr findet sie im dritten, vierten und fünften Stock von Gebäude B. Allen anderen schlage ich ein großes Fest vor. Laßt uns tanzen und singen und all unsere Sorgen vergessen!«

Julie selbst und die Sieben Zwerge waren müde. Außerdem mußten sie besprechen, wie es jetzt weitergehen sollte. Deshalb überließen sie ihre Instrumente aus dem Probenraum vier jungen Leuten, die eine besondere Vorliebe für Salsa hatten – eine Musikrichtung, die großartig zur Stimmung der Menge paßte.

Die acht ›Ameisen‹ erfrischten sich am Getränkeautomaten in der Nähe der Cafeteria, dem Lieblingsaufenthaltsort aller Schüler.

»Also, Freunde, diesmal haben wir's geschafft«, sagte Julie zufrieden.

»Und was machen wir jetzt?« fragte Zoé mit glühenden Wangen.

»Oh, diese Sache wird nicht lange dauern. Morgen ist bestimmt alles vorbei«, warf Paul nüchtern ein.

»Und wenn nicht?« erkundigte sich Francine.

Sie tauschten Blicke, die leichte Beunruhigung verrieten.

»Wir müssen dafür sorgen, daß nicht schon morgen alles vorbei ist«, erklärte Julie kategorisch. »Ich habe nicht die geringste Lust, mich ab übermorgen wieder aufs Abi vorzubereiten. Wir haben eine Chance, hier und jetzt etwas aufzubauen, und diese Chance müssen wir nutzen.«

»Und was schwebt dir vor?« fragte David skeptisch. »Ein Fest kann doch nicht ewig dauern.«

»Wir könnten versuchen, hier ein utopisches Dorf zu organisieren.«

»Ein utopisches Dorf?« staunte Léopold.

»Ja, einen Ort, wo die Menschen unter neuen Bedingungen zusammenleben. Wir könnten ein soziales Experiment durchführen, um herauszufinden, ob das Leben in einer Gemeinschaft glücklich macht.«

Die Sieben Zwerge überlegten, während aus der Ferne Salsa-Musik, Gesang und Gelächter zu hören waren.

»Das wäre natürlich großartig«, meinte Narcisse, »aber es ist nicht einfach, viele Menschen zu lenken. Ich war einmal Gruppenleiter in einem Jugendferienlager, und ich kann dir versichern, daß das kein Zuckerschlecken war.«

»Du warst allein, aber wir sind zu acht«, entgegnete Julie. »Gemeinsam sind wir stark. Unser Zusammenhalt vervielfältigt unsere individuellen Talente. Ich habe den Eindruck, daß wir zusammen Berge versetzen können. Wir haben schon achthundert Personen mit unserer Musik inspiriert. Warum sollten wir sie nicht auch für eine Utopie begeistern können?«

Francine setzte sich, weil sie nachdenken wollte.

Ji-woong kratzte sich am Kopf. »Eine Utopie?«

»Aber ja, eine Utopie! In der *Enzyklopädie* ist dauernd davon die Rede. Man muß eine Gesellschaft erfinden, die ... die ...«

Sie wußte nicht weiter.

»Was?« spottete Narcisse. »Soll diese Gesellschaft freundlicher als die jetzige sein? Oder sanfter? Oder lustiger?«

»Nein, nur ... menschlicher.«

Narcisse lachte schallend. »Kinder, wir sind reingelegt worden. Julie hat uns ihre ehrgeizigen humanitären Pläne verheimlicht.«

»Und was verstehst du unter einer menschlicheren Gesellschaft?« fragte David ernsthaft.

»Das weiß ich noch nicht, aber ich werde es herausfinden.«

»Hör mal, Julie, bist du während der Verfolgungsjagd verletzt worden?« wechselte Zoé unerwartet das Thema.

»Nein, warum?«

»Du hast einen roten Fleck auf deinem Kostüm.«

Julie stellte fest, daß Zoé recht hatte. Da war wirklich ein großer Blutfleck. Aber warum hatte sie dann keinen Schmerz verspürt?

»Das ist keine Verletzung, sondern etwas ganz anderes«, sagte Francine und zog Julie auf den Korridor hinaus. Zoé folgte ihnen.

»Du hast einfach deine Regel bekommen«, erklärte die Organistin nüchtern.

»Meine – was?«

»Deine Regel«, wiederholte Zoé. »Weißt du nicht, was das ist?«

Julie erstarrte und hatte das Gefühl, von ihrem eigenen Körper verletzt worden zu sein. Dieses Blut war ein Beweis, daß man ihre Kindheit ermordet hatte. Nun war alles aus! Ausgerechnet in einem Augenblick, in dem sie glücklich gewesen war, hatte ihr Organismus sie verraten. Er konfrontierte sie mit dem Schlimmsten, was sie sich überhaupt vorstellen konnte: mit der Verpflichtung, erwachsen zu werden.

Sie riß den Mund weit auf und schnappte nach Luft. Ihre Brust hob sich mühsam. Ihr Gesicht lief rot an.

»Schnell!« rief Francine den Jungen zu. »Julie hat einen Asthmaanfall. Sie braucht Ventolin.«

Sie wühlten in Julies Rucksack herum, fanden das Aerosol und schoben ihr das Mundstück zwischen die Lippen, doch obwohl sie fest drückten, kam kein Ventolin heraus. Die Dose war leer.

Julie keuchte. Sie bekam kaum noch Luft.

Luft – die erste Sucht, der jeder Mensch verfällt. Sobald die Lungen sich gleich nach der Geburt damit füllen, sobald man seinen ersten Schrei ausstößt, kann man sein Leben lang nicht mehr darauf verzichten. Vierundzwanzig Stunden am Tag braucht der Mensch ununterbrochen Luft. Möglichst frische Luft.

Zoé rannte auf den Hof hinaus und fragte, ob jemand Ventolin bei sich hätte. Nein!

David wählte die Nummern des Roten Kreuzes und der Notarztzentrale, aber alle Leitungen waren besetzt.

»Irgendeine Apotheke hier im Viertel muß doch Nachtdienst haben«, fiel Francine ein.

»Ji-woong, du begleitest sie«, schlug David vor. »Du bist der Stärkste von uns und kannst sie notfalls tragen, falls sie es allein nicht bis zur Apotheke schafft.«

»Aber wie sollen wir rauskommen? Vorne und hinten sind Polizisten postiert.«

»Es gibt noch eine Tür«, sagte David. »Kommt mit.«

Er führte sie in den Probenraum und schob einen Schrank beiseite, hinter dem eine Tür zum Vorschein kam.

»Ich habe sie neulich zufällig entdeckt. Der Gang muß in den Keller eines Nachbarhauses führen.«

Julie gab jämmerliche Laute von sich, betrat aber trotzdem, auf Ji-woongs Schulter gestützt, den unterirdischen Gang, der sich bald verzweigte. Im linken Teil stank es nach Kanalisation, im rechten nach Keller. Sie gingen nach rechts.

112. Am Feuer

Im Feuerschein erzählt Nr. 103 von den Fingern, von ihren Sitten, von ihrer Technologie, von ihrem Fernsehen.

»Vergiß das weiße Schild nicht, das den Tod ankündigt«, ruft Nr. 5 ihr ins Gedächtnis.

Die roten Ameisen zittern, als sie hören, daß ihrer Geburtsstadt die Zerstörung droht. Doch trotz dieser Gefahr ist Nr. 103 davon überzeugt, daß die Finger für die Ameisenzivilisation sehr nützlich sein könnten. Der Sieg, den sie mit Hilfe des Feuers über die zahlenmäßig weit überlegenen Zwerginnen errungen haben, bestärkt sie nur noch mehr in ihrem Glauben.

Zugegeben, sie kann mit einem Hebel nicht gut umgehen, und sie hat keine Ahnung, wie ein Katapult funktioniert. Doch das ist nur eine Frage der Zeit. Wenn die Finger zur Kooperation mit den Ameisen bereit sind, wird sie bald alles verstehen, sogar die Kunst, den Humor und die Liebe.

»Ist es nicht gefährlich, Kontakte zu den Fingern zu knüpfen?« fragt Nr. 6, die sich immer noch den Beinstumpf reibt.

Nein, erwidert Nr. 103 selbstbewußt, denn die Ameisen seien schlau genug, um sie zähmen zu können.

Nr. 24 hebt einen Fühler. *»Hast du mit ihnen auch über Gott gesprochen?«*

Gott? Alle wollen wissen, was das ist. Eine Maschine? Ein Ort? Eine Pflanze?

Nr. 24 erzählt ihnen, früher hätten unweit der Stadt Bel-o-kan Finger gelebt, die sich mit den Ameisen unterhalten konnten, und diese Finger hätten ihnen weisgemacht, sie wären ihre Herren und Schöpfer. Sie hätten von den Ameisen blinden Gehorsam verlangt, unter dem Vorwand, sie selbst wären allmächtig, sie wären die ›Götter‹ der Ameisen.

Alle Ameisen rücken näher heran.

Aber was heißt dieses Wort ›Gott‹?

Prinzessin Nr. 103 erwidert, dieser Begriff sei in der ganzen Tierwelt einmalig. *»Die Finger glauben, daß über ihnen eine unsichtbare Macht existiert, die ihr Herr ist. Diese Macht* *nennen sie ›Gott‹ und glauben an ihn, obwohl sie ihn nicht sehen können. Ihre ganze Zivilisation basiert auf diesem Glauben an eine unsichtbare Macht, die ihr Leben kontrolliert.«*

Die Ameisen versuchen, sich diesen ›Gott‹ vorzustellen, können aber nicht so recht einsehen, inwiefern es den Fingern hilft, an ihn zu glauben.

Die Prinzessin hat das auch nie richtig verstanden. Sie kann es sich nur folgendermaßen erklären: Die Finger sind sehr egoistische Tiere, und auf Dauer leiden sie selbst darunter. Und um Bescheidenheit zu lernen, reden sie sich ein, es gebe ein noch größeres und mächtigeres Tier, das sie erschaffen habe, diesen sogenannten ›Gott‹.

»Das Problem besteht darin«, meint Nr. 24, *»daß die Finger sich ihrerseits als Götter der Ameisen aufspielen wollten.«*

Nr. 103 stimmt ihm zu. Es gebe zweifellos Finger, die vorhätten, alle anderen Tierarten zu beherrschen. Finger könnten – genauso wie Ameisen – hart oder sanft, töricht oder intelligent, großzügig oder tyrannisch sein.

»Man darf aber nicht alle Finger negativ beurteilen, nur weil einige von ihnen sich als Götter der Ameisen ausgegeben haben. Dieses verschiedenartige Verhalten zeigt im Gegenteil, daß sie geistig hochentwickelt sind.«

Die zwölf jungen Kundschafterinnen fragen naiv, ob die Finger denn nicht wirklich die Götter der Ameisen sein könnten.

Die Prinzessin entgegnet, es wäre unmöglich, daß die Finger die Ameisen erschaffen hätten, weil sie eine viel jüngere Tierart seien, es gebe sie erst seit drei Millionen Jahren, während die Ameisen die Erde schon seit hundert Millionen Jahren bevölkerten.

Woher sie das so genau wisse, fragen die jungen Ameisen, und Nr. 103 erwidert, das habe sie in einem Dokumentarfilm im Fernsehen der Finger gesehen.

Sie hat die jungen Kundschafterinnen überzeugt, daß die Ameisen nicht von den Fingern erschaffen wurden, aber alle vertreten die Ansicht, diese ›junge‹ Tierart sei offenbar besonders begabt und wisse Dinge, von denen die Insekten keine Ahnung hätten.

Prinz Nr. 24 widerspricht als einziger. Seiner Meinung nach brauchen die Ameisen die Finger wirklich nicht zu beneiden. Sollte es tatsächlich zu Kontakten kommen, könnten die Finger von den Ameisen bestimmt viel mehr lernen als umgekehrt. Und was die drei großen Geheimnisse angehe – Kunst, Humor und Liebe – würden die Ameisen sie zweifellos vervollkommnen können, sobald sie begriffen hätten, worum es sich eigentlich handle.

In einer Ecke experimentieren die Ameisen von Cornigera mit dem Feuer herum, das sie sehr beeindruckt, weil es sie vor den Zwerginnen gerettet hat. Sie verbrennen nacheinander ein Blatt, eine Blume, etwas Erde und eine Wurzel, beobachten die bläulichen Flammen und merken sich die verschiedenen unangenehmen Gerüche. Nr. 6 berät sie fachkundig und denkt dabei, daß bestimmt auch die ersten Erfinder in der Welt der Finger so vorgegangen sind.

»Trotzdem müssen diese Finger komplizierte Tiere sein,« seufzt eine Cornigera-Ameise, der von all den Geschichten der Kopf schwirrt. Sie läßt die anderen weiterdiskutieren und mit dem Feuer spielen und schläft ein.

113. Enzyklopädie

Geburtstagskuchen: Am Geburtstag die Kerzen auf dem Kuchen auszublasen, ist ein sehr symbolträchtiger Ritus. In regelmäßigen Abständen wird der Mensch daran erinnert, daß er Feuer machen und mit seinem Atem wieder löschen kann. Ein Kind, das zum erstenmal selbständig seine Kerzen ausbläst, beweist damit, daß es allmählich lernt, Verantwortung zu übernehmen, und ein alter Mensch, dem die Puste fehlt, um die Kerzen zu löschen, zeigt damit, daß seine aktive Lebensphase vorüber ist.

EDMOND WELLS,
Enzyklopädie des relativen und absoluten Wissens, Band III

114. Luftmangel

Zum Glück gehörte der Keller, in dem der Gang endete, zu einem Haus, das weit von den Polizeiwagen entfernt war. Julie stützte sich immer schwerer auf Ji-woongs Schulter, während sie sich auf die Suche nach einer Apotheke machten, die um drei Uhr nachts noch geöffnet hatte.

Als Ji-woong verzweifelt an die Tür einer geschlossenen Apotheke klopfte, wurde im ersten Stock ein Fenster aufgerissen, und ein Mann im Pyjama beugte sich heraus.

»Sinnlos, die ganze Nachbarschaft aufzuwecken. Die einzige Apotheke, die um diese Zeit offen ist, befindet sich in der Nachtbar.«

»Soll das ein Witz sein?«

»Keineswegs. Nachdem nachts hauptsächlich Kondome verkauft werden, ist eine Apotheke direkt in der Nachtbar doch sehr praktisch, finden Sie nicht auch?«

»Und wo ist diese Nachtbar?«

»Biegen Sie am Ende dieser Straße nach rechts in die Sackgasse ab, dann sehen Sie sie schon. Die Bar heißt ›Die Hölle‹.«

Die rote Leuchtschrift ›Die Hölle‹ war wirklich nicht zu übersehen; um die Lettern tanzten Teufelchen mit Fledermausflügeln.

Julie war am Ende ihrer Kräfte. »Luft! Luft!« flehte sie. Warum gab es nur so wenig Luft auf diesem Planeten?

Ji-woong hielt sie aufrecht und bezahlte für den Eintritt, so als wollten sie hier nur tanzen. Der Türhüter, dessen Gesicht nicht nur tätowiert, sondern auch noch mit Ringen in Nase und Lippen geschmückt war, wunderte sich überhaupt nicht, ein Mädchen in so traurigem Zustand zu sehen. Die meisten Besucher der ›Hölle‹ kamen hier schon benommen von Alkohol oder Drogen an.

Im Saal dröhnte Alexandrines Stimme »I love you, mon amour, je t'aime«, und die Paare wiegten sich eng umschlungen. Der Diskjockey drehte die Lautstärke noch mehr auf und schaltete alle Lichter bis auf die kleinen roten Blinklämpchen aus. Er wußte genau, was er machte. Bei diesem Höllenlärm und dieser Dunkelheit hatten all jene, die nichts zu sagen wußten oder von der Natur stiefmütterlich behandelt worden waren, die gleichen Chancen, jemanden zu verführen, wie die Schönen und Geistreichen.

Ji-woong bahnte sich rücksichtslos einen Weg durch die Menge, nur darauf bedacht, die halb ohnmächtige Julie rasch in die Apotheke zu schaffen. Hinter einer offenen Tür blätterte eine Dame in weißer Bluse in einer Illustrierten und kaute Kaugummi. Als sie das Paar sah, nahm sie einen der Wattebäusche heraus, die ihre Ohren schützten, und bedeutete Ji-woong, die Tür zu schließen. Der Lärm wurde etwas erträglicher.

»Ventolin, bitte! Schnell, diese junge Dame hat einen schweren Asthmaanfall.«

»Haben Sie ein Rezept?« fragte die Apothekerin seelenruhig.

»Sie sehen doch, daß es hier um Leben oder Tod geht. Ich bezahle Ihnen, soviel Sie wollen.«

Julie war wirklich in einem bemitleidenswerten Zustand. Ihr Mund öffnete und schloß sich krampfartig, wie bei einem Fisch auf dem Trockenen. Doch die Frau ließ sich von diesem Anblick nicht erweichen.

»Tut mir leid, aber hier ist keine Lebensmittelhandlung, sondern eine Apotheke. Ventolin ist rezeptpflichtig, und ich muß mich an meine Vorschriften halten. Sie sind nicht die ersten, die mir eine solche Komödie vorspielen. Jeder weiß doch, daß Ventolin die Gefäße erweitert und deshalb schlappe Männer wieder munter macht.«

Das war zuviel für Ji-woong. Er packte die Apothekerin am Blusenkragen, und weil er keine andere Waffe hatte, hielt er ihr seinen Wohnungsschlüssel an die Kehle.

»Ich scherze nicht«, sagte er drohend. »Ventolin, bitte, oder Sie werden gleich selbst Medikamente benötigen – rezeptfreie oder rezeptpflichtige.«

Die Apothekerin wußte, daß es sinnlos wäre, bei diesem Lärm um Hilfe zu rufen. Sie nickte zum Zeichen ihrer Kapitulation, holte das Aerosol und händigte es Ji-woong widerwillig aus.

Es war höchste Zeit, denn Julie hatte schon Atemstillstand. Ji-woong mußte ihr die Lippen öffnen und das Mundstück mühsam zwischen die Zähne zwängen.

»Schnell, atme, ich bitte dich!«

Mit schier übermenschlicher Anstrengung gelang ihr der erste Atemzug, und mit dem Ventolin flutete das Leben in sie zurück. Ihre Lungen öffneten sich wie eine Blume im Wasser.

»Wieviel Zeit man doch mit Formalitäten vergeudet!« knurrte Ji-woong in Richtung der Apothekerin, bemerkte aber nicht, daß sie mit dem Fuß auf einen Alarmknopf drückte. Diese Direktverbindung zur Polizei war eingebaut worden, weil hier Angriffe von Drogensüchtigen nicht auszuschließen waren.

Nachdem Ji-woong ganz korrekt bezahlt hatte, traten sie den Rückweg durch die Nachtbar an. Wieder war ein Hit von Alexandrine zu hören: »Une passion d'amour«, und die Paare tanzten immer noch eng umschlungen in fast völliger Dunkelheit.

Julie realisierte erst jetzt, wo sie sich befand, und plötzlich wünschte sie sich, von Ji-woong in die Arme genommen zu werden. Sie betrachtete den Koreaner. Er war schön und hatte etwas Katzenhaftes an sich. In dieser bizarren Umgebung wirkte er besonders reizvoll, und obwohl sie sich schämte, verspürte sie ein schier unwiderstehliches Verlangen nach ihm.

»Schau mich nicht so an«, sagte Ji-woong. »Ich weiß, daß du Hautkontakt nicht ertragen kannst. Hab keine Angst, ich werde dir nicht vorschlagen, mit mir zu tanzen.«

Sie wollte gerade widersprechen, als zwei Polizisten auftauchten, denen die Apothekerin ihre Angreifer genau beschrieb.

Ji-woong zog Julie in die Mitte der Tanzfläche, wo es am dunkelsten war, und umarmte sie, um nicht aufzufallen.

Doch ausgerechnet in diesem Augenblick schaltete der Diskjockey die volle Beleuchtung wieder ein. Erst jetzt konnte man sehen, was für Typen in der ›Hölle‹ verkehrten: Sado-Maso-Paare in Lederkleidung, Homosexuelle, Bisexuelle, als Männer verkleidete Frauen, als Frauen verkleidete Männer … Alle waren schweißgebadet.

Die Polizisten schoben sich langsam durch diese exotische Menge. Wenn sie die beiden ›Ameisen‹ erkannten, würden sie sie bestimmt festnehmen. In dieser Notlage tat Julie etwas Unvorstellbares: Sie umfaßte das Gesicht des Koreaners mit beiden Händen und küßte ihn auf den Mund. Der junge Mann war total überrascht.

Es wurde ein sehr langer Kuß, denn die Polizisten näherten sich. Julie hatte gelesen, daß auch die Ameisen Küsse kennen, nur unter einem anderen Namen: Trophallaxie. Im Gegensatz zu den Menschen tauschten sie während des Mundkontakts allerdings auch noch Nahrung aus, was Julie und Ji-woong zum Glück nicht zu tun brauchten.

Die Polizisten musterten sie mißtrauisch.

Wie Strauße, die bei Gefahr den Kopf in den Sand stekken, schlossen die beiden ›Ameisen‹ die Augen und hörten nicht einmal mehr Alexandrines Stimme. Julie wollte die muskulösen Arme des Koreaners noch viel fester um sich spüren, doch die Polizisten verließen die Nachtbar unverrichteter Dinge, und der magische Moment war vorüber. Verlegen lösten sie sich voneinander.

»Entschuldige bitte!« brüllte Ji-woong ihr ins Ohr, um sich bei dem Radau verständlich zu machen.

»Wir hatten wirklich keine andere Wahl«, murmelte Julie.

Er nahm sie bei der Hand, sie verließen die ›Hölle‹ und kehrten durch den Keller und den unterirdischen Gang ins Gymnasium zurück.

115. Enzyklopädie

Annäherung durch Spiele: In den sechziger Jahren kaufte ein französischer Pferdezüchter vier feurige graue Hengste, die sich sehr ähnlich sahen. Bedauerlicherweise konnten sie einander aber nicht ausstehen, und es war unmöglich, aus ihnen ein Gespann zu machen, denn sie wollten jedesmal in vier verschiedene Richtungen ausbrechen.

Ein Tierarzt kam schließlich auf die Idee, sie in vier nebeneinanderliegenden Boxen unterzubringen und an den Trennwänden Spielzeuge anzubringen: Rollen, die man mit dem Maul anstoßen konnte, Bälle, die sich mit den Hufen von einer Box in die andere kicken ließen, und bunte Mobiles, die an Schnüren hingen.

Die Pferde mußten in regelmäßigen Abständen die Boxen wechseln, damit alle sich kennenlernen und miteinander spielen konnten. Nach einem Monat waren die vier Hengste unzertrennlich. Sie gaben nicht nur ein ideales Gespann ab, sondern schienen ihre Arbeit sogar als Spiel zu empfinden.

EDMOND WELLS,
Enzyklopädie des relativen und absoluten Wissens, Band III

116. Helle Aufregung

Nr. 7 ist fasziniert von den vergrößerten Ameisenschatten an den Wänden. Sie greift nach einem abgekühlten Stückchen Holzkohle und zeichnet damit die Umrisse einer dieser Gestalten nach. Als sie fertig ist, zeigt sie ihr Werk den anderen, die ein lebendiges Insekt vor sich zu sehen glauben und mit ihm Kontakt aufzunehmen versuchen. Sie hat große Mühe, ihnen klarzumachen, daß das nur eine Nachbildung ist. Mit wenigen Kohlestrichen hat Nr. 7 soeben die bildende Kunst der Ameisen erschaffen, die große Ähnlichkeit mit den Höhlenmalereien von Lascaux hat. Sie betrachtet ihre Zeichnung und stellt fest, daß Schwarz für ein lebensgetreues Bild nicht ausreicht. Sie braucht Farben.

Aber woher soll sie Farben nehmen? Eine graue Ameise, die gerade ihr Werk bewundert, kommt ihr sehr gelegen. Sie läßt sie kurz entschlossen zur Ader, und das weiße Blut bewirkt, daß die Konturen von Gesicht und Fühlern der

Ameise an der Wand tatsächlich schärfer hervortreten. Sehr gelungen, lobt sich die Künstlerin. Die graue Ameise hat ihrer Ansicht nach keinen Grund zur Klage, denn sie hat soeben als erstes Insekt ein Opfer für die Kunst gebracht.

Die Ameisen geraten jetzt in einen schöpferischen Rausch und wetteifern miteinander. Während Nr. 7 malt, experimentieren andere mit dem Feuer oder erforschen das Hebelprinzip. Nichts ist unmöglich! Ihre eigene Gesellschaft, die sie bisher für sehr fortschrittlich gehalten haben, kommt ihnen plötzlich mehr als rückständig vor.

Jede der Ameisen findet ihr eigenes Interessengebiet. Sie alle profitieren von den Anregungen und Erfahrungen der Prinzessin, und Nr. 5 ist ihre wichtigste Assistentin geworden. Nr. 6 kann am geschicktesten mit Feuer umgehen. Nr. 7 begeistert sich für die Malerei. Nr. 8 erforscht den Hebel, Nr. 9 das Rad. Nr. 10 legt das Gedächtnispheromon über Sitten und Gebräuche der Finger an. Nr. 11 interessiert sich für Architektur und für die verschiedenen Formen des Nestbaus. Nr. 12 ist seit den Bootsreisen von der Navigation fasziniert. Nr. 13 denkt über die neuen Waffen – glühender Zweig und Schildkrötenkriegsschiff – nach. Nr. 14 wünscht sich Dialoge mit fremden Tierarten. Nr. 15 beschäftigt sich mit den neuen Gerichten, die sie auf dieser Reise probiert hat, und Nr. 16 erstellt eine Kartografie der verschiedenen Pisten, denen sie bisher gefolgt sind.

Die Prinzessin spricht über das Fernsehen der Finger, in dem oft Geschichten zu sehen sind, die mit der Realität nichts zu tun haben. Nr. 10 trägt die neuesten Informationen über die Finger gewissenhaft ins Gedächtnispheromon ein.

ROMANE

Die Finger erfinden Geschichten, die sie Romane oder Drehbücher nennen.

Sie denken sich Personen, Orte und sogar ganze Welten aus, die es nicht gibt.

Welchen Sinn soll das haben?

Sie wollen einfach hübsche Geschichten erzählen. Es gehört zu dem, was sie ›Kunst‹ nennen.

Wie sind diese Geschichten aufgebaut?

Den Filmen nach zu schließen, die Nr. 103 gesehen hat, haben sie einen genauso einfachen Aufbau wie die Witze und Anekdoten, jene seltsamen kurzen Geschichten, die bei den Fingern krampfhafte Zuckungen hervorrufen.

Alle bestehen aus einem Anfang, einer Mitte und einem unerwarteten Schluß.

Prinz Nr. 24 hört der Prinzessin aufmerksam zu, und obwohl er ihre Begeisterung für die Welt der Finger nicht teilt, kommt ihm plötzlich die Idee, alles, was sie erzählt, als erfundene Geschichte neu zu gestalten. Er will den ersten Pheromonroman der Ameisen verfassen, nach dem Vorbild der großartigen Ameisensagen. Was er mittlerweile über die Finger weiß, müßte ausreichen, um spannende Abenteuer einzuflechten. Der Prinz fühlt sich dieser Aufgabe durchaus gewachsen und hat sogar schon einen Titel für sein Erstlingswerk. Ganz einfach: *Die Finger*.

Nr. 103 schaut sich das Gemälde von Nr. 7 an. Die Künstlerin sagt, sie brauche unbedingt verschiedene Pigmente, und die Prinzessin schlägt ihr vor, Pollen für das Gelb, Gras für das Grün und zerhackte Klatschmohnblütenblätter für das Rot zu verwenden. Nr. 7 befolgt diesen Rat und rührt ihre Farben mit Speichel und Honigtau an. Zusammen mit zwei anderen Ameisen, die sie als Assistentinnen gewinnen konnte, macht sie sich daran, den Gegenkreuzzug auf einem Platanenblatt darzustellen. Sie zeichnet drei Ameisen und, weit von ihnen entfernt, einen rosa Kegel. Für die rosa Farbe muß sie den zerhackten Mohn mit sehr viel Speichel verdünnen. Dann malt sie mit Pollen eine gelbe Linie, die von den Ameisen zum rosa Kegel führt.

Das ist das Feuer. Es ist ein Bindeglied zwischen Ameisen und Fingern.

Während sie ihrer jungen Gefährtin zuschaut, hat Nr. 103 eine glänzende Idee. Anstatt ihre Expedition wie bisher als Gegenkreuzzug zu bezeichnen, sollte sie ihr den Namen ›Revolution der Finger‹ geben, denn ihr Wissen über die Welt der Finger wird bestimmt zu gewaltigen Umwälzungen in der Ameisengesellschaft führen.

Am Feuer wird währenddessen heftig debattiert. Ameisen, die Angst vor der Glut haben, verlangen, daß sie sofort gelöscht und nie neu entfacht wird. Bald kommt es zwischen Anhängerinnen und Gegnerinnen des Feuers zu Schlägereien.

Der Prinzessin gelingt es nicht, die erbittert Kämpfenden zu trennen. Erst nachdem drei Tote zu beklagen sind, kommen die Ameisen zur Vernunft und sind wieder zu einer sachlichen Diskussion bereit. Einige beharren, das Feuer sei tabu. Andere halten dem entgegen, es handle sich um eine moderne Entwicklung, und wenn die Finger das Feuer furchtlos benutzten, könnten die Ameisen das logischerweise auch. Durch das Tabu seien sie technologisch ins Hintertreffen geraten. Hätten die Ameisen das Feuer schon vor Jahrmillionen objektiv erforscht und seine positiven und negativen Auswirkungen gegeneinander abgewogen, wüßten sie jetzt bestimmt genauso gut wie die Finger über ›Kunst‹, ›Liebe‹ und ›Humor‹ Bescheid.

Die Feuergegner erwidern, die Vergangenheit habe bewiesen, daß das Feuer einen ganzen Wald zerstören könne. Die Ameisen hätten einfach nicht genug Erfahrung, um es vernünftig einzusetzen. Die Protagonisten entgegnen, sie selbst hätten mit dem Feuer bisher keinen Schaden angerichtet, aber dafür die Zwerginnen besiegt.

Schließlich einigt man sich darauf, das Feuer weiterhin zu erforschen, aber die Sicherheitsmaßnahmen zu erhöhen. In Zukunft müsse Glut immer von einem Graben umgeben sein, so wird beschlossen, denn es könnte verheerende Folgen haben, wenn die überall herumliegenden Tannennadeln in Brand gerieten.

Eine Pro-Feuer-Ameise hat ein Heuschreckenbein gebraten und verkündet stolz, gegart schmecke das Fleisch viel besser. Doch vor lauter Begeisterung wagt sie sich zu nahe an ihren Herd heran, eines ihrer Beine fängt Feuer, und Sekunden später schmilzt sie mitsamt ihrem köstlichen Mahl im Magen dahin.

Die Prinzessin verfolgt diese ganze Aufregung ein wenig besorgt. Ihre Berichte über die Welt der Finger waren für die anderen Ameisen eine solche Sensation, daß sie jetzt richtig konfus sind. Sie benehmen sich wie durstige Insekten, die wenn sie endlich Wasser finden – viel zu schnell und viel zuviel trinken und daran sterben. Man muß langsam und in kleinen Mengen trinken, um den Organismus nicht zu überfordern.

Wenn sie nicht sehr aufpaßt, könnte die ›Revolution der Finger‹ sehr schnell außer Kontrolle geraten …

Die Folgen wären unabsehbar. Doch andererseits kann sie die allgemeine Überreizung gut verstehen, denn für sie alle ist dies ja die erste Nacht ihres Lebens, in der sie überhaupt nicht schlafen. Draußen ist es dunkel, aber in ihrer Höhle strahlt eine kleine Sonne.

117. Zweiter Tag der Revolution der Ameisen

Die Nacht war vorüber, und die Sonne ging auf.

Es war sieben Uhr morgens, und im Gymnasium von Fontainebleau brach der zweite Revolutionstag an.

Julie schlief noch.

Sie träumte von Ji-woong. Er knöpfte ihre Hemdbluse auf, hakte ihren BH auf, entkleidete sie langsam und wollte sie küssen.

»Nein«, protestierte sie schwach und wand sich in seinen Armen.

»Wie du willst«, erwiderte er ruhig. »Schließlich ist dies dein Traum, und du triffst die Entscheidungen.«

Diese harten Worte brachten sie jäh in die Realität zurück.

»Julie ist aufgewacht. Kommt schnell her!« rief jemand.

Eine Hand zog sie hoch.

Julie stellte fest, daß sie im Freien auf alten Zeitungen und Kartons geschlafen hatte. Sie hatte keine Ahnung, wo sie war und wie sie hierhergeraten war. Mindestens zwanzig unbekannte Männer kauerten um sie herum und schienen sie beschützen zu wollen.

Erst als sie die Menge sah, fiel ihr alles wieder ein. Sie hatte so starke Migräne, daß ihr Schädel zu zerspringen drohte, und sie wünschte sich, sie säße zu Hause am Frühstückstisch, würde Milchkaffee schlürfen, an einem Schokoladenbrötchen knabbern und dabei die Morgennachrichten im Rundfunk hören.

Am liebsten hätte sie sich aus dem Staub gemacht, in den Bus gesetzt, eine Zeitung gekauft, um zu verstehen, was geschehen war, und wie jeden Morgen mit der Bäckerin geplaudert. Sie war eingeschlafen, ohne sich abzuschminken, und das war ein gräßliches Gefühl. Bestimmt würde sie Pickel bekommen! Sie verlangte Gesichtsmilch und ein kräftiges Frühstück, und man brachte ihr ein Glas Wasser zum Abschminken und einen Plastikbecher Pulverkaffee, der sich im lauwarmen Wasser nicht richtig aufgelöst hatte.

»Na ja, was kann man im Krieg schon erwarten«, seufzte sie und schluckte das Gebräu.

Immer noch nicht ganz wach, betrachtete sie verwirrt das bunte Treiben auf dem Schulhof und glaubte zu träumen, als sie auf der Schulfahne das Emblem ihrer kleinen Revolution entdeckte – den Kreis, das Dreieck und die drei Ameisen.

Die Sieben Zwerge kamen angelaufen. »Schau dir das an!«

Léopold hob eine der Decken am Gitter etwas an, und sie sah anrückende Polizisten. Auch das noch an diesem anstrengenden Morgen!

Die Mädchen vom Aikido-Club brachten die Wasserschläuche wieder in Position und durchnäßten die Polizisten, die sofort den Rückzug antraten. Dieses Manöver war jetzt fast schon Routine.

Die Belagerten hatten einen weiteren Sieg errungen. Julie wurde gefeiert und auf Schultern zum Balkon im ersten Stock getragen. Man erwartete eine Rede von ihr.

»Auch heute morgen versuchen die Sicherheitskräfte, uns von hier zu vertreiben«, begann sie. »Sie werden bestimmt wiederkommen, und wir werden ihnen wieder trotzen. Wir stören sie, weil wir uns hier einen kleinen Freiraum geschaffen haben, der sich der Kontrolle des Establishments entzieht. Uns steht mit diesem Gymnasium ein großartiges Labor zur Verfügung, in dem wir versuchen werden, etwas Vernünftiges aus unserem Leben zu machen.«

Sie trat näher an die Brüstung heran. »Wir werden unser Schicksal selbst in die Hand nehmen.«

Vor Publikum zu sprechen war etwas anderes als vor Publikum zu singen, aber es war nicht minder berauschend.

»Erfinden wir eine neue Art der Revolution, eine gewaltlose Revolution, die neue Visionen vom Fortbestand der Gesellschaft entwickelt. Die Revolution ist in erster Linie ein Liebesakt, hat Che Guevara einmal gesagt. Er konnte seine Vision nicht verwirklichen, aber wir werden alles daransetzen, es mit der unseren zu schaffen.«

»Ja, aber dies ist auch die Revolution der Vorstädte und aller jungen Leute, denen die Bullen ein Dorn im Auge sind. Wir hätten diese Schweine gestern abmurksen sollen!« brüllte jemand.

Eine andere Stimme: »Nein, dies ist die Revolution der Ökologen gegen Umweltverschmutzung und Atomkraft!«

»Eine Revolution gegen den Rassismus!« rief ein dritter.

»Nein, eine Revolution gegen das Großkapital!« protestierte ein vierter. »Wir haben dieses Gymnasium besetzt, weil es ein Symbol für die Ausbeutung des Volkes durch die Bourgeois ist.«

Alle schrien plötzlich durcheinander. Viele wollten diese Manifestation für ihre eigenen Anliegen in Anspruch nehmen, und weil die Ziele sehr verschieden waren, sah man schon erste haßverzerrte Gesichter.

»Sie sind wie eine Schafherde ohne Hirten«, murmelte Francine. »Das ist gefährlich.«

»Wir müssen ihnen ein klares Ziel vorgeben, und zwar schnell, sonst ist hier bald die Hölle los«, mahnte auch David.

»Ja, wir müssen unsere Revolution genau definieren, damit andere sie nicht für ihre Zwecke mißbrauchen können«, fügte Ji-woong hinzu.

Julie fühlte sich in die Enge getrieben. Ratlos blickte sie auf die vielen unruhigen Menschen hinab, die offenbar bereit war, auf den zu hören, der am lautesten brüllen konnte.

Der haßerfüllte Blick des Burschen, der die Polizei bekriegen wollte, bestürzte sie zutiefst. Sie kannte ihn. Es war ein Mitschüler, der seine Aggressionen an schwachen Lehrern ausließ, ein feiger Rowdy, der Schüler aus der Unterstufe schikanierte. Aber auch der Umweltschützer und der Klassenkämpfer sahen nicht viel sympathischer aus.

Julie wollte ›ihre‹ Revolution nicht irgendwelchen Rowdys oder politischen Fanatikern überlassen. Sie mußte die Menge in eine andere Richtung lenken.

Am Anfang war das Wort. Man mußte die Dinge beim Namen nennen. Aber wie sollte sie ihre Revolution definieren?

Plötzlich kam ihr die Erleuchtung. Natürlich: die Revolution der Ameisen! Das war das Motto des gestrigen Konzerts gewesen, das war ihre Hymne, das stand auf den T-Shirts der Amazonen, und auch das Motiv auf der Fahne symbolisierte diese Revolution der Ameisen.

Sie hob beschwörend die Arme. »Nein! Nein! Wir dürfen uns nicht von diesen uralten Themen in Beschlag nehmen lassen! Das ist doch Schnee von vorgestern. Eine neue Revolution braucht neue Ziele.«

Keine Reaktion.

»Ja, wir sind wie die Ameisen! Klein, aber stark durch Einheit. Uns liegt nichts an Formalitäten und mondänen Veranstaltungen! Wir wollen eine echte Gemeinschaft! Wir sind wie die Ameisen. Wir haben keine Angst, scheinbar uneinnehmbare Festungen anzugreifen, denn gemeinsam sind wir stark. Die Ameisen weisen uns einen Weg, der sich als segensreich erweisen kann. Jedenfalls hat er den großen Vorteil, noch nie erprobt worden zu sein.«

Murren in der skeptischen Menge. Der Funke zündete nicht. Sie fuhr rasch fort:

»Die Ameisen sind winzig, aber gemeinsam lösen sie alle Probleme. Sie bieten uns nicht nur neue Werte, sondern auch eine neue soziale Struktur, eine neuartige Kommunikation und neuartige zwischenmenschliche Beziehungen.«

Diese vagen Ausführungen stellten die Aktivisten der verschiedenen Richtungen natürlich nicht zufrieden.

»Und die Umweltverschmutzung?«

»Und der Rassismus?«

»Und der Klassenkampf?«

»Und die Probleme der Vororte?«

»Ja, ganz richtig«, wurden Stimmen in der Menge laut.

Julie fielen einige Sätze aus der *Enzyklopädie* ein. »Vorsicht vor Menschenmassen! Der Intelligenzquotient einer Menge ist niedriger als die Summe der Intelligenzquotienten der Individuen, aus denen diese Menge besteht. Für die Masse gilt nicht mehr 1 + 1 = 3, sondern 1 + 1 = 0,5.«

Eine fliegende Ameise schwirrte dicht an Julie vorbei, und sie sah darin ein Zeichen, daß die Natur ihr beipflichtete.

»Hier findet die Revolution der Ameisen und *nur* die Revolution der Ameisen statt!«

Einen Moment herrschte Unschlüssigkeit. Julie wußte, daß die Sache auf der Kippe stand, und sie war fast schon bereit aufzugeben. Trotzdem machte sie das Siegeszeichen V, und die fliegende Ameise ließ sich unvermutet auf ihrem Zeigefinger nieder. Dieses Bild rührte alle an, die in der Nähe standen. Wenn sogar die Insekten zustimmten …

»Julie hat recht. Es lebe die Revolution der Ameisen!« rief Elisabeth, die Anführerin der Amazonen vom Aikido-Club.

»Es lebe die Revolution der Ameisen!« wiederholten die Sieben Zwerge.

Jetzt nur nicht wieder die Zügel verlieren! Julie hob die Stimme:

»Wo sind die Visionäre?«

Diesmal reagierte die Menge sofort. »Wir sind die Visionäre.«

»Wo sind die Erfinder?«

»Wir sind die Erfinder.«

Sie stimmte die Hymne an:

Wir sind die neuen Visionäre,
wir sind die neuen Erfinder!
Wir sind die kleinen Ameisen, die die verrottete alte Welt zum Einsturz bringen!

Auf diesem Gebiet konnten die Scharfmacher nicht mit ihr konkurrieren. Dazu hätten sie erst jahrelang Gesangsunterricht nehmen müssen.

Mit einem Schlag herrschte wieder allgemeine Begeisterung, und alle schmetterten die Hymne.

Julie hatte das Gefühl, einen Zwölftonner zu lenken. Für das kleinste Manöver brauchte man ungeheure Kraft, und man durfte die Fahrbahn keine Sekunde aus den Augen verlieren. Doch während es Führerscheine für das Lenken von LKW gab, hatte sie noch nichts von einem Führerschein für Revolutionen gehört.

Vielleicht wäre es besser gewesen, im Geschichtsunterricht gut aufzupassen. Dann wüßte sie jetzt, wie ihre großen Vorgänger Trotzki, Lenin, Che Guevara und Mao sich in solchen Situationen verhalten hätten.

Die Radikalen aus allen Lagern schnitten Grimassen, spuckten auf den Boden und fluchten leise vor sich hin, wagten aber keine lautstarken Proteste mehr, weil sie sich in der Minderheit wußten.

»Wer sind die neuen Visionäre? Wer sind die neuen Erfinder?« wiederholte Julie, die sich an diese Sätze wie an einen Rettungsring klammerte.

Die Menge in die richtigen Bahnen lenken, um gemeinsam etwas aufbauen zu können … Das Problem bestand nur darin, daß sie noch immer nicht wußte, was sie eigentlich aufbauen wollte.

Plötzlich kam jemand angerannt und flüsterte ihr ins Ohr: »Die Bullen haben alles weiträumig abgeriegelt! Bald kommt hier keiner mehr raus.«

Julie griff wieder zum Mikrofon. »Mir wurde soeben berichtet, daß die Polizei die ganze Umgebung abriegelt. Das heißt, daß wir uns hier – im Zentrum einer modernen Stadt – wie auf einer einsamen Insel fühlen werden. Wer aufbrechen will, sollte es sofort tun, solange es noch möglich ist.«

Dreihundert Personen strömten in Richtung Tor, hauptsächlich ältere Menschen, die befürchteten, daß ihre Familien sich Sorgen machen würden. Dieses Fest hatte ihnen viel Spaß gemacht, aber jetzt mußten sie in den Alltag zurück. Doch auch viele Jugendliche brachen auf, die einen, weil sie Angst vor väterlichen Strafmaßnahmen hatten, die anderen, weil sie zwar Rockmusik liebten, sich aber keinen Deut für diese Ameisenrevolution interessierten.

Zuletzt verzogen sich auch die politischen Aktivisten, denen es nicht gelungen war, ihre eigenen Vorstellungen durchzusetzen.

Das Tor wurde geöffnet. Die Polizei beobachtete tatenlos den Abzug eines Teils der Demonstranten, ohne den Versuch zu machen, das Schulgelände zu stürmen.

»Und nun, da sich hier nur noch Menschen guten Willens befinden, beginnt das eigentliche Fest!« rief Julie.

118. Enzyklopädie

Utopie der amerikanischen Indianer: Die nordamerikanischen Indianer – egal ob Sioux, Cheyenne, Apachen, Navajo oder Komantschen – hatten übereinstimmende Grundsätze.

Sie betrachteten sich als Teil der Natur, nicht als Herren der Natur. Sobald ein Stamm den Wildbestand einer Region stark dezimiert hatte, zog er weiter, damit die Tiere sich wieder vermehren konnten. Auf gar keinen Fall wollte man irgendeine Tierart ausrotten.

Individualismus war im Wertesystem der Indianer keine Tugend, sondern eine Schmach. Es war verpönt, etwas für sich selbst zu tun. Man besaß nichts, man hatte auf nichts ein Anrecht. Sogar heutzutage weiß jeder Indianer, der sich ein Auto kauft, daß er es dem erstbesten Indianer, der ihn darum bittet, ausleihen muß.

Die Kinder wurden ohne Zwänge erzogen. Im wesentlichen erzogen sie sich selbst.

Die Indianer kannten die Selbstbefruchtung von Pflanzen und erzeugten auf diese Weise unter anderem Hybridmais. Mit Hilfe von Kautschuksaft konnten sie wasserdichte Stoffe herstellen, und ihre feinen Baumwollgewebe hatten in Europa nicht ihresgleichen. Sie kannten auch die heilende Wirkung der Salizylsäure und des Chinins ...

In der nordamerikanischen Indianergesellschaft gab es keine erbliche Macht, auch keine Macht auf Lebenszeit. Beim *Pow-wow*, der Ratsversammlung eines Stammes, konnte jeder seine Meinung äußern. Die Indianer hatten schon lange vor den republikanischen Revolutionen in Europa eine ratgebende Versammlung. Und wenn die Mehrheit kein Vertrauen mehr zum Häuptling hatte, zog er sich freiwillig zurück.

Es war eine egalitäre Gemeinschaft. Gewiß, es gab einen Häuptling, aber er war es nur so lange, wie die anderen ihn als Führer akzeptierten. An einen beim *Pow-wow* gefaßten Beschluß mußte man sich nur halten, wenn man selbst dafür gestimmt hatte. (Das ist in etwa so, als müßten sich bei uns nur jene, die ein Gesetz für gerecht halten, es auch befolgen.)

Eine Berufsarmee hat es nie gegeben. Wenn nötig, nahmen alle an der Schlacht teil, doch die soziale Stellung eines Kriegers hing in erster Linie davon ab, ob er auch ein guter Jäger, Landwirt und Familienvater war.

Die Achtung vor dem Leben – vor *jedem* Leben – war oberstes Gebot, und die Indianer schonten das Leben ihrer Feinde in der Hoffnung, daß diese sich genauso verhalten würden. Immer galt das Gegenseitigkeitsprinzip: »Was du nicht willst, daß man dir tu, das füg' auch keinem andern zu!«

Krieg wurde mehr oder weniger als Spiel betrachtet,

bei dem man seinen Mut unter Beweis stellen konnte, ohne den Feind vernichten zu wollen. Ziel des Kampfes war vielmehr, den Feind mit dem abgerundeten Ende einer Lanze zu berühren.

Das war eine größere Ehre, als ihn zu töten. Diese ›Berührungen‹ wurden gezählt. Normalerweise wurde der Kampf beendet, sobald das erste Blut floß. Tote gab es selten.

Das Hauptziel der Kriege zwischen Indianern bestand darin, die Pferde des Feindes zu stehlen. Die von Europäern geführten Massenkriege blieben ihnen unverständlich. Sie waren schockiert, als sie sahen, daß die Weißen sogar Alte, Frauen und Kinder töteten. Das war in ihren Augen nicht nur barbarisch, sondern auch unlogisch und abwegig.

Trotzdem konnten die nordamerikanischen Indianer den Angriffen der Europäer relativ lange Widerstand leisten. Die südamerikanischen Indianer waren viel leichter zu besiegen. Dort genügte es, den König zu enthaupten, und schon brach die ganze Gesellschaftsordnung zusammen. Das ist die große Schwäche aller hierarchischen Systeme mit zentralisierter Administration. Man hat sie in der Hand, sobald man sich des Monarchen bemächtigt. Hingegen hatten es die Cowboys in Nordamerika mit Hunderten von Wanderstämmen zu tun, und statt eines unbeweglichen Königs gab es Hunderte beweglicher Häuptlinge. Gelang es den Weißen, einen Stamm von 150 Personen zu unterwerfen oder zu vernichten, mußten sie kurz darauf den nächsten Stamm mit 150 Personen angreifen.

Trotzdem trugen sie die Schuld an einem Massaker von gigantischen Ausmaßen. Im Jahre 1492 gab es in Nordamerika zehn Millionen Indianer. Im Jahre 1890 waren es nur noch 150 000! Hauptursache für diese Dezimierung waren die von Weißen eingeschleppten Krankheiten.

Bei der Schlacht von Little Big Horn am 25. Juni 1876 kam es zur größten Vereinigung von Indianerstämmen:

Zehn- bis zwölftausend Menschen, darunter drei- bis viertausend Krieger, fügten der Armee von General Custer eine vernichtende Niederlage zu. Doch nach diesem Sieg trennten sich die Indianer wieder, weil es schwierig war, so viele Menschen auf kleinem Territorium zu verpflegen. Außerdem glaubten sie, nach dieser Schmach würden die Weißen nie wieder einen Angriff wagen.

Doch ein Stamm nach dem anderen wurde aufgerieben. Bis 1900 versuchte die amerikanische Regierung, die Indianer auszurotten. Nach 1900 ging sie davon aus, daß auch die Indianer sich in den ›Schmelztiegel‹ integrieren würden, genau wie die Schwarzen, die Chinesen, Iren und Italiener.

Doch diese Hoffnung erfüllte sich nicht, denn die Indianer wollten partout nicht einsehen, was sie vom politischen und sozialen System der Amerikaner lernen könnten, das sie für unterentwickelt hielten.

EDMOND WELLS,
Enzyklopädie des relativen und absoluten Wissens, Band III

119. Kunst und Augen

Gleich nach Sonnenaufgang machen sich die Ameisen auf den Weg. Sie setzen mit ihrem Kriegsschiff ans Ufer über und marschieren sodann in westliche Richtung.

Es sind nur etwa hundert, aber sie haben das Gefühl, gemeinsam Berge versetzen zu können. Prinzessin Nr. 103 ist sich bewußt, daß sie nach ihrem Kreuzzug von West nach Ost, bei dem sie das geheimnisvolle Land der Finger entdeckt hat, nun einen Kreuzzug in umgekehrter Richtung durchführt, mit dem Ziel, ihrem Volk jene mysteriöse Welt der Finger zu erklären und dadurch einen Beitrag zur Entwicklung der Ameisenzivilisation zu leisten.

Ein altes Ameisensprichwort drückt das treffend aus: *Jeder, der in irgendeine Richtung aufbricht, kehrt in umgekehrter Richtung zurück.*

Die Finger könnten dieses geflügelte Wort niemals verstehen, und die Prinzessin sagt sich, daß die Ameisen eben doch über ihre eigene ganz spezifische Kultur verfügen.

Die Gruppe durchquert übelriechende Ebenen, wo es Flügelfrüchte von Eschen und Ulmen regnet, und dichte Farnwälder, wo der Tau ihnen ins Gesicht tropft und die Fühler an den Schädel klebt.

Die kostbare Glut muß mit Blättern abgedeckt werden. Nur Prinz Nr. 24 beteiligt sich nicht an dieser Arbeit. Er hält nichts von der zunehmenden Glorifizierung der Welt der Finger.

Am späten Nachmittag wird es unerträglich heiß, und die Ameisen suchen in einem hohlen Baumstumpf Schutz vor der sengenden Sonne.

Die Feuerbegeisterten setzen ihre Experimente fort und verbrennen etwas, das die Luft in weitem Umkreis verpestet. Ein Marienkäfer erkundigt sich, was denn da so bestialisch stinke, und bekommt zu hören, das sei ein Hartflügler. Weil auch er selbst ein Hartflügler ist, tritt der Marienkäfer hastig den Rückzug an und verspeist zum Trost einige Blattläuse, die in der Nähe weiden.

Nr. 7 will die eindrucksvolle Prozession der ›Revolution der Finger‹ künstlerisch darstellen. Sie läßt einige Insekten vor dem Feuer posieren und zeichnet die Umrisse ihrer Schatten auf einem Blatt nach. Ihr größtes Problem besteht darin, daß die Pigmente nicht richtig haften und sich ständig abzulösen drohen. Sie versucht, ihr Werk mit Speichel zu schützen, doch dadurch werden die Farben zu sehr verdünnt. Eine andere Lösung muß gefunden werden.

Im Namen der Kunst ermordet Nr. 7 eine Schnecke und probiert deren Schleim als Haftmittel aus. Das Resultat ist sehr zufriedenstellend. Der Schneckenschleim verdünnt die Farben nicht und wird beim Trocknen hart. Ein ausgezeichneter Lack!

Prinzessin Nr. 103 begutachtet ihr Werk und bestätigt, ja, das sei Kunst. Jetzt fällt es ihr wieder ein: Kunst ist, Dinge herzustellen, die keinen praktischen Nutzen haben, aber an die Realität erinnern.

»Kunst ist der Versuch, die Natur nachzubilden«, verkündet Nr. 7 inspiriert.

Das erste Geheimnis der Finger haben die Ameisen gelöst. Jetzt müssen sie noch ergründen, was ›Liebe‹ und ›Humor‹ sind.

Nr. 7 stürzt sich mit noch größerer Begeisterung in ihre Arbeit. Das ist das Faszinierende an der Kunst – je mehr Entdeckungen man macht, desto mehr neue hochinteressante Probleme tauchen auf. Wie soll sie beispielsweise Pflanzen und Landschaften malen?

Nr. 10 und Prinz Nr. 24 hören der Prinzessin zu, die wieder über die Finger spricht.

WIMPERN:
Die Finger haben etwas sehr Praktisches an den Augen, die sogenannten Wimpern.

Das sind dichte Haare, die Regenwasser von den Augen fernhalten.

Damit nicht genug, haben sie auch noch einen zweiten Vorteil: ihre Augenhöhlen liegen im Schädel etwas vertieft, so daß Wasser nicht direkt in die Augen fällt, sondern daran vorbeifließt.

Nr. 10 trägt alles gewissenhaft ins Gedächtnispheromon ein. Doch Nr. 103 weiß noch mehr zu berichten.

TRÄNEN:
Die Augen der Finger verfügen über sogenannte Tränen. Das ist eine Art Speichel, der sie ölt und reinigt.

Dank ihrer Lider – das sind bewegliche Vorhänge, die sich alle fünf Sekunden schließen – sind ihre Augen ständig mit einem durchsichtigen Schmierfilm bedeckt, der sie vor Staub, Wind, Regen und Kälte schützt.

Auf diese Weise haben die Finger immer saubere Augen, ohne sie reiben oder ablecken zu müssen.

Diese komplizierten Augen können sich die anderen Ameisen beim besten Willen nicht vorstellen.

120. Einfach verschimmeln lassen!

Mit weit geöffneten Augen starrten Scynthia und Marguerite Linart auf den Bildschirm. An diesem Abend hatte Scynthia die Fernbedienung in der Hand und wechselte seltener von einem Kanal in den anderen, weil sie sich für mehr Themen interessierte als ihre Tochter.

Kanal 45. Informationen. Zwillinge haben ihre eigene Sprache erfunden und weigern sich, die in der Schule gelehrte offizielle Sprache zu verwenden. Deshalb wurde beschlossen, sie zu trennen, damit sie endlich Französisch lernen. Die Gesellschaft der Kinderärzte bedauert zutiefst, daß das Kultusministerium ihr keine Zeit gelassen hat, diese spontane Sprache zu studieren, die den Zwillingen vielleicht ermöglichte, Dinge ganz anders auszudrücken.

Kanal 673. Werbung. »Essen Sie Joghurt! Essen Sie Joghurt! ESSEN SIE JOGHURT!«

Kanal 345. Der Witz des Tages. »Ein Elefant steigt im Badeanzug aus einer Pfütze und ...«

Kanal 678. Nachrichten. Innenpolitik: Die französische Regierung hat der Arbeitslosigkeit den Kampf angesagt. Außenpolitik: Demonstration in Tibet gegen die chinesische Besatzung. Soldaten aus Peking haben friedliche Demonstranten verprügelt und Lamas gezwungen, Tiere zu töten, wodurch ihr Karma befleckt wird. Amnesty International erinnert daran, daß in Tibet wegen der zahlreichen Massaker mittlerweile mehr Chinesen als Tibetaner leben.

Kanal 622. Quiz. ›Denkfalle‹: »Wie bildet man aus sechs Streichhölzern sechs gleichgroße gleichseitige Dreiecke? Ich erinnere Sie daran, Madame Ramirez, daß Ihr Schlüsselsatz zuletzt lautete: ›Man muß nur nachdenken.‹«

Nachdem man hundert Informationsfetzen gehört hatte, begab man sich zu Tisch. Es gab Pizza aus der Tiefkühltruhe, Kabeljaufilet mit Lauch, und Joghurt als Nachtisch.

Maximilien ließ Frau und Tochter vor ihren Joghurtbechern sitzen und schloß sich unter dem Vorwand, arbeiten zu müssen, in seinem Arbeitszimmer ein.

MacYavel schlug ihm eine neue Partie *Evolution* vor. Mit

einem kühlen Bier in Reichweite baute der Kommissar eine slawische Zivilisation auf, die ihm bis zum Jahre 1800 keine großen Probleme bereitete. Doch 1870 wurde er von der griechischen Armee geschlagen, weil die Befestigungsanlagen seiner Städte mangelhaft waren. Außerdem war die Moral seines Volkes wegen der korrupten Administration auf einem Tiefpunkt angelangt.

MacYavel warnte ihn vor Aufständen. Er sollte die Rebellion mit Polizeigewalt niederschlagen oder aber sein Volk durch komische Aufführungen ablenken. Maximilien notierte sich, daß Komiker einen Beitrag zur Rettung einer bedrohten Zivilisation leisten konnten und fügte hinzu: »Humor und Witze haben also nicht nur eine kurzfristige therapeutische Wirkung!« Jetzt bedauerte er, sich den Witz des Tages über den Elefanten im Badeanzug nicht angehört zu haben.

Der Computer machte ihm jedoch klar, daß Komiker ein deprimiertes Volk zwar aufheitern könnten, daß sie aber auch den Respekt vor den Herrschenden untergrüben. Das Volk amüsiere sich nämlich am meisten über Witze auf Kosten der Machthaber.

Auch das schrieb Maximilien auf.

Ferner wies MacYavel ihn darauf hin, daß er unbedingt lernen müsse, feindliche Festungen zu belagern, weil er ohne Katapulte und Panzer bei der Erstürmung der Mauern zu viele Soldaten verliere.

»Du machst einen zerstreuten Eindruck«, fügte der Computer hinzu. »Bereitet dir diese Pyramide im Wald immer noch Kopfzerbrechen?«

Maximilien staunte wie immer über die Fähigkeit dieser Maschine, sich als Gesprächspartner zu präsentieren.

»Nein, diesmal ist es eine Revolte im Gymnasium, die mir Sorgen macht«, erwiderte er spontan.

»Möchtest du mit mir darüber reden?« fragte MacYavels Auge, das den ganzen Bildschirm ausfüllte, um seine Aufmerksamkeit zu demonstrieren.

Maximilien kratzte sich nachdenklich am Kinn. »Es ist komisch – mein Problem im wirklichen Leben ist ähnlicher

Natur wie das in *Evolution*. Es geht auch hierbei sozusagen um die Belagerung einer Festung.«

Maximilien schilderte die Situation, und der Computer schlug ihm vor, sich über die Belagerungstaktiken im Mittelalter zu informieren. Mit Hilfe seines Modems konnte das Gerät historische Enzyklopädien in der Datenbank abfragen und dem Kommissar Bilder und Texte liefern.

Zu seiner großen Überraschung stellte Maximilien fest, daß eine Belagerung in Wirklichkeit viel komplizierter war als in den Mantel-und-Degen-Filmen. Seit der römischen Antike hatten sich sämtliche Generäle den Kopf darüber zerbrochen. Der Kommissar erfuhr beispielsweise, daß Katapulte nicht nur zum Schleudern von Steinkugeln dienten, die im Grunde wenig Schaden anrichteten, sondern hauptsächlich eingesetzt wurden, um die Belagerten zu demoralisieren, indem man Abfälle, Urin und Kot in kleinen Fässern über die Mauern schickte. Auch bakteriologische Waffen wurden eingesetzt: Mit Hilfe der Katapulte wurden Kadaver von Tieren, die an der Pest gestorben waren, in Brunnen und andere Wasserquellen geworfen.

Ferner gruben die Angreifer Tunnels unter die Wälle, stützten sie mit Holz ab und füllten sie mit Reisigbündeln, die angezündet wurden. Die Tunnels stürzten ein und brachten auch die Mauern ins Wanken. Unter Ausnutzung des Überraschungseffekts konnte man daraufhin die Festung leicht einnehmen.

Eine weitere beliebte Kampfmethode waren erhitzte Kugeln aus Gußeisen, weil die Belagerten verständlicherweise panische Angst davor hatten, von einer solchen vom Himmel gefallenen glühenden Kugel getroffen zu werden.

Der Kommissar erfuhr auf diese Weise, daß es Tausende von Belagerungsstrategien gab. Nun lag es an ihm, eine auszusuchen, die sich zur Einnahme eines Gymnasiums eignete.

Das Telefon läutete. Der Präfekt wollte sich über die Sachlage informieren, und Maximilien berichtete, die Demonstranten seien umzingelt. Niemand könne das Gymnasium betreten oder verlassen.

Dupeyron betonte wieder, am wichtigsten sei es, jedes Aufsehen zu vermeiden. Linart deutete an, daß er einen Sturmangriff auf das Gymnasium plane.

»Um Himmels willen, auf gar keinen Fall!« rief der Präfekt aufgeregt. »Sie wollen aus diesen Unruhestiftern doch keine Märtyrer machen, oder?«

»Aber sie reden von einer Revolution, und die Leute in der Umgebung des Gymnasiums sind sehr beunruhigt und beschweren sich. Außerdem machen sie mit ihrer Musik soviel Lärm, daß kein Mensch schlafen kann.«

Der Präfekt insistierte, das ›Verschimmeln-Lassen‹ sei die beste Taktik. Durch Schimmel entstünden die besten Käsesorten, und sogar Brot bestehe aus einer Mischung von Mehl und Hefe, d. h. aus Pilzen.

»Lassen Sie sie dort im Gymnasium verschimmeln, mein lieber Linart! Diese Jugendlichen werden nichts zustande bringen, und alle Revolutionen gehen irgendwann in Fäulnis über. Die Zeit ist ihr größter Feind.«

Dupeyron führte aus, durch weitere Angriffe würde nur die Solidarität unter den Belagerten wachsen. Er solle sie lieber völlig in Ruhe lassen, denn dann würden sie sich gegenseitig zerfleischen wie Ratten in einem Käfig.

»Sie wissen doch selbst, mein lieber Maximilien, wie schwierig das Leben in einer Gemeinschaft ist. Es gibt ja sogar schon Probleme, wenn mehrere Personen sich eine Wohnung teilen – oder kennen Sie etwa Ehepaare, die sich nicht streiten? Und jetzt stellen Sie sich einmal fünfhundert Personen zusammengepfercht in einem Gymnasium vor! Wahrscheinlich gibt es schon jetzt Auseinandersetzungen wegen tropfender Wasserhähne, gestohlener Gegenstände und kaputter Fernseher. Außerdem werden Raucher und Nichtraucher sich bekriegen. Glauben Sie mir, bald wird dort die Hölle los sein!«

121. Revolutionstaktiken

Julie begab sich in den Biologiesaal und zerbrach alle Glasbehälter. Sie befreite die weißen Mäuse, die Frösche und sogar die Regenwürmer.

Eine Scherbe verletzte sie am Unterarm, und sie saugte sich das Blut von der Haut, bevor sie in ihr Klassenzimmer hinüberging, wo der Geschichtslehrer sie mit seinen Bemerkungen über die Unmöglichkeit einer gewaltlosen Revolution provoziert hatte.

Sie wollte in der *Enzyklopädie* nach Texten über Revolutionen suchen, denn ein Satz aus dem Geschichtsunterricht ging ihr nicht mehr aus dem Sinn: »Wer die Fehler der Vergangenheit nicht verstanden hat, wird sie zwangsläufig wiederholen.«

Hastig blätterte sie in dem Buch, weil sie erfahren wollte, wie ihre revolutionären Vorgänger agiert hatten und weil sie Lehren aus dem Scheitern großer Utopisten ziehen wollte, damit sie wenigstens nicht ganz umsonst gestorben waren.

Julie verschlang die Geschichte bekannter und unbekannter Revolutionen. Letztere schien Edmond Wells mit fast boshafter Freude gesammelt zu haben. Die Revolution von Chengdu, der Kinderkreuzzug, die Revolution der Amischen aus dem Elsaß und die der ›Langohren‹ von der Osterinsel.

Das alles war hochinteressant, und sie wollte sich Notizen machen. Am Ende des Buches gab es leere Seiten mit einer Aufforderung, die lautete: »Schreiben Sie hier Ihre eigenen Entdeckungen und Erfahrungen auf.« Edmond Wells hatte wirklich an alles gedacht. Sein Werk war interaktiv: zuerst Lesen, dann selbst schreiben. Bis jetzt hatte sie aus Respekt vor dem Buch nicht einmal die kleinste Anmerkung an den Rand gekritzelt, doch jetzt notierte sie kühn: »Beitrag von Julie Pinson. Wie führt man eine erfolgreiche Revolution durch? Erste Erkenntnisse nach der Besetzung des Gymnasiums von Fontainebleau.

Revolutionsregel Nr. 1: Rockkonzerte setzen genug Energie und Empathie frei, um revolutionsartige Massenbewegungen auszulösen.

Revolutionsregel Nr. 2: Eine Einzelperson kann eine Menge nicht bändigen. Eine Revolution muß deshalb von mindestens sieben oder acht Personen angeführt werden, allein schon, damit man Zeit zum Ausruhen und Nachdenken hat.

Revolutionsregel Nr. 3: Kommt es zur Schlacht, muß man sich in Gruppen zersplittern, deren Anführer mit Hilfe moderner Kommunikationsmittel ständig miteinander Kontakt halten müssen.

Revolutionsregel Nr. 4: Eine gelungene Revolution ruft zwangsläufig Neider auf den Plan. Man muß unbedingt vermeiden, daß die Revolution ihren Initiatoren entgleitet. Selbst wenn man sich über die Ziele dieser Revolution noch nicht im klaren ist, muß man zumindest wissen, was diese Revolution *nicht* sein soll. Unsere Revolution ist nicht gewalttätig. Unsere Revolution ist nicht dogmatisch. Unsere Revolution gleicht keiner bisherigen.«

War sie dessen wirklich so sicher? Sie löschte den letzten Satz mit einem Korrigierstift. Wenn sie eine sympathische Revolution entdeckte, würde sie deren Ziele gern aufgreifen. Aber hatte es in der Vergangenheit überhaupt ›sympathische‹ Revolutionen gegeben?

Sie blätterte wieder in der *Enzyklopädie*. Eine so eifrige Schülerin war sie noch nie gewesen. Ganze Passagen lernte sie auswendig, studierte die Revolte der Spartakisten, die Pariser Kommune, Zapatos Aufstand in Mexiko, die Französische Revolution von 1789, die Russische Revolution von 1917 …

Es war immer das gleiche: Alle Revolutionen begannen mit positiven Intentionen, alle hatten edle Motive, doch dann tauchte unweigerlich irgendein gerissener Kerl auf, der die allgemeine Verwirrung ausnutzte und eine Diktatur errichtete, während die Utopisten der ersten Stunde ums Leben kamen.

Che Guevara war ermordet worden, und Fidel Castro war an die Macht gelangt. Leo Trotzki war ermordet worden, und Joseph Stalin war an die Macht gekommen. Danton war ermordet worden, und Robespierre war aufgestiegen …

Julie sagte sich, daß es auf der Welt offenbar keine Moral gab, nicht einmal bei Revolutionen. Sie las noch einige Abschnitte und dachte, daß Gott wirklich großen Respekt vor den Menschen haben müsse, wenn er ihnen soviel Freiraum einräumte, daß sie sogar die schlimmsten Ungerechtigkeiten und Greuel begehen konnten, ohne daß er eingriff.

Ihre eigene Revolution war im Augenblick noch ein funkelnagelneuer Edelstein, und sie mußte ihn unbedingt vor Räubern schützen. Die Scharfmacher von heute waren zum Glück abgezogen, aber es konnten jederzeit neue auftauchen. Man mußte Härte demonstrieren, bevor man sich den Luxus von Güte erlauben konnte. Dazu war man verpflichtet, wenn man Chaos verhindern wollte. Erst wenn die Gemeinschaft Selbstdisziplin gelernt hatte, durfte man die Zügel lockern.

Zoé betrat das Klassenzimmer mit Bluejeans, einem blauen Hemd und einem blauen Pullover über dem Arm.

»Du kannst nicht ewig in deinem Schmetterlingskostüm herumlaufen.«

Julie bedankte sich und ging zu den Duschräumen. Ihre *Enzyklopädie* nahm sie mit, weil sie sich nicht einmal für kurze Zeit von dem Buch trennen wollte. Unter heißem Wasser wusch sie sich mit einer harten Seife, so als wollte sie ihre alte Haut abschrubben.

122. Mitte der Erzählung

Jetzt fühlte Julie Pinson sich sauber. Sie zog die blauen Sachen an, die Zoé ihr gebracht hatte. Zum erstenmal seit ewiger Zeit trug sie keine schwarzen Kleidungsstücke.

Sie wischte den Dampf vom Spiegel und fand zum erstenmal, daß sie gar nicht so übel aussah. Sie hatte schöne schwarze Haare, und ihre großen hellgrauen Augen kamen durch die blaue Kleidung viel besser zur Geltung.

Während sie sich so im Spiegel betrachtete, kam ihr eine Idee.

Sie schlug die *Enzyklopädie* auf und hielt sie vor den Spiegel. Dabei stellte sie fest, daß das Werk ganze Sätze enthielt, die nur im Spiegel zu lesen waren!

Drittes Spiel

Karo

123. Enzyklopädie

Der richtige Zeitpunkt zum Pflanzen: Bei allem, was man tut, kommt es auf den richtigen Zeitpunkt an, nicht zu früh, aber auch nicht zu spät. Das sieht man ganz deutlich am Gemüse. Wenn man einen prächtigen Küchengarten haben will, muß man unbedingt über die ideale Pflanz- und Erntezeit Bescheid wissen.

Spargel: Im März anpflanzen, im Mai ernten.
Auberginen: Im März anpflanzen (an einem sonnigen Ort), im September ernten.
Rüben: Im März anpflanzen, im Oktober ernten.
Karotten: Im März anpflanzen, im Juli ernten.
Gurken: Im März anpflanzen, im September ernten.
Zwiebeln: Im September anpflanzen, im Mai ernten.
Lauch: Im September anpflanzen, im Juni ernten.
Kartoffeln: Im April anpflanzen, im Juli ernten.
Tomaten: Im März anpflanzen, im September ernten.

EDMOND WELLS,
Enzyklopädie des relativen und absoluten Wissens, Band III

124. Der aufrechte Gang

Der Revolutionszug schlängelt sich durch den Hochwald aus wildem Spargel, mit Prinzessin Nr. 103 an der Spitze der Kolonne. Als es kühl wird, schlagen die Ameisen ihr Nachtlager in einer großen Kiefer auf, am Eingang eines verlassenen Eichhörnchenbaus. Hier setzt die Prinzessin ihren Bericht über die Finger fort, diesmal in epischer Breite. Thema des Tages, von Nr. 10 wie immer gewissenhaft protokolliert:

DIE PHYSIOLOGIE DER FINGER
Die Finger befinden sich am Ende der Beine dieser riesigen Tierart.

Während unsere sechs Beine mit jeweils zwei Greifern ausgestattet sind, haben sie an den beiden Vorderbeinen fünf Greifer, die bei ihnen Finger heißen.

Mit zwei Fingern können sie eine Zange bilden.

Mit den eingezogenen fünf Fingern können sie einen Hammer bilden.

Mit gebogenen Fingern können sie kleine Flüssigkeitsmengen auffangen.

Mit einem einzelnen ausgestreckten Finger können sie uns mühelos zerquetschen.

Die Finger sind ein großartiges Werkzeug, mit dem sie Fäden knüpfen oder Blätter zerpflücken können.

Jeder Finger besteht aus drei Teilen, weshalb er verschiedene Formen annehmen kann.

Zusätzlich ist jeder Finger am Ende mit einer Kralle versehen, die müheloses Graben oder Schneiden ermöglicht.

Doch genauso bewundernswert wie ihre Finger sind die sogenannten ›Füße‹.

Mit Hilfe dieser Füße können die Finger auf ihren beiden Hinterbeinen aufrecht stehen, ohne hinzufallen. Ihre Füße sorgen für das nötige Gleichgewicht.

Auf zwei Beinen aufrecht gehen!

Alle anwesenden Insekten versuchen sich vorzustellen, wie man auf nur zwei Beinen gehen kann. Gewiß, sie haben schon gesehen, daß Eichhörnchen und Eidechsen nur auf den Hinterbeinen sitzen können, ohne hinzufallen, aber auf zwei Beinen *laufen* …

Nr. 5 versucht es den Fingern gleichzutun.

Sie stellt sich auf die Hinterbeine, stützt sich mit den beiden mittleren Beinen an der Wand ab und rudert mit den Vorderbeinen, um das Gleichgewicht zu halten. Fast zwei Sekunden lang kann sie sich aufrecht halten.

Alle Insekten beobachten sie.

»Von hier oben kann ich etwas weiter sehen und nehme mehr Dinge wahr.«

Das gibt Nr. 103 zu denken. Sie fragt sich seit langem, warum die Finger eine so ausgefallene Denkweise haben.

Anfangs glaubte sie, ihre Größe sei dafür verantwortlich, aber die Bäume sind auch riesengroß und haben trotzdem weder Fernsehen noch Auto. Dann dachte sie, die Zivilisation der Finger sei eine Folge der komplizierten Werkzeuge an ihren Vorderbeinen, aber die Eichhörnchen haben auch etwas Ähnliches und stellen trotzdem nichts wirklich Interessantes her.

Vielleicht rührt die seltsame Denkweise der Finger von der Fähigkeit her, sich auf den Hinterbeinen im Gleichgewicht halten zu können. Auf diese Weise sehen sie mehr, und Gehirn und Augen haben sich darauf eingestellt und ermöglichen ihnen die Verwirklichung ehrgeiziger Pläne.

Soviel Nr. 103 weiß, sind die Finger die einzigen Tiere, die ständig nur auf den Hinterbeinen laufen können. Sogar die Eidechsen verharren nur wenige Sekunden in dieser instabilen Position.

Prinzessin Nr. 103 versucht nun ihrerseits, sich auf die Hinterbeine zu stellen. Das ist sehr anstrengend und schmerzhaft. Ihre Schenkel sind diesem Druck nicht gewachsen und geben schon nach ein, zwei Schritten nach. Nr. 103 verliert das Gleichgewicht, rudert verzweifelt mit den vier anderen Beinen und fällt auf die Seite.

Sie schwört sich, es nie wieder zu versuchen.

Auf einen Knorren gestützt, kann Nr. 5 sich etwas länger aufrecht halten.

»Man hat auf zwei Beinen ein fantastisches Gefühl«, verkündet sie den anderen, doch gleich darauf kippt auch sie um.

125. In Wallung

»Das alles ist noch viel zu instabil!«

Alle waren einer Meinung: Sie mußten ihre Revolution jetzt absichern, und das ging nur mit Disziplin, mit einer guten Organisation und mit klarer Zielsetzung.

Ji-woong schlug vor, ein Inventar sämtlicher im Gymnasium vorhandenen Gegenstände zu erstellen. Wie viele

Bettlaken, wie viele Bestecke, wie viele Lebensmittel – alles war wichtig.

Als allererstes wurden aber die Personen gezählt. Fünfhunderteinundzwanzig ›Revolutionäre‹ hielten das Gymnasium besetzt, doch die Schlafräume waren nur für zweihundert Schüler gedacht. Julie regte an, auf dem Rasen Zelte zu errichten. Laken waren reichlich vorhanden, und es gab auch genug Besen, die man als Stützpfähle benutzen konnte. Die Idee fand allgemeine Zustimmung, und Léopold zeigte ihnen, wie man Tipis aufbaute, jene spitzen Zelte der Navajo-Indianer, die über den großen Vorteil einer hohen Decke und guter Belüftung verfügten. Nebenbei erklärte er, warum runde Häuser wichtig waren.

»Die Erde ist rund, und wenn wir ihre Form nachahmen, nehmen wir sozusagen Kontakt mit ihr auf.«

Ferner gab er den Rat, die Zelte nicht wild durcheinander aufzustellen, sondern in konzentrischen Kreisen, mit dem Feuer, dem Fahnenmast und der Ameise aus Polystyrol als Mittelpunkt.

»Auf diese Weise wird unser Dorf ein Zentrum haben, und man wird sich leichter zurechtfinden können. Das Lagerfeuer ist unsere kleine Sonne.«

Alle machten sich begeistert an die Arbeit, nähten Laken zusammen, klopften Besenstiele in den Boden und benutzten Gabeln als Zeltpflöcke. Für viele junge Leute, die nur Reißverschlüsse und Druckknöpfe kannten, war dies die erste Gelegenheit, ihr handwerkliches Geschick zu erproben.

Auf der rechten Seite des Gymnasiums, vor den Lehrerzimmern, wurde ein Podium für Diskussionen und Konzerte aufgebaut.

Als alles fertig war, musizierte man eifrig. Unter den Demonstranten gab es eine ganze Anzahl begabter Künstler, die alle möglichen Musikrichtungen bevorzugten; sie lösten sich jetzt auf der improvisierten Bühne ab.

Die Mädchen vom Aikido-Club leisteten einen wichtigen Beitrag zum Gelingen der Revolution, indem sie einen Ordnungsdienst organisierten. Mit ihren wirren Haaren und wild entschlossenen Mienen glichen sie Amazonen aus dem Bilderbuch.

Paul überwachte die Inventaraufnahme der Kantine. Es bestand keine Gefahr, daß die Belagerten verhungern würden, denn in den riesigen Tiefkühltruhen waren tonnenweise Lebensmittel untergebracht. Paul wußte, daß der ersten gemeinsamen Mahlzeit eine fast symbolische Bedeutung beikam, und deshalb stellte er ein erlesenes Menü zusammen. Tomaten, Mozzarella und Basilikum in Olivenöl als Vorspeise, Jakobsmuscheln und Fisch mit Safranreis als Hauptgericht und Obstsalat oder Apfelkompott als Nachtisch.

»Bravo!« gratulierte Julie. »Unsere Revolution wird sich auch in gastronomischer Hinsicht sehen lassen können.«

»Die Revolutionäre von früher hatten eben keine Tiefkühltruhen zur Verfügung«, erwiderte Paul bescheiden.

Als Cocktail wollte er Met anbieten, das Getränk der olympischen Götter und der Ameisen. Sein Rezept: Wasser, Honig und Bierhefe gut vermischen. Das Getränk schmeckte schon nach einer halben Stunde köstlich, obwohl es natürlich noch nicht ausgereift war.

»Stoßen wir auf unsere Revolution an!«

Zoé berichtete, daß das Anstoßen mit den Gläsern auf eine mittelalterliche Tradition zurückginge. Beim kräftigen Anstoßen flogen Tropfen des Getränks aus einem Pokal in den anderen, und dadurch konnte man sicher sein, daß keinem Becher Gift beigemischt war.

Das Essen wurde in der Cafeteria serviert. Ein Gymnasium war für eine Revolution wirklich sehr praktisch: Es gab Elektrizität, Telefone, Küchen, Tische und Stühle, Schlafsäle und alles mögliche Bastelzubehör. Irgendwo auf freiem Feld oder im Wald wäre alles viel komplizierter. Alle aßen mit gutem Appetit und dachten dabei mitleidig an die Revolutionäre früherer Zeiten, die sich mit weißen Bohnen und Zwieback begnügen mußten.

»Wir machen sogar in dieser Hinsicht etwas Neues«, sagte Julie zufrieden. Ihre Magersucht hatte sie völlig vergessen.

Beim gemeinsamen Geschirrspülen wurde gesungen. Meine Mutter würde ihren Augen nicht trauen! dachte Julie, die sich immer geweigert hatte, diese Arbeit zu verrichten. Hier machte es sogar Spaß.

Nach dem Essen stieg ein junger Mann aufs Podium und spielte schmachtende Melodien auf der Gitarre. Paare tanzten auf dem Rasen. Paul forderte Elizabeth auf, die Anführerin der Amazonen, die mit einer sehr wohlgerundeten Figur Eindruck machte.

Léopold verbeugte sich vor Zoé, und auch sie tanzten eng umschlungen.

»Vielleicht hätte man den Burschen lieber nicht auftreten lassen sollen«, sagte Julie gereizt. »Diese schmachtende Musik paßt doch nicht zu einer Revolution.«

»Hier kann jeder vortragen, was er will«, widersprach David.

Narcisse flirtete mit einem muskulösen jungen Mann, der ihm erklärte, daß er seinen Körper durch Body-Building fit hielte.

Ji-woong forderte Francine auf, und sogar David tanzte ohne Krücke mit einer blonden Amazone, auf die er sich ein wenig stützen konnte.

Von lauter Pärchen umringt, dachte Julie eifersüchtig, daß eine Revolution offenbar auch ein Aphrodisiakum war.

»Tanzen Sie, Julie?«

Der Lehrer für Wirtschaftskunde stand vor ihr. »Was machen Sie denn hier?« fragte sie verwundert.

Noch erstaunter war sie, als er erklärte, er sei gestern im Konzert gewesen und habe auch an der Schlacht gegen die Polizei teilgenommen.

Lehrer können also auch Freunde sein, dachte Julie überrascht. Trotzdem kam es ihr deplaciert vor, mit ihm zu tanzen. Der Graben zwischen Lehrern und Schülern war einfach zu tief, auch wenn er ihn offenbar zu überbrücken versuchte.

»Ich tanze nicht gern«, murmelte sie.

»Ich auch nicht«, grinste er, zog sie aber einfach mit sich.

Schon nach wenigen Takten löste sie sich aus seinen Armen. »Entschuldigen Sie bitte, aber mir steht der Sinn wirklich nicht nach Tanzen.«

Er betrachtete sie schweigend, und sie packte rasch eine der Amazonen bei der Hand und zerrte sie zu dem Lehrer. »Sie kann das tausendmal besser als ich.«

Damit wollte sie sich zurückziehen, doch schon nach wenigen Schritten versperrte ihr ein schlanker Mann den Weg. »Darf ich mich vorstellen? Yvan Boduler, Werbeleiter. Ihr kleines Fest hat mich mitgerissen, und ich möchte Ihnen etwas vorschlagen.«

Julie gab keine Antwort, ging aber etwas langsamer, und das ermutigte den Mann.

»Ihr kleines Fest ist wirklich toll! Eine Menge junger Leute, eine Rockgruppe, vielversprechende Künstler – das wird zweifellos in allen Medien Aufsehen erregen. Sie brauchen aber Sponsoren, und ich könnte für Sie Verträge mit verschiedenen Firmen abschließen – Mineralwasser, Kleidung, vielleicht sogar Rundfunkgeräte. Nichts ist unmöglich.«

Julie blieb stehen, und der Werbeleiter hielt das für ein gutes Omen.

»Die Reklame braucht nicht auffällig zu sein. Nur ein paar Transparente und Plakate, weiter nichts. Auf diese Weise kämen Sie zu Geld und könnten Ihr kleines Fest noch prunkvoller gestalten.«

Julie fixierte ihn mit eisiger Miene. »Tut mir leid, aber wir sind an so etwas nicht interessiert.«

»Warum nicht?«

»Weil das kein kleines Fest, sondern eine Revolution ist!« erwiderte sie wütend. Ihr war klar, daß diese Rebellion bisher nicht ernstgenommen wurde, weil es keine Opfer zu beklagen gab, aber sie war nicht bereit, einen Jahrmarkt daraus machen zu lassen. Warum waren Revolutionen in den Köpfen der Menschen unweigerlich mit Blutvergießen verbunden?

Yvan Boduler hatte sich schon wieder gefaßt. »Man weiß ja nie … Sollten Sie Ihre Meinung ändern, könnte ich mich jederzeit mit Freunden in Verbindung setzen und ...«

Julie ließ ihn einfach stehen und bahnte sich einen Weg zwischen den Tanzpaaren. Sie malte sich aus, daß während der Französischen Revolution zwischen blutigen Trikoloren plötzlich Werbeplakate zu sehen gewesen wären: »Trinken Sie Sans-Culotte, das Bier aller Revolutionäre!« Und warum hatte man bei der Russischen Revolution nicht für Wodka und bei der kubanischen Revolution nicht für Zigarren geworben?

Sie stürmte in ihr Klassenzimmer und schlug die *Enzyklopädie* auf, weil sie unbedingt eine Expertin in Sachen Revolution werden wollte. Nachdem sie das Buch wieder vor einen Spiegel gehalten hatte, entdeckte sie neue Texte, die in den Texten verborgen waren.

Sie machte sich viele Notizen. Mit Fleiß und Ausdauer hoffte sie, die Gesetze einer Revolution ergründen zu können. Und vielleicht würde sie ja auch auf eine Utopie stoßen, die sich hier und heute verwirklichen ließ.

126. Enzyklopädie

Utopie von Fourier: Charles Fourier wird im Jahre 1772 in Besancon als Sohn eines Tuchmachers geboren und entwickelt nach der Französischen Revolution erstaunliche Ambitionen. Er will die Gesellschaft verändern und legt 1793 seine Pläne den Mitgliedern des Direktoriums dar, die sich aber nur über ihn lustig machen.

Resigniert wird er Kassierer, doch in seiner Freizeit schreibt er mehrere Bücher, darunter *Le Nouveau Monde industriel et sociétaire,* in dem er seine ideale Gesellschaft in allen Einzelheiten beschreibt.

Die Menschen sollten in kleinen Kommunitäten von 1600–1800 Personen leben. Diese ›Phalange‹ ersetzt die Familie, und ohne Familie gibt es auch keine elterliche Autorität mehr. Die Verwaltung ist auf ein absolutes Minimum beschränkt. Wichtige Entscheidungen werden von einem Tag zum andern gemeinsam auf dem zentralen Platz gefällt.

Jede ›Phalange‹ ist in einem ›Phalanstère‹ untergebracht, und Fourier beschreibt sein ideales ›Phalanstère‹ ganz genau: ein drei- bis fünfstöckiger Gebäudekomplex mit Straßen im Erdgeschoß, wo Springbrunnen im Sommer für Kühle und riesige Kamine im Winter für Wärme sorgen sollen. Im Zentrum befindet sich ein Turm mit Observatorium, Glockenspiel, einem Chappe-Telegrafen und einer Kammer für den Nachtwächter.

Fourier möchte Löwen und Hunde kreuzen, um eine neue zahme Tierart zu erhalten. Diese ›Hundelöwen‹ sollen sowohl als Reittiere als auch zum Bewachen des ›Phalanstère‹ dienen.

Charles Fourier war überzeugt, daß – wenn man seine Ideen auf der ganzen Welt genau in die Tat umsetzte – die Bewohner der ›Phalanstères‹ sich sogar körperlich weiterentwickeln könnten. Diese Evolution würde durch das Wachsen eines dritten Arms in Höhe der Brust für jeden sichtbar sein.

Ein Amerikaner baute ein ›Phalanstère‹ nach Fouriers Plänen, erlebte aber aufgrund architektonischer Probleme ein totales Fiasko. Der Schweinestall mit Marmorwänden war der gepflegteste Ort des ganzen Gebäudes, doch leider hatte Fourier die Türen vergessen, und deshalb mußten die Schweine mit Kränen in ihren prächtigen Stall geschafft werden.

Gemeinschaften, die sich an Fouriers ›Phalanstères‹ orientierten, entstanden auf der ganzen Welt, hauptsächlich in Argentinien, Brasilien, Mexiko und in den Vereinigten Staaten.

Kurz vor seinem Tod sagte Fourier sich von all seinen Schülern und Anhängern los.

EDMOND WELLS,
Enzyklopädie des relativen und absoluten Wissens, Band III

127. Zweiter Tag der Revolution der Finger

Alarmpheromone.

Alle werden jäh aus dem Schlaf gerissen. Gestern abend haben sie sich in Hochstimmung zur Ruhe begeben und von den unzähligen Anwendungsbereichen der futuristischen Finger-Technologie geträumt, und jetzt breiten sich im Nachtlager der Ameisen diese durchdringenden Gerüche aus.

Alarm!

Prinzessin Nr. 103 richtet ihre Fühler auf. Es ist noch nicht Morgen. Dieses Licht und diese Hitze rühren nicht vom Sonnenaufgang her. Die Ameisen haben ihre eigene kleine Sonne im Eichhörnchenbau, und diese Sonne hat einen Namen – Feuer!

Die Feuerwärterinnen haben vor dem Einschlafen ein trockenes Blatt in unmittelbarer Nähe der Glut übersehen. Überall lagen weitere welke Blätter herum, und nun züngeln gefährliche gelbe und rote Flammen empor.

Fliehen!

Panik bricht aus. Alle hasten auf den Ausgang zu, doch weil ein Unglück selten allein kommt, stellt sich plötzlich heraus, daß dieser Eichhörnchenbau doch bewohnt ist: Was sie für Moos im Hintergrund der Höhle gehalten haben, war das Eichhörnchen, das sich nun mit einem Sprung rettet und dabei die Ameisen nach hinten schleudert.

Nun sitzen sie hinter dem Feuer in der Falle und drohen am Rauch zu ersticken.

Nr. 103 sucht aufgeregt nach Prinz Nr. 24, doch er reagiert nicht auf ihre Pheromonrufe, und ihr fällt plötzlich wieder ein, daß Nr. 24 sich von je her überall verirrte.

Das Feuer breitet sich immer mehr aus, die Anti-Feuer-Ameisen betonen, man hätte von Anfang an auf sie hören sollen: Das Feuer müsse tabu bleiben. Die Feuer-Protagonistinnen entgegnen, dies sei nicht der richtige Zeitpunkt für Diskussionen. Wer auch immer recht oder unrecht habe – jetzt käme es nur darauf an, seine Haut zu retten!

Bei dem Versuch, die Wände zu erklimmen, stürzen viele Ameisen ab und verbrennen im Nu.

Immerhin hat das Feuer aber auch ein Gutes: Es spendet den temperaturabhängigen Insekten eine unglaubliche Energie.

»*Nummer 24!*« ruft die Prinzessin wieder.

Keine Reaktion.

Die schreckliche Szene erinnert Nr. 103 an eine dramatische Episode im Film *Vom Winde verweht*, an den Brand von Atlanta, aber sie weiß, daß dies nicht der richtige Zeitpunkt für nostalgische Erinnerungen ans Fernsehen der Finger ist. Weil sie es diesen Riesentieren übereilt gleichtun wollten, sitzen sie jetzt in der Klemme.

»*Wir werden ihn nicht finden*«, meint Nr. 5. »*Versuchen wir lieber, uns selbst einen Weg ins Freie zu bahnen!*«

Sie schiebt die unschlüssige Prinzessin auf ein Loch im Holz zu, doch mittlerweile ist ein dicker Hartflügler darin steckengeblieben, und es gelingt ihnen nur mit vereinten Kräften, ihn hinauszustoßen. Endlich können sie der Flammenhölle entkommen.

Draußen ist es dunkel und kalt, aber nicht lange, denn plötzlich verwandelt sich der ganze Baum in eine riesige Fackel, und alle fliehen Hals über Kopf, mit angelegten Fühlern, wobei sie von anderen verängstigten Insekten überholt werden.

Das Feuer hat sich in ein riesiges Ungeheuer verwandelt, das sie verfolgt, obwohl es keine Beine hat. Das Ende des Hinterleibs von Nr. 5 wird angesengt, und sie muß sich an Grashalmen reiben, um nicht zu verbrennen.

Die ganze Umgebung hat sich rot verfärbt. Das Gras ist rot, die Bäume sind rot, die Erde ist rot. Prinzessin Nr. 103 rennt, so schnell sie kann, denn das rote Feuer ist ihr dicht auf den Fersen.

128. Mit vereinten Kräften

Am Abend des zweiten Tages produzierten sich verschiedene Rockgruppen, allerdings nicht die ›Ameisen‹, die in ihrem Probenraum ein *Pow-wow* abhielten.

Julie trat immer selbstsicherer auf. »Wir müssen unserer Revolution eine feste Grundlage geben, sonst fällt sie wie ein Soufflé in sich zusammen. Hier sind 521 Personen versammelt, und wir sollten die Ideen jedes einzelnen nutzen. Gemeinsam verfügen wir über eine ungeheure Energie.«

Sie verstummte überrascht und fügte nach kurzer Pause hinzu: »He, mir ist soeben die Devise für unsere Revolution eingefallen: 1 + 1 = 3!«

Diese Formel stand auf dem Einband der *Enzyklopädie* und sogar auf der Fahne, die im Schulhof flatterte, aber sie hatte sie bisher nicht bewußt wahrgenommen.

»Ja, das paßt besser zu uns als ›Freiheit, Gleichheit, Brüderlichkeit‹«, stimmte Francine ihr zu. »1 + 1 = 3 bedeutet, daß die Fusion von Talenten zu besseren Resultaten führt, als man aufgrund einer reinen Addition vermuten würde.«

»Ein perfekt funktionierendes Gesellschaftssystem müßte so etwas bewirken können. Eine schöne Utopie«, seufzte Paul.

»Vorläufig müssen wir den anderen Impulse geben, damit sie bei der Stange bleiben«, ergriff Julie wieder das Wort. »Ich schlage vor, daß wir die ganze Nacht über nachdenken und morgen früh unsere Projekte vorstellen. Jeder sollte seine besonderen Begabungen nutzen.«

»Aber diese Projekte müssen sowohl realisierbar als auch von praktischem Nutzen sein, denn unsere Revolution braucht Geld«, fügte Ji-woong hinzu.

David meinte, im Gymnasium gebe es genügend Computer. Sie könnten die Ideen der ›Revolution der Ameisen‹ per Internet verbreiten und sogar Handelsgesellschaften gründen, ohne das Gymnasium verlassen zu müssen.

»Electronic Banking wäre auch nicht schlecht«, regte

Francine an. »Auf diese Weise könnten die Leute uns aus der Ferne finanziell unterstützen.«

Alle waren damit einverstanden. Nachdem sie keinen Zugang zu den Medien hatten, würden sie sich der Informatik bedienen, um ihre Ideen zu verbreiten und weit über die Mauern des Gymnasiums hinaus ein Netz gegenseitiger Hilfe knüpfen.

Draußen wurde wieder gefeiert. Der Met floß in Strömen. Paare tanzten um das Lagerfeuer herum oder lagen eng umschlungen im Gras. Marihuanazigaretten gingen von Hand zu Hand, und Tam-Tams sorgten für eine aufgeheizte Stimmung.

Julie und ihre Freunde beteiligten sich nicht an dem Fest. Jeder setzte sich in ein leeres Klassenzimmer und arbeitete sein Projekt aus. Gegen drei Uhr morgens war Julie völlig erschöpft und entschied, daß alle einige Stunden Schlaf brauchen würden.

Narcisse hatte den Probenraum als ›Höhle‹ hergerichtet. Auf dem Boden lagen Matratzen, und Wände und Decke waren in Ermangelung anderer Dekorationsstoffe mit Bettlaken und Decken verhüllt. Léopold dachte, daß es in jeder Wohnung ein solches Zimmer ohne gerade Linien und rechte Winkel geben müßte, mit einem weichen, elastischen Fußboden.

Julie rollte sich wie eine ägyptische Mumie in eine Dekke ein, und die anderen legten sich ohne falsche Scham um sie herum. Sie spürte, daß David und Paul sich eng an sie schmiegten. Ji-woong lag am Rand der Matratze, aber es war trotzdem der Koreaner, von dem sie träumte.

129. Enzyklopädie

Annäherung durch ›offene Orte‹: Das gegenwärtige Gesellschaftssystem ist mangelhaft, denn es erlaubt jungen Talenten erst dann aufzutreten, nachdem sie so gründlich gesiebt wurden, daß sie allen Schwung verloren haben.

Man müßte ein Netzwerk ›offener Orte‹ schaffen, wo jeder – auch ohne Diplome und Empfehlungen – seine Werke präsentieren könnte.

An solchen ›offenen Orten‹ wäre alles möglich. In einem ›offenen‹ Theater könnte jeder ohne Vorbedingungen auftreten. Er müßte sich nur mindestens eine Stunde vor Beginn der Vorstellung eintragen (ohne irgendwelche Papiere vorzulegen, der Vorname würde genügen), und jeder Auftritt dürfte nicht länger als sechs Minuten dauern.

Natürlich käme es dabei zu Affronts, aber die schlechten Nummern würde man eben auspfeifen und die guten beklatschen. Damit diese Art von Theater finanziell rentabel wäre, müßten die Zuschauer normale Eintrittspreise bezahlen, und dazu wären sie bestimmt bereit, denn sie bekämen ein zweistündiges Programm von großer Vielfalt geboten. In regelmäßigen Abständen könnten zwischendurch Profis auftreten, und für sie wäre dieses ›offene Theater‹ eine Art Trampolin, nach dem Motto: »Wenn Sie die Fortsetzung dieses Stücks sehen wollen, kommen Sie dann und dann in diese oder jene Vorstellung.«

Diese ›offenen Orte‹ ließen sich vielfältig nutzen:

– als Kino, wo junge Cineasten ihre Filme von höchstens zehn Minuten Dauer präsentieren könnten,

– als Konzertsäle für vielversprechende Sänger und Musiker,

– als Galerien, wo jeder unbekannte Maler oder Bildhauer zwei Quadratmeter Fläche zur Verfügung hätte,

– als Galerien für Erfinder, unter denselben Bedingungen wie für die Künstler.

Dieses System freier Präsentation ließe sich auch auf Architekten, Schriftsteller, Informatiker und Publizisten ausdehnen ... Auf diese Weise würde man die Schwerfälligkeit der Administration umgehen, und Profis könnten hier mühelos neue Talente finden, ohne sich an Agenturen wenden zu müssen, auf deren Urteilsvermögen kein Verlaß ist.

Kinder, Jugendliche, Alte, Schöne, Häßliche, Reiche, Arme, Einheimische und Ausländer – alle hätten dieselben Chancen und würden nur nach objektiven Kriterien beurteilt: nach der Qualität und Originalität ihrer Arbeit.

EDMOND WELLS,
Enzyklopädie des relativen und absoluten Wissens, Band III

130. Wassermangel

Feuer braucht Wind und brennbare Materialien, um sich ausbreiten zu können, und weil ihm weder das eine noch das andere zur Verfügung stand, mußte dieser Brand sich damit begnügen, den einen Baum zu verzehren. Ein Sprühregen machte ihm vollends den Garaus. Ein Jammer, daß dieses Wasser nicht schon früher vom Himmel gefallen war.

Die Reihen der Revolutionäre haben sich gelichtet. Viele sind ums Leben gekommen, und andere sind so verstört, daß sie in die Nester ihrer Vorfahren oder in ihren prähistorischen Dschungel zurückkehren wollen, wo sie nachts wenigstens ruhig schlafen können, ohne von Flammen bedroht zu werden.

Nr. 15, die Jagdexpertin, schlägt vor, sich sofort auf Nahrungssuche zu begeben, denn im Umkreis von mehreren hundert Metern sind alle Insekten tot oder geflohen.

Prinzessin Nr. 103 berichtet, die Finger würden gebratenes Fleisch essen.

»Sie behaupten sogar, es wäre viel schmackhafter als rohes Fleisch.«

Nachdem sowohl die Ameisen als auch die Finger Fleischfresser seien, könnten sie durchaus den gleichen Geschmack haben. Die meisten Ameisen sind von dieser Argumentation nicht überzeugt, aber Nr. 15 greift mit ihren Mandibeln mutig nach den sterblichen Überresten eines verbrannten Insekts und will an der Heuschreckenkeule knabbern. Gleich darauf zuckt sie vor Schmerz zusammen. Die Keule ist heiß!

Nr. 15 hat soeben das erste Gebot der Gastronomie entdeckt: Wenn man Gebratenes oder Gekochtes essen will, muß man warten, bis es etwas abgekühlt ist. Der Preis dieser Lektion – ihre Lippen sind völlig taub, und in den nächsten Tagen wird sie den Geschmack irgendwelcher Speisen nur erkennen können, indem sie sie mit den Fühlern abtastet.

Trotzdem probieren nun nach und nach alle Ameisen das gebratene Fleisch und stellen fest, daß es wirklich sehr schmackhaft ist. Die Käfer sind viel knuspriger, und man braucht sie nicht so lange zu kauen, weil ihre Panzer zerbröckeln. Die Schnecken lassen sich viel leichter zerschneiden, und die Bienen sind wunderbar karamelisiert.

Alle speisen mit großem Appetit, denn Angst macht bekanntlich hungrig. Nur Nr. 103 läßt den Kopf hängen.

»*Wo ist Nummer 24?*«

Sie sucht ihn überall, läuft von links nach rechts und wieder zurück.

»*Wo ist Nummer 24?*« wiederholt sie ständig.

»*Sie ist ganz verrückt nach dieser Nummer 24*«, kommentiert eine junge Belokanerin.

»*Nach Prinz Nummer 24!*« korrigiert eine andere anzüglich.

So, jetzt wissen alle, daß Nr. 24 ein Männchen ist! Und Nr. 103 ist bekanntlich ein Weibchen ... Nach dieser Feststellung entwickelt sich eine in Ameisenkreisen bislang unbekannte Untugend: Klatsch über bekannte Persönlichkeiten. Doch weil es keine Presse gibt, ziehen die Gerüchte zum Glück keine weiten Kreise.

»*Wo bist du, Nummer 24?*« ruft die Prinzessin immer ängstlicher. Weil sie ihren Freund unter den Lebenden nicht finden kann, sucht sie ihn nun unter den Toten und verlangt sogar, daß die Ameisen ihre Braten vorzeigen, um gewiß sein zu können, daß es nicht der Prinz ist.

Endlich gibt sie resigniert auf, und weil sie im Augenblick offenbar nicht fähig ist, wichtige Entscheidungen zu treffen, übernimmt ihre Assistentin die Führung. Nr. 5 schlägt vor, diesen Ort des Todes zu verlassen und zu neuen grünen Weiden weiterzumarschieren. Man müsse sich beeilen, denn Bel-o-kan sei nach wie vor von dem weißen Schild bedroht, und wenn die Finger tatsächlich das Feuer und das Hebelprinzip beherrschten, seien sie mit Sicherheit in der Lage, nicht nur die Stadt, sondern auch die ganze Umgebung zu verwüsten.

Nr. 6 beharrt, man müsse etwas Glut einsammeln und in einem hohlen Stein mitnehmen. Anfangs sind alle dagegen, doch Nr. 5 begreift, daß das Feuer ihr letzter Trumpf sein könnte. Niemand konnte schließlich vorhersagen, welche Gefahren unterwegs noch auf sie lauerten. Deshalb werden drei Insekten beauftragt, den Kieselstein mit der orangefarbenen Glut zu schleppen.

Empört darüber, daß das Feuer, das solche Verwüstung angerichtet hat, mitgeführt wird, trennen sich zwei Ameisen von dem Trupp. Jetzt sind es nur noch 33 Ameisen – Nr. 103, die zwölf Kundschafterinnen und 20 Cornigeranerinnen –, die der hoch am Himmel stehenden Sonne auf ihrem Weg nach Westen folgen.

131. Acht Leuchten

Dritter Tag. Die acht ›Ameisen‹ waren im Morgengrauen aufgestanden, um ihren Projekten den letzten Schliff zu geben.

»Wir sollten uns jeden Morgen um neun zu einer Besprechung hier im Computerraum treffen«, regte Julie an.

Sie saßen im Kreis um einen Computer herum. Ji-woong ergriff als erster das Wort und verkündete, sie seien jetzt ans Internet angeschlossen. Er habe sich seit sechs Uhr damit beschäftigt und mittlerweile sogar schon einige Anfragen erhalten.

Stolz präsentierte er ihnen auf dem Bildschirm seinen Teletext. Unter dem Symbol mit den drei Ameisen und der Devise 1 + 1 = 3 stand in Großbuchstaben: REVOLUTION DER AMEISEN.

Er erklärte den anderen seinen Agora-Service, der öffentliche Debatten ermöglichte, den Informations-Service, der über ihre täglichen Aktivitäten berichten würde, und den Rückhalt-Service, der ihren Connections eine Teilnahme an laufenden Programmen erlaubte.

»Alles klappt bestens. Die bisherigen Interessenten wollen hauptsächlich wissen, warum wir unsere Bewegung ›Revolution der Ameisen‹ nennen, und welcher Zusammenhang zwischen einer Revolution und diesen Insekten besteht.«

»Wir müssen unsere Originalität betonen«, warf Julie eifrig ein. »Die Verbindung mit den Ameisen ist ja tatsächlich ein ungewöhnliches Thema für eine Revolte – ein Grund mehr, es besonders hervorzuheben.«

Die Sieben Zwerge stimmten ihr zu.

Ji-woong informierte sie, daß er – alles per Computer, ohne das Gymnasium verlassen zu müssen – den Namen ›Revolution der Ameisen‹ als Warenzeichen eingetragen und eine GmbH gegründet habe, so daß sie nun alle möglichen Projekte verwirklichen könnten. Auf Tastendruck erschienen auf dem Bildschirm die Statuten der GmbH, die von allen aufmerksam durchgelesen wurden.

»Wir sind ab jetzt nicht nur eine Rockgruppe, nicht nur eine Schar Jugendlicher, die ein Gymnasium besetzt halten, sondern auch eine kapitalistische ökonomische Gesellschaft! Auf diese Weise werden wir die alte Welt mit ihren eigenen Waffen schlagen«, sagte Ji-woong.

»Ausgezeichnet«, meinte Julie, »aber unsere GmbH muß auch eine solide wirtschaftliche Grundlage haben. Wenn wir uns damit begnügen, Feste zu feiern, wird die Bewegung sehr schnell verkümmern. Habt ihr irgendwelche Projekte entwickelt, die unsere Gesellschaft funktionsfähig machen könnten?«

Narcisse meldete sich zu Wort.

»Mir schwebt eine Kleiderkollektion vor, inspiriert von Insekten. Ich werde Stoffe *Made-in-Insectland* verwenden, nicht nur die Seide des Seidenspinners, sondern auch die der Spinne. Sie ist so leicht, so geschmeidig und zugleich so stabil, daß man für die amerikanische Armee sogar kugelsichere Westen daraus fertigt. Die Stoffe werden wie die Flügel verschiedener Schmetterlingsarten gemustert sein, und außerdem schwebt mir eine Schmuckkollektion in den Farben eines Skarabäus vor.«

Er legte ihnen einige Skizzen und Muster vor, an denen er die ganze Nacht gearbeitet hatte. Alle waren begeistert. Das würde die erste Filiale ihrer GmbH sein: Bekleidung und Schmuck. Ji-woong öffnete sofort ein Verwaltungsmodul für Narcisses Produktionen und gab ihm den Codenamen: ›Gesellschaft Schmetterling.‹ Gleichzeitig richtete er eine virtuelle Vitrine ein, damit jeder die Modelle sehen konnte.

Als nächstes stellte Léopold sein Projekt vor.

»Ich möchte ein Architekturbüro gründen, um Häuser zu bauen, die in Hügeln verborgen sind.«

»Welchen Sinn soll das haben?«

»Erde schützt hervorragend vor Hitze und Kälte, aber auch vor Strahlungen, Magnetfeldern und Staub«, erklärte er. »Ein Hügel leistet Wind, Regen und Schnee Widerstand. Erde ist ein lebendiges Material, das beste, das es gibt.«

»Wenn ich dich richtig verstanden habe, willst du Höhlenhäuser bauen«, bemerkte Julie. »Werden sie nicht ziemlich dunkel sein?«

»Keineswegs. Man braucht nur die Südfront zu verglasen, und schon hat man ein Solarium. Außerdem führt ein Schacht nach oben an die Erdoberfläche, damit man den Wechsel von Tag und Nacht beobachten kann. Auf diese Weise werden die Hausbewohner inmitten der Natur leben, tagsüber die Sonne genießen und am Fenster braun werden, und nachts vor dem Einschlafen die Sterne sehen.«

»Und außen?« wollte Francine wissen.

»An den Außenmauern werden Blumen, Bäume und Gras wachsen. Die Luft wird nach Pflanzen duften. Die Wände werden atmen. Im Gegensatz zu den üblichen Betonklötzen wird dieses Haus lebendig sein.«

»Was ist mit den Energiequellen?«

»Große Solarzellen auf dem Gipfel des Hügels werden

die Elektrizität liefern. Es ist durchaus möglich, in einem Hügelhaus zu leben, ohne auf moderne Annehmlichkeiten verzichten zu müssen«, betonte Léopold.

Er legte ihnen Entwürfe seines idealen Hauses vor, und es sah tatsächlich bequem und geräumig aus.

Alle wußten, daß Léopold seit langem utopische Häuser entwarf und dabei – wie die meisten Indianer – das übliche Viereck zugunsten runder Formen aufgeben wollte. Sein Hügelhaus war im Grunde ein großes Tipi, nur mit festen Wänden.

Ji-woong richtete sofort eine Architekturfiliale namens ›Gesellschaft Ameisenhaufen‹ ein und bat Léopold, ein dreidimensionales Modell seines Hauses zu bauen, damit die Leute es sich besser vorstellen konnten.

Nun war Paul an der Reihe.

»Mir schweben Lebensmittel auf der Basis von Insektenprodukten vor: Honig, Honigtau, Pilze, aber auch Bienenharz und Weiselfuttersaft, auch als ›Gelée royale‹ bekannt … Ich glaube, in der Welt der Insekten neue Geschmacksrichtungen und Aromen entdecken zu können. Beispielsweise produzieren die Ameisen aus dem Honigtau von Blattläusen einen Alkohol, der ähnlich wie unser Met schmeckt, und das brachte mich auf die Idee, auch beim Met neue Varianten auszuprobieren.«

Er holte eine kleine Flasche aus der Tasche und ließ alle von seinem Getränk kosten. Sie meinten übereinstimmend, es schmecke besser als Bier oder Cidre.

»Es ist mit Honigtau von Blattläusen parfümiert«, erklärte Paul. »Ich habe ihn im Rosengarten gesammelt und über Nacht mit Hefe in der Retorte im Chemiesaal fermentieren lassen.«

Paul gab die Daten für die neue Filiale unter dem Namen ›Gesellschaft Met‹ in den Computer ein, und dann sahen alle erwartungsvoll Zoé an.

»Edmond Wells erklärt in der *Enzyklopädie,* daß die Ameisen zu einer Absoluten Kommunikation imstande sind, wenn sie ihre Fühler zusammenfügen. Dadurch kommt es zu einer direkten Gedankenübertragung, so als hätten ihre Gehirne sich vereinigt. Das hat mich zum Träumen gebracht. Warum sollten nicht auch Menschen zu einer AK fähig sein? Edmond Wells schlägt zu diesem Zweck eine Art Nasenprothese vor.«

»Willst du, daß Menschen Geruchsdialoge führen?«

»Ja, und ich möchte versuchen, dieses Gerät zu bauen. Mit solchen Fühlern ausgestattet, würden die Menschen sich bestimmt besser verstehen.«

Sie bat Julie um die Enzyklopädie und zeigte allen den seltsamen Apparat, den Edmond Wells gezeichnet hatte: zwei fest verbundene Kegel, von denen zwei dünne gebogene Antennen ausgingen.

»Im technischen Labor gibt es alles, was man zur Herstellung dieses Geräts braucht: Gußformen, synthetisches Harz, elektronische Bauelemente ... Ein wahres Glück, daß es in diesem Gymnasium das Schwerpunktfach Technik gibt.«

Ji-woong war skeptisch, weil er keinen praktischen Nutzen in dem Gerät sah, doch weil die anderen Zoés Idee amüsant fanden, wurde ihr ein Forschungsbudget genehmigt, damit sie ihre ›menschlichen Fühler‹ konstruieren konnte.

»Auch mein Projekt ist nicht rentabel«, mußte Julie zugeben, »und es hängt ebenfalls mit einer bizarren Erfindung zusammen, die in der *Enzyklopädie* beschrieben wird.«

Sie schlug die entsprechende Seite auf.

»Edmond Wells nennt seine Maschine ›Stein von Rosette‹, in Anlehnung an Champollion, der mit Hilfe dieser Stele die ägyptische Hieroglyphenschrift entschlüsseln konnte. Dieses Gerät zerlegt die Duftpheromone der Ameisen und wandelt sie in Worte unserer Menschensprache um. In der Gegenrichtung zerlegt sie unsere Worte und übersetzt sie in die Pheromonsprache der Ameisen. Ich will versuchen, diese Maschine zu konstruieren.«

»Soll das ein Witz sein?«

»Aber nein! Es ist technisch schon lange möglich, Ameisenpheromone zu analysieren. Nur interessiert sich kaum jemand dafür. Ameisenforschung wird hauptsächlich zu dem Zweck betrieben, diese Insekten zu vernichten, damit sie sich nicht in unseren Küchen tummeln. Das ist in etwa so, als würde man den Dialog mit Außerirdischen, falls es sie denn gibt, den Fleischproduzenten überlassen.«

»Welches Material würdest du benötigen?« fragte Ji-woong.

»Einen Massenspektrografen, einen Chromatografen, einen Computer und natürlich einen Ameisenhaufen. Die Geräte stehen in der naturwissenschaftlichen Abteilung herum, und einen Ameisenhaufen habe ich im Garten gesehen.«

Die Gruppe war nicht begeistert.

»Es ist doch ganz normal, wenn eine ›Revolution der Ameisen‹ sich für Ameisen interessiert«, beharrte Julie angesichts der skeptischen Mienen ihrer Freunde.

Ji-woong hielt es für vernünftiger, wenn die Sängerin sich auf ihre Rolle als Galionsfigur dieser Revolution beschränkte, anstatt esoterische Forschungen zu betreiben. Schließlich versuchte Julie es mit einem letzten Argument:

»Vielleicht wird die Beobachtung der Ameisen und eine Kommunikation mit ihnen uns helfen, unsere Revolution vernünftig durchzuführen.«

Die anderen gaben nach, und Ji-woong bewilligte auch ihr ein Forschungsbudget.

Nun sollte David sein Projekt vorstellen.

»Hoffentlich ist es rentabler als die beiden letzten!« knurrte Ji-woong.

»Mir schwebt ein reger Kommunikationsaustausch vor, ähnlich dem in einem Ameisenhaufen.«

»Das mußt du uns näher erklären.«

»Stellt euch eine Art Kreuzung vor, wo alle Informationen zusammenlaufen. Ich habe mein Projekt vorläufig ›Fragenzentrum‹ genannt. Es handelt sich um einen Computer, der alle Fragen beantwortet, die ein Mensch sich überhaupt stellen kann. Die *Enzyklopädie* von Edmond Wells hat das gleiche Konzept: das Wissen einer Epoche sammeln und an andere weitergeben. Etwas Ähnliches schwebte schon Rabelais, Leonardo da Vinci und den Enzyklopädisten des 18. Jahrhunderts vor.«

»Noch ein Projekt, das uns nichts einbringen wird!« stöhnte Ji-woong.

»Keineswegs! Wart ab«, protestierte David. »Jede Frage hat ihren Preis, gestaffelt nach der Schwierigkeit, eine Antwort darauf zu finden.«

»Ich verstehe immer noch nicht.«

»Heutzutage ist Wissen Reichtum. Wer in der Meteorologie so bewandert ist, daß er das Wetter des nächsten Jahres zuverlässig vorhersagen kann, der weiß auch, wo und wann man Gemüse anpflanzen muß, um höchste Erträge zu bekommen. Wer genau weiß, wo er seine Fabrik bauen kann, um mit möglichst niedrigen Kosten gut produzieren zu können, wird mehr Geld verdienen. Wer das beste Rezept für Gemüsesuppe mit Basilikum kennt, ist in der Lage, ein Restaurant zu eröffnen und damit Geld zu verdienen. Wie schon gesagt – ich will eine Datenbank gründen, die all solche Fragen beantworten kann.«

»Die Gemüsesuppe und die Pflanzzeit für Gemüse?« spottete Narcisse.

»Ja, und hunderttausend andere. Nach der genauen Uhrzeit zu fragen, wird natürlich sehr billig sein, aber wenn jemand wissen will, was das Geheimnis des Steins der Weisen ist, muß er ziemlich viel berappen. Wir werden Antworten auf allen Gebieten geben.«

»Und du hast keine Angst, Geheimnisse preiszugeben, die lieber nicht offenbart werden sollten?« fragte Paul.

»Eine Antwort nutzt nur dem etwas, der mit der Materie schon vertraut ist. Wenn ich dir jetzt beispielsweise das Geheimnis des Steins der Weisen oder des Grals verraten würde, könntest du nichts damit anfangen.«

Das leuchtete Paul ein.

»Und wie willst du auf alles eine Antwort parat haben?«

»Wir können uns an alle bereits vorhandenen Datenbanken ankoppeln. Außerdem werden wir telefonisch oder per Computer Anfragen an Forschungsinstitute und Bibliotheken in aller Welt richten, auch an alte Weisheitsbewahrer und an Detekteien. Im Grunde braucht man nur alle bereits vorhandenen Datenbanken und sonstigen Informationsquellen vernünftig zu nutzen, um einen solchen ›Wissenspool‹ zu schaffen.«

»Ausgezeichnet, ich eröffne die Filiale ›Fragenzentrum‹«, verkündete Ji-woong. »Wir werden dir die größte Festplatte und das schnellste Modem zur Verfügung stellen.«

Es schien unmöglich, Davids ehrgeiziges Projekt zu übertreffen, doch Francine machte einen sehr selbstbewußten Eindruck, so als hätte sie das Beste für zuletzt aufgehoben.

»Auch mein Projekt hängt mit den Ameisen zusammen. Was sind sie für uns? Eine parallele, aber viel kleinere Dimension, der wir deshalb keine Beachtung schenken. Wir erforschen die Sitten der Ameisen nicht, wir wissen nichts über ihre Königinnen, über ihre Gesetze, ihre Kriege und Entdeckungen. Trotzdem faszinieren sie uns irgendwie, weil wir schon als Kinder begreifen, daß wir etwas über uns selbst lernen können, wenn wir sie beobachten.«

»Worauf willst du hinaus?« fragte Ji-woong, den nur interessierte, ob er eine weitere Filiale eröffnen konnte oder nicht.

Francine ließ ihn zappeln. »Die Ameisen leben wie wir in Städten mit Straßen, sie kennen Landwirtschaft, sie führen Massenkriege, sie sind in Kasten gegliedert ... Ihre Welt ähnelt der unseren, nur ist sie eben viel kleiner.«

»Einverstanden, aber welches Projekt schwebt dir nun eigentlich vor?« rief Ji-woong ungeduldig.

»Ich will eine kleinere Welt erschaffen, die wir beobachten werden, um praktische Lehren daraus zu ziehen. Eine virtuelle Computerwelt mit virtuellen Bewohnern, einer virtuellen Natur, virtuellen Tieren, einer virtuelle Meteorologie und virtuellen ökologischen Zyklen, damit alles, was dort vor sich geht, den Vorgängen in unserer eigenen Welt möglichst ähnlich ist.«

»Wie in dem Spiel *Evolution?*« fragte Julie.

»Ja, nur mit dem großen Unterschied, daß in *Evolution* die Bewohner das machen, was der Spieler ihnen befiehlt. Ich aber will die Ähnlichkeit mit unserer eigenen Welt vergrößern. In *Infra-World* – diesen Namen habe ich meinem Projekt gegeben – werden die Bewohner völlig frei und autonom sein. Erinnerst du dich noch an unser Gespräch über den freien Willen?«

»Ja, du meintest, daß es der größte Liebesbeweis ist, daß Gott uns die schlimmsten Dummheiten machen läßt.«

»Genau. Der freie Wille ... der größte Liebesbeweis, den Gott erbracht hat, ist seine Nichteinmischung. Nun, das gleiche will ich den Bewohnern von *Infra-World* bieten. Sie sollen selbst über ihre Entwicklung entscheiden, ohne daß ihnen jemand hilft. Dann werden sie wirklich wie wir sein. Und ich werde auch allen Tieren, Pflanzen und Mineralien ihren freien Willen lassen. *Infra-World* soll eine völlig unabhängige Welt sein, genau wie unsere eigene. Und deshalb werden wir wertvolle Informationen erhalten, wenn wir sie beobachten.«

»Im Gegensatz zu *Evolution* wird dieser Welt also niemand Hinweise geben?«

»Niemand. Wir werden sie nur beobachten und gelegentlich neue Elemente in ihre Welt einführen, um zu sehen, wie sie darauf reagieren. Die virtuellen Bäume werden von allein wachsen, die virtuellen Menschen werden instinktiv das Obst ernten, und die virtuellen Fabriken werden daraus logischerweise virtuelle Konfitüre machen, die ...«

»Die dann von virtuellen Konsumenten verspeist wird«, vollendete Zoé beeindruckt.

»Aber welcher Unterschied besteht dann zu unserer eigenen Welt?«

»Die Zeit. Sie wird in *Infra-World* zehnmal schneller als bei uns vergehen, und das wird uns erlauben, die Makrophänomene zu beobachten – so als könnten wir uns unsere eigene Welt im Zeitraffer ansehen.«

»Und worin besteht das wirtschaftliche Interesse?« kam Ji-woong beharrlich auf sein Lieblingsthema zurück.

»Francines Projekt ist von enormem wirtschaftlichem Wert«, belehrte ihn David, der am schnellsten alle Möglichkeiten von *Infra-World* erfaßt hatte. »Man könnte alles testen. Stellt euch doch nur einmal eine Computerwelt vor, in der die virtuellen Bewohner nicht mehr vorprogrammiert sind!«

»Ich kapier's immer noch nicht.«

»Wenn man wissen will, ob der Name eines neuen Waschpulvers beim Publikum auf Interesse stößt, braucht man es nur in *Infra-World* einzuführen, um zu wissen, wie die Menschen darauf reagieren. Die virtuellen Bewohner werden das Produkt aus freier Entscheidung annehmen oder ignorieren. Auf diese Weise wird man viel schnellere und viel zuverlässigere Resultate erhalten als durch Marktforschung, denn anstatt eine neue Marke an hundert realen Personen zu testen, wird man Millionen virtueller Testpersonen haben.«

Ji-woong runzelte die Stirn. »Und wie willst du deine Waschmittelpakete in *Infra-World* einführen?«

»Durch Kontaktpersonen, die genauso aussehen wie die echten Bewohner von *Infra-World*, wie irgendwelche Ärzte, Ingenieure oder Forscher. Nur sie allein werden wissen, daß ihr Universum nicht existiert, daß sein einziger Zweck darin besteht, Erfahrungen zum Wohle der größeren Dimension zu sammeln.«

Es war Francine tatsächlich gelungen, sogar Davids ›Fragenzentrum‹ zu übertreffen.

»Man wird selbst die Politik testen und herausfinden können, welche kurz-, mittel- und langfristigen Auswirkungen Liberalismus, Sozialismus, Anarchismus usw. haben! Abgeordnete werden die Folgen irgendeines Gesetzes testen können. Wir werden eine ganze Mini-Menschheit als Versuchskarnickel zur Verfügung haben, und dadurch werden wir viele Irrwege vermeiden können.«

»Fantastisch!« rief David. »*Infra-World* wird sogar mein Fragenzentrum bereichern, denn mit deiner virtuellen Welt wirst du bestimmt Antworten auf alle möglichen Fragen finden, bei denen wir sonst passen müßten.«

Francine hatte den Blick einer Visionärin. David versetzte ihr einen Rippenstoß.

»Du hältst dich wohl für Gott, wie? Du willst eine komplette Welt in Kleinformat erschaffen und mit derselben Neugier observieren, wie Zeus und die Götter des Olymp unsere Erde beobachten.«

»Vielleicht werden an uns schon längst Waschmittel getestet, zum Wohle einer höheren Dimension«, warf Narcisse ironisch ein.

Alle lachten schallend, doch allmählich klang dieses Lachen nicht mehr ganz unbefangen.

»Vielleicht, wer weiß?« murmelte Francine, plötzlich sehr nachdenklich.

132. Enzyklopädie

Das Spiel ›Eleusis‹: Ziel dieses Spiels ist es, die Spielregel herauszufinden!

Man braucht mindestens vier Spieler. Einer von ihnen, ›Gott‹ genannt, erfindet eine Regel und schreibt sie auf ein Blatt Papier. Dann werden zwei Kartenspiele mit jeweils 52 Karten reihum zwischen den Spielern verteilt. Einer legt die erste Karte auf den Tisch und sagt dabei: »Die Welt ist erschaffen.« Gott entscheidet: »Diese Karte ist gut« oder »Diese Karte ist nicht gut«. Die schlechten Karten werden aussortiert, die guten aneinandergereiht. Alle Spieler bemühen sich herauszufinden, welche Logik hinter dieser Auswahl steckt. Sobald einer glaubt, die Lösung gefunden zu haben, hebt er die Hand und erklärt sich zum ›Propheten‹. Er ergreift anstelle von Gott das Wort und sagt den anderen, ob die nächste aufgedeckte Karte gut oder schlecht ist. Gott überwacht den Propheten, und wenn dieser sich geirrt hat, scheidet er aus. Gelingt es dem Propheten, bei zehn Karten die richtige Antwort zu geben, verrät er die Regel, die er herausgefunden hat, und die anderen vergleichen sie mit der Regel auf dem Zettel. Stimmen beide überein, hat er gewonnen, andernfalls scheidet er aus. Wenn alle 104 Karten aufgedeckt sind, ohne daß jemand die Lösung gefunden hat, ist Gott der Gewinner.

Die Regel muß aber einfach sein. Der Reiz dieses Spiels ist, daß man sich eine simple und doch schwierig zu findende Regel ausdenken muß. Das trifft beispielsweise auf folgende Regel zu: »Eine Karte höher als die Neun und eine Karte niedriger als die Neun, bzw. die Neun selbst müssen sich abwechseln.« Die Spieler tendieren nämlich dazu, hauptsächlich auf die Figuren und die Farben Schwarz und Rot zu achten. Regeln wie: »Nur rote Karten, mit Ausnahme der zehnten, zwanzigsten und dreißigsten« oder: »Alle Karten mit Ausnahme der Herzsieben« sind verboten, weil sie zu kompliziert sind. Wendet Gott trotzdem solche Tricks an, hat er die Partie verloren.

Man muß eine Einfachheit anstreben, auf die niemand so leicht kommt. Welches ist die beste Strategie, um zu gewinnen? Jeder Spieler will sich möglichst schnell zum Propheten erklären, obwohl das riskant ist.

EDMOND WELLS,
Enzyklopädie des relativen und absoluten Wissens, Band III

133. Die Revolution schreitet voran

Prinzessin Nr. 103 bückt sich, um einen Trupp Milben zu beobachten, der zwischen den Greifern ihres Vorderbeins durchmarschiert, auf einen Tannenstumpf zu.

Diese Milben sind für uns genauso klein, wie wir es für die Finger sind, denkt sie.

Neugierig beobachtet sie die winzigen Geschöpfe. Die hellgraue Baumrinde hat Risse, kleine Schluchten, die schon mit Milben gefüllt sind. Nr. 103 bückt sich noch tiefer und wohnt einem Krieg zwischen 5000 Laufmilben und 300 angriffslustigen Süßwassermilben bei. Die Laufmilben kämpfen besonders wild: Ihre Mundwerkzeuge verbeißen sich in Beinen, Schultern und sogar Köpfen der Gegner.

Die Prinzessin fragt sich, warum Süßwassermilben plötzlich Bäume überfallen, doch andererseits sind Milben ja allgemein für ihre Aggressivität bekannt. Leider hat sie keine Zeit, länger zuzuschauen. Niemand weiß etwas über die Kriege, die Invasionen, die Dramen und Tyrannen des

Milbenvolkes. Niemand wird je erfahren, wer diese Schlacht im dritten vertikalen Riß der Tanne gewonnen hat. Vielleicht liefern sich in einem anderen Riß andere Milben gleichzeitig noch viel gewaltigere Schlachten, aber niemand interessiert sich dafür. Nicht einmal die Ameisen. Nicht einmal Nr. 103.

Sie interessiert sich nur für die riesigen Finger und für sich selbst. Das genügt ihr vollauf.

Die Prinzessin setzt ihren Weg fort. Die Kolonne wird immer größer. Nach dem Brand waren sie nur noch 33, und jetzt sind fast hundert Insekten verschiedener Arten unterwegs. Der Rauch, der aus der Glut aufsteigt, zieht viele Neugierige an, die das Feuer sehen wollen, über das sie soviel gehört haben.

Nr. 103 fragt jeden Neuankömmling, ob er nicht vielleicht eine männliche Ameise gesehen hat, deren Geruchspaß ihn als Nr. 24 ausweist. Aber niemand kann sich an diesen Namen erinnern, und alle wollen nur das Feuer sehen und allenfalls noch etwas über die Odyssee von Nr. 103 hören.

Das soll das schreckliche Feuer sein?

In seinem Steinkäfig gefangen, sieht es ganz zahm und harmlos aus, aber die Käfermütter warnen ihre Kinder trotzdem, nicht zu dicht heranzugehen, weil das sehr gefährlich sei.

Der Kieselstein mit der Glut ist sehr schwer, und deshalb schlägt Nr. 14, die Spezialistin für Kontakte zu fremden Völkern, vor, die Last von einer Schnecke tragen zu lassen. Es gelingt ihr, mit einer ins Gespräch zu kommen, und sie versucht ihr einzureden, es sei sehr gesund, einen warmen Rücken zu haben. Davon ist die Schnecke zwar nicht überzeugt, aber aus Angst vor den Ameisen willigt sie ein. Zufrieden über ihren Erfolg regt Nr. 14 an, andere Schnecken mit Nahrungsmitteln zu beladen.

Schnecken sind langsam und bewegen sich auf sehr eigenartige Weise fort. Sie schmieren den Boden mit ihrem Körpersekret ein und gleiten dann über die glatte Bahn. Die Ameisen, die Schnecken bisher immer verspeist haben, ohne sie vorher zu beobachten, kommen aus dem Staunen nicht heraus, daß der Schleimvorrat dieser Tiere sich nie erschöpft.

Für die Ameisen, die hinter der Schnecke laufen, ist es allerdings sehr mühsam, durch die Substanz zu waten, und so bilden sich schließlich zwei Kolonnen links und rechts der Schleimspur.

Von überall kommen Ameisen und andere Insekten angerannt, um diese seltsame Prozession mit der rauchenden roten Wegschnecke in der Mitte zu bestaunen, und viele begeisterte junge Kriegerinnen schließen sich an. Nun hat die ›Revolution der Finger‹ schon 500 Anhänger!

Was alle wundert, ist der Mangel an Enthusiasmus von Nr. 103. Kein Insekt kann verstehen, daß man einem einzelnen, und sei es auch ein Prinz, so viel Bedeutung beimißt. Doch Nr. 10 erklärt weise, es sei eine für die Finger typische Krankheit, für bestimmte Individuen eine besondere Vorliebe zu entwickeln.

134. Ein schöner Tag

Während sie ihrer Mini-Revolution eine feste Grundlage zu geben versuchten, erlebten die acht ›Ameisen‹ staunend, daß der Geist eines einzelnen sich zum Kollektivgeist erweitern konnte. Für Julie war es geradezu eine Offenbarung, daß der Geist nicht ans Gefängnis des Körpers und die Intelligenz nicht an die Schädelhöhle gebunden war. Wenn sie es wollte, konnte ihr Geist aus dem Schädel entfliehen und sich in einen Lichtschleier verwandeln, der immer größer wurde und sich um sie herum ausbreitete.

Ihr Geist war imstande, die ganze Welt zu umhüllen! Sie hatte immer gewußt, daß sie nicht nur ein großer Sack voller Atome war, aber sie hätte nie geglaubt, daß es ein solches Gefühl spiritueller Allmacht gab …

Doch zugleich hatte sie noch ein anderes Gefühl: »Ich bin nicht wichtig.« Seit sie sich in der Gruppe revolutionärer Ameisen verwirklichen konnte, war sie nicht mehr ständig nur mit sich selbst beschäftigt. Sie konnte jetzt sozusagen neben sich stehen und ihr eigenes Verhalten beobachten, so als wäre sie nicht direkt betroffen. Ihr Leben war nur eines von vielen, und sie durfte es nicht dramatisieren.

Julie fühlte sich leicht und beschwingt. Sie lebte und würde eines Tages sterben – eine im Grunde unwichtige Angelegenheit. Wichtig war nur, daß ihr Geist Zeit und Raum durchqueren und wie ein riesiger Lichtschleier davonfliegen konnte, denn das machte sie unsterblich.

»Guten Tag, mein *Geist*«, murmelte sie vor sich hin.

Derart beflügelt, stellte sie Tische auf, schleppte Stühle, steckte Gabeln als Zeltpflöcke in den Boden, plauderte mit den Amazonen, trank zwischendurch etwas Met und trällerte bei all dem fröhlich vor sich hin.

Am dritten Tag der Schulbesetzung waren die Revolutionäre damit beschäftigt, Stände aufzubauen, um ihre Projekte präsentieren zu können. Zunächst hatten sie das einfach in Klassenzimmern tun wollen, aber Zoé hatte gemeint, es wirke viel einladender, die Vorhaben unten auf dem Hof vorzuführen, in der Nähe der Zelte und des Podiums, weil dort jeder sie besuchen und sich an der Arbeit beteiligen könne.

Ein Tipi, ein Computer, eine Stromleitung und ein Telefon genügten, um eine lebensfähige wirtschaftliche Zelle zu bilden.

Die moderne Computertechnik machte es möglich, daß die meisten Projekte schon nach wenigen Stunden vorzeigbar waren. Hatte die Russische Revolution das Schlagwort ›Sowjets plus Elektrifizierung‹ geprägt, so galt für diese Revolution ›Ameisen plus Informatik‹.

Léopold stellte in seinem Architekturstand ein Modell aus Knetmasse seines idealen Hügelhauses vor und erklärte das Prinzip kalter und warmer Luftströmungen, die zwischen Erde und Mauern zirkulieren würden, um die Thermik wie in einem Ameisenhaufen zu regulieren.

In Davids Stand ›Fragenzentrum‹ gab es nicht viel mehr als einen Computer mit großem Bildschirm und eine Festplatte zu sehen, wo die Informationen gespeichert und sortiert wurden. Sein ehrgeiziges Projekt stieß auf großes Interesse, und mehrere Leute erboten sich spontan, ihm beim Aufbau eines wirklich dichten Informationsnetzes zu helfen.

Am Stand ›GmbH Revolution der Ameisen‹ gab Ji-woong Auskunft über ihre diversen Aktivitäten und Pläne. Schulen, Universitäten und sogar Kasernen aus aller Welt interessierten sich schon dafür und wollten selbst ähnliche Experimente durchführen. Ji-woong beriet sie aufgrund seiner dreitägigen Erfahrungen: zuerst ein großes Fest veranstalten und dann eine GmbH mit Filialen gründen, was durch die moderne Computertechnik leicht zu machen war.

Der Koreaner erhoffte sich von einer geografischen Ausbreitung der Revolution eine Bereicherung durch neue Initiativen. Unermüdlich erklärte er die Symbole ihrer Revolution: die Ameisen, die Formel 1 + 1 = 3, den Met und das Spiel ›Eleusis‹; außerdem empfahl er allen, ihre Zelte ebenfalls in konzentrischen Kreisen aufzubauen, mit einem Lagerfeuer in der Mitte und einem Podium in der Nähe.

Narcisse hatte sich an seinem Modestand mit Amazonen und anderen Helferinnen umgeben. Einige fungierten als Mannequins, andere malten nach genauer Anleitung des Modeschöpfers bunte Insektenmotive auf weiße Bettlaken.

Zoé konnte an ihrem Stand nicht viel zeigen, aber sie erklärte ihr Projekt, durch Nasenantennen eine Absolute Kommunikation zwischen Menschen zu ermöglichen. Anfangs wurde sie belächelt, doch bald hörte man ihr aufmerksam zu, denn in einer Welt, wo es kaum noch einen intensiven Gedankenaustausch gab, sehnte sich jeder nach einem solchen Gerät.

Auch an Julies Stand war nicht viel zu sehen, nur ein großer Ameisenhaufen, den sie in einem Aquarium aus dem Biologiesaal untergebracht hatte. Freiwillige hatten ihr geholfen, tief genug zu graben, um das ganze Nest mitsamt der Königin auszuheben.

Den Revolutionären fehlte es nicht an Unterhaltungsmöglichkeiten. Es gab einen Tischtennisraum, und das

Sprachlabor mit seinen vielen Videofilmen diente als Kino. Und überall wurde ›Eleusis‹ gespielt, das in der *Enzyklopädie* beschriebene Spiel, das sich größter Beliebtheit erfreute, weil es Fantasie und Denkvermögen anregte.

Paul gab sich weiterhin größte Mühe mit den gemeinsamen Mahlzeiten. »Je besser das Essen ist, desto motivierter werden die Revolutionäre sein«, erklärte er und überwachte persönlich die Zubereitung aller Speisen, denen er mit Hilfe seiner exotischen Honigsorten neue Geschmacksnuancen verlieh. Gedünsteter Honig, eingemachter Honig, Honigpulver, Honigsauce – er probierte alles aus.

In den Vorratskammern gab es genügend Mehl, und er schlug vor, sie sollten selbst Brot backen, weil die Bäckereien für sie ja unerreichbar waren. Ein Mäuerchen wurde niedergerissen, mit dessen Ziegelsteinen man einen Ofen baute. Außerdem schärfte Paul seinen Helfern ein, den Obst- und Gemüsegarten zu pflegen, weil sie frisches Obst und Gemüse brauchen würden, wenn sie lange hierbleiben mußten.

An seinem Gastronomiestand versicherte er jedem Zuhörer, man brauche sich nur auf seinen Geruchssinn zu verlassen, um gute Lebensmittel zu bekommen. Und wenn man ihn begeistert an seinen Honigsäften und an Gemüse schnuppern sah, wußte man genau, daß die Verpflegung der Revolutionäre auch in Zukunft nichts zu wünschen übriglassen würde.

Eine Amazone informierte Julie, ein gewisser Marcel Vaugirard wünsche mit dem Revolutionsführer zu sprechen. Sie hatte ihm erklärt, so etwas gebe es bei ihnen nicht, aber Julie sei ihre Wortführerin, und nun wollte er sie interviewen. Sie griff nach dem Handy.

»Hallo, Monsieur Vaugirard, ich wundere mich über Ihren Anruf. Ich dachte, Sie könnten am besten über Dinge schreiben, von denen Sie keine Ahnung haben«, sagte sie ironisch.

Der Journalist wich aus. »Ich wüßte gern, wie viele Demonstranten es sind. Die Polizei spricht von etwa hundert Unruhestiftern, die das Gymnasium besetzt haben, aber ich wollte auch von Ihnen eine geschätzte Personenzahl in Erfahrung bringen.«

»Um dann einen Mittelwert zwischen meinen Angaben und denen der Polizei zu bilden? Diese Mühe können Sie sich sparen. Wir sind genau 521 Personen.«

»Und Sie sind Linksextreme?«

»Keineswegs.«

»Dann tendieren Sie also zum Liberalismus?«

»Auch nicht.«

»Man ist entweder rechts oder links!« behauptete der Journalist gereizt.

»Sie scheinen nur in zwei Richtungen denken zu können«, erwiderte Julie nicht minder gereizt. »Man kann doch nicht nur nach links oder rechts gehen, sondern auch nach vorne oder hinten. Wir gehen nach vorne.«

Marcel Vaugirard dachte lange über diese Auskunft nach, enttäuscht darüber, daß sie nicht mit dem übereinstimmte, was er schon geschrieben hatte.

Zoé, die zugehört hatte, nahm Julie das Telefon aus der Hand.

»Eine politische Partei, der wir uns vielleicht anschließen würden, müßte erst erfunden werden und dann ›Evolutionspartei‹ heißen«, erklärte sie ihm. »Wir wollen nämlich, daß der Mensch sich schneller weiterentwickelt.«

»Also sind Sie doch Linksextreme«, entgegnete der Journalist beruhigt.

Sehr zufrieden mit sich, weil er einmal mehr alles schon im voraus gewußt hatte, legte er auf. Marcel Vaugirard war ein großer Liebhaber von Kreuzworträtseln, und bei ihm mußte alles in Kästchen passen. Ein Artikel war für ihn ein vorgefertigtes Gitter, in das man nur noch einige wenige Angaben einfügen mußte. Er hatte eine ganze Reihe solcher Gitter: für Politik, für Kultur, für ›Gemischtes‹ und auch für Demonstrationen aller Art. Die Überschrift dieses Artikels hatte er schon vor dem Telefonat zu Papier gebracht: »Ein Gymnasium unter Polizeiaufsicht.«

Wütend über dieses Gespräch hatte Julie plötzlich Hunger und schlenderte deshalb zu Pauls Stand, den er möglichst weit vom Podium entfernt aufgeschlagen hatte, um nicht vom Lärm in seiner Konzentration gestört zu werden.

Sie unterhielten sich über die fünf Sinne, und Paul meinte, daß die meisten Menschen sich hauptsächlich auf ihr Sehvermögen verließen, das schätzungsweise 80 Prozent aller Informationen ans Gehirn liefere. Das sei problematisch, denn dadurch entwickle sich das Sehvermögen zu einem Tyrannen, der alle anderen Sinne unterdrücke.

Damit sie sich selbst davon überzeugen konnte, verband er ihr die Augen mit seinem Halstuch und forderte sie auf, verschiedene Gerüche auf seiner ›Duftorgel‹ zu erkennen. Julie ging bereitwillig auf das Spiel ein.

Mit Thymian und Lavendel hatte sie keine Probleme, doch bei Rindsragout, abgetragenen Schuhen und altem Leder war sie überfordert. Doch langsam erwachte ihre Nase, und sie identifizierte Jasmin, Minze und sogar Tomaten.

»Guten Tag, *Nase!*« sagte sie vor sich hin.

Paul schlug ihr vor, nun auch noch ihren Geschmackssinn mit verbundenen Augen zu testen. Nach der Nase erwachte auch ihr Gaumen, und sie stellte fest, daß es im Grunde nur vier Geschmacksrichtungen gab: bitter, sauer, süß und salzig. Für die verschiedenen Aromen war natürlich die Nase zuständig. Aufmerksam verfolgte sie den Weg der Nahrung vom Mund über die Speiseröhre in den Magen, wo die Magensäfte sich sofort an die Arbeit machten. Sie lachte vor Überraschung, als es ihr möglich war, sie zu spüren.

»Guten Tag, *Magen!*«

Ihr Körper war glücklich über das Essen. Nach ihrer Magersucht klammerte er sich verzweifelt an jeden noch so winzigen Happen, aus Angst, daß er ihm wieder geraubt werden könnte, und besonders schien er sich über alles Süße und Fette zu freuen.

Paul schob ihr süße und salzige Kekse, Schokolade, Rosinen, Apfel- und Orangenscheiben in den Mund und erklärte weise: »Jedes Organ verkümmert, wenn man es nicht ständig benutzt.« Und weil sie immer noch verbundene Augen hatte, küßte er sie rasch auf den Mund. Sie zuckte zusammen, zögerte kurz und stieß ihn dann zurück.

»Entschuldigung«, seufzte Paul.

Julie nahm die Augenbinde ab, noch verlegener als er. »Sei mir bitte nicht böse, aber im Augenblick habe ich andere Dinge im Kopf.«

Sie verließ seinen Stand, und Zoé, die den Zwischenfall beobachtet hatte, folgte ihr. »Magst du keine Männer?«

»Ich verabscheue jeden Hautkontakt. Am liebsten hätte ich Stoßstangen wie ein Auto, um mir alle Leute vom Hals halten zu können, die einem unbedingt die Hand schütteln oder einen Arm um die Schultern legen wollen, ganz zu schweigen von jenen, die einen zur Begrüßung unbedingt küssen wollen, so daß man hinterher ihren Speichel auf der Wange hat!«

Zoé stellte noch einige Fragen und konnte es einfach nicht fassen, als Julie zugab, noch Jungfrau zu sein. Wie war das bei einer so hübschen Neunzehnjährigen nur möglich?

Julie erwiderte, sie lehne sexuelle Kontakte ab, weil sie nicht wie ihre Eltern werden wolle. Sexualität sei nun einmal der erste Schritt in Richtung Partnerschaft und Ehe, und danach versaure man in bürgerlicher Eintönigkeit.

»Bei den Ameisen gibt es die Kaste der Geschlechtslosen«, sagte sie. »Man läßt sie in Ruhe, ohne daß sie als ›alte Jungfern‹ beschimpft werden, und sie leiden auch nicht unter Einsamkeit.«

Zoé legte ihr lachend beide Hände auf die Schultern. »Wir sind aber keine Insekten. Bei uns gibt es keine Geschlechtslosen!«

»Noch nicht, leider!«

»Du vergißt etwas Wesentliches. Die Sexualität dient bei uns nicht nur der Fortpflanzung, sondern auch dem Genuß. Der Liebesakt ist ein Austausch von Lust.«

Julie verzog zweifelnd den Mund. Im Moment verspürte sie wirklich kein Bedürfnis nach einer Partnerschaft, und noch viel weniger wollte sie Hautkontakt!

135. Enzyklopädie

Anti-Ehelosigkeits-Methode: Bis 1920 lösten Bauern in manchen Pyrenäendörfern das Problem, den richtigen Partner zu finden, auf sehr drastische Weise. An einem Abend im Jahr, der sogenannten ›Nacht der Hochzeiten‹, wurden alle sechzehnjährigen Jungen und Mädchen zusammengerufen, wobei man sorgfältig darauf achtete, daß es gleich viele waren.

Am Berghang veranstaltete man ein Festbankett im Freien, und alle Dorfbewohner aßen und tranken nach Herzenslust.

Zu einer bestimmten Stunde brachen die Mädchen auf und versteckten sich im Unterholz. Etwas später machten sich die Burschen auf die Suche nach ihnen. Wer als erster ein Mädchen aufstöberte, dem gehörte es.

Natürlich wurde nach den Hübschesten am eifrigsten gesucht, und die durften den ersten Jungen nicht zurückweisen, obwohl es meistens nicht der attraktivste war, der sie eroberte, sondern der schnellste und pfiffigste.

Die langsameren Burschen mußten sich mit weniger verführerischen Mädchen begnügen, denn keinem war erlaubt, allein ins Dorf zurückkehren, sonst wurde er aus der Dorfgemeinschaft ausgestoßen.

Doch die Dunkelheit verhalf auch den Häßlichen zu ihrem Recht, und am nächsten Tag wurden die Hochzeitstermine festgesetzt.

Überflüssig zu betonen, daß es in diesen Dörfern kaum Hagestolze und alte Jungfern gab.

EDMOND WELLS,
Enzyklopädie des relativen und absoluten Wissens, Band III

136. Mit Feuer und Mandibel

Die lange Kohorte besteht jetzt aus 30 000 Ameisen und anderen Insekten.

Sie erreichen Yedi-bei-nakan, aber die Stadt verweigert ihnen den Zutritt. Die Revolutionäre wollen diesen feindseligen Ameisenbau in Brand setzen, aber das erweist sich als unmöglich, denn der Hügel hat eine Kuppel aus schwer entflammbaren grünen Blättern. Prinzessin Nr. 103 beschließt daraufhin, die Umgebung auszunutzen. Ein Felsen überragt die Stadt, und auf diesem Felsen liegt ein großer Stein. Mit Hilfe eines Hebels müßte man diesen schweren runden Stein auf Yedi-bei-nakan schleudern können.

Es ist eine mühsame Arbeit, aber endlich bewegt sich der Stein von der Stelle und landet tatsächlich auf der grünen Kuppel. Noch nie ist eine so gewaltige Bombe auf eine Stadt mit mehr als 100 000 Einwohnern gefallen!

Nun braucht man das Nest – oder was davon noch übrig ist – nur noch zu besetzen. Widerstand rührt sich nicht mehr.

Am Abend berichtet Nr. 103 in der eroberten Stadt wieder über die seltsamen Finger, und auch diesmal macht sich Nr. 10 gewissenhaft Duftnotizen.

MORPHOLOGIE
Die Morphologie der Finger entwickelt sich nicht mehr.

Während das Leben unter Wasser bei den Fröschen nach einer Million Jahren zur Ausbildung von Schwimmhäuten geführt hat, lösen die Finger alle Probleme mit Hilfe künstlicher Körperteile.

Sie haben Schwimmhäute hergestellt, die sie nach Belieben anlegen und abnehmen können, je nachdem, ob sie im Wasser oder an Land sind.

Deshalb brauchen sie sich auch nicht morphologisch ans Wasser anzupassen und eine Million Jahre auf das Wachsen natürlicher Schwimmhäute zu warten.

Um sich in die Lüfte schwingen zu können, benutzen sie sogenannte Flugzeuge, die es den Vögeln gleichtun.

Um sich vor Kälte und Wärme zu schützen, stellen sie verschiedene Kleidungsstücke her, denn ein Fell haben sie ja nicht.

Bei anderen Tierarten dauert es Jahrmillionen, um den eigenen Körper zu verändern, doch die Finger stellen alles künstlich innerhalb weniger Tage her, indem sie alle ihnen zur Verfügung stehenden Materialien ausnutzen.

Dieses Geschick macht eine morphologische Entwicklung überflüssig.

Auch wir Ameisen entwickeln uns morphologisch schon seit sehr langer Zeit nicht mehr, weil es uns gelingt, unsere Probleme auf andere Weise zu lösen.

Unser Äußeres hat sich seit 100 Millionen Jahren nicht verändert, ein Beweis für unseren Erfolg.

Wir sind vollkommene Geschöpfe.

Während andere lebende Tierarten ständig von Ausrottung durch Feinde, Klima und Krankheiten bedroht sind, bleiben Finger und Ameisen weitgehend davon verschont.

Dank der sozialen Systeme sind beide Arten erfolgreich. Fast alle Neugeborenen erreichen das Erwachsenenalter, und die Lebenserwartung steigt.

Allerdings stehen Finger und Ameisen vor demselben Problem: Weil sie sich nicht mehr an die Umwelt anpassen, wollen sie die Umwelt zwingen, sich ihnen anzupassen.

Sie müssen sich die für sie bequemste Welt ausdenken, aber das ist kein biologisches Problem mehr, sondern ein kulturelles.

In der Ferne setzen die Feuertechniker ihre Experimente fort.

Nr. 5 versucht wieder, auf zwei Beinen zu laufen, wobei sie winzige Zweiglein als Krücken benutzt.

Nr. 7 malt.

Nach ihrem langen Bericht über die Welt der Finger ist die Prinzessin müde. Sie denkt an die Saga, die Nr. 24 verfassen wollte: *Die Finger*. Nun, da der Prinz beim Brand ums Leben gekommen ist, besteht keine Chance mehr, in Kürze diesen ersten Ameisenroman riechen zu können.

Nachdem Nr. 5 beim Laufen auf zwei Beinen wieder einmal gestürzt ist, schließt sie sich Nr. 103 an und meint,

Kunst sei leider sehr fragil und schwer zu transportieren. Nr. 24 hätte das Ei, das er mit seinem Roman füllen wollte, sowieso nicht über weite Strecken tragen können.

»Mit Hilfe einer Schnecke wäre es möglich gewesen«, entgegnet Nr. 103.

Nr. 5 erinnert daran, daß Schnecken Ameiseneier fressen. Sie ist der Ansicht, daß Ameisenkunstwerke leicht sein müßten, damit man sich mit ihnen nicht abzuschleppen bräuchte.

»Das werden wir auch nicht mitnehmen können«, sagt sie zu Nr. 7, die sich diesmal ein besonders großes Blatt als Leinwand ausgesucht hat.

Die beiden Ameisen beraten sich, und plötzlich hat Nr. 7 eine Idee: Könnte sie ihre Zeichnungen nicht mit der Mandibelspitze direkt in die Panzer ihrer Artgenossinnen ritzen?

Die Idee gefällt Nr. 103. Auch bei den Fingern gibt es so eine Kunstform, die sogenannte ›Tätowierung‹. Doch weil ihre Haut so weich ist, müssen sie diese Zeichnungen durch Farben sichtbar machen, während es für eine Ameise ein Kinderspiel ist, das Chitin mit der Mandibelspitze zu bearbeiten.

Nr. 7 will sofort den Panzer von Nr. 103 bemalen, doch die Prinzessin war früher eine tapfere Kriegerin, und deshalb hat ihr Panzer schon so viele Schrammen, daß man darauf kein Kunstwerk unterbringen konnte.

Deshalb wird Nr. 16 gerufen, die jüngste Ameise des Trupps, die einen völlig unversehrten Panzer hat. Mit der rechten Mandibelspitze als Stilett macht sich Nr. 7 ans Werk. Das erste Motiv, das ihr in den Sinn kommt, ist ein brennender Ameisenhaufen. Sie ritzt das Motiv auf den Unterleib der jungen Kundschafterin. Die Flammen bilden lange Arabesken und Spiralen, die sich wie Fäden vereinigen. Zu ihrem Leidwesen haben die Ameisen, denen sie ihr Kunstwerk zeigt, jedoch wenig Interesse an der künstlerischen Darstellung des Feuers.

137. Maximilien bei sich zu Hause

Maximilien holte tote Guppys aus seinem Aquarium. In den letzten zwei Tagen hatte er sie vernachlässigt, und sie bestraften ihn, indem sie einfach starben. *Diese durch genetische Kreuzungen erzeugten Tiere sind zwar sehr hübsch, aber auch sehr empfindlich,* dachte der Kommissar. *Vielleicht hätte ich doch lieber natürliche Arten nehmen sollen. Sie sind zwar nicht so schön, aber dafür bestimmt anpassungs- und widerstandsfähiger.*

Er warf die Kadaver in den Mülleimer und wartete im Salon aufs Abendessen, wobei er im *Clairon de Fontainebleau* blätterte. Auf der letzten Seite fiel ihm ein kurzer Artikel mit der Überschrift ›Ein Gymnasium unter Polizeiaufsicht‹ ins Auge, und einen Moment lang befürchtete er, der Journalist könnte die Leser objektiv informiert haben. Aber nein, der brave Vaugirard hatte gute Arbeit geleistet. Er redete von Linksextremen und Rowdys und betonte besonders die Klagen der Nachbarn über nächtliche Ruhestörung. Ein winziges Foto der Rädelsführerin war mit der Unterschrift versehen: ›Julie Pinson, Sängerin und Rebellin.‹

Rebellin? Eher eine verwöhnte Rotzgöre! Aber ihm fiel jetzt zum erstenmal auf, daß die Tochter von Gaston Pinson nicht nur hübsch, sondern schön war.

Die Familie ging zu Tisch.

Menü: Schnecken in Kräuterbutter als Vorspeise und Froschschenkel mit Reis als Hauptgericht.

Er betrachtete seine Frau unauffällig und fand ihr ganzes Benehmen unerträglich. Sie spreizte beim Essen den kleinen Finger ab, lächelte ständig und ließ ihn nicht aus den Augen.

Marguerite erhielt von ihrer Mutter die Erlaubnis, den Fernseher einzuschalten.

Kanal 423. Wettervorhersage. Die Luftverschmutzung in den Großstädten hat die Grenzwerte bedenklich überschritten. Immer mehr Menschen klagen über Augenreizungen und Atemnot. Die Regierung plant eine Parlamentsdebatte zu diesem Thema und hat zunächst einmal Fachleute beauftragt, Lösungen vorzuschlagen.

Kanal 67. Werbung. »Essen Sie Joghurt! Essen Sie Joghurt! ESSEN SIE JOGHURT!«

Kanal 622. Quiz. ›Denkfalle‹. »Wir haben es immer noch mit dem Rätsel der sechs Streichhölzer und acht Dreiecke zu tun und ...«

Maximilien riß seiner Tochter die Fernbedienung aus der Hand und schaltete den Fernseher aus.

»O nein, Papa! Ich möchte wissen, ob Madame Ramirez das Rätsel gelöst hat.«

Der Familienvater blieb hart. Wer die Fernbedienung in der Hand hatte, war Alleinherrscher.

Maximilien schnauzte seine Tochter an, sie solle aufhören, mit dem Salzfaß zu spielen, und seine Frau ermahnte er, nicht so hastig zu schlingen.

Alles ärgerte ihn maßlos.

Als seine Frau stolz das Dessert, einen pyramidenförmigen Pudding, vor ihn hinstellte, hielt er es einfach nicht länger aus, verließ den Raum und schloß sich in seinem Arbeitszimmer ein.

Er brauchte nur auf eine Taste zu drücken, um eine unterbrochene Partie *Evolution* fortzusetzen: Seine blühende mongolische Zivilisation wurde von fremden Volksstämmen bedroht.

Diesmal setzte er nur auf die Armee. Er investierte nichts mehr in Landwirtschaft, Wissenschaft, Kultur oder Erziehung. Eine riesige Armee und ein despotischer Herrscher, sonst nichts. Das führte zu hochinteressanten Resultaten. Seine Mongolenhorde rückte von West nach Ost vor, von den Italienischen Alpen bis China, und besetzte unterwegs alle Großstädte. Es wirkte sich nicht negativ aus, daß sie die Landwirtschaft vernachlässigt hatten, denn weil sie überall plünderten, fehlte es ihnen nie an Nahrung. Und was die Wissenschaft betraf, so bemächtigten sie sich einfach der Bibliotheken und Laboratorien der eroberten Städte. Erziehung und Kunst waren überflüssig geworden. Mit einer Militärdiktatur klappte alles bestens! Im Jahre 1750 hatten Maximiliens Mongolen fast den ganzen Planeten besetzt, doch als er von der Tyrannei zur aufgeklärten Monarchie überzugehen versuchte, kam es in einer seiner großen Städte sofort zur Revolte, und weil er es versäumt hatte, für einen effektiven Kurierdienst zu sorgen, konnte er den Aufstand nicht schnell genug niederschlagen. Die Unruhen griffen auf andere Städte über, und ein kleiner demokratischer Nachbarstaat brachte Maximiliens Reich zu Fall.

Plötzlich tauchte eine Textzeile auf dem Bildschirm auf: *Du bist nicht bei der Sache. Hast du Probleme?*

»Woher weißt du das?«

Der Computer antwortete diesmal durch seine Lautsprecher: »Ich merke es an der Art und Weise, wie du meine Tasten berührst. Deine Finger rutschen aus, und du drückst oft zwei Tasten auf einmal. Kann ich dir helfen?«

»Wie könnte ein Computer mir helfen, eine Schulrevolte niederzuschlagen?«

»Nun ja ...«

Maximilien drückte auf eine Taste. »Laß mich eine neue Partie spielen, das ist für mich die beste Hilfe. Je mehr ich spiele, desto besser verstehe ich die Welt, in der ich lebe, und all die schwierigen Entscheidungen, die meine Vorfahren treffen mußten.«

Er wählte diesmal eine sumerische Zivilisation und brachte sie glücklich bis ins Jahr 1980. Diesmal hatte er eine logische Entwicklung vollzogen: Despotismus, Monarchie, Republik, Demokratie. Seine große Nation war technologisch auf der Höhe, doch mitten im 21. Jahrhundert wurde sein Volk von einer Pestepidemie dahingerafft. Er hatte die Hygiene vernachlässigt und in den Großstädten keine Abwasserkanalisation ausbauen lassen. Auch die Müllbeseitigung klappte nicht, und all das war ein idealer Nährboden für Bakterien und führte schließlich zu einer Rattenplage.

MacYavel gab ihm zu verstehen, daß ein so gravierender Fehler keinem Computer unterlaufen wäre.

Dieser Tadel brachte den Kommissar auf die Idee, daß es vielleicht am vernünftigsten wäre, in Zukunft einen Computer an die Spitze der Regierung zu setzen, denn nur ein Computer war imstande, kein Detail zu vergessen. Ein Computer schlief nie, ein Computer hatte weder gesundheitliche noch sexuelle Probleme. Ein Computer hatte keine Familie. MacYavel hatte recht: Ein Computer hätte niemals die Abwasserkanalisation vergessen.

Maximilien begann eine neue Partie mit einer französischen Zivilisation. Je mehr er spielte, desto mehr mißtraute er der menschlichen Natur. Dar Mensch war böse und unfähig, langfristige Interessen zu erkennen. Sein einziges Bestreben war die sofortige Befriedigung aller Lüste .

Auf dem Bildschirm kam es im Jahre 1635 zu einer Studentenrevolte in einer der Großstädte. Die Jugendlichen führten sich wie verzogene Kinder auf, die mit den Füßen stampfen, wenn ihre Wünsche nicht sofort erfüllt werden ...

Er setzte seine Truppen gegen die rebellischen Studenten ein und liquidierte sie.

MacYavel stellte ihm plötzlich eine seltsame Frage: »Du liebst deine Artgenossen nicht?«

Maximilien holte eine kalte Bierdose aus seinem kleinen Kühlschrank und trank genüßlich, während er die letzten Widerstandsnester ausrottete und vorsichtshalber die Polizeipräsenz verstärkte. Mißmutig beobachtete er die virtuellen Gestalten auf dem Bildschirm, so wie man Insekten beobachtet, und erst nach einer ganzen Weile ließ er sich zu einer Antwort herab.

»Doch, ich liebe die Menschen ... obwohl sie es nicht verdienen.«

138. Zuviel des Guten

Die ›Revolution der Ameisen‹ nahm allmählich Ausmaße an, die den acht Initiatoren ein wenig über den Kopf wuchsen.

Auf dem ganzen Schulhof schossen Estraden und Stände wie Pilze aus dem Boden, wo die jungen Revolutionäre ganz spontan ihre Werke präsentierten. Malerei, Bildhauerei, Erfindungen, Poesie, Tanz, Computerspiele – alles war vertreten. Das Gymnasium hatte sich in ein buntes Dorf verwandelt, dessen Bewohner einander duzten, Freundschaften schlossen, experimentierten, bastelten, aßen, tranken, spielten, sich amüsierten oder ausruhten.

Auf dem Podium konnten mit Hilfe das Synthesizers Tausende von Orchestern reproduziert werden, und bei Tag und Nacht erprobten mehr oder weniger erfahrene Musiker alle Möglichkeiten dieses Wunderwerks moderner Technologie, das eine Vermischung von Musik aus aller Welt erlaubte.

So konnte sich etwa ein indischer Sitarspieler an Kammermusik beteiligen, eine Jazzsängerin ließ sich von balinesischen Schlaginstrumenten begleiten, eine Tänzerin des japanischen Kabukitheaters bot ihren Schmetterlingstanz zu afrikanischen Tam-Tam-Rhythmen dar, ein argentinischer Tangotänzer produzierte sich zu tibetanischer Musik, und vier Ballettratten paßten ihre Entrechats sonoren New-Age-Klängen an. Wenn der Synthesizer nicht ausreichte, wurden neue Instrumente erfunden.

Die besten Stücke zeichnete man auf und sendete sie per Internet. Im Gegenzug empfingen die Revolutionäre von Fontainebleau auch Musik aus San Francisco, Barcelona, Amsterdam, Berkeley, Sydney oder Seoul, wo andere ›Ameisenrevolutionäre‹ genauso emsig am Werk waren.

Mit Hilfe von Digitalkameras und Digitalmikrofonen, die er mit den Computern verband, gelang es Ji-woong sogar, Musiker aus verschiedenen Ländern gemeinsam spielen zu lassen: Fontainebleau steuerte das Schlagzeug bei, San Francisco die Gitarren, Barcelona die Stimmen, Amsterdam das Klavier, Sydney den Kontrabaß und Seoul die Geige.

Gruppen aus aller Welt wechselten sich auf den digitalen Kanälen ab. Aus Amerika, Asien, Afrika, Europa und Australien ertönte experimentelle planetarische Musik.

Alle Grenzen von Zeit und Raum wurden auf dem Schulhof von Fontainebleau gesprengt.

Der Fotokopierer des Gymnasiums war im Dauereinsatz, um alle über den Tagesablauf zu informieren, über Auftritte von Musik- und Theatergruppen, Diskussionen, neue Stände etc. Vervielfältigt wurden aber auch Gedichte, polemische Artikel, Statuten der GmbH-Filialen und neuerdings sogar Fotos von Julie, die während des zweiten Konzerts gemacht worden waren. Nicht zu vergessen Pauls Tagesmenü, das sich besonderer Beliebtheit erfreute.

In der Schulbücherei hatten die Belagerten Porträts großer Revolutionäre und berühmter Rocker gefunden, die ihnen sympathisch waren, und diese Abbildungen wurden mit dem Fotokopierer vergrößert und in den Korridoren aufgehängt: Lao-tse, Gandhi, Peter Gabriel, Albert Einstein, der Dalai-Lama, die Beatles, Philip K. Dick, Frank Herbert, Jonathan Swift …

Julie notierte auf den leeren Seiten der *Enzyklopädie:*

Revolutionsregel Nr. 54: Die Anarchie ist eine Quelle von Kreativität. Vom gesellschaftlichen Druck befreit, beginnen die Menschen ganz spontan zu erfinden, nach Schönheit und Intelligenz zu suchen, miteinander zu kommunizieren. In guter Erde können sogar die kleinsten Samen zu großen Bäumen heranwachsen, die reiche Früchte tragen.

In Klassenzimmern wurden hitzige Diskussionen geführt, und abends verteilte man Decken, in die sich die jungen Leute zu zweit oder zu dritt einhüllten, eng aneinandergeschmiegt, um sich gegenseitig warm zu halten.

Eine der Amazonen führte auf dem Schulhof Tai-Chi vor und erklärte, diese jahrtausendealte Gymnastik ahme Bewegungen von Tieren nach, um sie besser verstehen zu können. Inspiriert von dieser Idee, wollten Tänzer die Bewegungen von Ameisen imitieren. Diese Insekten verfügten über eine exotische Anmut und Geschmeidigkeit, die mit der von Katzen und Hunden nicht zu vergleichen war. Die Tänzer erfanden neue Schritte und rieben ihre hoch erhobenen Arme aneinander, als wären es Fühler.

Ein junger Zuschauer bot Julie eine Zigarette an. »Marihuana gefällig?«

»Nein, danke, das Zeug reizt meine Stimmbänder, und ich brauche es auch nicht. Dieses Fest stimuliert mich mehr als genug.«

»Du hast Glück, wenn du von solchen Bagatellen high wirst!«

»Das nennst du Bagatellen?« staunte Julie. »Ich für meine Person habe noch nie etwas so Umwerfendes erlebt.«

Sie wußte allerdings auch, daß man etwas Ordnung in diesen ganzen Basar bringen mußte, denn andernfalls würde ihre Revolution völlig aus den Fugen geraten.

Die Leute mußten begreifen, welchen Sinn dieses bunte Treiben hatte, doch leider war sich Julie selbst darüber nach wie vor nicht im klaren.

Eine Stunde lang beobachtete sie die Ameisen in ihrem großen Aquarium, weil Edmond Wells behauptete, das sei eine große Hilfe, wenn man eine ideale Gesellschaft schaffen wolle.

Sie sah allerdings nur kleine schwarze Insekten, die ihr ziemlich abstoßend vorkamen und wirr umherliefen. Hatte sie sich geirrt, hatte Edmond Wells alles nur symbolisch gemeint? Ameisen waren schließlich Ameisen, und Menschen waren Menschen. Wie sollte man die Lebensregeln dieser winzigen Geschöpfe auf Menschen übertragen können?

Sie ging ins Gymnasium, setzte sich ins Arbeitszimmer des Geschichtslehrers, öffnete die *Enzyklopädie* und suchte wieder einmal nach Revolutionen, von denen sie sich inspirieren lassen könnte.

Dabei stieß sie auf die Geschichte der futuristischen Bewegung. In den Jahren 1900 bis 1920 waren überall neue künstlerische Stilrichtungen entstanden: die Dadaisten in der Schweiz, die Expressionisten in Deutschland, die Surrealisten in Frankreich, die Futuristen in Italien und Rußland. Alle futuristischen Maler, Dichter und Philosophen hatten eines gemeinsam: ihre Bewunderung für Maschinen, für Schnelligkeit und jede fortgeschrittene Technologie. Sie waren überzeugt, daß der Mensch eines Tages von Maschinen gerettet werden könne, und in futuristischen Theaterstücken kamen als Roboter verkleidete Schauspieler den bedrängten Menschen zu Hilfe. Doch kurz vor dem Zweiten Weltkrieg schlossen sich die italienischen Futuristen unter Marinetti der Ideologie des Diktators Benito Mussolini an, weil er in ihren Augen besonders fortschrittlich war und Maschinen aller Art – hauptsächlich Kriegsgerät – konstruieren ließ. Aus den gleichen Gründen traten in Rußland manche Futuristen der kommunistischen Partei bei. In beiden Ländern wurden die Künstler für politische Propaganda mißbraucht; Stalin schickte sie in Rußland später in den Gulag oder ließ sie ermorden.

Als nächstes informierte Julie sich über die Surrealisten. Der Cineast Luis Buñuel, die Maler Max Ernst, Salvador Dalí und René Magritte, der Schriftsteller André Breton – sie alle glaubten, die Welt durch ihre Kunst verändern zu können, doch weil sie Individualisten waren, zerstritten sie sich sehr schnell.

Recht interessant fand Julie die französischen ›Situationnistes‹ der sechziger Jahre. Sie strebten eine Revolution mit Hilfe von Possenreißen und Streichen an und hielten sich beharrlich von allen Medien fern, weil sie dieses ›Gesellschaftsspektakel‹ ablehnten. Jahre später beging ihr Anführer Guy Debord Selbstmord, nachdem er sein erstes Fernsehinterview gegeben hatte, und mittlerweile wußten nur noch einige wenige Spezialisten, die sich mit der Revolte von 1968 beschäftigten, wer diese ›Situationnistes‹ gewesen waren.

Julie wandte ihre Aufmerksamkeit wieder den ›richtigen‹ Revolutionen zu. Im Süden Mexikos hatte es vor gar nicht so langer Zeit die Revolte der Indianer von Chiapas gegeben. Ihr Kommandant Marcos hatte gegen ganz konkrete soziale Mißstände protestiert, gegen das Elend der mexikanischen Indianer und die Ausrottung indianischer Zivilisationen.

Julies ›Revolution der Ameisen‹ war hingegen nicht aus Zorn über soziale Ungerechtigkeiten ausgebrochen. Ein Kommunist hätte sie zweifellos als ›kleinbürgerliche Revolution‹ eingestuft, denn ihre einzige Motivation war eine Abneigung gegen geistige Unbeweglichkeit.

Vielleicht sollte sie sich lieber an den Kulturrevolutionen orientieren. Auf Jamaika hatte Bob Marley eine Rasta-Revolution ins Rollen gebracht. Hier gab es immerhin Ähnlichkeiten mit der ›Revolution der Ameisen‹: Beiden hatte Musik als Ausgangspunkt gedient. Weitere Gemeinsamkeiten waren die pazifistische Gesinnung, der Gebrauch von Joints und Symbole, die einer uralten Kultur entlehnt waren (die ›Rasta‹ beriefen sich auf König Salomo und auf die Königin von Saba). Doch Bob Marley hatte die Gesellschaft nicht verändern wollen. Seine Anhänger sollten nur ihre Sorgen und ihre Aggressivität vergessen.

In den Vereinigten Staaten hatten Quäker und Amish-People interessante Formen eines friedlichen Zusammenlebens entwickelt, aber sie kapselten sich völlig von der übrigen Welt ab, und ihre Lebensregeln waren nur auf den Glauben gegründet. Von allen laizistischen Kommunitäten schienen nur die Kibbuzim über längere Zeit hinweg erfolgreich zu sein. Sie waren Julie sehr sympathisch, weil sie in Gemeinschaften lebten, wo kein Geld in Umlauf war, wo es an den Türen keine Schlösser gab und wo gegenseitige Hilfe oberstes Gebot war. Allerdings war es bei den Kibbuzim Pflicht, sich in der Landwirtschaft nützlich zu machen, und hier im Gymnasium gab es weder Felder noch Kühe noch Weinberge.

Julie grübelte, biß sich die Nägel ab, betrachtete ihre Hände – und plötzlich zündete ein Geistesblitz.

Endlich hatte sie die Lösung gefunden. Warum war ihr das nicht schon viel früher eingefallen? Das Beispiel, dem man folgen mußte, war …

139. Enzyklopädie

Der lebendige Organismus: Niemand wird die perfekte Harmonie bestreiten können, die zwischen unseren Körperteilen herrscht. Alle Zellen sind gleichberechtigt. Das rechte Auge ist nicht auf das linke eifersüchtig, die rechte Lunge beneidet die linke nicht. In unserem Körper haben alle Zellen und Organe nur ein einziges gemeinsames Ziel: dem Gesamtorganismus zu dienen, damit er möglichst funktionsfähig ist.

Unsere Zellen praktizieren erfolgreich sowohl den Kommunismus als auch den Anarchismus. Alle sind gleich, alle sind frei, aber sie haben trotzdem ein gemeinsames Interesse: so gut wie möglich zusammenzuleben. Hormone und Nervenleitungen können Informationen blitzschnell im ganzen Körper verbreiten, doch verständigt wird nur jener Körperteil, der Bedarf an der Information hat.

In unserem Körper gibt es keinen Chef, keine Verwaltung, kein Geld. Die einzigen Reichtümer sind Zucker und Sauerstoff, und nur der Gesamtorganismus entscheidet, welche Organe diese Stoffe am meisten benötigen. Wenn es beispielsweise kalt ist, entzieht der Körper den Gliedern etwas Blut, damit lebenswichtige Organe ausreichend versorgt werden können. Deshalb frieren wir als erstes an Fingern und Zehen.

Könnten wir im makrokosmischen Maßstab nachvollziehen, was sich mikrokosmisch ständig in unserem Körper abspielt, würden wir uns an einem Organisationssystem ein Beispiel nehmen, das sich seit sehr langer Zeit als ungemein erfolgreich erwiesen hat.

EDMOND WELLS,
Enzyklopädie des relativen und absoluten Wissens, Band III

140. Die Schlacht von Bel-o-kan

Die ›Revolution der Finger‹ breitet sich wie rankender Efeu aus. Nun nehmen schon mehr als 50 000 Insekten daran teil. Schnecken sind mit Nahrungsmitteln schwer beladen. In dieser riesigen Horde ist es große Mode, sich das Motiv des Feuers auf den Panzer ritzen zu lassen.

Die Ameisen gleichen einem rasch um sich greifenden

Waldbrand, freilich mit dem großen Unterschied, daß sie nichts zerstören, sondern nur die Kunde von der Existenz der Finger und deren Lebensweise verbreiten wollen.

Auf einer mit Wacholdersträuchern dicht bewachsenen Ebene weiden zufrieden mindestens tausend Blattläuse. Während die Ameisen mit ihrer Säure Jagd auf sie machen, fällt ihnen etwas auf: die völlige Stille.

Obwohl bei Ameisen der Geruchssinn am wichtigsten ist, nehmen sie diese Lautlosigkeit trotzdem sofort wahr und reagieren darauf, indem sie nur noch ganz langsam ein Bein vors andere setzen. Hinter dichtem Gras tauchen plötzlich die Umrisse ihrer Hauptstadt auf: Bel-o-kan.

Bel-o-kan, die Heimat!

Bel-o-kan, der größte Ameisenbau des ganzen Waldes!

Bel-o-kan, der Ursprungsort der wichtigsten Legenden!

Ihre Geburtsstadt kommt ihnen noch gewaltiger als früher vor, fast so, als hätte sie sich zu ihrem Empfang aufgebläht. Tausend olfaktorische Botschaften gehen von diesem Ort aus. Sogar Nr. 103 ist sichtlich bewegt. Von hier ist sie vor langer Zeit aufgebrochen, und hierher kehrt sie nun zurück. Sie erkennt Tausende vertrauter Gerüche. In diesem Grasfleck hat sie als junge Kundschafterin gespielt. Auf diesen Pisten ist sie im Frühjahr zur Jagd aufgebrochen. Sie erbebt. Nicht nur die Stille ist beunruhigend, sondern auch, daß um die Metropole herum kein lebhaftes Treiben herrscht.

Früher waren diese breiten Pisten doch immer mit Jägerinnen verstopft, die ihre Schätze nach Hause schleppten. Heute ist keine einzige Ameise zu sehen. Im ganzen Bau rührt sich nichts. Ihre Mutterstadt scheint sich über die Rückkehr der unruhigen Tochter nicht zu freuen, die nun eine Prinzessin ist und nicht nur eine riesige revolutionäre Anhängerschaft mitbringt, sondern auch noch rauchende Glut auf Schneckenrücken.

»Ich werde dir alles erklären!« ruft Nr. 103 in Richtung ihrer riesigen Stadt. Doch dafür ist es schon zu spät: Hinter der Pyramide kommen plötzlich zwei lange Reihen von Soldatinnen hervor, die eine links, die andere rechts, und

diese Militärkolonnen erwecken bei der Prinzessin den Eindruck, als wären es die Mandibel von Bel-o-kan.

Ihre Schwestern eilen nicht etwa auf sie zu, um ihr zu gratulieren, sondern um sie aufzuhalten. Im Wald hat sich längst die Kunde verbreitet, daß revolutionäre Ameisen unterwegs sind, die trotz des Tabus Feuer mit sich führen und eine Allianz mit den Fingern, diesen schrecklichen Riesen, anstreben.

Auch Nr. 5 sieht den Feind und ist sehr beunruhigt.

Die Legionen formieren sich in Schlachtordnung, und an der Aufstellung hat sich seit der kämpferischen Jugend von Nr. 103 nichts geändert: vorne die Artillerie, die ihre Säurestrahlen abfeuern wird, an der rechten Flanke die Kavallerie der galoppierenden Soldatinnen, an der linken Flanke die Soldatinnen mit besonders langen, scharfen Mandibeln und hinten die Soldatinnen mit kurzen Mandibeln, die Verletzte töten sollen.

Nr. 103 und Nr. 5 bewegen ihre Fühler mit 12 000 Vibrationen pro Sekunde, um ihre Gegner besser identifizieren zu können, aber im Grunde könnten sie sich diese Mühe sparen, denn an den Tatsachen ist nicht zu rütteln: Sie sind nur 50 000, darunter viele Nicht-Ameisen, und ihnen stehen 120 000 belokanische Kriegerinnen gegenüber!

Die Prinzessin unternimmt einen letzten Versöhnungsversuch mit eindringlichen Pheromonsignalen:

Soldatinnen, wir sind Schwestern.

Auch wir sind Belokanerinnen.

Wir sind zurückgekommen, um die Stadt vor einer großen Gefahr zu warnen.

Die Finger werden in den Wald eindringen.

Keine Reaktion.

Wir wollen mit Mutter sprechen.

Das feindselige Mandibelrasseln ist Antwort genug. Die belokanischen Truppen sind von einem Angriff nicht abzuhalten. Für weitere Verhandlungen bleibt keine Zeit. Sie müssen sich schnell eine Verteidigungsstrategie ausdenken.

Nr. 6 schlägt vor, die linke Flanke anzugreifen. Sie hofft,

mit Hilfe des Feuers eine Panik unter den schwerfälligen Ameisen auslösen zu können, so daß sie umschwenken und gegen die eigenen Truppen kämpfen.

Prinzessin Nr. 103 findet die Idee nicht schlecht, meint aber, bei der Kavallerie könnte das Feuer noch mehr Verwirrung stiften.

Kurze Beratung. Das größte Problem der Revolutionäre besteht darin, daß niemand vorhersagen kann, wie sich die anderen Insekten bei einer Schlacht verhalten werden. Was werden die ganz kleinen Ameisen machen, die mit ihren Mandibeln überhaupt keinen Schaden anrichten können? Von den Schnecken ganz zu schweigen, die sich so langsam bewegen und bestimmt in Panik geraten, wenn sie plötzlich von feindseligen Ameisen umringt sind.

Die Föderationsarmee rückt unaufhaltsam vor, wohlgeordnet nach Kasten, Mandibelgröße und Fühlersensibilität. Sie scheint sogar noch Verstärkung bekommen zu haben. Es müssen mehrere hunderttausend Ameisen sein!

Allen Revolutionären ist klar, daß die Schlacht verloren ist, noch bevor sie begonnen hat. Viele kleine Insekten treten die Flucht an.

Die Armee kommt immer näher.

Endlich begreifen auch die Schnecken, daß Gefahr droht. Sie reißen ihre großen Mäuler weit auf und stoßen lautlose Angstschreie aus. Ihre 25 600 winzigen Zähne eignen sich nur zum Zerfetzen von Salatblättern, nicht aber zum Kampf gegen aggressive Ameisen. Sie richten ihre Oberkörper auf, werfen die Lasten ab, mit denen sie sich abgeschleppt haben, und verlassen das Schlachtfeld, so schnell sie können.

Schon hat die erste Linie der Artillerie Position bezogen, und ein Säureregen geht auf die vordersten Reihen der Revolutionäre nieder. Wer getroffen wurde, windet sich vor Schmerzen.

Eine zweite Linie löst die erste ab und richtet genausoviel Verwüstung an.

Bei den Revolutionären gibt es immer mehr Deserteure. So groß ist ihr Interesse an den Fingern nun auch wieder nicht, daß sie bei einem Kampf mit der großen Föderation roter Ameisen ihr Leben aufs Spiel setzen wollen.

Eine gespenstische Stille breitet sich aus. Beide Armeen wissen, daß es gleich zum Nahkampf kommen wird. 220 000 gegen weniger als 50 000 – das verspricht eine grandiose Schlacht zu werden.

Eine Ameise der Föderationsarmee hebt einen Fühler und gibt ein Geruchssignal.

Angriff!

Sofort steigen aus Tausenden und Abertausenden von Fühlern Kampfgerüche auf.

Die Revolutionäre wappnen sich gegen die erste Angriffswelle, indem sie ihre Beine fest in die Erde stemmen.

Die Föderationsarmee setzt zum Sturm an. Mandibel prallen heftig zusammen. Das Gemetzel beginnt.

Zwanzig der kräftigsten Revolutionäre schwenken einen glühenden Zweig, um die Kavallerie aufzuhalten, doch die abschreckende Wirkung ist nicht so groß wie erhofft. Die belokanische Armee hat damit gerechnet, daß das durch den Wald transportierte Feuer im Krieg eingesetzt werden könnte, und nach der ersten Schrecksekunde beim Anblick der schrecklichen unbekannten Waffe weicht man ihr einfach in weitem Bogen aus.

Die Schlacht tobt. Die Ameisen verkeilen sich ineinander. Jeder versucht, den Panzer des Gegners aufzubrechen. Chitinfetzen fliegen umher. Bäuche werden aufgeschlitzt. Beine werden ausgerissen. Augen werden ausgestochen. Hinterleiber werden abgetrennt. Kehlen werden durchgeschnitten. Im Blutrausch können manche Ameisen nicht einmal mehr zwischen Freund und Feind unterscheiden und morden blindlings drauf los. Köpfe rollen, und kopflose Körper rennen über das Schlachtfeld und tragen zum allgemeinen Chaos bei.

Nr. 15 feuert von einer Erhebung aus ätzende Säurestrahlen ab, bis kein Tropfen mehr übrig ist. Danach setzt sie ihren harten Schädel als Rammbock ein.

Nr. 5 steht auf vier Beinen und läßt ihre Vorderbeine wie Peitschen durch die Luft wirbeln.

Nr. 8 ist völlig entfesselt. Sie packt einen feindlichen Leichnam und schleudert ihn mit aller Kraft gegen die Kavallerie. Dabei denkt sie, daß ein Katapult nötig wäre, um ihr diese harte Arbeit abzunehmen. Bevor sie sich abermals als Schleudermaschine betätigen kann, fallen mehrere Soldatinnen über sie her.

Viele verstecken sich in Erdlöchern, um den Feind zu überraschen. Andere umkreisen Grashalme, um den Feind zu ermüden. Nr. 14 versucht erfolglos, einen Feind zum Dialog zu überreden.

Nr. 16 ist umzingelt und kann sich trotz ihrer Johnston-Organe nicht mehr orientieren.

Nr. 9 rollt als Kugel einen Abhang hinab und bringt mehrere Feinde aus dem Gleichgewicht. Während sie benommen am Boden liegen, schneidet sie ihnen die Fühler ab, denn ohne Fühler können Ameisen nicht kämpfen.

Trotz dieser kleinen Erfolge ist gegen die Übermacht aber nicht viel auszurichten.

Prinzessin Nr. 103 ist entsetzt, daß Familienmitglieder einander so erbittert bekämpfen. Schon ist der Boden mit abgetrennten Beinen, Fühlern und Köpfen übersät, und dabei stehen sich auf diesem Schlachtfeld Schwestern gegenüber!

Trotz der schier hoffnungslosen Situation ist sie fest entschlossen, ihrer Revolutionsarmee doch noch zum Sieg zu verhelfen. Sie ruft ihre zwölf Gefährtinnen zu sich und erklärt ihnen ihren Plan. Hinter einer kompakten Schutzmauer aus Ameisenleibern beginnen sie einen Tunnel zu graben. Drei von ihnen schleppen einen Kieselstein mit Glut. Die Hitze spendet ihnen Energie. Sie orientieren sich an den Magnetfeldern der Erde. Richtung Bel-o-kan.

Über ihnen bebt der Boden, so heftig tobt der Kampf. Sie schaufeln und schaufeln mit den Mandibeln. Einmal droht die Glut zu erlöschen, und sie müssen stehenbleiben und mit ihren Fühlern einen Luftzug erzeugen, um sie neu zu entfachen.

Endlich stoßen sie auf mürbe Erde, schieben sie beiseite und stehen in einem unterirdischen Gang von Bel-o-kan.

Während sie in die oberen Etagen hasten, begegnen sie einigen Arbeiterinnen, die sich zwar fragen, was diese Ameisen in ihrer Stadt zu suchen haben, sie aber nicht aufzuhalten versuchen, denn schließlich sind sie keine Kriegerinnen, und es ist nicht ihre Sache, für die Sicherheit der Metropole zu sorgen.

Die Architektur von Bel-o-kan hat sich stark verändert, seit Nr. 103 zuletzt hier war. Es ist eine moderne Großstadt mit unzähligen Einwohnern geworden, und die Prinzessin zögert kurz. Steht sie im Begriff, eine unverzeihliche Schandtat zu begehen?

Doch dann erinnert sie sich an ihre Revolutionsarmee, die dort oben aufgerieben wird, und sie sagt sich, daß ihr keine andere Wahl bleibt.

Entschlossen hält sie ein welkes Blatt in die Glut, bis es Feuer fängt. Eine Flamme schießt empor und setzt die Stützzweige der Kuppel von Bel-o-kan in Brand. Das Feuer greift rasch um sich. Panik bricht aus. Arbeiterinnen rennen zu den Brutkammern, um die Eier zu retten.

Den dreizehn Brandstifterinnen gelingt die Flucht in die unteren Stockwerke und weiter in den Tunnel, den sie gegraben haben. Der Boden über ihnen erzittert immer noch.

Am Ende des Tunnels angelangt, schiebt Nr. 103 vorsichtig den Kopf heraus und stellt fest, daß die Föderationsarmee das Schlachtfeld verläßt, um den Brand zu löschen.

Das Feuer wütet in der Kuppel der Stadt. Beißender Rauch, der nach verbranntem Holz, Ameisensäure und geschmolzenem Chitin stinkt, steigt empor und verpestet die Luft.

Arbeiterinnen schleppen durch Notausgänge die Eier ins Freie. Überall versuchen Belokanerinnen, die Flammen mit Speichel oder verdünnter Ameisensäure zu ersticken. Nr. 103 steigt aus dem Tunnel und signalisiert ihren Truppen, den Feind nicht zu verfolgen, sondern einfach abzuwarten.

Die Prinzessin weiß, daß die ›Revolution der Finger‹ erst begonnen hat, aber sie wird ihr mit Mandibeln und Feuer zum Sieg verhelfen.

141. Ideen und Ideale

Am Morgen des fünften Tages wehte die Fahne der ›Revolution der Ameisen‹ immer noch über dem Gymnasium von Fontainebleau.

Die Besatzer hatten die schrille Schulklingel abgeschaltet, und nach und nach legten alle ihre Uhren ab. Das war ein unvorhergesehener Aspekt ihrer Revolution: Die Zeit hatte an Bedeutung verloren.

Viele gewannen den Eindruck, daß jeder Tag einen Monat dauerte, denn seit sie in der *Enzyklopädie* gelesen hatten, daß man die Tiefschlafphasen komprimieren konnte, kamen sie mit drei Stunden Schlaf aus, ohne sich am Morgen müde zu fühlen.

Die Revolutionäre hatten aber nicht nur ihre Uhren abgelegt, sondern auch die schweren Schlüsselbunde, die sie sonst mit sich herumschleppten: Wohnungsschlüssel, Autoschlüssel, Garagenschlüssel, Schrankschlüssel, Schreibtischschlüssel ... Hier gab es nichts zu stehlen.

Ihre Geldbörsen brauchten sie auch nicht, denn auf dem Schulhof konnte man ohne Geld in der Tasche herumbummeln.

Sogar ihre Ausweise lagen jetzt in Schubladen; denn hier kannte sich jeder vom Sehen, und man redete sich nur mit Vornamen an. Familiennamen und Adressen spielten keine Rolle mehr.

Doch nicht nur die Taschen der Revolutionäre hatten sich geleert, sondern auch ihre Köpfe. Sie brauchten ihr Gedächtnis nicht mehr mit Kontonummern, Kreditkartennummern und sonstigen Zahlenkombinationen zu belasten, die man im Alltagsleben auswendig wissen mußte, wenn man nicht als Clochard enden wollte.

Hier hatten Alte und Junge, Reiche und Arme die gleichen Rechte und Pflichten. Besondere Sympathien entwikkelten sich durch gemeinsame Arbeit an irgendeinem Projekt, und Wertschätzung hing nur von vollbrachten Leistungen ab.

Die Revolution stellte keine Forderungen an sie, und

dennoch waren die jungen Leute noch nie im Leben so fleißig und so voll Tatendrang gewesen. Ständig gingen ihnen neue Ideen, Bilder und Konzepte durch den Kopf. Es gab so viele praktische Probleme zu lösen!

Um neun Uhr morgens stieg Julie aufs Podium, um eine Rede zu halten. Sie verkündete, endlich ein Vorbild für die ›Revolution der Ameisen‹ gefunden zu haben: den lebendigen Organismus.

»Im Innern eines Körpers gibt es weder Rivalitäten noch Kämpfe. Wir alle kennen von Geburt an eine harmonische Gesellschaft – unsere Zellen, die eine friedliche Koexistenz führen. Und das, was sich in unserem Innern so großartig bewährt, müssen wir als Modell für unser Leben in der Gemeinschaft wählen.«

Alle lauschten aufmerksam.

»Die Ameisenbauten stellen längst solche lebendigen Organismen dar«, fuhr Julie fort, »und deshalb integrieren sich diese Insekten so gut in die Natur, denn die Natur liebt das, was ihr ähnlich ist.«

Sie deutete auf die große Kunststoffameise in der Mitte des Schulhofs. »Das ist das Geheimnis: 1 + 1 = 3. Je solidarischer wir sind, desto mehr werden wir in Harmonie mit der Natur leben, innerlich und äußerlich. Von nun an wollen wir versuchen, dieses Gymnasium in einen kompletten lebendigen Organismus zu verwandeln.«

Plötzlich kam ihr alles ganz einfach vor. Ihr eigener Körper war ein kleiner Organismus, das Gymnasium ein größerer, und die Revolution, die sich dank der Informatik in alle Welt ausbreitete, ein noch größerer und wichtigerer.

Sie schlug vor, alles gemäß diesem Konzept umzubenennen. Die Mauern des Gymnasiums waren die Haut, die Fenster waren die Poren, die Amazonen vom Aikido-Club waren die Lymphozyten, die Cafeteria war der Darm, und das Geld, das die GmbH einnahm, war die energiespendende Glukose. Als Informationsnetz diente das Nervensystem, das Nachrichten weiterleitete.

Und das Gehirn? Julie überlegte. Die rechte Gehirnhälfte, die intuitive – das war ihr morgendliches *Pow-wow*, bei dem neue Ideen entwickelt wurden. Die linke – methodische – Gehirnhälfte sollte durch eine zweite Versammlung repräsentiert werden, deren Aufgabe darin bestehen würde, die Ideen der rechten Hälfte kritisch zu prüfen und in die Tat umzusetzen.

»Und wer entscheidet darüber, wer an dieser oder jener Versammlung teilnehmen darf?« fragte jemand.

Julie erwiderte, daß es im lebendigen Organismus keine Hierarchie gebe und daß es deshalb jedem freistehe, sich an den Versammlungen zu beteiligen.

»Und was für eine Funktion haben wir acht in diesem lebendigen Organismus?« fragte Ji-woong.

Sie waren die Initiatoren der Revolution und mußten deshalb auch weiterhin eine autonome Gruppe bilden, ein selbständiges Organ.

»Wir acht sind der Kortex«, antwortete Julie, »die Großhirnrinde, und wir werden uns weiterhin im Probenraum unter der Cafeteria treffen.«

Alles war komplett. Alles war am richtigen Platz.

»Guten Tag, meine lebendige Revolution«, murmelte sie vor sich hin.

Auf dem Hof wurde über ihr Konzept lebhaft diskutiert. Als die Aufregung sich ein wenig gelegt hatte, kündigte sie an: »Wir werden jetzt in der Turnhalle unser *Pow-wow* abhalten. Jeder, der will, kann kommen. Die besten Ideen werden anschließend der praktischen Versammlung zur Begutachtung übergeben, und wenn diese sie billigt, eröffnen wir weitere Filialen unserer GmbH.«

Eine große Menge strömte in die Turnhalle und setzte sich auf den Boden. Zur Stärkung gab es für alle etwas zu essen und zu trinken.

»Wer will den Anfang machen?« fragte Ji-woong, der eine große Tafel aufgestellt hatte, um die Ideen notieren zu können.

Mehrere Personen hoben die Hand.

»Beim Beobachten von *Infra-World* fiel mir ein, daß man ein ähnliches Programm entwickeln könnte, bei dem die Zeit aber noch schneller vergeht«, sagte ein junger Mann.

»Auf diese Weise wüßten wir über unsere Entwicklung bis in die ferne Zukunft hinein Bescheid und könnten gravierende Fehler vermeiden.«

»Etwas Ähnliches hat Edmond Wells in seiner *Enzyklopädie* vorgeschlagen«, warf Julie ein. »Er nennt das die ›Suche nach dem Weg der geringsten Gewalt‹, abgekürzt WGG.«

Der junge Mann ging zur Tafel. »WGG? Weg der geringsten Gewalt? Warum nicht! Man müßte dazu nur ein großes Diagramm mit allen Wegen zeichnen, die sich der Menschheit in Zukunft eröffnen, und dann könnte man ihre Auswirkungen erforschen, nicht nur kurz-, mittel- und langfristig, sondern auch *sehr* langfristig. Im Augenblick gibt es doch fast nur Fünf- oder Siebenjahrespläne, aber es wäre wichtig zu sehen, wohin diese oder jene Entscheidung in 200 oder 500 Jahren führen wird. Dann könnten wir unseren Kindern und Kindeskindern endlich eine Zukunft ohne Barbarei garantieren.«

»Du willst also ein Programm entwerfen, das alle Zukunftsmöglichkeiten testet?« faßte Ji-woong zusammen.

»Genau. Was würde passieren, wenn man die Steuern erhöht, die Geschwindigkeit auf Autobahnen auf hundert Stundenkilometer begrenzt, Drogenkonsum erlaubt, die Teilzeitarbeit fördert, die Privilegien der Körperschaften abschafft oder Krieg gegen Diktaturen führt ...? An Ideen, die man testen könnte, fehlt es wahrlich nicht.«

»Ist das machbar, Francine?« fragte Ji-woong.

»Nicht mit *Infra-World*. Dort vergeht die Zeit viel zu langsam, als daß es möglich wäre, die ferne Zukunft zu testen. Aber ich könnte mir durchaus ein anderes Simulationsprogramm namens ›Suche nach dem WGG‹ vorstellen.«

»Und was nutzt es uns, die ideale Politik zu entdecken, wenn wir sie nicht in die Tat umsetzen können?« rief ein kahlköpfiger Mann. »Wenn wir unsere Ideen in die Tat umsetzen und die Gesellschaft verändern wollen, müssen wir mit legalen Mitteln an die Macht kommen. In einigen Monaten sind Präsidentschaftswahlen. Stellen wir doch einen Kandidaten der ›Evolutionspartei‹ auf, dessen Programm auf Erkenntnissen aus dem WGG basiert. Wir wären die erste Partei, die eine logische Politik auf der Grundlage wissenschaftlicher Zukunftsforschung anbieten kann.«

Sofort kam es zu hitzigen Diskussionen zwischen Befürwortern und Gegnern einer politischen Betätigung. Zu letzteren gehörte auch David, der energisch erklärte: »Keine Politik! Das Gute an der ›Revolution der Ameisen‹ ist ja gerade, daß es sich um eine spontane Bewegung ohne politische Ambitionen handelt. Wir haben keinen Anführer, und deshalb können wir auch keinen Kandidaten aufstellen. Wie die Ameisen, so haben zwar auch wir eine Königin – Julie –, aber sie ist nicht unsere Chefin, sondern nur unsere Galionsfigur. Wir gehören keiner wirtschaftlichen, politischen, ethnischen oder religiösen Gruppierung an. Wir sind frei. Verderben wir nicht alles durch die in der Politik üblichen Machtspiele. Wir würden dabei unsere Seele verlieren.«

Lautes Stimmengewirr in der Turnhalle. Der kahlköpfige Mann hatte ein Thema angeschnitten, das offenbar sehr vielen auf den Nägeln brannte.

»David hat recht«, fuhr Julie fort. »Unsere Stärke besteht darin, neue Ideen zu produzieren. Das ist eine viel wirkungsvollere Methode, die Welt zu verändern, als Präsident der Republik zu werden. Wer führt denn Veränderungen herbei? Nicht die Staatsmänner, sondern meistens kleine Leute mit neuen Ideen. Die ›Ärzte ohne Grenzen‹, die ohne jede staatliche Unterstützung aufgebrochen sind, um Menschen in aller Welt zu helfen … Die Freiwilligen, die sich im Winter um Arme und Obdachlose kümmern … Es gibt unzählige Privatinitiativen, während man staatliche Ideen mit der Lupe suchen kann. Die Jugend mißtraut politischen Slogans, aber sie behält manche Liedertexte sofort im Kopf. Das war ja auch der Ausgangspunkt unserer Revolution. Neue Ideen und Musik! Aber keine Ideologie, kein Machtstreben.«

»Aber dann werden wir den WGG nie einschlagen können!« rief der Kahlköpfige.

»Aber er stünde jedem Politiker zur Verfügung.«

»Weitere Vorschläge?« fragte Ji-woong, der nicht wollte, daß es zu Streitereien kam.

Eine Amazone stand auf. »Ich habe einen Großvater, der schon in Pension ist, und meine Schwester hat ein Baby, um das sie sich tagsüber nicht kümmern kann, weil sie berufstätig ist. Sie hat unseren Großvater deshalb gebeten, das Kind zu betreuen, und Opa und Enkel verstehen sich glänzend. Großvater kommt sich wieder nützlich vor und hat nicht mehr den Eindruck, der Gesellschaft zur Last zu fallen.«

»Und?« Ji-woong liebte keine langen Vorreden.

»Ich habe mir gesagt«, fuhr das junge Mädchen fort, »daß es unzählige Mütter gibt, die große Mühe haben, einen Kindergartenplatz oder eine Betreuerin zu finden. Gleichzeitig gibt es unzählige alte Menschen, die verzweifeln, weil sie nichts zu tun haben und den ganzen Tag allein vor dem Fernseher sitzen. Diese beiden Gruppen müßte man zusammenführen, dann wäre beiden geholfen – so wie es bei meinem Großvater und meinem Neffen der Fall war.«

Alle Zuhörer wußten, daß es kaum noch Großfamilien gab, daß alte Menschen in Altenheime abgeschoben wurden, damit man ihnen nicht beim Sterben zusehen mußte, und daß andererseits Kleinkinder in Krippen gesteckt wurden, damit man sie nicht weinen hörte. Am Anfang und am Ende ihres Lebens wurden die Menschen von der Gemeinschaft ausgeschlossen.

»Eine ausgezeichnete Idee«, meinte Zoé.

Bei dieser ersten Versammlung wurden nicht weniger als 83 Projekte vorgeschlagen, und vierzehn davon realisierte man kurze Zeit später in Filialen der GmbH ›Revolution der Ameisen‹.

142. Enzyklopädie

Neun Monate: Bei höheren Säugetieren dauert die Trächtigkeit normalerweise achtzehn Monate, z. B. bei Pferden, deren Fohlen gleich nach der Geburt laufen können.

Doch der menschliche Fötus hat einen Schädel, der viel zu schnell wächst. Er muß nach neun Monaten aus dem Körper der Mutter ausgestoßen werden, weil er andernfalls nicht mehr heraus käme. Deshalb sieht der Mensch unvollendet und unselbständig das Licht der Welt. Seine ersten neun Monate außerhalb des Mutterleibs sind exakte Kopien der neun Monate im Mutterleib. Einziger Unterschied: Das Baby muß eine flüssige Umgebung mit einer gasförmigen vertauschen. In seinen ersten neun Monaten an der Luft braucht es einen neuen schützenden Bauch – den psychischen Bauch. Das Kind ist nach der Geburt völlig verwirrt. Es gleicht einem Verletzten mit lebensgefährlichen Verbrennungen, den man unter ein Zelt legen muß. Der enge Kontakt zur Mutter, die Muttermilch, die Küsse des Vaters – das ist das Schutzzelt, das ein Kleinkind benötigt.

Genauso wie ein Kind in den ersten neun Monaten nach der Geburt diesen schützenden Kokon benötigt, so bedarf auch der Greis in den neun letzten Monaten seines Lebens eines psychologischen Kokons. Es handelt sich für ihn um eine wichtige Periode, denn intuitiv weiß er, daß seine Zeit abläuft. Während dieser letzten neun Monate legt der Sterbende seine alte Haut und sein angesammeltes Wissen ab. Er durchläuft denselben Prozeß wie ein Neugeborener, nur in umgekehrter Richtung. Am Ende des Lebensweges nimmt der Greis nur noch Flüssigkeit zu sich, trägt Windeln, hat kaum noch Zähne und Haare und brabbelt unverständliches Zeug. Doch während Babys in den ersten neun Monaten nach ihrer Geburt normalerweise liebevoll betreut werden, wird diese liebevolle Pflege alten Menschen in den neun Monaten vor ihrem Tod nur selten zuteil. Dabei brauchten sie dringend eine Amme oder Krankenschwester, die die Rolle der Mutter als ›psychologischer Kokon‹ übernehmen könnte, denn diese schützende Hülle ist für ihre letzte Metamorphose unverzichtbar.

EDMOND WELLS,
Enzyklopädie des relativen und absoluten Wissens, Band III

143. Die Belagerung von Bel-o-kan

Es stinkt nach verbrannten Kokons. Aus der Stadt steigt kein Rauch mehr auf; die belokanischen Soldatinnen haben den Brand gelöscht. Die Revolutionsarmee logiert ganz in der Nähe, und der Schatten der Metropole fällt wie ein riesiges schwarzes Dreieck auf die Belagerer.

Nr. 103 richtet sich auf vier Beinen ein wenig auf, und Nr. 5 stellt sich, schwer auf eine Krücke gestützt, sogar wieder auf die Hinterbeine, um mehr sehen zu können. Aus dieser Position kommt ihr die Stadt kleiner und nicht ganz uneinnehmbar vor. Beide Ameisen wissen, daß das Feuer im Innern enorme Schäden angerichtet haben muß.

»Wir sollten sofort einen Sturmangriff machen«, meint Nr. 5.

Nr. 103 ist wenig begeistert. Schon wieder Krieg! Immer Krieg! Töten ist das komplizierteste und anstrengendste Verständigungsmittel.

Doch sie weiß, daß ihr gar keine andere Wahl als der Krieg bleibt, wenn sie den Lauf der Geschichte verändern will.

Nr. 7 schlägt eine Belagerung vor, damit man sich von der letzten Schlacht erholen und neu organisieren kann.

Nr. 103 hält nicht viel von langen Belagerungen. Man muß warten, alle Verbindungswege blockieren und überall Wachposten aufstellen. Damit kann eine Kriegerin nicht viel Ruhm ernten.

Eine zerzauste Ameise kommt auf sie zu und reißt sie aus ihren Überlegungen. Die Prinzessin macht einen Freudensprung, als sie in der staubigen Gestalt den Prinzen Nr. 24 erkennt.

Die beiden Insekten tauschen tausend Trophallaxien. Nr. 103 sagt, sie hätte ihn für tot gehalten, und der Prinz erzählt ihr sein Abenteuer. Als der Brand ausbrach und das Eichhörnchen flüchtete, hat er sich ins Fell gekrallt, und das Nagetier, das von Ast zu Ast sprang, hat ihn in weite Ferne verschleppt. Er ist lange umhergeirrt, bis ihm die Idee kam, wieder auf Eichhörnchen zu reiten. Das einzige

Problem bei dieser Fortbewegungsart bestehe darin, so berichtet er, daß man sich mit den Tieren nicht unterhalten könne und deshalb nie wisse, welches Ziel sie hätten. Er wurde von den Nagern kreuz und quer getragen, deshalb trifft er auch so spät hier ein.

Die Prinzessin informiert ihn über die wichtigsten Ereignisse: die Schlacht von Bel-o-kan, die Brandstiftung, die geplante Belagerung.

»Das gibt genügend Stoff für einen Roman«, sagt Nr. 24 und aktiviert seine Gedächtnispheromonkartei, die um ein Kapitel wachsen wird.

»Wird man deinen Roman lesen können?« fragt Nr. 13.

»Ja, aber erst, wenn er fertig ist«, erwidert Nr. 24.

Wenn sich herausstelle, daß sein Pheromonroman die Ameisen interessiere, werde er vielleicht eine Fortsetzung mit dem Titel *Die Nacht der Finger* verfassen, und sollte auch dieser zweite Band ein Erfolg werden, würde er seine Trilogie mit *Die Revolution der Finger* beschließen.

»Warum eine Trilogie?« erkundigt sich die Prinzessin.

Nr. 24 erklärt, im ersten Band erzähle er von der Kontaktaufnahme zwischen den beiden Zivilisationen, im zweiten würde er die Konfrontation zwischen Ameisen und Fingern schildern, und im dritten und letzten Band solle es zur Kooperation der beiden Arten kommen, nachdem sie sich nicht gegenseitig vernichten konnten.

»Kontakt, Konfrontation, Kooperation, das scheinen mir die drei logischen Stadien einer Begegnung zwischen unterschiedlichen Wesen zu sein.«

Er weiß sogar schon ganz genau, wie er seine Geschichte aufbauen will. Drei parallele Handlungsstränge aus verschiedener Sicht: derjenige der Ameisen, der der Finger und der einer Persönlichkeit, die beide Welten kennt, beispielsweise Nr. 103.

Der Prinzessin kommt das alles ein bißchen verworren vor, aber sie hört aufmerksam zu, denn offenbar ist Nr. 24 schon seit der Zeit, als er auf der Insel Cornigera lebte, ganz versessen darauf, eine lange Geschichte zu verfassen.

»Am Schluß werden die drei Handlungsstränge zusammentreffen«, verkündet der Prinz stolz.

Nr. 14 kommt aufgeregt angerannt. Sie hat die unmittelbare Umgebung der Stadt ausspioniert und einen Geheimgang entdeckt.

»Wir könnten eine zweite unterirdische Offensive unternehmen.«

Nr. 103 beschließt, ihr zu folgen, und auch der Prinz will mitkommen, um neue Anregungen für seinen Roman zu sammeln.

Gleich darauf schleicht eine Hundertschaft Ameisen durch den Gang, der direkt nach Bel-o-kan führt.

144. Praxis und Theorie

Die Stände waren ein großer Erfolg. Am spektakulärsten – und am lukrativsten – war Francines *Infra-World*. Immer mehr Werbeagenturen meldeten sich per Internet und wollten Waschmittel, Windelhöschen, Tiefkühlprodukte und Medikamente testen lassen.

Auch Davids ›Fragenzentrum‹ hatte sich innerhalb weniger Tage einen guten Namen gemacht. Manche Leute brauchten nur eine einfache Fahrplanauskunft, andere fragten nach der Luftverschmutzung in dieser oder jener Stadt oder nach den günstigsten Börseninvestitionen, und einer wollte wissen, aus wie vielen Episoden eine bestimmte Fernsehserie bestand. Fragen privater Natur waren selten, und bisher hatte David noch keinen Privatdetektiv um Hilfe bitten müssen.

Léopold hatte den Auftrag erhalten, eine im Hügel versteckte Villa zu bauen, und weil er das Gymnasium im Augenblick ja nicht verlassen konnte, faxte er seinem Kunden genaue Entwürfe.

Paul erfand immer neue Honigsorten, indem er dem Bienenprodukt Teeblätter und verschiedene Pflanzen aus dem Gemüsegarten beimischte. Sein Met erfreute sich großer Beliebtheit, besonders eine mit Vanille- und Karamelaroma verfeinerte Sorte. Eine Kunststudentin entwarf für ihn prächtige Etiketten: Met Grand Cru. Marke ›Revolution der Ameisen‹. Kontrolliertes Anbaugebiet.

Etwas weiter wurden Narcisses Kleider präsentiert. Die Amazonen postierten vor einer Videokamera, und diese Aufnahmen wurden dann per Internet in alle Welt ausgestrahlt.

Nur die beiden komplizierten Maschinen von Julie und Zoé funktionierten bisher nicht. Der ›Stein von Rosette‹ hatte schon dreißig Insekten, die als Versuchskarnickel dienten, das Leben gekostet, und die Geräte, die eine AK zwischen Menschen ermöglichen sollten, erwiesen sich im Gebrauch als so schmerzhaft, daß niemand sie länger als ein paar Sekunden auf der Nase ertragen konnte.

Julie stieg auf den Balkon hinauf und betrachtete den Hof, auf dem sich ihre Revolution abspielte. Die Fahne wehte, die große Ameise thronte auf dem Rasen, auf dem Podium spielten Reggae-Musiker, von Marihuanawolken umhüllt, und die Stände waren von Interessenten umlagert.

»Uns ist hier doch etwas ganz Sympathisches gelungen«, kommentierte Zoé, die Julie gefolgt war.

»Ja, jedenfalls auf kollektiver Ebene«, stimmte Julie zu. »Jetzt müßten wir nur noch auf individueller Ebene Erfolg haben.«

»Was willst du damit sagen?«

»Ich frage mich, ob mein Wunsch, die Welt zu verändern, nicht einfach davon herrührt, daß ich unfähig bin, mich selbst zu verändern.«

»Meine liebe Julie, ich glaube, du bist leicht neurotisch! Alles läuft doch großartig, also sei glücklich.«

Julie drehte sich um und schaute Zoé in die Augen. »Vorhin habe ich einen Abschnitt der *Enzyklopädie* gelesen, der sehr seltsam war. Er hatte die Überschrift ›Nur ich bin eine Persönlichkeit‹, und es hieß darin, man sei vielleicht ganz allein auf der Welt, und vor einem laufe nur ein Film ab. Dieser Gedanke läßt mich nicht mehr los. Und wenn ich nun wirklich der einzige lebende Mensch bin? Wenn ich das einzige Lebewesen im ganzen Universum wäre?« Zoé betrachtete ihre Freundin besorgt.

»Könnte es nicht sein, daß alles, was ich erlebe, nur ein großartiges Schauspiel ist, das für mich allein aufgeführt wird? All diese Menschen dort unten, du und die anderen Zwerge – vielleicht seid ihr nur Schauspieler und Statisten. Gegenstände, Häuser, Bäume und die ganze Natur sind vielleicht nur perfekte Bühnenbilder, die mich zu der Annahme verführen sollen, es gebe eine gewisse Realität. Dabei geht es mir vielleicht genauso wie den Bewohnern von *Infra-World*, deren Welt es ja auch nicht gibt.«

»Was dir nicht so alles einfällt!«

»Ist dir nie aufgefallen, daß überall um uns herum Menschen sterben, während wir weiterleben? Vielleicht werden wir beobachtet, vielleicht werden unsere Reaktionen auf bestimmte Situationen getestet. Man testet unsere Reflexe und unsere Widerstandskraft gegenüber Aggressionen. Diese Revolution, dieses Leben ist nur ein riesiges Theater, um mich auf die Probe zu stellen. Vielleicht beobachtet mich jetzt jemand aus der Ferne, liest mein Leben in einem Buch nach und fällt ein Urteil über mich.«

»Das wäre für dich doch nur von Vorteil. Alles, was hier unten ist, gehört dir. Die ganze Welt, alle Schauspieler und Statisten sind nur da, um dich zufriedenzustellen und sich dir und deinen Wünschen anzupassen. Tatsächlich machen sie sich aber Sorgen, denn ihre Zukunft hängt nur von dir ab.«

»Das ist es ja, was mich beunruhigt. Denn ich habe Angst, nicht mehr ich selbst zu sein.«

Nun schien sich auch Zoé nicht mehr ganz wohl in ihrer Haut zu fühlen. Julie legte ihr eine Hand auf die Schulter. »Vergiß, was ich gesagt habe. Komm, pfeifen wir drauf!«

Sie zog ihre Freundin zum Küchentrakt, öffnete den Kühlschrank und füllte zwei Gläser mit Pauls köstlichem Met. Im Licht des halb geöffneten Kühlschranks tranken sie das Getränk der Götter und der Ameisen.

145. Gedächtnispheromon: Kühlschrank

Registratorin Nr. 10

KÜHLSCHRANK:

Die Finger haben keinen Sozialmagen, aber sie können Nahrung trotzdem lange lagern, ohne daß sie verdirbt.

Sie benutzen dazu eine Maschine, die sie ›Kühlschrank‹ nennen.

Das ist ein Kasten, in dessen Innern es sehr kalt ist.

Diesen Kasten füllen sie mit Nahrung.

Je wichtiger ein Finger ist, desto größer ist sein Kühlschrank.

146. In Bel-o-kan

Verbrannte Äste verbreiten einen penetranten Gestank. Überall liegen verkohlte Leichen herum. Was aber am allerschlimmsten ist: Man sieht sogar Eier und Larven, die nicht rechtzeitig evakuiert werden konnten!

Keine Ameise ist zu sehen. Ist es möglich, daß bei dem Brand nicht nur sämtliche Einwohner ums Leben gekommen sind, sondern auch die zum Löschen herbeigeeilte belokanische Armee?

Durch das Feuer sind die Fußböden in manchen Gängen steinhart geworden. Die Hitze war so gewaltig, daß die Insekten von einer Sekunde zur anderen tot waren. Ihre erstarrten Körper verraten noch, welcher Arbeit sie gerade nachgingen, als das Unheil über sie hereinbrach.

Wenn man sie berührt, zerbröckeln sie.

Das Feuer. Die Ameisen sind nicht auf das Feuer vorbereitet. Nr. 5 murmelt:

»*Das Feuer ist eine Waffe, die zuviel Verwüstung anrichtet.*«

Alle begreifen jetzt, warum das Feuer vor langer Zeit aus der Welt der Insekten verbannt wurde. Aber manche Dummheiten muß man eben erst selbst begehen, bevor man einsieht, warum man sie besser vermieden hätte.

Auch Nr. 103 weiß jetzt, daß das Feuer eine Vernichtungswaffe ist, die man nicht einsetzen darf. Durch die immense Hitze sind hier und dort sogar die Umrisse der Opfer an den Wänden festgehalten. Die Prinzessin stellt erschüttert fest, daß ihre Geburtsstadt ein Massengrab geworden ist. Von den Champignonkulturen ist nichts mehr übrig. In den Ställen strecken geröstete Blattläuse ihre Beine nach oben. Alle Zisternenameisen sind zerplatzt.

Nr. 15 kostet eine dieser Zisternenameisen und ist hellauf begeistert. Kein Wunder, sie hat soeben den Geschmack von Karamel entdeckt. Aber dies ist wirklich nicht der richtige Zeitpunkt für Gaumenfreuden. Ihre Heimatstadt bietet einen niederschmetternden Anblick.

Nr. 103 läßt ihre Fühler hängen. Das Feuer ist die Waffe des Verlierers. Sie hat es eingesetzt, weil sie auf dem Schlachtfeld unterlegen wäre. Haben die Finger sie so negativ beeinflußt, daß sie nun keine Niederlage mehr erträgt, daß sie lieber ihre eigene Stadt in Schutt und Asche legt und sogar den Tod der Brut und der Königin in Kauf nimmt?

Und dabei wollte sie Bel-o-kan doch vor der Vernichtung, wollte die Stadt vor den Fingern warnen!

Der Trupp läuft durch die raucherfüllten Gänge, doch je weiter sie in diesen Friedhof vordringen, desto mehr kommt es den Ameisen so vor, als wäre hier außer dem Brand irgend etwas Merkwürdiges vorgefallen. Ein Kreis wurde in eine Wand geritzt. Haben auch die Belokanerinnen die Kunst entdeckt? Eine sehr primitive Kunst, aber immerhin – ein Kunstwerk ist ein Kunstwerk!

Die Prinzessin hat böse Vorahnungen. Nr. 10 und Nr. 24 drehen sich ständig um, weil sie eine Falle befürchten.

Sie steigen in die Verbotene Stadt empor. Dort hofft Nr. 103 die Königin zu finden. Ihr fällt auf, daß das Holz des Tannenstumpfs, der die Verbotene Stadt beherbergt, fast unversehrt ist, daß aber die außerhalb postierten Wachen die Hitze und die giftigen Dämpfe nicht überlebt haben.

Die Truppe betritt das königliche Gemach. Königin

Belo-kiu-kiuni ist da, aber sie ist zerstückelt worden. Jemand hat sie vor kurzer Zeit brutal ermordet. Und um die Leiche herum sind Kreise in den Boden geritzt.

Nr. 103 nähert sich und berührt die Fühler des vom Leib abgetrennten Kopfes. Sogar eine tote Ameise kann noch Botschaften übermitteln, und auf der Fühlerspitze der Königin hat sich ein olfaktorisches Wort erhalten:

Die Gottgläubigen.

147. Enzyklopädie

Kamerer: Der Schriftsteller Arthur Koestler beschloß eines Tages, ein Buch über wissenschaftliche Betrügereien zu schreiben. Er befragte Forscher, und alle versicherten, das schlimmste Täuschungsmanöver habe sich zweifellos Dr. Paul Kamerer erlaubt.

Kamerer war ein österreichischer Biologe, der seine wichtigsten Entdeckungen zwischen 1922 und 1929 machte. Redegewandt, charmant und von seiner Arbeit begeistert, behauptete er, jedes Lebewesen könne sich einem Wechsel der Umgebung anpassen und diese Anpassung auch an seine Nachkommen weitergeben. Diese Theorie stand in krassem Gegensatz zu den Darwinschen Theorien. Um zu beweisen, daß seine Behauptungen wohlbegründet waren, führte Dr. Kamerer ein spektakuläres Experiment durch.

Er nahm Eier der Geburtshelferkröte, die sich an Land vermehrt, und legte sie ins Wasser.

Die diesen Eiern entschlüpften Kröten wiesen tatsächlich Charakteristika der Wasserkröten auf, namentlich einen schwarzen Wulst am Daumen, der es den Männchen erlaubte, sich bei der Paarung im Wasser an der glatten Haut des Weibchens festzuklammern. Es war also doch möglich, das genetische Programm abzuwandeln, um sich einer neuen Umgebung anzupassen!

Kamerer verteidigte seine Theorie mit einigem Erfolg, doch eines Tages wollten andere Wissenschaftler sein Experiment ›objektiv‹ untersuchen. Im Hörsaal der Universität versammelten sich nicht nur Wissenschaftler, sondern auch viele Journalisten. Bedauerlicherweise war jedoch am Vorabend in Kamerers Labor ein Brand ausgebrochen, dem alle Kröten – mit einer einzigen Ausnahme – zum Opfer gefallen waren. Diese einzige überlebende mit dem dunklen Wulst am Finger präsentierte Kamerer seinen Kollegen. Die Wissenschaftler untersuchten die Kröte unter der Lupe und lachten schallend. Es war deutlich sichtbar, daß der schwarze Daumenwulst durch Injektion von Tusche künstlich erzeugt worden war.

Der ganze Saal verhöhnte Kamerer, der von einer Minute auf die andere seinen guten Ruf und jede Chance auf Anerkennung seiner Theorie eingebüßt hatte. Die Darwinisten hatten gewonnen: Von nun an galt es lange Zeit als erwiesen, daß Lebewesen sich nicht an eine neue Umgebung anpassen können.

Kamerer ging in den Wald und schoß sich eine Kugel durch den Kopf. In einem kurzen Abschiedsbrief beteuerte er noch einmal, seine Experimente seien authentisch gewesen. Er wolle lieber in der Natur als unter Menschen sterben. Dieser Selbstmord brachte ihn noch mehr in Mißkredit.

Nun ja, ein dreister wissenschaftlicher Schwindler, könnte man glauben. Doch als Arthur Koestler für sein Werk recherchierte, traf er Kamerers früheren Assistenten, und dieser gestand ihm, der Urheber dieser ganzen Katastrophe gewesen zu sein. Auf Drängen einer Gruppe von Darwinisten hatte er im Labor einen Brand gelegt und die letzte mutierte Kröte durch eine andere ersetzt, der er Tusche in den Finger injizierte.

EDMOND WELLS,
Enzyklopädie des relativen und absoluten Wissens, Band III

148. MacYavel versteht nichts von Schönheit

Maximilien hatte den ganzen Tag mehr oder weniger mit Daumendrehen zugebracht und war es leid, tatenlos warten zu müssen.

»Immer noch nichts?«

»Nichts Neues, Chef.«

Das Frustrierende an einer Belagerung war die Langeweile. Bei einer Niederlage war wenigstens etwas los, aber in diesem Fall …

Um sich eine kleine Abwechslung zu gönnen, wäre der Kommissar liebend gern in den Wald zurückgekehrt, um die mysteriöse Pyramide sprengen zu lassen, aber der Präfekt hatte ihm befohlen, sich ausschließlich um diese Schülerrevolte zu kümmern.

Als der Kommissar nach Hause kam, war er so gereizt, daß er sich sofort in seinem Arbeitszimmer einschloß und eine neue Partie *Evolution* begann. Mittlerweile war er in dem Spiel schon so geübt, daß er seine virtuellen Zivilisationen schnell voranbringen konnte. In weniger als tausend Jahren hatte sein chinesischer Volksstamm Auto und Flugzeug erfunden. Trotzdem brach er das Spiel plötzlich ab.

»MacYavel, hör zu!«

Das Computerauge wurde größer, und die synthetische Stimme erklang aus den Lautsprechern: »Volle Aufmerksamkeit.«

»Ich habe immer noch Probleme mit diesem Gymnasium«, begann der Kommissar und lieferte dem Computer die neuesten Informationen über das, was sich in der Umgebung der Schule tat. Diesmal begnügte MacYavel sich nicht damit, ihm Belagerungsstrategien aus der Vergangenheit vorzuführen, sondern riet ihm, das Gymnasium hermetisch abzuriegeln.

»Laß ihnen Wasser, Strom und Telefone sperren. Wenn du sie all dieser Annehmlichkeiten beraubst, werden sie sich sehr schnell zu Tode langweilen und nur noch den einen Wunsch haben, diesem Gefängnis irgendwie zu entrinnen.«

Verdammt, warum hatte er nicht selbst daran gedacht? Es war nicht verwerflich, den Störenfrieden Wasser, Strom und Telefone sperren zu lassen, denn die Rechnungen für den gesamten Energiebedarf des Gymnasiums bezahlte schließlich der Staat. Wieder einmal mußte er zugeben, daß MacYavel ein kluger Kopf war.

»Du gibst mir wirklich gute Ratschläge, mein Freund.«

Der Computer stellte das Objektiv seiner Digitalkamera ein. »Kannst du mir ein Foto des Anführers dieser Revolte zeigen?«

Maximilien war zwar erstaunt über diesen Wunsch, zeigte MacYavel aber trotzdem das im *Clairon* veröffentlichte Bild von Julie Pinson, und der Computer verglich es mit seinen unzähligen gespeicherten Archivbildern.

»Das ist eine Frau, nicht wahr? Und sie ist schön?«

»Ist das eine Frage oder eine Feststellung?«

»Eine Frage.«

Maximilien betrachtete das Foto noch einmal und bestätigte: »Ja, sie ist schön.«

»Dann ist das also Schönheit.«

Irgend etwas stimmte nicht. Obwohl MacYavels künstlich erzeugte Stimme keine Intonationen aufwies, hörte sie sich irgendwie angespannt an. Und dann begriff Maximilien, daß der Computer mit dem Begriff Schönheit nichts anfangen konnte.

»Ich verstehe nicht, was das ist«, gab der Computer unumwunden zu.

»Mir geht es genauso«, seufzte Maximilien. »Manchmal kommen einem Menschen, die man einmal bildschön fand, nach kurzer Zeit völlig uninteressant vor.«

Das Computerauge schloß sein Lid. »Schönheit ist etwas Subjektives, deshalb kann ich sie nicht erfassen. Für mich gibt es nur Null oder Eins, und ein plötzlicher Wechsel von Null zu Eins ist ausgeschlossen. In dieser Hinsicht bin ich beschränkt.«

Maximilien wunderte sich über diese Bemerkung, die

sich fast bedauernd anhörte. Wieder dachte er, daß die neue Computergeneration zu echten Partnern des Menschen werden konnte. Der Computer – die höchste Errungenschaft der Menschheit?

149. Die Gottgläubigen

Die Gottgläubigen?

Die Königin ist tot. Eine Gruppe Belokanerinnen taucht schüchtern auf der Schwelle des königlichen Gemachs auf. Es gibt also doch einige Überlebende des Brandes. Eine Ameise nähert sich Nr. 103 mit nach vorne gerichteten Fühlern, und die Prinzessin erkennt sie. Das ist Nr. 23.

Nr. 23 ... Also hat auch sie den ersten Kreuzzug gegen die Finger überlebt. Diese Kriegerin war schon damals eine überzeugte Gottgläubige gewesen, und deshalb hatten sie einander nicht übermäßig geschätzt, doch das unvermutete Wiedersehen in ihrer Heimatstadt bewirkt eine Annäherung.

Nr. 23 bemerkt sofort, daß Nr. 103 sich in ein Weibchen verwandelt hat, und gratuliert ihr dazu. Doch auch sie selbst scheint in Hochform zu sein. An ihren Mandibeln klebt Blut, aber sie begrüßt die Gefährtinnen der Prinzessin mit herzlichen Willkommenspheromonen.

Nr. 103 ist auf der Hut, aber Nr. 23 signalisiert ihr, alles sei in bester Ordnung; sie gönnen sich eine Trophallaxie, bevor Nr. 23 ihre Geschichte erzählt.

Nachdem es ihr vergönnt gewesen war, einen Blick auf die Welt der Götter zu werfen, kehrte sie nach Bel-o-kan zurück, um allen die frohe Botschaft zu verkünden. (Der Prinzessin fällt auf, daß Nr. 23 nicht von ›Fingern‹, sondern von ›Göttern‹ spricht.) In ihrer Heimatstadt wurde ihr ein herzlicher Empfang zuteil, denn alle freuten sich, daß wenigstens eine Ameise den Kreuzzug überlebt hatte, doch dann begann Nr. 23 von der Existenz der Götter zu erzählen und stellte sich an die Spitze einer religiösen Bewegung. Sie verlangte, daß die Toten nicht mehr auf den Müllhaufen geworfen wurden und verwandelte mehrere unterirdische Säle von Bel-o-kan in Friedhöfe.

Diese Aktivitäten mißfielen der neuen Königin Belo-kiu-kiuni, und sie verbot jede Religionsausübung in ihrer Stadt. Daraufhin flüchtete Nr. 23 mit einer kleinen Schar von Getreuen ins unterste Stockwerk der Metropole, wo sie weiterhin die frohe Botschaft verkündete. Die Gläubigen hatten den Kreis als Symbol gewählt, denn dieses Bild hatten die Ameisen vor Augen, bevor sie von den Göttern zerquetscht wurden.

Jetzt weiß die Prinzessin wenigstens, was die Kreise auf den Gängen und um die Leiche der Königin herum zu bedeuten haben.

Die hinter Nr. 23 stehenden Ameisen psalmodieren:

»Die Finger sind unsere Götter.«

Nr. 103 und ihre Begleiterinnen sind einfach fassungslos. Da wollten sie nun bei ihren Artgenossen Interesse an den Fingern wecken, und diese Nr. 23 hat das längst geschafft!

Nr. 24 will wissen, warum Bel-o-kan wie ausgestorben wirkt.

Nr. 23 erklärt, die neue Königin Belo-kiu-kiuni sei schließlich dahintergekommen, daß die Gläubigen in den Katakomben immer noch ihren Kult ausübten, und daraufhin habe man sie erbarmungslos verfolgt. Viele Ameisen seien als Märtyrerinnen gestorben.

Als dann die Revolutionsarmee von Nr. 103 mit dem Feuer auftauchte, nutzte Nr. 23 die günstige Gelegenheit aus, drang ins königliche Gemach ein und ermordete die eierlegende Königin.

Ihrer Königin beraubt, begingen alle Belokanerinnen, die nicht dem Feuer zum Opfer gefallen waren, kollektiven Selbstmord, indem sie ihren Herzschlag anhielten. In der gespenstischen Hauptstadt halten sich also nur noch die Gottgläubigen auf.

Nr. 23 schlägt vor, Revolutionäre und Gläubige sollten gemeinsam eine neue Ameisenkommunität aufbauen, die auf der Verehrung der Finger basiere.

Prinzessin Nr. 103 und Prinz Nr. 24 teilen den religiösen Eifer der Prophetin zwar nicht, sind aber froh, daß ihnen weitere Kämpfe erspart bleiben.

»Das weiße Schild vor Bel-o-kan bedeutet große Gefahr«, warnt Nr. 103. *»Hier können wir nicht bleiben.«*

Die Gläubigen vertrauen ihr, und es wird beschlossen, die ohnehin verwüstete Metropole sofort zu verlassen. Kundschafterinnen sollen nach einem anderen Baumstumpf suchen, der sich zum Bau einer neuen Metropole eignet, und zum Glück finden sie bald einen, etwa eine Stunde Fußmarsch von Bel-o-kan entfernt. Nr. 103 meint, diese Distanz reiche bestimmt aus, um vor der Katastrophe in der Umgebung des weißen Schilds sicher zu sein.

Praktischerweise haben Würmer den Baumstumpf schon mit Kanälen durchzogen, und es gibt sogar Platz für eine Verbotene Stadt und für das königliche Gemach. Um diesen Stumpf soll möglichst schnell das neue Bel-o-kan errichtet werden.

Nr. 103 schlägt vor, eine ganz moderne Stadt mit breiten Straßen zu bauen, damit man Nahrung und sämtliche Gegenstände, die für die neuen Technologien benötigt werden, leichter transportieren kann. Sie hält einen zentralen Schornstein für unerläßlich, damit der Rauch aus den Labors der Feuerexperimentierer abziehen kann, ohne den ganzen Bau zu verpesten. Ferner schweben ihr Kanäle vor, die Regenwasser zu den Ställen der Blattläuse, zu den Pilzkulturen und Labors führen könnten.

Als einzige fortpflanzungsfähige Ameise von Bel-o-kan soll Nr. 103 die neue Königin der Metropole werden, und damit fällt ihr auch die Oberhoheit über die ganze Föderation roter Ameisen zu, die aus 64 Städten besteht.

Erstmals in der Geschichte von Bel-o-kan wird eine noch nicht befruchtete Prinzessin zur Königin auserkoren, und weil von ihr vorerst keine Nachkommen zu erwarten sind, probiert man ein neues Konzept aus: die ›offene Stadt‹. Die Prinzessin hält es für ein interessantes Experiment, anderen Ameisenarten Wohnrecht in der Metropole zu gewähren, weil sie sich davon eine kulturelle Bereicherung erhofft.

Aber ein solcher Schmelztiegel läßt sich nicht von einem Tag auf den anderen verwirklichen. Vorerst bleibt jede Gruppe innerhalb des Baus lieber für sich. Die schwarzen Ameisen lassen sich im Südosten der untersten Etagen nieder, die gelben im Westen der mittleren Etagen, die Ernteameisen in den obersten Stockwerken, um möglichst schnell an ihrem Arbeitsplatz zu sein, und die Weber im Norden.

Man macht sich in der neuen Hauptstadt sofort ans Werk, um die neuen technischen Errungenschaften weiter zu vervollkommnen, aber natürlich geht das auf die typische Ameisenarbeitsweise vor sich, ohne logische Planung: Man probiert einfach alles aus, was einem in den Sinn kommt, und schaut sich hinterher das Resultat an.

Die Feuerforscher richten ihr Labor im untersten Stockwerk ein und verbrennen alles mögliche, um zu sehen, welche Materie und welcher Rauch dabei entsteht. Als Brandschutz wird der ganze Raum mit Efeu tapeziert, der nicht leicht entflammbar ist.

Die Mechaniker nehmen einen anderen großen Raum in Beschlag, wo sie weitere Experimente mit Hebeln anstellen wollen. Ihr ehrgeizigstes Projekt ist der Bau eines Katapults.

Prinz Nr. 24 und Nr. 7 wollen in den Untergeschossen 15, 16 und 17 mehrere Kunstateliers einrichten, wo Gemälde auf Blättern und Skulpturen aus Mistkäferexkrementen entstehen sollen. Auf Wunsch kann hier natürlich auch jeder Ameisenpanzer mit einem interessanten Motiv verziert werden. Prinz Nr. 24 will unbedingt beweisen, daß man unter Ausnutzung der verschiedenen Fertigkeiten der Finger eine spezifische ›Ameisenkultur‹ schaffen kann, vielleicht sogar eine spezifisch belokanische Kultur. Ob es sich nun um seinen Roman oder um die naiven Gemälde von Nr. 7 handelt – etwas Vergleichbares gibt es auf der ganzen Erde noch nicht.

Nr. 11 setzt sich in den Kopf, die Ameisenmusik zu erfinden. Sie fordert mehrere Insekten auf zu zirpen, um einen vielstimmigen Chor zu bilden. Die Kakophonie, die zunächst dabei herauskommt, stört sie nicht; im Gegenteil, sie ist überzeugt davon, irgendwann harmonischere Klänge erzeugen zu können.

Nr. 15 wirkt in einer großen Küche. Sie kostet alles, was unten im Feuer-Labor gebraten wird, und sortiert aus: Wohlschmeckende Blätter und Insekten kommen nach rechts, ungenießbare nach links.

Nr. 10 will unweit der Säle der Ingenieure ein Zentrum zur Erforschung des Verhaltens der Finger eröffnen.

Die Technologie der Finger verschafft ihnen einen riesigen Vorsprung in der Insektenwelt, und diesen Vorsprung müssen sie weiter ausbauen. Nur eines bereitet Nr. 103 große Sorgen: Die Gottgläubigen treten immer selbstbewußter auf und verbreiten ihre frohe Botschaft immer fanatischer. Gleich am ersten Abend macht Nr. 23 mit ihren Anhängerinnen sogar eine Wallfahrt zu dem weißen Schild, wo sie zu den Göttern beten, die dieses Heiligtum errichtet haben.

150. Enzyklopädie

Utopie von Hippodamus: Im Jahre 494 v. Chr. zerstört die Armee das Perserkönigs Darius die zwischen Halikarnassos und Ephesus gelegene Stadt Milet und macht sie dem Erdboden gleich. Der Architekt Hippodamus wird daraufhin beauftragt, eine neue Stadt zu bauen. Das ist eine einmalige Gelegenheit, denn alle anderen Städte sind aus Marktflecken entstanden, und als die Einwohnerzahl wuchs, baute jeder, wo und wie er wollte, ohne daß es irgendwelche Richtlinien gab. Deshalb war beispielsweise Athen ein regelrechtes Straßenlabyrinth.

Der Auftrag, den Plan für eine neue Stadt mittlerer Größe zu entwerfen, weckt in Hippodamus den Ehrgeiz, *die* ideale Stadt erstehen zu lassen.

Seine ideale Stadt ist streng geometrisch angelegt, und er ist davon überzeugt, daß das auch die Gesellschaft beeinflussen wird.

Die Stadt soll 10 000 Einwohner haben, in drei Klassen aufgeteilt: Handwerker, Bauern und Soldaten.

Von einer zentralen Akropolis sollen zwölf Strahlen ausgehen, die die Stadt wie eine Torte in zwölf Teile zerschneiden. Die Straßen sind gerade, die Plätze rund, und alle Häuser sind identisch, damit zwischen Nachbarn kein Neid aufkommt. Alle Einwohner sind gleichberechtigte Bürger. Sklaven gibt es nicht.

Hippodamus will auch keine Künstler in seiner Stadt haben, weil sie seiner Ansicht nach unberechenbar sind und viel Unruhe erzeugen. Dichter, Schauspieler und Musiker werden deshalb aus Milet verbannt, ebenso wie Arme, Unverheiratete und Müßiggänger.

Hippodamus will eine funktionelle Stadt, in der nichts außer Kontrolle geraten kann. Deshalb darf es keine Neuerungen, keine Originalität, keine menschliche Willkür geben. Dieser Architekt könnte den Ausdruck ›angepaßt‹ erfunden haben. Angepaßte Bürger in einer dem Staat angepaßten Stadt, wobei der Staat seinerseits perfekt der kosmischen Ordnung angepaßt sein muß.

EDMOND WELLS,
Enzyklopädie des relativen und absoluten Wissens, Band III

151. Eine Insel inmitten des Ozeans

An diesem sechsten Tag der Besetzung des Gymnasiums von Fontainebleau beschloß der Kommissar, die Ratschläge seines Computers zu befolgen und Strom und Wasser sperren zu lassen.

Léopold schlug vor, Zisternen auszuheben, um Regenwasser sammeln zu können, und er belehrte die anderen, daß man sich zur Not auch mit Sand waschen könne. Außerdem sollten sie Salzkörner lutschen, damit der Körper nicht zuviel kostbares Wasser ausschied.

Ein viel größeres Problem war die fehlende Elektrizität,

denn die Revolutionäre waren bei all ihren Aktivitäten auf das weltweite Informationsnetz angewiesen. Zum Glück fand man in den naturwissenschaftlichen Praktikumsräumen lichtempfindliche Solarzellen, die von Hobbytechnikern fachgerecht montiert wurden, so daß der Strombedarf wenigstens zum Teil gedeckt werden konnte. Zusätzlich wurden auf allen Zelten selbstgebastelte Windräder aus Brettern angebracht, und für den Fall, daß weder Sonne noch Wind zur Verfügung stünden, würden junge Männer an Fahrradgeneratoren kräftig in die Pedale treten müssen.

Als der Kommissar ihnen auch noch die Telefone sperrte, bangte David wieder um sein ›Fragenzentrum‹, aber eine Revolutionärin stellte ihm sofort ihr besonders leistungsfähiges Mobiltelefon zur Verfügung, das weltweite Kontakte ermöglichte.

In dieser schwierigen Situation war vor allem Einfallsreichtum gefordert. Völlig von der Außenwelt abgeschnitten, mußten sie in jeder Hinsicht improvisieren, und das schweißte die Gemeinschaft noch mehr zusammen. Um Strom zu sparen, wurden am Abend Kerzen und Laternen angezündet, die auf dem Schulhof eine romantische Atmosphäre schufen.

Julie rief ihre Freunde zu einer Besprechung im Probenraum zusammen. Sie wirkte ungewöhnlich verlegen, räusperte sich und murmelte: »Ich möchte euch etwas fragen.«

»Nur zu!« rief Francine.

Julies Blick schweifte aufmerksam von einem Zwerg zum anderen: David, Francine, Zoé, Léopold, Paul, Narcisse, Ji-woong …

»Liebt ihr mich?«

Eine lange Stille folgte dieser seltsamen Frage, bis Zoé endlich mit leicht belegter Stimme antwortete:

»Natürlich lieben wir dich! Du bist doch unser Schneewittchen, unsere Ameisenkönigin!«

»Dann möchte ich euch um folgendes bitten«, fuhr Julie eindringlich fort. »Sollte ich mich zu sehr als Königin gebärden und mich viel zu wichtig nehmen, dann zögert bitte nicht, mich wie Julius Cäsar umzubringen.«

Sie hatte kaum ausgesprochen, als Francine sich auch schon auf sie stürzte. Das war das Signal. Alle packten sie an Armen und Beinen, und Zoé tat so, als würde sie ihr ein Messer ins Herz stoßen. Und dann begannen alle sie zu kitzeln.

»Nein, nicht!« schrie sie lachend und zappelte auf der Matratze herum, aber die Hände ihrer Freunde waren unerbittlich, und ihre Proteste wurden einfach überhört. Vor Lachen bekam sie kaum noch Luft; ihr tat schon alles weh, und trotzdem konnte sie nicht aufhören zu lachen.

Und dann fiel es ihr wie Schuppen von den Augen, und sie wußte, warum sie keinen Hautkontakt ertragen konnte. Der Psychotherapeut hatte recht gehabt: Die Ursache lag in ihrer frühen Kindheit begründet.

Sie sah sich als Kleinkind, erst sechzehn Monate alt und völlig wehrlos. Bei Familientreffen wurde sie von Arm zu Arm gereicht, so als wäre sie irgendein Gegenstand.

Sie wurde gekitzelt, abgeküßt, gestreichelt und aufgefordert, ›Guten Tag‹ zu sagen. Julie erinnerte sich plötzlich an ihre Großmütter mit dem unangenehmen Mundgeruch und den dick geschminkten Lippen, die sich auf ihre zarte Haut preßten. Und ihre Eltern lachten zu all diesen Quälereien!

Sie erinnerte sich auch an ihren Großvater, der sie auf den Mund küßte, ohne daß sie es ihm erlaubt hätte. Ja, seitdem war ihr jede Berührung zuwider geworden. Sobald ein Familienessen stattfand, verkroch sie sich unter dem Tisch und sang dort leise vor sich hin, und wenn man sie aus ihrem Versteck hervorholen wollte, wehrte sie sich mit Händen und Füßen. Unter dem Tisch fühlte sie sich geborgen, und am liebsten wäre sie dort geblieben, bis all diese aufdringlichen Leute fort waren, doch irgendwann wurde sie unweigerlich hervorgezerrt, damit die Verwandten ihr wenigstens noch einen Abschiedskuß geben konnten.

Nein, man hatte sie nie sexuell mißbraucht. Nur ihre Haut war ständig mißbraucht worden!

Das Spiel endete genauso plötzlich, wie es begonnen hatte, und die Sieben Zwerge setzten sich wieder im Kreis um ihr Schneewittchen herum, das sich die langen wirren Haare aus dem Gesicht strich.

»Du wolltest doch, daß wir dich umbringen. Nun, das haben wir hiermit gemacht«, erklärte Narcisse.

»Fühlst du dich jetzt besser?« fragte Francine.

»Danke, ihr habt mir sehr geholfen. *Wie* sehr, könnt ihr gar nicht wissen. Zögert bitte nicht, mich oft zu ermorden.«

Sofort fingen wieder alle an, sie zu kitzeln, bis sie vor Lachen zu ersticken glaubte. Endlich bereitete Ji-woong dem ausgelassenen Treiben ein Ende.

»Halten wir jetzt endlich unser *Pow-wow* ab!«

Er füllte einen Becher mit Met und alle nahmen reihum einen Schluck davon. Zusammen trinken tat gut. Er gab jedem einen Keks. Zusammen essen tat gut.

Sie reichten einander die Hände, und in diesem Kreis fühlte Julie sich wunderbar geborgen.

Kann man sich vom Leben mehr wünschen als solche Augenblicke, wo man mit anderen völlig eins wird? dachte sie. *Aber muß man unbedingt eine Revolution machen, um so etwas zu erfahren?*

152. Kleine Schlacht am Abend

Im neuen Bel-o-kan erlebt die Technik einen ungeheuren Aufschwung, doch gleichzeitig wollen die Gottgläubigen immer mehr Einfluß ausüben. Sie begnügen sich nicht mehr damit, überall ihre Kreise zu zeichnen, sondern markieren auch alle Wände mit den Duftbotschaften ihrer Religion.

Am zweiten Tag der Regentschaft von Prinzessin Nr. 103 hält Nr. 23 eine Predigt, in der sie erklärt, ihr Ziel sei es, alle Ameisen der Welt zur Verehrung der Götter zu bekehren, und deshalb müßten hartnäckige Gottesleugner notfalls umgebracht werden.

Ihre Anhänger werden immer aggressiver. Wer nicht bereit sei, die Götter anzubeten, den würden die Finger zerquetschen, und sollten sie nicht sofort ins Geschehen eingreifen, würden die gläubigen Ameisen ihnen diese Arbeit abnehmen.

Dadurch entsteht in der neuen Metropole eine gespannte Atmosphäre. Ein tiefer Abgrund klafft zwischen den ›technologischen‹ Ameisen, die die Leistungen der Finger bewundern und es ihnen gleichtun wollen, und den ›mystischen‹ Ameisen, die nur beten und es als Blasphemie betrachten, die Großtaten der Götter nachahmen zu wollen.

Die Prinzessin ist überzeugt, daß es früher oder später zum Konflikt kommen wird, weil die Gottgläubigen viel zu intolerant und selbstsicher sind. Sie möchten nichts Neues lernen, sie haben nur vor, ihre Umgebung zu bekehren. Trotzdem will Nr. 103 einen Bürgerkrieg vermeiden, solange es irgend möglich ist.

Die zwölf Kundschafterinnen, der Prinz und die Prinzessin halten im königlichen Gemach eine Besprechung ab. Nr. 24 bleibt zuversichtlich. Er war gerade in den Labors und ist begeistert von den Fortschritten. Die Glut braucht jetzt nicht mehr in schweren Kieselsteinen transportiert zu werden; leichte Behälter aus geflochtenen Blättern, die mit Erde ausgekleidet werden, haben sich als genauso brandsicher erwiesen. Nr. 5 weist darauf hin, daß die Gottgläubigen kein Interesse an den Wissenschaften haben, und darüber ist sie sehr beunruhigt. Wenn ein Ingenieur behauptet, Feuer könne Holz härten, so muß er das beweisen können, und wenn sein Experiment mißlingt, büßt er seine Glaubwürdigkeit ein; doch wenn eine Mystikerin behauptet, die Finger seien allmächtig und hätten die Ameisen erschaffen, kann man sie nicht durch irgendwelche Experimente vom Gegenteil überzeugen, und auch mit vernünftigen Argumenten ist den Gläubigen nicht beizukommen.

»Trotzdem ist die Religion vielleicht eine notwendige Entwicklungsphase aller Zivilisationen«, meint Nr. 103.

Nr. 5 widerspricht. Man müsse Wünschenswertes von den Fingern übernehmen, aber schädliche Dinge – wie etwa die Religion – von sich fernhalten. Doch wie soll man das bewerkstelligen? Wenn es schon am zweiten Tag des neuen Staates zu Auseinandersetzungen mit den Gläubigen kommt, wird die Lage bestimmt bald eskalieren. Man muß ihnen Einhalt gebieten, solange es noch nicht zu spät ist.

Soll man sie töten?

Nein, man kann Schwestern doch nicht töten, nur weil sie sich einbilden, die Finger seien Götter.

Soll man sie der Stadt verweisen?

Vielleicht wäre es wirklich am besten, wenn sie irgendwo ihren eigenen Staat bilden würden, fern von Bel-o-kan, denn ihre Intoleranz und ihr Mystizismus sind nun einmal unvereinbar mit der Aufgeschlossenheit für alles Neue, die für die ›Revolution der Finger‹ kennzeichnend ist.

Doch bevor die vierzehn Ameisen irgendeinen Entschluß fassen können, werden sie durch dumpfes Pochen gegen die Stadtmauern aufgeschreckt.

Alarm!

Ameisen rennen in alle Richtungen und verströmen ein durchdringendes Duftsignal:

Die Zwergameisen greifen uns an!

Prinzessin Nr. 103 hastet auf die Kuppel ihrer Stadt, um die Situation besser einschätzen zu können. Der Feind steht schon so dicht vor Bel-o-kan, daß man kein Feuer und keine Wurfmaschinen mehr einsetzen kann, und die Armee der Zwerginnen macht einen zu allem entschlossenen Eindruck. Ein rauchender Ameisenhaufen mitten im Wald rechtfertigt in ihren Augen einen Krieg. Nr. 103 hätte eigentlich wissen müssen, daß man durch aufsehenerregende Neuerungen unweigerlich Mißtrauen, Neid und Angst hervorruft.

Sie weist Nr. 5 an, die Artillerie einzusetzen, um den Feind am weiteren Vordringen zu hindern, aber im Grunde hat sie dieses ganze Morden so satt! Wahrscheinlich ist das eine Alterserscheinung, denn obwohl ihr Körper jetzt wieder jung ist, hat sie ja schon ein langes Leben hinter sich, und die Erinnerung an unzählige blutige Schlachten ist in ihrem Gehirn gespeichert.

Unter ihr erbebt die ganze Kuppel, denn die Arbeiterinnen trommeln unablässig mit ihren Hinterleibern, um Alarmstufe 2 auszulösen.

Die Stadt hat Angst, und das völlig zu Recht, denn die riesige Armee der Zwerginnen wird durch Soldatinnen benachbarter Ameisenbauten verstärkt, die der arroganten Föderation der Roten eine Lektion erteilen wollen. Was aber am schlimmsten ist – in den Reihen der Zwerginnen kämpfen sogar rote Ameisen der Föderation mit! Wahrscheinlich ist ihnen das neue Bel-o-kan unheimlich.

Die Prinzessin erinnert sich an einen Dokumentarfilm über einen Schriftsteller der Finger namens Jonathan Swift, der gesagt hatte, das Auftauchen eines neuen Talents erkenne man daran, daß es sofort ein Komplott von Dummköpfen gebe, die es ausschalten wollten.

Ein Komplott von Dummköpfen! Solche Toren rücken jetzt scharenweise gegen Bel-o-kan vor, bereit zu sterben, nur damit alles beim alten bleibt, damit das Morgen eine Wiederholung des Gestern ist.

Prinz Nr. 24 ist der Prinzessin auf die Kuppel gefolgt und schmiegt sich an sie. Er fürchtet sich und braucht die beruhigende Nähe des Weibchens.

Diesmal ist alles aus. Gegen diese Übermacht können wir nichts ausrichten.

Die belokanische Artillerie formiert sich, um die Stadt zu verteidigen. Alle bringen ihre randvoll mit Säure gefüllten Hinterleiber in Schußposition, doch wie sollen sie eine Armee aufhalten, die allem Anschein nach Millionen zählt?

Nr. 103 bedauert zutiefst, die diplomatischen Beziehungen zu benachbarten Städten sträflich vernachlässigt zu haben. Gewiß, sie hat einige Botschafterinnen empfangen, aber weil sie nur die technischen Neuerungen im Kopf hatte, versäumte sie es, zu registrieren, wie beunruhigt diese Abgesandten waren.

Nr. 5 überbringt eine neue Hiobsbotschaft: Die Gläubigen weigern sich mitzukämpfen, weil ihrer Ansicht nach sowieso nur die Götter über den Ausgang einer Schlacht entscheiden. Statt dessen wollen sie für den Sieg beten!

Auch das noch ... Und draußen ziehen immer neue Truppen heran!

Die Ingenieure kommen auf die Kuppel, und die Prinzessin beruft eine AK ein. Sie müssen gemeinsam irgendeinen Ausweg aus dieser scheinbar hoffnungslosen Lage finden. Nr. 103 versucht sich an alle Kriegsfilme zu erinnern, die sie im Fernsehen gesehen hat. Das Feuer, der Hebel, das Rad ... daraus müßte sich doch irgend etwas machen lassen. Die drei Begriffe kreisen in den vereinten Gehirnen. Wenn ihnen nicht sehr schnell etwas einfällt, müssen sie auf den Tod gefaßt sein, das wissen alle.

153. Enzyklopädie

Die Geburt des Todes: Der Tod wurde vor genau 700 Millionen Jahren geboren. Bis dahin waren Einzeller vier Milliarden Jahre lang die einzige Lebensform gewesen, und weil diese Einzeller sich beliebig vermehren konnten, waren sie unsterblich. Spuren dieser unsterblichen einzelligen Systeme findet man noch in Korallenriffen.

Eines Tages trafen sich jedoch zwei Zellen und beschlossen, fortan eine Gemeinschaft zu bilden und sich gegenseitig zu ergänzen. Seit dieser Absprache gibt es vielzellige Lebensformen, und das war die Geburtsstunde des Todes. Welcher Zusammenhang besteht zwischen beiden Phänomenen?

Wenn zwei Zellen sich zusammenschließen wollen, müssen sie miteinander kommunizieren, und dabei wird Arbeitsteilung vereinbart, um effektiver zu sein. Beispielsweise wird beschlossen, daß es nicht rationell ist, wenn beide Nahrung verdauen: eine soll statt dessen lieber die Nahrung an sich ziehen und aufnehmen.

Je mehr Zellen sich zusammenschlossen, desto ausgeprägter wurde ihre Spezialisierung. Dadurch wurde die einzelne Zelle immer anfälliger und büßte schließlich ihre ursprüngliche Unsterblichkeit ein. So wurde der Tod geboren.

Menschen bestehen aus einer riesigen Gemeinschaft hochspezialisierter Zellen, die ständig untereinander

Kontakt halten. Die Zellen unserer Augen unterscheiden sich sehr von den Zellen unserer Leber, aber die einen signalisieren den anderen blitzartig, daß sie einen Teller mit heißer Nahrung sehen, damit die Leberzellen sofort Galle produzieren können – noch bevor wir den ersten Bissen in den Mund nehmen! In unserem Körper hat jede Zellgruppe eine ganz bestimmte Funktion, aber alle sind sterblich.

Der Tod ist notwendig, um das Gleichgewicht zwischen den Arten sicherzustellen. Wäre irgendeine vielzellige Art unsterblich, würde sie sich immer mehr spezialisieren, um alle Probleme lösen zu können, und schließlich wäre sie so effektiv, daß sie alle anderen Lebensformen bedrohen könnte.

Eine Krebszelle der Leber produziert ständig neue Zellen, ohne auf die anderen Zellen zu hören, die ihr signalisieren, das sei nicht mehr notwendig. Die Krebszelle hat den Ehrgeiz, durch ständige Vermehrung ihre ursprüngliche Unsterblichkeit zurückzuerlangen, und dadurch tötet sie den Gesamtorganismus. Man könnte sie mit jenen Leuten vergleichen, die unablässig reden, ohne anderen zuzuhören. Die Krebszelle ist autistisch, und deshalb ist sie so gefährlich. Weil sie egoistisch nach Unsterblichkeit strebt, ohne Rücksicht auf andere zu nehmen, tötet sie ihre ganze Umgebung.

EDMOND WELLS,
Enzyklopädie des relativen und absoluten Wissens, Band III

154. Maximilien kundschaftet alles aus

Maximilien schlug die Haustür laut hinter sich zu.

»Was ist los, Liebling?« fragte Scynthia. »Du wirkst ein bißchen nervös.«

Er starrte sie an und versuchte sich daran zu erinnern, was ihm an dieser Frau früher so angezogen hatte.

Um nicht ausfällig zu werden, rang er sich mühsam ein

Lächeln ab und eilte mit großen Schritten in sein Arbeitszimmer.

An diesem Morgen hatte er sein Aquarium hier untergebracht und die Fische MacYavels Pflege anvertraut. Der Computer kam mit dieser Aufgabe bestens zurecht. Er überwachte den elektrischen Nahrungsspender, die Heizung und die Wassermenge und kümmerte sich um das ökologische Gleichgewicht dieser künstlichen Welt. Die Fische schienen seine intensive Betreuung zu genießen.

Der Kommissar begann eine Partie *Evolution*. Sein kleines Inselvolk – es hätten Engländer sein können – entwickelte sehr schnell eine hochentwickelte Technologie, weil es sich nicht in die Kriege auf dem Kontinent einmischte. Eine moderne Flotte sorgte für lukrative Handelsbeziehungen in aller Welt. Doch weil Japan die gleiche Strategie angewandt hatte, kam es im Jahre 2720 zu einem gnadenlosen Krieg, und dank besserer Satelliten siegten die Japaner.

»Du hättest gewinnen können«, kommentierte MacYavel.

»Was hättest du Besserwisser denn anders gemacht?« fragte der Kommissar gereizt.

»Ich hätte für einen gesellschaftlichen Zusammenhalt gesorgt, beispielsweise durch Einführung des Frauenwahlrechts. Dann hätte in deinen Städten eine bessere Stimmung geherrscht, und das hätte positive Auswirkungen auf die Kreativität deiner Waffenkonstrukteure gehabt. Intensiver motiviert hätten sie wirksamere Waffen konstruiert und…«

»Du verlierst dich in Details.«

Maximilien betrachtete mißmutig die Schlachtfelder auf dem Bildschirm, beendete die Partie und starrte ins Leere. MacYavels Auge würde größer, und er klimperte mit den Wimpern, um die Aufmerksamkeit des Kommissars auf sich zu lenken.

»Nun, Maximilien, machst du dir immer noch Sorgen wegen dieser Revolution der Ameisen?«

»Ja. Kannst du mir weiterhelfen?«

»Selbstverständlich.«

Das Auge verschwand, und MacYavel begann durchs Internet zu surfen. Es dauerte nicht lange, bis er stolz verkündete: »Das habe ich im Teletext gefunden: ›Revolution der Ameisen‹, GmbH, Leitstelle.«

Maximilien beugte sich vor. MacYavel hatte etwas sehr Interessantes entdeckt. Von allein wäre er nie auf die Idee gekommen, daß diese sogenannten Revolutionäre im Internet ihr Unwesen treiben könnten. Er hatte sie offenbar unterschätzt, aber vielleicht würde er jetzt endlich erfahren, was sie dort im Gymnasium eigentlich trieben.

Auf dem Bildschirm war zu sehen, welche Filialen die GmbH ›Revolution der Ameisen‹ gegründet hatte:

- ›Fragenzentrum‹
- Künstliche Welt *Infra-World*
- Bekleidung ›Schmetterling‹
- Architekturbüro ›Ameisenhaufen‹
- Natürliche Lebensmittel ›Met‹

Außerdem gab es ein Forum, wo über die Themen und Ziele der ›Revolution der Ameisen‹ diskutiert wurde und ein anderes, wo die Leute eigene neue Projekte vorschlagen konnten.

Der Computer zeigte, daß ein gutes Dutzend Schulen und Universitäten in aller Welt enge Kontakte zu Fontainebleau unterhielt und die ›Revolution der Ameisen‹ nachahmte.

MacYavel hatte ihm einen unschätzbaren Dienst erwiesen, und Maximilien sah seinen Computer jetzt mit ganz anderen Augen. Zum erstenmal im Leben hatte er das Gefühl, nicht nur von einer neuen Generation überholt und abgehängt worden zu sein, sondern auch von einer Maschine. MacYavel war es gelungen eine Bresche in die Festung der ›Revolution der Ameisen‹ zu schlagen, und nun konnte Maximilien Einblick nehmen und dadurch vielleicht irgendwelche Schwachstellen entdecken.

Sofort nahm MacYavel Kontakt zum ›Fragenzentrum‹ auf und erhielt ohne weiteres Auskunft über die Infrastruktur der GmbH ›Revolution der Ameisen‹. Der Kommissar konnte es einfach nicht fassen: Diese Revolutionäre waren so naiv oder so selbstsicher, daß sie freiwillig Informationen über ihre Organisation preisgaben.

Er las und verstand endlich alles. Mit Hilfe der modernen Informatik führten diese Jugendlichen eine Revolution durch, die in der Geschichte wohl nicht ihresgleichen hatte.

Bisher hatte Maximilien geglaubt, daß eine Revolution in der heutigen Welt vor allem auf die Unterstützung der Medien, speziell des Fernsehens angewiesen war, doch diese Schüler verwirklichten ihre Ziele, ohne daß sich auch nur ein einziger lokaler Fernsehsender für sie interessierte. Das Fernsehen lieferte Millionen Menschen bruchstückhafte Informationen frei Haus. Die Meuterer von Fontainebleau erreichten hingegen per Internet einen relativ kleinen, aber dafür sehr interessierten Personenkreis, den sie mit lückenlosen Informationen versorgten.

Dem Kommissar gingen die Augen auf. Wenn man die Welt verändern wollte, waren die üblichen Medien entbehrlich geworden, weil das Internet viel effektiver war – diskret und wirklich informativ.

Gleich darauf erlebte er eine zweite Überraschung, diesmal in puncto Wirtschaft. Weil man sogar in die Buchführung der GmbH ›Revolution der Ameisen‹ Einblick nehmen konnte, stellte Maximilien fest, daß sie durchaus Gewinne machte, und das, obwohl sie sich nur aus winzigen Filialen zusammensetzte.

Wenn man gründlich darüber nachdachte, war das sogar einleuchtend. Eine einzige riesige Gesellschaft war ein starres, streng hierarchisches Gebilde. In diesen Kleinstunternehmen kannte hingegen jeder jeden, und es herrschte ein echtes Vertrauensverhältnis. Hier gab es auch keine aufgeblähte Verwaltung und keine Wichtigtuer.

Doch diese in ›Ameisen-Filialen‹ zersplitterte GmbH hatte offensichtlich noch einen weiteren Vorteil: Das Risiko, Pleite zu machen, war geringer. Wenn eine solche Filiale sich als unrentabel erwies, konnte sie mühelos aufgelöst und sofort durch eine andere ersetzt werden, ohne daß hohe Verluste entstanden. Gewiß, eine einzelne Filiale erzielte auch keine fantastischen Gewinne, aber bekanntlich macht auch Kleinvieh Mist, so daß die GmbH ›Revolution der Ameisen‹ schon nach diesen wenigen Tagen finanziell einigermaßen abgesichert war.

Der Kommissar fragte sich, ob die jungen Leute sich auf eine Wirtschaftstheorie gestützt, oder ob sie unter den gegebenen Umständen einfach Geschick und Einfallsreichtum bewiesen hatten.

Vielleicht war das die Botschaft dieser ›Revolution der Ameisen‹: Die Dinosauriergesellschaften hatten sich überlebt, die Zukunft gehörte den Ameisengesellschaften.

Wie auch immer, eines stand fest: Dem Erfolg dieser Jugendbande mußte sofort ein Ende gesetzt werden, bevor sie sich in der Wirtschaft etablieren konnte.

Maximilien griff zum Telefon und rief Gonzague Dupeyron an, den Anführer der Schwarzen Ratten.

Großen Übeln konnte man manchmal mit unscheinbaren Mitteln abhelfen …

155. Die Schlacht mit Laternen

Der erste Angriff der riesigen Armee ist für die Neo-Belokanerinnen eine einzige Katastrophe. Nach zwei Stunden erbitterten Kampfes bricht ihre Abwehr völlig zusammen und wird von den Zwerginnen niedergemetzelt. Zufrieden mit dem bisher Erreichten, verschieben diese die Erstürmung der Stadt auf den nächsten Morgen und organisieren statt dessen ihr Biwak.

Während Verletzte und Sterbende nach Bel-o-kan gebracht werden, hat Prinzessin Nr. 103 endlich eine Idee. Sie versammelt ihre letzten einsatzfähigen Truppen um sich und zeigt ihnen, wie man Laternen herstellt. Wenn man das Feuer schon nicht als Waffe einzusetzen vermag, könnte man es immerhin als Licht- und Wärmequelle nutzen, denn im Augenblick ist nicht die Armee der Zwergameisen ihr größter Feind, sondern die Nacht – und das Feuer vermag die Nacht zu besiegen.

Gegen Mitternacht kann man deshalb etwas Unglaubliches sehen: einen Lichterzug, der auf das feindliche Lager zumarschiert. Mit Hilfe der Laternen aus Pappelblättern, die sie auf dem Rücken tragen, können die roten Ameisen im Dunkeln sehen und sich mühelos bewegen, während der Feind fest schläft.

Das Biwak der Zwerginnen sieht wie eine große schwarze Frucht aus, aber in Wirklichkeit ist es eine lebendige Stadt, deren Mauern und Straßen aus starren Insekten bestehen.

Die Prinzessin dringt zusammen mit ihren Kriegerinnen ins Feindeslager ein. Glücklicherweise ist die Nacht so kalt, daß alle so gut wie betäubt sind.

Welch seltsames Gefühl, durch Korridore zu laufen, deren Wände, Decken und Böden aus Ameisen bestehen!

Unser einziger wirklicher Feind ist die Furcht, macht die Prinzessin sich selbst Mut. Die Nacht ist ihr Verbündeter, denn die Zwerginnen werden noch mehrere Stunden schlafen.

Nr. 5 warnt, man dürfe nicht zu lange an einem Ort verharren, denn sonst würden die Mauern durch die Wärme der Laternen zum Leben erwachen, und dann könnte es zum Kampf kommen. Deshalb beeilen sich die Belokanerinnen, ihren regungslosen Feinden mit ihren Mandibeln die Kehle durchzuschneiden, allerdings nur zur Hälfte, denn viele herabrollende Köpfe könnten in ihren eigenen Reihen großen Schaden anrichten.

Während der Nacht Krieg zu führen ist für die Ameisen eine so neue Erfahrung, daß sie ständig improvisieren müssen. Beispielsweise dürfen sie nicht zu tief ins Biwak eindringen, weil ihre Laternen sonst aus Luftmangel erlöschen würden. Auch muß man zunächst die äußeren Schichten der Feinde töten und vorsichtig abschütteln, weil es sonst ein Chaos gäbe.

Die Prinzessin und ihre Kriegerinnen morden ohne Unterlaß, wobei Wärme und Licht der Laternen wie ein Aufputschmittel wirken, so daß sie in einen Blutrausch verfallen.

Nur Nr. 103 behält einen halbwegs klaren Kopf und denkt: *Ist so etwas wirklich notwendig, um dem Fortschritt zum Sieg zu verhelfen?*

Der sensible Prinz hält dieses Gemetzel nicht lange durch, und die Prinzessin hat dafür Verständnis. Man weiß ja, daß Männchen die reinsten Mimosen sind! Sie bittet ihn nur, draußen auf sie zu warten.

Das viele Töten ermüdet die Ameisen, und sobald der erste Blutrausch verflogen ist, verspüren sie auch Skrupel. Ein fairer Zweikampf ist eben doch etwas ganz anderes als dieses Abschlachten eines schlafenden Feindes.

Der Oleinsäuregestank, den die Leichen verströmen, ist so unerträglich, daß die Belokanerinnen das Biwak zwischendurch verlassen müssen, um frische Luft zu schnappen, doch Nr. 103 mahnt zur Eile, denn die Nacht ist kurz.

Ihre Mandibel lassen durchsichtiges Blut aus den Kehlen hervorspritzen, das die eine oder andere Laterne löscht. Ihrer Wärmequelle beraubt, schlafen diese Ameisenträgerinnen sofort mitten zwischen ihren Feinden ein.

Das Verhalten der Finger muß ansteckend sein, wenn Ameisen sich jetzt auf diese feige Weise bekriegen, überlegt die Prinzessin, aber sie weiß auch genau, daß alle Zwerginnen, die am Leben bleiben, am nächsten Morgen das neue Bel-o-kan angreifen werden.

Ihr bleibt keine andere Wahl, als zu morden. Krieg beschleunigt nun einmal den Lauf der Geschichte.

Nr. 5 hat vom Töten einen Krampf in den Mandibeln. Sie ruht sich einen Augenblick aus, stärkt sich an einer toten Zwergin und putzt ihre Fühler, bevor sie sich wieder an die Arbeit macht.

Im Morgengrauen kehren die Kriegerinnen erschöpft und blutverkrustet in ihre Stadt zurück, während die ersten Sonnenstrahlen das Biwak wecken.

Die Prinzessin begibt sich wieder auf die Kuppel, um die Reaktion des Feindes zu beobachten, und sie braucht nicht lange zu warten. Vom Schlaf erwacht, können die

Zwerginnen nicht begreifen, was während der Nacht vorgefallen ist. Wer hat ihre Gefährtinnen meuchlings ermordet? Die Überlebenden treten hastig den Rückzug an, und kurz darauf bitten Abgesandte der roten Ameisen, die gegen ihre Hauptstadt rebelliert haben, um Einlaß und unterwerfen sich demütig.

Die Kunde von der Niederlage der Zwerginnen macht sehr schnell die Runde, und aus allen Ameisenbauten der Nachbarschaft strömen Soldatinnen zuhauf herbei und wollen der neo-belokanischen Föderation angehören.

Prinzessin Nr. 103 und Prinz Nr. 24 empfangen die Abgesandten und zeigen ihnen die verschiedenen Labors, aber vom Einsatz der Laternen erfährt niemand etwas. Man kann nie wissen, ob nicht neue Feinde auftauchen, und eine Geheimwaffe ist von unschätzbarem Wert.

Auch Nr. 23 hat großen Zulauf. Sie behauptet, die Götter hätten ihre Gebete erhört und die Stadt gerettet.

»Die Götter haben uns gerettet, weil sie uns lieben«, verkündet sie, ohne zu wissen, was das Wort ›Liebe‹ bedeutet.

156. Enzyklopädie

Die Rattenafter Näherin: Ende des 19. Jahrhunderts kam es in Konservenfabriken der Bretagne zu einer Rattenplage, und niemand wußte, wie man ihrer Herr werden sollte. Katzen konnte man nicht einsetzen, denn die hätten lieber die regungslosen Sardinen als die umherhuschenden Nager gefressen. Schließlich kam jemand auf die Idee, einer lebenden Ratte mit dickem Roßhaar den After zuzunähen. Die Ratte, die ihren Kot nicht mehr ausscheiden konnte, wurde vor Schmerz und Wut verrückt und verwandelte sich in ein wildes Raubtier, das seine Artgenossen biß, bis diese die Flucht ergriffen.

Die Arbeiterin, die diese schmutzige Arbeit erledigt hatte, erhielt eine Gehaltserhöhung und wurde zur Vorarbeiterin befördert, doch für die anderen Arbeiterinnen der Sardinenfabrik war die ›Rattenarschlochnäherin‹ eine Verräterin, denn nachdem sich eine von ihnen zu dieser widerlichen Tätigkeit bereit erklärt hatte, wurde das auch von anderen erwartet.

EDMOND WELLS,
Enzyklopädie des relativen und absoluten Wissens, Band III

157. Julie ergreift die Initiative

Die rechte Gehirnhälfte der ›Revolution der Ameisen‹ produzierte so viele neue Ideen, daß die linke Gehirnhälfte kaum nachkam, sie kritisch zu prüfen und in die Tat umzusetzen. Am siebenten Tag konnten die Revolutionäre sich rühmen, eine der mannigfaltigsten Gesellschaften der Welt zu sein.

Energieeinsparung, Recycling, elektronisches Spielzeug, Computerspiele, künstlerische Projekte ... In aller Stille fand eine kulturelle Mini-Revolution statt; nur eifrige Internet-Surfer wußten etwas davon.

Der Lehrer für Wirtschaftskunde, der von diesem Einfallsreichtum fasziniert war, kümmerte sich um Buchführung und Finanzen, um Steuerformalitäten und sonstigen Papierkram.

Das Gymnasium hatte sich in einen richtigen Ameisenhaufen verwandelt, wo jeder irgendeiner sinnvollen Beschäftigung nachging. Feste wurden nur noch abends gefeiert, um sich von den Anstrengungen des Tages zu erholen.

Francine behielt ihre *Infra-World* ständig im Auge, ohne in das Leben der Bewohner einzugreifen. Sie sorgte nur dafür, daß das ökologische Gleichgewicht gewahrt blieb. Wenn irgendeine Tierart sich zu stark vermehrte, ersann sie einen natürlichen Feind und führte ihn in ihre virtuelle Welt ein. Als beispielsweise die Taubenplage überhand nahm, erfand sie eine in Großstädten lebende Wildkatze, für die es selbstverständlich auch einen speziellen Feind geben mußte … Auf diese Weise entdeckte sie, daß eine möglichst große Artenvielfalt die beste Garantie für ökologische Ausgewogenheit war.

Narcisse machte sich mit seinen ›Schmetterlings‹-Modellen allmählich einen Namen als Modeschöpfer, ohne eine einzige Modenschau präsentiert zu haben.

Davids ›Fragenzentrum‹ erfreute sich so großer Beliebtheit, daß er einen Teil der Anfragen an andere Unternehmen dieser Art weiterleiten mußte, die leichter Kontakt mit Privatdetektiven und Philosophen aufnehmen konnten.

Im Biologiesaal vertrieb Ji-woong sich die Zeit damit, aus Pauls Met eine Art Cognac zu destillieren. Er arbeitete konzentriert bei Kerzenlicht und blickte lächelnd auf, als Julie ihn besuchen kam. Zu seiner großen Überraschung griff sie wortlos nach einem seiner Reagenzgläser und leerte es auf einen Zug.

»Du bist die erste, die meinen Cognac probiert. Schmeckt er dir?«

Ohne zu antworten, trank sie gierig drei weitere Reagenzgläser aus.

»Paß auf, du wirst davon betrunken«, warnte der Koreaner.

»Ich … will, ich … will …«, stammelte das junge Mädchen.

»Was willst du?«

»Ich will mit dir schlafen«, sprudelte es plötzlich aus ihr hervor.

Ji-woong traute seinen Ohren nicht. »Du bist betrunken!«

»Ich mußte mir Mut antrinken, um das über die Lippen zu bringen. Oder gefalle ich dir nicht?«

Er fand sie hinreißend. Seit sie wieder normal aß, hatte ihr Körper etwas weichere Konturen angenommen, und die Revolution hatte auch ihre Haltung beeinflußt: Sie zog die Schultern nicht mehr ein und trug den Kopf hoch. Sogar ihr Gang war anmutiger geworden.

Julie streifte rasch ihre Kleider ab und stand nackt vor dem jungen Koreaner, dem seine Erregung deutlich anzusehen war. Er ließ sich auf eine Matratze fallen und zog sie mit sich, und sie wehrte sich nicht, denn sie hatte nur den einen Wunsch, ihn so leidenschaftlich zu küssen wie in der Nachtbar.

»Du bist schön … wunderschön«, stammelte der junge Mann. »Und du riechst so gut … wie eine Blume. Seit ich dich gesehen habe, bin ich …«

Sie brachte ihn mit einem Kuß zum Schweigen. Ein Luftzug öffnete das Fenster und löschte die Kerzen aus. Ji-woong wollte aufstehen, um sie wieder anzuzünden, aber sie hielt ihn fest.

»Nein, ich habe Angst, auch nur eine Sekunde Zeit zu verlieren. Ich befürchte, daß die Erde sich auftun könnte, um mich daran zu hindern, endlich zu erleben, worauf ich so lange verzichtet habe … Was macht es schon aus, wenn wir uns im Dunkeln lieben?«

Das offene Fenster schlug gegen die Wand, und die Scheibe klirrte laut.

Sehen konnte Julie jetzt nichts mehr, aber ihr blieben ja noch andere Sinne. Sie tastete nach Ji-woongs Hose und schmiegte sich an ihn. Als ihre zarte Haut mit seiner rauheren in Berührung kam, hatte sie das Gefühl, plötzlich elektrisiert zu sein.

Ji-woong wölbte seine Hände um ihre Brüste, und dadurch wurde ihr zum erstenmal bewußt, wie straff und weich zugleich sie waren. Sie atmete schneller und warf den Kopf zurück.

Langsam, ganz langsam näherten sich ihre Lippen dem Mund des Koreaners …

Plötzlich wurde ihre Aufmerksamkeit abgelenkt. Ein riesiger Komet flog am offenen Fenster vorbei, ein Komet mit Feuerschweif. Aber es war kein Komet, sondern ein Molotowcocktail.

158. ENZYKLOPÄDIE

Schamanismus: Fast alle Kulturen der Menschheit kennen den Schamanismus. Die Schamanen sind weder Anführer noch Priester, weder Zauberer noch Weise. Ihre Aufgabe besteht einfach darin, den Menschen mit der Natur zu versöhnen.

Bei den Indianern von Surinam dauert der erste Abschnitt der Ausbildung eines Schamanen 24 Tage, aufgeteilt in vier Teile mit jeweils drei Tagen Unterricht und drei Tagen Ruhe. Die Lehrlinge – meistens sechs Jugendliche in der Pubertät, weil der Charakter in diesem Alter noch biegsam ist – werden in Traditionen, Gesänge und Tänze eingeführt. Sie beobachten und imitieren die Bewegungen und Laute der Tiere, um sie besser verstehen zu können. Während dieser Grundausbildung essen sie fast nichts, kauen aber Tabakblätter und trinken Tabaksaft. Fasten und Tabak rufen hohes Fieber und andere Beschwerden hervor. Außerdem müssen sie während dieser Initiation lebensgefährliche körperliche Anstrengungen unternehmen, die ihr persönliches Empfinden vernichten sollen. Nach einigen Tagen dieser harten Ausbildung erleben die Jugendlichen einen Zustand ekstatischer Trance, in dem sie bestimmte Kräfte ›sehen‹ können.

Die Initiation in den Schamanismus dient der Anpassung des Menschen an die Natur. Bei großer Gefahr paßt man sich entweder an, oder aber man stirbt. Bei großer Gefahr beobachtet man, ohne alles durch den Intellekt zu filtern. Man lernt es, zu verlernen.

Der zweite Abschnitt der Ausbildung dauert drei Jahre. Während dieser Zeit muß der Jugendliche allein im Wald leben und sich selbst ernähren. Wenn er das überlebt, kehrt er erschöpft, schmutzig und halb irr ins Dorf zurück. Dort nimmt sich ein alter Schamane seiner an und versucht, in ihm die Fähigkeit zu wecken, wirre Halluzinationen in kontrollierte ›ekstatische‹ Zustände umzuformen.

Es ist paradox, daß diese Erziehung, bei der sich der Mensch zeitweilig in ein wildes Tier verwandelt, aus dem Schamanen letzten Endes einen Super-Gentleman macht. Nach abgeschlossener Ausbildung ist er seinen Mitbürgern an Selbstbeherrschung, intellektuellen und intuitiven Fähigkeiten und moralischer Erkenntnis weit überlegen. Die jakutischen Schamanen in Sibirien erreichen ein geistiges Niveau, das mindestens dreimal so hoch ist wie das ihrer Stammesgenossen.

Professor Gérard Amzallag, Autor des Buches *Philosophie biologique*, vertritt die Ansicht, daß die Schamanen nicht nur die Hüter der mündlichen Überlieferung, sondern auch deren Verfasser sind. Diese Mythen, Heldensagen und Lieder bilden die Grundlage der Dorfkultur.

Heutzutage werden während der Initiation immer häufiger Narkotika und halluzinogene Pilze verwendet. Dadurch sinkt das Niveau der Ausbildung, und die jungen Schamanen besitzen nicht mehr die Kraft und Ausstrahlung ihrer Vorgänger.

EDMOND WELLS,
Enzyklopädie des relativen und absoluten Wissens, Band III

159. Abenddämmerung der ›Revolution der Ameisen‹

Der Molotowcocktail glich im Flug einem schönen Feuervogel, aber er war so gefährlich wie ein feuerspeiender Drache. Die Schwarzen Ratten verstanden gut damit umzugehen. Die Decken am Gitter brannten lichterloh und stanken nach Nylon. Sobald sie verkohlt waren, hatten die Angreifer freie Sicht auf den Schulhof.

Julie zog sich hastig an. Ji-woong versuchte sie zurückzuhalten, aber sie mußte ihrer Revolution zu Hilfe eilen, deren Schmerzensschreie sich in ihren Ohren wie die eines waidwunden Tieres anhörten.

Ihre Leber beeilte sich, den Cognac zu verarbeiten, der

ihre Reflexe verlangsamte. Jetzt war schnelles Handeln gefordert.

Sie rannte durch die Korridore. Panik im Ameisenhaufen. Alle waren völlig kopflos.

Die Schwarzen Ratten schleuderten ihre Molotowcocktails jetzt gezielt auf die Zelte und Stände.

Die Revolutionäre konnten die Brände nicht mit Wasser löschen, weil die Zisterne fast leer war. David riet ihnen, statt dessen Sand zu verwenden, aber auch das half nicht viel.

Ein Molotowcocktail traf den Kopf der großen Kunststoffameise, die sofort in Flammen aufging. Julie, die noch vor gar nicht langer Zeit das ganze Gymnasium in Schutt und Asche hatte legen wollen, begriff erst jetzt, welch schreckliche Waffe das Feuer war. Und mittlerweile hatte sie in der *Enzyklopädie* auch gelesen, daß dieser Molotow, nach dem der Sprengkörper benannt war, ein Gefolgsmann Stalins und ein Reaktionär der übelsten Sorte gewesen war.

Auch Pauls Lebensmittelstand geriet in Brand. Seine Metbonbons schmolzen und verbreiteten Karameldüfte.

Gegenüber dem Gymnasium war ein Polizeiwagen geparkt, aber die Polizisten geboten den Schwarzen Ratten keinen Einhalt. Die Revolutionäre hätten den Angriff gern erwidert, aber Julie erklärte entschieden: »Wir dürfen uns nicht provozieren lassen. Das wollen sie doch nur erreichen.«

»Ich lasse mich aber nicht gern ohrfeigen, ohne zurückzuschlagen!« rief eine Amazone.

»Wir wollen doch zeigen, daß eine gewaltlose Revolution möglich ist«, hielt Julie ihr entgegen. »Und wir dürfen uns nicht genauso primitiv aufführen wie diese Rowdys. Löscht die Brände und bewahrt Ruhe.«

Die Revolutionäre versuchten die Flammen mit Sand zu ersticken, aber die Schwarzen Ratten schleuderten immer neue Molotowcocktails. Narcisses Stand wurde getroffen. Er stürzte aufgeregt dorthin.

»Meine Kollektion ist einzigartig! Wir müssen sie retten!«

Doch dafür war es schon zu spät. Außer sich vor Wut, packte Narcisse eine Eisenstange, riß das Tor auf und stürmte auf die Schwarzen Ratten zu, doch obwohl er wie ein Löwe kämpfte, konnte er gegen Dupeyrons Bande natürlich nichts ausrichten. Bevor Ji-woong, Paul, Léopold und David ihm zu Hilfe eilen konnten, wurde er brutal zusammengeschlagen. Wie durch Zauberei war sofort ein Krankenwagen zur Stelle, der den Verletzten mit heulender Sirene abtransportierte.

Das war zuviel für Julie. »Narcisse! Sie wollen Gewalt ... Nun gut, dann sollen sie sie haben!«

Sie befahl den Amazonen, die Schwarzen Ratten zu verfolgen, und die jungen Mädchen rannten begeistert zum Tor hinaus, aber die Rolle der ›Gendarmen‹ lag ihnen weniger als die der ›Räuber‹, und so wurden sie von den Burschen, die ihnen in dunklen Seitenstraßen auflauerten, mühelos überwältigt.

Der Kommissar verfolgte die Entwicklung aus einiger Entfernung durchs Fernglas und war sehr zufrieden. Das Tor stand offen, ein Großteil der Revolutionäre war hinausgerannt, und der Rest war damit beschäftigt, die Brände zu löschen. Der junge Dupeyron hatte wirklich gute Arbeit geleistet. Nicht umsonst floß das Blut des energischen Präfekten in seinen Adern! Maximilien bedauerte, ihn nicht schon früher um Hilfe gebeten zu haben. Hingegen waren die Revolutionäre doch nicht so schlau, wie er geglaubt hatte. Ein rotes Tuch hatte genügt, um sie bis zur Weißglut zu reizen.

Maximilien rief den Präfekten an und informierte ihn, daß es diesmal Verletzte gebe.

»Schwerverletzte?«

»Ja, und vielleicht sogar einen Toten. Er wurde vorhin in die Klinik gebracht.«

Dupeyron überlegte. »Also sind diese Unruhestifter doch noch in die Falle der Gewaltanwendung geraten ... Jetzt haben Sie grünes Licht, das Gymnasium möglichst schnell räumen zu lassen!«

160. Gedächtnispheromon

Registratorin Nr. 10

REGULIERUNG:

Die Finger verzeichnen ein sehr hohes Bevölkerungswachstum und haben so gut wie keine natürlichen Feinde mehr. Wie verhindern sie eine Bevölkerungsexplosion?

Diese Regulierung erfolgt auf folgende Art und Weise:

– Durch Kriege
– Durch Autounfälle
– Durch Fußballspiele
– Durch Hungersnöte
– Durch Drogen.

Offenbar haben die Finger die biologische Geburtenkontrolle im Gegensatz zu uns noch nicht entdeckt: Sie produzieren zu viele Kinder und korrigieren das erst hinterher.

Dieses archaische Verfahren müßte verbessert werden, denn sie vergeuden sehr viel Energie, indem sie Unmengen an Brutkammern einrichten, obwohl sie genau wissen, daß ein Teil der Brut später eliminiert werden muß.

Trotz dieser Regulierungsmechanismen ist das Bevölkerungswachstum der Finger erschreckend.

Es soll schon mehr als fünf Milliarden von ihnen geben.

Diese Zahl hört sich vielleicht lächerlich an, verglichen mit der Anzahl von Ameisen auf dem Planeten, aber das Problem besteht darin, daß ein einziger Finger sehr viele Pflanzen und Tiere vernichtet und eine Unmenge an Luft und Wasser verschmutzt.

Fünf Milliarden Finger kann unser Planet vielleicht gerade noch verkraften, mehr aber ganz bestimmt nicht.

Die Tatsache, daß die Finger sich weiter vermehren, wird zweifellos zur Folge haben, daß Hunderte von Tier- und Pflanzenarten verschwinden.

161. Religionskrieg

Prinzessin Nr. 103 nimmt den Kollektivgeist der Bevölkerung ihrer Stadt wahr – jung, frisch, begeistert und neugierig –, und sie ist stolz darauf, das zuwege gebracht zu haben, denn bekanntlich sind normalerweise nur Kinder lernbegierig.

Was ihr Sorgen bereitet, ist die Gegenströmung, die allgemeines Unbehagen und manchmal sogar Angst auslöst. Am vierten Tag der neuen Ära entscheidet die Prinzessin, daß die Gottgläubigen nun genug Unheil gestiftet haben. Auf allen Gängen sind ihre mystischen Kreise zu sehen, und sie verpesten die Luft mit ihren eintönigen Gebetspheromonen.

Die Prinzessin hat die Welt gesehen. Sie weiß, daß die Finger keine Götter sind, sondern nur große, schwerfällige Tiere, die sich ganz anders als die Insekten verhalten. Gewiß, auch sie schätzt den Erfindungsreichtum der Finger, aber es ist völlig absurd und schädlich, sie als Götter zu verehren. Nr. 103 kann sich der Unterstützung der wissenschaftlichen und militärischen Kasten sicher sein, wenn sie den selbstzufriedenen Gläubigen Einhalt gebieten will.

Wenn man Efeu, der einen Strauch umschlingt, nicht rechtzeitig ausreißt, wird er den Strauch töten.

Prinzessin Nr. 103 will die Religion in ihrer Stadt ausrotten, bevor sie alles überwuchert. Aberglaube ist ansteckend, und wenn sie nicht rasch eingreift, wird sie nicht das letzte Pheromonwort haben.

Sie ruft die zwölf jungen Kundschafterinnen zu sich.

Wir müssen die Gottgläubigen töten.

Angeführt von Nr. 13, setzt sich sofort eine Truppe in Marsch, fest entschlossen, diesen Auftrag erfolgreich auszuführen.

162. ENZYKLOPÄDIE

Rätsel der Delphine: Proportional zur Körpergröße gesehen, hat der Delphin das größte Gehirnvolumen aller Säugetiere. Bei gleicher Schädelgröße wiegt das Gehirn eines Schimpansen durchschnittlich 375 Gramm, das des Menschen 1450 Gramm, das des Delphins 1700 Gramm.

Das Leben der Delphine ist ein Rätsel.

Wie wir Menschen, so atmen auch die Delphine Luft, und die Weibchen säugen ihre Kleinen. Der Delphin ist ein Säugetier, weil er einst an Land gelebt hat. Ja, Sie haben richtig gelesen: Einst hatten die Delphine Pfoten und liefen auf der Erde herum. Sie müssen ähnlich wie Robben ausgesehen haben. Doch aus unbekannten Gründen hatten sie eines Tages das Leben an Land satt und zogen sich ins Wasser zurück.

Man kann sich leicht vorstellen, was die Delphine mit ihren 1700g schweren Gehirnen heutzutage darstellten, wenn sie sich für ein ständiges Leben an Land entschieden hätten: Sie wären unsere Konkurrenten. Wahrscheinlich wären sie uns sogar überlegen. Warum haben sie das Leben im Wasser vorgezogen? Nun, das Leben im Wasser hat viele Vorteile. Man kann sich in drei Dimensionen bewegen, während man an Land auf zwei beschränkt ist. Im Wasser braucht man keine Kleidung, kein Haus und keine Heizung.

Betrachtet man das Skelett eines Delphins, stellt man fest,daß seine Vorderflossen noch das Knochengerüst von Händen mit langen Fingern zeigen, letzte Spuren seines einstigen Lebens an Land. Doch als diese Hände sich in Flossen verwandelten, konnte sich der Delphin zwar mit hoher Geschwindigkeit im Wasser bewegen, aber er war nicht mehr in der Lage, Werkzeuge herzustellen. Vielleicht haben wir die unzähligen Gegenstände, die unsere organischen Fähigkeiten ergänzen, nur erfunden, weil wir unserer Umgebung sehr schlecht angepaßt waren. Hingegen ist der Delphin seiner Umgebung perfekt angepaßt, und deshalb braucht er kein Auto, kein Fernsehen, keine Gewehre und keine Computer. Allem Anschein nach haben die Delphine eine eigene Sprache entwickelt, ein akustisches Kommunikationssystem mit einem enormen Schallspektrum. Die menschliche Sprache hat eine Frequenz von 100 bis 5000 Hertz, während die Sprache der Delphine, einen Frequenzbereich von 7000 bis 170 000 Hertz umfaßt. Das erlaubt natürlich eine sehr nuancenreiche Ausdrucksweise. Der Direktor des Forschungslabors von Nazareth Bay, Dr. John Lilly, ist davon überzeugt, daß die Delphine seit langem den Wunsch haben, mit uns zu kommunizieren. Sie nähern sich ganz spontan, wenn sie Menschen an Stränden oder in Booten sehen. Sie machen Luftsprünge und pfeifen dabei so, als wollten sie uns etwas erklären. »Manchmal scheinen sie sogar verärgert zu sein, daß kein Mensch sie versteht«, sagt dieser Forscher.

EDMOND WELLS,
Enzyklopädie des relativen und absoluten Wissens, Band III

163. Der Angriff auf das Gymnasium von Fontainebleau

Gewalt. Schreie. Flammen. Zerbrochene Gegenstände. Schwere Schritte. Drohungen. Beschimpfungen. Geballte Fäuste. Nach den Molotowcocktails der Rowdys nun das Tränengas der Polizei.

Die Zelte waren jetzt leer. Die Revolutionäre rannten durch die Gänge des Gymnasiums und bewaffneten sich mit Stöcken, Besen und Konservenbüchsen – mit allem, was ihnen gerade in die Hände fiel. Einige Amazonen, die bei der Verfolgung der Schwarzen Ratten nicht verletzt worden waren, kehrten rasch in die Schule zurück und verteilten Schleudern, die sie in den letzten Tagen mehr oder weniger zum Spaß angefertigt hatten.

Doch was ließ sich damit schon gegen eine Polizeitruppe ausrichten? Maximilien hatte seine Männer aufgeteilt: Die einen griffen durch das offene Tor an, doch die meisten waren aufs Dach geklettert und räumten nun systematisch ein Stockwerk nach dem anderen, indem sie die ›Fleischwolftaktik‹ anwandten: sie übten von oben leichten Druck aus, und die Menge flüchtete nach unten.

Der Kommissar überwachte die Einnahme des Gymnasiums vom Balkon eines nahegelegenen Hauses aus und kam sich dabei fast wie Scipio vor, der das brennende Karthago beobachtet. Er wollte nicht wieder den Fehler begehen, seine jungen Gegner zu unterschätzen.

Julie suchte nach den sechs Zwergen – Narcisse, der siebente, war ja nicht mehr da! Endlich fand sie zwei im Informatiklabor; Francine und David wollten gerade die Festplatten aus den Computern herausnehmen.

»Wir müssen unsere Programme in Sicherheit bringen«, erklärte David, »denn wenn sie der Polizei in die Hände fallen, kann sie unsere ganzen Filialen und Handelsbeziehungen blockieren.«

»Und wenn wir mit den Platten geschnappt werden?« wandte Julie ein. »Das wäre noch viel schlimmer.«

»Vielleicht sollten wir unser ganzes Material an einen befreundeten ausländischen Computer transferieren. Damit der Geist der ›Revolution der Ameisen‹ einen vorübergehenden Zufluchtsort hat.«

»Die Studenten der biologischen Fakultät von San Francisco unterstützen uns, und sie haben einen Computer mit enormer Speicherkapazität. Dort wären unsere ›Memoiren‹ gut aufgehoben«, meinte David.

Sie riefen die amerikanischen Studenten an, die sofort einverstanden waren, und begannen damit, ihre Programme zu überspielen. Erst jetzt wurde ihnen bewußt, was sie in den letzten Tagen geleistet hatten. Allein das ›Fragenzentrum‹ hätte in Buchform einen Umfang von Hunderten dicker Enzyklopädien gehabt!

Auf dem Korridor waren schwere Schritte zu hören. Die Polizei kam immer näher.

Francine erhöhte das Tempo der Computer von 56 000 Bits pro Sekunde auf 112 000 Bits.

Fäuste hämmerten gebieterisch gegen die abgeschlossene Tür. David und Julie schoben rasch Möbel davor, um die Ordnungshüter aufzuhalten, bis Francine mit der Überspielung fertig war.

»So, das hätten wir!« rief sie zufrieden. »Unser gesamtes Material ist jetzt 10 000 Kilometer von hier entfernt in Sicherheit, und selbst wenn für uns hier alles aus sein sollte, werden andere von unseren Erfahrungen profitieren und unsere Arbeit fortsetzen können.«

Julie warf erleichtert einen Blick aus dem Fenster. Auf dem Hof leisteten nur noch einige beherzte Amazonen erbitterten Widerstand.

»Ich glaube nicht, daß alles aus ist«, sagte sie. »Der Geist unserer ›Revolution der Ameisen‹ ist immer noch lebendig.«

Francine riß die Vorhänge herunter und knotete sie zu einem dicken Seil zusammen, das sie am Balkon befestigte. Sie kletterte als erste hinunter, und die beiden anderen wollten folgen, doch dann fiel David ein, daß es besser wäre, vorher noch alle Programme zu löschen. Ein Knopfdruck genügte, und ihre ganze Arbeit löste sich sozusagen in Luft auf. Jetzt konnten sie nur hoffen, daß die Überspielung nach San Francisco geklappt hatte.

Die Polizisten warfen sich mit den Schultern gegen die Tür. Höchste Zeit zu verschwinden!

Julie bedauerte plötzlich, beim Turnunterricht nicht etwas mehr Eifer an den Tag gelegt zu haben, aber Angst war eine gute Antriebskraft, und sie schaffte es, sich am Seil nach unten zu hangeln. Erst als sie auf dem Hof stand, fiel ihr siedend heiß ein, daß sie die *Enzyklopädie* nicht bei sich hatte. Lag das Buch oben im Informatiklabor? War ihr bester Freund schon der Polizei in die Hände gefallen?

Zu ihrer grenzenlosen Erleichterung erinnerte sie sich aber daran, daß sie das Werk im Probenraum zurückgelassen hatte, weil Léopold etwas nachlesen wollte. Während sie sich voll Schrecken zu erinnern versucht hatte, waren

David und Francine verschwunden. Auf dem Hof herrschte ein heilloses Durcheinander; Jungen und Mädchen rannten kopflos umher.

Maximilien hatte kein Interesse an 500 Gefangenen, ihm ging es nur darum, die Anführer der Revolte zu schnappen. »Ergebt euch, dann wird euch nichts passieren!« rief er durch sein Megafon, und seinen Männern befahl er: »Vergeudet keine Zeit mit den Statisten! Wir brauchen Julie Pinson.«

Allen Polizisten hatte man vorher die Personenbeschreibung des Mädchens mit den hellgrauen Augen und schwarzen Haaren gegeben, und so wurde es rasch gesichtet. Als jemand sie am Arm packte, wollte Julie instinktiv um sich schlagen, erkannte dann aber Davids Stimme: »Komm mit – schnell!«

Sie zögerte. »Wenn ich fliehe, ist das eine weitere Niederlage für mich ...«

»Mach es wie die Ameisen! Bei Gefahr fliehen ihre Königinnen immer durch unterirdische Notausgänge!«

Er zog sie mit sich in den Probenraum und schob sie in den Gang, den sie ja schon kannte, aber sie hastete plötzlich ins Zimmer zurück.

»Die *Enzyklopädie!*«

Zwischen den Decken suchte sie nach ihrem Schatz.

»Laß das Buch, die Bullen werden gleich hier sein!« warnte David.

»Niemals!«

Ein Polizist tauchte im Türrahmen auf. David schwang seine Krücke, um Zeit zu gewinnen, und es gelang ihm sogar, die Tür zuzuschlagen und zu verriegeln.

»Ich hab' sie!« rief Julie triumphierend, die *Enzyklopädie* in einer Hand, ihren Rucksack in der anderen. Sie verstaute das Buch rasch darin und folgte David in den unterirdischen Gang, der sich bald verzweigte. Mit Ji-woong hatte sie vor einigen Tagen den nach rechts führenden Weg eingeschlagen, der in die Keller der Nachbarschaft führte, doch David entschied sich für die stinkende Kanalisation.

164. Tod den Gläubigen!

Angeführt von Nr. 13 marschiert das Exekutionskommando durch die Gänge, von einem Stockwerk zum anderen. An die Katakomben im alten Bel-o-kan gewöhnt, haben die Gläubigen ihre Versammlungsräume auch in der neuen Stadt im 45. Untergeschoß eingerichtet, und hier unten haben sie nicht nur ihre symbolischen Kreise in die Wände geritzt, sondern richtige Fresken gemalt: Kreise, die Ameisen zerquetschen, Kreise, die Ameisen ernähren, Kreise, die mit Ameisen reden … ihre Vision von den Göttern!

Eine Gläubige kommt dem Kommando entgegen und wird ohne Vorwarnung mit Ameisensäure beschossen. Im Todeskampf streckt sie die Beine aus, so daß ihr Körper ein sechsarmiges Kreuz bildet, und stößt mit letzter Kraft ein starkes Bekenntnispheromon aus:

Die Finger sind unsere Götter.

165. Enzyklopädie

Die Paradoxie von Epimenides: Der Satz ›Dieser Satz ist falsch‹ demonstriert die Paradoxie von Epimenides. Welcher Satz ist falsch? Dieser Satz. Wenn ich sage, daß er falsch ist, sage ich die Wahrheit. Folglich ist er nicht falsch, sondern wahr. Der Satz wirft ohne Ende sein umgekehrtes Spiegelbild zurück.

EDMOND WELLS,
Enzyklopädie des relativen und absoluten Wissens, Band III

166. Flucht durch die Kanalisation

Sie tasteten sich im Dunkeln voran. Es stank, und der Boden war glitschig.

Julies Zeigefinger berührte etwas Weiches, Warmes.

Was mochte das sein? Ein Exkrement? Schimmel? Ein Tier? Eine Pflanze? Ihr ungeübter Tastsinn konnte ihr keine zuverlässigen Informationen liefern.

Um sich Mut zu machen, sang sie leise vor sich hin: »Eine grüne Maus ...«, und dabei stellte sie fest, daß sie dank dem Nachhall ihrer Stimme die Raummaße in etwa abschätzen konnte. Ihr geschultes Gehör machte die Mängel des Tastsinns wett.

Mit geschlossenen Augen klappte diese Art der Wahrnehmung sogar noch besser. Instinktiv verhielt Julie sich wie eine Fledermaus, die in ihrer Höhle das Raumvolumen durch Senden und Empfangen von Tönen ›ausmißt‹. Je schriller die Töne, desto besser kann sie Formen und sogar Hindernisse erkennen.

167. Enzyklopädie

Schule des Schlafs: Wir verschlafen 25 Jahre unseres Lebens und wissen trotzdem nicht, wie wir die Qualität und Quantität des Schlafs beeinflussen können.

Der Tiefschlaf, der uns die Erholung beschert, dauert nur eine Stunde pro Nacht und ist in kleine Abschnitte von 15 Minuten unterteilt, die sich – wie der Refrain eines Liedes – alle anderthalb Stunden wiederholen.

Es gibt Menschen, die zehn Stunden hintereinander schlafen, ohne diesen Tiefschlaf zu finden, und deshalb wachen sie völlig erschöpft auf.

Dabei könnten wir, wenn wir sofort in diesen Tiefschlaf verfallen würden, mit einer einzigen Stunde Schlaf auskommen und uns trotzdem erholen.

Wie soll man das anstellen?

Man muß seine Schlafzyklen registrieren. Dazu genügt es, sich auf die Minute genau zu notieren, wann jener ›tote Punkt‹ beginnt, der bei den meisten Menschen gegen 18 Uhr 36 einsetzt und danach alle anderthalb Stunden wiederkehrt. Hat man diesen ›toten Punkt‹ beispielsweise um 18 Uhr 36, werden die nächsten wahrscheinlich um 20 Uhr 06, 21 Uhr 26, 23 Uhr 06 usw. erfolgen. Das sind die Augenblicke, in denen der Zug des Tiefschlafs vorbeifährt.

Wenn man in einem dieser Augenblicke einschläft und sich zwingt, drei Stunden später wieder aufzuwachen (notfalls mit Hilfe eines Weckers), kann man seinem Gehirn allmählich beibringen, die Schlafphase zu komprimieren und nur den wichtigen Teil beizubehalten. Auf diese Weise kann man sich in kürzester Zeit erholen und steht ausgeruht auf. Eines Tages wird man zweifellos Kindern in der Schule beibringen, wie sie ihren Schlaf kontrollieren können.

EDMOND WELLS,
Enzyklopädie des relativen und absoluten Wissens, Band III

168. TOTENKULT

Das Exekutionskommando kommt in einen großen Saal mit seltsamen Skulpturen: ausgeweidete Ameisen, deren Panzer in Kampfstellungen verharren.

Die Soldatinnen weichen etwas zurück. Diese zur Schau gestellten Leichen sind einfach geschmacklos! Vom Hörensagen wußten sie schon, daß die Gottgläubigen Tote konservieren, um sie besser in Erinnerung behalten zu können. Das ist pervers, denn auf diese Weise können sie nicht wieder zu Erde werden, wie es sich gehört. Außerdem stinkt der ganze Saal bestialisch nach Oleinsäure, und dieser Verwesungsgeruch ist für jede halbwegs sensible Ameise unerträglich.

Obwohl die regungslosen Panzer keinen Funken Leben mehr in sich haben, scheinen sie die Kriegerinnen zu verhöhnen.

Vielleicht ist das die große Stärke der Gottgläubigen, denkt Nr. 13. *Sie üben auch nach ihrem Tod noch Einfluß aus.*

Prinzessin Nr. 103 hat erzählt, daß die Finger die Geburtsstunde ihrer Zivilisation mit dem Zeitpunkt gleichsetzen, als sie aufhörten, ihre Leichen einfach auf den Müllhaufen zu werfen. Das ist einleuchtend. Wenn man Toten eine Bedeutung beimißt, so heißt das, daß man an ein Leben nach dem Tod glaubt und vom Paradies träumt. Leichen nicht wie Abfall zu behandeln ist also keineswegs so harmlos, wie man zunächst glauben könnte.

»Friedhöfe sind eine Eigentümlichkeit der Finger, und in einem Ameisenbau haben sie nichts verloren«, entscheidet Nr. 13, während sie das makabre Museum betrachtet.

Die Soldatinnen zertrümmern die Skulpturen. Sie reißen mit ihren Greifern die trockenen Fühler aus den hohlen Schädeln und zerlegen die Panzer mit den Mandibeln, bis nur noch unidentifizierbare Bruchstücke den Boden bedekken, aber nach getaner Arbeit haben sie das ungute Gefühl, gegen einen wehrlosen Feind gekämpft zu haben.

Durch einen Quergang gelangen sie zu einem anderen großen Saal, wo Ameisen mit aufgerichteten Fühlern aufmerksam einer Ameise lauschen, die auf einer Art Podium steht. Das muß der ›Saal der Prophetien‹ sein, von dem die Kriegerinnen schon gehört haben.

Sie mischen sich unauffällig unter die Zuhörer. Die Predigerin ist natürlich Nr. 23, von allen Gläubigen ehrfürchtig ›die Prophetin‹ genannt. Sie predigt, daß irgendwo in der Höhe die riesigen Finger leben und daß diese Götter alle Handlungen der Ameisen überwachen und sie mitunter hart auf die Probe stellen würden, damit sie sich zum Glauben bekehren.

Das ist zuviel! Nr. 13 gibt ihren Kriegerinnen das Signal: *All diese verrückten Gottgläubigen töten!*

169. Die Verfolgung geht weiter

Auch das Summen von Kinderliedern vermochte Julie nicht mehr aufzumuntern.

David und sie hörten plötzlich huschende Geräusche

und sahen rote Punkte. Rattenaugen! Nach den Schwarzen Ratten nun auch noch die echten Nagetiere, die zwar viel kleiner, dafür aber zahlreicher waren.

Julie schmiegte sich an David. »Ich habe Angst.«

David schlug die Biester mit seiner Krücke in die Flucht, aber bevor sie sich von diesem Schreck erholt hatten, hörten sie erneut Geräusche.

»Diesmal sind es keine Ratten«, flüsterte David.

Lichtstrahlen huschten über die Wände. Die jungen Leute warfen sich flach auf den Boden.

»Ich glaube, dort hinten hat sich etwas bewegt!« rief eine Männerstimme.

»Sie kommen hierher! Jetzt bleibt uns nur noch eines übrig.« David stieß Julie ins Wasser und folgte ihr.

»Ich glaube, leises Platschen gehört zu haben«, ertönte wieder jene tiefe Stimme.

Schwere Stiefel hallten auf dem Beton. Die Polizisten richteten ihre Taschenlampen auf das schmutzige Wasser.

David drückte Julies Kopf unter Wasser, und sie hielt notgedrungen die Luft an. Ein Rattenschwanz streifte ihr Gesicht. Sie hatte gar nicht gewußt, daß Ratten unter Wasser schwimmen können. Instinktiv riß sie die Augen auf. Im Schein der Taschenlampen konnte sie sehen, welch ekelhafte Brühe sie umgab.

»Warten wir noch ein wenig«, sagte einer der Polizisten. »Wenn sie untergetaucht sind, werden sie bald Luft schnappen müssen.«

Auch David hatte die Augen geöffnet und machte Julie vor, daß man die Nase über Wasser halten konnte, ohne daß das übrige Gesicht zum Vorschein kam. Sie hatte sich oft gefragt, warum die Nase des Menschen wie ein Erker vorstand. Jetzt wußte sie es: um ihn in gefährlichen Situationen retten zu können.

»Wenn sie im Wasser wären, hätten sie längst auftauchen müssen. Niemand kann so lang die Luft anhalten. Das Platschen haben bestimmt die Ratten verursacht.«

Die Polizisten setzten ihren Weg fort, und als das Licht ihrer Taschenlampen kaum noch zu sehen war, tauchten

Julie und David leise auf und atmeten begierig die stinkende Luft ein. Plötzlich wurden sie von grellem Licht angestrahlt.

»Halt! Keine Bewegung!« befahl Kommissar Linart, Lampe und Revolver auf die beiden Revolutionäre gerichtet, während er näher kam. »Na, da hätten wir ja unsere Ameisenkönigin, Mademoiselle Julie Pinson höchstpersönlich!«

Er half seinen beiden Gefangenen, aus dem Wasser zu steigen. »Hände hoch, ihr Ameisenbewunderer! Ihr seid verhaftet.«

»Wir haben nichts Illegales getan«, protestierte Julie schwach.

»Das wird der Richter beurteilen müssen. In meinen Augen habt ihr ein Verbrechen begangen, indem ihr Chaos in eine wohlgeordnete Welt bringen wolltet. Das verdient eine harte Strafe.«

»Aber wenn man die Welt nicht ein bißchen schüttelt, erstarrt sie und entwickelt sich nicht weiter«, sagte David.

»Und wer hat euch gebeten, sie zu schütteln? Leute wie ihr, die sich einbilden, die Welt verbessern zu können, lösen die schlimmsten Katastrophen aus. Das größte Unheil wurde immer von angeblichen Idealisten angerichtet. Im Namen der Freiheit oder Menschenliebe werden unbeschreibliche Greueltaten verübt.«

»Man kann die Welt auch gewaltlos verändern«, widersprach Julie, die unwillkürlich wieder in ihre Rolle als Revolutionärin schlüpfte.

Maximilien zuckte die Schultern. »Die Welt will nur, daß man sie in Ruhe läßt. Die Menschen möchten glücklich sein, und Glück gibt es nur, wenn sich nichts bewegt, wenn nichts in Frage gestellt wird.«

»Und wozu lebt man überhaupt, wenn man die Welt nicht verbessern will?«

»Ganz einfach, um sie zu genießen«, erwiderte der Kommissar. »Um sich an den Früchten am Baum, am warmen Regen auf dem Gesicht, am weichen Gras und der Sonne zu erfreuen. So war es einst im Paradies, und dieser Vollidiot Adam hat alles verdorben, nur weil er nach Erkenntnis strebte. Man braucht kein Wissen, man soll nur genießen, was schon vorhanden ist.«

Julie schüttelte ihre nasse schwarze Haarmähne. »Alles verändert sich doch ständig, wird größer und komplizierter. Ist es nicht ganz normal, daß jede Generation es besser zu machen versucht als die vorangegangene?«

Maximilien beharrte auf seinem Standpunkt. »Weil man etwas ›besser machen‹ wollte, wurde die Atombombe und die Neutronenbombe erfunden. Ich bin überzeugt, daß es viel vernünftiger wäre, endlich mit diesem ›Besser machen‹ aufzuhören. Wenn alle Generationen es nur noch den vorangegangenen gleichtun wollten, würde endlich Friede herrschen.«

Ein leises »Bzzz« war zu hören.

»O nein, nicht auch das noch!« rief Maximilien und zog hastig seinen Schuh aus. »Nicht hier! Hast du Lust auf eine neue Tennispartie, du vermaledeites Insekt?«

Er fuchtelte mit dem Schuh in der Luft herum und griff sich plötzlich an den Hals. »Eins zu null für dich«, murmelte er, bevor er auf die Knie sank und ohnmächtig wurde.

David blickte verblüfft auf ihn hinab.

»Gegen wen hat er gekämpft?« fragte Julie.

Der Junge nahm dem Kommissar die Taschenlampe aus der Hand und strahlte seinen Kopf an. Ein Insekt spazierte auf der Wange herum.

»Eine Wespe!«

»Das ist keine Wespe, sondern eine fliegende Ameise. Und sie verhält sich so, als wollte sie uns etwas sagen.«

Das Insekt durchbohrte mit einem Mandibel die Haut des Polizeibeamten und schrieb langsam mit seinem Blut: *Folgt mir!*

Julie und David glaubten zu träumen, aber auf der Wange des Kommissars stand tatsächlich gekritzelt: *Folgt mir*.

»Einer Ameise folgen, die mit der Mandibel französisch schreiben kann?« fragte Julie skeptisch.

»In unserer Situation wäre ich sogar bereit, dem weißen Kaninchen aus *Alice im Wunderland* zu folgen«, meinte David.

Sie beobachteten das Insekt, das ihnen die Richtung weisen sollte, doch dazu kam das Insekt nicht mehr, denn eine häßliche Kröte voller Warzen sprang aus dem Wasser, ließ ihre lange Zunge vorschnellen und verschluckte die Ameise.

»Und wohin jetzt?« fragte Julie ratlos.

»Zu deiner Mutter?«

»Niemals!«

»Wohin dann?«

»Zu Francine?«

»Ausgeschlossen. Die Bullen kennen bestimmt unsere Adressen und werden schon dort sein.«

Julie hatte einen Einfall. »Zum Philosophielehrer! Er hat mir einmal angeboten, daß ich mich bei ihm ausruhen könne. Er wohnt in der Nähe des Gymnasiums.«

»Einverstanden.«

Sie eilten den Weg zurück, den sie gekommen waren. Eine Ratte sprang erschrocken ins Wasser, um nicht zertreten zu werden.

170. Enzyklopädie

Der Tod des Rattenkönigs: Einige Arten des *ratus norvegicus* praktizieren etwas, das Naturforscher ›die Wahl des Rattenkönigs‹ nennen. Die jungen Männchen duellieren sich einen ganzen Tag lang mit ihren scharfen Schneidezähnen. Die Schwächeren scheiden nach und nach aus, und schließlich stehen sich im Finale die beiden geschicktesten Kämpfer gegenüber. Der Sieger wird zum König bestimmt, weil er offensichtlich die fähigste Ratte des Stammes ist. Alle anderen huldigen ihm mit angelegten Ohren und gesenktem Kopf oder strecken ihm zum Zeichen der Unterwerfung ihr Hinterteil entgegen. Der König beißt sie in die Nase, um zu zeigen, daß er der Herrscher ist und ihre Unterwerfung akzeptiert. Man reicht ihm die beste Nahrung, man präsentiert ihm die wohlriechendsten Weibchen und reserviert ihm die bequemste Nische, damit er seinen Sieg feiern kann.

Doch kaum ist der König eingeschlafen, erschöpft von allen Genüssen, da vollzieht sich ein seltsames Ritual. Zwei oder drei der jungen Männchen, die sich unterworfen hatten, bringen ihn um und öffnen ihm den Schädel. Sie holen das Gehirn vorsichtig heraus und verteilen es an alle Stammesmitglieder. Zweifellos glauben sie, daß auf diese Weise etwas von den besonderen Gaben des Königs auf sie übergehen wird.

Auch die Menschen lieben es, Könige zu krönen, nur um sie später mit wahrer Wonne umzubringen. Seien Sie deshalb vorsichtig, wenn man Ihnen einen Thron anbietet: Es könnte der des Rattenkönigs sein!

EDMOND WELLS,
Enzyklopädie des relativen und absoluten Wissens, Band III

171. Treibjagd

Vernichten!

Das Kommando greift die Gottgläubigen an. Prophetin Nr. 23 begreift viel zu spät, was vor sich geht. Alarmpheromone steigen auf, und es entsteht ein riesiges Durcheinander.

Überall brechen Gläubige zusammen, strecken ihre Beine aus, um ein sechsarmiges Kreuz zu bilden, und sterben mit dem Bekenntnis auf den Fühlern:

Die Finger sind unsere Götter.

Nr. 23 ruft ihren Anhängerinnen zu: »*Ihr müßt mich retten!*«

Zur Religion gehört nicht nur der Totenkult, sondern auch die Vorrangstellung der geistlichen Würdenträger. Gläubige Soldatinnen scharen sich um Nr. 23 und schützen sie mit ihren eigenen Körpern, während drei kräftige Arbeiterinnen einen Fluchtweg graben.

Die Finger sind unsere Götter.

Der Saalboden ist mit kreuzförmig daliegenden Leichen übersät. Um zu verhindern, daß mit ihnen erneut der abscheuliche Totenkult betrieben wird, schneidet das Exekutionskommando ihnen die Köpfe ab. Diese Enthauptungen kosten aber viel Zeit, und Nr. 23 nutzt die Gelegenheit, mit einigen Überlebenden des Massakers durch den soeben gegrabenen Gang zu flüchten. Das Kommando nimmt die Verfolgung auf, und wieder stellen sich die Gläubigen schützend vor ihre Prophetin. Erstmals in der Geschichte sind Ameisen bereit, für eine herausragende Artgenossin zu sterben. Nicht einmal die Königinnen konnten jemals mit solcher Hingabe rechnen.

Die Finger sind unsere Götter.

Jede Gläubige stößt in der Todessekunde diesen Pheromonruf aus.

Außer Nr. 23 sind nur noch zehn Gläubige am Leben, und das Kommando bleibt ihnen dicht auf den Fersen. Plötzlich versperrt ihnen auch noch ein Regenwurm den Weg. Nr. 23 ermutigt ihre erschöpften und verletzten Anhängerinnen: *»Folgt mir!«*

Zur größten Verwunderung der anderen stürzt sie auf den Wurm zu und schlitzt ihm mit einer Mandibel die Seite auf. Sie bedeutet ihren Gefährtinnen, durch diese Öffnung ins Innere des Wurms zu klettern, der zum Glück so fett ist, daß die ganze Gruppe in ihm Platz hat, ohne ihn zu töten.

Der Wurm windet sich verständlicherweise, als die Insekten in seinen Körper eindringen, doch schließlich setzt er seinen Weg fort. Nr. 23 hat soeben die Untergrundbahn als Transportmittel erfunden.

172. Beim Philosophielehrer

Der Philosophielehrer war nicht sonderlich überrascht, als David und Julie bei ihm klingelten; er erklärte sich sofort bereit, sie zu beherbergen.

Julie stürzte unter die Dusche und wusch den gräßlichen Dreck und Gestank der Kanalisation von sich ab. Ihre Kleidung warf sie in einen Müllbeutel und streifte einen Jogginganzug des Lehrers über.

»Danke, Monsieur, Sie haben uns gerettet«, sagte David, nachdem auch er sich gewaschen und einen Jogginganzug angezogen hatte.

Sie saßen im Wohnzimmer, und der Lehrer bot ihnen Wein und Erdnüsse an, bevor er in die Küche ging, um ihnen etwas zu essen zu machen.

David und Julie verschlangen die kleinen Sandwiches mit Lachs, Eiern und Kapern.

Der Lehrer schaltete den Fernseher ein. Am Ende der Regionalnachrichten kam ein Bericht über die Schülerrevolte. Marcel Vaugirard interviewte einen Polizisten, der erklärte, diese sogenannte ›Revolution der Ameisen‹ sei in Wirklichkeit das Werk einer Anarchistengruppe, die unter anderem dafür verantwortlich wäre, daß ein Verletzter im Koma liege. Sein Foto wurde gezeigt.

»Narcisse im Koma?« rief David entsetzt.

Auch Julie konnte es nicht fassen. Sie hatte zwar gesehen, daß der junge Modeschöpfer von den Schwarzen Ratten zusammengeschlagen und von einem Krankenwagen abtransportiert worden war, aber sie hatte nicht gedacht, daß er so schwer verletzt sein könnte.

»Wir müssen ihn besuchen«, sagte sie impulsiv.

»Das ist unmöglich«, erwiderte David. »Man würde uns im Krankenhaus sofort festnehmen.«

Er hatte natürlich recht. Nach ihnen allen wurde gefahndet, und auf einem Foto von ihrer Gruppe konnte man sie deutlich erkennen. Immerhin waren David und Julie froh, auf diese Weise zu erfahren, daß auch den anderen die Flucht gelungen war.

»Das ist ja wirklich eine tolle Geschichte, Kinder«, kommentierte der Lehrer. »Ihr werdet hierbleiben müssen, bis die Aufregung sich etwas gelegt hat.«

Er stellte ihnen Joghurt als Nachtisch hin und ging wieder in die Küche, um Kaffee zu machen.

Julie kochte vor Wut, als im Fernsehen die von der ›Revolution der Ameisen‹ angerichteten Verwüstungen gezeigt wurden: verschmutzte Klassenzimmer, zerfetzte Laken und Decken, verbrannte Möbel …

»Wir haben bewiesen, daß eine gewaltlose Revolution möglich ist, aber sogar das wollen sie uns nehmen!«

»Durchaus verständlich«, sagte der Lehrer nüchtern, »nachdem es eurem Freund Narcisse offenbar ziemlich schlecht geht.«

»Aber es waren doch die Schwarzen Ratten, die ihn zusammengeschlagen haben! Das sind ganz üble Provokateure«, empörte Julie sich.

»Unsere Revolution ist wirklich sechs Tage lang ohne jede Gewalt ausgekommen«, betonte auch David.

Der Lehrer schnitt eine Grimasse. »Ihr begreift eines nicht, meine Freunde. Ohne Gewalt ist eine Bewegung nicht spektakulär genug, um die Medien zu interessieren. Kein Mensch hat von eurer Revolution Notiz genommen – eben weil sie gewaltlos war. Heutzutage muß man unbedingt in die Zwanzig-Uhr-Nachrichten kommen, wenn man auf sich aufmerksam machen will, aber die Nachrichten berichten nur über etwas, wenn es Tote oder Verletzte gegeben hat. Ob nun Kriege, Erdbeben oder Autounfälle – Hauptsache, es fließt viel Blut! Ihr hättet mindestens einen Polizisten umbringen sollen. Weil ihr unbedingt gewaltlos vorgehen wolltet, habt ihr keine Revolution gemacht, sondern nur auf dem Schulhof gefeiert und randaliert.«

»Das ist doch nicht Ihr Ernst?« rief Julie entrüstet.

»Ich bin nur realistisch, weiter nichts. Es war ein Glück für euch, daß diese jungen Faschisten angegriffen haben, denn andernfalls hättet ihr euch der Lächerlichkeit preisgegeben. Jugendliche aus guten Familien, die ein Gymnasium besetzen, um Schmetterlingskleider zu fabrizieren – das ruft keine Bewunderung, sondern nur spöttisches Lachen hervor. Ihr solltet diesen Burschen dankbar sein, daß sie euren Freund ins Koma befördert haben. Wenn er stirbt, habt ihr wenigstens einen Märtyrer.«

Julie wußte selbst, daß ihre Revolution nicht ernstgenommen worden war, weil sie Gewaltlosigkeit gepredigt hatte; dabei hatte sie sich doch genau an die Empfehlungen der *Enzyklopädie* gehalten. Und daß eine gewaltlose Revolution möglich war, hatte Gandhi längst bewiesen!

»Ihr habt die ganze Sache verpfuscht«, fuhr der Lehrer fort.

»Immerhin haben wir solide Firmen gegründet«, widersprach David. »In wirtschaftlicher Hinsicht war unsere Revolution ein Erfolg.«

»Na und? Das interessiert doch keinen Menschen. Wenn bei irgendeinem Ereignis keine Fernsehkameras dabei sind, ist es so, als hätte es nie stattgefunden.«

»Aber wir haben unser Schicksal selbst in die Hand genommen«, beharrte David. »Wir wollten eine Gesellschaft ohne Gott und Meister begründen, genau wie Sie es uns geraten haben.«

Der Lehrer hob die Schultern. »Genau da drückt der Schuh! Ihr habt es versucht, aber nicht geschafft. Ihr habt eine Farce daraus gemacht.«

»Unsere Revolution gefällt Ihnen also nicht?« fragte Julie, die sich über seinen scharfen Ton wunderte.

»Nein, sie gefällt mir überhaupt nicht. Wie bei allen anderen Dingen, so gibt es auch bei Revolutionen feste Regeln, an die man sich halten muß. Wenn ich euch Noten geben müßte, so bekämt ihr eine Fünf. Hingegen würde ich den Schwarzen Ratten eine Eins zubilligen.«

»Ich verstehe Sie nicht«, murmelte Julie.

Der Lehrer holte eine Zigarre aus seinem Humidor, zündete sie an und rauchte genüßlich. Erst als Julie bemerkte, daß er ständig auf die Wanduhr schaute, ging ihr ein Licht auf. Er provozierte sie nur, um ihre Aufmerksamkeit abzulenken.

Sie sprang auf, aber es war schon zu spät. Auf der Straße heulte eine Polizeisirene.

»Sie haben uns verraten!«

»Das war notwendig«, sagte der Lehrer, mied aber ihren anklagenden Blick.

»Wir haben Ihnen vertraut, und Sie haben uns verraten.«

»Ich helfe euch nur, zur nächsten Etappe überzugehen. Ich vervollkommne eure revolutionäre Erziehung. Alle Revolutionäre waren irgendwann im Gefängnis. Und als Märtyrer werdet ihr wahrscheinlich überzeugender sein als in der Rolle gewaltloser Utopisten. Mit etwas Glück könnten diesmal vielleicht sogar Journalisten zur Stelle sein.«

Julie konnte sein Verhalten immer noch nicht fassen. »Aber Sie sagten doch selbst, nur Dummköpfe seien mit zwanzig keine Anarchisten!«

»Gewiß, aber ich sagte auch, noch törichter sei es, mit über dreißig immer noch Anarchist zu sein.«

»Sie sagten, Sie seien neunundzwanzig!« warf David ihm vor.

»Tut mir leid, aber gestern bin ich dreißig geworden.«

David packte Julie am Arm. »Komm! Merkst du nicht, daß er uns nur aufhalten möchte, bis die Polizei hier ist? Vielleicht haben wir noch eine kleine Chance zu entkommen. Danke für die Sandwiches, Monsieur.«

Er schob Julie zur Tür hinaus. Unten am Eingang stand vielleicht schon der Polizeiwagen, deshalb rannten sie die Treppen bis zum Speicher hinauf, fanden eine Dachluke, flüchteten über die Dächer und ließen sich an einer Regenrinne hinab, wobei David seine Krücke in den Mund nehmen mußte.

Es war ein schöner Abend, und viele Menschen waren unterwegs. Julie befürchtete, daß jemand sie entdecken könnte, doch gleichzeitig wünschte sie sich, ein Bewunderer würde sie erkennen und ihr seine Hilfe anbieten. Aber niemand beachtete sie. Die Revolution war tot, und sie war keine Königin mehr.

Die Polizei war ihnen dicht auf den Fersen, und Julie war todmüde. Als sie die blinkende Lichtreklame eines Kaufhauses sah, fiel ihr ein, daß die *Enzyklopädie* empfahl, auf Zeichen aller Art zu achten. »Hier finden Sie alles, was Sie brauchen«, stand auf einem Werbeplakat.

»Nichts wie rein!« rief sie David zu.

Im Gewühl der Kunden konnten sie untertauchen. Es gelang ihnen, die Abteilung für Teenagerbekleidung zu erreichen, und dort stellten sie sich zwischen die Wachspuppen. Mimikry, die passive Verteidigungsmethode mancher Insekten …

Die Polizisten unterhielten sich mit Kaufhausdetektiven und gingen gleich darauf dicht an ihnen vorbei, ohne sie zu bemerken.

Und wohin jetzt?

In der Spielwarenabteilung fiel ihnen ein großes rosa Nylonzelt ins Auge. Sie krochen hinein und schliefen völlig erschöpft ein.

173. Finstere Nacht

Die Gläubigen unternehmen eine Reise in der stinkenden und schleimigen Finsternis des Darms, umgeben von zukkenden Eingeweiden. Kein angenehmer Aufenthaltsort, aber immerhin besser als der sichere Tod, der ihnen draußen beschieden wäre.

Jetzt, da sie im Innern des Wurms sitzen, begreifen sie, wie er sich fortbewegt: Er schluckt Erde, läßt sie den Verdauungstrakt passieren und scheidet sie sofort durch den Anus wieder aus. Eine Art Triebwerk – einsaugen, ausstoßen, einsaugen, ausstoßen …

Die Ameisen drücken sich an die Wände, um von den ekligen Kugeln wenigstens nicht direkt getroffen zu werden, während der Regenwurm gemächlich das neue Bel-o-kan durchquert. Zwischen Ameisen und Regenwürmern besteht im allgemeinen ein gutes Einvernehmen. Die Ameisen erlauben den Würmern, sich in ihren Städten aufzuhalten, und ernähren sie, und dafür legen die Würmer breite Stollen an, die die Arbeiterinnen nur noch abzustützen brauchen.

Trotzdem fühlen sich die Gottgläubigen in ihrer stinkenden Untergrundbahn begreiflicherweise nicht wohl. *Wohin sind wir eigentlich unterwegs?* fragt eine von ihnen die Prophetin.

Nr. 23 antwortet ausweichend, in dieser Situation könne nur ein Wunder sie retten. Sie bete schon die ganze Zeit, daß die Götter ihnen zu Hilfe kommen mögen.

Der Regenwurm hat die Kuppel erreicht, doch kaum daß er seinen Kopf durch das Stadttor geschoben hat, da schießt auch schon eine Meise herab und packt ihn, ohne zu wissen, daß er Insassen befördert.

»Was ist jetzt los?« ruft eine Ameise, die an der Druckveränderung spürt, daß sie in die Höhe gehoben werden.

»Ich glaube, diesmal haben die Götter uns erhört! Sie laden uns in ihre Welt ein«, verkündet die Prophetin salbungsvoll, während sie mit ihren Gefährtinnen in den Magen der Meise gleitet, die hoch in die Lüfte emporsteigt.

174. Enzyklopädie

Interpretation der Religion in Yucatan: In einem mexikanischen Indianerdorf namens Chicumac, in Yukatan gelegen, haben die Bewohner eine höchst seltsame Art der Religionsausübung.

Im 16. Jahrhundert wurden sie von den Spaniern gezwungen, zum Katholizismus zu konvertieren, doch weil diese Region so abgelegen war, wurden nach dem Tod der ersten Missionare keine Priester mehr dorthin entsandt. Trotzdem feierten die Menschen von Chicumac weiterhin die katholische Messe, und weil sie nicht lesen und schreiben konnten, wurden Gebete und Rituale mündlich überliefert.

Als es in unserem Jahrhundert nach der Revolution in Mexiko endlich wieder eine stabile Regierung gab, sandte man Beamte in die entlegensten Gegenden, um eine effektive Verwaltung zu ermöglichen. So kam im Jahre 1925 ein Beamter auch nach Chicumac und wohnte dort der Messe bei. Er staunte, daß die lateinischen Gesänge über die Jahrhunderte hinweg kaum entstellt worden waren. Allerdings gab es beim Gottesdienst eine kleine Besonderheit: Als Priester und Meßdiener fungierten drei Affen! Weil es in ihrem abgelegenen Dorf keine Priester gab, hatte sich diese Tradition über die Jahrhunderte hindurch bewährt, und so standen denn bei jeder Messe drei Affen am Altar – eine im Katholizismus wohl einmalige Erscheinung.

EDMOND WELLS,
Enzyklopädie des relativen und absoluten Wissens, Band III

175. Im Kaufhaus

»Mama, schau mal, in dem Indianerzelt sind Leute!«

Ein Kind deutete mit dem Finger auf sie.

Julie und David wußten im ersten Augenblick nicht, warum sie in Jogginganzügen in einem Zelt geschlafen hatten, aber sobald es ihnen einfiel, machten sie sich rasch aus dem Staub, bevor jemand auf die Idee kommen würde, die Kaufhausdetektive zu rufen.

In der Lebensmittelabteilung war schon morgens viel los. Eilige Kunden schoben ihre Einkaufswagen durch die Gänge, wobei sie sich unwillkürlich im Rhythmus von Vivaldis ›Frühling‹ bewegten, der aus den Lautsprechern hallte – besonders schnell gespielt, weil die Kunden bei ihren Einkäufen nicht trödeln sollten.

Alles ist Rhythmus. Wer die Rhythmen kontrolliert, ist auch Herr über den Herzschlag.

Rote Plakate zogen die Blicke auf sich: ›Sonderangebot‹, ›Preisschlager‹, ›Zwei zum Preis von einem‹ ... Dieser maßlose Überfluß, dieses Schlemmerparadies konnte nicht von Dauer sein, davon waren die meisten Menschen überzeugt, und die Zeitungen bestärkten sie in der Überzeugung, daß die Wohlstandsgesellschaft nur eine kurze Übergangsphase zwischen zwei Krisen war. Um so mehr wollten sie im Luxus schwelgen, solange es noch möglich war.

Lebensmittel, Lebensmittel, so weit das Auge reichte ...

Konserven, Tiefkühlkost, Milchprodukte, Fleisch ... Pflanzliche, tierische und chemische Produkte in ansprechender Verpackung, dem grenzenlosen Einfallsreichtum gewiefter Geschäftsleute entsprungen.

In der Süßwarenabteilung rissen einige Kinder Kekspakete auf, ohne ans Bezahlen zu denken. Julie und David machten es ihnen nach, weil sie kein Geld bei sich hatten, und die Kinder amüsierten sich so darüber, daß Erwachsene sich genauso unkorrekt benahmen wie sie selbst, daß sie ihnen auch noch Karamelbonbons, Marshmallows und Kaugummi anboten. Das war zwar nicht das Traumfrühstück der beiden Flüchtlinge, aber immerhin war es besser als gar nichts, wenn man Hunger hatte.

Nach dieser Stärkung schlenderten sie möglichst unauffällig in Richtung der Kassen, wo es einen von zwei Videokameras überwachten Durchgang für ›Kunden ohne Einkäufe‹ gab. Sie passierten ihn ungehindert, doch gleich darauf hatte David das Gefühl, verfolgt zu werden, und er empfahl Julie leise, schneller zu gehen. Aus den Lautsprechern erscholl jetzt ›Stairway to Heaven‹ von Led Zeppelin, ein Stück, das langsam begann und gegen Schluß ein rasantes Tempo vorlegte; deshalb taten sie so, als würden sie von der Musik zu einer schnelleren Gangart beflügelt, aber der Mann hinter ihnen machte plötzlich auch größere Schritte. Jetzt bestand für David kein Zweifel mehr daran, daß das ein Kaufhausdetektiv war, der es auf sie abgesehen hatte. Entweder war er durch die Überwachungskameras darauf aufmerksam geworden, daß sie ein paar Kekse geklaut hatten, oder aber er hatte sie nach den Fahndungsfotos erkannt.

David wußte genau, daß man vor Polizisten und Hunden nie wegrennen durfte, aber in seiner Angst vergaß er diese Grundregel. Die Strafe folgte auf dem Fuße: Der Detektiv zog eine Signalpfeife aus der Tasche und pfiff so schrill, daß alle Kunden erschrocken zusammenzuckten. Erfreut über die Abwechslung, ließen einige Verkäufer sofort ihre eintönige Arbeit im Stich und nahmen die Verfolgung der Ladendiebe auf.

Julie und David rannten durch die Eingangstür ins Freie, aber das Personal blieb ihnen dicht auf den Fersen.

Eine dicke Verkäuferin schwenkte drohend eine Spraydose mit Tränengas, ein Lagerist hatte sich mit einer Eisenstange bewaffnet, und der Detektiv brüllte: »Haltet die Diebe! Haltet die Diebe!«

Die Lage schien hoffnungslos, doch plötzlich kam ein Auto angebraust, bremste scharf, die Tür flog auf, und eine Frau, deren Gesicht hinter einem Kopftuch und einer großen Sonnenbrille verborgen war, rief: »Steigt schnell ein!«

176. Die Sorgen einer Regentin

Alle Gottgläubigen sind liquidiert. Nun ist nur noch ihr Totem übrig, jenes weiße Schild, das sie verehrt haben.

Prinzessin Nr. 103 beauftragt die Ingenieure des Feuers, es verschwinden zu lassen. Welkes Laub wird zuhauf zusammengetragen und unter tausend Vorsichtsmaßnahmen mit einem glühenden Zweig angezündet. Das weiße Schild geht wunschgemäß in Flammen auf, und die Prinzessin ist sehr beruhigt, als nur noch ein Häuflein Asche davon übrig bleibt. Hätte sie lesen können, wäre sie sehr erstaunt über den Text des von ihr als enorme Bedrohung eingestuften Schilds gewesen: *Vorsicht, Brandgefahr! Keine glühenden Zigaretten wegwerfen!*

Nr. 103 weiß, daß die Prophetin dem Exekutionskommando entkommen ist, aber das stört sie nicht, denn als Flüchtling wird diese Nr. 23 nie mehr großen Einfluß ausüben können. Ihre letzten überlebenden Anhängerinnen haben sich schon unterworfen.

Prinz Nr. 24 gesellt sich zu ihr.

»Wozu dieser Extremismus – ›glauben‹ oder ›nicht glauben‹? Es ist dumm, die Existenz der Finger zu leugnen, aber genauso dumm ist es, sie als Götter zu verehren.«

Für Nr. 103 besteht das einzig vernünftige Verhalten gegenüber den Fingern darin, mit ihnen zu diskutieren und zu versuchen, sich gegenseitig zu bereichern.

In ihre Hauptstadt zurückgekehrt, steigt die Prinzessin wie so oft auf die Kuppel und blickt auf ihr Reich hinab. Es ist wirklich keine leichte Aufgabe, Regentin zu sein! Auf ihrem dünnen Panzer ruht soviel Verantwortung ... Und als wäre diese Sorgenlast nicht genug, hat sie auch noch körperliche Beschwerden: Ihr wachsen Flügel, und ihre Stirn wird just an der Stelle, wo sich die Nagellackmarkierung befindet, von drei warzenartigen Gebilden verunstaltet: Ocellen, die ihr das Infrarotsehen ermöglichen.

Natürlich kann sie stolz auf alles bisher Geleistete sein. Das neue Bel-o-kan ist eine moderne Großstadt, die sich sehr schnell entwickelt, seit die Ameisen gelernt haben, mit Hilfe des Feuers die Nacht zu besiegen. Nun können sie 24 Stunden am Tag arbeiten, ohne von der Abendkälte gelähmt zu werden.

Die Prinzessin weiß, daß die Finger in der Natur sogenannte Metalle finden, die sie schmelzen, um dann harte Gegenstände daraus zu fertigen. Sie hat schon Kundschafterinnen ausgesandt, die nach diesen Metallen suchen sollten, und es wurden alle möglichen bizarren Steine angeschleppt, aber bisher ist keiner im Feuer geschmolzen.

Nr. 24 arbeitet weiterhin fleißig an seinem Roman *Die Finger* und erfindet Szenen, in denen diese riesigen Tiere sich bekämpfen oder paaren. Über Details informiert er sich bei Nr. 103, aber meistens verläßt er sich auf seine Fantasie. Schließlich will er ja kein Sachbuch schreiben.

Nr. 7 ist die Leiterin der großen Kunstateliers. Mittlerweile gibt es kaum noch eine Ameise in der Stadt, deren Panzer nicht mit irgendeinem hübschen Motiv verziert ist – am beliebtesten sind Löwenzahn, Herbstzeitlose und Feuer in allen Variationen.

Kaum eine Königin hat jemals soviel Ansehen genossen wie Nr. 103, die ihren Untertanen so viele segensreiche Errungenschaften beschert hat: Technik, Kunst, nächtliche Kampfstrategien ... Trotzdem gibt es ein großes Problem, über das viel geredet wird: ihre Kinderlosigkeit. Sie sorgt zwar dafür, daß es keinen Bevölkerungsschwund gibt, indem sie ganze Kolonien fremder Ameisenvölker aufnimmt, aber die roten Ameisen können nicht verstehen, warum Prinzessin Nr. 103 und Prinz Nr. 24 nicht endlich für Nachkommen sorgen. Ohne Brutkammern ist eben keine noch so moderne Stadt vollkommen!

Prinz und Prinzessin sind sich dieser Mißstimmung der Bevölkerung durchaus bewußt, und die Förderung von Kunst und Wissenschaft dient nicht zuletzt dazu, von ihrem eigenen Versagen abzulenken.

177. Gedächtnispheromon: Medizin

Registratorin Nr. 10

MEDIZIN:

Die Finger haben die Kräfte der Natur vergessen.

Sie haben vergessen, daß es natürliche Heilmittel gegen ihre Krankheiten gibt.

Deshalb haben sie eine Wissenschaft namens ›Medizin‹ erfunden.

Diese Wissenschaft besteht darin, Hunderte von Mäusen mit irgendeiner Krankheit anzustecken und ihnen dann künstlich erzeugte Mittel zu verabreichen.

Wird eine Maus von diesem Mittel gesund, bekommen es anschließend auch die Finger.

178. Rettung in letzter Minute

Die Wagentür stand weit auf, und das Personal des Kaufhauses kam immer näher. Der Detektiv würde sie höchstwahrscheinlich der Polizei übergeben, deshalb sprangen Julie und David lieber schnell ins Auto der Unbekannten, die sofort davonbrauste.

»Wer sind Sie?« fragte Julie.

Die Fahrerin nahm ihre große Sonnenbrille ab – und Julie schnappte nach Luft.

Ihre Mutter!

Sie wollte aus dem fahrenden Auto springen, aber David hielt sie fest. Familie war immer noch besser als die Polizei.

»Was machst du denn hier, Mama?« seufzte Julie.

»Ich habe dich gesucht. Du bist tagelang nicht nach Hause gekommen. Eigentlich wollte ich eine Vermißtenanzeige aufgeben, aber mir wurde gesagt, mit neunzehn wäre es dir erlaubt zu übernachten, wo immer du wolltest. An den ersten Abenden war ich wahnsinnig wütend auf dich und überlegte mir, wie ich dich nach deiner Rückkehr bestrafen könnte. Und dann erfuhr ich durch die Zeitungen und durchs Fernsehen, was du gemacht hast.«

Sie fuhr so schnell, daß Fußgänger zur Seite springen mußten.

»Im ersten Moment dachte ich, du wärst noch viel schlimmer, als ich geglaubt hatte, aber dann habe ich lange nachgedacht, und allmählich habe ich begriffen, daß deine Aggressivität mir gegenüber nur die Reaktion auf Fehler war, die mir selbst unterlaufen sind. Ich hätte dich als eigenständigen Menschen und nicht als mein Eigentum behandeln sollen, dann wären wir bestimmt Freundinnen geworden, denn ich finde dich außerordentlich sympathisch, und mir gefällt sogar deine Revolte. Als Mutter habe ich offenbar versagt, aber ab jetzt werde ich mich bemühen, dir eine gute Freundin zu sein. Deshalb habe ich dich gesucht.«

Julie traute ihren Ohren nicht. »Aber wie hast du mich gefunden?«

»Vorhin hörte ich im Radio, du seist im Westviertel der Stadt auf der Flucht, und da dachte ich mir, das wäre eine gute Chance zur Wiedergutmachung. Ich bin losgefahren und habe gebetet, daß ich dich vor der Polizei finden möge. Und Gott hat meine Gebete erhört ...«

Sie bekreuzigte sich rasch.

»Würdest du uns bei dir aufnehmen?« fragte Julie.

»Das geht leider nicht. Vor dem Kaufhaus hat sich bestimmt irgend jemand mein Autokennzeichen notiert, und es wird nicht lange dauern, bis die Polizei bei mir vor der Tür steht. Nein, ihr müßt an einem Ort untertauchen, wo die Bullen euch nicht finden können.«

Sie hatten die Stadt hinter sich gelassen und fuhren in westlicher Richtung. In der Ferne tauchten Bäume auf.

Der Wald.

»Dein Vater hat oft gesagt, wenn er eines Tages große Probleme hätte, würde er hierher gehen. ›Die Bäume beschützen jeden, der sie höflich darum bittet‹, hat er mir erklärt. Ich weiß nicht, ob du das inzwischen begriffen hast, Julie, aber dein Vater war wirklich ein großartiger Mensch.«

Sie hielt an und wollte Julie einen Fünfhundert-Francs-Schein geben, aber das Mädchen schüttelte den Kopf.

»Im Wald werde ich kein Geld brauchen. Aber ganz bestimmt lasse ich dir eine Nachricht zukommen, sobald ich kann.«

Sie stiegen aus, und Julies Mutter hob grüßend die Hand. »Das brauchst du nicht. Leb dein eigenes Leben. Zu wissen, daß du frei bist, wird mich über deine Abwesenheit hinwegtrösten.«

Julie wußte nicht, was sie sagen sollte. Es war viel leichter, sich scharfe Wortgefechte zu liefern, als auf Herzlichkeit und Verständnis die richtige Antwort zu finden. Statt dessen umarmte sie ihre Mutter, und einen Augenblick lang hielten sie sich fest.

»Auf Wiedersehen, meine kleine Julie!«

»Mama …«

»Was, mein Mädchen?«

»Danke!«

Die Frau blickte ihrer Tochter und dem jungen Mann nach, bis sie zwischen den Bäumen verschwunden waren, bevor sie losfuhr.

David und Julie hatten den Eindruck, als würde der Wald sie willkommen heißen. Vielleicht gehörte es zu seinen globalen Strategien, Verfolgten Schutz zu bieten.

Auf schmalen Pfaden drangen sie tiefer ins Gestrüpp ein, und plötzlich bemerkte Julie eine fliegende Ameise, die über ihrem Kopf schwebte und ihn sodann zu umkreisen begann.

»David, ich glaube, diese Ameise interessiert sich für uns!«

»Glaubst du, daß sie zur gleichen Kategorie wie die in der Kanalisation gehört?«

»Das werden wir gleich sehen.«

Sie streckte die Hand mit breit gespreizten Fingern aus, damit die fliegende Ameise einen möglichst großen Landeplatz hatte. Das Insekt setzte sanft auf und lief hin und her.

»Sie will schreiben, genau wie die andere!«

Julie riß eine dunkle Beere ab und drückte sie auf ihrer Hand aus. Die Ameise tauchte sofort ihre Mandibel in diese Tinte.

Folgt mir.

»Entweder ist unserer Freundin von gestern abend die Flucht aus dem Krötenmaul gelungen, oder aber dies hier ist ihre Zwillingsschwester«, kommentierte David.

Sie betrachteten das Insekt, das auf sie zu warten schien.

»Was sollen wir machen?« fragte David.

»Wir haben doch nichts zu verlieren.«

Das Insekt flog vor ihnen her, in südwestliche Richtung. Sie kamen an allen möglichen seltsamen Bäumen vorbei: Weißbuchen mit schirmförmigem Astwerk, Zitterpappeln mit gelber Rinde und Eschen, deren Blätter nach Mannazucker rochen.

Als die Dunkelheit hereinbrach, verloren sie ihre Führerin aus den Augen.

»Schade…«, seufzte Julie.

Da tauchte ein winziges Licht vor ihnen auf. Das rechte Auge der fliegenden Ameise blinkte wie ein Leuchtturm.

»Ich dachte immer, Leuchtkäfer wären die einzigen Insekten, die Licht ausstrahlen«, sagte Julie.

»Mmmmm … Weißt du, ich glaube schon lange, daß

unsere Freundin keine echte Ameise ist. Keine Ameise kann schreiben und ihre Augen aufleuchten lassen.«

»Was dann?«

»Es könnte sich um einen winzigen ferngesteuerten Roboter in Form einer fliegenden Ameise handeln. Ich habe einmal eine Fernsehreportage über dieses Thema gesehen. Dort wurden Ameisenroboter gezeigt, die für die Eroberung des Planeten Mars von der NASA konstruiert worden sind. Allerdings waren sie viel größer als diese hier. Eine solche Miniaturisierung ist kaum vorstellbar.«

Sie wurden von wütendem Gebell aufgeschreckt. Polizeihunde!

Die Ameise leuchtete ihnen, während sie davonrannten, aber die Hunde waren schneller, zumal David durch sein Bein behindert war. Mit Hilfe seiner Krücke versuchte er die geifernden Biester abzuwehren, die auch nach der fliegenden Ameise schnappten.

»Trennen wir uns«, schlug Julie vor. »Vielleicht gelingt dann wenigstens einem von uns die Flucht!«

Ohne Davids Antwort abzuwarten, rannte sie davon. Eine Meute Doggen folgte ihr bellend, fest entschlossen, sie in Stücke zu reißen.

179. Enzyklopädie

Langstreckenlauf: Wenn Windhund und Mensch ein Wettrennen veranstalten, kommt der Hund immer als erster an. Der Windhund hat – proportional zum Gewicht – die gleiche Muskelkapazität wie der Mensch, folglich müßten beide logischerweise gleich schnell rennen. Warum gewinnt trotzdem immer der Hund? Der Grund ist, daß der Mensch stets die Ziellinie anvisiert. Er hat beim Rennen ein ganz bestimmtes Ziel im Kopf, während der Hund einfach drauflos rennt.

Indem man sich feste Ziele setzt, verliert man unglaublich viel Energie. Man darf nicht an das Ziel denken, man muß nur vorankommen wollen. Auf diese Weise ist es einem sogar möglich, die doppelte Strecke mühelos zurückzulegen.

EDMOND WELLS,
Enzyklopädie des relativen und absoluten Wissens, Band III

180. Wiederaufnahme

Die Prinzessin hält sich in ihrem Gemach auf, und Prinz Nr. 24 umkreist sie aus unerfindlichen Gründen. Im alten Bel-o-kan haben manche Ammen behauptet, wenn ein Männchen ein Weibchen umkreise, ohne daß es zu einer Paarung käme, lade sich die Luft mit erotischer Spannung auf.

Nr. 103 glaubt im allgemeinen nicht an solche Ammenmärchen, aber sie muß zugeben, daß dieses nervöse Tänzeln ihres Freundes sie nicht ganz kalt läßt. Rasch versucht sie, an etwas anderes zu denken. Ihre neueste Idee ist die Konstruktion eines Drachens. Seit sie beobachtet hat, daß Pappelblätter nicht senkrecht zu Boden fallen, sondern spiralförmig herabschweben, hält sie es durchaus für möglich, Ameisen unter Ausnutzung der Luftströmungen durch die Lüfte segeln zu lassen. Man muß nur noch das Problem der Richtungskontrolle lösen.

Kundschafterinnen melden, daß neue Städte im Osten sich der Föderation anschließen möchten. Bis vor kurzem gehörten nur 64 Städte roter Ameisen dieser Föderation an, und nun sind es schon fast 350, in denen mindestens ein Dutzend verschiedener Arten vertreten sind. Sogar einige Wespennester und Termitenbauten führen schon Verhandlungen mit Neo-Bel-o-kan.

Jede neu hinzugekommene Stadt erhält die Duftfahne der Föderation und einen glühenden Zweig, letzteren mit genauen Gebrauchsanweisungen: Das Feuer von trockenen Blättern fernhalten. Bei Wind kein Feuer entfachen. Im Innern der Stadt keine Blätter verbrennen, weil sonst Erstickungsgefahr durch starke Rauchentwicklung besteht. Feuer ohne Erlaubnis der Hauptstadt niemals als Waffe einsetzen. Auch die Funktionsweise von Hebel und Rad wird den neuen Verbündeten erklärt, damit sie in ihren eigenen Labors Forschung betreiben können.

Manchen Ameisen wäre es lieber, wenn Bel-o-kan seine technologischen Errungenschaften geheimhalten würde, aber die Prinzessin möchte alle Insekten daran teilhaben lassen, sogar auf die Gefahr hin, eines Tages mit diesen Waffen angegriffen zu werden. Das ist eine politische Entscheidung.

Seit die Ameisen wissen, daß das Feuer im zivilen Bereich eine ausgezeichnete Energiequelle ist, begreifen sie, warum die Finger, die seit über 10 000 Jahren damit umzugehen verstehen, einen solchen Vorsprung gegenüber anderen Tierarten gewonnen haben.

Die Finger …

Mittlerweile wissen alle Städte der Föderation, daß die Finger weder Ungeheuer noch Götter sind und daß Nr. 103 eine Allianz zwischen Fingern und Ameisen anstrebt. Nr. 24 erklärt das Problem in seinem Roman mit zwei lapidaren Sätzen:

Zwei Welten betrachten einander – eine unendlich kleine und eine unendlich große. Werden sie zu gegenseitigem Verständnis gelangen können?

Manche Ameisen befürworten diese Allianz, andere lehnen sie ab, aber alle denken über die Vorteile und Gefahren nach, die sie bieten könnte. Vielleicht kennen die Finger ja außer dem Feuer, dem Hebel und Rad auch noch andere Geheimnisse, von denen die Ameisen nichts ahnen.

Nur die Zwerginnen und ihre Verbündeten beharren weiterhin darauf, daß man die Föderation mit all diesen perversen Neuerungen vernichten müsse. Nach der schrecklichen Niederlage bei der nächtlichen Schlacht der Laternen trauen sie sich vorläufig noch nicht, Neo-Bel-o-kan wieder anzugreifen. Aber das ist nur eine Frage der Zeit, denn ihre Königinnen – sie besitzen Hunderte davon – legen Eier ohne Unterlaß, damit eine neue Generation tapferer Krieger die arroganten roten Ameisen das Fürchten lehren kann. Schon in einer Woche werden sie im kampffähigen Alter sein, und dann wird man ja sehen, ob eine gewaltige Übermacht der Technologie der Finger nicht doch Paroli bieten kann.

Natürlich ist die Prinzessin sich dieser Drohung bewußt. Sie weiß genau, daß es noch viele Kriege zwischen jenen, die die Welt verändern möchten, und jenen, die alles beim alten lassen wollen, geben wird.

Deshalb beschließt sie, den Lauf der Geschichte zu beschleunigen. Ohne Kooperation zwischen den beiden wichtigsten Tierarten wird es keine dauerhafte Evolution geben. Sie bestellt den Prinzen, die zwölf Kundschafterinnen und zwölf Repräsentantinnen der anderen Ameisenarten ins königliche Gemach und hält eine AK ab.

Nachdem es den Fingern offenbar nicht gelinge, Kontakt mit den Ameisen aufzunehmen, müßten diese von sich aus den ersten Schritt tun, erklärt die Prinzessin. Sie ist der Meinung, daß eine riesige Schar von Ameisen die Finger so beeindrucken könnte, daß diese sich zu einer echten Partnerschaft bereit erklären würden.

Die anderen glauben zu wissen, worauf die Sache hinausläuft: auf einen neuen großen Kreuzzug. Aber die Prinzessin will keinen sinnlosen Krieg führen, sondern plant einen großen Friedensmarsch der Ameisen. Sie ist überzeugt, daß die Finger eingeschüchtert sind, wenn sie sehen, wie viele Insekten an ihrer Seite leben, und sie hofft, daß andere Föderationen sich dem Marsch anschließen werden.

Gemeinsam könnten sie die Finger dazu bringen, sie als gleichberechtigte Gesprächspartner zu akzeptieren.

»Würdest du selbst mitkommen?« fragt Nr. 24.

»Selbstverständlich.«

Nr. 103 will den Friedensmarsch sogar höchstpersönlich anführen.

Die fremden Arten sind beunruhigt. Sie wollen wissen, wer während dieser Zeit über die Sicherheit der Stadt wachen soll.

»Ein Viertel der Bevölkerung bleibt hier«, schlägt Nr. 103 vor.

Das halten die Insekten für ein großes Risiko. Die Zwerginnen werden bestimmt bald angreifen, und in der Umgebung gibt es immer noch Gottgläubige. Man darf die reaktionären Kräfte nicht unterschätzen.

Auch die Kundschafterinnen sind geteilter Meinung. Viele haben sich an das ruhige Leben in Neo-Bel-o-kan gewöhnt und sehen nicht ein, warum sie ihr Leben aufs Spiel setzen sollen. Diese Begegnung mit den Fingern könnte ein schlechtes Ende nehmen, wie der Kreuzzug ja bewiesen hat. Und wie sollte es den Fingern möglich sein, den Unterschied zwischen einem militärischen Kreuzzug und einem Friedensmarsch zu erkennen?

Die Prinzessin insistiert: Die Begegnung und Kooperation zwischen den beiden Arten sei eine kosmische Notwendigkeit, und wenn nicht sie selbst diesen Friedensmarsch durchführen würden, müßte es die nächste oder übernächste Generation tun. Anstatt Kindern und Kindeskindern eine solche Last aufzubürden, solle man die Angelegenheit doch lieber so schnell wie möglich erledigen.

Die Insekten diskutieren sehr lange, und allmählich gelingt es der Prinzessin, die Skeptiker zu überzeugen, hauptsächlich durch das Charisma ihrer Pheromone. Dieser Friedensmarsch könne den Insekten enorme Fortschritte bescheren. Vielleicht würden die Finger ihnen noch viel eindrucksvollere Dinge nahebringen als Feuer, Hebel und Rad.

»*Und was?*« fragt Nr. 24 skeptisch.

»*Beispielsweise den Humor*«, erwidert Nr. 103.

Keine Ameise weiß, was das ist, aber alle stellen sich diesen ›Humor‹ als großartige Erfindung der Finger vor. Nr. 5 glaubt, es müsse ein besonders modernes Katapult sein, Nr. 6 hält diesen ›Humor‹ für ein Feuer von enormer Zerstörungskraft, und Nr. 24 sagt sich, es müsse eine Kunstform sein.

Aus verschiedenen Gründen übt dieser ›Humor‹ auf alle eine magische Anziehungskraft aus, und deshalb erklären sie sich schließlich zu dem großen Friedensmarsch bereit.

181. Allein im dunklen Wald

Julie wußte, daß die Tanne ihre einzige Rettung war. Sie kam ihr zwar beängstigend hoch vor, aber die bellende Hundemeute war der beste Trainer, den man sich vorstellen konnte.

Verzweifelt klammerte sie sich an den Ästen fest, und in diesem Notfall schien ihr Körper sich plötzlich wieder an jene fernen Vorfahren zu erinnern, die in Bäumen gelebt hatten. Gelegentlich konnte es durchaus von Nutzen sein, vom Affen abzustammen!

Die rauhe Rinde riß ihr die Hände auf, aber sie kletterte beharrlich weiter. Einer der Hunde sprang am Baum hoch und hätte sie um ein Haar ins Bein gebissen. Ganz impulsiv drehte sie sich um, fletschte die Zähne und knurrte bedrohlich.

Die Dogge starrte sie erstaunt an, so als hätte sie es nie für möglich gehalten, daß ein Mensch so tierische Laute von sich geben konnte. Die anderen Hunde trauten sich nicht näher heran.

Julie warf mit Tannenzapfen nach ihnen. »Haut ab! Verschwindet endlich, ihr verdammten Biester!«

Aber die Hunde, denen es nicht gelungen war, sie zu beißen, wollten jetzt wenigstens ihre Herren durch lautes Gebell darauf aufmerksam machen, daß sie Erfolg gehabt hatten.

Unvermutet tauchte ein neues Wesen auf. Aus der Ferne hätte man das Tier für einen Hund halten können, aber es hatte ein viel stolzeres Auftreten und roch viel intensiver. Das war kein Hund, sondern ein *wilder* Wolf.

Die Hunde blickten diesem Prachtgeschöpf verunsichert entgegen. Sie waren eine ganze Meute, und der Wolf war allein, aber trotzdem konnten sie es nicht mit ihm aufnehmen. Der Wolf ist der Vorfahr aller Hunde, aber er hat sich nie dem Menschen angeschlossen und ist deshalb nicht degeneriert.

Alle Hunde wissen das. Ob Chihuahua, Dobermann oder Pudel – alle erinnern sich vage daran, daß sie einst ohne die Menschen lebten und einen ganz anderen Charakter hatten. Damals waren sie frei. Damals waren sie Wölfe.

Zum Zeichen der Unterwerfung senkten die Hunde ihre Köpfe, legten die Ohren an und zogen die Schwänze ein, um ihre Geschlechtsorgane zu schützen. Sie urinierten, was in der Hundesprache bedeutete: *Ich habe kein eigenes Territorium, deshalb uriniere ich an jedem beliebigen Ort.* Der Wolf knurrte bedrohlich und gab damit zu verstehen, daß er nur an den Grenzen seines Territoriums uriniere. Und daß die Hunde dieses Territorium unbefugt betreten hätten.

»*Es ist nicht unsere Schuld! Die Menschen haben uns zu dem gemacht, was wir sind*«, verteidigte sich ein deutscher Schäferhund in der Wolfs- und Hundesprache.

»*Man kann im Leben immer eine freie Wahl treffen*«, erwiderte der Wolf stolz und stürzte mit gefletschten Zähnen auf sie zu.

Die Hunde begriffen, daß ihr Vorfahr zum Töten bereit war und traten winselnd den Rückzug an.

Julie konnte sich nicht bei ihrem Retter bedanken, denn der Wolf nahm die Verfolgung seiner degenerierten Verwandten auf, die es gewagt hatten, sein Revier zu betreten. Außerdem würden seine Jungen sich über Deutschen Schäferhund zum Abendessen freuen.

»Danke, Natur, daß du mir einen Wolf zu Hilfe geschickt hast«, murmelte Julie in ihrem Baum, wo jetzt nur noch das Rauschen der Äste zu hören war.

Ein Uhu begrüßte die Nacht mit lautem Kreischen.

Julie, die sich vor dem Wolf genauso fürchtete wie vor den Hunden, blieb lieber auf ihrer Tanne. Sie machte es sich auf den Ästen bequem, konnte aber nicht einschlafen.

Der Mond erhellte mit seinem bleichen Licht den Wald, der geheimnisvoll und unheimlich wirkte. Sie verspürte plötzlich das unwiderstehliche Bedürfnis, den Mond anzuheulen. Mit zurückgelegtem Kopf ließ sie geballte Energie aus ihrem Bauch emporsteigen.

»OOOOOOOOOOUUUJUUUUUU.«

Ihr Lehrer Jankelewitsch hatte ihr beigebracht, daß die

Kunst bestenfalls die Natur imitieren könne, und vielleicht hatte sie noch nie so schön wie jetzt gesungen. Einige Wölfe antworteten ihr aus der Ferne.

»OUUuuuHHH.«

In der Sprache der Wölfe hieß das: *Willkommen in der Gemeinschaft all jener, die gern den Mond anheulen. Das macht Spaß, stimmt's?*

Julie heulte eine gute halbe Stunde lang und dachte dabei, daß sie – sollte sie eines Tages eine neue utopische Gemeinschaft gründen – allen Mitgliedern empfehlen würde, mindestens einmal in der Woche, vielleicht samstags, gemeinsam den Mond anzuheulen. Gemeinsam mußte es noch viel schöner sein. Aber jetzt war sie ganz allein im Wald, ohne Freunde, ohne eine Menschenseele, allein unter dem unendlichen Himmelsgewölbe. Ihr freudiges Heulen verwandelte sich in leises Wimmern.

Seit der ›Revolution der Ameisen‹ hatte sie sich daran gewöhnt, ständig Menschen um sich zu haben, mit denen sie über neue Erfahrungen und neue Ideen reden konnte.

In der Gruppe hatte sie sich so glücklich gefühlt wie nie zuvor. Ji-woong … aber nicht nur Ji-woong. Auch die ironische Zoé, die verträumte Francine, der unbeholfene Paul, der weise Léopold, der schelmische Narcisse – armer Narcisse! – und David … David, den wahrscheinlich die Hunde zerfleischt hatten … Welch ein schrecklicher Tod! Sogar ihre Mutter fehlte ihr plötzlich …

Sie schloß die Augen und entfaltete den Lichtschleier ihres Geistes, bis er wie eine riesige Wolke den ganzen Wald umhüllte. Das war also immerhin noch möglich, auch wenn sie allein war! Sie schickte ihren Geist in den Schädel zurück und heulte noch ein wenig den Mond an.

»OOOOUuuuuuuHHH.«

»OOOOOUuuuuuuHHH«, antwortete ein Wolf.

Kein Mensch konnte sie hier hören, nur einige Wölfe, die sie nicht kannte und auch gar nicht kennenlernen wollte. Plötzlich sah sie ein Licht und schöpfte neue Hoffnung. *Das muß die fliegende Ameise sein, die unsere Führerin sein wollte,* dachte sie.

Aber es waren nur Leuchtkäfer, die ihren Liebestanz vollführten. Sie tanzten in drei Dimensionen, von ihrem eigenen Licht beschienen. Es mußte schön sein, als Leuchtkäfer mit Freunden zu tanzen!

Julie fror.

Sie wußte, daß sie Ruhe brauchte, und programmierte ihren Geist darauf, sofort in den erholsamen Tiefschlaf zu verfallen.

Um sechs Uhr morgens wurde sie von Gebell geweckt, aber es waren keine Polizeihunde. Diese Freudentöne hätte sie unter Tausenden erkannt. Es war Achille! Er hatte sie gefunden. Die Polizei hatte ihn dazu mißbraucht, sie zu finden!

Ein Mann klemmte sich seine Taschenlampe unters Kinn, um nach ihr zu greifen, aber es war kein Polizist, auch nicht der Kommissar.

»Gonzague!« rief sie erschrocken.

»Ja, die Bullen wußten nicht, wie sie dich finden sollten, aber ich bin dann auf die Idee mit deinem Hund verfallen. Das arme Tier war allein im Garten, und als ich ihn an dem Stück von deinem Rock schnuppern ließ, das ich neulich eingesteckt habe, machte er sich sofort auf die Suche nach dir. Hunde sind wirklich die besten Freunde des Menschen.«

Er und seine Kumpane zogen Julie vom Baum herunter und banden sie daran fest.

»Ah, diesmal werden wir so tun, als wäre diese Tanne ein Marterpfahl der Indianer! Letztes Mal hatten wir nur ein Messer, aber inzwischen haben wir Fortschritte gemacht …«

Er zeigte ihr stolz einen Revolver.

»Du kannst schreien, soviel du willst, hier im Wald wird dich niemand hören, höchstens deine Freunde – die Ameisen!«

»Warum macht ihr so etwas?« fragte Julie.

»Warum? Es macht uns Spaß, andere leiden zu sehen.«

Er schoß Achille in die Vorderpfote. Der Hund jaulte

und schaute verwirrt hoch, doch noch bevor er begriffen hatte, daß er sich den falschen Verbündeten ausgesucht hatte, wurde ihm die andere Vorderpfote durchschossen, dann die Hinterpfoten und die Wirbelsäule. Ein Kopfschuß erlöste ihn von seinen Qualen.

Gonzague lud seinen Revolver nach.

»So, und jetzt bist du an der Reihe!«

Er hielt ihr die Waffe an die Wange.

»Halt! Laßt sie in Ruhe!«

Gonzague drehte sich um.

David!

»Das Leben ist doch eine ewige Wiederholung! David eilt der schönen gefangenen Prinzessin wie immer zu Hilfe. Das ist sehr romantisch, aber diesmal wird die Geschichte kein Happy-End haben ...«

Er richtete seinen Revolver auf David und hatte den Finger schon am Abzug, als er plötzlich umfiel.

»Vorsicht, eine fliegende Ameise!« rief einer seiner Freunde.

Es war wirklich die fliegende Ameise, und dem winzigen Roboter gelang es, auch Gonzagues Freunde zu erledigen. Gleich darauf lagen drei Schwarze Ratten bewußtlos am Boden.

David band Julie los.

»Uff, diesmal dachte ich wirklich, es wäre um mich geschehen.«

»Konnte gar nicht sein! Du warst nicht in Gefahr.«

»Und warum nicht, wenn ich fragen darf?«

»Weil du die Heldin bist, und in Romanen sterben die Heldinnen nie«, scherzte er.

Seine Bemerkung verblüffte Julie. Sie beugte sich über den Hund.

»Armer Achille! Er dachte, die Menschen seien die besten Freunde der Hunde.«

Sie schaufelte mit den Händen ein Loch und begrub den Hund mit den Worten: »Hier ruht ein Hund, der viel zu naiv war ... Gute Reise, Achille!«

Die fliegende Ameise schwirrte um sie herum und

summte ungeduldig, aber Julie wollte sich erst noch ein wenig erholen. Sie lehnte sich an David, aber nicht lange, denn sobald ihr bewußt wurde, was sie *machte*, trat sie verlegen zurück.

David tat so, als wäre nichts geschehen. »Komm, gehen wir, die Ameise hat es eilig.«

Das Insekt dirigierte sie ins Dickicht.

182. Enzyklopädie

Eine Frage des Maßstabs: Alles hängt davon ab, mit welchem Maßstab man irgend etwas betrachtet. Der Mathematiker Benoit Mandelbrot hat nicht nur die Fraktale erfunden, sondern auch aufgezeigt, daß wir von der Welt, die uns umgibt, nur Parzellen wahrnehmen. Mißt man beispielsweise einen Blumenkohl, so hat er einen Durchmesser von – sagen wir mal – dreißig Zentimetern. Würde man aber jede Windung verfolgen, käme man auf den zehnfachen Durchmesser.

Untersucht man einen glatten Tisch unter dem Mikroskop, erkennt man eine Gebirgskette, und würde man all diese Vertiefungen messen, hätte der Tisch eine unglaubliche Länge. Alles hängt von dem Maßstab ab, den man bei dem Tisch anlegt.

Benoit Mandelbrot hat uns die Augen dafür geöffnet, daß es keine gesicherten wissenschaftlichen Erkenntnisse gibt, daß ein ehrlicher Mensch bei all seinem Wissen so manche Ungenauigkeit akzeptieren muß, die von der nächsten Generation zwar verringert wird, aber nie völlig eliminiert werden kann.

EDMOND WELLS,
Enzyklopädie des relativen und absoluten Wissens, Band III

183. Der grosse Friedensmarsch

Seit dem frühen Morgen sind die Reisevorbereitungen in Neo-Bel-o-kan in vollem Gange. In der ganzen Stadt wird nur über den großen Friedensmarsch zu den Fingern geredet.

Diesmal ist es keine einzelne Ameise, sondern eine riesige Menge, die sich zur Begegnung mit der höheren Dimension aufmacht, zur Begegnung mit den Fingern ... vielleicht sogar zur Begegnung mit den Göttern.

Im Saal der Soldatinnen füllen alle ihre Hinterleiber randvoll mit Säure.

»Glaubst du wirklich, daß es die Finger gibt?«

Eine Kriegerin schüttelt verwirrt den Kopf. Sie ist davon nicht ganz überzeugt, aber am Ende dieses Friedensmarsches wird man Gewißheit haben. Sollte es die Finger nicht geben, werden sie einfach zurückkehren und ihr normales Leben wieder aufnehmen.

Andere Ameisen diskutieren noch hitziger.

»Glaubst du, daß die Finger uns als gleichberechtigte Partner behandeln werden?«

Die Gefragte kratzt sich an den Fühlern. *»Wenn nicht, wird es Krieg geben, und wir werden uns verteidigen.«*

Vor der Stadt werden die Schnecken beladen. Sie sind wirklich die besten Lastenträger, die vorstellbar sind, obwohl sie sich so langsam bewegen. Ihr größter Vorzug besteht darin, daß man sie notfalls verspeisen kann, und von einer einzigen Schnecke können sehr viele Ameisen satt werden. Während man ihnen riesige Nahrungsmittelvorräte und Kieselsteine mit Glut aufbürdet, gähnen sie teilnahmslos und entblößen dabei ihre 25 600 kleinen Zähne.

Einige Schnecken sollen die Eier schleppen, die mit Met gefüllt sind, denn die Ameisen haben entdeckt, daß dieser Alkohol gegen die Kälte der Nacht schützt und Mut verleiht.

Andere müssen die Zisternenameisen transportieren, jene berühmten unbeweglichen Insekten, deren Hinterleib fünfzigmal größer als der übrige Körper ist, weil sie als lebendige Honigtaufässer dienen.

»Mit diesen Lebensmittelvorräten könnten wir sogar zweimal den Winterschlaf überstehen!« ruft Nr. 24.

Die Prinzessin erwidert, seit sie die Wüste durchquert habe, wisse sie, daß Nahrungsmittelmangel jede noch so tüchtige Expedition zum Scheitern bringen könne, und deshalb wolle sie jedes Risiko ausschließen.

Während die Ameisen mit den Reisevorbereitungen beschäftigt sind, kreisen verbündete Wespen und Bienen wachsam über ihnen, damit kein Feind die Situation für einen Überraschungsangriff ausnutzen kann.

Nr. 7 belädt ihre Schnecke mit einem langen Hanfblatt, auf dem sie den langen Marsch zu den Fingern künstlerisch festhalten will, sowie mit Pigmenten in verschiedenen Farben: Pollen, Käferblut und Sägespanpulver.

Endlich sind alle bereit, und es ist auch warm genug, um loszumarschieren. Ein aufgerichteter Fühler gibt das Signal: *Vorwärts!*

Die riesige Karawane aus mindestens 700 000 Insekten setzt sich in Bewegung. Die Dreiecksformation der Kundschafterinnen bildet die Vorhut, gefolgt von der Artillerie und der ersten Schnecke, die einen Kieselstein mit Glut auf dem Rücken trägt. Dahinter marschiert die Infanterie, deren Aufgabe es sein wird, auf die Jagd zu gehen, um alle mit frischen Nahrungsmitteln zu versorgen.

Auch die zweite Schnecke schleppt einen glühenden Kieselstein, und dann kommen die Fremdenlegionen: schwarze und gelbe Ameisen.

Prinz Nr. 24 und Prinzessin Nr. 103 reisen bequem auf einer Schnecke, denn ein so langer Fußmarsch kann königlichen Hoheiten nicht zugemutet werden.

Die Nachhut besteht aus einem Trupp Artillerie und zwei Schnecken.

Alle sind von dem stolzen Bewußtsein erfüllt, eine für die ganze Insektenwelt äußerst wichtige Mission auszuführen. Der Boden erbebt unter dieser gewaltigen Truppe, Grashalme werden niedergewalzt, und sogar die Bäume blicken staunend auf eine solch endlose Prozession hinab. Noch nie haben sie so viele Ameisen auf einmal gesehen, und noch nie haben sie erlebt, daß Schnecken sich mit Ameisen zusammentun und rauchende Steine befördern.

Am Abend wird ein riesiges Biwak gebildet. Die Ameisen in der Nähe der Glut bleiben wach, die anderen schlafen ein. Prinzessin Nr. 103 richtet sich auf vier Beine auf und erzählt von den Fingern.

184. Gedächtnispheromon: Arbeit

Registratorin Nr. 10

ARBEIT:

Zuerst haben die Finger um Nahrung gekämpft.

Dann, als alle genug zu essen hatten, kämpften sie um die Freiheit.

Als sie die Freiheit hatten, haben sie gekämpft, um sich möglichst lange ausruhen zu können, ohne zu arbeiten.

Jetzt haben die Finger mit Hilfe von Maschinen dieses Ziel erreicht.

Sie bleiben zu Hause und genießen die Nahrung, die Freiheit und das Nichtstun, doch anstatt sich zu sagen: »Das Leben ist schön, man kann seine Tage mit Nichtstun verbringen«, sind sie unglücklich und wählen Führer, die ihnen Arbeit versprechen.

185. Das Allerheiligste

Dornenbüsche umgeben eine Mulde. In der Mitte ragt ein Hügel empor, gekrönt von einem kleineren Hügel. Vögel zwitschern fröhliche Lieder, und die Zypressen hören ihnen zu und wiegen sich im Takt.

»Irgendwie kommt mir diese Gegend bekannt vor«, murmelte Julie.

Die fliegende Ameise führte sie aber nicht zu den Hügeln, sondern zu einem tiefen Graben.

Jetzt war Julie sich ganz sicher. Dort unten hatte sie die *Enzyklopädie des relativen und absoluten Wissens* gefunden.

»Wenn wir da runtersteigen, kommen wir nie wieder rauf«, sagte David skeptisch.

Die Ameise umkreiste sie ungeduldig, und schließlich gehorchten sie ihr.

Sie zerkratzten sich Hände und Gesichter an Dornen, Akazien, Quecken und Kratzdisteln. Hier wuchs wirklich fast alles, was es in der Pflanzenwelt an Stacheligem gab. Nur einige Winden brachten etwas Farbe in diese rauhe Welt.

Die fliegende Ameise führte sie zu einem Tunnel, in den sie auf allen vieren hineinkrochen, wobei das Insekt ihnen mit seinem Auge leuchtete.

»Irgendwann geht es einfach nicht mehr weiter«, sagte Julie. »Das weiß ich, weil ich schon einmal hier war.«

Tatsächlich war der Tunnel plötzlich zu Ende, und die Ameise ließ sich auf dem Boden nieder, so als hätte sie ihre Aufgabe erfüllt.

»So, und jetzt können wir mühsam zurückkriechen«, seufzte das junge Mädchen.

»Warte, dieser Roboter hat uns bestimmt nicht umsonst hierhergeführt«, meinte David.

Er tastete die Wand ab und spürte etwas Hartes und Kaltes. Unter einer Erdschicht kam eine runde Metallplatte zum Vorschein, die von der Ameise sofort beleuchtet wurde. Ins Metall war ein Rätsel eingraviert, und darunter befand sich eine Tastatur, um die Antwort eintippen zu können.

Gemeinsam entzifferten sie: »Wie bildet man aus sechs Streichhölzern acht gleich große gleichseitige Dreiecke?«

Jetzt also auch noch Geometrie! Julie vergrub stöhnend ihren Kopf in den Händen. Das Schulsystem holte einen überall ein.

»Das ist das Rätsel aus dem Fernsehen«, sagte David, der Rätsel liebte und die ›Denkfalle‹ selten verpaßte.

»Ach ja, und die sonst so gewitzte Frau hat die Lösung nicht gefunden. Wie sollen wir es dann schaffen?«

David riß eine Wurzel aus der Erde, zerteilte sie in sechs Stücke und drehte sie in alle Richtungen.

»Sechs Streichhölzer und acht Dreiecke ... Das müßte machbar sein ...«

Er spielte lange mit den Wurzelstücken herum und rief endlich: »Ich hab's!«

Nachdem er Julie die Lösung erklärt hatte, gab er das Wort ein, und die Metalltür öffnete sich

Dahinter war es hell, und da waren auch Menschen.

186. Gedächtnispheromon: Herdentrieb

Registratorin Nr. 10

HERDENTRIEB:

Die Finger sind Herdentiere.

Sie ertragen es kaum, allein zu leben.

Wenn es irgendwie möglich ist, scharen sie sich zu Herden zusammen.

Am schlimmsten zeigt sich diese Zusammenrottung an einem Ort, der ›Métro‹ heißt.

Dort drin ertragen sie, was keinem Insekt auf der ganzen Welt zu ertragen möglich wäre: Sie stehen so dicht zusammengedrängt, daß sie einander auf die Beine treten und sich nicht mehr bewegen können.

Das Phänomen der Métro wirft ein Problem auf: Verfügen die Finger über eine individuelle Intelligenz, oder werden sie durch visuelle oder auditive Weisungen zu diesem Herdentrieb gezwungen?

187. Sie waren das also

Als erstes sah Julie das Gesicht Ji-woongs, dann nahm sie auch Francine, Paul, Zoé und Léopold wahr. Von Narcisse abgesehen, waren die ›Ameisen‹ komplett.

Alle lagen sich in den Armen, überglücklich, wieder

vereint zu sein. Julie hatte nicht einmal etwas dagegen, daß man sie auf die heißen Wangen küßte.

Ji-woong erzählte ihre Abenteuer. Sie hatten Narcisse rächen wollen und in den Sträßchen in der Umgebung des großen Platzes nach den Schwarzen Ratten gesucht, die sich aber schon verdrückt hatten. Statt dessen waren sie selbst von der Polizei verfolgt worden, und es war ihnen nur mit großer Mühe gelungen, in den Wald zu entkommen. Dort war plötzlich eine fliegende Ameise aufgetaucht und hatte sie hierher gebracht.

Eine Tür öffnete sich, und eine kleine gebückte Gestalt trat ins Licht: ein alter Herr mit langem weißem Bart, der Ähnlichkeit mit dem Weihnachtsmann hatte.

»Ed … Edmond Wells?« stammelte Julie.

Der Alte schüttelte den Kopf. »Edmond Wells ist vor drei Jahren gestorben. Ich bin Arthur Ramirez.«

»Monsieur Ramirez hat uns die ferngesteuerten fliegenden Ameisen geschickt«, erklärte Francine.

Das junge Mädchen mit den hellgrauen Augen betrachtete ihren Retter. »Haben Sie Edmond Wells gekannt?«

»Ich kenne ihn genau wie Sie nur aus den Texten, die er uns hinterlassen hat. Aber kann man jemanden besser kennenlernen als durch das Lesen seiner Werke?«

Er führte aus, daß dieser Ort dank der *Enzyklopädie des relativen und absoluten Wissens* existiere. Es sei ein Tick von Edmond Wells gewesen, unterirdische Räume zu bauen und mit Türen auszustatten, die sich nur öffnen ließen, nachdem man ein Rätsel mit Streichhölzern und Dreiecken gelöst hatte; er habe Geheimnisse und Schätze am liebsten in Höhlen versteckt.

»Ich glaube, daß er im Grunde ein großes Kind war«, fügte der alte Mann schmunzelnd hinzu.

»War er es, der das Buch am Ende des Tunnels versteckte?«

»Nein, das war ich. Aus Respekt vor seinem Werk wollte ich ihn imitieren. Als ich den dritten Band der *Enzyklopädie* fand, habe ich ihn zunächst fotokopiert und das Original dann vor dem Eingang zu meiner Höhle versteckt.

Ich war überzeugt, daß niemand den Koffer dort finden würde, aber eines Tages war er verschwunden. Sie hatten ihn gefunden, Julie, und deshalb mußten Sie nun die Fackel weitertragen.«

Sie standen immer noch in einem schmalen Vorraum.

»In dem Koffer war ein Minisender verborgen, und auf diese Weise konnte ich Sie leicht identifizieren. Seitdem haben meine Ameisenspione Sie ständig aus der Nähe oder aus der Ferne überwacht. Ich wollte wissen, was Sie mit der *Enzyklopädie* machen würden.«

»Ach, deshalb hat sich also eine Ameise auf meinen Finger gesetzt, als ich meine erste Rede hielt.«

Arthur lächelte wohlwollend. »Ihre Interpretation von Edmond Wells' Gedanken war wirklich geistreich. Wissen Sie, dank meinen fliegenden Spionen waren wir hier über Ihre ›Revolution der Ameisen‹ bestens informiert.«

»Gott sei Dank, denn auf einen Fernsehbericht hätten Sie lange warten müssen«, sagte David bitter.

»Wir haben alles wie im Zeitungsfeuilleton verfolgt. Meine ferngesteuerten Ameisen halten uns über vieles auf dem laufenden, wofür die Medien sich nicht interessieren.«

»Aber wer sind Sie eigentlich?«

Arthur erzählte seine Geschichte. Er war früher Roboterspezialist gewesen und hatte für die Armee ferngesteuerte Roboter in Form von Wölfen entwickelt, die es reichen Ländern ermöglichten, die eigenen Verluste an Menschenleben niedrig zu halten, wenn sie gegen arme Länder Krieg führten, wo man im Grunde froh war, die Bevölkerungsexplosion durch viele Tote eindämmen zu können. Dann hatte er jedoch festgestellt, daß die mit der Steuerung der ›Stahlwölfe‹ beauftragten Soldaten einem Mordrausch verfielen und wie bei einem Videospiel alles niedermähten, was sich auf ihren Bildschirmen rührte. Angewidert hatte er den Dienst quittiert und einen Spielwarenladen eröffnet: ›Arthur – der Spielzeugkönig‹. Er hatte Puppen erfunden, die sprechen und Kinder sogar trösten konnten. Diese Miniroboter verfügten über eine synthetische Stimme und ein Informatikprogramm, das ihnen erlaubte, auf das Geplauder der Kinder einzugehen, und er hoffte, daß eine ganze Generation auf diese Weise Streß harmlos abreagieren konnte.

»Krieg ist in erster Linie eine Folge falscher Erziehung. Ich hoffe, daß meine kleinen Puppen einen Beitrag zur richtigen Erziehung leisten können.«

Seine Frau Juliette war Briefträgerin, und eines Tages wurde sie von einem Hund angefallen, der ein Paket, das sie zustellen sollte, aufriß. Sie nahm es mit nach Hause, um Arthur bitten zu können, er wieder zuzukleben, aber als er ein Buch darin entdeckte, konnte er der Versuchung nicht widerstehen, es durchzublättern. Es war der zweite Band der *Enzyklopädie des relativen und absoluten Wissens*, und ein beigefügter Brief verriet, daß Edmond Wells dieses Werk seiner einzigen Tochter Laetitia vermacht hatte, an die das Paket auch gerichtet gewesen war. Fasziniert begannen Arthur und Juliette in dieser *Enzyklopädie* zu blättern, in der sehr viel von Ameisen die Rede war, die aber auch philosophische, soziologische und biologische Abhandlungen enthielt. In erster Linie ging es Edmond Wells aber offenbar um das Verständnis zwischen verschiedenen Zivilisationen und um den Platz des Menschen in Zeit und Raum.

Besonders begeistert war Arthur von Wells' Idee gewesen, eine Maschine namens ›Stein von Rosette‹ zu konstruieren, um die olfaktorische Sprache der Ameisen in die menschliche Sprache übersetzen zu können und umgekehrt. Es war ihm tatsächlich gelungen, und er hatte mit den Insekten Dialoge geführt, speziell mit einer außergewöhnlichen Ameise, die Nr. 103 683 – abgekürzt Nr. 103 – hieß.

Unterstützt von Laetitia Wells, der Tochter des Professors, von Kommissar Jacques Méliès und Forschungsminister Raphael Hisaud, hatte Arthur dem Präsidenten der Republik vorgeschlagen, eine Ameisenbotschaft zu eröffnen.

»Dann waren Sie es also, der ihm Wells' Brief geschickt hat?« fragte Julie.

»Ja, ich brauchte ihn nur zu fotokopieren. Er stand in der *Enzyklopädie*.«

Das junge Mädchen mit den hellgrauen Augen hätte ihm erzählen können, daß dieses Schreiben bei mondänen Empfängen für hochrangige Ausländer vorgelesen wurde, um Heiterkeit zu erregen, aber sie wollte den alten Mann nicht kränken.

Arthur gab zu, daß der Präsident ihm nie geantwortet hatte und daß der Forschungsminister, der dem Projekt freundlich gegenüberstand, zum Rücktritt gezwungen worden war. Trotzdem verwandte Arthur auch weiterhin seine ganze Kraft darauf, sein großes Ziel zu erreichen: die Schaffung einer Ameisen-Botschaft, damit die beiden großen Zivilisationen endlich zum beiderseitigen Wohl kooperieren könnten.

»Haben Sie dieses Versteck hier gebaut?« erkundigte sich Julie, um das Thema zu wechseln.

Er bejahte und fügte hinzu, wenn sie nur eine Woche früher gekommen wären, hätten sie von außen eine kleine Pyramide sehen können.

Von dem Vorraum führte eine Tür in einen großen runden Saal, der von einer Lichtkugel in drei Meter Höhe erhellt wurde. Eine schmale Glassäule führte von dieser Kugel zur überirdischen Pyramidenspitze, durch die Tageslicht einfallen konnte. Entlang der Wände standen Schreibtische, Computer und andere komplizierte Geräte.

»In diesem Saal befinden sich alle Apparaturen, die gemeinsam genutzt werden. Hinter den Türen, die Sie hier und dort sehen, liegen die Labors, wo meine Freunde in aller Ruhe an ihren jeweiligen Projekten arbeiten können.«

Arthur deutete auf eine Galerie über ihren Köpfen, von der ebenfalls Türen abgingen. »Es gibt drei Stockwerke. Hier unten wird gearbeitet, im ersten Stock befinden sich die Eßzimmer, Vorratskammern und Gemeinschaftsräume, und im zweiten die Schlafzimmer.«

Mehrere Personen kamen aus ihren Labors, um die ›Ameisen-Revolutionäre‹ zu begrüßen: Jonathan Wells, der

Neffe des Professors, seine Frau Lucie, ihr Sohn Nicolas und Großmutter Augusta Wells; ferner Professor Rosenfeld, der Forscher Jason Bragel und die Polizisten und Feuerwehrleute, die nach den Vermißten gesucht hatten.*

Sie stellten sich als die ›Leute des ersten Bandes‹ der *Enzyklopädie des relativen und absoluten Wissens* vor.

Laetitia Wells, Jacques Méliès und Raphael Hisaud und Arthur Ramirez waren die ›Leute des zweiten Bandes‹.** Insgesamt lebten hier 21 Personen, zu denen sich jetzt Julie und ihre sechs Freunde gesellten. »Ihr seid für uns die Leute des dritten Bandes«, sagte Augusta Wells.

Jonathan Wells erklärte, sie hätten nach dem enttäuschenden Desinteresse an ihrem Projekt einer Ameisen-Botschaft beschlossen, sich von der Welt abzusondern und gemeinsam in aller Stille bessere Voraussetzungen für die unbedingt notwendige Begegnung der beiden Zivilisationen zu schaffen. Zu diesem Zweck hatten sie an einer besonders unzugänglichen Stelle des Waldes eine zwanzig Meter hohe Pyramide gebaut. Siebzehn Meter lagen unter der Erde, und nur drei ragten wie die Spitze eines Eisbergs hervor. Diesen überirdischen Teil hatten sie mit Spiegelplatten abgedeckt.

In ihrem Refugium konnten sie ungestört ihre Forschungen betreiben, die Geräte zur Kommunikation mit den Ameisen vervollkommnen und die ferngesteuerten fliegenden Ameisen herstellen, die ihre Pyramide vor Störenfrieden schützen sollten.

Nachdem die Bäume im Herbst ihr Laub verloren hatten, war die Pyramidenspitze bedauerlicherweise zu sehen gewesen, und sie hatten ungeduldig auf den Frühling gewartet, doch bevor die Äste ihren vollen Blätterschmuck wieder angelegt hatten, war Julies Vater aufgetaucht.

»Dann haben Sie ihn also getötet?«

Arthur senkte den Blick. »Das war ein höchst bedauerlicher Unfall. Ich hatte noch keine Gelegenheit gehabt, das

---

* Siehe ›Die Ameisen‹, Bd. 1, Heyne TB Nr. 01/9054

** Siehe ›Der Tag der Ameisen‹, Bd. 2, Heyne TB Nr. 01/9885

Betäubungsmittel zu testen, das meine fliegenden Ameisen mit ihren Stacheln injizierten. Als Ihr Vater die Pyramide entdeckte, befürchtete ich, er würde den Behörden darüber Meldung erstatten, und deshalb ließ ich ihn von einem dieser Miniroboter stechen.«

Der alte Mann strich sich seufzend den langen weißen Bart.

»Es war ein in der Chirurgie gängiges Betäubungsmittel, und ich dachte nicht, daß es tödlich sein könnte. Ich wollte diesen neugierigen Spaziergänger nur für eine Weile einschläfern, aber in meiner Panik muß ich eine viel zu hohe Dosis genommen haben.«

Julie schüttelte den Kopf. »Nein, es war keine zu hohe Dosis. Mein Vater hatte eine Allergie gegen äthylchloridhaltige Betäubungsmittel, aber das konnten Sie natürlich nicht wissen.«

Arthur wunderte sich, daß das junge Mädchen ihm nicht böse war, und fuhr mit seinem Bericht fort. Sie hatten in den Bäumen Videokameras angebracht und bemerkten deshalb bald, daß der neugierige Spaziergänger tot war.

Es blieb ihnen aber keine Zeit, den Leichnam an einen anderen Ort zu transportieren, denn der Hund hatte einen anderen Spaziergänger herbeigeholt, und dieser verständigte die Polizei.

Einige Tage später tauchte Kommissar Linart auf und untersuchte den Tatort. Es gelang ihm, die fliegenden Ameisen mit seiner Schuhsohle außer Gefecht zu setzen, und bei seinem nächsten Besuch brachte er ein Sprengkommando mit.

»Es war Ihre ›Revolution der Ameisen‹, die uns gerettet hat«, warf Jonathan Wells ein, »denn buchstäblich in letzter Sekunde wurde Linart zurückbeordert.«

Trotz dieser Gnadenfrist kam ein Umzug in aller Eile nicht in Frage, weil sich zu viele schwere Apparaturen in der Pyramide befanden.

»Die rettende Idee kam uns, als wir im Internet Ihre Werbung für ein Hügelhaus sahen«, sagte Laetitia Wells. »Eine bessere Tarnung kann man sich kaum vorstellen.«

»So ist es. Wir begruben die Pyramidenspitze einfach unter einem künstlich aufgeschichteten Hügel.«

»Dieses Hügelhaus war Léopolds Idee«, sagte Ji-woong, »aber die Tarnungsmethode ist uralt. In meiner Heimat – in Korea – wurden im ersten Jahrhundert nach Christus die Könige von Paekche in riesigen Pyramidengräbern beigesetzt, genau wie die ägyptischen Pharaonen. Diese Gräber wurden regelmäßig geplündert, weil allgemein bekannt war, daß man die Herrscher mit all ihren Reichtümern bestattet hatte. Deshalb kamen Architekten auf die Idee, die Pyramiden unter einer dicken Erdschicht zu verbergen. Diese künstlichen Hügel waren von natürlichen nicht zu unterscheiden, und Plünderer hätten von nun an sämtliche Hügel des Landes umgraben müssen, um an die Schätze heranzukommen.«

»Während die Polizei mit Ihrem Gymnasium beschäftigt war«, fuhr Laetitia Wells fort, ohne auf Ji-woongs historischen Exkurs einzugehen, »haben wir unsere Pyramide also begraben. Nach vier Tagen war nichts mehr davon zu sehen.«

»Wie konnten Sie das in so kurzer Zeit bewerkstelligen?«

»Arthur hatte zum Glück schon viel früher spaßeshalber Maulwurfsroboter konstruiert, die sehr schnell und bei Tag und Nacht arbeiten können.«

»Anschließend habe ich auf dem Gipfel einen hohlen Baum eingraben lassen«, war Arthur ein, »in dessen Stamm eine Glassäule verborgen ist, damit wir hier unten das Tageslicht genießen können, und Lucie und Laetitia haben unseren Hügel mit Sträuchern bepflanzt, die sie in der Umgebung ausgegraben hatten.«

»Es war gar nicht so einfach, dabei den Wildwuchs der Natur nachzuahmen«, berichtete Laetitia, »weil wir dazu neigen, alles in ordentlichen Reihen zu pflanzen. Aber es ist uns, glaube ich, ganz gut gelungen, und nun hoffen wir, daß dieser ›Ameisenhaufen‹ uns beschützen wird.«

»Bei den Navajo heißt es, die Erde beschütze uns vor allen Gefahren«, warf Léopold ein. »Wenn jemand erkrankt, gräbt man ihn bis zum Hals in die Erde ein. Die Erde ist unsere Mutter und will uns deshalb beschützen und heilen.«

Arthur schien etwas besorgt, daß der Kommissar ihre List durchschauen könnte, besann sich dann aber wieder auf seine Rolle als ›Fremdenführer‹ und gab weitere Erklärungen ab.

Hunderte künstlicher Blätter in den Baumwipfeln – in Wirklichkeit lichtelektrische Zellen – lieferten genügend Elektrizität für alle technischen Geräte.

»Und nachts haben Sie keinen Strom?«

»Doch, denn wir besitzen große Kondensatoren, die den Strom speichern.«

»Und haben Sie auch Wasser?« wollte David wissen.

»Ja. In der Nähe gibt es einen unterirdischen Fluß, und es war nicht schwer, ihn zu kanalisieren.«

»Wir haben auch ein Rohrleitungsnetz, das eine gute Belüftung gewährleistet«, sagte Jonathan Wells.

»Und wir züchten Pilze, betreiben also sozusagen Landwirtschaft.«

Arthur Ramirez zeigte ihnen sein Labor. In einem zwei Meter langen Terrarium mit Erdhügeln wimmelte es von Ameisen.

»Wir nennen sie unsere ›Heinzelmännchen‹«, berichtete Laetitia. »Schließlich sind Ameisen die Heinzelmännchen der Wälder.«

Julie hatte wieder den Eindruck, in ein Märchen geraten zu sein. Sie selbst war Schneewittchen, ihre Freunde waren Zwerge, die Ameisen waren Heinzelmännchen, und der alte Herr mit dem weißen Bart, der so fantastische Erfindungen gemacht hatte, war der Zauberer Merlin.

Arthur zeigte ihnen Ameisen, die mit winzigen Räderwerken und elektronischen Bestandteilen hantierten.

»Schauen Sie nur, wie pfiffig sie sind«, sagte Arthur stolz. »Natürlich mußten wir sie in unsere Technologien einführen, bevor wir sie einsetzen konnten, aber wenn man in der dritten Welt eine Fabrik errichtet, muß man die einheimischen Arbeiter ja auch erst schulen.«

»Sie haben als Feinmechaniker nicht ihresgleichen«, betonte Laetitia. »Nicht einmal der geschickteste Uhrmacher könnte diese mikroskopisch kleinen Bausteine präziser montieren.«

Mit Hilfe einer starken Lupe beobachtete Julie die Insekten, die einen fliegenden Ameisenroboter genauso geschickt zusammensetzten wie Flugzeugingenieure einen Jagdbomber. Sie bewegten nervös ihre Fühler, während sie einen Flügel anklebten. Zwei andere Ameisen schraubten die Glühbirnen ein, die als Augen dienten, und hinten wurde die Giftdrüse mit einer durchsichtigen Flüssigkeit gefüllt.

»Fantastisch!« rief David.

»Im Grunde ist es simple Mikroelektronik«, sagte Arthur bescheiden. »Wären unsere zehn Finger nicht so plump, könnten wir das auch.«

»Das alles muß doch sehr teuer gewesen sein«, bemerkte Francine. »Woher hatten Sie das Geld für den Bau der Pyramide und für all diese teuren Apparaturen?«

Raphael Hisaud räusperte sich. »Hmmm … als ich noch Forschungsminister war, fiel mir auf, daß enorme Summen für völlig unsinnige Projekte vergeudet wurden, speziell für ein kostspieliges Programm namens SETI – Search for Extraterrestrial Intelligence. Unser Staatspräsident war so fasziniert von Außerirdischen, daß man die Mittel sofort bewilligte. Vor meinem Rücktritt konnte ich einen Teil des Geldes abzweigen, und ich hatte dabei kein schlechtes Gewissen, weil ich eine Kontaktaufnahme mit Infraterrestrischen für viel wahrscheinlicher halte als die mit Extraterrestrischen. Von den Ameisen wissen wir jedenfalls mit absoluter Sicherheit, daß es sie gibt. Jeder Mensch kann es bezeugen.«

»Das alles wurde also mit Steuergeldern bezahlt?«

Die Mimik des Exministers verriet, daß er während seiner Amtszeit viel schlimmere Dinge erlebt hatte.

»Außerdem verdient meine Frau Juliette etwas dazu«, sagte Arthur. »Sie lebt nicht ständig hier, sondern dient unseren fliegenden Ameisen sozusagen als Flugzeugträger in der Stadt und ist außerdem die Starkandidatin von ›Denkfalle‹. Dieses Fernsehquiz ist ganz schön lukrativ!«

»Aber zur Zeit hat sie doch Probleme«, fiel David ein, der sich allerdings sehr wunderte, daß Juliette Ramirez ausgerechnet das Rätsel, das in die Tür eingraviert war, nicht lösen konnte.

»Das ist nur ein Trick«, grinste Laetitia Wells. »Wir selbst schicken die Rätsel ein, und Juliette weiß natürlich die Lösungen, aber sie stellt sich absichtlich dumm an, weil die Gewinnsumme dadurch immer höher wird.«

Julie schaute sich bewundernd in diesem ›Ameisenbau‹ um. Einen solchen Einfallsreichtum hatte ihre ›Revolution der Ameisen‹ nicht an den Tag gelegt, aber vielleicht lag das auch daran, daß diese Menschen schon seit einem Jahr hier lebten.

»Arthur, sind Sie ganz sicher, daß Sie nicht doch Professor Edmond Wells sind?« fragte sie.

Der alte Mann lachte, was einen Hustenanfall auslöste. »Ich darf nicht lachen, das ist schlecht für meine Gesundheit. Nein, nein, ich versichere Ihnen, daß ich ganz bestimmt nicht Edmond Wells bin, sondern nur ein kranker alter Mann, der sich mit seinen Freunden in eine Höhle zurückgezogen hat, um an einem Werk zu arbeiten, das ihn amüsiert.«

Er führte die ›Ameisen‹ zu ihren Schlafräumen hinauf.

»Wir haben hier für die ›Leute des dritten Bandes‹ dreißig kleine Schlafkammern eingerichtet, weil wir ja nicht wußten, wie viele es sein würden. Für Sie sieben ist also reichlich Platz.«

Sie bezogen ihre Betten und machten sich ein wenig frisch. Nach dem Essen versammelten sich alle im Fernsehraum, wo schon Jacques Méliès saß.

»Jacques ist ganz verrückt auf das Fernsehen«, sagte Laetitia spöttisch. »Es ist seine Droge, und er kommt einfach nicht davon los. Wenn er die Lautstärke voll aufdreht, beschimpfen wir ihn, aber seit er das Zimmer mit Moos isoliert hat, stört es uns weniger. Wissen Sie, das Zusammenleben auf beschränktem Raum ist gar nicht so einfach.«

Wie auf Kommando stellte Jacques Méliès den Ton lauter, weil es Zeit für die Nachrichten war. Diesmal tadelte ihn niemand, denn alle wollten wissen, was in der Außenwelt vor sich ging. Nach Berichten über den Krieg im Mittleren Osten und über die Arbeitslosigkeit kam der Moderator endlich auf die ›Revolution der Ameisen‹ zu sprechen und berichtete, daß die Polizei noch immer nach den Anführern fahndete. Gast im Studio war der Journalist Marcel Vaugirard, der behauptete, die Rebellen als letzter interviewt zu haben.

»Schon wieder dieser Kerl!« rief Francine wütend.

»Erinnert ihr euch an seine Devise?«

Alle zitierten im Chor: »Nur über das, was man nicht kennt, schreibt man gut.«

Und weil der Journalist von ihrer Revolution keine Ahnung hatte, ließ er sich weitschweifig darüber aus. Er gab vor, Julies einziger Vertrauter zu sein. Das junge Mädchen habe zugegeben, mit Hilfe von Musik und modernster Informatik die Welt verändern zu wollen. Schließlich kam der Moderator wieder zu Wort und meldete, der Zustand des verletzten Schülers habe sich ein wenig gebessert, er sei aus dem Koma erwacht.

Alle waren erleichtert. »Halt die Ohren steif, Narcisse!« rief Paul. »Wir holen dich da raus.«

Eine Reportage zeigte die Verwüstung, die die ›Vandalen‹ im Gymnasium angerichtet hatten.

»Aber wir haben doch gar nichts beschädigt!« empörte sich Zoé.

»Vielleicht sind die Schwarzen Ratten zurückgekommen, nachdem man uns vertrieben hatte.«

»Möglicherweise hat auch die Polizei diese Schäden angerichtet, um Ihre ›Revolution der Ameisen‹ in Verruf zu bringen«, bemerkte Jacques Méliès, der ehemalige Kommissar.

Zum Abschluß wurden wieder die sieben Fahndungsfotos gezeigt.

»Sie brauchen keine Angst zu haben«, beruhigte Arthur die jungen Leute. »Hier unter der Erde wird man Sie nicht finden.«

Er kicherte vergnügt, mußte aber sofort wieder husten. Keuchend erklärte er, leider noch kein Heilmittel gegen den Krebs gefunden zu haben.

»Haben Sie Angst vor dem Tod?« fragte Julie freimütig.

»Nein, ich habe nur Angst, zu sterben, bevor ich das verwirklichen konnte, wofür ich geboren wurde. Jeder von uns hat eine Mission, und mag sie auch noch so klein sein, und wenn man sie nicht erfüllen kann, hat man umsonst gelebt. Reine Zeitvergeudung!«

Er lachte und hustete wieder. »Aber machen Sie sich keine Sorgen – ich habe noch viele Kraftreserven. Außerdem habe ich Ihnen noch nicht alles gezeigt ... auch nicht mein großes Geheimnis ...«

Lucie brachte ihm seine Hausapotheke und verabreichte ihm das ›Gelée royale‹ der Bienen, während er sich selbst Morphium injizierte, um nicht unnötig zu leiden. Einige Mitglieder der Gemeinschaft brachten ihn auf sein Zimmer, und das Nachrichtenjournal zeigte zum Abschluß ein Interview mit der berühmten Sängerin Alexandrine.

188. Fernsehen

Moderator: »Guten Tag, Alexandrine, und herzlichen Dank, daß Sie zu uns ins Studio gekommen sind. Wir wissen, wie kostbar Ihre Zeit ist. Alexandrine, Ihr letztes Lied ›Amour de ma vie‹ ist schon in allen Hitparaden. Wie erklären Sie sich das?«

Sängerin: »Ich glaube, daß die jungen Leute sich in der Botschaft meiner Lieder wiedererkennen.«

Moderator: »Können Sie uns etwas über Ihr neues Album erzählen, das so erfolgreich ist?«

Sängerin: »Selbstverständlich! *Amour de ma vie* ist mein erstes wirklich engagiertes Album. Es enthält eine wichtige politische Botschaft.«

Moderator: »Ah! Und welche, Alexandrine?«

Sängerin: »Die Liebe.«

Moderator: »Die Liebe? Das ist genial! Das ist geradezu revolutionär!«

Sängerin: »Ich werde eine Petition an den Staatspräsidenten richten. Jeder Mensch hat ein Recht auf Liebe! Notfalls werde ich ein Sit-in vor dem Élyséepalast veranstalten, weil ich dort mein Lied ›Amour de ma vie‹ als Hymne vorschlagen will. Viele junge Leute schreiben mir, daß sie für diese Ziele demonstrieren wollen. Wir werden eine ›Revolution der Liebe‹ machen.«

Moderator: »Aha ... Jedenfalls möchte ich daran erinnern, daß Ihr Album *Amour de ma vie* überall zum günstigen Preis von 200 Francs zu haben ist; wir werden den Hit jede Stunde vor unseren Meldungen zur Verkehrslage spielen. Die Osterferien haben bekanntlich begonnen. Wie sieht es denn zur Zeit auf den Straßen aus, François?«

François meldete kilometerlange Staus auf allen Autobahnen. Es hatte schon zahlreiche Unfälle mit Toten und Verletzten gegeben, doch auf eine wohlverdiente Urlaubsreise mochte deshalb niemand verzichten.

189. Enzyklopädie

Mut der Lachse: Die Lachse wissen von Geburt an, daß eine lange Rundreise vor ihnen liegt. Sie verlassen ihren Heimatbach und schwimmen zum Ozean. Dort angelangt, müssen diese Süßwasserfische ihre Atmung umstellen, um das kalte Salzwasser ertragen zu können. Sie mästen sich mit Nahrung, um ihre Muskeln zu stärken, und dann beschließen sie plötzlich, in die Heimat zurückzukehren, so als hätten sie einen geheimnisvollen Ruf vernommen.

Wie finden sie sich im Meer zurecht? Niemand weiß es genau. Zweifellos verfügen sie über einen sehr feinen Geruchssinn, und vielleicht vermögen sie im Salzwasser den Geruch der Süßwassermoleküle ihrer Heimat wahrzunehmen. Möglicherweise orientieren sie sich aber auch an den Magnetfeldern der Erde, obwohl diese Hypothese eher unwahrscheinlich ist, denn in Kanada wurde festgestellt, daß die Lachse den richtigen Fluß nicht wiederfinden, wenn er zu stark verschmutzt ist.

Haben sie den Fluß gefunden, der sie an ihren Geburtsort zurückbringen soll, steht ihnen eine gewaltige Anstrengung bevor. Wochenlang kämpfen sie gegen die starke Gegenströmung, überspringen Wasserfälle (Lachse können drei Meter hoch springen), werden von Hechten, Fischottern und Bären bedroht und müssen ständig auf der Hut vor Menschen sein, für die Lachs eine Delikatesse ist.

Ein wahres Blutbad. Die meisten Lachse sterben unterwegs. Die Überlebenden, die endlich ihren Heimatbach erreichen, verwandeln ihn vorübergehend in ein Liebesparadies. Erschöpft und abgemagert paaren sie sich an den Laichplätzen und verteidigen mit letzter Kraft ihre Eier. Sobald die jungen Lachse ihrerseits die abenteuerliche Reise antreten, sterben die Eltern.

Es gibt jedoch Ausnahmen: Manche Lachse haben die unglaubliche Energie, ein zweites Mal zum Ozean und zurück zu schwimmen!

EDMOND WELLS,
Enzyklopädie des relativen und absoluten Wissens, Band III

190. Auflösung des ersten Rätsels

Maximilien saß mitten im Wald in seinem Jeep. Er holte ein Sandwich mit geräuchertem Lachs aus dem Handschuhfach, beträufelte es mit Zitrone, bestrich es mit Crème fraiche und verzehrte es genüßlich.

Während seine Männer im Dickicht nach Spuren suchten und mit Hilfe ihrer Walkie-Talkies Kontakt hielten, warf der Kommissar einen Blick auf seine Uhr und schaltete hastig den kleinen Fernseher ein, der an den Zigarettenanzünder angeschlossen war.

»Bravo, Madame Ramirez, Sie haben die Lösung gefunden!«

Lauter Applaus.

»Es war viel einfacher, als ich gedacht hatte. Zunächst kam es mir unmöglich vor, mit nur sechs Streichhölzern acht Dreiecke zu bilden, aber Sie hatten recht ... man brauchte nur nachzudenken.«

Maximilien ärgerte sich, die Lösung um einige Sekunden verpaßt zu haben.

»Gut, Madame Ramirez, gehen wir zum nächsten Rätsel über. Ich warne Sie, es ist ein bißchen schwieriger als das letzte. Passen Sie gut auf: ›Ich erscheine zu Beginn der Nacht und am Ende des Morgens. Man kann mich zweimal im Jahr sehen, und man erkennt mich sehr gut, wenn man den Mond betrachtet. Wer bin ich?‹«

Der Kommissar notierte sich das Rätsel. Er liebte es, bei langweiligen Arbeiten über ein Problem nachdenken zu können.

Ein Polizist klopfte an die Wagentür. »Wir haben ihre Spur gefunden, Chef!«

191. Es sind Millionen

Ihre Beine graben Furchen in die Erde. Der große Friedensmarsch zieht immer mehr Insekten an. Nun sind es schon Millionen, die in Richtung des Landes der Finger ziehen. Der beschwerliche Weg über Steine und Wurzeln vermag sie nicht zu schrecken.

Prinzessin Nr. 103 nimmt den Kollektivgeist ihrer Truppe wahr, der immer mächtiger wird und freudige Erwartung, vermischt mit leichter Bangigkeit, widerspiegelt.

Allen Ameisen ist bewußt, daß sie bei dieser entscheidenden Begegnung ihr Bestes geben müssen.

Es ist ein erhebendes Gefühl, an diesem Wendepunkt der Geschichte angelangt zu sein. Gewiß, die Ameisen haben im Laufe ihrer langen Existenz schon viele grandiose

Heldentaten vollbracht. Die Ausrottung der Dinosaurier und der Sieg über die Termiten sind nur zwei Beispiele, aber beides hat sehr lange gedauert und unzählige Ameisenleben gefordert, während sie jetzt ja einen Friedensmarsch unternehmen.

Das große Rendezvous mit den Fingern …

Nr. 7 arbeitet auf einem Schneckenrücken an ihrem großen Fresko. Sie befeuchtet ihren Greifer mit Speichel und tunkt ihn in die Pigmente, bevor sie die Umrisse von Ameisen auf das große Blatt zeichnet, das ihr als Leinwand dient. Das alles sind erst Skizzen, denn sie weiß noch nicht genau, wie sie den richtigen Eindruck von diesem gewaltigen Insektenstrom vermitteln soll.

192. Endlich vereint

Die erste Nacht in der Pyramide war sehr angenehm. Ob es nun an ihrer Müdigkeit, an der Form des Baus oder an der schützenden Erdschicht lag – jedenfalls schlief Julie zum erstenmal seit langer Zeit, ohne Alpträume zu haben.

Am nächsten Morgen frühstückte sie im Eßzimmer und ging anschließend innerhalb der Pyramide spazieren. In der Bibliothek entdeckte sie auf einem großen Tisch zwei Bücher, den ersten und zweiten Band der *Enzyklopädie des relativen und absoluten Wissens.* Sie ging in ihre Schlafkammer, holte den dritten Band aus ihrem Rucksack und legte ihn neben die beiden anderen.

Endlich waren die drei Bände vereint.

Seltsam, sich vorzustellen, daß ihr ganzes Abenteuer von einem Mann ausgelöst worden war, der nicht mehr lebte, aber durch seine drei Bücher immer noch einen gewaltigen Einfluß ausübte …

Arthur Ramirez trat neben sie. »Ich war mir sicher, daß ich Sie hier finden würde.«

»Warum hat er sein Werk in drei Bände aufgeteilt? Er hätte doch auch *ein* Buch daraus machen können.«

Arthur setzte sich. »In allen drei Bänden geht es um die Beziehung zu einer fremden Zivilisation mit einer völlig anderen Denkweise als der unsrigen, und jeder Band beschreibt einen Schritt auf dem Weg zum Verständnis dieses so ganz Anderen. Erster Band, erste Etappe: Die Entdekkung der Existenz des Anderen und erste Kontakte. Zweiter Band, zweite Etappe: Die Konfrontation mit dem Anderen. Dritter Band, dritte Etappe: Wenn die Konfrontation für beide Seiten weder ein Sieg noch eine Niederlage war, ist es an der Zeit, zur Kooperation überzugehen.«

Er legte die drei Bände aufeinander.

»Kontakt, Konfrontation, Kooperation: Die Trilogie ist abgeschlossen, die Begegnung mit dem Anderen ist vollendet. 1 + 1 = 3 ...«

»Sie sagten, Sie hätten den ›Stein von Rosette‹ gebaut, jene Maschine, die mit den Ameisen spricht. Ist das wirklich wahr?«

Arthur bejahte.

»Würden Sie mir den Apparat zeigen?«

Arthur erklärte sich nach kurzem Zögern dazu bereit. Julie rief ihre Freunde, und der alte Mann führte sie in ein Zimmer, dessen gedämpftes Licht auf Terrarien voller Blumen, Pflanzen oder Pilzen fiel. Und da stand auch der ›Stein von Rosette‹, so wie er in der *Enzyklopädie* beschrieben war.

Arthur schaltete einen Computer ein, der leise summte.

»Ist das der Computer mit ›demokratischer Anordnung‹, von dem in der *Enzyklopädie* die Rede ist?« fragte Francine.

Arthur nickte, sichtlich zufrieden, es mit Kennern zu tun zu haben. Julie erkannte den Massenspektrografen und den Chromatografen, aber anstatt die Geräte in Reihe zu schalten, wie sie es versucht hatte, waren sie bei Arthur parallel miteinander verbunden, so daß die Analyse und Synthese von Molekülen gleichzeitig vonstatten ging. Jetzt verstand Julie, warum ihre Apparatur nicht funktioniert hatte.

Arthur stellte die Geräte ein, griff behutsam nach einer

Ameise und setzte sie in einen Kasten aus durchsichtigem Glas, an dem eine winzige Gabel aus Kunststoff befestigt war. Instinktiv legte das Insekt seine Fühler an diese künstlichen Fühler. Arthur sprach langsam und deutlich in ein Mikrofon.

»Dialog zwischen Mensch und Ameise erwünscht.«

Er mußte den Satz mehrmals wiederholen, wobei er an verschiedenen Rädchen drehte. Die Gase, aus denen die Duftpheromone bestanden, wurden freigesetzt und vereinigten sich, bevor sie in die künstlichen Fühler gelangten. Gleich darauf gab die synthetische Stimme des Computers die Antwort der Ameise in Menschensprache wieder:

»*Einverstanden.*«

»Guten Tag, Ameise Nr. 6142. Hier sind Leute meines Volkes, die dich sprechen hören wollen.«

»*Was für Leute?*« fragte Ameise Nr. 6142.

»Freunde, die nicht wissen, daß wir miteinander Dialoge führen können.«

»*Was für Freunde?*«

»Gäste.«

»*Was für Gäste?*«

Arthur begann die Geduld zu verlieren. Er gab zu, daß es sehr schwierig war, mit Insekten zu sprechen. Die Technik bereitete keine Probleme, aber über den Sinn konnte man sich oft nicht verständigen.

»Selbst wenn es einem gelingt, mit einem Tier zu sprechen, ist es gar nicht gesagt, daß man seine Äußerungen versteht. Ameisen haben ein ganz anderes Wahrnehmungsvermögen als wir, und deshalb muß man alles möglichst einfach ausdrücken. Um beispielsweise das Wort ›Tisch‹ zu erklären, muß man sagen: ›Holzplatte mit vier Beinen, die zum Essen dient.‹ Wir Menschen drücken uns oft sehr unklar aus, aber das bemerkt man erst, wenn man sich mit einer anderen intelligenten Spezies unterhält.«

Arthur führte aus, diese Nr. 6142 sei keineswegs eine besonders dumme Ameise. Es gebe welche, die nur *Hilfe!* schreien würden, wenn er sie in den Kasten setzte.

»Das hängt ganz von den Individuen ab.«

Der alte Mann erzählte voller Nostalgie von Nr. 103, einer hochbegabten Ameise, die er einst gekannt hatte. Sie war nicht nur sehr schlagfertig, sondern begriff sogar einige typisch menschliche abstrakte Begriffe.

»Nr. 103 war der Marco Polo der Ameisen, und ihre geistige Aufgeschlossenheit war einfach unglaublich. Ihre Neugier war unerschöpflich, und sie hatte fast keine Vorurteile uns gegenüber«, erinnerte sich Jonathan Wells.

»Und wissen Sie, wie sie uns nannte?« seufzte Arthur. »Die ›Finger‹, denn die Ameisen sehen von uns Menschen nur den Finger, der auf sie zukommt, um sie zu zerquetschen.«

»Welches Bild müssen sie sich von uns machen!« rief David erschrocken.

»Das Gute an Nr. 103 war, daß sie wissen wollte, ob wir wirklich Ungeheuer oder aber vielleicht doch ›sympathische Tiere‹ sind. Ich habe ihr einen winzigen Fernseher gebastelt, damit sie sich ein objektives Bild von Menschen in aller Welt machen konnte.«

Julie versuchte sich den Schock für die Ameise vorzustellen. Das war so, als würde man ihr Einblick in die Ameisenwelt unter den verschiedensten Aspekten gewähren. Die Kriege, der Handel, die Industrie, die Legenden …

Laetitia Wells holte ein Porträt dieser ungewöhnlichen Ameise. Die jungen Leute konnten zunächst nicht glauben, daß Ameisen sich äußerlich voneinander unterschieden, doch als sie das Bild lange genug betrachtet hatten, glaubten sie einige spezifische Merkmale im ›Gesicht‹ dieser Nr. 103 zu erkennen.

Arthur setzte sich. »Ein hübsches Profil, stimmt's? Nr. 103 war viel zu abenteuerlustig, und sie war sich ihrer wichtigen Rolle viel zu sehr bewußt, als daß es ihr auf Dauer genügt hätte, im Fernsehen unsere dummen Witze zu hören und sich romantische Hollywoodfilme anzuschauen. Sie ist ausgerückt.«

»Und das nach allem, was wir für sie getan hatten!« sagte Laetitia empört. »Wir hielten sie für unsere Freundin, aber sie hat uns einfach verlassen.«

»Stimmt, wir fühlten uns anfangs ohne sie richtig verwaist«, fuhr Arthur fort, »aber dann haben wir nachgedacht. Ameisen sind freie Geschöpfe, und wir werden sie niemals zähmen können. Alle Geschöpfe auf unserem Planeten sind frei und haben die gleichen Rechte. Wir hatten kein Recht, Nr. 103 gefangenzuhalten.«

»Und wo ist sie jetzt, diese ungewöhnliche Ameise?«

»Irgendwo in der weiten Natur … Sie hat uns sogar eine Botschaft hinterlassen.«

Arthur holte ein Ameisenei und brachte es in Kontakt mit den künstlichen Fühlern. Der Computer übersetzte den olfaktorischen Brief, so als wäre das Ei lebendig und würde das Wort an sie richten.

Liebe Finger!
Hier bin ich zu nichts nutze.
Ich kehre in den Wald zurück, um meinem Volk zu berichten, daß es euch gibt und daß ihr weder Ungeheuer noch Götter seid.
Zwischen euch und uns gibt es Parallelen.
Unsere beiden Zivilisationen müssen zusammenarbeiten, und ich werde alles in meiner Macht stehende tun, um mein Volk zu überreden, Kontakt mit euch aufzunehmen. Versucht, das gleiche von eurer Seite aus zu bewerkstelligen.

Eure Nr. 103

»Wie gut sie unsere Sprache spricht!« staunte Julie.

»Es ist natürlich der Computer, der die Satzformulierungen arrangiert, aber eine Übersetzung bleibt notgedrungen immer hinter dem Original zurück«, seufzte Laetitia. »Während ihres Aufenthalts hat Nr. 103 sich große Mühe gegeben, die Regeln unserer gesprochenen Sprache zu verstehen. Sie hat alles begriffen, mit Ausnahme von drei Begriffen, mit denen sie nichts anfangen konnte.«

»Welche waren das?«

»Humor, Kunst und Liebe. Diese drei Begriffe sind für ein Wesen, das kein Mensch ist, sehr schwer zu verstehen. Wir haben ihr oft Witze erzählt, aber unser Humor ist viel zu ›menschlich‹. Wir hätten wissen sollen, ob es einen typisch ›ameisischen‹ Humor gibt. Vielleicht irgendwelche Geschichten über Maikäfer, die sich in Spinnennetzen verfangen, oder von Schmetterlingen, die losfliegen, wenn ihre Flügel noch feucht und zerknittert sind, und die deshalb abstürzen ...«

»Ja, das ist ein großes Problem«, stimmte Arthur zu. »Was könnte eine Ameise wohl zum Lachen bringen?«

Sie kehrten zum ›Stein von Rosette‹ zurück, wo immer noch Nr. 6142 saß.

»Seit der Flucht von Nr. 103 müssen wir uns eben mit dem begnügen, was wir haben.« Arthur fragte die Ameise im Glasbehälter: »Weißt du, was Humor ist?«

»Was für ein Humor?« fragte die Ameise zurück.

193. Der grosse Marsch

Der Humor muß etwas ganz Außergewöhnliches sein.

Im warmen Biwak berichtet Nr. 103 wieder von der Welt der Riesen, die sie bald treffen würden. Alle Teilnehmer des großen Marsches hängen als riesige lebendige Kugel an einem Ast, von unten von der Glut gewärmt.

»Dieser Humor löst bei den Fingern Krämpfe aus, wenn sie Geschichten vom Eskimo auf der Eisbahn oder von der Fliege, der man die Flügel ausreißt, hören.«

Die wenigen anwesenden Fliegen sind begreiflicherweise nicht gerade erfreut.

Die Prinzessin bemerkt an den Gerüchen, daß der Humor ihre Zuhörer nicht interessiert und wechselt das Thema. Sie erklärt, die Finger hätten keine harten Panzer zum Schutz ihres Organismus und seien deshalb empfindlicher als Ameisen. Während eine Ameise in der Lage ist, das Sechzigfache ihres Gewichts zu tragen, kann ein Finger höchstens ein Gewicht heben, das dem seinen gleichkommt. Und während eine Ameise unbeschadet aus einer Höhe stürzen kann, die das Zweihundertfache ihrer Körpergröße beträgt, kann ein Finger schon sterben, wenn er aus der lächerlichen Höhe seiner dreifachen Körpergröße in die Tiefe fällt.

Die Zuhörer nehmen aufmerksam alle Pheromone auf, die Prinzessin Nr. 103 verströmt, und sind sehr zufrieden, daß die Finger trotz ihrer imposanten Größe so schwächlich sind.

Als nächstes berichtet die Prinzessin, wie die Finger das Gleichgewicht auf ihren Hinterbeinen halten, und Registratorin Nr. 10 macht sich gewissenhaft Notizen für ihr Gedächtnispheromon.

GANG

Die Finger laufen auf ihren beiden Hinterbeinen.

Auf diese Weise können sie ihre Artgenossen sogar über Sträucher hinweg sehen.

Um dieses Kunststück vollbringen zu können, spreizen die Finger ihre unteren Gliedmaßen, schwenken ihren Hinterleib, um den Schwerpunkt nach vorne zu verlagern, und bewegen die oberen Gliedmaßen, um das Gleichgewicht zu halten.

Obwohl diese Position sehr unbequem ist, können die Finger sie sehr lange beibehalten.

Wenn sie aus dem Gleichgewicht zu kommen drohen, werfen sie ein Bein nach vorne und stützen sich damit ab.

Das nennt man ›gehen‹.

Zu diesem Thema gibt es sehr viele Fragen, aber Nr. 103 geht bald zu einem anderen Aspekt im Leben der Finger über. Sie hat ihren Truppen noch soviel zu erzählen!

MACHT

Nicht alle Finger sind gleich.

Manche können über Leben und Tod der anderen gebieten.

Diese wichtigeren Finger können befehlen, daß die minderwertigeren geschlagen oder in Gefängnisse gesperrt werden.

Ein Gefängnis ist ein Raum ohne Ausgang.

Jeder Finger hat einen Vorgesetzten, der selbst einen Vorgesetzten hat, der wiederum einen Vorgesetzten hat … bis hin zum Vorgesetzten des ganzen Volkes, der alle anderen beherrscht.

Wie werden diese Vorgesetzten bestimmt?

Es handelt sich um eine Kaste, und die Vorgesetzten werden einfach unter den Kindern von Vorgesetzten ausgewählt.

Während sie das alles erzählt, denkt Nr. 103, daß sie nicht alles verstanden hat, was in der Welt der Finger vor sich geht. Sie hat es eilig, zu ihnen zurückzukehren, um ihr Wissen zu erweitern.

Im riesigen Biwak werden die Fühler bewegt. Die Wände reden mit den Böden, die Türen diskutieren mit den Decken.

Die Prinzessin bahnt sich einen Weg zwischen den Körpern und blickt aus einem lebendigen Fenster zum östlichen Horizont hinüber. Die Prozession kann jetzt nicht mehr umkehren. Sie hat sich schon zu weit vorgewagt. Die Alternative heißt nur noch: Erfolg haben oder sterben.

Die Schnecken, die unten weiden, beteiligen sich nicht an den angeregten Diskussionen, sondern kauen genüßlich ihren Klee.

Viertes Spiel:
Treff

194. Enzyklopädie

Kartenspiel: Das gängige Kartenspiel mit 52 Symbolen verkündet eine Lehre, eine Geschichte. Die vier Farben stehen für die vier Bereiche der Veränderungen im Leben. Vier Jahreszeiten, vier Emotionen, vier Planeteneinflüsse ...

1. Herz: Frühling, Gefühlsbetontheit; Venus
2. Pik: Winter, Probleme; Mars
3. Karo: Sommer, Reisen; Merkur
4. Treff: Herbst, Arbeit; Jupiter

Auch die Zahlen und Personen sind nicht zufällig ausgewählt. Jede Karte symbolisiert irgendeine Etappe im menschlichen Leben. Deshalb wurde das einfache Kartenspiel ebenso wie das Tarot für die Wahrsagekunst benutzt. Beispielsweise heißt es, die Herzsechs bedeute, daß man ein Geschenk erhalten wird, die Karofünf weise auf den Bruch mit einem geliebten Menschen hin, der Treffkönig stehe für Berühmtheit, der Treffbube für den Verrat eines Freundes, das Herzas für eine Ruheperiode, die Treffdame für einen Glücksfall, die Herzsieben für eine Hochzeit. Alle Spiele, sogar die einfachsten, offenbaren alte Weisheiten.

EDMOND WELLS,
Enzyklopädie des relativen und absoluten Wissens, Band III

195. Die Geheimboten der Göttin

Julie und ihre Freunde hatten an diesem Tag soviel gesehen, daß sie viel zu aufgeregt waren, um schlafen zu können. Zur Beruhigung öffnete Paul eine Flasche Met, die er aus dem Gymnasium gerettet hatte, und Ji-woong schlug eine Partie ›Eleusis‹ vor.

Jeder legte eine Karte auf den Tisch.

»Karte, die in die Weltordnung paßt; Karte, die nicht in die Weltordnung paßt«, verkündete Léopold, der seine Rolle als zeitweiliger Gott sehr ernst nahm.

Es gelang den anderen nicht, die von Léopold erfundene Regel herauszufinden. Vergeblich betrachteten sie die aneinandergereihten Karten: sie konnten beim besten Willen keinen Rhythmus, keine Regelmäßigkeit, keine Logik darin erkennen. Mehrere hatten sich schon als Propheten versucht, doch jedesmal hatte Léopold ihre Interpretation seines göttlichen Denkens für falsch erklärt.

»Hilf uns doch ein bißchen. Ich habe den Eindruck, daß die Zahlen und Farben überhaupt keine Rolle spielen.«

»Das stimmt.«

Alle mußten passen und verlangten die Auflösung des Rätsels.

»Meine Regel war ganz simpel«, grinste Léopold. »Abwechselnd eine Karte, deren Name auf einen Vokal endet, und eine Karte, deren Name auf einen Konsonanten endet.«

Sie schlugen mit Kopfkissen auf ihn ein.

Während einer der nächsten Partien dachte Julie, daß von ihrer ›Revolution der Ameisen‹ letztlich nur ein paar Symbole übriggeblieben waren: die Zeichnung mit den drei Y-förmig angeordneten Ameisen, die Devise 1 + 1 = 3, das Spiel ›Eleusis‹ und der Met.

Man will die Welt verändern und hinterläßt in der Erinnerung der Menschen nur ein bißchen Kleinkram. Edmond Wells hatte recht. Allen Revolutionären mangelte es an Demut.

Das junge Mädchen mit den hellgrauen Augen legte eine Herzdame auf den Tisch. »Schlechte Karte«, meinte Léopold zufrieden.

»Die Ablehnung einer Karte ist manchmal aufschlußreicher als ihre Annahme«, sagte Zoé und erklärte sich zur Prophetin. ›Gott‹ mußte zugeben, daß sie seine Regel durchschaut hatte.

Sie tranken Met, spielten Karten und fühlten sich wohl.

Beim Spielen konnten sie vergessen, wo sie sich befanden. Sie redeten über alles mögliche, nur nicht über Narcisse. Das wäre zu schmerzlich gewesen, denn sobald ein Kreis sich geschlossen hat, kann man ihn nicht mehr anders zusammenfügen. Wenn auch nur ein Glied fehlt, fühlen sich alle verstümmelt.

Arthur betrat den Raum. »Es ist mir gelungen, Kontakt mit eurer befreundeten Universität in San Francisco aufzunehmen.«

Alle stürzten in den Computersaal. Francine setzte sich vor die Tastatur und diskutierte auf diese Weise mit den amerikanischen Studenten. Sobald sie ihre Identität nachgewiesen hatte, erklärten sie sich bereit, alle Programme der ›Revolution der Ameisen‹ nach Frankreich zu überspielen.

Innerhalb von fünf Minuten füllte sich der Computer mit Daten, wurde durch ein Wunder der Technologie alles neu geboren. Sie konnten die Filialen wieder eröffnen. Das ›Fragenzentrum‹ hatte Winterschlaf gehalten, aber David reaktivierte es. *Infra-World* hatte sich hingegen auch im Gast-Computer weiterentwickelt; die Bewohner dieser künstlichen Welt waren offenbar genauso anpassungsfähig wie ein Einsiedlerkrebs, der sich in jeder Muschel, die ihn beherbergt, sofort wohl fühlt.

Julie, die noch vor kurzem befürchtet hatte, ihr blieben als Erinnerungen nur der Met und das Spiel ›Eleusis‹, sah staunend, daß ihre Revolution wieder zum Leben erwachte wie ein ausgetrockneter Schwamm, der ins Wasser getaucht wird. Unsterblichkeit durch Informatik – keiner vorangegangenen Revolution war dieses Glück beschieden gewesen!

Alles war wieder da: Narcisses Schmetterlingskleider, Léopolds architektonische Pläne, Pauls Rezepte …

Ji-woong informierte per Internet die ganze Welt, daß die Revolutionäre sich zwar im Augenblick verstecken müßten, daß ihre Bewegung aber weiterlebe. Sicherheitshalber sollten alle Kontakte vorläufig über die Universität von San Francisco laufen, die die Botschaften per Satellit weiterleiten würde.

Julie konnte plötzlich nicht mehr verstehen, warum sie im Gymnasium von Fontainebleau gescheitert waren.

Francine brannte darauf, sich vom Stand der Dinge in *Infra-World* zu überzeugen. Sie stellte fest, daß ihre künstliche Welt ein ungewöhnliches Wachstum erlebt hatte. Die Bewohner waren der Zeit der realen Welt weit voraus und lebten im Jahre 2130. Sie hatten neue Verkehrsmittel auf der Basis elektromagnetischer Energie und neue Heilmethoden mit Hilfe von Kurzwellen entdeckt. Seltsamerweise waren sie bei allen technologischen Neuerungen darauf bedacht gewesen, größten Wert auf Ästhetik zu legen und die Natur zu kopieren. Beispielsweise gab es keine Helikopter, sondern Flugzeuge, die mit den Flügeln schlugen und ›Ornithoptères‹ hießen. Und ihre Unterseeboote hatten keine Schiffsschrauben, sondern ein Antriebsmittel in Form eines langen beweglichen Fischschwanzes. Francine beobachtete diese parallele Welt und bemerkte plötzlich, daß etwas nicht in Ordnung war. Sie zoomte zu den Stadträndern und zuckte erschrocken zusammen.

»Sie haben die Kontaktpersonen umgebracht!«

Ihre Spione baumelten an Galgen, demonstrativ zur Schau gestellt.

Politiker, Publizisten und Journalisten hatten die Mörder nicht zurückgehalten, so als wollten die Bewohner von *Infra-World* den Bewohnern der realen Welt eine Botschaft zukommen lassen.

»Sie haben also begriffen, daß sie nur eine Illusion der Informatik sind. Vielleicht konnten sie deduktiv folgern, daß ich existiere«, murmelte Francine verstört.

Rasch bewegte sie sich durch ihre *Infra-World*, um besser verstehen zu können, was dort vor sich ging, und überall stieß sie auf Aufschriften, die von den Göttern verlangten, den virtuellen Bewohnern ihre Freiheit zu schenken.

Götter, laßt uns in Ruhe!

Sie hatten ihre Forderung auf die Dächer ihrer Häuser geschrieben, in ihre Monumente eingraviert, mit der Mähmaschine in ihre Rasen geschnitten.

Folglich war ihnen tatsächlich bewußt geworden, wer

sie waren und wo sie lebten. Francine hätte ihnen gern das Spiel *Evolution* gezeigt, damit sie begreifen könnten, wie eine Welt unter totaler Kontrolle eines Spielers aussah.

Sie dagegen hatte ihnen als Göttin den freien Willen gelassen und hatte nicht in ihr Leben eingegriffen. Sie konnten sich sogar von einem blutrünstigen Tyrannen regieren lassen, wenn sie wollten, denn Francine hatte beschlossen, ihnen nicht ihre eigene Moral aufzuzwingen, sondern sich sogar bei den schlimmsten Verfehlungen völlig herauszuhalten.

War das nicht der größte Beweis vom Respekt eines Gottes, den er gegenüber seinem emanzipierten Volk empfand? Sie hatte die virtuellen Bewohner nur gestört, um Waschmittel und neue Konzepte zu testen, aber nicht einmal das wollten sie akzeptieren.

Undankbares Volk!

Francine streifte weiter durch die Städte. Überall waren die gräßlich verstümmelten Leichen ihrer Kontaktpersonen zur Schau gestellt, und die Bewohner verlangten, daß Francine ihre Bevormundung einstellen solle. Das Mädchen starrte bestürzt auf den Bildschirm, der plötzlich explodierte.

196. Enzyklopädie

Die gnostische Bewegung: Hat Gott einen Gott? Die ersten Christen der römischen Antike mußten gegen eine häretische Bewegung ankämpfen, die davon überzeugt war: der Gnostizismus. Im 2. Jhdt. n. Chr. behauptete ein gewisser Marcion, der Gott, zu dem man bete, sei nicht der oberste Gott. Vielmehr müsse dieser Gott einem höheren Gott Rechenschaft ablegen. Für die Gnostiker waren die Götter ineinandergeschachtelt wie russische Puppen, wobei die Götter der größeren Welten die der kleineren Welten umschlossen.

Dieser Glaube, auch ›Bitheismus‹ genannt, wurde besonders von Origines heftig bekämpft. ›Normale‹ und gnostische Christen zerfleischten sich gegenseitig, um zu entscheiden, ob Gott einen Gott habe. Die Gnostiker wurden schließlich massakriert, und die wenigen, die es heutzutage gibt, üben ihren Kult im geheimen aus.

EDMOND WELLS,
Enzyklopädie des relativen und absoluten Wissens, Band III

197. Flussüberquerung

Sie sind wieder am Fluß. Diesmal brauchen sie aber keine Boote, denn sie sind so zahlreich, daß sie mit ihren Körpern mühelos eine Hängebrücke bilden können, über die Millionen anderer Ameisen wandern.

Sogar die Schnecken überqueren die Brücke, ohne daß auch nur eine einzige ertrinkt.

Am anderen Ufer errichten die Ameisen wieder ein Biwak, und die Prinzessin erzählt ihnen neue Geschichten über die Finger. In einer Ecke skizziert Nr. 7 diese Szene auf ein Blatt, während Nr. 10 wie immer Eintragungen ins Gedächtnispheromonregister macht.

UNTÄTIGKEIT:
Die Finger haben ein riesiges Problem: die Untätigkeit.

Sie sind die einzige Tierart, die sich die Frage stellt: »Was könnte ich jetzt tun, um mich zu beschäftigen?«

Auf ihre Krücken gestützt, läuft Nr. 5 auf zwei Beinen durch das Lager. Sie ist überzeugt, daß ihr Körper sich irgendwann an diese seltsame Position gewöhnen und daß sie diese Fähigkeit ihren Kindern automatisch vererben wird, wenn sie irgendwann wie Nr. 103 das ›Gelée royale‹ der Wespen schluckt.

Nr. 24 überarbeitet seine Saga *Die Finger*. Die letzten Kapitel über diese großen unbekannten Tiere will er erst verfassen, nachdem er die Finger persönlich kennengelernt hat.

198. Der Wankelmut einer Frau

Francine hatte gerade noch Zeit, sich die Hände vors Gesicht zu halten, bevor es Glassplitter regnete. Ihre Brille hatte ihre Augen geschützt, und sie bekam nur ein paar leichte Schnittwunden ab, doch sie zitterte vor Angst und Wut. Die Bewohner von *Infra-World* hatten versucht, ihre Schöpfergöttin zu ermorden!

Lucie verarztete die Blondine, und Arthur untersuchte währenddessen die Komponenten hinter dem explodierten Bildschirm.

»Unglaublich! Sie haben eine informatische Botschaft geschickt, um den Kontrollmechanismus des Bildschirms zu täuschen. Die elektronische Sicherung dachte, das Gerät arbeite mit 220 V, während die Spannung in Wirklichkeit nur 110 V betragen darf. Diese vermeintliche Überbelastung hat die Explosion ausgelöst.«

»Sie haben sich also Zugang zu unserem Informationsnetz verschafft«, stellte Ji-woong beunruhigt fest. »Es ist ihnen möglich, in unsere Welt einzugreifen.«

»Man sollte nicht in aller Unschuld Gott spielen wollen«, kommentierte Léopold.

»Wir müssen *Infra-World* abschalten«, schlug David vor. »Diese Leute könnten uns gefährlich werden.«

Er machte eine Kopie auf Diskette und löschte dann das Programm von der Festplatte.

»So, jetzt sind sie inaktiviert. Rebellisches Volk, nun bist du auf deine primitivste Lebensform reduziert – auf eine simple Diskette!«

Alle betrachteten die Diskette, so als wäre sie eine Giftschlange.

»Und was machen wir jetzt mit dieser Welt?« fragte Zoé. »Sollen wir sie vernichten?«

»Nein, auf gar keinen Fall!« schrie Francine, die sich inzwischen weitgehend vom Schock erholt hatte. »Auch wenn sie aggressiv geworden sind, muß man das Experiment fortsetzen.«

Sie bat Arthur um einen anderen Computer. Ein alter

würde vollauf genügen, meinte sie. Nachdem sie sich vergewissert hatte, daß dieser Computer kein Kontrollmodem hatte und auch mit keinem anderen Gerät verbunden war, legte sie die Diskette ein und setzte den Apparat in Betrieb.

Infra-World begann sofort wieder zu leben, ohne daß die Milliarden Bewohner bemerkt hatten, daß sie auf einer Diskette gespeichert worden waren. Bevor sie wieder aggressiv werden konnten, beraubte Francine sie des Bildschirms, der Tastatur und der Maus. Von nun an konnten die Bewohner weder mit ihren Göttern noch mit sonst jemandem Kontakt aufnehmen.

»Sie wollten emanzipiert sein. Nun, jetzt sind sie es!« verkündete Francine voller Genugtuung. »Sie sind völlig sich selbst überlassen.«

»Warum läßt du sie dann überhaupt leben?« fragte Julie.

»Es könnte interessant sein, eines Tages nachzuschauen, wie es ihnen geht …«

Nach diesen Aufregungen zogen sich die sieben Freunde jeder in seine Schlafkammer zurück. Julie hüllte sich in ihre frischen Laken.

Immer noch allein.

Sie war sicher, daß Ji-woong zu ihr kommen würde. Sie mußten dort anknüpfen, wo sie unterbrochen worden waren. Nun, da alles so schnell ging und so gefährlich wurde, wollte sie die Liebe kennenlernen.

Es klopfte leise an der Tür. Sie sprang rasch auf und öffnete. Es war wirklich der Koreaner.

»Ich hatte solche Angst, dich nie wiederzusehen«, murmelte er, während er sie in die Arme nahm.

Sie stand regungslos da.

»Wir haben einen so zauberhaften Augenblick erlebt, als …«

Er umarmte sie noch fester, aber sie machte sich von ihm frei.

»Was ist denn los?« fragte der junge Mann verwirrt. »Ich dachte, du …«

»Diese Verzauberung erlebt man nur einmal, und außerdem …«

Der Koreaner wollte seine heißen Lippen auf ihre Schulter pressen, aber Julie wich zurück.

»Seitdem ist soviel geschehen … Aller Zauber ist verflogen.«

Ji-woong konnte ihr Verhalten beim besten Willen nicht verstehen. Sie selbst auch nicht.

»Aber du bist im Gymnasium doch zu mir …« Ohne den Satz zu beenden, fragte er sanft: »Glaubst du, daß der Zauber zurückkehren könnte?«

»Das weiß ich nicht. Doch jetzt möchte ich allein sein. Bitte geh.«

Sie küßte ihn flüchtig auf die Wange, schob ihn hinaus und schloß leise die Tür.

Als sie wieder im Bett lag, fragte sie sich, warum in aller Welt sie ihn zurückgestoßen hatte, obwohl sie ihn so begehrte. Sie hoffte, daß der Koreaner zurückkommen würde. Dann wollte sie sich ihm sofort in die Arme werfen, bevor er auch nur ein einziges Wort hervorbringen konnte, wollte sich ihm bereitwillig hingeben …

Es klopfte. Sie sprang auf. Aber es war nicht Ji-woong, sondern David.

»Was machst du denn hier?«

Er tat so, als hätte er nicht verstanden, setzte sich auf die Bettkante und schaltete die Nachttischlampe ein.

»Ich bin ein bißchen in den Labors spazierengegangen, habe mich überall umgesehen und habe auf einem Strohsack das hier gefunden.« Er hielt eine kleine Schachtel ins Licht.

Es behagte Julie nicht, daß David sich in ihrem Zimmer aufhielt, wo doch Ji-woong jeden Moment zurückkommen konnte, aber ihre Neugier war doch stärker.

»Was ist das?«

»Du wolltest den ›Stein von Rosette‹ konstruieren – nun, diese Leute haben das Gerät hergestellt. Léopold wollte ein Hügelhaus bauen – sie haben es errichtet. Paul wollte Pilze züchten, um autark leben zu können – hier wachsen jede Menge Pilze. Sie haben auch den Computer mit ›demokratischer‹ Anordnung fabriziert, von dem Francine so begeistert war … Und erinnerst du dich noch an Zoés Projekt?«

»Künstliche Fühler für eine Absolute Kommunikation zwischen Menschen!« Julie setzte sich im Bett auf.

David zeigte ihr kleine rosa Fühler an einer Nasenzwinge.

Sollte den Pyramidenbewohnern sogar das gelungen sein?

»Hast du mit Arthur darüber gesprochen?« fragte sie.

»Alle schlafen, und ich wollte niemanden stören. Ich habe zwei Paar davon gefunden und einfach mitgenommen.«

Sie starrten die seltsamen Gebilde wie verbotenes Naschwerk an. Julie wollte eigentlich sagen: »Warten wir bis morgen und fragen Arthur um Rat.« Doch alles in ihr drängte: »Los, probier's aus!«

»Erinnerst du dich noch? Edmond Wells sagt, bei einer Absoluten Kommunikation würden zwei Ameisen nicht nur Informationen austauschen, sondern ihre Gehirne miteinander verknüpfen. Über die Fühler zirkulieren die Hormone von einem Schädel in den anderen, so als wäre es ein einziger, und dann verstehen sie einander völlig, können buchstäblich Gedanken lesen.«

Ihre Blicke kreuzten sich.

»Wollen wir's versuchen?«

199. Enzyklopädie

Empathie: Empathie ist die Fähigkeit zu spüren, was die anderen spüren, ihre Freuden und Schmerzen wahrzunehmen und zu teilen. (*Pathos* bedeutet im Griechischen Leiden.) Sogar Pflanzen nehmen Schmerz wahr. Wenn man die Elektroden eines Galvanometers – eines Geräts zur Messung des elektrischen Widerstands – an der Rinde eines Baums anbringt und wenn jemand, der an diesem Baum lehnt, sich mit einem Messer in den Finger schneidet, stellt man eine Veränderung dieses Widerstands fest. Der Baum registriert also die Vernichtung menschlicher Zellen. Wird ein Mensch in einem Wald ermordet, nehmen alle Bäume das wahr und sind davon betroffen. Der amerikanische Schriftsteller Philip K. Dick, Autor von *Blade Runner,* sagt, wenn ein Roboter imstande sei, den Schmerz eines Menschen wahrzunehmen und mit ihm zu leiden, dann verdiente er, als Mensch eingestuft zu werden. Und wenn im Gegenteil ein Mensch unfähig sei, das Leiden eines anderen wahrzunehmen, sei es durchaus gerechtfertigt, ihm das Mensch-Sein abzusprechen.

Man könnte sich durchaus eine neue Strafart vorstellen: den Entzug des Rechts, sich »Mensch« zu nennen. Das wäre eine gerechte Strafe für alle Folterknechte, Mörder und Terroristen, für alle, die einem anderen Schmerz zufügen, ohne selbst davon berührt zu werden.

EDMOND WELLS,
Enzyklopädie des relativen und absoluten Wissens, Band III

200. FUSSSPUREN

Maximilien glaubte, endlich die richtige Fährte gefunden zu haben. Die Fußspuren waren ganz deutlich zu sehen. Ein Junge und ein Mädchen waren diesen Weg gegangen. Daß sie jung waren, konnte man daran erkennen, daß sie das Gewicht ihrer Füße nach vorne verlagerten, so daß der Abdruck von den Zehen tiefer war als der von den Fersen. Und das Geschlecht konnte der Kommissar mit Hilfe einiger Haare bestimmen. Jeder Mensch verliert überall seine Haare, ohne es zu bemerken. Die langen schwarzen Haare stammten mit Sicherheit von Julie Pinson. Und der Abdruck von Davids Krücke beseitigte die letzten Zweifel daran, um wen es sich handelte.

Die Fährte führte den Kommissar zu einer von Dornbüsche umrahmten Mulde, in deren Mitte ein Hügel aufragte.

Maximilien erkannte den Ort wieder. Hier hatte er gegen die Wespen gekämpft. Aber wohin war die Pyramide verschwunden?

Er starrte verwirrt einen Sandsteinfelsen an, der mit einer Zacke direkt auf den Hügel deutete. Die Welt ist voller Zeichen, die einem helfen, wenn man Sorgen hat. Aber Maximiliens Gehirn war noch nicht bereit, darauf zu achten.

Wie konnte eine Pyramide plötzlich verschwinden? Er holte seinen Notizblock hervor und betrachtete die Skizze, die er bei seinem ersten Besuch angefertigt hatte.

Hinter ihm kamen die anderen Polizisten angelaufen.

»Und was machen wir jetzt, Kommissar?« fragten sie ungeduldig.

201. Gegenwartsbewusstsein

»Los geht's!«

David überreichte Julie ein Paar Fühler. Das Gestell bestand aus zwei kleinen Hörnern aus Kunststoff, die über dem Nasenrücken miteinander verbunden waren und sich zu 15 cm langen stengelartigen Gebilden verdünnten. Die eigentlichen Antennen waren aus elf Segmenten mit Mikroporen und Rillen zusammengefügt und so geformt, daß sie mit den Fühlern des anderen Geräts Kontakt halten konnten.

David hatte sich die kurze Gebrauchsanleitung in der *Enzyklopädie* abgeschrieben und las vor:

»Man muß die Antennen in die Nasenlöcher einführen, wodurch die olfaktorische Empfindlichkeit sowohl beim Senden als auch beim Empfangen erheblich verstärkt wird. Weil unsere Nasenhöhle von einer von kleinen durchlässigen Venen durchzogenen Schleimhaut ausgekleidet ist, gehen äußere Reize dort sehr schnell ins Blut über. Wir können direkt von Nase zu Nase kommunizieren. Hinter den Nasenhöhlen befinden sich nämlich Neurosensoren, die alle chemischen Informationen sofort ans Gehirn weiterleiten.«

Julie starrte die seltsamen Gebilde ungläubig an. »Und

diese AK soll wirklich nur über den Geruchssinn funktionieren?«

»Warum nicht? Immerhin kommt schon ein Baby mit voll entwickeltem Geruchssinn zur Welt, was bei den anderen Sinnen nicht der Fall ist. Ein Neugeborenes kann sogar die Milch seiner Mutter am Geruch erkennen.«

David betrachtete die Apparatur aufmerksam. »Wenn man dem Schema in der *Enzyklopädie* glauben darf, ist eine komplizierte Elektronik darin verborgen, wahrscheinlich eine Art Pumpe, die unsere Geruchsmoleküle aufsaugt und weiterleitet.«

Der junge Mann drückte auf den Einschaltknopf, führte die Antennen in seine Nasenlöcher ein und forderte Julie auf, es ihm gleichzutun.

Anfangs war es etwas unangenehm, weil der Kunststoff die Nasenwand zusammenpreßte, aber sie gewöhnten sich bald daran, schlossen die Augen und atmeten tief ein.

Julie wurde sofort mit starken Schweißgerüchen überschwemmt, und zu ihrer großen Überraschung lieferten sie ihr Informationen über Gemütsbewegungen. Sie konnte mühelos Angst, Lust und Streß identifizieren.

Das war sowohl wunderbar als auch beunruhigend.

David wies sie an, sehr tief zu atmen, damit die Gerüche sofort ins Gehirn gelangen konnten. Als beide diese Vorübung beherrschten, forderte er sie auf, näher an ihn heranzurücken.

»Bist du bereit?«

»Seltsam … Ich habe das Gefühl, als wenn du in mich eindringen würdest«, murmelte Julie.

»Wir werden nur eine Erfahrung machen, von der die Menschen schon immer geträumt haben: die absolute und völlig ehrliche Kommunikation.«

»Du wirst meine geheimsten Gedanken erkennen?«

»Warum ängstigt dich das? Hast du etwas zu verbergen?«

»Wie jeder Mensch. Schließlich ist mein Schädel das letzte Bollwerk, hinter dem ich Schutz suchen kann.«

David legte ihr sanft eine Hand auf den Nacken, bat sie,

die Augen zu schließen, und rieb seine künstlichen Fühler an den ihren, bis die Rillen ineinanderpaßten. Julie lachte nervös. Sie kam sich mit diesem Plastikding auf der Nase lächerlich vor und war überzeugt, wie eine Languste auszusehen. David drückte ihren Kopf an den seinen, bis sie Stirn an Stirn verharrten. Beide schlossen die Augen.

»Lauschen wir unseren Empfindungen«, murmelte David leise.

Das war gar nicht so einfach. Julie befürchtete, daß David Negatives in ihr entdecken könnte. Obwohl sie sehr schamhaft war, hätte sie sich lieber körperlich entblößt als jemandem Einblick in ihr Bewußtsein zu gewähren.

»Atme«, flüsterte David.

Sie gehorchte und schreckte vor dem seltsamen Geruch aus Davids Nase zurück. Am liebsten hätte sie sich von ihm gelöst, doch im nächsten Moment nahm sie einen rosa Dunst wahr, der sehr angenehm duftete, und öffnete kurz die Augen. Davids Lider waren geschlossen, und er atmete gleichmäßig. Unwillkürlich imitierte sie ihn, und bald stimmten ihrer beider Atemzüge völlig überein.

Julies Nasenhöhle prickelte, als hätte man Zitronensaft hineintropfen lassen, und wieder wollte sie zurückweichen, doch die Zitronensäure machte allmählich einem schweren opiumartigen Geruch Platz, der sich in Bilder umsetzen ließ. Der rosa Dunst hatte sich in eine dichte Materie verwandelt, die wie Lava auf sie zuströmte und in ihre Nasenlöcher einzudringen versuchte.

Ein unangenehmer Gedanke schoß ihr durch den Kopf. Die Ägypter hatten vor der Mumifizierung der Leichen das Gehirn durch die Nase herausgezogen. Hier war das Gegenteil der Fall: ein Gehirn wollte sich in ihrer Nasenhöhle einnisten.

Sie atmete tief ein, und plötzlich strömten Davids Gedanken in ihre beiden Gehirnhälften, und seine Ideen zirkulierten in ihrem eigenen Gehirn, so als wären sie dort zu Hause. Sie empfing Bilder, Töne, Musik, Gerüche, Pläne und Erinnerungen, und obwohl der junge Mann sich dem heftig widersetzte, konnte sie immer wieder flüchtig einen fuchsienroten Gedanken erkennen, der sich wie ein ängstliches Kaninchen zu verstecken versuchte.

Gleichzeitig sah David eine marineblaue Wolke mit einer Tür, die sich langsam öffnete. Ein kleines Mädchen lief dort herum, und er folgte ihm. Es führte ihn zu einem Bau, der sich als Julies riesiger Kopf entpuppte. Ihr Gesicht öffnete sich wie eine weitere Tür und enthüllte ein Gehirn, das die Form eines Ameisenbaus hatte. Durch einen schmalen Gang gelangte er ins Innere.

David schweifte durch Julies Gehirn, und sie zeigte ihm, wie sie ihn sah. Er war sehr erstaunt, daß sie ihn als schüchternen jungen Mann einstufte.

Er zeigte ihr, wie er sie sah: als ein ungewöhnlich schönes und intelligentes Mädchen.

Sie erklärten einander alles, enthüllten alles, begriffen die wirklichen Gefühle des anderen.

Julie spürte plötzlich etwas Neues: Ihre Neuronen verbündeten sich mit Davids Neuronen, plauderten miteinander, fanden einander sympathisch und wurden Freunde. Und dann tauchte in dem rosa Dunst das ängstliche kleine fuchsienrote Kaninchen wieder auf, und diesmal begriff Julie. Das war die Zuneigung, die David für sie empfand.

Diese Zuneigung hatte ihn veranlaßt, ihr in der Mathematikstunde einzusagen, und sie hatte ihm den Mut verliehen, sich ihretwegen zweimal mit Gonzague Dupeyron und dessen Bande anzulegen. Nicht zuletzt hatten seine Gefühle ihr gegenüber ihn dazu bewogen, sie in seine Rockgruppe aufzunehmen.

Sie verstand ihn jetzt. Ihr Geist hatte sich mit seinem vereinigt. 1 + 1 = 3. David, Julie und ihre Gemeinschaft.

Ein eisiger Schauer überlief beide, als diese Absolute Kommunikation abriß. Sie nahmen ihre künstlichen Fühler ab, und Julie schmiegte sich an David, um sich zu wärmen. Er streichelte sanft ihr Gesicht und ihr Haar, und dann schliefen sie in der großen Pyramide Seite an Seite ein.

202. ENZYKLOPÄDIE

Der Tempel Salomos: Der Tempel von König Salomo in Jerusalem setzte sich aus perfekten geometrischen Formen zusammen. Vier Plattformen, jede von einer Steinmauer umschlossen, symbolisierten die vier Welten, aus denen das Leben besteht:

- Die materielle Welt: der Körper;
- die emotionale Welt: die Seele;
- die geistige Welt: die Intelligenz;
- die mystische Welt: der Funke Göttlichkeit, den jeder von uns in sich trägt.

Im Innern der göttlichen Welt repräsentierten drei Säulenhallen:

- Die Schöpfung;
- die Entwicklung;
- das Wirken.

Die Tempelanlage war ein riesiges Rechteck von 100 Ellen Länge, 50 Ellen Breite und 30 Ellen Höhe. Der in der Mitte emporragende Tempel war 30 Ellen lang und 10 Ellen breit. Im Hintergrund befand sich der kubische Schrein des Allerheiligsten.

Dieser Kubus aus Akazienholz hatte eine Kantenlänge von 5 Ellen. Auf ihm lagen zwölf Brote für die zwölf Monate eines Jahres, und ein siebenarmiger Leuchter stand dort, der die sieben Planeten symbolisierte.

Aus alten Texten, speziell jenen des Philon von Alexandria, geht hervor, daß der salomonische Tempel eine geometrische Figur realisierte, die ein Kraftfeld bilden sollte. Die Goldene Zahl ist der Maßstab heiliger Dynamik, und das Allerheiligste ist dazu gedacht, kosmische Energie zu verdichten. Der Tempel soll eine Stätte des Übergangs von der sichtbaren in die unsichtbare Welt sein.

EDMOND WELLS,
Enzyklopädie des relativen und absoluten Wissens, Band III

203. Die Liebe

Hier verloren sich die Fußspuren. Maximilien lief auf dem Hügel hin und her und konnte einfach nicht begreifen, wie es möglich war, daß eine Betonpyramide sich plötzlich in Luft auflöste. Seine scharfe Beobachtungsgabe sagte ihm, daß irgend etwas nicht stimmte, aber ihm fehlten noch einige Puzzleteilchen, um das Bild zusammensetzen zu können. Nervös wühlte er mit dem Absatz die Erde auf.

Unter der Erde: Wurzeln, Würmer, Kieselsteine, Sand. Unter dem Sand: eine Betonmauer. Unter dem Beton: die Decke von Julies Schlafkammer. Unter der Decke: Luft.

Unter der Luft: ein Baumwollaken. Unter dem Laken: ein schlafendes Gesicht. Unter der Gesichtshaut: Venen, Muskeln, Blut.

Poch, poch.

Julie fuhr aus dem Schlaf. Arthur schob seinen Kopf durch die Tür und war allem Anschein nach nicht schokkiert, daß David im Bett des jungen Mädchens lag. Er sah seine künstlichen Fühler auf dem Nachttisch und begriff, daß die beiden sie benutzt hatten.

Während sie sich verschlafen die Augen rieben, fragte er sie, ob die Absolute Kommunikation gut geklappt habe.

Beide bejahten wie aus einem Munde.

Arthur begann schallend zu lachen. Sie starrten ihn verständnislos an, bis er ihnen hustend erklärte, daß dieses Gerät nur ein Prototyp sei. Die Bewohner der Pyramide hätten noch nicht die Zeit gehabt, das Projekt zu realisieren.

»Wahrscheinlich wird es noch Jahrhunderte dauern, bis die Menschen eine Absolute Kommunikation erleben können.«

»Sie irren sich, es hat großartig geklappt«, widersprach David.

»Tatsächlich?« Grinsend montierte der alte Mann die Fühler ab und deutete auf einen Leerraum im Gehäuse. »Wie sollte das Gerät ohne Batterien funktionieren? Die olfaktorischen Pumpen brauchen eine Antriebskraft.«

Das war eine kalte Dusche für die jungen Leute.

Arthur amüsierte sich großartig. »Ihr habt euch einfach eingeredet, daß es geklappt hat, Kinder, und das ist doch sehr viel. Wenn man an etwas sehr fest glaubt, sogar an etwas Imaginäres, ist es so, als würde es wirklich existieren. Ihr habt euch vorgestellt, daß mit Hilfe dieses Geräts nun endlich auch die Menschen eine AK erleben können, und dadurch wurde euch tatsächlich ein einmaliges Erlebnis zuteil. Viele Religionen sind auf diese Weise entstanden.«

Arthur verstaute seine Prototypen sorgfältig in der Schachtel. »Und selbst wenn diese künstlichen Fühler funktionieren würden – wäre es wünschenswert, sie in Umlauf zu bringen? Überlegt doch mal, was passieren könnte, wenn jeder in der Lage wäre, im Geist der anderen zu lesen … Meiner Ansicht nach wäre es eine Katastrophe. Wir sind einfach noch nicht soweit, das verkraften zu können.«

Er konnte Julie und David ansehen, wie enttäuscht sie waren, und schmunzelte noch auf der Treppe.

Die beiden Revolutionäre im Bett hatten das Gefühl, sich lächerlich gemacht zu haben; hatten sie doch so fest an ihre AK geglaubt …

»Ich wußte von Anfang an, daß es unmöglich ist«, behauptete David mit schlechtem Gewissen.

»Ich auch«, versicherte Julie.

Und dann mußten beide Tränen lachen und rollten eng umschlungen auf dem Bett hin und her. Arthur hatte vielleicht recht. Es genügte, ganz fest an etwas zu glauben, damit es wirklich existierte. David schloß die Tür und kehrte schnell ins Bett zurück. Ihre Lippen fanden sich zu einem langen Kuß. Nun waren es nicht mehr künstliche Fühler, die miteinander verschmolzen, sondern lebendige Zungen, schnelle Atemzüge und Schweißpartikel.

Julie wußte, daß sie jetzt endlich die körperliche Liebe erleben würde. Schluß mit der Tugendhaftigkeit! Sie ließ sich von David liebkosen, und ihre Neuronen fragten sich, was sie davon halten sollten.

Die meisten sprachen sich für totale Ungezwungenheit aus. Schließlich kannte Julie David gut, und es war unvermeidlich, daß sie eines Tages ihre Jungfräulichkeit verlor. Eine kleine Minderheit behauptete allerdings, das junge Mädchen dürfe nicht seinen wichtigsten Besitz, die Unberührtheit, weggeben. Davids Liebkosungen lösten jedoch Ströme von Acethylcholin aus – eines natürlichen Euphorikums –, die jene reaktionären Neuronen zum Schweigen brachten.

Es war so, als hätte sich eine letzte zentrale Tür endlich aufgetan. Julie hatte das Gefühl, ihren Körper von innen und von außen zugleich zu erleben. Im Innern gab es die keuchende Atmung, das Blut, das in ihren Schläfen pochte, und das Gehirn, das von grellen Blitzen durchzuckt wurde.

Austausch von Flüssigkeiten.

Sie war glücklich, am Leben zu sein, sie war glücklich, geboren worden zu sein, sie war glücklich, so zu sein, wie sie jetzt war. Es gab soviel zu lernen, und es gab so viele interessante Menschen, die man kennenlernen mußte. Die Welt war so groß und so herrlich.

Julie begriff jetzt, warum sie bisher solche Angst vor der Entjungferung gehabt hatte. Die idealen Umstände dafür zu finden – das war ihr sehnlichster Wunsch gewesen.

Nun wußte sie, daß die Liebe eine geheime Zeremonie war, die in einer unterirdischen Pyramide mit einem Mann namens David vollzogen werden mußte.

204. Immer mehr gebratenes Fleisch

Prinz Nr. 24 will Näheres über die Sexualität der Finger wissen, wahrscheinlich weil er gerade eine Szene über dieses Thema verfaßt.

SEXUALITÄT

Die Finger sind die geschlechtlich unersättlichste Tierart.

Während die anderen Tiere ihre sexuelle Aktivität auf eine kurze Periode im Jahr, die sogenannte ›Hochzeitsperiode‹ beschränken, haben die Finger ständig Lust auf Paarungen.

Ob es dabei zu einer Befruchtung kommt, müssen sie dem Zufall überlassen, denn das Weibchen gibt dem Männchen nicht durch irgendwelche äußerlichen Merkmale zu erkennen, wann es schwanger werden kann.

Während der Zeugungsakt bei den meisten Säugetieren kaum länger als zwei Minuten dauert, kann der männliche Finger ihn so lang ausdehnen, wie er will.

Der weibliche Finger stößt auf dem Höhepunkt des Zeugungsakts laute Schreie aus. Man weiß nicht, warum.

Prinzessin Nr. 103 und Prinz Nr. 24 werden auf dem Rükken ihrer Reiseschnecke sanft geschaukelt. Sie sind so in ihre Unterhaltungen über die Welt der Finger vertieft, daß sie die Landschaft gar nicht beachten, und es fällt ihnen auch nicht auf, daß ihre Schnecke sie mit ihren Tentakelaugen beobachtet.

Unter ihnen zieht die Masse der Pilger in zwei langen Kolonnen dahin, um nicht durch den Schleim der Schnecke waten zu müssen. Ihre Biwaks sind jetzt so riesig, daß sie nicht mehr wie Kugeln an den Ästen hängen, sondern ganze Tannen bedecken.

Prinzessin Nr. 103 nimmt die geballten Gerüche der Menge, deren Führerin sie ist, deutlich wahr. Umgekehrt können aber die Pheromone ihrer Erzählungen das Ende der Schlange nicht erreichen, und deshalb werden sie von Ameisen weitergegeben. Allerdings werden die Informationen dabei manchmal leicht verzerrt, denn die Nachrichtenübermittlung durch Gerüche ist nicht viel zuverlässiger als die mündliche.

Die Prinzessin hat gesagt, die weiblichen Finger würden bei der Paarung laute Schreie ausstoßen.

Bei den Fingern wundert man sich über gar nichts mehr. Aber manche Insekten fügen ihre persönliche Interpretation der ursprünglichen Aussage hinzu.

»Warum stoßen die weiblichen Finger Schreie aus?«

Sie bekommen zur Antwort:

»Um ihre Feinde in die Flucht zu schlagen, damit sie bei der Paarung nicht gestört werden.«

Die Ameisen am Ende der Prozession vernehmen schließlich folgende Botschaft:

»Die Finger vertreiben ihre Feinde durch lautes Schreien.«

Die Prinzessin ist überzeugte Atheistin, aber sie kann nicht verhindern, daß immer mehr Marschteilnehmer die Finger für Götter halten und von einer Wallfahrt sprechen.

Prinz Nr. 24 wünscht weitere Informationen. Wie geben die Finger beispielsweise Alarm?

ALARM

Weil die Finger über keine Duftsprache verfügen, können sie keine Alarmpheromone ausstoßen.

Bei Gefahr geben sie deshalb entweder auditive Signale – beispielsweise durch heulende Sirenen – oder visuelle Signale, beispielsweise rote Blinklichter.

Meistens sind es aber die Fernsehantennen, die als erste informiert sind und der Bevölkerung signalisieren, daß irgendeine Gefahr droht.

Der riesige Zug erregt im Wald großes Aufsehen, und alle, die sich ihm nicht anschließen, sind sehr beunruhigt, denn er verschlingt im wörtlichen Sinn nicht nur immer mehr Tiere, sondern brät sie auch noch, bevor sie gegessen werden!

205. Das zerbrochene Ei

Julie wollte David gerade wieder küssen, als von draußen eine wohlbekannte Stimme hereindröhnte:

»Kommen Sie sofort heraus! Sie sind umzingelt!«

Die ganze Pyramide geriet in Aufruhr. Alle rannten in den Computersaal und scharten sich um die Videokameras, auf denen Polizisten zu sehen waren, die auf dem Hügel Stellung bezogen.

In Julies Schlafkammer blinkte ein rotes Licht.

»Jetzt ist alles aus«, murmelte David.

»Machen wir trotzdem noch ein bißchen weiter«, sagte Julie. »Es war so herrlich ...«

Ji-woong riß die Tür auf, blieb überrascht stehen, verzichtete aber auf jeden Kommentar und sagte nur:

»Wir werden angegriffen. Kommt schnell!«

Jonathan und Laetitia holten einen Koffer mit der Aufschrift ›Beobachtung‹. In einem weichen Moosbett lagen darin fliegende Ameisenroboter.

Vier dieser Wunderwerke der Mikromechanik wurden zu den Belüftungsschächten gebracht. Jonathan Wells, Laetitia Wells, Jason Bragel und Jacques Méliès setzten sich an die Kontrollbildschirme und steuerten die Ameisen, die gleich darauf Nahaufnahmen von den Vorgängen um ihren Zufluchtsort herum lieferten.

Maximilien bellte Befehle in sein Walkie-Talkie. Ein Lastwagen brachte Material zum Ausschachten. Männer mit Preßlufthämmern rückten an.

Jonathan und Laetitia holten einen zweiten Koffer mit der Aufschrift ›Kampf‹. Weitere fliegende Ameisen wurden losgeschickt, diesmal mit dem Auftrag zu stechen, auch sie ferngesteuert von Bewohnern der Pyramide. Arthur konnte sich zu seinem Leidwesen nicht daran beteiligen, weil seine Hände zu stark zitterten.

Pickel und Schaufeln griffen den Hügel an. Noch dämpfte die Erdschicht die Erschütterung, aber alle wußten, daß die Werkzeuge bald auf den Beton der Pyramide stoßen würden.

Eine geschickt gesteuerte Kampfameise landete auf dem Hals eines Polizisten und verabreichte ihm ein Betäubungsmittel. Der Mann wurde sofort ohnmächtig.

Der Kommissar brüllte neue Befehle in sein Walkie-Talkie, und kurz darauf brachte ein Transporter Schutzkleidung für Imker, die alle Polizisten rasch anzogen. Nun vermochten ihnen die Kampfameisen nichts mehr anzuhaben, und andere Waffen besaßen die Pyramidenbewohner nicht. Sie tauschten ratlose Blicke.

»Wir sind erledigt«, prophezeite Arthur.

Der Stahl eines Bohrers wühlte im Beton, ließ die Pyramide erbeben und beschleunigte den Herzschlag.

Plötzlich hörte das Hämmern auf. Die Polizisten legten Dynamitstangen in die Löcher. Maximilien hatte an alles gedacht. Mit dem Detonator in der Hand zählte er rasch rückwärts:

»Sechs, fünf, vier, drei, zwei, eins …«

206. Enzyklopädie

Null: Spuren der Null findet man in chinesischen Rechnungen des zweiten Jahrhunderts n. Chr. (durch einen Punkt markiert) und noch früher bei den Maya (durch eine Spirale markiert), aber unsere Null stammt aus Indien. Im siebenten Jahrhundert haben die Perser sie von den Indern übernommen, und einige Jahrhunderte später schrieben die Araber sie bei den Persern ab und gaben ihr den heutigen Namen. In Europa wird die Null aber erst im 13. Jahrhundert bekannt, durch Leonardo Fibonacci (wahrscheinlich eine Abkürzung von: Figlio di Bonacci – Sohn von Bonacci), genannt Leonardo von Pisa, der aber nicht aus Pisa, sondern aus Venedig stammte und ein erfolgreicher Kaufmann war.

Als Fibonacci seinen Zeitgenossen die Bedeutung der Null klarzumachen versuchte, befand die Kirche, daß diese Zahl vieles ins Wanken bringe. Einige Inquisitoren erklärten sie sogar für diabolisch. Hinter eine Zahl gesetzt, erhöhte sie zwar deren Wert, doch jede Zahl, die man mit der Null multiplizierte, endete als Null.

Man sagte, die Null sei der große Vernichter, weil sie alles, was sich ihr nähere, in Null verwandle. Hingegen wurde die Eins ›große Respektvolle‹ genannt, weil sie eine Zahl, die mit ihr multipliziert wird, unangetastet läßt. Null multipliziert mit fünf ist null, eins multipliziert mit fünf ist fünf.

Trotzdem legte sich die Aufregung ziemlich schnell, denn die Kirche begriff die materiellen Vorteile der Null rasch.

EDMOND WELLS,
Enzyklopädie des relativen und absoluten Wissens, Band III

207. Die grosse Wallfahrt

Prinzessin Nr. 103 erkennt den Weg wieder. Bald werden sie den Menschenbau, aus dem sie entflohen ist, erreicht haben. Die *Große Begegnung* ist nicht mehr fern.

Ihre jungen Kundschafterinnen warnen den hinteren Teil der endlos langen Prozession, daß die vorderen Reihen wahrscheinlich bald langsamer marschieren oder gar stehenbleiben werden. Diese Vorwarnung ist dringend notwendig, um zu verhindern, daß unzählige Ameisen totgetrampelt werden.

Die Prinzessin betrachtet die Landschaft und wundert sich. Der Bau ist nicht mehr zu sehen. Statt dessen ragt dort jetzt ein Hügel empor, auf dem ein schreckliches Durcheinander herrscht. Es riecht sehr stark nach Fingern. Zuletzt hat sie einen solchen Tumult erlebt, als sie die Finger bei einem sogenannten ›Picknick‹ störte, nur weil sie sich auf eine Decke verirrt hatte.

208. Gedächtnispheromon: Mahlzeiten

Registratorin Nr. 10

MAHLZEITEN:

Die Finger sind die einzigen Tiere, die nach einem festgelegten Rhythmus essen.

Während man in der ganzen Tierwelt ißt, wenn man entweder Hunger hat oder zufällig Nahrung erblickt und schnell ge-

nug laufen kann, um sie zu erlegen, ißt man bei den Fingern dreimal am Tag, egal ob man Hunger hat oder nicht.

Dieses System von drei Mahlzeiten am Tag ermöglicht es den Fingern, ihre Tage in zwei Teile zu teilen.

Die erste Mahlzeit wird am Morgen eingenommen, die zweite beendet den Morgen und leitet zum Nachmittag über, und die dritte beendet den Nachmittag und bereitet auf den Schlaf vor.

209. Guten Tag

Sie sind hier. Die Finger sind hier. Und die starken Gerüche, die Prinzessin Nr. 103 wahrnimmt, verraten ihr, daß es viele Finger sind.

Begrüßungsmolekül.

Alle Insekten übermitteln den Fingern ein Pheromon. Diese Duftsignale haben nichts Aggressives, nichts Prahlerisches an sich.

Wir grüßen alle anwesenden Finger.

Begeistert darüber, daß es nun endlich zur Großen Begegnung kommt, klettern sie an den riesigen warmen Tieren empor, die so starke Gerüche verströmen, und dabei senden sie ihnen die herzlichsten Pheromone, die es überhaupt gibt. Die Prinzessin hat ihnen schließlich oft genug erklärt, daß Finger Wert darauf legen, respektvoll behandelt zu werden.

Wir grüßen alle anwesenden Finger.

210. Enzyklopädie

Utopie von Sabbatai Zwi: Nach tausend Berechnungen und esoterischen Auslegungen der Bibel und des Talmud sagten die großen kabbalistischen Gelehrten Polens das Erscheinen des Messias für das Jahr 1666 voraus.

Die Moral des jüdischen Volkes in Osteuropa war damals auf einem Tiefpunkt angelangt. Einige Jahre zuvor hatte sich der Kosakenhetman Bogdan Chmielnitzki an die Spitze einer Bauernarmee gestellt, die der Herrschaft der polnischen Adligen ein Ende bereiten sollte. Weil die Aristokraten sich in ihren Schlössern verschanzten, ließ die Horde ihre Wut an den kleinen jüdischen Gemeinden aus, die ihren Lehnsherren angeblich treu ergeben waren. Es kam zu einem Massaker sondergleichen, und als einige Wochen später die Polen blutige Vergeltung übten, wüteten auch sie in den jüdischen Dörfern, und es gab wieder Tausende von Toten. »Das ist das Zeichen für die letzte Schlacht von Armageddon«, sagten die Kabbalisten. »Das ist das Vorspiel zur Ankunft des Messias.«

Diesen Zeitpunkt wählte Sabbatai Zwi, ein sanfter junger Mann mit verträumten Augen, um sich als Messias zu proklamieren. Er war ein guter Redner, er wirkte beruhigend und brachte die Menschen zum Träumen. Bald wurde behauptet, er hätte schon viele Wunder vollbracht, und innerhalb kurzer Zeit war er Ursache eines großen religiösen Eifers in den jüdischen Gemeinden Osteuropas.

Viele Rabbiner warnten allerdings vor diesem Usurpator und ›falschen König‹. Zwischen Anhängern und Gegnern von Sabbatai Zwi gab es heftige Auseinandersetzungen; sogar Familien entzweiten sich seinetwegen. Hunderte von Menschen beschlossen jedoch, ihre Heimat zu verlassen und diesem neuen Messias ins Heilige Land zu folgen, wo er eine utopische Gemeinschaft gründen wollte. Das ging nicht lange gut. Eines Abends wurde Sabbatai Zwi von Spionen des türkischen Sultans entführt. Vor die Wahl gestellt, entweder hingerichtet zu werden oder zum Islam überzutreten, konvertierte er. Seine treuesten Anhänger folgten seinem Beispiel, während die anderen ihn möglichst schnell vergaßen.

EDMOND WELLS,
Enzyklopädie des relativen und absoluten Wissens, Band III

Ein Schrei. Beim Anblick dieser wimmelnden Masse, die allem Anschein nach einen Sturmangriff plant, fällt ein Polizist in Ohnmacht. Insgesamt waren zwanzig Männer auf dem Hügel beschäftigt gewesen. Drei sterben sofort an Herzinfarkt. Die anderen ergreifen die Flucht.

Auf den drei regungslosen Körpern der Finger senden Kundschafterinnen höfliche Begrüßungspheromone aus und begreifen nicht, daß sie keine Antwort erhalten. Prinzessin Nr. 103 hat ihnen doch erzählt, manche Finger könnten die olfaktorische Sprache der Ameisen verstehen.

»Was ist das denn?« ruft Julie entsetzt, als sie auf dem Videobildschirm die wimmelnde Masse sieht.

Prinzessin Nr. 103 sieht, wie überall um sie herum Ameisen auf die Finger klettern und ihnen Begrüßungsmoleküle entbieten, und plötzlich wird ihr klar, daß sie diese Massenbewegung zwar ins Leben gerufen hat, nun aber völlig die Kontrolle zu verlieren droht.

Sie bittet alle, sich wieder zu beruhigen. Beim Anblick vieler Ameisen würden die Finger leicht erschrecken. Sie seien im Grunde sehr schüchtern.

Die zwölf jungen Kundschafterinnen galoppieren an der ganzen Kolonne entlang, um alle aufzufordern, Distanz von den Fingern zu halten.

Vorne steigen trotzdem etliche Ameisen auf die drei liegenden Finger und erkunden diese warmen Gebirge, die sich seltsamerweise nicht mehr bewegen.

Tausende von Pilgern werden vermißt: Die flüchtenden Finger, auf die sie geklettert waren, haben sie einfach mit sich weggetragen.

Prinzessin Nr. 103 ruft alle gebieterisch zur Ordnung. In diesem wichtigen Augenblick komme es vor allem darauf an, nicht den Kopf zu verlieren. Außerdem verbietet sie ihren Truppen, an den Fingern zu knabbern oder sie mit Säure zu besprühen.

Als die Ruhe wiederhergestellt ist, inspiziert sie den Hügel. Sie irrt lange zwischen dem Farnkraut umher, doch schließlich findet sie den Belüftungsschacht, durch den sie aus dem Bau der Finger geflüchtet ist.

Dann steigt sie auf einen Felsen und spricht zu der Menge. Dieser Hügel sei der Bau jener seltenen Finger, die die olfaktorische Sprache der Ameisen verstünden. Sie werde erst allein zu ihnen hinabsteigen und sich mit ihnen unterhalten und anschließend der ganzen Pilgerschar Bericht erstatten.

Bis zu ihrer Rückkehr überträgt sie die Verantwortung dem Prinzen Nr. 24 und den zwölf jungen Kundschafterinnen.

Während die ferngesteuerten Ameisen den wimmelnden schwarzen Teppich auf dem Hügel filmten, hörte man ein leises Kratzen an einem Belüftungsgitter. Arthur ging nachschauen und sah eine mittelgroße Ameise mit kleinen Fühlern, die einen Zweig in den Mandibeln hatte, um lauter klopfen zu können.

Sie wurde eingelassen, und als Arthur die gelbe Markierung auf ihrer Stirn sah, strahlte er übers ganze Gesicht.

Nr. 103.

Nr. 103 war zurückgekommen!

»Guten Tag, Nr. 103«, sagte er gerührt. »Du hast also dein Versprechen gehalten und bist zurückgekommen.«

Die rote Ameise verstand zwar nicht, was er sagte, nahm aber seinen vertrauten Mundgeruch wahr und bewegte freudig ihre Fühler.

»Und du hast jetzt Flügel!« staunte Arthur. »Ah, wir haben uns bestimmt sehr viel zu erzählen!«

Er nahm Nr. 103 vorsichtig zwischen seine Finger und trug sie zum ›Stein von Rosette‹.

Alle Pyramidenbewohner scharten sich um das Gerät, und Nr. 103 legte wie früher ihre Fühler auf die kleine Gabel vor dem Glas.

»Guten Tag, Nr. 103.«

»Guten Tag, Arthur!« antwortete die synthetische Computerstimme.

Arthur warf den anderen einen hastigen Blick zu und bat sie, an die Bildschirme zurückzukehren, weil er allein mit seiner Freundin sprechen wolle. Alle verstanden, daß der alte Mann glücklich über das Wiedersehen war, und entfernten sich.

Um ganz sicher zu sein, daß nur er allein seine Freundin hören würde, setzte Arthur Kopfhörer auf, und dann führten sie ein sehr vertrauliches Gespräch.

212. Enzyklopädie

Unsere verschiedenen Alliierten: Die Geschichte kennt viele Fälle militärischer Kollaboration zwischen Mensch und Tier. Allerdings wurden die Tiere nie gefragt, ob sie damit einverstanden sind.

Im Zweiten Weltkrieg dressierten die Sowjets Hunde, die sich – mit einer Mine am Körper – unter feindliche Panzer schieben und diese zur Explosion bringen sollten. Das klappte aber nicht besonders gut, weil die Hunde es meistens eilig hatten, zu ihren Herren zurückzukehren.

Im Jahre 1943 wollte Dr. Louis Feiser gegen japanische Schiffe Fledermäuse einsetzen, die mit winzigen Brandbomben bestückt sein sollten. Das wäre die Antwort auf die Kamikaze-Kämpfer gewesen, doch nach Hiroshima waren diese Waffen veraltet.

Die Briten hatten 1944 die Idee, Katzen als Piloten kleiner Flugzeuge mit Bomben an Bord einzusetzen. Man dachte, die Katzen würden aus Angst vor dem Wasser alles tun, um ihre Maschinen auf einem Flugzeugträger landen zu lassen. Das Projekt scheiterte.

Im Vietnamkrieg versuchten die Amerikaner, Tauben und Aasgeier als Bombenträger gegen die Vietkong einzusetzen, aber auch das klappte nicht.

Die Menschen wollten Tiere aber nicht nur als Soldaten, sondern auch als Spione verwenden. Im Kalten

Krieg führte das CIA Experimente mit Küchenschaben durch: Man hatte vor, Personen, die beschattet werden sollten, mit Hormonen weiblicher Küchenschaben zu markieren, denn dieses Peripalon B übt auf männliche Küchenschaben eine so erregende Wirkung aus, daß sie dem Geruch über Kilometer hinweg folgen.

EDMOND WELLS,
Enzyklopädie des relativen und absoluten Wissens, Band III

213. Klarstellung

Niemand erfuhr etwas über den Inhalt des Gesprächs zwischen Arthur und Prinzessin Nr. 103. Wahrscheinlich erklärte die Ameise ihm, warum sie aus seinem Labor geflohen war, und wahrscheinlich bat Arthur sie, mit ihren Truppen hierzubleiben, um die Pyramide auch beim nächsten Angriff der Finger zu verteidigen. Zweifellos fragte Nr. 103 auch, wie es um das Projekt einer Kooperation zwischen den beiden Welten stehe.

214. Gespräche der Apostel

Draußen richten die zwölf jungen Kundschafterinnen zwölf Biwaks ein, jedes mit einem Lagerfeuer in der Mitte. Jede von den zwölf erzählt die ganze Nacht hindurch, was ihrer Ansicht nach im Innern des Fingerbaus vor sich geht. Alle glauben, daß die Prinzessin sich mit den Fingern unterhält, die zu einer Kommunikation imstande sind – im Gegensatz zu den drei großen Fleischbergen, die nicht einmal die einfachsten Willkommenspheromone verstanden haben und sofort umgekippt sind.

»Prinzessin Nr. 103 wird verlangen, daß zwischen Fingern und Ameisen ein unverbrüchlicher Pakt geschlossen wird«, versichert Prinz Nr. 24, um alle zu beruhigen, und am frühen

Morgen fügt er hinzu: »*Inzwischen ist das bestimmt schon vollbracht.*«

Es ist Nr. 5, die – auf ihre Krücken gestützt – den Lärm als erste hört. Die Luft über den Lagern wird aufgewirbelt, und sie versteht sofort, daß diese riesigen Hornissen eine Gefahr darstellen, aber sie fliegen viel zu hoch, als daß man sie mit Ameisensäure beschießen könnte, deren Reichweite nur 20 cm beträgt.

Auf den Videokameras in der Pyramide war die Gefahr noch viel deutlicher zu erkennen. Die Polizei setzte gegen die winzigen fliegenden Ameisenroboter gewaltige Hubschrauber eines Typs ein, der in der Landwirtschaft bei der Schädlingsbekämpfung verwendet wird. Es war schon zu spät, um den Ameisen durch Nr. 103 eine Warnung zukommen zu lassen. Ein gelblicher Regen aus Säurekristallen ging auf sie nieder. Die Hubschrauber verstreuten eine sehr konzentrierte Mischung aus Pestiziden und Entlaubungsmitteln. Dieses Gift bereitet gräßliche Schmerzen. Die Panzer schmelzen, die Gräser schmelzen, die Bäume schmelzen.

Die Menschen in der Pyramide waren völlig außer sich. Millionen Ameisen hatten sich auf den Weg gemacht, um einen Pakt mit den ›Fingern‹ zu schließen, und nun wurden sie ermordet, ohne sich auch nur verteidigen zu können!

»Wir dürfen das nicht zulassen!« tobte Arthur.

Prinzessin Nr. 103 verfolgte die Ereignisse auf einem kleinen Kontrollbildschirm, begriff aber nicht, daß sie Zeugin eines Massakers war.

»Sie sind verrückt geworden«, murmelte Julie.

»Nein, sie haben nur Angst«, widersprach Léopold.

Jonathan Wells ballte die Fäuste. »Warum werden die Menschen immer von irgendwelchen mächtigen Holzköpfen daran gehindert, etwas Neues und Anderes kennenzulernen? Warum wollen die meisten Menschen alle Geschöpfe, die sie umgeben, nur unter dem Mikroskop beobachten, zerstückelt und aufgespießt?«

Während Arthur beobachtete, wie das gelbliche Gift überall Leben vernichtete, schämte er sich, ein Mensch zu sein, und schließlich sagte er entschlossen, wenn auch mit nicht ganz fester Stimme: »Jetzt reicht's! Das Spiel ist aus. Ergeben wir uns, um diesem Massenmord Einhalt zu gebieten.«

Sie verließen die Pyramide durch den Tunnel und stellten sich der Polizei. Niemand zögerte. Sie hatten keine andere Wahl. Wenn sie kapitulierten, würde man das Bombardement vielleicht einstellen.

215. Gedächtnispheromon: Corrida

Registratorin Nr. 10

CORRIDA:

Die Finger sind die mächtigsten Raubtiere.

Trotzdem scheinen sie manchmal daran zu zweifeln und brauchen eine neue Bestätigung ihrer Macht.

Dann veranstalten sie eine ›Corrida‹.

Das ist ein seltsames Ritual, bei dem ein Finger gegen ein Tier kämpft, das er als besonders mächtig empfindet: den Stier.

Sie kämpfen stundenlang, der Stier mit den Waffen seiner spitzen Hörner, der Finger mit einer schmalen Metallklinge.

Der Finger siegt fast immer, aber auch wenn der Stier einmal siegt, wird er nicht freigelassen.

Das Ritual der Corrida gibt den Fingern Gelegenheit, sich ins Gedächtnis zu rufen, daß sie die Herren aller Tiere und der ganzen Natur sind.

216. Der Prozess

Drei Monate später begann der Prozeß.

Der große Gerichtssaal im Justizpalast von Fontainebleau war überfüllt. Sogar das nationale Fernsehen hatte sich herbemüht. An den anfänglichen Erfolgen der ›Revolution der Ameisen‹ hatten die Medien kein Interesse gehabt, aber sie wollten es sich nicht nehmen lassen, ausführlich über die Niederlage und über die Bestrafung der Übeltäter zu berichten, denn so etwas kam beim Publikum immer gut an. Außerdem mußten sich nicht nur die Anführer der gescheiterten Revolution vor Gericht verantworten, sondern auch die verrückten Bewohner der Waldpyramide, und die Tatsache, daß ein ehemaliger Forschungsminister, eine schöne Eurasierin und ein kranker alter Mann zu den Angeklagten gehörten, verlieh dem Prozeß eine besonders reizvolle Note.

»Meine Damen und Herren – das hohe Gericht«, kündigte der Gerichtsdiener an.

Flankiert von seinen beiden Beisitzern und gefolgt vom Oberstaatsanwalt betrat der vorsitzende Richter den Saal. Der Gerichtsschreiber und die neun Geschworenen saßen schon auf ihren Plätzen: ein Lebensmittelhändler, ein Briefträger im Ruhestand, die Inhaberin eines Hundesalons, ein Chirurg, eine Métro-Kontrolleuse, ein Prospektverteiler, eine krankgeschriebene Lehrerin, ein Buchhalter und ein Matratzenhersteller.

»Die Staatsanwaltschaft gegen die Gruppe namens ›Revolution der Ameisen‹ sowie gegen die sogenannten ›Leute der Waldpyramide‹.«

Richter und Beisitzer nahmen an einem langen Ulmenholztisch Platz, unter der allegorischen Statue der Justitia, einer jungen Frau in tief dekolletierter Toga mit verbundenen Augen und einer Waage in der Hand.

Dann wurden die Angeklagten vorgeführt, eskortiert von vier Polizisten. Es waren insgesamt achtundzwanzig – die sieben Initiatoren der ›Revolution der Ameisen‹ sowie die einundzwanzig Pyramidenbewohner.

Der Richter – ein würdiger Herr mit weißen Haaren, gepflegtem graumeliertem Bart und Halbbrille – fragte, wo der Verteidiger sei. Der Gerichtsschreiber erwiderte, eine der Angeklagten, Julie Pinson, wolle selbst die Verteidigung übernehmen, und alle anderen Angeklagten seien damit einverstanden.

»Wer ist Julie Pinson?«

Ein junges Mädchen mit hellgrauen Augen hob die Hand.

Der Richter forderte es auf, den für die Verteidigung reservierten Platz einzunehmen. Um jede Fluchtgefahr auszuschließen, wurde es von zwei Polizisten begleitet, die freundlich lächelten und ganz sympathisch wirkten. *Polizisten gebärden sich wild, wenn sie Jagd auf jemanden machen, weil sie Angst vor einem Fehlschlag haben, dachte Julie, aber wenn ihre Beute erst einmal zur Strecke gebracht ist, sind sie gar nicht so übel.*

Sie suchte ihre Mutter unter den Zuschauern, entdeckte sie in der dritten Reihe und nickte ihr zu. Weil ihre Mutter früher immer verlangt hatte, sie solle Jura studieren und Anwältin werden, fand sie es sehr befriedigend, jetzt ohne jedes Diplom auf der Bank des Verteidigers zu sitzen.

Der Richter schlug mit seinem Elfenbeinhämmerchen auf den Holztisch. »Das Verfahren ist eröffnet. Ich bitte um Verlesung der Anklageschrift.«

Alle Schandtaten der Revolutionäre und der Pyramidenbewohner waren genau erfaßt worden. Letzter Punkt der Anklage war der Tod von drei Polizisten während eines Einsatzes.

Danach mußte Arthur als erster vor die Gerichtsschranke treten.

»Sie sind Arthur Ramirez, 72 Jahre alt, Geschäftsmann, wohnhaft in der Rue Phoenix in Fontainebleau?«

»Ja.

»Sagen Sie: Ja, Herr Vorsitzender.«

»Ja, Herr Vorsitzender.«

»Monsieur Ramirez, Sie haben am 12. März dieses Jahres Gaston Pinson mit einem winzigen Roboter in Form einer fliegenden Ameise ermordet. Was haben Sie dazu zu sagen?«

Arthur fuhr sich mit der Hand über die schweißnasse Stirn. Das Stehen strengte den kranken alten Mann sehr an.

»Es tut mir wahnsinnig leid, ihn getötet zu haben. Das war nicht meine Absicht. Ich wollte ihn nur betäuben und wußte natürlich nicht, daß er allergisch gegen Anästhetika war.«

»Finden Sie es normal, Menschen mit fliegenden Robotern anzugreifen?«

»Meine Freunde und ich wollten in Ruhe arbeiten, ohne von neugierigen Spaziergängern gestört zu werden. Wir haben diese Pyramide gebaut, um enge Kontakte zu Ameisen zu pflegen, mit dem Ziel einer Kooperation zwischen unseren beiden Kulturen.«

Der Richter blätterte in seinen Unterlagen. »Ach ja ... Sie haben diese Pyramide ohne Baugenehmigung mitten in einem Naturschutzgebiet errichtet!«

Er schaute weitere Papiere durch.

»Wie ich sehe, war Ihre Ruhe Ihnen so kostbar, daß Sie sogar einen Polizeibeamten, Kommissar Maximilien Linart, mit Ihren fliegenden Ameisen angegriffen haben.«

»Er wollte meine Pyramide zerstören. Ich habe in Notwehr gehandelt.«

»Ihnen ist jeder Vorwand recht, um Menschen mit Ihren fliegenden Robotern zu töten!« warf der Staatsanwalt scharf ein.

Arthur bekam einen so heftigen Hustenanfall, daß er kein Wort mehr hervorbringen konnte. Zwei Polizisten führten ihn auf seinen Platz zurück, wo seine Freunde ihn auf der Anklagebank stützten, sichtlich besorgt um den alten Mann. Jacques Méliès erhob sich und verlangte einen Arzt. Der Mediziner vom Dienst eilte herbei und erklärte nach einer kurzen Untersuchung, der Angeklagte dürfe nicht überanstrengt werden.

»Nächster Angeklagter: David Sator.«

David legte den Weg zur Schranke ohne seine Krücke zurück.

»David Sator, 18 Jahre alt, Schüler. Sie sind angeklagt, der Stratege dieser ›Revolution der Ameisen‹ gewesen zu sein. Wir besitzen Fotos, auf denen deutlich zu sehen ist, daß Sie die Demonstranten anführten wie ein General seine Armee. Haben Sie sich für einen zweiten Trotzki gehalten? Wollten Sie die Rote Armee wieder auferstehen lassen?«

Bevor David etwas darauf erwidern konnte, fuhr der Richter fort: »Oder wollten Sie vielleicht eine Ameisenarmee schaffen? Ach, und erklären Sie den Geschworenen doch bitte auch, warum Sie sich bei Ihrer revolutionären Bewegung ausgerechnet auf Insekten beriefen!«

»Ich habe begonnen, mich für Insekten zu interessieren, nachdem wir eine Grille in unsere Rockgruppe aufgenommen hatten, weil sie eine großartige Musikerin war.«

Im Saal wurde gelacht, aber David ließ sich nicht aus der Fassung bringen.

»Nach den Grillen, die nur eine Kommunikation von Individuum zu Individuum kennen, habe ich die Ameisen entdeckt, deren Kommunikation allumfassend ist. In einer Ameisenstadt läßt jedes Individuum die ganze Gemeinschaft an seinen Gefühlen teilhaben. Ihre Solidarität ist unübertroffen. Was die Menschheit seit Jahrtausenden vergeblich zu realisieren versucht, war den Ameisen schon gelungen, lange bevor wir überhaupt auf der Erde aufgetaucht sind.«

»Wollen Sie uns alle mit Fühlern ausstatten?« spottete der Staatsanwalt.

Lautes Gelächter im Saal. David mußte lange warten, bevor er antworten konnte.

»Ich glaube, wenn wir ein genauso wirkungsvolles Kommunikationssystem wie die Ameisen besäßen, gäbe es nicht so viele Mißverständnisse und Lügen, nicht soviel Widersinn. Eine Ameise lügt nicht, weil sie sich gar nicht vorstellen kann, welchen Sinn das haben sollte. Kommunikation ist für sie ein Mittel, um Informationen an andere weiterzugeben.«

Der Richter unterband das Beifallsgemurmel im Saal mit einem Schlag seines Hämmerchens.

»Nächste Angeklagte: Julie Pinson. Sie haben diese ›Revolution der Ameisen‹ angestiftet und waren ihre Galionsfigur. Abgesehen von erheblichen Schäden, die im Gymnasium angerichtet wurden, gibt es auch einen Schwerverletzten – Narcisse Arepo.«

»Wie geht es Narcisse?« fiel Julie ihm ins Wort.

»Sie haben hier keine Fragen zu stellen! Außerdem verlangt es die Höflichkeit, daß Sie mich mit ›Herr Vorsitzender‹ anreden, wie ich vorhin schon einem Ihrer Komplizen erklärt habe. Mademoiselle, Sie scheinen von Gerichtsverfahren keine Ahnung zu haben. Ich glaube, Sie und Ihre Freunde wären mit einem Pflichtverteidiger besser beraten.«

»Entschuldigen Sie bitte, Herr Vorsitzender.«

Der Richter ließ sich besänftigen und setzte die Miene eines gütigen Großvaters auf.

»Gut. Um Ihre Frage zu beantworten – Narcissc Arepo ist immer noch im Krankenhaus, und dafür tragen Sie die Verantwortung.«

»Ich habe die gewaltlose Revolution gepredigt. Die ›Revolution der Ameisen‹ war ein Synonym für viele kleine, unmerkliche Fortschritte, die zusammengefügt Berge versetzen könnten.«

Julie drehte sich nach ihrer Mutter um, weil sie wenigstens diese eine Person überzeugen wollte, und zufällig sah sie, daß der Geschichtslehrer zustimmend nickte. Auch die Lehrer für Mathematik, Wirtschaftskunde, Sport und Biologie saßen im Saal. Nur der Philosophielehrer und die Deutschlehrerin fehlten.

»Aber warum ausgerechnet diese Ameisensymbolik?« beharrte der Richter.

Die Anwesenheit von Presse und Fernsehen gewährleistete ein großes Publikum, und deshalb mußte Julie jedes Wort sorgfältig abwägen.

»Die Ameisen bilden eine Gemeinschaft, in der jedes Mitglied den Wunsch hat, zum Wohlbefinden aller beizutragen.«

»Eine poetische Vision, gewiß«, unterbrach der Staatsanwalt, »aber ohne jeden Bezug zur Realität. Ein Ameisenbau funktioniert genauso perfekt wie ein Computer oder eine Waschmaschine. Es wäre Zeitvergeudung, dort nach Intelligenz oder Bewußtsein zu suchen. Bei den Ameisen handelt es sich ganz einfach um genetisch programmiertes Verhalten.«

Stimmengewirr bei den Pressevertretern. Julie mußte schnell kontern, um nicht zu unterliegen.

»Sie haben nur Angst vor dem Ameisenbau, weil er ein erfolgreiches Gesellschaftsmodell ist, dem wir Menschen nichts entgegenzusetzen haben.«

»Es ist eine militante Welt.«

»Keineswegs. Eine Ameisenstadt gleicht eher einer Hippiegemeinschaft, wo jeder macht, was er will, ohne Chefs und Generäle, ohne Priester, ohne Polizei, ohne Repressionen.«

»Und was ist dann Ihrer Meinung nach das Geheimnis eines Ameisenhaufens?« fragte der Staatsanwalt pikiert.

»Es gibt keines«, erwiderte Julie ruhig. »Die Ameisen sind Chaoten, und sie leben in einem ungeordneten System, das aber besser funktioniert als jedes wohlgeordnete.«

»Anarchismus!« rief jemand aus dem Saal.

»Sind Sie Anarchistin?« fragte der Richter.

»Ich bin Anarchistin, wenn dieses Wort bedeutet, daß es möglich ist, in einer Gesellschaft ohne Chefs, ohne Hierarchie, ohne irgendwelche Versprechungen – sei es nun auf eine Gehaltserhöhung oder auf das Paradies nach dem Tod – zu leben. Echter Anarchismus ist der höchste Gipfel staatsbürgerlicher Gesinnung. Und die Ameisen leben seit Jahrmillionen in einem solchen System.«

Pfiffe und Beifall aus dem Saal. Die Geschworenen machten sich Notizen.

Der Staatsanwalt stand auf und zupfte an den weiten schwarzen Ärmeln seiner Robe.

»Ihre Argumentation läuft darauf hinaus, daß wir die Gesellschaftsform der Ameisen imitieren sollten. Habe ich das richtig verstanden?«

»Wir müssen das Positive übernehmen und das Negative weglassen, aber in vieler Hinsicht könnten sie unserer Gesellschaft, die sich ständig im Kreis dreht, wirklich weiterhelfen. Wir sollten es ausprobieren, um herauszufinden, zu welchem Ergebnis es führt. Wenn es nicht klappen sollte, müßten wir uns eben an anderen Gesellschaftsmodellen orientieren. Vielleicht werden es die Delphine, die Affen oder die Stare sein, die uns lehren, besser als bisher im Kollektiv zu leben.«

Julie entdeckte unter den Journalisten auch Marcel Vaugirard und wunderte sich sehr darüber. Sollte er seiner Devise untreu geworden sein?

»In einem Ameisenhaufen wird aber jeder zur Arbeit gezwungen. Wie verträgt sich das mit Ihrer anarchistischen Einstellung?« fragte der Richter.

»Auch das ist ein Irrtum. In einer Ameisenstadt gehen nur fünfzig Prozent der Einwohner einer sinnvollen Arbeit nach. Dreißig Prozent beschäftigen sich mit irgendwelchen unproduktiven Tätigkeiten – Körperpflege, Diskussionen usw. Und zwanzig Prozent ruhen sich aus. Das ist ja gerade das Erstaunliche: mit fünfzig Prozent Nichtstuern, ohne Polizei, ohne Regierung und ohne Fünfjahrespläne, sind die Ameisen viel effizienter als wir und leben in viel größerer Harmonie zusammen. Sie sind bewundernswert, weil sie uns vormachen, daß eine Gesellschaft auch ohne Zwänge funktionieren kann.«

Zustimmendes Gemurmel im Saal.

Der Richter strich sich den Bart. »Eine Ameise ist nicht frei. Sie ist biologisch gezwungen, einem olfaktorischen Aufruf zu folgen.«

»Und Sie – sind Sie frei? Seit es Mobiltelefone gibt, können Ihre Vorgesetzten Sie zu jeder Zeit und an jedem Ort erreichen und Ihnen irgendwelche Befehle geben. Wo ist da der Unterschied?«

Der Vorsitzende blickte entnervt zur Decke empor. »Schluß jetzt mit diesen Lobeshymnen auf die Insektengesellschaft. Die Geschworenen haben genug gehört, um sich eine eigene Meinung darüber bilden zu können. Nehmen Sie Platz, Mademoiselle Pinson. Kommen wir zum nächsten Angeklagten.« Er schaute in seine Unterlagen und las mühsam: »Ji … woong …. Choi.«

Der Koreaner trat nach vorne.

»Ji-woong Choi, Sie sind angeklagt, das Informationsnetz geschaffen zu haben, über das die subversiven Ideen

Ihrer ›Revolution der Ameisen‹ in alle Welt verbreitet wurden.«

Der Koreaner lächelte strahlend, und die Damen unter den Geschworenen bekundeten ein gewisses Interesse an ihm. Die Lehrerin hörte auf, ihre Fingernägel zu begutachten, und die Métro-Kontrolleuse trommelte plötzlich nicht mehr auf der Tischplatte herum.

»Gute Ideen verdienen es, weit verbreitet zu werden«, sagte Ji-woong.

»Haben Sie Propaganda für die Ameisen gemacht?« fragte der Staatsanwalt spöttisch.

»Das nicht gerade, aber unseren Connections hat es gut gefallen, daß wir uns von einer nicht-menschlichen Denkweise inspirieren ließen, die menschliche zu reformieren.«

Der Staatsanwalt erhob sich wieder und schlug die weiten Ärmel wirkungsvoll zurück. »Sie haben es gehört, meine Damen und Herren Geschworenen! Der Angeklagte wollte die Fundamente unserer Gesellschaft untergraben und trügerische Ideen in die Welt setzen. Niemand kommt an der Tatsache vorbei, daß die Ameisen in einer Kastengesellschaft leben. Sie kommen als Arbeiterinnen, Soldatinnen oder geschlechtsfähige Ameisen zur Welt und können ihr Leben lang nichts daran ändern. Keine gesellschaftliche Veränderung, kein Aufstieg bei Tüchtigkeit – nichts. Von gleichen Chancen für alle keine Rede.«

Das Gesicht des Koreaners drückte große Heiterkeit aus.

»Bei den Ameisen kann jede Arbeiterin eine Idee der Gemeinschaft vortragen, und wenn diese Idee sich als gut erweist, wird sie in die Tat umgesetzt. Bei uns Menschen läßt einen niemand zu Wort kommen, wenn man keine Diplome vorweisen kann, wenn man kein bestimmtes Alter erreicht hat, wenn man keiner angesehenen Gesellschaftsschicht angehört.«

Der Richter hatte nicht die Absicht, diesen Aufwieglern eine Tribüne zu bieten. Die Geschworenen und die Zuschauer im Saal lauschten den Argumenten des Asiaten viel zu aufmerksam.

»Nächste Angeklagte: Francine Tenet. Mademoiselle,

wer hat Sie angestiftet, diese ›Revolution der Ameisen‹ zu unterstützen?«

Das blonde Mädchen versuchte seine Schüchternheit zu überwinden. Ein Gerichtssaal war viel ehrfurchtgebietender als ein Konzertsaal. Sie blickte zu Julie hinüber, um sich Mut zu machen.

»Genau wie meine Freunde, Herr Vorsitzender …«

»Bitte sprechen Sie lauter, damit die Geschworenen Sie verstehen können.«

Francine räusperte sich: »Genau wie meine Freunde, so glaube auch ich, daß wir uns mit fremden Gesellschaftsformen vertraut machen müssen, um unseren Horizont zu erweitern. Die Ameisen helfen uns, unsere eigene Welt zu verstehen. Wenn wir sie beobachten, sehen wir uns selbst als Miniaturen. Ihre Städte gleichen unseren Städten, ihre Straßen gleichen unseren Straßen. Die Ameisen ermöglichen es uns, zu einer anderen Sicht der Dinge zu kommen, und deshalb hat mir die Idee einer ›Revolution der Ameisen‹ gut gefallen.«

Der Staatsanwalt holte aus seinen Unterlagen mehrere Zettel hervor und schwenkte sie angriffslustig. »Ich habe mich vor Prozeßbeginn bei Entomologen über die Ameisen informiert, und ich kann Ihnen versichern, meine Damen und Herren Geschworenen, daß Ameisen keineswegs die netten, großzügigen Insekten sind, als die sie von den Angeklagten geschildert werden. Ganz im Gegenteil – Ameisen führen ständig Kriege. Seit hundert Millionen Jahren breiten sie sich auf der ganzen Welt aus. Man könnte sogar sagen, daß sie schon die Herren des Planeten sind, denn mit Ausnahme der Polarregion scheint es ihnen überall möglich zu sein, sich zu akklimatisieren und zu vermehren.«

Julie erhob sich. »Sie geben also zu, Herr Staatsanwalt, daß die Ameisen es gar nicht mehr nötig haben, irgend etwas zu erobern?«

»So ist es. Wenn ein Außerirdischer auf unserem Planeten landen sollte, würde er eher einer Ameise als einem Menschen begegnen.«

»In diesem Fall würde er in ihr zweifellos die Repräsentantin der Erdbevölkerung sehen«, fügte Julie boshaft an.

Lachen im Saal.

Der Vorsitzende war verärgert hinsichtlich dieser endlosen Debatten über Ameisen. Er wollte endlich zu den konkreten Punkten der Anklage kommen: Vandalismus, Aufwiegelung, vor allem aber der Tod der drei Polizisten. Doch nachdem der Staatsanwalt sich die Mühe gemacht hatte, Ameisenspezialisten zu befragen, würde er es sich jetzt bestimmt nicht nehmen lassen, sein Wissen zur Schau zu stellen.

»Die Ameisen kämpfen überall gegen uns«, fuhr der Staatsanwalt leidenschaftlich fort. »Ich habe hier Dokumente, die beweisen, daß die Ameisenstädte sich zu immer größeren Föderationen zusammenschließen. Die Ursache dieses Phänomens ist noch unbekannt, aber natürlich werden sie dadurch nur noch mächtiger. Überall schießen Ameisenstädte wie Pilze aus dem Boden. Sie nisten sich sogar in Beton ein. Keine Küche ist vor ihnen sicher.«

»Was unsere Küchen enthalten, sind Produkte der Erde«, warf Julie ein. »Und die Erde hat sich noch nie zu dem Thema geäußert, welchen ihrer vielen Kinder sie ihre Reichtümer zukommen lassen will. Es gibt keinen Grund, weshalb sie die Menschen den Ameisen vorziehen sollte.«

»Das wird ja immer absurder!« rief der Staatsanwalt. »Jetzt möchte Mademoiselle Pinson den Tieren schon ein Recht auf Eigentum einräumen! Warum nicht auch noch den Pflanzen und Mineralien ...? Jedenfalls steht fest, daß die Ameisenstädte überhand nehmen.«

»Ihre Städte sind bewundernswert«, erwiderte Julie trocken. »Dort gibt es keine Verkehrsstaus, obwohl es auch keine Verkehrsregeln gibt. Jeder nimmt einfach Rücksicht auf die anderen und paßt sich an. Und wenn eine Straße trotz allem ständig verstopft ist, wird ein neuer Tunnel gegraben. Niemand leidet Not, denn gegenseitige Hilfe ist oberstes Gebot. Es gibt keine Asozialenviertel, weil es keine Asozialen gibt. Es gibt keine Umweltverschmutzung, denn alles wird sauber gehalten und wiederverwertet. Und es gibt auch keine Überbevölkerung, denn die Königin legt nur so viele Eier, wie die Stadt benötigt.«

Der Staatsanwalt war bereit, weiter die Klingen zu kreuzen. »Die Insekten haben keine einzige Erfindung vorzuweisen!«

»Darf ich darauf hinweisen, Herr Staatsanwalt, daß Sie ohne die Insekten jetzt keine Zettel in der Hand hätten? Das Papier wurde nämlich von Insekten erfunden. Im ersten Jahrhundert fiel in China einem Eunuchen namens Tchouen auf, daß Wespen kleine Stückchen Holz zerkauten und mit ihrem Speichel vermischten. Er hatte die Idee, es ihnen nachzumachen.«

Der Richter war nun wirklich dieser sinnlosen Diskussionen überdrüssig. »Immerhin haben Ihre Ameisen drei Polizisten getötet.«

»Nein, sie haben sie nicht getötet, Herr Vorsitzender, das kann ich Ihnen versichern. Ich habe die ganze Szene auf den Kontrollbildschirmen der Pyramide beobachtet. Die Polizisten sind vor Angst gestorben, weil ganze Scharen von Ameisen an ihnen hochgeklettert sind. Ihre eigene Fantasie hat sie umgebracht.«

»Und Sie finden es nicht grausam, wenn Scharen von Ameisen sich auf einem Menschen tummeln?«

»Grausamkeit ist ein Spezifikum der Menschen. Der Mensch ist das einzige Wesen, das anderen grundlos Schmerz zufügt, weil es ihm Spaß macht, jemanden leiden zu sehen.«

Gereizt rief der Richter Kommissar Maximilien Linart in den Zeugenstand. »Herr Kommissar, Sie befehligten sowohl die Erstürmung des Gymnasiums als auch den Einsatz bei der Waldpyramide?«

»Ja, Herr Vorsitzender.«

»Sie waren beim Tod der drei Polizisten anwesend. Können Sie uns die genauen Umstände schildern?«

»Meine Männer wurden von Horden feindseliger Ameisen überfallen. Natürlich haben die Ameisen sie umgebracht. Ich bedaure zutiefst, daß nicht alle Schuldigen auf der Anklagebank sitzen!«

»Sie meinen bestimmt Narcisse Arepo, aber der Kerl liegt ja immer noch im Krankenhaus.«

Der Kommissar lächelte verzerrt. »Nein, ich meine die wahren Mörder, die wahren Anstifter zu dieser sogenannten Revolution. Ich meine die – Ameisen.«

Aufruhr im Saal. Mit gerunzelter Stirn setzte der Richter seinen Hammer ein, um für Ruhe zu sorgen.

»Drücken Sie sich deutlicher aus, Herr Kommissar.«

»Nachdem die Pyramidenbewohner sich ergeben hatten, haben wir ganze Säcke mit den Ameisen gefüllt, die sich am Tatort aufhielten. Sie sind es, die die Polizisten getötet haben, und es wäre nur gerecht, wenn auch sie sich vor Gericht verantworten müßten.«

»Halten Sie diese Ameisen immer noch gefangen?«

»Selbstverständlich, Herr Vorsitzender.«

»Aber läßt sich das französische Recht denn auch auf Tiere anwenden?« fragte Julie.

Der Kommissar wandte sich ihr zu. »Es gibt Präzedenzfälle von Tierprozessen. Ich habe entsprechende Unterlagen mitgebracht, für den Fall, daß das Gericht daran zweifeln sollte.«

Er legte einen schweren Aktenordner auf den Richtertisch. Der Richter beratschlagte lange mit seinen beiden Beisitzern und verkündete schließlich:

»Dem Antrag von Kommissar Linart wird stattgegeben. Die Verhandlung wird morgen fortgesetzt – mit den Ameisen!«

217. Enzyklopädie

Tierprozesse: Tiere wurden von jeher für würdig befunden, sich vor Menschengerichten verantworten zu müssen. In Frankreich werden seit dem 10. Jahrhundert Esel, Pferde und Schweine unter den verschiedensten Vorwänden gefoltert, gehängt und exkommuniziert. Im Jahre 1120 exkommunizierte der Bischof von Laon Raupen und Waldmäuse, weil sie Schäden auf den Feldern anrichteten. In den Gerichtsarchiven von Sauvigny gibt es eine Akte über den Prozeß gegen eine Sau, die für den Tod eines fünfjährigen Kindes verantwortlich gemacht wurde. Die Sau war am Tatort gefunden worden, zusammen mit sechs Ferkeln, an deren Schnauzen noch Blut klebte. Waren die Ferkel Komplicen? Die Sau wurde öffentlich an den Hinterbeinen aufgehängt, bis der Tod eintrat. Die Ferkel wurden zur Beobachtung einem Bauern übergeben, und weil sie keine Anzeichen von Aggressivität erkennen ließen, durften sie groß werden und wurden erst im Erwachsenenalter ›normal‹ geschlachtet.

Im Jahre 1474 wurde in Basel einem Huhn der Prozeß gemacht, weil es ein Ei ohne Dotter gelegt hatte. Es wurde der Hexerei beschuldigt und endete auf dem Scheiterhaufen. Erst im Jahre 1710 fand ein Forscher heraus, daß Eier ohne Dotter die Folge einer Hühnerkrankheit sind, aber das Urteil gegen jenes Huhn wurde nicht revidiert.

In Italien strengte ein Bauer im Jahre 1519 einen Prozeß gegen Maulwürfe an. Zum Glück hatten sie einen sehr wortgewandten Rechtsanwalt, der betonte, diese Maulwürfe seien noch sehr jung und könnten deshalb für ihre Taten nicht zur Verantwortung gezogen werden. Außerdem seien Maulwürfe sehr nützliche Tiere, weil sie sich von Insekten ernährten, die andernfalls die Ernten der Bauern vernichten würden. Die Maulwürfe wurden nur mit lebenslänglicher Verbannung von den Feldern des Klägers bestraft.

In England wurde im Jahre 1662 James Potter wegen Sodomie geköpft, aber die Richter sahen die Tiere nicht als Opfer, sondern als Komplicen an und verurteilten eine Kuh, zwei Säue, zwei Färsen und drei Schafe ebenfalls zum Tod durch das Beil.

Und noch im Jahre 1924 wurde in Pennsylvania ein Labradorhund zu lebenslänglichem Gefängnis verurteilt, weil er die Katze des Gouverneurs getötet hatte. Er wurde in einem Zwinger eingesperrt, wo er sechs Jahre später an Altersschwäche starb.

EDMOND WELLS,
Enzyklopädie des relativen und absoluten Wissens, Band III

218. Unterricht in Dialektik

Zweiter Verhandlungstag. Auf dem Boden vor der Anklagebank stand ein Terrarium mit gut hundert Ameisen, die sich jetzt ebenfalls vor Gericht verantworten mußten.

Die Geschworenen schauten es sich an und rümpften die Nasen über den Gestank nach verfaulten Äpfeln, den sie irrtümlich für den natürlichen Geruch der Ameisen hielten.

»Ich versichere, daß all diese Ameisen an dem Angriff gegen meine Männer beteiligt waren«, sagte Kommissar Maximilien Linart, der sehr zufrieden war, daß man seinem Antrag stattgegeben hatte.

Julie erhob sich. Sie fühlte sich in ihrer Rolle als Verteidigerin inzwischen sehr wohl und ergriff das Wort, wann immer sie es für erforderlich hielt.

»Diese Ameisen leiden unter Luftmangel. Die beschlagenen Scheiben deuten darauf hin, daß sie am Ersticken sind. Wenn Sie nicht wollen, daß sie vor Prozeßende sterben, müssen unbedingt mehr Löcher in den Plastikdeckel gebohrt werden.«

»Aber es besteht Fluchtgefahr!« rief Maximilien aufgeregt.

»Das Gericht hat die Pflicht, für das Wohlbefinden aller Angeklagten zu sorgen, und das gilt auch für Ameisen«, erklärte der Richter.

Er beauftragte einen Gerichtsdiener, zusätzliche Löcher zu bohren, wozu sich der Mann einer Zange, einer Nadel und eines Feuerzeugs bediente. Er erhitzte die Nadel, bis sie glühte, und durchstieß damit das Plexiglas.

»Man glaubt, daß Ameisen nicht leiden, weil sie nicht

schreien, wenn sie Schmerzen haben«, führte Julie aus. »Aber das stimmt nicht. Sie besitzen genau wie wir ein Nervensystem, und deshalb leiden sie genau wie wir. Auch das ist ein Makel unseres Ethnozentrismus. Wir empfinden nur mit jenen Mitleid, die laut schreien, wenn man ihnen Schmerz zufügt. Die Fische, die Insekten und alle Wirbellosen – all jene Tiere, die keine Stimme haben – können nicht mit unserem Mitgefühl rechnen.«

Der Staatsanwalt verstand, wie es Julie gelungen war, die Menge zu mobilisieren. Ihre Beredsamkeit und ihr Feuer wirkten sehr überzeugend. Er bat deshalb die Geschworenen, sich von solchen Äußerungen nicht beeinflussen zu lassen, die nichts weiter als Propaganda für die ›Revolution der Ameisen‹ seien.

Im Saal gab es einige Proteste, und der Vorsitzende mußte wieder sein Hämmerchen einsetzen, um für Ruhe zu sorgen. Er wollte den Zeugen Maximilien Linart befragen, aber Julie war noch nicht fertig. Sie erklärte, die Ameisen seien durchaus in der Lage, zu sprechen und sich zu verteidigen. Man müsse ihnen genauso wie den Menschen die Möglichkeit geben, zur Anklage Stellung zu nehmen.

Der Staatsanwalt lachte höhnisch, und der Richter verlangte eine Erklärung.

Julie berichtete von der Maschine ›Stein von Rosette‹ und erläuterte ihre Funktionsweise. Der Kommissar bestätigte, in der Pyramide ein Gerät beschlagnahmt zu haben, auf das die Beschreibung zutraf, und der Richter befahl, es zu holen. Die Verhandlung wurde unterbrochen, während Arthur in der Saalmitte seine komplizierte Apparatur aufbaute, assistiert von Julie, die sich seit ihrem eigenen vergeblichen Versuch, den ›Stein von Rosette‹ zu bauen, ein wenig mit der Materie auskannte.

Alle waren sehr neugierig, ob dieses komische Gerät funktionierte, ob es tatsächlich zu einem Dialog zwischen Mensch und Ameise kommen würde. Der Richter verlangte eine Vorführung.

Ein Gerichtsdiener holte aufs Geratewohl eine Ameise aus dem Terrarium, und Arthur setzte sie in den Glaskasten mit der kleinen Kunststoffgabel. Sofort kam eine synthetische Stimme aus den Lautsprechern. Es war die Ameise, deren olfaktorische Sprache übersetzt worden war:

»HILFE!!!!!!!!!!«

Arthur regulierte die Feineinstellung.

»Hilfe! Holt mich hier raus! Ich ersticke!«

Julie warf ihr einen Brotkrumen hin, den die Ameise gierig verschlang. Arthur fragte sie, ob sie bereit sei, einige Fragen zu beantworten.

»Was ist los?« fragte die Ameise.

»Man macht euch den Prozeß«, erwiderte Arthur wahrheitsgemäß.

»Was ist das – ein Prozeß?«

»Rechtsprechung.«

»Was ist das – Rechtsprechung?«

»Man versucht, über Recht oder Unrecht zu entscheiden.«

»Was ist das – Recht und Unrecht?«

»Recht ist, wenn man etwas Gutes tut. Unrecht ist das Gegenteil.«

»Was ist das – Gutes tun?«

Arthur seufzte. Schon in der Pyramide waren die Dialoge mit Ameisen schwierig gewesen, weil man jedes Wort erklären mußte.

»Das Problem besteht darin«, sagte Julie, »daß Ameisen nicht wissen, was gut und böse ist. Sie besitzen keine Moralvorstellungen, und deshalb sind sie für ihre Taten auch nicht verantwortlich. Man muß sie deshalb freilassen.«

Der Richter beriet sich leise mit seinen Beisitzern. Sie hätten die Ameisen ganz gern in den Wald zurückgeschickt, um sie los zu sein, aber andererseits kam es höchst selten vor, daß Journalisten und Fernsehleute aus Paris sich nach Fontainebleau begaben, um über einen Prozeß zu berichten, und jetzt würden ihre Namen endlich einmal in allen Zeitungen stehen …

Der Staatsanwalt erhob sich. »Nicht alle Tiere sind so unmoralisch, wie Sie behaupten. Beispielsweise weiß man, daß es bei den Löwen tabu ist, Affen zu fressen. Ein Löwe, der einen Affen frißt, wird aus der Gemeinschaft ausgestoßen. Dieses Verhalten kann man sich doch nur so erklären, daß es eine Löwenmoral gibt.«

Maximilien erinnerte sich daran, daß er in seinem Aquarium Fischmütter gesehen hatte, die ihre Jungen gleich nach der Geburt auffraßen. Und andere Guppys versuchten, sich mit ihrer Mutter zu paaren. Kannibalismus, Inzest, Kindesmord … Er dachte, daß Julie ausnahmsweise recht hatte. Bei den Tieren gab es keine Moral. Sie wußten nicht, daß sie schlimme Dinge taten. Und gerade deshalb mußten sie vernichtet werden.

»*Hilfe!*« rief die Ameise wieder.

Der Staatsanwalt näherte sich dem Gerät. Die Ameise mußte einen dunklen Schatten wahrgenommen haben, denn sie sendete verzweifelt:

»*O Hilfe! Holt uns hier raus! Dieser Raum ist mit Fingern verseucht!*«

Gelächter im Saal.

Maximilien runzelte die Stirn. Das entwickelte sich ja zum reinsten Flohzirkus. Anstatt die Gefahren des Gesellschaftssystems der Ameisen aufzuzeigen, spielte man hier mit einer Maschine herum und unterhielt sich mit diesen Insekten!

Julie nutzte die gute Stimmung für einen weiteren Vorstoß. »Lassen Sie sie frei. Man muß sie freilassen oder töten, aber man darf sie nicht in diesem Terrarium leiden lassen.«

Der Richter haßte es, wenn Angeklagte – sogar Angeklagte, die in die Rolle des Verteidigers schlüpften – ihm vorschreiben wollten, was er zu tun hatte. Hingegen hielt der Staatsanwalt das für eine gute Gelegenheit, Maximilien Linart auszustechen. Er ärgerte sich, nicht selbst auf die Idee gekommen zu sein, die Ameisen unter Anklage zu stellen, aber jetzt konnte er das vielleicht wettmachen.

»Diese Ameisen hier sind im Grunde nur Statisten!« rief er, publikumswirksam vor dem ›Stein von Rosette‹ stehend. »Wenn man die wirklich Schuldigen bestrafen will, muß man ihre Anführerin vor Gericht bringen: Nr. 103, ihre Königin.«

Die Angeklagten wunderten sich sehr, daß der Staatsanwalt etwas über Nr. 103 und ihre Rolle bei der Verteidigung der Pyramide wußte.

Der Richter sagte ungehalten, wenn hier stundenlang unverständliches Zeug geredet würde, könnten sie die Verhandlung gleich abbrechen.

»Ich weiß, daß diese Ameisenkönigin sich gut in unserer Sprache unterhalten kann«, versicherte der Staatsanwalt und zog ein dickes Buch unter seinem Pult hervor.

Es war der zweite Band der *Enzyklopädie des relativen und absoluten Wissens.*

»Die Enzyklopädie!« stöhnte Arthur.

»Herr Vorsitzender, auf den leeren Seiten am Ende dieser Enzyklopädie hat Arthur Ramirez Tagebuch geführt. Wir haben das Buch bei der zweiten Durchsuchung der Pyramide gefunden. Monsieur Ramirez erzählt die ganze Geschichte der Pyramidenbewohner und schreibt begeistert über eine besonders begabte Ameise namens Nr. 103, die mit unserer Welt und Kultur vertraut ist. Mit dieser Nr. 103 könnte man sich bestimmt unterhalten, ohne ihr jedes Wort erklären zu müssen.«

Maximilien schäumte vor Wut. Er hatte bei seiner ersten Durchsuchung der Pyramide so viele Schätze gefunden, daß er den großen Büchern keine Beachtung geschenkt hatte. Beim kurzen Durchblättern war er nur auf mathematische und chemische Formeln gestoßen und hatte sie deshalb liegen gelassen. Dabei predigte er den Polizeischülern immer wieder, man müsse alles um sich herum mit der gleichen Objektivität beobachten.

Und jetzt wußte dieser Staatsanwalt mehr als er und las genüßlich vor:

»Nr. 103 ist heute mit einer riesigen Armee gekommen und hat uns gerettet. Um ihre Erfahrungen aus der Menschenwelt an ihre Artgenossen weitergeben zu können, hat sie sich in eine fortpflanzungsfähige Ameise verwandelt und ist jetzt Königin. Trotz ihrer vielen Reisen sieht sie gesund aus, und sie hat immer noch die gelbe Markierung auf der Stirn. Wir haben uns mit Hilfe des ›Steins von Ro-

›sette‹ lange unterhalten. Nr. 103 ist wirklich die begabteste Ameise, die man sich vorstellen kann. Sie hat es sogar geschafft, Millionen von Insekten zu überreden, ihr zu folgen, um uns kennenzulernen.«

Gemurmel im Saal.

Der Richter rieb sich die Hände. Mit diesen sprechenden Ameisen würde er einen Präzedenzfall schaffen und in die Annalen der juristischen Fakultät eingehen, weil er den ersten Prozeß der Neuzeit gegen Tiere geführt hatte. Selbstsicher verkündete er: »Haftbefehl gegen diese …«

»Nr. 103«, soufflierte ihm der Staatsanwalt.

»Ach ja! Haftbefehl gegen Nr. 103, Ameisenkönigin. Sie muß festgenommen und dem Gericht vorgeführt werden.«

»Aber wie wollen Sie sie finden?« fragte der erste Beisitzer. »Eine Ameise in einem Riesenwald! Das ist ja noch schlimmer als die berühmte Nadel im Heuhaufen.«

Maximilien stand auf. »Lassen Sie mich das machen. Ich habe eine Idee.«

Der Vorsitzende seufzte. »Ich befürchte, daß mein Kollege recht haben könnte. Eine Nadel im Heuhaufen …«

»Das ist nur eine Frage der Methode«, erklärte Maximilien. »Wissen Sie, wie man eine Nadel im Heuhaufen finden kann? Man braucht den Heuhaufen nur zu verbrennen und dann mit einem Magnet in der Asche zu suchen.«

219. Enzyklopädie

Manipulation: Das Experiment von Professor Asch. Im Jahre 1961 hat der amerikanische Professor Asch sieben Personen in einem Zimmer versammelt und ihnen erklärt, man wolle mit ihnen ein Experiment in bezug auf ihr Wahrnehmungsvermögen durchführen. In Wirklichkeit sollte nur ein einziger getestet werden. Die sechs anderen wurden dafür bezahlt, daß sie den Testkandidaten in die Irre führen sollten.

An die Wand waren zwei Linien von 25 cm und 30 cm

Länge gezeichnet. Die Linien verliefen parallel, und deshalb konnte man deutlich sehen, welche die längere war. Professor Asch fragte jeden, welche Linie länger sei, und die sechs unechten Kandidaten sprachen sich einmütig für die 25 cm lange Linie aus. Fragte man schließlich die echte Testperson, bestätigte sie in 60% der Fälle, daß die 25 cm lange Linie die längere sei.

Entschied sich der Testkandidat aber für die 30 cm lange Linie, wurde er von den sechs anderen verspottet, und unter diesem Druck gaben 30% schließlich zu, sich geirrt zu haben.

Das Experiment wurde an hundert Studenten und Universitätsprofessoren durchgeführt (also durchaus nicht an besonders gutgläubigen Personen), und neun von zehn waren am Ende überzeugt, die 25 cm lange Linie sei die längere.

Auch wenn Professor Asch seine Frage mehrmals wiederholte, verteidigten viele ihre Ansicht und wunderten sich, daß er so beharrlich nachfragte.

Das Überraschendste war jedoch, daß 10% der Testpersonen sogar dann noch auf ihrer Meinung beharrten, als man ihnen schon erklärt hatte, daß die sechs anderen sie nur in die Irre führen sollten.

Jene, die ihren Irrtum zugaben, brachten alle möglichen Entschuldigungen vor: Sehprobleme oder trügerische Beobachtungswinkel …

EDMOND WELLS,
Enzyklopädie des relativen und absoluten Wissens, Band III

220. Beharrlichkeit

Maximilien war in die Pyramide zurückgekehrt. Sie barg auch nach zwei gründlichen Durchsuchungen noch viele Geheimnisse, davon war er überzeugt. Mit der Taschenlampe in der Hand ging er von Raum zu Raum, ohne zu wissen, wonach er eigentlich suchte.

Beobachten. Lauschen. Nachdenken.

Von seinen fünf Sinnen war das Sehvermögen am ausgeprägtesten, und deshalb bemerkte er plötzlich eine Ameise, die in einem leeren Terrarium umherwanderte und dann in einen durchsichtigen Plastikschlauch kletterte, der zum Fußboden hinabführte und dort verschwand.

Maximilien ließ die Ameise nicht aus den Augen, während sie ihn überhaupt nicht wahrnahm. Er war viel zu riesig, als daß sie ihn hätte sehen können, und in dem Plastikschlauch konnte sie ihn auch nicht riechen. Völlig ahnungslos wies sie dem Wolf den Weg in den Schafstall …

Der Kommissar schnitt den Schlauch in Bodenhöhe mit seinem Taschenmesser durch und spähte durch das schmale Loch in die Tiefe. Dann hielt er sein Ohr an die Öffnung. Er sah fernes Licht, und er hörte leise Geräusche. Aber wie sollte er nach unten gelangen?

Nervös lief er in dem Zimmer auf und ab. Für jedes Rätsel gab es eine Lösung, man mußte sie nur finden.

Beobachten. Lauschen. Nachdenken.

Um sich abzulenken, durchsuchte er noch einmal die oberen Etagen und erfrischte sich in einem Bad. Er warf einen Blick in den Spiegel. Darunter lag eine dreieckige Seife.

Der Spiegel …

Beobachten. Lauschen. Nachdenken.

Nachdenken … Reflektieren …

Reflektieren.

Re-flek-tieren.

Reflex.

Spiegelung.

Maximilien lachte schallend. Die Lösung lag doch eigentlich auf der Hand.

Wie bildet man acht gleich große gleichseitige Dreiecke aus sechs Streichhölzern? Indem man die Pyramide – besser gesagt, den Tetraeder – auf einen Spiegel stellte! Er holte eine Streichholzschachtel aus der Tasche und probierte es aus.

Gespiegelt ergab die Pyramide einen Rhombus.

Er erinnerte sich an die ›Denkfalle‹. Erstes Rätsel: Vier

Dreiecke mit sechs Streichhölzern. Lösung: Die Pyramide. Die Entdeckung der dritten Dimension.

Zweites Rätsel: Sechs Dreiecke aus sechs Streichhölzern. Lösung: Die Verschmelzung von Komplementen, das Dreieck von oben und das Dreieck von unten.

Drittes Rätsel: Acht Dreiecke aus sechs Streichhölzern. Lösung: Eine Pyramide auf einem Spiegel, folglich zwei Pyramiden, eine nach oben, die andere nach unten gerichtet, so daß sie einen Rhombus ergeben.

Die Evolution des Dreiecks ... Die Evolution des Wissens. Es gab hier also eine Pyramide unter der Pyramide ...

Er eilte nach unten und riß die Teppichfliesen vom Boden ab. Schließlich fand er eine Klapptür, und als er sie öffnete, kam eine Treppe zum Vorschein.

Der Kommissar schaltete seine Taschenlampe aus, denn unten war alles hell beleuchtet.

221. Enzyklopädie

Das Stadium der Spiegel: Mit zwölf Monaten durchlebt das Baby eine seltsame Phase: das Stadium der Spiegel.

Bis dahin hat es geglaubt, alles wäre eine Einheit: es selbst, die Mutter, die Mutterbrust, die Saugflasche, das Licht, der Vater, die eigenen Hände und alle Spielsachen. Für ein Baby gibt es keinen Unterschied zwischen groß und klein, zwischen vorne und hinten. Alles ist eins, und alles ist in ihm selbst.

Und dann kommt das Stadium der Spiegel. Mit einem Jahr beginnt das Baby zu laufen, seine Hände werden geschickter, und es kann seine Bedürfnisse besser beherrschen. Der Spiegel wird ihm jetzt offenbaren, daß es ein Einzelwesen ist, daß es andere Menschen und eine Außenwelt gibt. Das kann entweder seine Sozialisation oder eine Abkapselung bewirken. Das Baby erkennt sich, und man sieht ihm sofort an, ob es sich gefällt oder nicht. Entweder es strahlt übers ganze Gesicht, lacht und versucht sein Spiegelbild zu umarmen, oder aber es schneidet sich Grimassen.

Meistens findet es sich wunderschön, es verliebt sich in sich selbst, es vergöttert sich geradezu. In seiner Fantasie wird es zum Helden, und diese durch den Spiegel entwickelte Fantasie hilft ihm, die vielen Frustrationen des Lebens zu ertragen. Es wird sogar die bittere Erkenntnis ertragen, daß es nicht der Herr der Welt ist.

Selbst wenn das Kind keine Gelegenheit hat, sich in einem Spiegel oder im Wasser zu entdecken, wird es diese Phase durchlaufen. Es wird ein Mittel finden, um sich zu identifizieren und von der Welt abzusondern, und es wird begreifen, daß es diese Welt erobern muß.

Katzen machen diese Phase niemals durch. Wenn sie sich in einem Spiegel sehen, versuchen sie dahinter zu gelangen, um die andere Katze zu fangen, und an diesem Verhalten wird sich bis zu ihrem Tod nichts ändern.

EDMOND WELLS,
Enzyklopädie des relativen und absoluten Wissens, Band III

222. Tragischer Ball im Gewölbe

Welch ein Anblick!

Im ersten Augenblick glaubte Maximilien, er träume von der elektrischen Eisenbahn, die er sich als Kind so sehnlichst gewünscht hatte, denn vor ihm lag eine fantastische Stadt in verkleinertem Maßstab.

In der oberen Pyramide hatte Arthur mit seinen Freunden gewohnt. Die untere war eine Ameisenstadt.

Eine Hälfte für die Menschen, die wie Ameisen lebten, eine Hälfte für die Ameisen, die wie Menschen lebten.

Der Kommissar beugte sich wie Gulliver über diese Liliputanerstadt. Er fuhr mit den Fingern die Straßen entlang und verweilte in den Gärten. Die Ameisen schienen nicht beunruhigt zu sein. Zweifellos waren sie an häufige Besuche von Arthur und den anderen gewöhnt.

Welches Meisterwerk! Es gab Straßenlampen, Häuser und Gärten. Links weideten Blattläuse auf Feldern aus Rosensträuchern, rechts ein Industriegebiet mit rauchenden Schornsteinen. In der Stadtmitte mit ihren schönen Bauten gab es eine Fußgängerzone.

MYRMECOPOLIS – Ameisenstadt – stand auf einem Straßenschild am Stadtrand.

Ameisen fuhren in Autos durch die Straßen. Anstelle von Lenkrädern waren die Fahrzeuge mit Rudergriffen ausgestattet, weil die mit Greifern leichter zu bedienen waren.

Auf Baustellen wurden mit Hilfe von Mini-Bulldozern neue Gebäude errichtet. Instinktiv bevorzugten die Ameisen runde Dächer.

Es gab eine Stadtbahn und Sportstadien. Maximilien kniff die Augen zusammen. Es kam ihm so vor, als spielten zwei Ameisenmannschaften American Football, nur konnte er keinen Ball erkennen. Es sah eher nach einer Schlägerei aus.

Er konnte es einfach nicht fassen.

MYRMECOPOLIS.

Das also war das große Geheimnis der Pyramide! Arthur und seine Komplicen hatten den Ameisen zur schnellsten Evolution der Weltgeschichte verholfen. Innerhalb weniger Monate waren sie aus der Urgeschichte in die Neuzeit geschleudert worden.

Maximilien fand eine Lupe auf dem Boden und konnte nun alles noch besser erkennen. Auf einem breiten Kanal fuhren Raddampfer, Miniaturausgaben der Mississippiboote, und Zeppeline flogen über sie hinweg.

Es war märchenhaft – und erschreckend.

Der Kommissar war überzeugt, daß die Königin Nr. 103 sich irgendwo in dieser Science-Fiction-Ameisenstadt befand. Wie sollte er sie ausfindig machen und verhaften? Die Nadel im Heuhaufen. Das Streichholz und der Magnet. Man mußte nur die richtige Methode finden.

Maximilien holte einen Teelöffel und eine kleine Phiole aus seiner Jackentasche.

Um eine Ameisenkönigin zu finden, brauchte man normalerweise nur die Brutkammern zu suchen, aber hier gab es keine Brutkammern. War die Königin steril?

Ihm fiel ein, daß der Staatsanwalt vorgelesen hatte, diese Nr. 103 hätte eine gelbe Markierung auf der Stirn. Aber in all diesen Häusern konnten sich Hunderte von Ameisen mit gelben Markierungen verstecken. Man mußte dafür sorgen, daß sie ihre Häuser verließen.

Er stieg in die obere Pyramide hinauf, wühlte in Schränken herum und fand einen Petroleumkanister. In blinder Panik gibt man alle Geheimnisse preis. Wenn er das schwarze Gift über die Stadt ausgoß, würden die Ameisen bestimmt versuchen, ihre Königin zu retten. So degeneriert sie durch den engen Kontakt mit den Menschen auch sein mochten – dieses über Jahrmillionen hinweg genetisch programmierte Verhalten hatten sie mit Sicherheit nicht vergessen.

Maximilien goß Petroleum in die rechte Ecke der Stadt, die etwas erhöht lag. Von dort floß die stinkende Flüssigkeit langsam den Hügel hinab, überschwemmte Straßen, Gärten und Häuser. Panik brach aus. Ameisen stürzten aus ihren Häusern und versuchten, sich mit ihren Autos zu retten, doch es gab keine Straßen mehr.

Der Kanal bot ebenfalls keine Fluchtmöglichkeit, denn sein klares Wasser war dunkel und ölig geworden, und die Dampfer kamen nicht mehr voran, weil die Räder verklebt waren.

Die Ameisen schienen überrascht zu sein, daß die Finger, die ihnen soviel geholfen hatten, nun eine solche Katastrophe zuließen. Man hatte den Eindruck, als warteten sie auf ein schnelles Eingreifen des Himmels, aber niemand kam ihnen zu Hilfe. Der einzige Finger, der in der Nähe war, beobachtete die überflutete Stadt mit einem Teelöffel in der Hand.

Als er vor einem Haus, das etwas größer als die anderen war, einen Ameisenauflauf entdeckte, war er sicher, daß die Königin nun jeden Moment zum Vorschein kommen würde. Er schaute durch die Lupe, und tatsächlich trugen

Ameisen eine der ihren aus dem Gebäude. Sie hatte eine gelbe Markierung auf der Stirn.

Die Königin Nr. 103!

Maximilien fing sie mit seinem Löffel und warf sie in ein kleines Plastiktütchen, das er fest zuband.

Dann leerte er den Rest des Petroleums über der Stadt aus, bis sie in den stinkenden Fluten versank.

Autos, Dampfboote, Katapulte, Zeppeline und tausend andere Gegenstände trieben auf der schmierigen Flüssigkeit. In den letzten Sekunden ihres Lebens dachten die Bewohner von Myrmecopolis, daß es ein großer Fehler gewesen war, an eine Allianz zwischen Ameisen und Fingern zu glauben.

223. Enzyklopädie

1 + 1 = 3: 1 + 1 = 3 wird die Devise unserer utopischen Gruppe sein. Diese Gleichung bedeutet, daß die Vereinigung von Talenten zu besseren Ergebnissen führt, als man aufgrund einer einfachen Addition vermuten könnte. Sie bedeutet, daß die Fusion von Männlich und Weiblich, von Groß und Klein, von Oben und Unten etwas Neues hervorbringt.

1 + 1 = 3.

Diese Gleichung drückt den Glauben aus, daß unsere Kinder besser als wir sein werden, und dadurch symbolisiert sie auch den Glauben an die Zukunft der Menschheit. Der Mensch von morgen wird besser sein als der Mensch von heute. Das glaube ich, und das hoffe ich.

1 + 1 = 3 bedeutet aber auch, daß Kollektivismus und sozialer Zusammenhalt die besten Mittel sind, um unser animalisches Verhalten zu läutern.

Natürlich weiß ich, daß viele Leute sagen werden, dieses philosophische Prinzip sei unsinnig, weil es mathematisch falsch ist. Ich werde Ihnen deshalb beweisen müssen, daß die Gleichung mathematisch richtig ist.

Aus meinem Grab heraus werde ich Ihre Sicherheit ins Wanken bringen. Ich werde Ihnen beweisen, daß das, was Sie für DIE Wahrheit halten, nur eine Wahrheit unter vielen ist.

Fangen wir an:

Nehmen wir die Gleichung $(a+b) \cdot (a-b) = a^2 - ab + ba - b^2$.

Auf der rechten Seiten gleichen sich $-ab$ und $+ba$ aus, und man erhält folglich:

$(a+b) \cdot (a-b) = a^2 - b^2$.

Dividieren wir beide Seiten durch $(a-b)$, so erhalten wir:

$$\frac{(a+b) \cdot (a-b)}{a-b} = \frac{a^2-b^2}{a-b}$$

Kürzen wir die linke Seite, so bleibt:

$$(a+b) = \frac{a^2-b^2}{a-b}$$

Legen wir fest: $a = b = 1$. Dann erhalten wir:

$$1+1 = \frac{1-1}{1-1}, \text{ d.h. } 2 = \frac{1}{1}.$$

Wenn Zähler und Nenner gleich sind, erhält man 1. Unsere Gleichung lautet jetzt also: $2=1$.

Addieren wir 1 auf beiden Seiten, so erhalten wir: $3=2$.

Ersetzen wir nun 2 durch $1+1$, so kommt man auf … $3=1+1$.

EDMOND WELLS,
Enzyklopädie des relativen und absoluten Wissens, Band III

224. Ameisenstrategie

Drei Schläge mit dem Elfenbeinhämmerchen. Zum erstenmal in der Geschichte der Menschheit sollte eine Ameisenkönigin vor Gericht aussagen.

Damit dem Publikum nichts entging, würden Kameras mit Makro-Objektiven die Angeklagte filmen und die Bilder auf eine weiße Leinwand über der Anklagebank projizieren.

»Ruhe! Man bringe die Angeklagte in diese Maschine – den ›Stein von Rosette‹.«

Mit einer weichen Pinzette wurde die Ameise behutsam in den Glaskasten gesetzt, Sie legte ihre Fühler sofort auf die kleine Kunststoffgabel; man merkte, daß sie mit dem Gerät vertraut war.

Das Verhör begann.

»Sie heißen Nr. 103 und sind die Königin der roten Ameisen?«

Die Ameise bewegte ihre Fühler, und der ›Stein von Rosette‹ übersetzte ihre Antwort in die Menschensprache. Die synthetische Computerstimme ertönte:

»Ich bin keine Königin, sondern eine Prinzessin. Prinzessin Nr. 103.«

Der Richter hüstelte. Es war ihm peinlich, einen Fauxpas begangen zu haben, und er befahl dem Gerichtsschreiber, den Titel der Angeklagten in der Akte zu korrigieren. Wider Willen beeindruckt, drückte er sich sehr höflich aus:

»Eure Hoheit ... Nr. 103 ... wären Sie bereit, uns einige Fragen zu beantworten?«

Gelächter im Saal. Aber es war nun einmal protokollarisch richtig, eine Prinzessin mit ›Hoheit‹ anzureden.

»Warum haben Sie Ihren Truppen befohlen, drei Polizisten zu töten, während diese in Ausübung ihres Amtes tätig waren?«

Arthur empfahl dem Vorsitzenden, sich einfacher auszudrücken und auf juristische Fachausdrücke zu verzichten.

»Also gut. Hoheit, warum Sie töten Männer?«

Arthur intervenierte wieder. Man könne sich einfach ausdrücken, ohne Kauderwelsch zu reden.

Verwirrt stammelte der Richter: »Warum haben Sie Menschen getötet?«

Anstatt zu antworten, sendete die Ameise:

»Ich sehe hier Kameras, die mich filmen. Ihr seht mich vergrößert, aber ich kann euch nicht sehen.«

Arthur erklärte, Nr. 103 sei daran gewöhnt, die Menschen, mit denen sie redete, auf einem kleinen Fernsehbildschirm zu sehen, und nach einer kurzen Beratung mit den Beisitzern erlaubte der Richter huldvoll, der Angeklagten eines der winzigen Geräte zur Verfügung zu stellen, die in der Pyramide beschlagnahmt worden waren.

Prinzessin Nr. 103 schaute sich das Gesicht des Fragestellers an und stellte fest, daß es ein recht betagter Finger war. Sie wußte schon lange, daß Finger mit weißen Haaren meistens schon mehr als drei Viertel ihres Lebens hinter sich hatten, und im allgemeinen genossen alte Finger in ihrer Gemeinschaft kein hohes Ansehen. Sie überlegte, ob sie diesem alten Finger, der etwas Schwarz-Rotes trug, überhaupt antworten mußte, doch weil keiner der anderen Finger an seiner Autorität zu zweifeln schien, legte sie ihre Fühler wieder auf die Gabel.

»Ich habe im Fernsehen Filme über Prozesse gesehen. Normalerweise müssen Zeugen auf die Bibel schwören.«

»Hoheit, Sie haben zu viele amerikanische Filme angeschaut!« rief der Richter. »Hier schwört man nicht auf die Bibel.« Und er erklärte geduldig: »In Frankreich gibt es seit über einem Jahrhundert die Trennung von Kirche und Staat. Man schwört nicht auf die Bibel, weil sie in unserem Land nicht für alle Menschen ein heiliges Buch ist. Man schwört einfach bei seiner Ehre.«

Nr. 103 begriff: Auch bei den Fingern gab es Gottgläubige und Ungläubige, die sich bekämpften. Trotzdem hätte es ihr gut gefallen, auf die Bibel zu schwören ... Aber sie mußte sich mit den hiesigen Gepflogenheiten abfinden und verkündete deshalb:

»Ich schwöre, die Wahrheit zu sagen, die reine Wahrheit und nichts als die Wahrheit.«

Die Ameise, die sich auf vier Beine aufgerichtet hatte und sich mit einem Vorderbein an der Glasscheibe abstützte, bot einen eindrucksvollen Anblick. Ein wahres Blitzlichtgewitter brach los, und jeder im Saal hatte das Gefühl, einem historischen Augenblick beizuwohnen.

Dem Richter ging es nicht anders, aber er bemühte sich, das Verhör fortzusetzen, so als hätte er einen ganz durchschnittlichen menschlichen Angeklagten vor sich.

»Hoheit, ich wiederhole meine Frage. Warum haben Sie Ihren Truppen befohlen, Polizisten zu töten?«

»Ich habe gar nichts befohlen. Den Begriff ›Befehl‹ gibt es bei uns Ameisen nicht. Jeder macht, was er will und wann er will.«

»Aber Ihre Truppen haben Menschen angegriffen, oder wollen Sie das leugnen?«

»Ich habe keine Truppen. Und soweit ich sehen konnte, waren es die Finger, die viel Unheil anrichten. Unter ihren schweren Füßen sind mindestens 3000 Ameisen zerquetscht worden! Ihr nehmt überhaupt keine Rücksicht auf uns! Ihr paßt nicht auf, wohin ihr eure Füße setzt.«

»Aber ihr hattet auf jenem Hügel nichts zu suchen!« schrie der Staatsanwalt.

»Der Wald gehört allen, soviel ich weiß. Ich wollte befreundete Finger besuchen, mit denen ich schon vor langer Zeit diplomatische Beziehungen geknüpft habe.«

»Befreundete ›Finger‹! ›Diplomatische Beziehungen‹! Aber diese Leute haben doch überhaupt keinen Einfluß, überhaupt keine Macht. Es sind Verrückte, die sich in einer Waldpyramide eingegraben haben!« rief der Staatsanwalt.

Die Ameise erklärte geduldig:

»Wir haben früher versucht, offizielle Kontakte zu euren offiziellen Führern aufzunehmen, aber sie haben sich geweigert, mit uns zu sprechen.«

Der Staatsanwalt trat näher heran und streckte mit drohender Gebärde einen Finger aus. »Sie wollten vorhin auf die Bibel schwören. Wissen Sie denn wenigstens, was die Bibel für uns bedeutet?«

Die Angeklagten hielten den Atem an. Würde der Staatsanwalt ihre winzige Verbündete ausmanövrieren?

»Die Bibel – das sind die Zehn Gebote«, erwiderte Nr. 103, die sich genau an den Film von Cecil B. De Mille mit Charlton Heston erinnerte, der im Fernsehen so oft gezeigt wurde.

Arthur seufzte erleichtert. Auf Nr. 103 konnte man sich wirklich verlassen. Er erinnerte sich daran, daß Charlton Heston aus unerfindlichen Gründen ihr Lieblingsschauspieler gewesen war. Sie hatte nicht nur *Die Zehn Gebote* gesehen, sondern auch *Ben Hur* und *Planet der Affen,* der ihr viel zu denken gegeben hatte, weil dieser Film zeigte, daß Menschen nicht unbesiegbar waren und von anderen behaarten Tieren beherrscht werden konnten.

Wie zuvor der Richter, so versuchte jetzt der Staatsanwalt, seine Überraschung zu verbergen. Rasch fuhr er fort: »Gut, dann wissen Sie vielleicht auch, daß eines dieser Gebote lautet: ›Du sollst nicht töten.‹«

Arthur lächelte in sich hinein. Der Staatsanwalt wußte nicht, worauf er sich eingelassen hatte.

»Aber ihr selbst habt aus der Ermordung von Rindern und Hühnern eine ganze Industrie gemacht. Ganz zu schweigen von der Corrida, wo ihr einen Stier in aller Öffentlichkeit tötet.«

»Töten im biblischen Sinn heißt nicht ›keine Tiere töten‹, sondern ›keine Menschen töten‹.«

»Warum sollte das Leben von Fingern mehr wert sein als das von Hühnern, Rindern oder Ameisen?«

Der Vorsitzende seufzte. Es schien unmöglich zu sein, sich bei diesem verrückten Prozeß auf Fakten zu beschränken. Ständig kam es zu philosophischen Debatten.

Der Staatsanwalt war wütend. An die Geschworenen gewandt, deutete er auf die Leinwand, wo der Kopf von Nr. 103 in Großaufnahme zu sehen war.

»Kugelaugen, schwarze Mandibel und Fühler – wie häßlich eine Ameise doch ist! Nicht einmal die schlimmsten Monster in Science-Fiction-Filmen sehen so abstoßend aus. Und diese Tiere, die tausendmal häßlicher als wir sind, wollen uns auch noch belehren!«

Die Antwort der Ameise ließ nicht lange auf sich warten.

»Und Sie? Glauben Sie etwa, daß Sie nicht häßlich sind mit Ihren wenigen Haaren auf dem Schädel, Ihrer blassen Haut und den Nasenlöchern mitten im Gesicht?«

Der ganze Saal brach in schallendes Gelächter aus, während besagte blasse Haut sich scharlachrot verfärbte.

»Sie schlägt sich fantastisch«, flüsterte Zoé David ins Ohr.

»Ich wußte schon immer, daß Nr. 103 unersetzlich ist«,

murmelte Arthur, sehr gerührt von den Heldentaten seiner Schülerin.

Der Staatsanwalt hatte sich gefaßt und griff nun noch wütender an:

»Es gibt nicht nur die Schönheit oder Häßlichkeit, es gibt auch die Intelligenz, und über Intelligenz verfügt nur der Mensch. Das Leben der Ameisen ist nicht wichtig, weil sie nicht intelligent sind.«

»Sie haben ihre eigene Form der Intelligenz«, kam Julie der Ameise zu Hilfe.

Der Staatsanwalt jubilierte insgeheim. Sie waren in die Falle gegangen.

»Dann beweisen Sie mir doch, daß Ameisen intelligent sind.«

Der Computer blinkte – ein Zeichen, daß er einen Satz der Prinzessin übersetzte.

»Beweisen Sie mir, daß der Mensch intelligent ist.«

Der Saal war völlig außer Rand und Band. Alle ergriffen Partei, alle äußerten ihre Meinung. Der Richter trommelte vergeblich mit seinem Hämmerchen auf den Tisch.

»Nun gut, nachdem es offenbar unmöglich ist, die Ruhe wiederherzustellen, wird die Verhandlung auf morgen vormittag, 10 Uhr, vertagt.«

Im Rundfunk und im Fernsehen standen an diesem Abend alle Kommentatoren auf der Seite von Nr. 103. Eine 6,3 mg schwere Ameise war beim Verhör dem Staatsanwalt und dem Richter überlegen gewesen, die zusammen mindestens 160 kg wogen!

Die Menschen des ersten, zweiten und dritten Bandes der *Enzyklopädie* schöpften neue Hoffnung. Wenn es Gerechtigkeit auf der Welt gab, war noch nichts verloren.

Maximilien schlug vor Wut mit der Faust gegen die Wand.

225. Gedächtnispheromon: Die Logik der Finger

Registratorin Nr. 10

LOGIK:

Die Logik ist ein sehr originelles Konzept der Finger.

Als logisch werden Ereignisse bezeichnet, wenn sie so ablaufen, daß es für die Gesellschaft der Finger akzeptabel ist.

Beispiel: Für einen Finger ist es logisch, daß manche Bewohner einer Stadt, wo es reichlich Nahrung gibt, verhungern, ohne daß ihnen jemand hilft.

Hingegen ist es für sie nicht logisch, jenen nichts zu essen zu geben, die durch einen Überfluß an Nahrung krank sind.

Für die Finger ist es logisch, Nahrung auf die Müllhalde zu werfen, auch wenn sie nicht verdorben ist.

Hingegen ist es unlogisch, diese Nahrung an jene zu verteilen, die sie gern essen würden. Um ganz sicher zu sein, daß niemand ihre Abfälle anrührt, werden diese verbrannt.

226. Ein Wiedersehen

Das Gericht verließ den Saal; ein Polizist konnte gerade noch einen der Beisitzer einholen. Er hielt das Reagenzglas mit Nr. 103 in der Hand.

»Und was mache ich mit dieser Angeklagten? Ich kann sie doch nicht zusammen mit den Menschen in die grüne Minna stecken.«

Der Beisitzer blickte gereizt zur Decke empor.

»Was weiß ich? Werfen Sie sie zu den anderen Ameisen. Mit der gelben Markierung auf der Stirn ist sie ja leicht wiederzufinden.«

Der Polizist hob den Deckel des Terrariums etwas an und drehte das Reagenzglas um. Die Prinzessin fiel vom Himmel auf ihre Gefährtinnen herab.

Die gefangenen Ameisen freuten sich, daß ihre Heldin

wieder bei ihnen war. Nach etlichen Trophallaxien versammelte man sich zu einer Besprechung.

Unter den Gefangenen befanden sich auch Nr. 10 und Nr. 5. Als sie gesehen hatten, daß die Finger Ameisen in Säcke packten, waren sie rasch hineingeklettert, weil sie dachten, es wären Einladungen in die Welt dieser Riesen.

»Ich glaube, sie sind fest entschlossen, uns zu töten, was immer wir auch machen«, sagte eine Soldatin, die zwei Hinterbeine verloren hatte, als die Polizisten sie grob in einen der Säcke geworfen hatten.

»Was soll's? Wenigstens haben wir vorher Gelegenheit, in ihrer Welt unsere Argumente vorzubringen und unsere Lebensweise zu verteidigen.«

Aus einer Ecke kam eine kleine Ameise auf sie zugestürzt. Nr. 24!

Also hatte diese unbesonnene Ameise sich diesmal ausnahmsweise in die richtige Richtung verirrt. Die Prinzessin vergaß die schlimmen Bedingungen, unter denen dieses Wiedersehen stattfand, und umarmte ihren Prinzen.

Wie schön es war, vereint zu sein! Nr. 103 hatte längst begriffen, was ›Kunst‹ war, und jetzt begriff sie allmählich auch, was ›Liebe‹ bedeutete.

Liebe ist, wenn man jemanden liebt und verliert und dann wiederfindet, dachte sie.

Prinz Nr. 24 schmiegte sich eng an sie und wünschte sich eine Absolute Kommunikation.

227. Intelligenz

Der Vorsitzende schlug mit seinem Hämmerchen auf den Tisch.

»Wir verlangen objektive Beweise für ihre Intelligenz.«

»Die Ameisen können alle Probleme lösen, mit denen sie zu tun haben«, erwiderte Julie.

Der Staatsanwalt zuckte die Schultern. »Sie kennen

nicht einmal die Hälfte unserer Technologien, nicht einmal das Feuer.«

Prinzessin Nr. 103 stellte sich auf die vier hinteren Beine, um ihren Pheromonen mehr Gewicht zu verleihen. Der Computer übersetzte ihre ziemlich lange Rede:

»Die Ameisen haben das Feuer früher gekannt und bei Kriegen eingesetzt, aber eines Tages ist dabei ein großer Brand ausgebrochen, der alles zerstört hat. Daraufhin haben alle Insekten einmütig beschlossen, kein Feuer mehr anzurühren und all jene zu verbannen, die diese schreckliche Waffe verwenden …«

»Aha, da sieht man es ja! Zu dumm, um mit Feuer umgehen zu können!« höhnte der Staatsanwalt, doch die Maschine blinkte schon wieder.

»Während meines Friedensmarsches in eure Welt habe ich meinen Schwestern aber erklärt, das uns das Feuer, wenn man vernünftig damit umgeht, den Weg zu fortschrittlichen Technologien bahnen könnte.«

»Das beweist noch lange nicht, daß ihr Ameisen intelligent seid, nur, daß ihr gelegentlich unsere Intelligenz nachzuahmen versteht.«

Es war nicht zu übersehen, daß die Ameise wütend war. Sie trommelte mit den Fühlern heftig auf die Plastiksonden ein.

»ABER WAS BEWEIST EIGENTLICH EUCH FINGERN, DASS IHR INTELLIGENT SEID?«

Unruhe im Saal. Hier und dort verhaltenes Lachen.

»Ich weiß genau, nach welchen Kriterien ihr entscheidet, ob ein Tier intelligent ist – es muß euch möglichst ähnlich sein.«

Alle Blicke waren auf die große Leinwand gerichtet. Das Gesicht und die Augen des Insekts schienen völlig unbeweglich, aber dafür waren die Bewegungen von Fühlern, Kiefer und Mandibeln so ausdrucksvoll, daß jeder sie nach und nach interpretieren konnte.

Aufgerichtete Fühler verrieten Erstaunen, schrägstehende den Wunsch, andere zu überzeugen. Rechter Fühler nach vorne, linker Fühler nach hinten: Aufmerksamkeit. Nach unten hängende Fühler: Enttäuschung. Fühler zwischen den Mandibeln: Entspannung.

Im Augenblick waren die Fühler von Nr. 103 halb aufgerichtet.

»Für uns seid ihr die Dummen, und wir sind die Intelligenten. Nur eine dritte Tierart – weder Finger noch Ameise – könnte ein objektives Urteil über uns abgeben.«

Alle waren sich dar über im klaren, daß die Lösung dieses Problems von entscheidender Bedeutung war. Wenn die Ameisen intelligente Wesen waren, konnten sie für ihre Taten zur Verantwortung gezogen werden. Wenn nicht, waren sie genauso schuldunfähig wie Geisteskranke oder Kinder.

»Wie soll man die Intelligenz oder Nichtintelligenz von Ameisen beweisen?« fragte der Vorsitzende, während er sich nachdenklich den graumelierten Bart rieb.

»Und wie soll man die Intelligenz oder Nichtintelligenz von Fingern beweisen?« konterte Nr. 103.

»Worauf es ankommt, ist doch im Grunde nur, welche der beiden Arten intelligenter ist«, meinte einer der Beisitzer, »und das müßte man irgendwie testen können.«

Ein Geschworener hob die Hand, was sehr selten vorkam. »Wenn ich mir erlauben darf … Ich liebe Denkspiele aller Art«, sagte er, es handelte sich um einen Briefträger im Ruhestand. »Schach, Kreuzworträtsel, Wortspiele, Rätsel, Bridge, Schreibspiele … Sie eignen sich meiner Ansicht nach hervorragend dazu, herauszufinden, wer intelligenter ist. Man müßte nur ein Spiel erfinden, bei dem eine Ameise die gleichen Erfolgschancen wie ein Mensch hat.«

Die Idee gefiel dem Publikum, und der Richter wußte, daß auch die Fernsehzuschauer davon begeistert wären. Eine ausgezeichnete Publicity … Dieser Prozeß könnte wirklich sein größter Erfolg werden …

»Welche Art von Spiel schwebt Ihnen denn vor?« fragte er den Geschworenen.

228. Enzyklopädie

Die Strategie des Pferdes: Im Jahre 1904 gerieten Wissenschaftler aus aller Herren Ländern in helle Aufregung. Man glaubte, endlich ein Tier gefunden zu haben, das genauso intelligent wie ein Mensch war. Es handelte sich um ein achtjähriges Pferd, das von einem österreichischen Gelehrten, Professor von Osten, ausgebildet worden war. Zur großen Überraschung aller Besucher schien Hans, das Pferd, die moderne Mathematik verstanden zu haben. Es konnte Gleichungen lösen, die genaue Uhrzeit angeben, auf Fotos Menschen wiedererkennen, die es einige Tage zuvor gesehen hatte, und logische Probleme bewältigen.

Hans deutete mit der Hufkante auf Gegenstände und stampfte mit dem Huf, um Zahlen auszudrücken. Wenn Hans Wörter bilden wollte, stampfte er jeden Buchstaben: ein Stampfer für ›a‹, zwei für ›b‹, drei für ›c‹ usw.

Das Pferd wurde allen möglichen Experimenten unterzogen und bewährte sich jedesmal. Zoologen, Biologen, Physiker, Psychologen und Psychiater aus aller Welt kamen nach Österreich, um Hans zu beobachten. Bei ihrer Ankunft waren sie meistens sehr skeptisch, und bei der Abreise waren sie völlig verwirrt. Ein Täuschungsmanöver schien völlig ausgeschlossen zu sein, und so mußten sie notgedrungen zugeben, daß dieses Pferd wirklich ›intelligent‹ war.

Am 12. September 1904 veröffentlichte eine Gruppe von dreizehn Experten einen Bericht, in dem bestätigt wurde, daß Betrug in diesem Falle nicht möglich sei. Allmählich gewöhnte sich die wissenschaftliche Welt daran, daß dieses Pferd tatsächlich genauso intelligent wie ein Mensch war.

Oskar Pfungst, einer der Assistenten des Professors von Osten, kam schließlich hinter des Rätsels Lösung. Er beobachtete, daß Hans falsche Antworten gab, wenn auch keine der anwesenden Personen die richtige Antwort auf die ihm gestellte Frage wußte. Genauso versagte er, wenn man ihm Scheuklappen anlegte, so daß er die Menschen nicht sehen konnte. Die einzige Erklärung bestand darin, daß Hans über eine hervorragende Beobachtungsgabe verfügte. Während er mit dem Huf stampfte, registrierte er die kleinste Veränderung im Verhalten der Menschen und spürte ihre Aufregung, wenn er sich der richtigen Lösung näherte.

Seine Konzentration wurde außerdem durch die Hoffnung auf einen besonderen Leckerbissen motiviert.

Als der Schwindel aufflog, waren die Wissenschaftler so wütend über ihre eigene Leichtgläubigkeit, daß sie von da an einen übertriebenen Skeptizismus an den Tag legten, wenn irgendein Experiment die Intelligenz der Tiere beweisen sollte. Noch heute wird an vielen Universitäten das Pferd Hans als Paradebeispiel wissenschaftlichen Betrugs angeführt. Doch der arme Hans hatte weder soviel Ruhm noch soviel Tadel verdient. Immerhin konnte dieses Pferd das menschliche Verhalten so perfekt entschlüsseln, daß Menschen es zeitweilig für gleichwertig hielten.

Möglicherweise gibt es eine tiefere Ursache für diesen Groll auf Hans: Es ist den Menschen unangenehm, von einem Tier durchschaut zu werden.

EDMOND WELLS,
Enzyklopädie des relativen und absoluten Wissens, Band III

229. Begegnung auf den Stufen

Der Geschworene, der sich für Denkspiele begeisterte, erfand einen Test, den sowohl das Gericht als auch die Verteidigung für fair hielten.

Nun mußten nur noch die beiden Kandidaten – ein Mensch und eine Ameise – gefunden werden. Der Staatsanwalt schlug Maximilien Linart vor, und Julie sprach sich für Nr. 103 aus. Der Richter lehnte beide Kandidaten ab. Der Kommissar, der an der Polizeischule lehrte und ein berühmter Fahnder war, konnte nicht als durchschnittlicher Vertreter seiner Gattung angesehen werden. Das gleiche galt für Prinzessin Nr. 103: Nach all den Filmen, die sie im Fernsehen gesehen hatte, war sie keine durchschnittliche Ameise mehr.

Man einigte sich schließlich auf zwei ›Zufallskandidaten‹. Ein Polizist und ein Gerichtsdiener wurden losgeschickt, um auf der Straße den erstbesten körperlich in Frage kommenden Passanten anzusprechen und als Mitspieler zu gewinnen. Sie hielten einen ›durchschnittlichen‹ Menschen an: vierzig Jahre alt, braune Haare, kleiner Schnurrbart, geschieden, zwei Kinder. Als sie ihm erklärten, daß er die Menschheit bei einem Spiel vertreten solle, wollte er aus Angst, sich lächerlich zu machen, ablehnen, und der Polizist überlegte schon, ob in einem solchen Fall Gewaltanwendung angebracht sei, als der Gerichtsdiener die glänzende Idee hatte, den Mann mit dem Fernsehen zu locken, das diesen Wettkampf zweifellos am Abend zur besten Sendezeit zeigen würde. Die Vorstellung, seine Nachbarn verblüffen zu können, war so reizvoll, daß der Mann bereitwillig mitkam.

Die Ameise wurde gar nicht erst gefragt, ob sie mitspielen wolle. Man fing einfach die erste Ameise ein, auf die man im Garten des Justizpalastes stieß, und vergewisserte sich nur, daß ihr kein Bein fehlte und daß sie die Fühler frei bewegen konnte.

Das Zubehör für diesen Intelligenztest stand schon im Gerichtssaal bereit. Es handelte sich um zwölf Holzstücke, die man zusammenfügen mußte, um eine rote Glühbirne erreichen zu können. Wer diese Birne als erster berührte, würde ein Klingelsignal auslösen und zum Sieger erklärt werden.

Natürlich hatten die Bausteine für beide Kandidaten dieselbe Form, aber die Größe war sehr verschieden: Das stufenförmige Gebilde des Menschen würde eine Höhe von drei Metern erreichen, das der Ameise – drei Zentimeter.

Um das Insekt für die Arbeit zu motivieren, bestrich der Geschworene die rote Glühbirne mit Honig. Kameras waren auf beide Kandidaten gerichtet, und der Richter gab das Startsignal, indem er mit seinem Elfenbeinhämmerchen auf den Tisch schlug.

Der Mensch hatte schon als Kleinkind mit Bauklötzen gespielt und begann sofort, sie systematisch zusammenzufügen, sehr erleichtert darüber, daß dieser Test so leicht war.

Die aus dem Garten entführte Ameise drehte sich auf dem Podest, das im Terrarium mit den Angeklagten errichtet worden war, verwirrt im Kreis und fand sich bei dem grellen Licht und den fremdartigen Gerüchen zunächst nicht zurecht. Endlich nahm sie den süßen Honigduft wahr, ließ aufgeregt ihre Fühler kreisen und stellte sich auf die vier hinteren Beine, in der vergeblichen Hoffnung, die Glühbirne erreichen zu können.

Der Staatsanwalt erhob keine Einwände, als der Gerichtsdiener dem Insekt die kleinen Bauklötze hinschob, damit es begriff, daß es nur mit ihrer Hilfe zu der Glühbirne gelangen konnte.

Zur allgemeinen Erheiterung begann die Ameise das Holz anzuknabbern, weil es leicht nach Honig roch.

Der Mensch hatte sein Werk schon fast vollendet, als die Ameise immer noch untätig verharrte, wenn man davon absah, daß sie von Zeit zu Zeit vergeblich versuchte, an den Honig heranzukommen, indem sie sich auf die Hinterbeine stellte und mit den Vorderbeinen in der Luft herumfuchtelte.

Als der Mensch nur noch vier Bauklötze aufeinanderstellen mußte, verschwand die Ameise plötzlich vom Podest, und alle dachten, sie hätte aufgegeben, doch plötzlich tauchte sie in Begleitung einer anderen Ameise wieder auf, erklärte ihr etwas mit den Fühlern und kletterte auf sie hinauf.

Die Klingel der Ameise schrillte um eine gute Sekunde früher als die des Menschen.

Im Saal kam es zu Tumulten. Die einen buhten, die anderen applaudierten.

Der Staatsanwalt ergriff das Wort. »Sie haben es alle gesehen – die Ameise hat gemogelt! Sie hat sich von einer anderen Ameise helfen lassen, und das beweist, daß Ameisen keine individuelle, sondern nur eine kollektive Intelligenz besitzen. Allein ist eine Ameise zu nichts imstande.«

»Aber nein«, widersprach Julie ihm energisch. »Die Ameisen haben einfach begriffen, daß man ein Problem zu zweit viel leichter lösen kann als allein. Das war übrigens die Devise unserer ›Revolution der Ameisen‹: 1 + 1 = 3. Gemeinsam erreicht man mehr als nur das Doppelte.«

Der Staatsanwalt lachte höhnisch. »1 + 1 = 3 ist mathematischer Blödsinn, ein Verstoß gegen den gesunden Menschenverstand, eine Beleidigung für jede Logik. Wir Menschen verlassen uns nur auf naturwissenschaftliche Fakten und nicht auf irgendwelche esoterischen Formeln!«

Der Richter verschaffte sich mit seinem Hämmerchen Gehör. »Dieser Intelligenztest hat zu keinem eindeutigen Ergebnis geführt. Wir müssen uns einen anderen ausdenken, bei dem ein einzelner Mensch es wirklich nur mit einer einzelnen Ameise zu tun hat. Das Resultat dieses zweiten Tests wird gerichtlich anerkannt werden, wie auch immer es ausfallen mag.«

Er beauftragte den Gerichtspsychologen, einen völlig objektiven und unanfechtbaren Test auszuarbeiten, und danach gewährte er dem bekanntesten Journalisten des nationalen Fernsehens ein Exklusivinterview.

»Was hier vorgeht, ist hochinteressant, und ich glaube, daß möglichst viele Pariser nach Fontainebleau kommen sollten, um uns Menschen gegen die Ameisen zu unterstützen.«

230. Gedächtnispheromon: Meinung

Registratorin Nr. 10

MEINUNG:

Die Finger sind kaum noch in der Lage, sich eine eigene Meinung zu bilden.

Während alle anderen Tiere eigenständig denken und bei der

Meinungsbildung von persönlicher Beobachtung und Erfahrung ausgehen, denken alle Finger das gleiche, nämlich das, was der Moderator der Zwanzig-Uhr-Nachrichten ihnen suggeriert.

Das könnte man als ›Kollektivgeist‹ der Finger bezeichnen.

231. Man sieht

Der Psychologe dachte lange nach. Er zog Kollegen, Zeitschriftenredakteure und Erfinder von Spielen zu Rate. Welch eine Herausforderung, ein Spiel zu finden, das für Mensch und Ameise gleich gut geeignet war! Und welches Spiel stellte eigentlich die Intelligenz eindeutig unter Beweis?

Natürlich gab es Schach, Go und Dame, aber wie sollte man die Spielregeln einer Ameise erklären? Diese Spiele gehörten zur menschlichen Kultur, genauso wie das Mah-Jongg, Poker und Hüpfspiele. Womit könnten Ameisen spielen?

Der Psychologe dachte an Mikado, weil Ameisen sich die Zweige, die sie für irgend etwas gebrauchen können, geschickt unter den unbrauchbaren heraussuchen, aber Mikado war ein reines Geschicklichkeitsspiel, das keine Intelligenz erforderte.

Womit spielen Ameisen? Sie spielen überhaupt nicht, entschied der Psychologe. Sie erforschen neues Terrain, sie kämpfen, sie beschaffen Nahrung und kümmern sich um ihre Brut. Alle Beschäftigungen haben irgendeinen praktischen Nutzen.

Solche Überlegungen führten dazu, daß der Psychologe sich für das Labyrinth als universelles Spiel entschied, denn jedes Geschöpf, das an einem unbekannten Ort eingesperrt wird, versucht instinktiv, den Weg ins Freie zu finden.

Von der Größenordnung einmal abgesehen, mußten beide Labyrinthe völlig identisch sein, damit Mensch und Ameise die gleichen Schwierigkeiten zu bewältigen hatten.

Das Labyrinth für den Menschen wurde im Hof des Justizpalastes aus Metallplatten aufgebaut und mit Papier verkleidet. Das Labyrinth für die Ameise hatte Papierwände und befand sich in einem großen durchsichtigen Terrarium, zu dem keine andere Ameise Zutritt hatte.

Wie beim letzten Spiel entschied man sich für zwei Zufallskandidaten. Der Polizist und der Gerichtsdiener sprachen auf der Straße einen blonden Studenten an, und die Ameise holte man aus einem Blumentopf am Fenster der Concièrge des Justizpalastes.

Am Ende des Labyrinths mußten die Kandidaten auch diesmal ein rotes Lämpchen berühren, das einen Klingelton auslösen würde, und auch diesmal wurde das Lämpchen für die Ameise mit Honig bestrichen.

Gerichtsdiener und Beisitzer fungierten als Linienrichter. Der Vorsitzende gab das Startsignal, und ein Polizist setzte die Ameise ins Terrarium.

Der Mensch machte sich sofort auf den Weg. Die Ameise saß regungslos da.

An einem fremden Ort durfte man nie überstürzt handeln, das war eine alte Ameisenweisheit. Sie begann sich seelenruhig zu putzen, denn eine andere Weisheit besagte: *An einem fremden Ort muß man seine Sinne schärfen.*

Auf großen Leinwänden im Gerichtssaal konnte man beide Kandidaten beobachten. Julie und ihre Freunde waren sehr beunruhigt, daß die Ameise sich nicht von der Stelle rührte, und auch Nr. 103, Nr. 24 und die anderen gefangenen Ameisen, die das Spiel auf ihrem kleinen Fernseher verfolgen konnten, waren überaus besorgt. Vielleicht hatte man in dem Blumentopf eine besonders dumme Ameise erwischt?

Endlich begann sie, langsam und vorsichtig den Boden um ihre Beine herum zu beschnuppern.

Der Mensch hatte sich in seiner Eile verirrt und war in einer Sackgasse gelandet. Er machte hastig kehrt; weil er nicht wußte, daß die Gegenkandidatin sich noch nicht einmal auf den Weg gemacht hatte, zählte für ihn jede Sekunde.

Die Ameise rückte einige Schritte vor, drehte sich im Kreis und richtete plötzlich die Fühler auf.

Die Ameisen vor dem Bildschirm wußten, was das bedeutete, und auch Julie flüsterte David aufgeregt zu: »Jetzt! Sie hat den Honig gerochen.«

Sofort schlug die Ameise den richtigen Weg ein. Auch der Mensch hatte den richtigen Weg wiedergefunden. Den Zuschauern kam es so vor, als bewegten sich beide Kandidaten gleich schnell, und sie bogen sogar fast gleichzeitig um die gleichen Ecken ihrer jeweiligen Labyrinthe.

»Ich setze auf den Menschen!« rief der Gerichtsschreiber.

»Ich auf die Ameise!« ging der erste Beisitzer auf die Wette ein.

Die Ameise steuerte auf eine Sackgasse zu, und Nr. 103 und die ihren gerieten in helle Aufregung.

»Nein, nein, nicht dorthin!« gaben sie mit Warnpheromonen zu verstehen, doch diese olfaktorische Botschaft konnte die Kandidatin wegen des Plexiglasdeckels nicht wahrnehmen.

Der Mensch bewegte sich ebenfalls auf eine Sackgasse zu, und seine Anhänger stöhnten: »O nein, nicht dorthin!« Aber auch er konnte diese Warnung nicht hören.

Beide Kandidaten blieben unschlüssig stehen.

Schließlich ging der Mensch in die richtige Richtung. Die Ameise entschied sich für die Sackgasse.

Die Anhänger des Menschen waren zuversichtlich. Ihr Kandidat mußte nur noch um zwei Ecken biegen, dann war er am Ziel.

Erbost darüber, sich in einer Sackgasse im Kreis zu drehen, tat die Ameise plötzlich etwas völlig Unerwartetes: sie kletterte an der Papierwand hoch. Vom Honigduft angelockt, rannte sie geradewegs auf das rote Lämpchen zu, wobei sie die Mäuerchen wie bei einem Hindernislauf einfach übersprang. Sie stürzte sich gierig auf den Honig und löste dadurch den Klingelton aus.

Die Menschen auf der Anklagebank jubelten genauso wie die Ameisen im Terrarium, die sich mit den Fühlern berührten, um den Sieg ihrer Artgenossin zu feiern.

Der Staatsanwalt sprang erregt auf und eilte auf den Richtertisch zu. »Sie hat geschummelt! Sie hat genauso geschummelt wie die beim letzten Spiel. Sie durfte nicht über die Mauern klettern.«

»Nehmen Sie bitte wieder Platz«, ermahnte ihn der Richter.

»Nein, sie hat nicht geschummelt!« rief Julie. »Sie hat nur ihre originelle Denkweise genutzt. Es galt ein Ziel zu erreichen, und sie hat es erreicht und damit ihre Intelligenz bewiesen. Von einem Verstoß gegen die Spielregeln kann keine Rede sein, denn es bestand kein Verbot, über die Mauern zu klettern.«

»Dann hätte der Mensch es also auch tun dürfen?« fragte der Staatsanwalt.

»Selbstverständlich. Er hat verloren, weil es ihm gar nicht in den Sinn kam, daß es auch eine andere Möglichkeit geben könnte als den Weg durch die Gänge. Er glaubte, sich an Regeln halten zu müssen, die in Wirklichkeit gar nicht existierten. Die Ameise hat gewonnen, weil sie mehr Fantasie besaß, das ist alles. Man muß auch ein guter Verlierer sein können, Herr Staatsanwalt.«

232. Enzyklopädie

Bambi-Syndrom: Liebe kann manchmal genauso gefährlich sein wie Haß. In den Naturparks von Europa und Nordamerika stößt der Besucher oft auf Rehkitze, die einsam und verlassen zu sein scheinen, obwohl ihre Mutter in Wirklichkeit immer in der Nähe ist. Jeder Mensch fühlt sich zu diesem zutraulichen Geschöpf, das wie ein großes Plüschtier aussieht, hingezogen und will es streicheln. Es ist eine zärtliche Geste, und doch ist sie für das Kitz tödlich, denn in den ersten Wochen erkennt die Mutter ihr Kleines nur am Geruch, und sobald der Mensch das weiche Fell berührt, hinterläßt er dort seine eigenen Gerüche. Dadurch vernichtet er die olfaktorische ›Identitätskarte‹

des Kitzes, das daraufhin von seiner ganzen Familie im Stich gelassen wird und unweigerlich verhungert. Man nennt diese mörderische Liebkosung das ›Bambi-Syndrom‹ oder auch das ›Walt-Disney-Syndrom‹.

EDMOND WELLS,
Enzyklopädie des relativen und absoluten Wissens, Band III

233. Allein unter Bäumen

Kommissar Maximilien Linart ertrug den Spektakel im Gerichtssaal einfach nicht mehr. Er ging nach Hause.

Die Tür fiel hinter ihm sehr laut ins Schloß. Während er seinen Hut auf die Garderobe warf und sein Jackett auszog, kam die Familie zur Begrüßung angelaufen.

Seine Frau Scynthia und seine Tochter Marguerite wurden ihm immer mehr zuwider. Begriffen sie denn gar nicht, was vor sich ging? War ihnen nicht klar, welch enormen Einsatz dieser Prozeß erforderte?

Marguerite kehrte rasch in den Salon zurück und stellte den Fernseher auf Kanal 622 ein, wo soeben die ›Denkfalle‹ begann. Das Rätsel lautete immer noch: »Ich erscheine zu Beginn der Nacht und am Ende des Morgens. Man kann mich zweimal im Jahr sehen, und man erkennt mich sehr gut, wenn man den Mond betrachtet. Wer bin ich?«

Die Lösung fiel Maximilien von einer Sekunde auf die andere ein. Es konnte sich nur um den Buchstaben ›N‹ handeln.*

Er lächelte zufrieden. Sein scharfes Denkvermögen war ihm also nicht abhanden gekommen. Es gab kein Rätsel, das er auf Dauer nicht lösen konnte. Ihm war soeben ein Zeichen gegeben worden.

Zwei kühle Hände legten sich über seine Augen. »Rate mal, wer das ist?«

---

* Dieses Rätsel bezieht sich auf die französische Sprache, wo Jahr ›l'année‹ heißt, somit also zwei ›N‹ enthält.

Er riß die Hände grob weg. Seine Frau sah ihn überrascht an.

»Was ist los, Liebling, was hast du? Bist du überarbeitet?«

»Nein. Mein Kopf ist völlig klar. Aber mit euch vergeude ich nur meine Zeit. Ich habe enorm wichtige Dinge zu erledigen, die für die ganze Menschheit von größter Bedeutung sind.«

Scynthia sah ihn besorgt an. »Aber, Liebling ...«

Maximilien sprang auf und brüllte nur ein einziges Wort: »Hinaus!«

Mit blutunterlaufenen Augen deutete er auf die Tür.

»Nun gut, wenn du dich so aufführst ...«, murmelte Scynthia ängstlich.

Maximilien schlug die Tür seines Arbeitszimmers zu und schloß sich mit MacYavel ein. Er wollte mit Hilfe von *Evolution* herausfinden, wie sich eine Ameisenzivilisation entwickeln würde, wenn sie über die Technologie der Menschen verfügte.

Die Haustür wurde geöffnet und geschlossen, und er wischte sich mit einem karierten Taschentuch den Schweiß von der Stirn. Uff, endlich war er von diesen beiden Nervensägen befreit! Computer hatten wirklich Glück, daß es in ihrer Welt keine Weiber gab.

MacYavel trieb das Spiel voran. Innerhalb von zwanzig Minuten zogen tausend Jahre einer Ameisenzivilisation, die über das reiche Wissen der Menschen verfügte, an ihm vorüber, und die Resultate waren noch viel erschreckender, als er es sich vorgestellt hatte.

Maximilien wußte, daß er nicht länger ein passiver Beobachter bleiben durfte. Er mußte zur Tat schreiten, ganz egal, um welchen Preis.

Unverzüglich machte er sich an die Arbeit.

234. Paradoxe Sonne

Bevor die Verhandlung fortgesetzt wird, beschließen Prinzessin Nr. 103 und Prinz Nr. 24, sich im Terrarium zu paaren. Die grellen Fernsehscheinwerfer üben auf ihre Sexualhormone eine ähnliche Wirkung aus wie die Frühlingssonne. Beide sind sehr erregt, und alle anderen Ameisen ermutigen sie, den Versuch zu wagen.

Die Prinzessin fliegt hoch und beginnt, zwischen den Glaswänden ihres Gefängnisses Kreise zu ziehen. Der Prinz nimmt ihre Verfolgung auf.

Natürlich ist das nicht so romantisch wie im Wald unter duftenden Bäumen, aber die beiden Insekten sind überzeugt, daß für sie bald alles vorbei sein wird. Wenn sie sich nicht hier und jetzt vereinigen, könnte es zu spät sein.

Nr. 103 fliegt so schnell, daß der Prinz sie nicht einholen kann. Er muß sie bitten, ihr Tempo zu verlangsamen.

Endlich ist er über ihr, klammert sich an ihrem Hinterleib fest und bemüht sich nach Kräften, den Akt zu vollziehen. Die Prinzessin achtet in ihrer Erregung nicht darauf, wohin sie fliegt, und prallt gegen eine Glaswand. Dadurch wird der Prinz weggeschleudert und muß wieder ganz von vorne anfangen.

Die Prinzessin hat sich zwar immer über das seltsame Paarungsverhalten der Finger lustig gemacht, aber in diesem Augenblick wäre es ihr lieber, wenn sie sich mit ihrem Partner einfach auf dem Boden wälzen könnte. Das dürfte viel weniger Schwierigkeiten bereiten als eine Vereinigung im Fliegen.

Prinz Nr. 24 ist schon ziemlich müde, als es ihm beim dritten Versuch endlich gelingt, ans Ziel seiner Wünsche zu gelangen. Das löst bei beiden Insekten ungeahnt intensive Empfindungen aus, und unwillkürlich fügen sie nun auch ihre Fühler zusammen, um nicht nur körperlich, sondern auch im Geist vereint zu sein.

In ihren winzigen Gehirnen werden psychedelische Bilder erzeugt und ausgetauscht.

Um nicht wieder gegen eine Wand zu prallen, beschreibt Nr. 103 jetzt nur wenige Zentimeter vom Plexiglasdeckel entfernt kleine konzentrische Kreise in der Mitte des Terrariums.

Die psychedelischen Bilder gehen hauptsächlich von der Prinzessin aus, die sich an die romantischen Szenen in *Vom Winde verweht* erinnert.

Die Ameisenkultur ist zwar reich an Mythen, aber es gibt nichts, was mit *Vom Winde verweht* zu vergleichen wäre, denn bei Insekten dient die Vereinigung einzig und allein der Fortpflanzung. Doch Nr. 103 hat begriffen, daß ihre Gefühle dem Prinzen jene geheimnisvolle ›Liebe‹ der Finger nahebringen und deshalb beschwört sie Bilder aus der Welt der Finger herauf, um die Paarung noch lustvoller zu gestalten.

Die anderen beobachten das Liebespaar bewundernd und spüren, daß dort oben etwas Neuartiges geschieht. Nr. 10 legt sogar eine ›mythologische Pheromonakte‹ über diese romantische Szene an.

Doch plötzlich fühlt der Prinz sich gar nicht mehr wohl. Seine Fühler zucken, und sein Herz schlägt immer schneller.

Pamm ... pamm, pamm, pamm, pamm, pamm ... pamm!

Pamm, pamm, pamm.

Der Richter klopfte dreimal auf den Tisch. Die Verhandlungspause war vorüber.

»Meine Damen und Herren Geschworenen, nehmen Sie bitte wieder Platz.«

Er informierte die Geschworenen, daß die Ameisen als intelligente Wesen schuldfähig seien und daß sie – die Geschworenen – deshalb auch über das Strafmaß für Nr. 103 und deren Komplicen nachdenken müßten.

»Das verstehe ich nicht!« rief Julie. »Die Ameise hat doch gewonnen.«

»Ja«, erwiderte der Richter, »aber dieser Sieg beweist nur die Intelligenz, nicht aber die Unschuld der Ameisen. Die Anklage hat das Wort.«

Der Staatsanwalt erhob sich. »Meine Damen und Herren Geschworenen, ich kann Ihnen Unterlagen zeigen, aus denen eindeutig hervorgeht, daß Ameisen die Feinde des Menschen sind. Beispielsweise ist es in Florida zu einer regelrechten Invasion von Feuerameisen gekommen.«

Arthur stand auf: »Sie vergessen zu erwähnen, daß man dieser Feuerameisen mit Hilfe einer anderen Ameisengattung, der *Solenopsis daugerri,* sehr schnell Herr geworden ist. Diese Gattung vermag die Pheromone einer Königin der Feuerameisen nachzuahmen und täuscht auf diese Weise die Arbeiterinnen, die ihre eigene Königin verhungern lassen, um die *Solenopsis daugerri* zu ernähren. Die Menschen brauchen sich also nur mit bestimmten Ameisenarten zu verbünden, um andere ausrotten zu können ...«

Der Staatsanwalt fiel Arthur ins Wort und ging auf die Geschworenen zu.

»Wir werden die Insekten nicht los, indem wir ihnen unsere Geheimnisse verraten«, beschwor er sie. »Ganz im Gegenteil – wir müssen diese Ameisen, die schon viel zuviel wissen, schleunigst eliminieren, bevor sie ihre Kenntnisse an Artgenossen weitergeben können.«

Im Terrarium hält die Ekstase weiter an. Das Liebespaar kreist immer schneller, so als wäre es in einen Wirbelsturm geraten. Das Herz des Prinzen schlägt immer unregelmäßiger. Ihm wird schwarz vor Augen.

Der Staatsanwalt war mit seinen Ausführungen fast am Ende. »Für die sogenannten Revolutionäre beantrage ich wegen Sachbeschädigung und Störung der öffentlichen Ordnung eine sechsmonatige Haftstrafe ohne Bewährung. Für die sogenannten Pyramidenbewohner beantrage ich wegen Beihilfe zum Mord eine Haftstrafe von sechs Jahren ohne Bewährung. Und für Prinzessin Nr. 103 und ihre Komplicen beantrage ich wegen der Ermordung von drei Polizisten die – Todesstrafe!«

Im Publikum wurde Unmut laut. Der Richter schlug automatisch mit seinem Hämmerchen auf den Tisch. »Darf ich meinen Kollegen von der Staatsanwaltschaft daran erinnern, daß die Todesstrafe in unserem Land seit langem abgeschafft ist!«

»Für Menschen, Herr Vorsitzender, für Menschen! Ich habe gründlich recherchiert. Es gibt kein Gesetz, das die Todesstrafe für Tiere verbietet. Man schläfert Hunde ein, die Kinder beißen. Man tötet Füchse, die Tollwut übertragen. Und wer von uns könnte von sich behaupten, noch nie im Leben eine Ameise zerquetscht zu haben?«

Alle mußten zugeben, daß der Staatsanwalt recht hatte. Wer hatte noch nie eine Ameise getötet, und sei es auch nur aus Unachtsamkeit?

»Staatsbürgerliches Pflichtbewußtsein und das Recht auf Verteidigung legitimieren die Todesstrafe für Nr. 103 und ihre Gefährtinnen, denn die in der Pyramide beschlagnahmten Dokumente beweisen eindeutig, daß sie einen großen Kreuzzug gegen uns unternommen haben. Möge die Natur wissen, daß alle Arten, die dem Menschen Schaden zufügen wollen, ihr Leben riskieren!«

Prinz Nr. 24 richtet seine Fühler auf. Die Prinzessin spürt es, aber ihre Lust ist so groß, daß sie keine Rücksicht auf ihren Partner nehmen kann. Sie ist jetzt keine Prinzessin mehr – sie ist Königin!

Dem Prinzen geht es immer schlechter. Sein Herz bleibt stehen. Er schlägt noch einmal mit den Flügeln und ...

Der Vorsitzende erteilte der Verteidigung das Wort, und Julie rief all ihre Neuronen zu Hilfe.

»Was hier abläuft, ist kein Prozeß wie jeder andere. Uns bietet sich hier die einmalige Gelegenheit, eine nichtmenschliche Denkweise kennenzulernen. Wenn es uns nicht gelingt, einen Pakt mit den Ameisen zu schließen, die auf demselben Planeten wie wir leben – wie wollen wir dann eines Tages mit Außerirdischen Kontakt aufnehmen?«

Die Lust war viel zu intensiv. Prinz Nr. 24 hat seinen Samen kaum in das Weibchen ergossen, als er auch schon stirbt und dabei explodiert. Bruchstücke seines Chitinpanzers fallen auf die Ameisen am Boden.

Julie hatte den Eindruck, als würde Edmond Wells mit ihrer Stimme sprechen.

»Die Ameisen könnten sich als Trampolin für unsere eigene Evolution erweisen. Anstatt sie zu vernichten, sollten wir uns endlich mit ihnen verbünden. Wir beherrschen die Welt in der Höhe, sie ihre Umwelt in der Höhe von einem Zentimeter. Arthur hat bewiesen, daß sie mit ihren Mandibeln winzige Gegenstände besser als jeder noch so geschickte Uhrmacher herstellen können. Warum sollten wir auf so wertvolle Mitarbeiter verzichten?«

Prinzessin Nr. 103 bemerkt endlich, was passiert ist, und landet in Panik.

»Es wäre ungerecht, uns zu verurteilen, nur weil wir zur Evolution der Menschheit beitragen wollten«, fuhr Julie fort. »Und noch viel ungerechter wäre es, die Ameisen zu töten.«

Im Fallen hat die Königin ihre Flügel verloren.

Der Tod des Prinzen und der Verlust ihrer Flügel sind der Preis, den jede Ameisenkönigin bezahlen muß.

»Indem Sie uns freisprechen und diese unschuldigen Insekten freilassen, können Sie zeigen, daß der Weg, den wir eingeschlagen haben, durchaus Aufmerksamkeit verdient. Ob es uns nun gefällt oder nicht – die Ameisen sind …«

Julie verstummte mit offenem Mund, ohne ihren Satz zu beenden.

235. Enzyklopädie

Die Macht der Ziffern: 1 2 3 4 5 6 7 8 9 10

Nur durch ihre Form erzählen uns die Ziffern die Evolution des Lebens. Alles, was gebogen ist, symbolisiert die Liebe. Alles, was gerade ist, symbolisiert Zuneigung. Alles, was gekreuzt ist, symbolisiert Schicksalsprüfungen. Schauen wir uns die Ziffern einzeln an.

0: Das ist die Leere. Das geschlossene Ei.
1: Das ist das mineralische Stadium. Nur ein Strich. Das ist Unbeweglichkeit. Das ist der Anfang. Sein, einfach sein, hier und jetzt, ohne zu denken. Das ist die erste Bewußtseinsebene. Etwas ist da, aber ohne zu denken.
2: Das ist das pflanzliche Stadium. Der untere Teil besteht aus einem Strich, folglich ist die Pflanze an die Erde gebunden. Sie kann sich nicht von der Stelle bewegen, sie ist eine Sklavin der Erde. Der obere Teil ist jedoch gebogen. Die Pflanze liebt den Himmel und das Licht, und für sie macht sich die Blüte in der oberen Hälfte der Pflanze schön.
3: Das ist das tierische Stadium. Es gibt keine Striche mehr. Das Tier hat sich von der Erde gelöst. Es kann sich bewegen. Die Drei besteht aus zwei Krümmungen, liebt also oben und unten. Das Tier ist Sklave seiner Gefühle. Es liebt, es liebt nicht. Der Egoismus ist seine Haupteigenschaft. Das Tier ist sowohl Räuber als auch Beute. Es hat ständig Angst. Wenn es nicht seinen Bedürfnissen gehorcht, stirbt es.
4: Das ist das menschliche Stadium. Das ist die Ebene über dem Mineral, der Pflanze und dem Tier. Die Vier ist die erste gekreuzte Ziffer. Der Mensch steht an einem Kreuzweg. Wenn es ihm gelingt, sich zu verändern, erreicht er die obere Welt. Er besitzt einen freien Willen und kann deshalb aus der Sklaverei seiner Gefühle ausbrechen. Entweder er kommt seiner Bestimmung nach, oder er tut es nicht. Weil er die freie Wahl hat, braucht er seine Mission – die Eroberung der Freiheit und die Be-

herrschung seiner Emotionen – nicht zu erfüllen. Es steht ihm frei, ob er Tier bleiben oder sich weiterentwikkeln will. Vor dieser Entscheidung steht die heutige Menschheit.
5: Das ist das spirituelle Stadium, das Gegenteil der Zwei. Der Strich befindet sich bei der Fünf oben, er ist mit dem Himmel verbunden. Die Fünf besteht im unteren Teil aus einer Krümmung: sie liebt die Erde und ihre Bewohner. Es ist ihr gelungen, sich vom Boden zu lösen, nicht aber vom Himmel. Sie hat den Kreuzweg der Vier überwunden, schwebt aber in der Luft.
6: Das ist eine Krümmung ohne Ecken und ohne gerade Striche. Das ist die totale Liebe. Sie ist fast spiralförmig und strebt dem Unendlichen zu. Sie hat sich vom Himmel und von der Erde befreit, von jeglicher Bindung. Die Sechs befindet sich in ständiger Vibration, aber sie muß noch eines vollbringen: den Übergang in die schöpferische Welt. Die Sechs ist außerdem die Form des Fötus.
7: Das ist die Ziffer des Übergangs, eine umgekehrte Vier. Wir stehen wieder an einem Kreuzweg. Der Zyklus der materiellen Welt ist abgeschlossen, wir müssen zum nächsten Zyklus übergehen.
8: Das ist die Unendlichkeit. Wenn man sie schreibt, hört man nie damit auf.
9: Die Neun ist die Umkehrung der Sechs. Der Fötus tritt den Weg in die Realität an. Die Geburt der Welt.
10: Das ist die Null des ursprünglichen Eis, aber auf höherer Ebene. In dieser neuen Dimension steht die Null am Anfang eines weiteren Zyklus von Ziffern.

Jedesmal, wenn man eine Ziffer schreibt, gibt man diese Weisheit weiter.

EDMOND WELLS,
Enzyklopädie des relativen und absoluten Wissens, Band III

236. Unterschiedliches Wahrnehmungsvermögen

Julie war verstummt, weil sie auf der Leinwand plötzlich Kommissar Linar in Großaufnahme gesehen hatte.

Dicht vor dem Objektiv seiner Videokamera war Maximilien mit fiebrigem Blick und verklärtem Lächeln damit beschäftigt, Ameisen zu köpfen. Er benutzte dazu eine Nagelschere, und jedesmal war ein leises Klicken zu hören.

»Was ist los? Was soll diese Farce?« rief der Richter.

Der Gerichtsschreiber flüsterte ihm etwas ins Ohr. Maximilien hatte sich in seinem Haus eingeschlossen und übermittelte diese makabre Szene mit Hilfe einer Videokamera und seines Computers.

Nachdem er mindestens hundert Ameisen enthauptet hatte, legte der Kommissar eine Pause ein und fegte die Leichen mit der Hand in einen Papierkorb.

Er griff nach einem Manuskript, blickte in die Kamera und verlas folgenden Text:

»Meine Damen und Herren, dies ist eine sehr ernste Stunde. Unsere Welt, unsere Zivilisation, unsere Gattung sind vom Verschwinden bedroht. Ein schrecklicher Feind steht auf unserer Schwelle. Wer bringt uns dermaßen in Gefahr? Die andere große Zivilisation auf unserem Planeten – die Ameisen! Ich habe beobachtet, welchen Einfluß sie auf Menschen ausüben können, und ich habe mit Hilfe eines Computersimulators gesehen, was passieren würde, wenn die Ameisen Zugang zu unserem technologischen Wissen hätten.

Aufgrund ihrer zahlenmäßigen Übermacht und ihrer Kommunikationsweise würden sie nur hundert Jahre benötigen, um uns zu versklaven.

Ich weiß, meine Damen und Herren, daß das vielen von Ihnen absurd vorkommen wird. Aber wir dürfen dieses Risiko nicht eingehen.

Wir müssen die Ameisen vernichten, speziell jene ›zivilisierten‹ Ameisen, die den Wald von Fontainebleau zu ihrem Herrschaftsgebiet gemacht haben. Einige von Ihnen finden diese Ameisen sehr sympathisch, und viele glauben, daß sie uns helfen und sogar belehren könnten, aber sie irren sich gewaltig.

Die Ameisen sind die schlimmste Geißel der ganzen Menschheitsgeschichte. Eine einzige Ameisenstadt bringt jeden Tag – proportional gesehen – mehr Tiere um als ein ganzer Menschenstaat.

Alle besiegten Arten behandeln sie wie den letzten Dreck. Beispielsweise schneiden sie den Blattläusen die Flügel ab, um sie leichter melken zu können. Und nach den Blattläusen wären zweifellos eines Tages auch wir an der Reihe.

Nachdem ich mir der Gefahr bewußt geworden bin, die intelligente Ameisen für die Menschheit darstellen, habe ich, Maximilien Linart, als Repräsentant der Menschen beschlossen, jenen Teil des Waldes von Fontainebleau zu vernichten, wo es wegen der Unbesonnenheit einer kleinen Menschengruppe von Ameisen wimmelt, die mit unserer Technologie vertraut sind. Und wenn es sich nicht vermeiden läßt, werde ich den ganzen Wald in Flammen aufgehen lassen.

Ich habe gründlich überlegt und an die Zukunft gedacht. Wenn wir diese 26 000 Hektar Wald nicht sofort beseitigen, werden wir eines Tages alle Wälder der ganzen Welt vernichten müssen. Zur Stunde genügt es noch, eine kleine Amputation vorzunehmen, um Wundbrand zu verhindern.

Die Bibel lehrt uns, daß Adam der Versuchung, einen Apfel vom Baum der Erkenntnis zu essen, hätte widerstehen müssen. Eva hat ihn dazu verführt, und die ganze Menschheit mußte unter den Folgen dieser Wißbegier leiden. Aber wir können immerhin die Ameisen daran hindern, dieser ansteckenden Krankheit zu verfallen.

Ich habe in jenem Waldgebiet, das durch die Ideen dieser degenerierten Nr. 103 vergiftet wurde, Brandbomben versteckt. Niemand kann mich aufhalten. Mein Haus ist verbarrikadiert, und die Zündung der Brandbomben wird von meinem Computer kontrolliert, dessen Programm jedem Zugriff entzogen ist, weil ich mich nach dieser Botschaft vom Internet abkoppeln werde.

Ich wiederhole – es ist sinnlos, mich an der Durchführung meines Projekts hindern zu wollen. Wenn ich nicht alle fünf Stunden einen Code in meinen Computer eingebe, explodiert alles – sowohl mein Haus als auch jenes Waldgebiet.

Zu verlieren habe ich nichts mehr. Ich opfere mein Leben für die Menschheit. Heute regnet es, und ich werde auf sonniges Wetter warten, um den Waldbrand auszulösen. Sollte ich bei einem unüberlegten Angriff ums Leben kommen, so möge die Menschheit dies als mein Testament betrachten –, und ein anderer möge die Fackel weitertragen.«

Journalisten gaben diese sensationelle Nachricht sofort an ihre Redaktionen durch, und wildfremde Menschen kamen im Gerichtssaal plötzlich miteinander ins Gespräch.

Präfekt Dupeyron, der sich zur Urteilsverkündung eingefunden hatte, nahm das Büro des Richters in Beschlag und wählte die Nummer des Kommissars, wobei er inbrünstig hoffte, daß dieser sein Telefon nicht aus der Steckdose gezogen hatte.

Zum Glück nahm Linart nach dem ersten Klingeln den Hörer ab.

»Um Himmels willen, was ist nur in Sie gefahren, Maximilien?«

»Worüber beschweren Sie sich, Herr Präfekt? Sie wollten den Japanern doch die Möglichkeit geben, mitten im Wald ein Hotel zu errichten – nun, dem wird bald nichts mehr im Wege stehen. Sie hatten völlig recht – das schafft Arbeitsplätze.«

»Aber doch nicht auf diese spektakuläre Art und Weise, Maximilien! Ich wollte das ganz diskret machen …«

»Indem ich diesen verdammten Wald niederbrenne, rette ich die ganze Menschheit!«

Der Präfekt hatte eine trockene Kehle und feuchte Hände. »Sie sind verrückt geworden«, seufzte er.

»Das werden anfangs viele Leute denken«, erwiderte der Kommissar, »aber eines Tages wird man mich verstehen und mir als Retter der Menschheit Denkmäler errichten.«

»Aber warum wollen Sie diese Ameisen denn um jeden Preis ausrotten?«

»Haben Sie mir nicht zugehört?«

»Doch, doch, ich habe Ihnen zugehört. Sie haben Angst vor der Konkurrenz dieser intelligenten Tiere.«

»Ja.«

Der Präfekt suchte verzweifelt nach Argumenten, die den Kommissar von seinem Vorhaben abbringen könnten. »Können Sie sich vorstellen, was geschehen wäre, wenn die Dinosaurier alle Säugetiere systematisch ausgerottet hätten, weil sie befürchteten, eines Tages von kleineren, aber übermächtigen Arten versklavt zu werden?«

»Sie haben den Nagel auf den Kopf getroffen, Herr Präfekt! Die Dinosaurier hätten uns vernichten sollen. Es hätte einen heroischen Dinosaurier geben müssen, der – wie ich – begriffen hätte, was langfristig geschehen würde. Vielleicht könnten sie dann heute noch leben.«

»Aber sie waren viel zu groß, viel zu schwerfällig ...«

»Und wir? Vielleicht werden die Ameisen uns eines Tages auch viel zu groß und schwerfällig finden. Und was werden sie dann tun, wenn wir ihnen die Möglichkeit dazu lassen?«

Mit diesen Worten legte er den Hörer auf.

Die Situation schien aussichtslos zu sein. Alle blickten zum Himmel empor, weil sie wußten, daß der Wald niederbrennen würde, sobald es aufhörte, zu regnen.

Nur ein Mensch murmelte vor sich hin: »Ich habe eine Idee ...«

237. Enzyklopädie

Erpressung: Es gibt nur eine einzige Möglichkeit, in einem ohnehin schon sehr reichen Land neue Reichtümer anzuhäufen: Erpressung.

So lügt beispielsweise der Kaufmann: »Das ist der allerletzte vorrätige Artikel, und wenn Sie ihn nicht sofort kaufen, habe ich schon einen anderen Interessenten«, und auf höchster Ebene behauptet die Regierung: »Ohne das umweltverschmutzende Benzin werden uns im nächsten Winter die finanziellen Mittel fehlen, um die gesamte Bevölkerung mit Heizenergie zu versorgen.«

Die Angst, etwas zu verpassen oder einer notwendigen Entwicklung im Wege zu stehen, führt zu überflüssigen Ausgaben.

EDMOND WELLS,
Enzyklopädie des relativen und absoluten Wissens, Band III

238. Eine unmittelbar bevorstehende Implosion

Es regnete den ganzen Samstag, doch am Abend war der Sternenhimmel zu sehen, und die Meteorologen sagten für den Sonntag schönes Wetter bei starkem Wind voraus.

Maximilien war nicht besonders gläubig, aber in diesem Fall glaubte er, Gott auf seiner Seite zu haben. Mit dem befriedigenden Bewußtsein, eine wichtige Mission erfüllen zu können, schlief er ein.

Die Türen waren verriegelt, die Jalousien geschlossen. Trotzdem drang nachts ein Besucher ins Arbeitszimmer des Kommissars ein und suchte nach dem Computer. Das Gerät war eingeschaltet; es würde die Bomben zünden, wenn der Code nicht rechtzeitig eingegeben wurde. Der Besucher wollte es außer Gefecht setzen, warf aber in seiner Hast einen Gegenstand um. Maximilien schreckte aus seinem leichten Schlaf hoch. Er hatte mit einem Angriff in letzter Minute gerechnet und schoß sofort auf den Besucher. Der laute Knall hallte im Zimmer wider.

Der Eindringling duckte sich vor der Kugel, ebenso vor der zweiten.

Der Kommissar ersetzte die abgeschossenen Patronen in

seinem Revolver, der Besucher beschloß, sich irgendwo zu verstecken, er flüchtete in den Salon und kletterte hinter die Vorhänge. Maximilien schoß wieder, aber die Kugeln sausten am Kopf des Störenfrieds vorbei.

Der Kommissar schaltete alle Lampen im Salon ein. Der Besucher flüchtete hinter einen Sessel mit hoher Lehne, der gleich darauf von mehreren Schüssen durchlöchert wurde.

Wo gab es einen sicheren Zufluchtsort?

Der Aschenbecher! Der Eindringling verbarg sich zwischen einem kalten Zigarrenstummel und dem Rand. Maximilien hob Kissen, Vorhänge und Teppiche hoch, konnte aber niemanden entdecken.

Königin Nr. 103 schöpfte Atem und putzte ihre Fühler. Normalerweise war eine Königin viel zu wertvoll, um ihr Leben so leichtsinnig aufs Spiel zu setzen. Eigentlich sollte sie jetzt ruhen, um demnächst ihre ersten Eier ablegen zu können, aber sie hatte eingesehen, daß nur sie diese Aufgabe ausführen konnte, weil keine andere Ameise die Welt der Finger so gut kannte. Nur deshalb hatte sie eingewilligt, ihr Leben zu riskieren; andernfalls würde der Wald mit all seinen Ameisenstädten vernichtet werden.

Maximilien sah ein, daß sein Revolver keine geeignete Waffe war. Im Küchenschrank fand er ein Insektizid, das er im ganzen Salon versprühte. Zum Glück verfügten die winzigen Lungen der Ameise über große Luftvorräte. Zehn Minuten konnte sie durchaus in diesem verpesteten Zimmer bleiben, aber natürlich durfte sie keine Zeit verlieren.

Königin Nr. 103 machte sich aus dem Staub.

Maximilien dachte, daß der Präfekt mit seiner Weisheit wirklich am Ende sein mußte, wenn er eine Ameise zu Hilfe rief. Plötzlich ging das Licht aus. Wie war das möglich? Eine winzige Ameise hatte doch gar nicht die Kraft, auf einen Schalter zu drücken.

Offenbar war sie irgendwie in den Zählerkasten eingedrungen und hatte den Stromkreis unterbrochen. Konnte ein Insekt wissen, welche Leitung man durchtrennen mußte?

»Man darf seinen Gegner nie unterschätzen«, predigte

er den Polizeischülern stets, und er selbst hatte soeben diesen Fehler begangen, nur weil sein Feind tausendmal kleiner war als er selbst.

In einer Kommodenschublade fand er eine Halogentaschenlampe, und als er in den Zählerkasten schaute, stellte er fest, daß eine Leitung tatsächlich mit Mandibeln zerschnitten worden war.

Nur eine einzige Ameise war zu so etwas imstande: Nr. 103, diese degenerierte Königin!

Mit ihrem ausgeprägten Geruchssinn und der Fähigkeit, Infrarot sehen zu können, war Nr. 103 nun im Vorteil, doch leider war es eine mondhelle Nacht, und der Kommissar öffnete einfach die Jalousien. Blauviolettes Licht flutete ins Zimmer.

Die Königin wußte, daß sie sich beeilen mußte. Sie kehrte ins Arbeitszimmer zurück, wo der Computer stand. Der weibliche Finger namens Francine hatte ihr gezeigt, daß sie durch das Belüftungsgitter des Geräts ins Innere gelangen konnte. Hier war die Festplatte, da das Motherboard. Sie sprang über Kondensatoren, Transistoren, Widerstände und Potentiometer hinweg. Um sie herum vibrierte alles.

Nr. 103 spürte, daß sie sich auf feindlichem Gebiet befand. MacYavel war sich ihrer Gegenwart bewußt. Er hatte zwar keine Augen, aber er nahm die winzigen Kurzschlüsse wahr, die das Insekt mit seinen Beinen verursachte.

Hätte MacYavel Hände gehabt, hätte er die Königin damit zerquetscht.

Hätte er einen Magen gehabt, so hätte er sie verschlungen.

Hätte er Zähne gehabt, hätte er sie zerkaut.

Doch der Computer war nur eine leblose Maschine. Nr. 103 rief sich den Stromkreis ins Gedächtnis, den Francine ihr eingeprägt hatte, als sie plötzlich durch das Belüftungsgitter hindurch die riesigen Augen ihres Feindes sah.

Maximilien erkannte die gelbe Markierung auf ihrer Stirn und versprühte sein Insektizid. Die Ameise begann zu husten, und als eine zweite Giftwolke sie einhüllte, wurde die Lage unerträglich.

Luft, schnell!

Sie entkam durch einen Spalt, flüchtete wieder in den Salon und versteckte sich unter einem Teppich. Der Teppich wurde hochgehoben. Sie hastete unter einen Sessel. Der Sessel wurde verschoben. Sie hetzte zwischen Schuhen hindurch, gejagt von zehn Fingern. Der Nylondschungel eines dichten Teppichbodens bot ihr vorübergehend Schutz.

Die Königin bewegte ihre Fühler. Es roch nach Kohle. Sie rannte auf einen vertikalen Tunnel zu, der ihr ein ausgezeichnetes Versteck zu sein schien, doch unterwegs wurde sie vom Strahl der Taschenlampe erfaßt.

»Du bist im Kamin, Nr. 103, und diesmal entkommst du mir nicht, du verdammte Ameise!« rief Maximilien und leuchtete den Innenraum ab.

Die Königin kletterte in den Schacht, wobei sie Ruß aufwirbelte.

Maximilien wollte sie wieder mit Gift besprühen, aber die Dose war leer. Er beschloß, ihr in den Kamin zu folgen, der im unteren Teil so breit war, daß ein Erwachsener bequem Platz darin hatte. Bevor er dieses verfluchte Insekt nicht zerquetscht hatte, würde er keine Ruhe finden.

Mit den Fingern klammerte er sich an den alten Steinen fest und suchte mit den Füßen nach einem Halt. Wie ein Alpinist hangelte er sich den dunklen Schacht hinauf. Damit hatte Nr. 103 nicht gerechnet. Sie flüchtete etwas höher. Die Finger, die sie erbarmungslos verfolgten, rochen durchdringend nach Kastanienöl – der übliche Geruch der Finger.

Maximilien keuchte. Für solche Kletterpartien war er eigentlich schon zu alt. Mit einer Hand in die Wand gekrallt, leuchtete er den Tunnel ab und glaubte winzige Fühler zu sehen, die ihn zu verhöhnen schienen. Er schob sich noch einige Zentimeter höher. Der Kamin wurde so eng, daß er seine Schultern kaum noch hindurchzwängen konnte, aber er war fest entschlossen, die Ameise zur Strecke zu bringen.

Nr. 103 hatte sich in eine Ritze zwischen zwei Ziegeln

geflüchtet, begriff aber, daß das ein großer Fehler gewesen war, denn nun saß sie in der Falle, und schon schob sich ein Finger in ihr Versteck, gefolgt von einem zweiten.

»Jetzt habe ich dich!« knurrte der Kommissar und zwängte zwei weitere Finger in den Spalt, obwohl er sie dabei aufschürfte.

Nr. 103 wich den rosa Kegeln immer wieder aus, merkte dabei aber, wie müde sie war. Schließlich war sie nur eine kleine Ameise, und die Finger waren eine schreckliche Waffe. Welch ein Glück diese riesigen Tiere doch hatten, an den Vorderbeinen damit ausgestattet zu sein!

Mein einziger wirklicher Feind ist die Furcht.

Die Königin dachte an Prinz Nr. 24, der ihr seinen Samen geschenkt hatte und deswegen gestorben war. Bald würde sie seine Kinder zur Welt bringen. Seinetwegen mußte sie weiterleben.

Mit aller Kraft ihrer Mandibel biß sie in einen rosa Kegel und spritzte Säure in die Wunde.

»Aua!«

Die Finger zuckten vor Schmerz zurück, Maximilien verlor den Halt und stürzte ab. Sein Kopf schlug dumpf auf dem Kaminboden auf, und er blieb mit gebrochenem Nakken regungslos in der Asche liegen.

Ende des Zweikampfs. Keine Kamera hatte dieses Duell gefilmt. Wer würde jemals glauben, daß eine winzige Ameise Sieger über Goliath geblieben war?

Nr. 103 kletterte rasch hinunter und putzte sich gründlich. Sie leckte ihre Fühler und Beine und erholte sich dabei von der ganzen Aufregung und Anstrengung. Jetzt mußte sie ihre eigentliche Aufgabe ausführen, denn wenn sie Mac Yavel nicht bald den richtigen Code eingab, würden im Wald die Bomben explodieren.

Im Computer stank es immer noch nach dem Insektizid, aber es war halbwegs erträglich. Jetzt galt es, die richtige Leitung zu finden – die Verbindung zu jenem Sender, der die Bomben zünden sollte.

Sie durfte sich nicht irren! Sie durfte sich nicht irren! Ein einziger Fehler, und sie könnte die Katastrophe auslösen, anstatt sie zu verhindern. Ihre Mandibel zitterten. Die verpestete Luft hinderte sie am klaren Denken. Sie balancierte über einen dünnen Kupferdraht, zählte drei Mikroprozessoren, bog um eine Kurve voller Widerstände und Kondensatoren ... Francines Instruktion lautete: die vierte Leitung unterbrechen.

Entschlossen durchtrennte sie die Plastikhülle und stieß auf giftiges Kupfer.

MacYavel schaltete plötzlich seinen Ventilator ein, um das lästige Insekt hinwegzufegen. Ein Sturm!

Nr. 103 klammerte sich an die Elektronikbausteine, voller Furcht, davongeweht zu werden. Nach dem Kampf mit dem Finger mußte sie nun auch noch die Maschine besiegen!

Summend schaltete sich das rückwärts laufende Zählwerk ein, das die Bombenexplosion auslösen würde.

Die Ziffern warfen ihr rotes Licht auf die Ameise.

10, 9, 8... Die Königin mußte noch zwei Kupferadern durchtrennen, aber leider konnte sie Rot und Grün nicht unterscheiden. Ihr auf Infrarot ausgerichtetes Sehvermögen bewirkte, daß sie beide Farben als hellbraun wahrnahm.

7... 6... 5... Sie zerschnitt aufs Geratewohl einen Draht. Das Zählwerk lief weiter.

Der falsche Draht!

Verzweifelt nahm sie den letzten in Angriff.

4... 3... 2...

Der Draht war erst zur Hälfte durchtrennt. Trotzdem blieb das Zählwerk auf 2 stehen.

MacYavel war außer Gefecht gesetzt.

Die Königin starrte das stehengebliebene Zählwerk an, und plötzlich ging etwas gänzlich Unerwartetes in ihr vor. Ein prickelnder Druck stieg ihr ins Gehirn. Wahrscheinlich war die kolossale Anstrengung schuld daran, daß eine bizarre Mischung von Pheromonen ein Molekül entstehen ließ, das dem Geist einer Ameise eigentlich fremd war. Die Königin hatte keine Kontrolle über das, was ihr widerfuhr. Das Prickeln wurde immer stärker, aber es war nicht unangenehm.

Wie durch Zauberei löste sich ihre Anspannung auf. Sie hatte ähnliche Gefühle wie beim Liebesakt mit Nr. 24, aber sie wußte, daß das nicht die Liebe war. Nein, das hier war …

Humor!

Nr. 103 lachte schallend, was sich bei ihr durch unkontrolliertes Zucken des Kopfes, Speicheln und zitternde Mandibel äußerte.

239. Enzyklopädie

Humor: Wissenschaftlich erfaßt ist nur ein einziger Fall von Humor bei Tieren.

Jim Anderson, ein Primatologe der Universität Straßburg, hat einen Artikel über den Gorilla Koko geschrieben, dem man die Zeichensprache der Taubstummen beigebracht hatte. Eines Tages wurde Koko nach der Farbe eines weißen Handtuchs gefragt. Er machte eine Geste, die ›rot‹ bedeutete. Der Wissenschaftler wiederholte seine Frage und schwenkte das Handtuch demonstrativ vor den Augen des Affen. Er erhielt die gleiche Antwort und wunderte sich, warum Koko auf seinem Irrtum beharrte.

Erst als der Mensch nahe daran war, die Geduld zu verlieren, griff der Gorilla nach dem Handtuch und deutete auf die schmale weiße Borte, mit der das Handtuch eingefaßt war. Dabei legte er ein Verhalten an den Tag, das die Forscher ›Mimik beim Spiel‹ nennen: ein breites Grinsen, geschürzte Lippen, gebleckte Vorderzähne, weit aufgerissene Augen.

Vielleicht hatte Koko viel Humor …

EDMOND WELLS,
Enzyklopädie des relativen und absoluten Wissens, Band III

Finger verschränkten sich. Tänzer drückten ihre Partnerinnen fest an sich.

Ball im Schloß von Fontainebleau.

Zu Ehren der Partnerschaft zwischen Fontainebleau und der dänischen Stadt Esjberg wurde in dem historischen Gebäude gefeiert. Austausch von Flaggen, Medaillen, Geschenken. Volkstänze und Volksmusik. Präsentation der Schilder

FONTAINEBLEAU – HACHINOHE – ESJBERG
PARTNERSTÄDTE

Künftig sollten sie an den Stadtgrenzen der drei Orte stehen.

Trinksprüche mit dänischem Aquavit und französischem Pflaumenschnaps.

Autos, die mit den Wimpeln beider Staaten geschmückt waren, parkten im Hof, und immer noch trafen verspätete Gäste in Abendgarderobe ein.

Dänische Staatsbeamte verbeugten sich höflich vor ihren französischen Kollegen, die ihnen herzlich die Hand schüttelten. Man lächelte einander zu, man tauschte Visitenkarten aus, man stellte Ehefrauen vor.

Der dänische Botschafter ging auf den Präfekten zu und flüsterte ihm ins Ohr: »Ich habe diesen Prozeß gegen die Ameisen teilweise verfolgt. Wie ist die Sache eigentlich ausgegangen?«

Das Lächeln des Präfekten gefror. Er fragte sich, wie gut sein Gesprächspartner wohl informiert sein mochte. Wahrscheinlich hatte er nur einige Zeitungsartikel gelesen.

»Sehr gut«, murmelte er ausweichend. »Danke, daß Sie sich für unsere lokalen Angelegenheiten interessieren.«

»Können Sie mir Näheres darüber erzählen? Wurden diese Pyramidenbewohner verurteilt?«

»Nein, nein, die Geschworenen waren sehr milde. Die Angeklagten mußten nur versprechen, im Wald keine Bauwerke mehr zu errichten.«

»Und diese Maschine, die eine Unterhaltung mit Ameisen ermöglichte?«

»Das waren die typischen Übertreibungen von Journalisten, die ja aus jeder Fliege einen Elefanten machen.«

»Aber es gab doch ein Gerät, das Ameisenpheromone in Menschenwörter umwandeln konnte«, beharrte der dänische Botschafter.

Der Präfekt lachte. »Sie haben die Sache also auch geglaubt? Alles nur Attrappe! Ein Terrarium, eine Phiole, ein Computer ... Und irgendwo in der Außenwelt ein Komplice, der die Antworten gab und dabei so tat, als wäre er eine Ameise. Nur sehr naive Menschen können geglaubt haben, daß man wirklich eine Ameise reden hörte.«

Der Däne aß einen Heringshappen und spülte ihn mit einem Glas Schnaps hinunter.

»Die Ameise hat also nicht gesprochen?«

»Ameisen werden sprechen, wenn die Hühner Zähne bekommen.«

»Hmmm«, meinte der Botschafter, »Hühner sind immerhin ferne Nachkommen der Dinosaurier. Vielleicht hatten sie früher Zähne ...«

Diese Unterhaltung reizte den Präfekten immer mehr. Er wollte sich verdrücken, aber der Botschafter packte ihn am Arm und insistierte: »Und diese Ameise Nr. 103?«

»Nach dem Prozeß wurden alle Ameisen freigelassen. Wir konnten uns doch nicht lächerlich machen, indem wir Ameisen zum Tode verurteilten. Jetzt werden sie im Wald ganz normal von Kindern zerquetscht oder von Spaziergängern zertrampelt.«

Der Botschafter kratzte sich am Kopf. »Und die jungen Leute, die im Namen der ›Revolution der Ameisen‹ das Gymnasium besetzt hatten?«

»Auch sie wurden freigesprochen. Ihr Abitur konnten sie nicht machen, soviel ich weiß, aber sie haben verschiedene kleine Unternehmen auf dem Dienstleistungs- und Informatiksektor gegründet, und die scheinen zu florieren. Ich für meine Person bin sehr dafür, junge Menschen zu ermutigen, neue Projekte zu verwirklichen.«

»Was ist mit Kommissar Linart?«

»Der Ärmste hat sich bei einem Treppensturz den Hals gebrochen.«

Der Botschafter verlor allmählich die Geduld. »Wenn man Sie hört, könnte man glauben, es wäre überhaupt nichts geschehen.«

»Ich glaube, man hat diese ganze Geschichte von der ›Revolution der Ameisen‹ und vom Prozeß gegen Insekten sehr aufgebauscht. Unter uns gesagt« – er zwinkerte dem Botschafter zu – »wir brauchten ein bißchen Publicity, um der Touristikbranche in unserer Gegend auf die Beine zu helfen. Seitdem kommen doppelt so viele Menschen wie früher in den Wald, und das ist gut so – für die Lungen dieser Leute ebenso wie für den hiesigen Kleinhandel. Übrigens hat doch wohl auch Ihr Wunsch nach einer Partnerschaft mit Fontainebleau etwas damit zu tun, oder?«

Der Däne entspannte sich ein wenig. »Ja, das gebe ich gern zu. In unserem Land hat dieser Prozeß großes Interesse geweckt. Manche Leute glaubten sogar, es könnte eines Tages tatsächlich ein Konsulat der Ameisen bei uns Menschen und umgekehrt geben.«

Dupeyron lächelte diplomatisch. »Solche Waldlegenden sind wichtig, auch wenn sie noch so abstrus sein mögen. Ich bedaure sehr, daß es seit Beginn des 20. Jahrhunderts keine Verfasser von Legenden mehr gibt. Diese Literaturgattung scheint völlig aus der Mode gekommen zu sein. Und dabei hat die ›Mythologie‹ dieser Ameisen aus dem Wald von Fontainebleau dem Tourismus mächtigen Aufschwung gegeben.«

Dupeyron warf einen Blick auf seine Uhr. Zeit für seine Ansprache. Er stieg aufs Podium und holte seinen üblichen ›Partnerschaftszettel‹ hervor.

»Ich erhebe mein Glas auf die Freundschaft zwischen

den Völkern und auf die Verständigung aller Menschen guten Willens! Sie interessieren uns, und ich hoffe, daß auch wir Sie interessieren. Welche Sitten, Traditionen und Technologien wir auch haben mögen – ich glaube, daß wir uns gegenseitig bereichern können, um so mehr, je größer die Unterschiede sind …«

Endlich durften die ungeduldigen Gäste wieder Platz nehmen und sich auf ihre Teller konzentrieren.

»Sie werden mich für einen sehr naiven Menschen halten, aber ich dachte wirklich, es könnte möglich sein«, setzte der Däne das Gespräch fort, als hätte es keine Unterbrechung gegeben.

»Was denn?«

»Ein Konsultat, eine Botschaft der Ameisen bei uns Menschen.«

Dupeyron zeichnete mit der Hand eine große Filmleinwand in die Luft. »Ich sehe die Szene bildhaft vor mir! Wie schön – ich empfange Königin Nr. 103, die eine Lamérobe und ein Diadem trägt und überreiche ihr einen Orden wegen großer Verdienste um Fontainebleau.«

»Warum nicht? Ameisen könnten für Sie ein großer Gewinn sein. Wenn Sie mit ihnen eine Allianz schließen, werden sie zu unvergleichlich niedrigen Löhnen arbeiten, noch viel billiger als die Menschen in der Dritten Welt. Sie überlassen ihnen irgendwelchen Tand und rauben ihnen dafür alles, was sie an Gutem und Nützlichem haben. So hat man es doch auch mit den Indianern gemacht, stimmt's?«

»Sie sind zynisch«, kommentierte der Präfekt.

»Sagen Sie doch selbst – kann man sich Millionen und Abermillionen billigerer und zuverlässigerer Arbeitskräfte vorstellen?«

»Stimmt – sie könnten die Felder bearbeiten und unterirdische Wasserquellen entdecken.«

»Sie könnten auch in der Industrie für gefährliche oder besonders heikle Arbeiten herangezogen werden.«

»Sogar beim Militär wären sie sehr nützlich – bei der Spionage und Sabotage.«

»Möglicherweise könnte man sie in den Weltraum schicken, anstatt Menschenleben zu riskieren!«

»Ja, wahrscheinlich schon, aber … es gibt eben ein großes Problem.«

»Welches?«

»Die Kommunikation! Diese Maschine namens ›Stein von Rosette‹ war, wie schon gesagt, ein Schwindel. Die Angeklagten hatten irgendwo in der Außenwelt einen Komplicen, der in ein Mikrofon sprach und sich als Ameise ausgab.«

Der dänische Botschafter wirkte sehr enttäuscht. »Sie haben recht, letzten Endes bleibt von all dem nur eine Legende übrig. Eine moderne Waldlegende!«

Sie wandten sich ernsteren Themen zu.

241. Enzyklopädie

Ein Zeichen: Gestern ist etwas Merkwürdiges passiert. Ich ging spazieren, als mein Blick vor einem Antiquariat auf ein Buch namens *Les Thanatonautes* fiel

Ich habe es gelesen. Der Autor behauptet, die letzte unbekannte Grenze für den Menschen sei sein eigenes Ende. Er hat sich Pioniere ausgedacht, die aufbrechen, um das Paradies zu entdecken, so wie Kolumbus einst aufbrach, um Indien zu finden.

Die geschilderten Landschaften sind von den Paradiesen inspiriert, wie sie in den tibetanischen und ägyptischen Totenbüchern beschrieben werden. Die Idee ist sonderbar. Ich habe mich mit dem Antiquariatsbesitzer unterhalten, der mir erzählte, das Werk hätte nach seiner Veröffentlichung kaum Resonanz gefunden. Das ist nicht verwunderlich, denn der Tod und das Paradies sind in unserem Land Tabuthemen. Doch je länger ich mich mit diesem Buch *Les Thanatonautes* beschäftigte, desto unwohler fühlte ich mich. Es war nicht das Thema, das mich bestürzte, sondern etwas ganz anderes. Mir war blitzartig eine schreckliche Idee gekommen. »Und wenn ich, Edmond Wells, nun gar nicht existiere? Vielleicht habe ich nie wirklich gelebt. Vielleicht bin ich nur die fiktive Gestalt einer Papierkathedrale, wie die Helden von *Les Thanatonautes*.«

Nun gut, dann muß ich eben diese Papierwand zerreißen und mich direkt an meinen Leser richten: »Ich grüße dich, der du das Glück hast, real zu sein. Das ist selten, nutz es aus!«

EDMOND WELLS,
Enzyklopädie des relativen und absoluten Wissens, Band III

242. Ein neuer Weg

Im summenden Computer lebt *Infra-World,* die von Francine erschaffene künstliche Welt, in völliger Abgeschiedenheit weiter. Niemand interessiert sich mehr für sie.

Die virtuellen Bewohner bemühen sich nach Kräften, jene höhere Dimension zu erforschen, die sie endlich als Realität anerkannt haben. Ein Autor von Science-Fiction-Romanen hat die Hypothese als erster aufgestellt, die mit Hilfe von Teleskopen und Raketen für richtig befunden wurde: Was sie ›Jenseits‹ nennen, ist eine Welt in einer anderen Dimension. Dort leben Menschen, die Zeit und Raum anders wahrnehmen als sie selbst.

Die Bewohner von *Infra-World* haben begriffen, daß sie in einer Scheinwelt leben, geschaffen von jenen Menschen der anderen Dimension, deren Technologie in der Lage war, sie zu erfinden. Ihre Medien haben die ganze Bevölkerung darüber informiert, daß sie materiell gar nicht existiert, daß sie nur eine Serie aus Nullen und Einsen auf einem Magnetband ist, eine Abfolge von Yin und Yang auf einer langen Informationskette, eine elektronische ADN. Anfangs waren die Bewohner verstört darüber, nur als Computerprogramm existent zu sein, doch mit der Zeit haben sie sich daran gewöhnt.

Alle wissen, daß sie einst ihren Gott gefunden hatten, eine Göttin namens Francine, die getötet oder jedenfalls schwer verletzt wurde. Doch dieses Wissen genügt ihnen nicht. Sie wollen jene andere Welt verstehen, der sie ihre Existenz verdanken, und sie wollen ergründen, warum sie erschaffen wurden.

243. Verkettung

Sie lief behende den Abhang hinab, im Slalom zwischen hohen Pappeln hindurch, und bunte Schmetterlinge schienen mit ihren Flügeln zu applaudieren.

Ein Jahr war vergangen. Julie, die Hüterin der *Enzyklopädie,* hatte das Buch in den würfelförmigen Koffer gelegt und trug ihn an die Stelle zurück, wo sie ihn einst gefunden hatte, damit irgendwann in der Zukunft jemand anderer vom relativen und absoluten Wissen profitieren konnte.

Sie selbst und ihre Freunde brauchten das Werk jetzt nicht mehr. Alle acht waren mit seinem Inhalt jetzt vertraut, und sie hatten ihn sogar für sich ergänzt. Wenn ein Meister etwas vollendet hat, muß er sich zurückziehen, das gilt sogar für ein Buch.

Bevor sie den Koffer abschloß, las Julie noch einmal den Schluß des dritten Bandes, die allerletzte Seite. Mit zittriger Hand hatte Edmond Wells seine abschließenden Worte zu Papier gebracht.

Dies ist das Ende. Und doch ist es nur ein Anfang. Jetzt liegt es an Ihnen, die Revolution auf den Weg zu bringen. Oder die Evolution. Jetzt liegt es an Ihnen, einen ehrgeizigen Plan für Ihre Gesellschaft und Zivilisation zu schmieden; an Ihnen liegt es zu bauen und zu erfinden, damit die Gesellschaft nicht erstarrt und sich nie wieder rückwärts bewegt.

Vollenden Sie die Enzyklopädie des relativen und absoluten Wissens. Erfinden Sie neue Unternehmen, neue Lebensweisen, neue Erziehungsmethoden, damit Ihre Kinder es noch besser als Sie machen können. Erweitern Sie den Horizont Ihrer Träume.

Versuchen Sie, utopische Gemeinschaften zu gründen. Erschaffen Sie immer kühnere Werke. Ergänzen Sie gegenseitig Ihre Talente, im Sinn von 1 + 1 = 3. Brechen Sie zur Eroberung neuer Dimensionen des Denkens auf. Ohne Stolz, ohne Gewalt, ohne spektakuläre Effekte. Handeln Sie!

Noch immer sind wir vorgeschichtliche Menschen. Das große Abenteuer liegt vor uns, nicht hinter uns. Nutzen Sie die unerschöpflichen Gaben der Natur. Jede Lebensform kann uns etwas lehren. Kommunizieren Sie mit allem, was lebt.

Die Zukunft gehört weder den Mächtigen noch den Glanzvollen. Die Zukunft gehört den Erfindern.

Erfinden Sie!

Jeder von Ihnen ist eine Ameise, die ihr Zweiglein zum großen Bau beiträgt. Finden Sie kleine originelle Ideen. Jeder von Ihnen ist allmächtig und vergänglich. Ein Grund mehr, sich beim Bauen zu beeilen. Sie werden die Früchte Ihrer Arbeit niemals sehen, aber leisten Sie dennoch Ihren Beitrag, wie die Ameisen. Wenigstens ein kleiner Schritt vorwärts, bevor man stirbt. Eine andere Ameise wird Ihr Werk unmerklich fortsetzen – und dann noch eine und noch eine …

Die ›Revolution der Ameisen‹ findet in den Köpfen statt, nicht auf der Straße. Ich bin tot, Sie leben. In tausend Jahren werde ich immer noch tot sein, und Sie werden leben. Profitieren Sie davon, daß Sie leben, um zu handeln. Vollbringen Sie die Revolution der Ameisen!

Julie gab den Code ins Zahlenschloß ein und ließ sich an einem Seil in die Schlucht hinab, in die sie damals gestürzt war, wobei sie sich die Hände an Dornen, Stacheln und Disteln zerkratzte.

Schnell fand sie den Tunnel wieder, der in den Hügel führte. Auf allen Vieren kroch sie hinein und hatte das Gefühl, eine Zeitbombe zu hinterlegen, als sie den Koffer genau dort abstellte, wo sie ihn entdeckt hatte.

Die ›Revolution der Ameisen‹ würde sich zu einer anderen Zeit und auf eine andere Art und Weise erneuern. Irgendwann würde jemand den Koffer finden und seine eigene Revolution der Ameisen in die Wege leiten.

Julie verließ den Tunnel und kletterte den Steilhang mit Hilfe ihres Seils hoch.

Sie stieß sich den Kopf an dem Felsen an, der die Schlucht überragte, und scheuchte ein Wiesel auf, das bei seiner Flucht einen Vogel aufscheuchte, der eine Schnecke aufscheuchte, die eine Ameise aufscheuchte, die gerade ein Blatt zerteilen wollte.

Julie atmete tief ein, und tausend Informationen überfluteten ihr Gehirn. Der Wald enthielt so viele Reichtümer. Die junge Frau mit den hellgrauen Augen brauchte keine Fühler, um die Seele des Waldes wahrzunehmen. Um sich in den Geist anderer hineinzuversetzen, muß man es nur wirklich wollen.

Der Geist des Wiesels war sehr geschmeidig, eine Welle mit kleinen spitzen Zähnen. Das Wiesel konnte seinen Körper in drei Dimensionen bewegen und sich seiner Umgebung perfekt anpassen.

Julie versetzte sich in den Vogel und erlebte den Genuß des Fliegens. Er sah alles von so hoch oben! Der Vogel hatte einen sehr komplexen Geist.

Die Schnecke hingegen zeigte ein schlichtes Gemüt. Sie war sehr ausgeglichen und dachte nur ans Essen und Kriechen. Wenn unerwartet etwas Neues vor ihr auftauchte, betrachtete sie es mit einer Mischung aus leichter Neugier und Ungezwungenheit.

Die Ameise war schon verschwunden, und Julie suchte sie nicht, aber das Blatt war noch da, und sie spürte, was das Blatt fühlte: die Freude, im Licht zu leben. Das Blatt hielt sich für außerordentlich aktiv, weil es ständig an der Fotosynthese mitwirkte.

Auch ins Bewußtsein des Hügels versuchte Julie einzudringen. Das war ein kalter Geist, schwer und uralt. Sein Bewußtsein war irgendwo zwischen Perm und Jura angesiedelt. Er erinnerte sich an Gletscher, an Sedimentationen. Das mannigfaltige Leben auf seinem Rücken interessierte ihn nicht. Nur das hohe Farnkraut und die Bäume waren alte Gefährten. Die Säugetiere dagegen kamen ihm vor wie Sternschnuppen: Kaum geboren, waren sie auch schon alt und starben.

»Guten Tag, Wiesel! Guten Tag, Blatt! Guten Tag, Hügel!« sagte Julie laut.

Lächelnd setzte sie ihren Weg fort und blickte zum Himmel empor, ins …

244. Waldspaziergang

… riesige Weltall, meerblau und eiskalt.

Richten wir unseren Blick auf eine Region, die mit unzähligen bunten Galaxien übersät ist.

Am Rand einer dieser Galaxien: eine alte gleißende Sonne.

Stellen wir das Bild noch etwas schärfer ein.

Um diese Sonne kreist ein kleiner warmer Planet, marmoriert mit perlmuttfarbenen Wolken.

Unter diesen Wolken: violette Ozeane, gesäumt von ockerfarbenen Kontinenten.

Auf diesen Kontinenten: Bergketten, Ebenen, riesige grüne Wälder.

Unter dem Geäst der Bäume: Tausende von Tierarten, darunter zwei besonders weit entwickelte.

Schritte.

Jemand geht im verschneiten Wald spazieren.

Aus der Ferne sieht man nur einen winzigen schwarzen Fleck inmitten von blendendem Weiß.

Aus der Nähe erkennt man ein ungeschicktes Insekt, dessen Beine ins weiße Pulver einsinken, das aber trotzdem beharrlich seinen Weg fortsetzt. Es ist eine junge geschlechtslose Ameise. Ihr Gesicht ist sehr hell, die runden Augen sind schwarz, und seidige schwarze Fühler ragen aus ihrem Schädel hervor.

Das ist Nr. 5.

Und dies ist ihr erster Ausflug im Schnee. Hinter ihr

läuft Nr. 10 mit einer Laterne, damit sie der Kälte Widerstand leisten können. Man darf die Laterne nur nicht zu tief halten, weil sonst der Schnee schmilzt.

Inmitten der kalten weißen Unendlichkeit macht die Ameise noch einige Schritte. Kleine Schritte für eine Ameise, aber große Schritte für ihre Gattung.

Weil sie es satt hat, daß der kalte Schnee ihr bis zum Unterkiefer reicht, richtet sie sich unter Aufbietung aller Willenskraft auf die beiden Hinterbeine auf.

Sie macht vier Schritte in dieser unbequemen Position und bleibt stehen. Durch den Schnee zu laufen ist ohnehin schon eine Kunst, aber auf zwei Beinen durch den Schnee zu laufen ist wirklich wahnsinnig anstrengend.

Trotzdem gibt sie nicht auf.

Sie dreht sich nach Nr. 10 um und ruft:

»Ich glaube, ich habe eine neue Gangart entdeckt! Folge mir!«

245. Anfang

Die Hand hat die letzte Seite des Buches umgewendet.

Die Augen unterbrechen ihren Lauf von links nach rechts, die Lider schließen sich kurz.

Die Augen registrieren das Gesehene, öffnen sich wieder.

Allmählich werden die Wörter zu dem, was sie sind, zu einer Abfolge kleiner Zeichnungen.

Hinten im Schädel wird der breite innere Panoramabildschirm des Gehirns dunkel. Das ist das Ende.

Vielleicht ist es aber auch nur ein …

ANFANG.

Danksagung

Ich danke allen meinen Freunden, mit denen ich zu essen pflege. Indem ich ihren Geschichten aufmerksam lausche und ihr Interesse an meinen Geschichten spüre, finde ich den Stoff für meine Bücher.

Hier ihre Namen: Marc Boulay, Romain Van Lymt, Professor Gérard Amzallag, Richard Ducousset, Jérôme Marchand, Catherine Werber, Doktor Loic Etienne, Ji Woong Hong, Alexandre Dubarry, Chine Lanzmann, Léopold Braunstein, François Werber, Dominique Charabouska, Jean Cavé, Marie Pili Arnes, Patrice Serres, David Bauchard, Guillaume Aretos, Max Prieux … (mögen jene, die ich vergessen habe, mir verzeihen).

Mein besonderer Dank gilt Reine Silbert, die mit viel Geduld meine verschiedenen Versionen von ›Revolution der Ameisen‹ gelesen hat.

Ebenso danke ich allen Mitarbeitern der Edition d'Albin Michel.

Während ich dieses Buch schrieb, habe ich mich von folgender Musik inspirieren lassen: Mozart, Prokofieff, Pink Floyd, Debussy, Mike Oldfield (für die Waldszenen); Genesis, Yes, die Musik aus den Filmen *Düne, Krieg der Sterne, Die Möwe Jonathan* und *E.T.* (für die Verfolgungsszenen); Marillion, AC-DC, Dead Can Dance, Arvo Part, Andreas Vollenweider (für die Szenen der Schülerrevolution); der Stille oder Bach habe ich gelauscht, während ich die Texte der *Enzyklopädie des relativen und absoluten Wissens* verfaßte.

Nicht zuletzt gilt mein Dank allen Bäumen, die sich für die Herstellung des Papiers geopfert haben. Ich hoffe, daß bald neue gepflanzt werden.

Bernard Werber

»In minuziös geschilderten Horrorszenen taucht der Leser ins unbekannte Reich der Ameisen hinab, das fast wie eine Zukunftsvision der menschlichen Zivilisation erscheint.«

BuchJournal

01/9054

Die Ameisen
01/9054

Der Tag der Ameisen
01/9885

Heyne-Taschenbücher